Philipp Wießner

Lockdown: Wenn der Metzger dreimal klingelt

Herausgeber: Philipp Wießner

PHILIPP WIESSNER

Goldstadtkrimi

- Lockdown -

Wenn der Metzger dreimal klingelt

Roman

(2020)

VORWORT

Warum ein Buch schreiben? Nachdem ich mir mit dem ersten Buch vor drei Jahren bewiesen hatte, dass ich das nötige Durchhaltevermögen für so ein Projekt habe, war mir schnell klargeworden, dass schriftstellerisch noch viel Luft nach oben ist. In jeder Hinsicht gab es noch Verbesserungspotential. Deswegen stand außer Frage, dass es eine Fortsetzung geben musste. Zu viele sprachliche und literarische Geheimnisse gibt es für mich noch zu entdecken.

Wenn man ein Buch schreibt, tut sich einem eine Welt auf, in die man immer tiefer und tiefer eintauchen will. Deswegen haltet ihr mit diesem Exemplar einen weiteren Versuch in den Händen, mich in dieses Terrain vorzuwagen. Ursprünglich sollte dieser Roman deutlich weniger umfangreich werden, dann hat sich die Geschichte verselbstständigt.

Das war zum einen motivierend, zum anderen hat sich daraus das Problem ergeben, dass man irgendwann nicht mehr Herr über den gesamten Umfang ist. Der geneigte Leser möchte mir deshalb, vor allem in der ersten Auflage, Rechtschreibfehler und andere Ungenauigkeiten verzeihen. Es ist auch mit Korrekturlesern fast unmöglich alles abzufangen, zu schnell sind die Überarbeitungszyklen, zu umfangreich der Text. Man könnte fast meinen, Schriftsteller sein wäre ein Vollzeitjob...

Ohnehin lag der Schwerpunkt des Buches nicht auf Perfektion, sondern viel mehr auf kurzweiliger Unterhaltung. Aber Vorsicht! Auch hier gilt, nicht jedes Wort, das komisch aussieht, ist falsch, manchmal ist es tatsächlich ein Fremdwort! Freundliche Hinweise auf Fehler werden aber natürlich gerne entgegengenommen und in der nächsten Auflage korrigiert.

Das Buch ist über einen längeren Zeitraum entstanden, was man daran erkennt, dass die Kapitel stilistisch teilweise sehr unterschiedlich sind. Mal lag der Fokus in einem Kapitel auf dem Inhalt, mal auf der Handlung, mal habe ich mich intensiv mit der Sprache beschäftigt. Dadurch ist das Buch sehr abwechslungsreich geworden und bietet von Dokumentarcharakter bis Hollywood viele Facetten. Dem aufmerksamen Leser wird auffallen, dass sich schwächere und stärkere Abschnitte innerhalb des Buches abwechseln.

Teilweise habe ich ganze Kapitel verworfen, andere Absätze dafür stehen lassen, weil mein Herz daran hing. Manchmal ist es die Liebe zu einem Wort, Satz, oder Gedanken, manchmal ein wirrer oder witziger Gedanke, den ich zu Papier bringen wollte. Manche Kapitel habe ich zehnmal umgeschrieben, andere nach dem ersten Entwurf beibehalten.

Um das Projekt überhaupt neben dem Job bewältigen zu können, habe ich mich dieses Mal für eine andere Strategie entschieden. Ich habe, je nach Muse, einzelne Kapitel geschrieben, die für sich eigenständige Kurzgeschichten sind. Erst zusammen ergeben sie dann die eigentliche Handlung. Erzähllücken, die auf diese Art nicht ganz vermeidbar sind, sind dabei eurer Phantasie überlassen.

Dabei ist die Geschichte wieder völlig anders geworden, als ursprünglich geplant. Teilweise hat sich die Handlung während des Schreibens noch gewandelt und Wendungen genommen, mit denen ich selbst nicht gerechnet hatte. Bis zum Schluss habe ich ganze Kapitel und Figuren umgeschrieben. Ich habe viele Stunden in dieses Buch investiert und könnte auch zum jetzigen Zeitpunkt ohne Mühe nochmal die gleiche Zeit für Anpassungen und Korrekturen aufbringen. Aber irgendwann muss die Geschichte zu einem Abschluss kommen. Ich werde mich damit abfinden müssen, es ist und bleibt ein Amateurroman.

Insgesamt ist die Geschichte wieder deutlich düsterer und morbider geworden, als ich es eigentlich geplant hatte. Manchmal mag ein sarkastischer Unterton durchkommen. Dabei bin ich eigentlich ein ganz optimistischer Kerl. Vielleicht schreib ich als nächstes einfach einen Liebesroman, um die emotionale Balance wieder herzustellen.

Aber es gibt auch bahnbrechende Verbesserungen. So hat der Protagonist jetzt tatsächlich einen Namen bekommen! Auch die Handlung und Perspektivwechsel dürften eine deutlich höhere Dynamik als beim ersten Buch erzeugen. Daneben ist die Handlung deutlich vielschichtiger. Es ist für den Autor nahezu unmöglich, einzuschätzen, wie bestimmte Abschnitte vom Leser aufgenommen werden. Deshalb ist es so schwierig, die Balance zwischen ruhigen und spannenden Passagen ins Gleichgewicht zu bringen.

Ähnlich schwierig ist es, eine Handlung zu entwerfen, die interessant und unterhaltsam auf der einen Seite ist, andererseits aber nicht zu abgehoben und unrealistisch ist. Es ist ein Drahtseilakt, den Leser immer mitzunehmen und trotzdem auf die Folter zu spannen. Sollte es zu verworren werden, hier ein kleiner Tipp, auf der letzten Seite befindet sich ein Personenregister.

Wer das erste Buch „Das Biest von Baku" gelesen hat, dem wird auffallen, dass diese Fortsetzung in einigen Punkten leicht abweicht. Deshalb wird das erste Buch gerade angepasst und dann in den nächsten Monaten wieder in einer überarbeiteten Fassung veröffentlicht.

Selbstverständlich spielt auch dieses Mal die Handlung wieder in unserer Goldstadt und es wird Bezug auf jede Menge lokale Begebenheiten und Eigenheiten genommen. Wer meinen Account kennt, weiß wie gern ich hier lebe und dass an mir ein kleiner Lokalpatriot verloren gegangen ist. Ich entdecke immer gerne neue Ecken in unserer Stadt und lasse diese interessanten Orte dann als Originalschauplätze in die Geschichte einfließen.

Überhaupt sind In der Handlung unzählige Easter Eggs und Anspielungen versteckt. Manchmal ganz plakativ, manchmal auch sehr subtil und kaum erkennbar. Manche sind überhaupt nur für die Eingeweihten nachvollziehbar. Viele davon werden wahrscheinlich meine Kolleginnen und Kollegen von der Arbeit verstehen, die meisten meine bessere Hälfte.

Viele der Anspielungen beziehen sich auch auf meinen Instagram Account, wo es zusätzlich jede Menge Hintergrundinfos zum Buch zu entdecken gibt. Falls ihr Interesse habt könnt ihr mir da gerne folgen, oder ihr besucht mich einfach über: www.goldstadtkrimi.de.

Dort werde ich in Zukunft auch das ein oder andere Video hochladen, in dem ich die Hintergründe zu den einzelnen Kapiteln vorstelle.

Wie der Titel schon sagt, dreht sich die Handlung um das Jahr 2020 und die Ereignisse mit denen wir alle konfrontiert wurden. Ich selbst habe dieses Jahr so viele skurrile Momente erlebt, dass ich sie einfach für die Nachwelt festhalten musste. Man könnte den Roman abschließend fast als Jahresrückblick bezeichnen.

Dabei spricht die Geschichte auch einige heikle Themen an, von denen man sich bitte nicht den Appetit verderben lässt. Im Vordergrund des Buches soll ganz klar die Unterhaltung stehen und dass man alles mit einem Augenzwinkern liest. Dabei habe ich von blutrünstiger Action, über seichte Unterhaltung, bis zu philosophisch-psychologischen Binsenweisheiten alle Register gezogen.

Wie immer, habe ich mich am Anfang mit dem Schreiben schwer getan und gegen die leeren Seiten gekämpft. Als ich dann in Handlung gefunden hatte und ich in Schreibfluss gekommen bin, hat sich die Geschichte fast von alleine geschrieben. Das Durchhaltevermögen des Lesers, das zu Beginn auf die Probe gestellt wird, wird im hinteren Teil hoffentlich belohnt. Zwar wird einem die Geschichte nicht mit einem Bonbon, dafür aber mit dem einen oder anderen Bonmot versüßt.

Mir hat es auch dieses Mal wieder unglaublich viel Spaß gemacht, dieses Buch zu schreiben und mich kreativ auszutoben. Teilweise sind experimentelle Sachen dabei herausgekommen. Ich hoffe ihr habt genauso viel Freude beim Lesen, wie ich beim Schreiben hatte!

Pforzheim, den 30.11.2020

Philipp Wießner

Danksagung:

Ich bedanke mich recht herzlich bei meiner Schwester Simone, die wieder die Bürde auf sich genommen hat, einen Großteil der Geschichte zu korrigieren. Sie muss sich immer mit meinen halbgaren Versionen herumschlagen und kommt leider erst spät in den Genuss einer halbwegs akzeptablen Fassung.

Besonders bedanke ich mich bei meiner geliebten Frau Stina, ohne die dieses Projekt unmöglich gewesen wäre. Deine Einschätzungen, Tipps und Hinweise sind unbezahlbar und ohne deine Unterstützung wäre dieses Buch nicht möglich gewesen!

PROLOG

- Just picture your epitaph -

Letzte Ruhe

Lautlos und wie auf Schienen glitt sein Wagen über den Parkplatz. Er hatte sich bewusst für den Parkplatz auf der Rückseite des Friedhofes entschieden. Nur schemenhaft waren die hohen Bäume und das alte Kolumbarium hinter der Friedhofsmauer auszumachen, dessen Portal den rückseitigen Eingang dieses alt-ehrwürdigen Areals markierte.

Dichte Nebelschwaden tünchten die Szenerie in ein tristes Grau, aber das sollte ihm nur recht sein. Als er die Pforte durchschritt, empfing ihn direkt der feuchte, gruftartige Geruch, wie er alten Gemäuern zu Eigen ist. Seine Schritte hallten dumpf von den steinernen Platten im Torbogen wider und sein Blick verfing sich unweigerlich in den Reihen der kleinen, beschrifteten Marmortafeln, die an ihm vorbeizufliegen schienen. Die Urnen säumten meterhoch die Wände zu seiner Linken und Rechten, als würden sie sich über ihm auftürmen wollen, nur um im nächsten Moment über ihn hereinzubrechen, um ihn an diesem Ort für alle Ewigkeit unter sich zu begraben. Hier, nahe des Eingangs, fiel noch der Schein der Straßenlaternen über die Friedhofsmauer. Auf dem Weg vor ihm, weiter im Inneren, verlor sich das Licht. Er war bereits spät dran, was ihm als Entschuldigung in dieser unheimlichen Stimmung mehr als recht war, konnte er sich so einreden, er würde deshalb seinen Schritt beschleunigen. Tatsächlich wollte er nur die Urnengräber möglichst schnell, und mit ungutem Gefühl, hinter sich zu lassen.

Nach ein paar schnellen Schritten, öffneten sich vor ihm die symmetrisch angelegten Wege und Alleen der Friedhofsanlage. Eine akribische Ordnung aus Zeilen und Reihen lag vor ihm, als würden die Menschen damit verzweifelt versuchen, Ordnung in das nicht planbare Chaos des Todes zu bringen. Er mied die, gerade vor ihm liegende, Hauptallee mit den eindrucksvollsten Grabanlagen. Stattdessen schlug er einen kleineren Weg nach rechts ein, der, wenn er es recht in Erinnerung hatte, auf den jüdischen Teil des Friedhofs führen sollte. Es hatte nochmal einen ungewöhnlich harten Kälteeinbruch für einen März gegeben und die schwere kühle Luft schlug sich auf Gesicht und Kleidung nieder. Seine Nase und Lunge füllten sich mit eisiger Kälte. Mit jedem Schritt, den er sich tiefer in das Labyrinth wagte, nahm sein Unbehagen weiter zu. Seine Phantasie erzeugte aus den Schatten und Umrissen von Grabsteinen, Hecken und Bäumen, die immerwährend von neuem aus den Schleiern auftauchten, ein unheimliches Trugbild nach dem anderen. Viel schlimmer als die Schemen, die sich vor ihm auftaten, war aber das ebenso plötzliche Verschwinden seiner Umgebung in der Tristesse des Nebels hinter sich. Die graue Wand um ihn herum entzog ihm sämtliche Fixpunkte, erzeugte ein Gefühl von Orientierungslosigkeit, von Schwindel, bald war er sich nicht mehr sicher, ob er noch gerade ging oder bereits torkelte, ob er noch auf Kurs war, oder sich bereits verloren hatte. Sehr schnell erfasste ihn das Gefühl, als würde ihm der Boden unter den Füßen weggezogen. Unheilvoll stiegen Erinnerungen an ein Jugenderlebnis in ihm hoch, wo er betrunken eine Abkürzung durch den Wald nehmen wollte, auch damals hatte die Geschichte kein gutes Ende genommen.

Seine Umgebung zog sich mit jedem Schritt um ihn herum zusammen, immer enger und enger, die Dämpfe aus der Grabanlage schienen sich auf ihn legen, ihn berühren und in ihr Reich entführen zu wollen, aus dem Labyrinth wurde unweigerlich ein Irrgarten aus dem es kein Entrinnen gab. Sein Geist arbeitete jetzt auf Hochtouren, um den auf ein Minimum eingeschränkten Wahrnehmungskreis soweit wie möglich mit Verstand auszuleuchten. Seine Sinne waren auf das Äußerste geschärft. Die Totenstille wandelte sich zu ohrenbetäubendem Lärm und die menschenverlassene Gräberstätte wirkte bevölkert wie eine Fußgängerzone. Jedes Rascheln einer Amsel im Gestrüpp, jeder Windhauch der in den Bäumen jaulte, seine Schritte auf dem klirrenden Kies, jedes dieser Geräusche drang ganz klar und hell an seine Ohren. Jede kleine Geruchsnuance nahm er unwillkürlich auf. Mühsam musste er sich immer wieder klarmachen, dass der Fluchtreflex und die wackligen Knie, die er verspürte, ganz natürliche Reaktionen waren, es hier aber nichts Natürliches, und schon gar nichts Übernatürliches gab, von dem man sich fürchten müsste. Es war nichts da, wovon man sich fürchten müsste und dennoch spürte er, wie ihm die Angst unter die Haut kroch und seine Adern emporstieg.

Langsam tastete er sich in der hellen Finsternis voran, versuchte nicht über die steinerne Berandung des Weges oder herabgefallene Äste zu stolpern. Erleichtert erspähte er, wie sich rechts vor ihm, langsam die rostigen schmiedeeisernen Spitzen der jüdischen Grabtafeln aus dem Dunst schälten und sich nach und nach wie eine Heerschar Untoter kreuz und quer vor ihm materialisierten. Er war offenbar noch auf Kurs. Er hatte den Friedhof noch nicht oft besucht, wusste aber, dass er sich nun links halten und dann einfach immer nur geradeausgehen musste, parallel zur großen Hauptallee, die direkt vor der großen Aussegnungshalle endete. Er gelangte auf die offene Fläche mit dem übergroßen Kreuz, der Gedenkstätte des 23. Februars, der totalen Zerstörung Pforzheims. Über die Wiese erstreckten sich die symbolischen Gräber der Opfer.

Er wusste nicht genau, wo die Beisetzung stattfinden würde, deswegen musste er sich erst zurechtfinden. Außerdem wollte er sich einen guten Aussichtspunkt sichern, um der Zeremonie aus sicherer Entfernung beiwohnen zu können. Sein Plan war es, zunächst den Haupteingang zu beobachten und der Prozession dann mit gebotenem Sicherheitsabstand zu folgen.

Er durchschritt nicht enden wollende Grabreihen. Immer weitere Kreuze und Steine tauchten aus der Umgebung auf, flogen an ihm vorbei, um sich direkt danach wieder im Nebel zu verlieren. Seine Kleidung war bereits bis auf die Haut durchnässt und er spürte, wie die Kälte langsam anfing von ihm Besitz zu ergreifen- Wie die ersten Tropfen von seinem feuchten Haar perlten und ihm über Nase und Wange liefen. Ein Kälteschauer überfiel seinen Brustkorb und er fühlte, wie sich seine Haare zum Schutz gegen die Kälte aufstellten. Immerhin kam er auf dem geraden und geteerten Stück jetzt deutlich schneller voran, außerdem hatte sich der Nebel etwas gelichtet und gab die Umrisse der Baumkronen preis, sodass er sich, am Verlauf der Allee entlang, orientieren konnte. Der schnellere Schritt und das erweiterte Blickfeld gaben ihm seine Sicherheit zurück und er spürte, wie die Bewegung seinen Körper langsam wieder mit Wärme füllte. Das modrige Laub und der feuchte Teer rochen nach einer Mischung aus Herbst und warmem Sommerregen. Er musste sich jetzt fast zügeln, um nicht vom schnellen Gehen ins Laufen zu verfallen. Er ermahnte sich. Nach wie vor war Vorsicht geboten, sie durften ihn auf keinen Fall erwischen, zu viele

Rechnungen waren noch offen. Er hatte seine Lektionen in Demut gelernt. Wenn sie ihn zu fassen bekämen, würden sie ihn büßen lassen. Geheiligte Stätte hin oder her, sie würden ihn ganz bitter büßen lassen, so wie jeden Eindringling. Auch wenn ihm die Bewegung im Moment half, das überschüssige Adrenalin abzubauen, musste er sich bändigen und durfte sich zu keinen Nachlässigkeiten verleiten lassen. Er hielt einen Moment inne, blickte sich absichernd in alle Richtungen um, atmete dreimal tief durch, und brachte so seinen Atem und Verstand wieder unter Kontrolle. Er war jetzt am Ende des Weges angekommen und erspähte vor sich die Konturen des blass-gelben Hauptgebäudes samt Haupteingang. Bei schönem Wetter im Sommer war der parkähnliche Hauptfriedhof eines der beschaulichsten Fleckchen der Goldstadt. Von der Zerstörung des Krieges verschont, konnte man hier die einstige Bedeutung und den Stellenwert der Stadt noch gut erahnen. Sah man von der sich bietenden Pietät ab, lud dieser Stadtgarten an einem Sommertag fast zum Lustwandeln ein.

Er ging an den Ehrengräbern vorbei, wo die erlauchten und verdienten Bürger der Stadt ihre letzte Ruhe fanden. Dort suchte er sich eine passable Stelle hinter einer Hibiskushecke und harrte der Dinge die da kommen sollten. Von hier aus hatte er sowohl direkten Blick auf die Aussegnungshalle, als auch auf das Haupttor. Im Schutz der Hecke und der trüben Sicht fühlte er sich vorläufig sicher. Um sich warm zu halten, ging er vorsichtig in seinem Versteck auf und ab und machte Kniebeugen. „Wenn man die sprechenden Toten erwischen will, musste man sich eben auf Friedhöfen herumtreiben“, dachte er sich.

Er musste keine halbe Stunde warten, ehe sich etwas regte und Bewegung in die Sache kam. Durch das Tor hatte er draußen auf dem Parkplatz, auf der anderen Seite der Friedhofsmauer, Scheinwerfer aufblitzen sehen. Die Totenglocken fingen an zu läuten und hallten dröhnend von den umliegenden Gebäuden zurück. Die Trauergesellschaft schien sich einzufinden. Er suchte sich eine passende Lücke im Gebüsch, um sich das Schauspiel aus sicherer Distanz anzusehen, sein Gehör dabei immer auf die unmittelbare Umgebung gerichtet, um nicht doch von hinten überrascht zu werden. Er beobachtete wie sich die ersten finsteren Gestalten ihren Weg durch den Nebel bahnten, den Kreuzgang hinter den Säulen durchschritten und in der Leichenhalle verschwanden. Nach und nach kamen immer weitere, ganz in schwarz gekleidete Personen den Weg entlanggeschritten. Gerne hätte er Bilder geschossen, aber die Lichtverhältnisse waren einfach zu schlecht. Die Gesichter waren aus dieser Entfernung kaum auszumachen, die fahlen mienenlosen Gesichtszüge glichen mit den dunklen Augenhöhlen vielmehr selbst denen von Totengeistern. Was er jedoch erkennen konnte, war, dass es sich vorwiegend, oder vielleicht ausschließlich, um Männer handelte. Die Anzahl der Personen war verständlicherweise überschaubar, durfte die Trauergesellschaft zur aktuellen Zeit doch nicht mehr als zwölf Personen umfassen, aber nicht mal die kamen zusammen.

„Das ist das gerechte Los eines Tyrannen!", überlegte er sich. „Im Tode zeigt sich, wer einem wirklich loyal ist."

Für ihn ergab sich daraus der Vorteil, dass er sich sicher sein konnte, dass wirklich nur die engsten Vertrauten des verstorbenen Garys, seines einstigen Widersachers, anwesend sein durften. Und auf die kam es ihm an.

Nach einer guten Viertelstunde schienen keine weiteren Trauergäste mehr anzukommen und kurz darauf vernahm er aus dem Inneren der Aussegnungshalle das Orgelspiel und den Totengesang. Der Gottesdienst nahm seinen Lauf und in regelmäßigen Abständen trug der Wind geistliche Lieder und das obligatorische „Amen" zu ihm herüber. Nach einer weiteren halben Stunde war schließlich Stühlerücken zu vernehmen und kurz darauf trat ein Messdiener mit Kerze durch die, ihm zugewandte, Doppeltüre des Gebäudekomplexes. Es folgte der Priester mit schwarzem Talar und violetter Stola aus dem dunklen Kerzenschein des Innenraumes. Ihm folgten wiederum, wiegenden Schrittes, die Sargträger, die im Takt der Prozessionsmusik, den großen, in Klavierlack und goldenen Beschlägen gehaltenen Schrein auf den Schultern trugen. Sofern er das als Laie, im wahrsten Sinne des Wortes, beurteilen konnte, handelte es sich um eine typisch christlich-orthodoxe Trauerfeier.

Die sechs stattlichen Sargträger in ihren makellosen Anzügen, schienen mit dem Sarg wenig Mühe zu haben, kein Wunder, handelte es sich doch um eine rein symbolische Beisetzung. Die tatsächlichen Überreste Garys, oder das, was man nach der Kollision mit dem Zug so nennen wollte, waren nach wie vor unter polizeilichem Verschluss in der Pathologie. Erst wenn alle

Ermittlungen endgültig abgeschlossen sein würden, würden sie zur Beisetzung freigegeben. Und das konnte Jahre dauern.

Mit gesenkten Köpfen und vor dem Bauch gefalteten Händen, folgten die Trauergäste dem Pastor die Grabreihen hinab. Er selbst folgte dem Trauermarsch in bedächtigem Abstand, immer leicht parallel dazu versetzt, immer von Grabstelle zu Grabstelle schleichend. Nach gut hundert Metern waren sie an der vorbestimmten Ruhestätte angekommen, ein Friedhofsgärtner wartete bereits neben dem ausgehobenen Grab. Die Gesellschaft hielt inne und der Pastor richtete seine Worte wieder an die kleine Gemeinde, was mit einem weiteren „Amen" gesegnet wurde. Der Bestatter verzurrte den Sarg an den vorgesehenen Ösen und ließ ihn unter dem leisen Surren des Krahns in die Tiefen der Grube hinab. Wäre es nach dem Kommissar gegangen, wäre Gary, wie es sich für Despoten gehörte, nach alter Väter Sitte, mit dem Gesicht nach unten bestattet worden. Aber der Sarg war ja ohnehin leer und dem Schurken seine gerechte Strafe widerfahren.

Der jetzt wieder dichter einsetzende Nebel drohte ihm einen Strich durch die Rechnung zu machen, außerdem lief ihm langsam die Zeit davon. Bisher ging sein Plan noch nicht voll auf, schließlich war der Sinn der ganzen Mission, dass er die Gesichter der Trauergäste zu sehen bekam. Er wollte wissen, wer sich anschickte Garys Nachfolge anzutreten. Wer immer es sein würde, er war sich sicher, die Person würde hier sein. Er musste mehr ins Risiko gehen. Er stahl sich vorbei an Grabsteinen und Monumenten, bis er hinter einem Baum, vermutlich einer alten Linde, die passende Sichtachse und den benötigten Schutz fand.

Zwar hatte er Gary an jenem Abend nicht getötet, geglaubt hatte ihm das aber freilich niemand, nicht einmal die eigenen Kollegen. Zu viele Indizien sprachen gegen ihn. Ein offizielles Verfahren gegen ihn wurde bislang nicht eröffnet, er war sich aber sicher, dass die Staatsanwaltschaft nach wie vor intern gegen ihn ermittelte. Nicht umsonst blieb er bis auf weiteres suspendiert. Schlimmer als das war jedoch, dass er als Person im Fokus der Öffentlichkeit stand, was hieß, dass nicht nur die eigenen Leute gegen ihn ermittelten, nein, die halbe Unterwelt kannte sein Gesicht, und von dieser Unterwelt standen einige Prachtexemplare keine zehn Meter von ihm entfernt. Nicht umsonst ließ er sich jetzt einen Bart stehen und gestaltete sein Äußeres weitgehend unauffällig. Die Wohnung während des Shutdowns nicht zu verlassen fiel im Moment zum Glück nicht schwer, machte er es sich eben mit seiner Freundin daheim bequem. Ohne den Schutz der Polizei im Rücken, war er vorläufig auf sich allein gestellt und musste selbst zusehen, wie er seinen Kopf über Wasser hielt. Es war zwar nicht so, dass irgendjemand über Garys Tod wirklich unglücklich gewesen wäre, im Gegenteil. Dennoch war er sich sicher, würden sie ihn hier entdecken, würden sie dafür sorgen, dass er gleich hier und jetzt seine letzte Ruhe fand. Zum Glück waren die Gangster die letzten Wochen mit sich selbst beschäftigt gewesen, sodass sie ihn nicht weiter behelligten. Vielleicht hatte er Glück und sie hatten schon vergessen wer er war.

Immerhin konnte er von seinem neuen Versteck aus, die Antlitze seiner Widersacher etwas besser erkennen. Es waren allesamt finstere Gestalten, die in ihren maßgeschneiderten Anzügen durchaus als Geschäftsleute hätten durchgehen können, hätten sie nicht durch zu viele Anabolika wie aufgedunsen gewirkt. Wenn Stil tatsächlich die Kleidung der Gedanken sein sollte, was hatte das dann wohl in diesem Fall zu bedeuten? Vermutlich abgrundtiefe Dunkelheit. Er meinte sich an einige von ihnen von Bildern aus der Recherche zu Garys Umfeld erinnern zu können, dazu müsste er aber nochmal die alten Akten genauer studieren. Die sich überschlagenen Ereignisse der letzten Monate hatten seine Erinnerungen leider deutlich schneller als sonst verblassen lassen.

Nachdenklich blickte er in das Blätterdach über ihm, als sich just in diesem Moment ein einziges Blatt von der Krone des Baumes löste und in weitem Bogen herabsegelte. Verträumt verfolgte er die Flugbahn des Blattes, bis es, mit dem Stiel voran, im unteren Drittel plötzlich eine unerwartete Wendung nahm, und direkt auf ihm zuflog. Wie gebannt erlebte er den Augenblick, als ihn das Laub an der Spitze seines Schuhs traf.

War das ein Wink des Schicksals? War er der nächste und seine Tage gezählt? Sollte er die Aktion an dieser Stelle abbrechen? Er hatte schließlich gesehen, war er sehen wollte. Erst langsam wich seine Träumerei wieder der Realität.

Am Grab hatten die Trauernden inzwischen eine Reihe gebildet und der Pastor sprach mit lateinischen Beschwörungsformeln das letzte Gebet seiner Homilie, das letztmalig mit einem eintrünnigen „Amen" quittiert wurde. Anschließend nahmen die Trauergäste einer nach dem anderen einen Handvoll Erde aus einem Eimer und einen Zweig Rosmarin aus einem Weihbecken, besprenkelten damit das Grab und warfen den Zweig und die Erde anschließend betont fromm und behutsam in die tiefe Ausschachtung.

Der Kommissar ließ seinen Blick über die Szenerie wandern. Er beobachtete die Gesellschaft rund um das Grab mit all ihren Eigenheiten und versuchte sich einzelne Personen anhand von Mimik und Gestik einzuprägen. Dabei fiel sein Blick beiläufig auf die andere Seite des Grabes. Erst hielt er es für einen Trugschluss, für ein Hirngespinst seiner Einbildungskraft.

Konnte es wirklich sein, dass sich seine Gedanken mit den Nebelschwaden zu solch einem greifbaren Trugbild verwischt hatten? Er konnte sich täuschen, war die verschwommene Gestalt doch nur für den Bruchteil einer Sekunde zu sehen gewesen. Es war wie der Schatten einer Raubkatze, der kurz aufblitze, um im nächsten Moment wieder vom Dickicht verschlungen zu werden. Wie heißt es so schön, nachts sind alle Katzen grau. Im Nachhinein war er sich immer weniger sicher, ob er das Mädchen im schwarzen Gewand auf der anderen Seite tatsächlich gesehen hatte, oder ob ihm seine Phantasie nur einen Streich gespielt hatte. Eine Frau in einem schwarzen Gewand? Er begann wirklich Gespenster zu sehen.

Er fühlte sich plötzlich beobachtet, entdeckt, war er nicht allein? Unruhe stieg in ihm auf, er brauchte Gewissheit. War er nicht der einzige, der im Verborgenen agierte? Oder hatte die Gesellschaft Vorkehrungen getroffen und ließ Wächter patrouillieren? Er verließ sein Versteck vorsichtig geduckt nach hinten und umkreiste das Begräbnis im Uhrzeigersinn. Vorsichtig schlich er sich an die Stelle an, an der er das Wesen im schwarzen Kleid und Schleier zu sehen geglaubt hatte. Doch nichts, das einzige was er antraf, war eine Reihe knorriger Zypressen.

Hatte er die hageren Äste irrtümlich für Gliedmaßen gehalten? In dieser Suppenküche schien nichts unmöglich, nur recht glauben wollte er es nicht. Er spitzte wieder die Ohren, hörte aber nichts als die bedrohlich nahen Geräusche der Trauergesellschaft. Er ging weiter und lauschte wieder in die

Stille hinein. Und tatsächlich meinte er diesmal das Geräusch eines Tuschelns oder Wisperns erahnen zu können. Die helle Finsternis des Nebels und die dunkle Finsternis seiner Gedanken hatten wieder Besitz von ihm ergriffen. Er spürte sein Herz bis zum Hals pochen, den Mund weit offen, um genügend Sauerstoff zu bekommen. Der Schwindel und die Orientierungslosigkeit machten sich wieder breit und mit jedem Schritt, den er auf das lockende Säuseln zumachte, umgab ihn wieder das Gefühl des entgleitenden Bodens, des Torkelns und des ewigen Fallens. Er setzte jeden Schritt ganz bewusst auf Gras oder festen Stein, um das Knistern des Laubes und Kieses aufs Tunlichste zu vermeiden. Mit jedem Schritt, den er so dem Geräusch näher kam, spürte er die Panik in sich aufsteigen, aber seine Neugier war stärker. Sein Körper und Geist war jetzt bis zum Äußersten gespannt. Das Geräusch war jetzt ganz nah vor ihm, fast schon greifbar, jeden Moment müsste er die Quelle identifizieren können. Zarte Gliedmaßen bauten sich vor ihm auf, begleitet von einer Bewegung und Rascheln im Windhauch. „Wenn nur dieser verdammte Nebel nicht wäre", ging es ihm durch den Kopf. Er machte noch einen letzten Schritt und da erkannte er schließlich die mädchenhaften Gesichtszüge. Die fahle Haut, die hinter einem Monument kauerte.

„Hey", wisperte er ohne eine Antwort zu erhalten. Nervös ging er leicht in die Knie und streckte hilfebietend seine Hand aus und rief abermals, dieses Mal etwas lauter, „Hey!", als er es plötzlich hinter sich knirschen hörte.

Bevor er sich umdrehen konnte, packte es ihn schon an der Schulter und eine dunkle Stimme grollte: „Hey du!"

Der Schreck fuhr ihm durch seine Glieder und er versuchte intuitiv, so wie man sich eine Spinne panisch von der Schulter wischte, sich dem festen Griff durch eine Ausweichbewegung zu entreißen, verlor dadurch aber endgültig das Gleichgeweicht und stolperte aus der Hocke zu Boden. Rücklings auf dem Schotter liegend, starrte er in die Visage seines Kontrahenten über ihm. Jetzt half nur noch Flucht, aber beim panischen Versuch sich aufzurichten, rutschten seine Schuhsohlen über den nassen Boden und er taumelte rückwärts in die Arme eines marmornen Engels, eben des Engels, mit dem er sich gerade noch irrtümlich unterhalten hatte.

Zu allem Überfluss schlug er sich den Kopf an der eisernen Laterne, in deren zersplitterten Glas sich der Wind seufzend verfangen hatte.

Sein Widersacher kam auf ihn zu, gleich würde er ihn haben, da rappelte er sich im letzten Moment am Arm des Engels hoch, hatte den abgebrochenen Arm plötzlich in der Hand, schleuderte ihn seinem Gegner entgegen und schlug sich durch das nächstbeste Gestrüpp. Er rannte ohne Rücksicht auf Verluste quer durch sämtliche Gräber, die ihm in die Quere kamen. In alter Sprinter-Manier übersprang er dabei Grabsteine, stieß dabei mindestens einen um, drückte Kreuze beiseite und stieß Blumentöpfe um. Wie viele Gräber er mit seiner Schneise der Verwüstung dabei schändete, wollte er gar nicht wissen, er wollte einfach nur weg, und das so schnell wie möglich.

Nachdem er den ersten Schock überwunden hatte und sich sicher war, genug Abstand gewonnen zu haben, lehnte er sich mit dem Rücken schutzsuchend an einen der großen Obelisken. Er hörte wie hinter ihm Tumult ausbrach und immer mehr Stimmen in eine aufgeregte Diskussion verfielen. Er bereute keine Waffe mitgenommen zu haben, seine Dienstwaffe hatte er abgeben müssen, aber es hätte andere Wege gegeben. Jetzt war er der Gejagte. Die Orientierung hatte er inzwischen vollkommen verloren, er konnte nur hoffen, dass er seinen Verfolgern nicht direkt in die Arme lief. Blocksberg fühlte sein Herz jetzt durch den offenen Mund dröhnen, so laut, dass er Angst hatte, seine Verfolger könnten ihn am Herzschlag orten. Diese Schwäche hatte er an sich schon immer gehasst. Er versuchte durch die Nase zu atmen, aber es war aussichtlos, sein schlechter Trainingszustand und das Reißen in seiner Lunge taten ihr Übriges. Blocksberg hörte in das Nichts seiner Umgebung hinein und hörte die Stimmen seiner Verfolger unweigerlich näher kommen. Sie riefen sich Kommandos zu. Sie hatten jetzt fast bis zu ihm aufgeschlossen und die ersten befanden sich bereits auf gleicher Höhe neben ihm. Einige nutzten ihre Handys als Taschenlampen. Nicht mehr lange und sie würden ihn eingekreist haben. Verstecken war keine Option, die Kälte durchfröstelte ihn längst, außerdem schmerzte sein Kopf vom Schlag gegen die Laterne. Er fasste sich mit den Fingern an die Schläfe und hielt sie sich prüfend vors Gesicht. Blut. Der Schnitt musste tiefer sein, als er zunächst gedacht hatte. Da seine Verfolger von ihm aus gesehen von hinten kamen, beschloss er, dass er sich leicht links halten musste und begann bedächtig zu rennen. Die

Lichter der Lampen verrieten ihm wenigstens die Standorte einiger Jäger, das war ein kleiner Vorteil, konnte er sie so doch geschickt umlaufen.

Zunächst hatte er seine Verfolger noch hinter sich gewähnt, hallten doch ihre Rufe durch den Nebel. Seinen Start hatten sie wohl noch lokalisieren können, dann kamen plötzlich Stimmen von vorne. Verwirrt hielt er inne, war er im Kreis gelaufen? Oder schnitt ihm ein zweiter Trupp den Weg ab? Sicherheitshalber schlug er einen weiteren Schlenker, verhedderte sich in der Hektik aber fatalerweise in einem Rosenbusch, ein Missgeschick, das ihn die entscheidenden Sekunden kostete. Schon stand einer der Schergen vor ihm, bereit ihn ins Jenseits zu befördern. Verzweifelt versuchte er sich aus dem Gestrüpp zu befreien, aber je mehr er sich bewegte umso stärker verhedderte er sich, es war aussichtlos. Der Gangster zog eiskalt seine Waffe und legte auf ihn an. Jeden Moment würde er abdrücken. Der Schütze kam nochmal einen Schritt näher, um das leichte Opfer im Nebel aus nächster Nähe auch auf keinen Fall zu verfehlen. Dann krachte es. Schmerzlich zog er die Arme vors Gesicht, es folgte – nichts.

Ungläubig schaute er an sich herab, der Angreifer musste tatsächlich verfehlt haben. Sein Herz machte einen Freudensprung. Vorsichtig linste er durch seine Finger und sah wie der Mann vor ihm zusammensackte und zu Boden ging. Dann hörte er, wie eine Metallstange weggeworfen und nicht weit entfernt klirrend aufkam. Er verschwendete keinen weiteren Gedanken an das Wie und Warum und setzte seine Flucht unverzüglich fort. Er sprang über den niedergestreckten Körper am Boden und gewann mit jedem weiteren Sprung die Sicherheit die Verfolger abgehängt zu haben. Er spurtete weiter in die Richtung, wo er den rettenden Hintereingang des Friedhofs wähnte, um sich kurz darauf vor der hohen Friedhofsmauer wiederzufinden. Das hatte er zwar nicht erwartet, aber als er realisierte, dass er jetzt nur noch der Mauer folgen brauchte, schöpfte er wieder Hoffnung heil aus der Sache herauszukommen. Da er nicht wusste, welche Vorsichtsmaßnahmen seine Kontrahenten inzwischen noch in die Wege geleitet hatten, ging er auf Nummer sicher, vermied den Weg durch das große Portal und kletterte dafür etwa zehn Meter davon entfernt mit letzter

Kraft über die Friedhofsmauer, um so fast direkt auf der Motorhaube seines eigenen Autos zu landen.

Sein Fahrzeug erwiderte den Griff an die Fahrertür gerade mit dem typisch blauen Licht aus dem Innenraum, als neben ihm eine dunkle Limousine parallel zu Straße an den Bürgersteig heranrollte und sanft zu stehen kam. Die grellen Scheinwerfer blendeten ihn für einen Augenblick und er wandte sich reflexartig ab, die Hände schützend vor dem Gesicht. Im selben Moment hörte er die hohen Schuhe über den steinernen Boden stöckeln. Er riss die Fahrertür auf und wollte gerade das Weite suchen, als es in seinem Kopf ratterte und sein Unterbewusstsein eine Intuition wachrief: „Das können nicht meine Hetzer sein", schoss es ihm durch den Kopf. Er drehte sich um und lehnte sich, unweigerlich neugierig, mit dem Rücken an seinen Wagen.

Und da kam sie, Joe, die nachtgeborene Göttin der Unterwelt, blond wie die Hölle, völlig in schwarz gekleidet. Mit einer Eleganz, wie sie vor allem große, schlanke Mädchen besaßen. Das maßgeschneiderte Trauerkleid mutete wie eine Reminiszenz an „Guns n' Roses" an, dem Anlass angepasst oberhalb der Brust mit zwei breiten, halbtransparenten Streifen versetzt, die zusammen ein nach unten auslaufendes Kreuz ergaben. Die Regentropfen glitzerten von ihrer Schulter. Ein schlichtes, mit rauchschwarzen Steinen besetztes, Diadem trug den grobmaschigen Schleier, der über ihrem Gesicht lag, die silbernen Ohrringe nahmen die Steine der Tiara wieder in sich auf. Dahinter die langen Wimpern und die kessen scharlachroten Lippen. Ihren Gang würde er jederzeit wiedererkennen.

Ihre lang herabfallenden Strähnen schienen in der grauen Tristesse zu strahlen, und hoben sich in einem krassen Kontrast von dem lose über ihren Schultern hängenden Oversize-Mantel ab. In ihrem Schlepptau zwei Leibwächter. Als sie mit gesenktem Haupt aus dem Portal schritt, fiel ihr Blick auf den Kommissar, ihre Blicke trafen sich. Er schaute ihr direkt in die Augen. Für einen kurzen Moment meinte er Überraschung, gefolgt von einem kühnen Lächeln, hinter dem Schleier ausgemacht zu haben, aber sie ließ sich nichts anmerken. Der Fahrer der Limousine hatte ihr bereits die hintere Wagentür weit geöffnet und sie schwebte geradewegs darauf zu, ehe der Kommissar, immer noch am Wagen lehnend, den Auftritt unterbrach.

„Na schöne Nyx, vermeiden wir es uns öffentlich zu zeigen? Fürchtest du die Rache deiner eigenen Leute? Haben sie dich als das entlarvt, was du bist?"

Ehe er sich versah ging einer der Bodyguards auf ihn zu und stellte sich direkt vor ihm auf, unterschritt bewusst den Mindestabstand, der seine private Komfortzone bildete. Der Kommissar erkannte ihn als den Schatten, der ihn vorhin an der Schulter gepackt hatte. Aber jetzt ließ er sich nicht einschüchtern, wusste er doch, dass Joe's Leute ihm kein Haar krümmen würden, zu viel hatte er dafür bei ihr gut. Aber warum war sie bloß hier? Was zum Teufel hatte sie hier verloren?

Der raue Atem seines Widersachers blies ihm ins Gesicht und riss ihn aus seinen Gedanken. Nur nicht einschüchtern lassen, auch er war in Dominanzspielchen geübt, er baute sich auf, starrte seinem Widersacher von oben herab in die Augen, beide waren sich jetzt so nahe, dass die Nase des Kommissars fast die Stirn seines glatzköpfigen Gegenübers berührte. Gelassen rückte er mit seiner rechten Hand erst seinen eigenen Kragen, dann den Krawattenknoten seines Gegenspielers zurecht. Berechnend provokant touchierte er dabei das Kinn des Gorillas. Dieser schnaubte ihn wütend an. Angeekelt wischte er sich den Atem vom Kinn. Er wusste um die psychologische Wirkung seiner fast schon uniformähnlichen Kleidung, um die autoritäre Wirkung von Handschuhen, die dem Gegenüber Respekt einflößten. Die Luft zwischen den beiden war zum Zerreißen gespannt, jeden Moment konnte der erste Schlag fallen, er spannte vorsorglich seinen Bauch an.

Die Spannung entlud sich erst, als die Schönheit aus dem Hintergrund das Wort ergriff und: „Lass gut sein, das ist ein Freund, außerdem hattest du ja schon deinen Spaß mit ihm", verlauten ließ. Sofort lockerte sich die Haltung des Leibwächters und er schickte dem Kommissar ein süffisantes Lächeln hinterher. Dieser tat es mit einem kurzen Schulterzucken ab und fing an, seinen auf der Flucht doch stark lädierten Mantel abzuklopfen. Joe schob ihren Bewacher beiseite und kam energisch auf den Kommissar zu.

„Was treibst du hier? Du hättest fast alles vermasselt und unser beider Leben aufs Spiel gesetzt", warf sie dem Kommissars wütend entgegen und zog sich dabei die Handschuhe von ihren zarten langen Fingern, um ihm damit in die Brust zu bohren.

„Was ich hier mache?“ sagte er ernst. „Vermutlich das gleiche wie du, in Erfahrung bringen, mit wem ich es in nächster Zeit zu tun haben werde. Aber mit Dir hätte ich nicht gerechnet. Ich dachte du hättest deine Lektion gelernt.“

„Keine Sorge, ich kann auf mich aufpassen, oder wem von uns beiden läuft hier das Blut von der Stirn? Und wessen Karriere steht vor dem Aus?“, fragte sie provozierend. „Wer kann also nicht auf sich aufpassen und sollte sich in Acht nehmen? Vermutlich nicht ich, ich habe hier nur die Trauerfeier meines Onkels besucht, weiter nichts.“

Sie hatte die Gewohnheit die Umstände so zu verdrehen, als ob sie nur ganz zufällig, und aus Versehen, in Machenschaften hineingezogen wurde. Anschließend tat sie so, als ob sie keine Wahl hatte, als den Dingen ihren Lauf zu lassen und als pure Unschuld daraus hervorzugehen. Aber er wusste was sie war, und es machte nicht den geringsten Unterschied. Sie war so hart und skrupellos wie sie schön war.

Er zuckte abermals mit den Schultern: „Deshalb schleichst du also durchs Unterholz und belauschst deine eigene Sippe? Stiehlst dich durch den Hintereingang?“, er musste unwillkürlich zynisch lächeln. „Ich wurde letztes Mal zum Narren gehalten, das weißt du genau, und mich beschleicht das ungute Gefühl, dass es schon wieder soweit ist.“

„Stell dich nicht so an, sieh es ein, unser Schicksal ist miteinander verbunden. Meinst du wirklich, ich hätte das alles eingefädelt, hältst du das alles für Zufall?“

Er verstand die Botschaft und er musste aufpassen, nicht dem Charisma der Göttin zu erliegen. „Du solltest besser nicht immer auf meine Naivität bauen und dir angewöhnen mich nicht zu unterschätzen.“

„Vergiss nicht unseren Pakt“, erwiderte sie, „das Band, das dich und mich verbindet, die Farbe des Bandes kann nur schwarz sein. Ein pechschwarzes Schwarz, schwärzer als die Finsternis.“ Die aggressive Stärke und zarte Verwundbarkeit die sie verkörperte, war ehrerbietend. Es fiel ihm schwer, dem Ruf der Sirene zu wiederstehen.

„Deine Bemühungen sind rührend, aber warum sollte ich deswegen meine Meinung ändern?", fragte er.

„Warum?", ihre schön geschwungenen Lippen verzogen sich plötzlich, ihr Mund wurde grausam, grausam und bestimmt. „Überleg dir, wie wir diese Stadt im Sturm erobern könnten, die Welt würde uns zu Füßen liegen, wir könnten die Dinge in unserem Sinne gestalten." Sie machte eine Pause. „Menschen wie wir lieben die Gefahr und leben gefährlich. Wir werden nicht alt. Wir sollten uns von Friedhöfen fernhalten. Es ist einfach zu riskant. Zu leicht fallen wir in die offenen Gräber zu unseren Füßen. Und was soll dann auf unseren Grabsteinen stehen? Unsere Geschichte ist noch nicht geschrieben!"

„Was soll das heißen?", fragte er unheilvoll.

„Überleg es dir. Aber jetzt genug der Sentimentalität, die Gangster sind bestimmt gleich hier, wir sollten los."

Daraufhin nahm sie ihre Handschuhe, warf sie dem Kommissar gegen die Brust und ging zu ihrem Wagen. Sie ließ ihren Umhang an sich herabgleiten, überreichte ihn dem Chauffeur und verschwand im Innenraum der Limousine, die daraufhin unverzüglich davonrollte.

Er blieb mit einem Gefühl der Ratlosigkeit zurück, zwischen seinen Fingern die Handschuhe Joes'. Er hatte sich also nicht getäuscht, Joe hatte sich, genau wie er, einen Überblick über die Lage verschafft. Es wird in den entsprechenden Kreisen kaum unbemerkt geblieben sein, dass sie ihren Onkel an jenem unheilvollen Abend ans Messer geliefert hatte. Sie musste, genau wie er, aus dem Verborgenen agieren, Vorsicht walten lassen. Andererseits machte sie einen sehr selbstbewussten Eindruck. Hatte sie endgültig die Macht ergriffen? War sie nun eine der mächtigsten Personen der Stadt? Sie hatte recht, sie hätte ihn dem Erdboden gleichmachen, ihn endgültig vernichten können, aber sie tat es nicht. Es blieb ihm ein Rätsel warum nicht, vermutlich gab es nur einen Grund, er spielte nach wie vor eine Rolle in ihrem bizarren Spiel. Im Gegensatz zu den meisten anderen Menschen konnte er Joe nicht lesen, nicht einschätzen was sie vorhatte, suchte oder wollte. Aus seinen bisherigen Begegnungen mit ihr, war klar, dass sie nicht aus purer Grausamkeit handelte, wie es ihr Onkel getan hatte. Sie hatte immer einen größeren Plan und hielt die Fäden in der Hand. Es würde bestimmt nicht sein letztes Treffen mit der Raubkatze gewesen sein, zumindest war er jetzt gewarnt.

KAPITEL 1

- Hedge your bets -

Alles auf Rot

Am nächsten Morgen hatte er einen Banktermin mit seiner Freundin. Banktermine hasste er in etwa so wie Eigentümerversammlungen. Er nahm sein Fahrrad aus der kühlen Tiefgarage und fuhr damit innerhalb von fünf Minuten in die Innenstadt. Ihr Anlageberater hatte seine Geschäftsräume, zufällig oder nicht, direkt gegenüber des Sparkassen-Towers, dem einzigen wirklichen Hochhaus der Stadt. Es war einer der ersten schönen Frühlingsmorgen und die Sonne brach bereits jetzt am frühen Vormittag durch den trüben Schleier der Stadt. Kalt war es trotzdem, besonders auf dem Rad. Am Ziel angekommen, schloss er sein Fahrrad am nächstbesten Laternenmast an, und sah, als er sich gerade wieder hochbeugte, aus den Augenwinkeln bereits seine Freundin um die Ecke biegen, die noch in der Stadt einkaufen war. Sie schwebte über den Gehsteig, wie ein Mannequin über den Laufsteg. Er überquerte ebenfalls die Straße und wenige Sekunden später standen sie nebeneinander und küssten sich zur Begrüßung.

„Alles gut Ben?", fragte sie ihn. „Geht's dir besser?"

„Jaja, alles gut", tat er beruhigend ab.

„Ich kann immer noch nicht verstehen, wie das passieren konnte?", fragte sie gespielt einfältig. „Wie kann man sich beim Kelleraufräumen nur so den Kopf stoßen. Und seit wann räumst du überhaupt den Keller auf?", dabei fiel ihr misstrauischer Blick auf seine Kopfverletzung.

„Macht das im Moment nicht jeder?", antwortete er mit gespielter Gelassenheit. „Das war die Motorhaube, hab ich dir doch schon erzählt."

„Ich kann's immer noch nicht glauben", schloss sie kritisch ab und schüttelte den Kopf.

Unweigerlich musste er sich an gestern zurückerinnern, an die Beklommenheit auf dem Friedhof, den verschlingenden Nebel, den Schnitt an seiner Stirn und wie er um Haaresbreite mit dem Leben davongekommen war.

Er wusste, dass sie ihm die Geschichte nicht geglaubt hatte, aber auf die Schnelle war ihm nichts Besseres eingefallen.

Sie wechselte in der Kälte fast sekündlich das Standbein und presste die schweren Ordner, die sie mitgebracht hatte, mit verschränkten Armen vor ihrer Brust schützend an sich.

Es erschien den beiden wie ein Segen, als ihr Finanzexperte und Rechtsbeistand endlich von hinter dem Gebäude, vermutlich vom Parkplatz, nervös und zugleich energisch auf sie zukam. In einem Augenblick verinnerlichter Höflichkeit machten alle drei die Andeutung zum Händeschütteln, ehe sie sich der neuen Etikette besannen, und die Hände im letzten Moment verlegen zurückzogen. Streng genommen hätte der Termin aufgrund der neuen Abstandsregeln überhaupt nicht stattfinden dürfen, aber einerseits würde niemand davon erfahren und andererseits gab es Dinge, die nun mal zu regeln waren. Davon abgesehen erzeugte es in ihm ein wohltuendes Gefühl der Rebellion, sich gegen die Regeln, gegen den Arbeitgeber, der ihn suspendiert hatte, aufzulehnen.

Während der Berater sie begrüßte, öffnete er ihnen die Türe und bat sie, ihm zu folgen. Wie immer wirkte der Anwalt mit seinem halblangen, zerzausten fahlen Haar, seinem nicht recht sitzenden grauen Jackett und der schief gebundenen Krawatte wie ein gehetztes Tier. Man hatte den Eindruck, als würde er zwischen Jäger und Gejagtem schwanken, und dabei langsam aber sicher den Überblick und die Kontrolle über sich und seinen Verstand verlieren. Es war unklar, inwiefern der konfuse Zustand ihres Gegenübers tatsächlich Ausdruck von Überarbeitung und erste Anzeichen für Burn-Out waren. Vielleicht war es eher aufgesetzte, affektierte Schauspielerei, um den Kunden emsige Betriebsamkeit vorzutäuschen. Nicht selten hatten sie gemutmaßt, dass die getriebene Persönlichkeit des Advokaten möglicherweise auch andere Ursachen haben könnte.

Der Berater bat sie noch kurz im Vorzimmer seines Büros Platz zu nehmen, bis er alle Akten und Dokumente beisammen und den Rechner hochgefahren hatte. Normalerweise wurden sie an dieser Stelle von einer hilfsbereiten Vorzimmerdame empfangen, die sie zuvorkommend, und mit der Ausstrahlung einer Weinkönigin, mit Kaffee und Gebäck umsorgte. Aber da es ein Termin außerhalb der geregelten Zeiten war, hatte sie wohl frei. Umso mehr entstand eine konspirative Stimmung, eine Endzeitstimmung, wie man sie dieser Tage öfter erlebte.

Sie setzten sich in die schweren Möbel, wobei seiner Freundin das Unbehagen angesichts der Ledergarnitur anzusehen war. Die zwei Sessel in denen sie Platz nahmen, standen sich diagonal gegenüber, in der Mitte ein Loungetisch mit Zeitschriften. Der Kommissar suchte sich eine Zeitschrift und begann gelangweilt darin zu blättern. Seine Freundin warf ihm bei der Wahl des Heftes einen verächtlichen Blick zu und verdrehte genervt die Augen.

„Was?" fragte er.

„Werd endlich erwachsen!" antwortete sie.

Er blätterte unverhohlen weiter und konnte sich den Spaß nicht verkneifen: „Ich les das nur wegen der Artikel", erwiderte er verschmitzt und blickte prüfend über das Heft hinweg zu seiner Freundin. Erfreut bemerkte er, dass sein Kommentar seine Wirkung nicht verfehlte, sah er doch wie sich ihre Mundwinkel unweigerlich für den Bruchteil einer Sekunde zu einem Schmunzeln verzogen und ein Lächeln über ihre Lippen huschte. Nichts auf der Welt bereitete ihm mehr Freude als sie lächeln zu sehen, eines der hübschesten Lächeln die es überhaupt nur gab. Ein Lächeln, das ihm warm werden ließ und das jeden beklemmenden Knoten in seiner Brust löste.

Der Berater streckte den Kopf aus seinem Büro und bat sie herein, woraufhin seine Freundin nach ihren Ordnern griff und sich erhob. Und auch für den Kommissar war es an der Zeit, das Mickey Mouse Heft mit Genugtuung auf den Tisch zurückzulegen.

Eigentlich hasste er Termine wie diese, machte er sich doch, genau wie seine Freundin, nicht viel aus Geld. Dennoch, der wirtschaftliche Boom der letzten Jahre war auch an ihnen nicht spurlos vorrübergegangen, sodass sie sich ein ordentliches finanzielles Polster aufbauen konnten. Sie waren fleißig gewesen, hatten bei der einen oder anderen Entscheidung ein gutes Händchen bewiesen, und, was wohl am wichtigsten war, sich vor Dummheiten gehütet. Sie konnten mit Stolz sagen, dass sie alles, was sie ihr Eigen nennen durften als eingespieltes Team gemeinsam erarbeitet hatten. Jetzt gab es im Zusammenhang mit der aktuellen Krise einige vorbeugende Anpassungen vorzunehmen, um die stabile Entwicklung fortzusetzen.

Seine Freundin war, wie immer, mit fein säuberlich markierten Unterlagen bewaffnet, er wie immer mehr oder weniger unvorbereitet. Andererseits kam ihm an dieser Stelle sein feines Gespür als Kriminalbeamter zugute. Die Fähigkeit Chancen und Risiken aus strategischer Sicht zuverlässig gegeneinander abzuwägen und intuitiv zu erahnen. Zu wissen, wann es galt es eine Chance am Schopf zu packen, oder es besser sein zu lassen. In jedem Fall aber immer die Konsequenzen des eigenen Handelns zu tragen. Hinzu kam die Perfektion seiner Freundin alles bis ins kleinste Detail vorzubereiten. Dabei ging Erfahrung oft über Talent, im Idealfall hatte man eine Kombination aus beidem, wohl am wichtigsten war es aber, immer einen Notfallplan parat zu haben.

Nachdem sie bereits etliche Minuten im Büro des Beraters gesessen und ihm bei seiner Einführung zugehört hatten, schweifte der Blick und mit ihm die Gedanken des Kommissars ab. Er betrachtet das Namensschild ihres Beraters vor sich „Thomas Solmecke, Berater HNWI“ stand es in goldenen Lettern auf dem Schild geschrieben. Grundsätzlich hielten sie nicht viel von Beratern irgendeiner Art, sei es ärztlichen oder familiären, sie hatten den Mut sich ihres eigenen Verstandes zu bedienen und das Selbstbewusstsein Zusammenhänge zu hinterfragen. Und da wurde es bei den vermeintlichen Experten meistens schnell dünn. In diesem Fall verhielt es sich anders, denn so derangiert wie er manchmal wirken mochte, so genial war ihr Berater in gleichem Maße.

Sicher, das war ihnen bewusst, auch er wollte nur ihr Bestes, aber immerhin hatte er oft genug bewiesen, dass er sein Geld wert war. Inzwischen waren seine Freundin und der Mann Mitte fünfzig in eine intensive Diskussion verfallen und ihr Gegenüber machte sich hinter seinem modernen Schreibtisch aus Edelstahl eifrig Notizen. Teilnahmslos wechselte der Kommissar seinen Blick sehnsüchtig von seiner Freundin zum übernervösen Berater, der völlig abgespannt die Finanzpapiere durchblätterte. Überhaupt hatte man den Eindruck, dass der Anwalt sich in seinem Büro seinen ganz persönlichen Jugendtraum erfüllt hatte, war der Einrichtungsstil mit den schweren Lexika-Bänden auf den Regalen, dem übergroßen Schreibtisch aus Stahl und Glas, doch am ehesten mit den Prädikaten maskulin-repräsentativ zu beschreiben. Der Kommissar war sich fast sicher, dass die Klassiker der Weltliteratur, die da an der Wand standen, nie angetastet worden waren, aber vielleicht tat er seinem Gegenüber mit diesem Vorurteil auch unrecht, zu oft täuschte man sich in Menschen. Es stand jedenfalls fest, dass er selten einen Raum gesehen hatte, der den Turbo-Kapitalismus annährend so gut widerspiegelte. „Das einzige was den Raum noch vollenden könnte, wäre ein präparierter Schwertfisch an der Wand“, dachte sich der Kommissar.

Es folgte eine Phase, in der sich der Anwalt, wie so oft, über seinen Job ausließ. Das war zwar immer etwas unangenehm, so recht verübeln konnten sie es ihm aber nicht, war das tagtägliche Wälzen von Verträgen und Papieren wahrscheinlich so trocken, dass kein Schmerzensgeld der Welt diesen monotonen Alltag entschädigen konnte.

Da hatten er und seine Freundin es besser erwischt, gab es wohl weit und breit niemanden, zumindest hatten sie bislang niemanden getroffen, der ein ähnlich erfülltes Leben geführt hatte wie sie. Sie hatten alle Freiheiten die man sich vorstellen konnte, waren ungebunden und ergänzten sich seit fünfzehn Jahren, immerhin die Hälfte ihres Lebens, perfekt. Sie war seine Jugendliebe, er ihre.

Bei diesem Gedanken überkam ihn ein Hauch von Schwermut – die Schatten seiner Vergangenheit durften sie einfach nicht einholen, er durfte nicht zulassen, dass sie in ihr Leben eindrangen und ihre heile Welt zerstörten.

Seine Freundin hatte ihr Hobby zum Beruf gemacht und ging als Selbstständige im Kampf für Nachhaltigkeit voll auf. Er kämpfte in seinem Job für Gerechtigkeit, zumindest innerhalb der Grenzen, in denen er Einfluss darauf nehmen konnte, und bekam mit seiner Arbeit Einblick in die verschiedensten Themen und gesellschaftlichen Lebensumstände, die man sich vorstellen konnte. Er half Menschen in Not und brachte Kriminelle und andere Unmenschen hinter Schloss und Riegel. Trotzdem war ihm bewusst, dass sein Einfluss insgesamt, deprimierender Weise, doch nur verschwindend gering war und er gegen Windmühlen kämpfte. All das stellte nur die Spitze des Eisbergs dar und manchmal kam er sich vor wie Sysiphos, der tagtäglich die gleiche mühselige Arbeit verrichten musste, um am nächsten Tag festzustellen, dass er mit eben den gleichen Problemen aufwachte und von vorne anfangen musste. Viel zu große Macht hatte die politische Großwetterlage, die wie so vieles am Ende doch vom puren Zufall abhing. Sicher handelten im Grunde alle nach bestem Wissen und Gewissen, letztendlich spielten aber so viele Faktoren und

Randbedingungen mit in die Entscheidungen, dass selten von einem geplanten Handeln die Rede sein konnte. Die aktuellen Regelungen während der Pandemie offenbarten das Problem mehr denn je.

Nicht umsonst hatte er in seinen jungen wilden Jahren gegen dieses System rebelliert, war auf die Straße gegangen, um für das einzutreten was er für Recht und Gerechtigkeit hielt. Er wollte die Missstände in der Gesellschaft beheben, aber zu oft hatte er sich mit dem Stein in seiner Hand allein auf der Straße wiedergefunden, nur er, sonst niemand, war draußen sich dem Kampf zu stellen. Der Rest saß wie immer tatenlos daheim, um sich von seichtem Unterhaltungsprogramm berieseln zu lassen. Er hatte gegen die gekämpft, die jetzt seine Kollegen waren, hatte sie verachtet, mit Pflastersteinen und Feuerwerkskörpern beworfen. Jetzt war er ein Punk versteckt hinter Nadelstreifen.

Die Ereignisse des gestrigen Tages drangen unweigerlich in sein Bewusstsein. Jetzt stand er endgültig zwischen den Fronten. Mehr denn je, fühlte er sich fehl am Platz und keiner gesellschaftlichen Gruppe mehr zugehörig, er war ein Outlaw, ein Abtrünniger. Vor nicht mal einem halben Jahr, hatte er noch einen sicheren Job, eine Zukunft gehabt. Zum Glück hatte er seine Freundin, die ihm in all der Zeit halt gegeben hatte.

Reich war eben doch derjenige, der ohne Angst auf die eigene Zukunft blicken konnte, neugierig und tatkräftig. Und ob er das konnte, war noch unbeantwortet. Er jedenfalls spürte das Damokles-Schwert über seinem Kopf, und es kam unweigerlich näher.

Er merkte, wie er gedanklich immer weiter abdriftete und dass er dem Tagtraum Einhalt gebieten musste. Er durfte sich nicht seiner Gefühlsduselei, seinem Selbstmitleid ergeben, ein klarer Verstand und Konzentration waren jetzt gefragt. Mühsam kämpfte er sich in den aktuellen Monolog ihres Beraters zurück, der die Umsatzzahlen, sowie Gewinne vor und nach Steuern für die einzelnen Beteiligungen herunterlas.

Nachdem sie den Rückblick über das vergangene Jahr abgeschlossen hatten, zog ihr Beistand die erfreuliche Bilanz, dass sie bereits jetzt, und damit deutlich vor dem eigentlichen Tilgungsplan, restlos schuldenfrei waren.

„Damit“, meinte er, „können wir jetzt zum eigentlichen Kernpunkt des Termins überleiten, nämlich dem, dass wir damit jetzt die große Chance haben, die aktuellen Marktverwerfungen für uns zu nutzen und zu investieren."

Das Thema war diffizil, waren sie beide doch absolut keine Risikoanleger und waren grundsätzlich keine Anhänger von langfristigen Anlagen, sondern bevorzugten es kurzfristig, frei und flexibel über ihr Vermögen zu verfügen. Es folgte eine langwierige Debatte über die richtige Anlageform, bis schlussendlich eine Anlagestrategie stand, die mit einer Mischung aus Skyscraper-Theorem und kategorischem Imperativ wohl einzigartig war, aber für alle Beteiligten einen gangbaren Weg darstellte.

„Gut, notiert", hielt er die Abmachung fest.

Zum Abschluss der Besprechung bekamen sie das Protokoll der Sitzung und Kopien der Verträge überreicht, zeichneten diese ab, und reichten das Protokoll unterschrieben dem Anwalt zurück. Dann verabschiedeten sie sich von ihm und verließen zusammen das Büro des aufgekratzten Finanzbeistandes.

Auf dem Weg nach draußen, packte ihn seine Freundin am Arm und sagte: „Ben! Warte kurz." Sie blieben stehen. „Was ist denn los mit dir, seit gestern bist du völlig durch den Wind, du bist so angespannt wie früher als du im Dienst warst und auch da kamst du dauernd mit Blessuren heim. Du hättest bloß reden müssen, dann hätten wir das schon hinbekommen und du hättest noch deinen Job. Ich seh doch, dass mit dir was nicht stimmt, den ganzen Termin warst du abwesend. Du behältst immer alles für dich, als hättest du immer noch nicht verstanden, dass wir ein Team sind und zusammen alles schaffen, jede Herausforderung bewältigen. Es gab nur deinen Job, und du hast dich benommen wie ein Idiot. Ich hatte gehofft, die Zeiten wären vorbei!"

Sie hatte sich in Rage geredet und rief in ihm dabei schmerzhaft seine dunkelste Stunde ins Bewusstsein.

„Das war eine schwere Zeit, ich stand immens unter Druck, einerseits wollte ich mich beweisen, andererseits habe ich jeden Tag Dinge gesehen die niemand sehen sollte, die einem nahe gehen und nur schwer zu verarbeiten sind. Ich hatte mich allein gefühlt und mich allein einem der gefährlichsten Gegner gegenüber gesehen. Ich wusste nicht wem ich trauen kann und wem nicht, wer auf der guten oder auf der bösen Seite steht."

„Aber das trifft ja wohl hoffentlich nicht für mich zu! Bei mir weißt du immer, dass ich zu dir halte, egal was passiert. Also warum hast du deine Probleme deine Sorgen nicht mit mir geteilt?“ fragte sie empört. „Du bist ein ums andere Mal übel zugerichtet nach Hause gekommen, wolltest mir aber nicht sagen was dahinter steckt, was es damit auf sich hat. Du verstehst, dass das kein tragbarer Zustand ist, dass man darauf keine Beziehung aufbauen kann. Du bist zwischendurch für mehrere Tage am Stück abgetaucht, hast mir nichts gesagt, mir kein Lebenszeichen zukommen lassen. Ich wusste nie wo du bist, oder mit wem du unterwegs bist. Du hast nur immer gemeint ich soll mir keine Sorgen machen. Zwei Tage später bist du dann doch wieder mit einem blauen Auge nach Hause gekommen. Das was ich in der Zeitung gelesen habe war nicht viel besser. Du hast dich mit einem Gangsterboss angelegt, hast die ganze Stadt in Aufruhr versetzt. Du hast jemanden erschossen und wärst selbst fast gestorben!“

Beschämt schaute er zu Boden. Er musste sich eingestehen, die Weigerung erwachsen zu werden, war hinfällig wenn man jemanden erschossen hatte: „Ich weiß ich hab mich damals nicht richtig verhalten, aber es war wie gesagt nicht einfach. Ich hatte so viele Sachen im Kopf, wusste nicht wie ich damit umgehen soll, hatte schwere Entscheidung zu treffen, und stand enorm unter Druck. Gleichzeitig habe ich mein Leben aufs Spiel gesetzt um den Fall zu lösen, deshalb hatte ich vermutlich unterbewusst das Gefühl, dich aus allem raushalten zu müssen, um dich zu schützen, um dich und uns nicht angreifbar zu machen.“

„Ich glaube eher dein Ego ist das Problem, das typisch männliche, egoistisch Denken alles allein bewältigen zu können und zu müssen“, warf sie ihm vor.

„Im Nachhinein bestimmt idiotisch, aber es war nicht einfach und im Nachhinein leide ich unter den Konsequenzen mit Sicherheit so sehr wie du“, antwortete er reumütig.

„Einigen wir uns einfach darauf, dass du ein Idiot bist“, sagte sie und schmollte noch für einen Moment. Dann, nachdem der erste Frust verflogen war, schmunzelte sie und breitete ihre Arme zu einer Umarmung aus. Er packte sie und drückte sie fest an sich. Kurz darauf fühlte er, wie sie seinen Druck erwiderte. Ein Druck, der viel mehr war, als nur Wohlbefinden, er bedeutete absolute Geborgenheit und die Sicherheit, dass sie gemeinsam alles schaffen konnten.

Wieder daheim stellte er sein Rad zurück in den Keller, ging zum großen Rolltor hinaus und umrundete den Mehrfamilienkomplex über die Straße. Sein Blick schweifte achtsam umher, fiel auf die Litfaßsäule, auf der noch die ganzen abgesagten Kulturveranstaltungen der Stadt angekündigt wurden, betrachtete argwöhnisch jedes fremde vorbeifahrende Auto, jeden fremden Passanten auf der Straße. Er kam sich langsam paranoid vor, aber er musste Vorkehrungen treffen, sich wappnen, zu dumm, dass seine Freundin keine Waffen in ihrer Wohnung duldete. Er ging durch den Vorgarten über die Mischbetonplatten der Wohngemeinschaft und legte vor der Haustüre einen letzten Stopp am Briefkasten ein. Er blätterte die Post in seiner Hand durch. Das meiste war Reklame, ein Brief von den Stadtwerken war dabei, und, zu seiner Überraschung, ein Schreiben des Polizeipräsidiums. Er wusste nicht recht was er davon halten sollte, eigentlich konnte es sich nur um schlechte Nachrichten handeln. War das seine endgültige Entlassung aus dem Staatsdienst? Eine weitere Vorladung zu einem Gerichtstermin?

Nachdem er die Haustüre aufgeschlossen hatte und die Treppe zu ihrem Appartement hinaufging, öffnete er mit seinem kleinen Finger ungeduldig das Kuvert und begann gespannt die ersten Zeilen zu überfliegen.

KAPITEL 2

- To protect and to serve -

Dein Freund und Helfer

Der Termin war auf 09:00 Uhr angesetzt. Er hatte sich nach langer Zeit wieder rasiert und mit seinem dunkelblauen Sakko, Hemd und guter Jeans sah er ganz brauchbar aus, der erste Eindruck zählte schließlich. Was man bei dieser Gelegenheit versaute, konnte man nicht wieder gutmachen. Der Bequemlichkeit halber nahm er das Auto und schlängelte sich auf seinem Weg zum Bahnhof mühelos durch den jetzt deutlich schwächeren Berufsverkehr. Wegen der ersten Bauarbeiten zur Innenstadt-Ost-Erweiterung musste er allerdings einen Umweg nehmen. Er kam nicht an Bibliothek und Schlosskirche vorbei den Schlossberg hinauf, sondern fuhr durch die Innenstadt, vorbei an der Schlössle-Galerie, von hinten an das Präsidium fahren.

Er hatte einen kleinen zeitlichen Puffer eingebaut, sodass er pünktlich und relativ entspannt um halb neun auf den Parkplatz des Präsidiums rollte. Er parkte direkt unter der metallenen Weltkugel an der Fassade, vielleicht sollte es auch eine Sonnenuhr sein, er hatte das Kunstwerk nie ganz verstanden. Da er für das Polizeipräsidium seit seiner Suspendierung keine Zugangskarte mehr hatte, musste er, wie jeder Normalbürger, den Haupteingang nehmen.

Als er aus dem Wagen stieg, wechselten sich angenehm warme Sonnenstrahlen mit Schönwetterwolken ab. Es kündigte sich bereits an, dass es ein schöner, warmer Vormittag werden würde. Er ging einmal um das Gebäude, in dem er die letzten Jahre seinen Dienst verrichtet hatte, und betrat es durch den Vordereingang. Die Pforte mit dem Panzerglas und der dahinter an der Wand angebrachten Uhr, sah aus wie immer. Den einzigen Unterschied bildete ein, eilig am Eingang aufgestellter Desinfektionsspender, den er geflissentlich ignorierte und auf die Empfangsdame zuschritt. Frau Blanco, die bereits auf diesem Posten war, als er vor zehn Jahren hier angefangen hatte, hielt nach wie vor die Stellung am Empfang und begrüßte ihn freundlich. Die stets hilfsbereite Frau Blanco war einige der wenigen Kolleginnen, mit denen er sich auch nach dieser langen Zeit noch siezte, was weniger eine Frage des Respekts und der Hochachtung, sie war kaum zehn Jahre älter als er, als ein eingespielter Spaß unter Kollegen war. Sie begrüßten sich so herzlich, wie es durch das Panzerglas möglich war und man merkte, dass sie nicht damit gerechnet hatte ihn wiederzusehen. Von ihr, das hatte er nicht anders erwartet und sich ehrlich gesagt auch erhofft, bekam er direkt die brandheißen News der Zentrale mitgeteilt, natürlich nicht ohne selbst etwas über sich preiszugeben. So erzählte er von dem Brief, den er gestern erhalten hatte, und dass er darin in kurzen Zügen, trotz Persona non grata die er war, ins Präsidium vorgeladen wurde, ohne genau zu wissen, was auf ihn zukam. Im Gegenzug erfuhr er, dass sich in der Zwischenzeit doch einige personelle Veränderungen auf dem Revier ergeben hatten. Der ehemalige Leiter der Gerichtsmedizin war inzwischen in Ruhestand und Kriminaltechniker Dr. Jenke war den Umstrukturierungen des letzten Polizeipräsidenten zum Opfer gefallen. Außerdem hatte sich eine seiner ehemaligen Mitarbeiterinnen zu einer anderen Dienststelle versetzen lassen. Davor war sie zu einer Weltreise aufgebrochen, ehe Corona diesen Plänen ein jähes Ende gesetzt hatte.

Die wichtigste personelle Veränderung war aber der neue Polizeipräsident Herr Ricke. Die Einladung für dieses Gespräch war so kurzfristig gekommen, dass der Kommissar keine Zeit gehabt hatte, sich intensiv über den neuen Chef zu informieren. Eine kurze Google-Suche ergab lediglich eine steile Karriere beim Dezernat für Wirtschaftskriminalität, das Engagement bei einem Kinderhilfswerk und Golfen als Hobby. Dementsprechend unvorbereitet ging er in das Gespräch. Nach dem kurzen Plausch mit Frau Blanco, meinte diese, er könne ruhig schon hochgehen und im Vorzimmer der Chefs Platz nehmen. Die Chefsekretärin, würde ihn dann hereinbitten, sobald Herr Ricke verfügbar wäre.

Gerne hätte er einen Abstecher zu seinen ehemaligen Kolleginnen gemacht, wusste aber, dass das in der aktuellen Situation keinen Sinn machte, war doch der Großteil des Innendienstes, soweit möglich, ins Homeoffice verlegt worden. Außerdem war es ihm lieber, den Verlauf des Gespräches abzuwarten, um abschätzen zu können, was auf ihn zukam und was das für ihn und seine ehemaligen Mitarbeiter bedeutete. Er nahm wie immer die Treppe in den zweiten Stock und verzichtete auf den Fahrstuhl. Oben angekommen, sagte ihm besagte Vorzimmerdame, die gute Seele des Reviers, dass er sich noch gut eine Viertelstunde gedulden müsste. Durch die Türe hörte er, wie der Präsident noch ein Telefonat führte. Obwohl er bisher sehr ruhig gewesen war, spürte er eine leichte Nervosität in sich aufsteigen. Andererseits konnten ihn bürokratische Hürden, nach den Überlebenskämpfen die er hinter sich hatte, nicht mehr wirklich aus der Fassung bringen. Nach einem Signal der Dame, klopfte er vorsichtig an die angelehnte Tür des Polizeipräsidenten und betrat das Büro mit einem suchenden Blick. Er fand Herrn Ricke hinter seinem Schreibtisch am hinteren Ende des Raumes. Der Kommissar schloss die Tür hinter sich und ging auf den Besprechungstisch zu, an dem er früher häufig Platz genommen hatte. Herrn Ricke musterte den Eindringling kritisch über die Gläser seiner Brille hinweg, erkannte ihn dann, woraufhin er sich erhob und auf den Kommissar zuging und ihn begrüßte: „Herr Blocksberg?"

„Ja, Ben Blocksberg", stellte sich der Kommissar vor.

„Nehmen Sie doch Platz", bot der Polizeipräsident dem jungen Kollegen mit einer Geste zum Besprechungstisch an.

Herr Ricke war für seine Größe höchstens einen Tick zu schwer und das freundliche, aber bestimmte Gesicht, mit den konzentrierten Augen und grau-melierten Haar machte einen wachen Eindruck.

Das Büro war geräumig, aber nicht wirklich groß und wie die ganze Dienststelle etwas in die Jahre gekommen, wobei sich der Kommissar nicht ganz sicher war, ob die Einrichtung überhaupt jemals zeitgemäß gewesen war. Zumindest vermittelte das rundum mit Holz vertäfelte und mit Einbauschränken überfrachtete Büro einen ganz eigenen Charme der Heimeligkeit. Ansonsten fiel die strenge Ordnung und Aufgeräumtheit des Büros auf. Blieb abzuwarten, ob man von der Gestaltung des Büros auf den Charakter des neuen Präsidenten schließen konnte. Im Vergleich zu den anderen Büros unterschied sich das Zimmer des Präsidenten kaum, der einzige augenfällige Unterschied war eine Klimaanlage an der Wand unter der Decke, ein Luxus, den die anderen Büros nicht hatten.

Nachdem sie Platz genommen hatten, eröffnete der Präsident das Gespräch: „Freut mich, Herr Blocksberg, dass Sie unserer kurzfristigen

Einladung folgen konnten. Ich hoffe wir haben Ihre Pläne nicht zu sehr durchkreuzt?"

Der Kommissar hatte sich nur wenige Gedanken im Vorfeld des Gespräches gemacht. Früher hätte er sich bestimmt akribisch auf so eine Aussprache vorbereitet, dieses Mal fehlte ihm jedoch Zeit und Muse. Nach seiner Nahtod-Erfahrung spielten Karrierechancen eine eher untergeordnete Rolle für ihn. Mühsam erinnerte er sich an die Situation zurück, als Gary seinen Kopf an jenem unheilvollen Abend auf die Schienen im Gleisbett gedrückt hatte. Ein Schaudern, wie es das Summen von Wespen in einem auslöst, lief ihm bei diesen Gedanken kribbelnd den Nacken hinab. Er hätte völlig gleichgültig in das Gespräch gehen können, aber zwei Umstände ließen ihn dann doch eine gewisse Ernsthaftigkeit an den Tag legen. Zum einen hatte Herr Ricke die Wiedereinberufung des Kommissars bestimmt nicht ohne interne Widerstände durchgesetzt, wodurch ihm der Kommissar ein hohen Respekt schuldig war. Zum anderen gab es eine zweite Motivation, und zwar die, dass er durch eine Wiederaufnahme in den Dienst aus Sicht der Unterwelt automatisch wieder unter den imaginären Schutz der Polizei treten würde. Einer virtuellen Schutzsphäre, die allen Polizeibediensteten zuteilwurde und sich dadurch manifestierte, dass Verbrechen an Kollegen über den normalen Diensteifer hinaus, mit allen nötigen Mitteln bis an die Grenzen der Legalität verfolgt, man konnte fast sagen, gesühnt wurden. Ein Schutz, der ihm im Moment mehr als gelegen käme.

Andererseits bedeutete Polizeibeamter in dieser Stadt zu sein, Mäusefallen im Tigerkäfig aufzustellen. Er rang sich durch: „Keine Sorge, ich habe mich über die Einladung gefreut, alles was Abwechslung in meinen monotonen Alltag bringt, ist mir willkommen", antwortete der Kommissar und dachte an den alles andere als monotonen Vortag zurück. Er setzte fort: „Was verschafft mir die Ehre, wie genau habe ich die Einladung zu verstehen?"

„Wie Sie wissen, bin ich seit kurzer Zeit der neue Leiter dieses Präsidiums. Ich will dabei gar nicht zu sehr auf die Vergangenheit und die jüngsten Ereignisse eingehen, die sich hier in der Stadt zugetragen haben, aber das Innenministerium hielt es offensichtlich für ratsam, die vakante Stelle mit einer beständigen Kraft zu besetzen. Ich habe mir inzwischen einen Überblick verschafft und die ersten Maßnahmen ergriffen. Leider machen uns die Pandemie und einige weitere Verwicklungen jetzt einen Strich durch die Rechnung, sodass wir uns zu Maßnahmen gezwungen sehen, die wir eigentlich zu Recht ausgeschlossen hatten", dabei blickte er den Kommissar direkt an.

„Was bedeutet das für mich?", fragte dieser ohne Umschweife.

„Was soll ich sagen, ich habe mich intensiv mit Ihrer Personalakte auseinandergesetzt, Ihren Ergebnissen an der Akademie, Ihrem makellosen Werdegang und Aufstieg, bis, nun ja, bis zu den unsäglichen Ereignissen vor einem halben Jahr. Sie sehen hoffentlich ein, dass Sie völlig zu Recht suspendiert worden sind und Glück haben, dass Ihnen nicht der Prozess gemacht wird?"

Der Kommissar ließ die Worte auf sich wirken, enthielt die Aussage „...dass Ihnen nicht der Prozess gemacht wird...", doch eine wichtige Information für ihn. Sie enthielt eine Endgültigkeit, die neu für ihn war. Es ging offenbar nicht mehr darum, ob ihm der Prozess gemacht wurde, sondern der Präsident schien zu wissen, dass eine Anklage endgültig vom Tisch war. Ein Motivationsschub durchfuhr ihn bei diesem Gedanken. Er verstand, dass ihm eine zweite Chance gegeben würde, eine Chance die er jetzt nicht leichtsinnig verspielen durfte.

Er nickte verständnisvoll, fast schon reumütig, um die Frage des Vorgesetzten wortlos zu beantworten, um sich im nächsten Augenblick, in einem Moment von Übermut, dazu hinreißen zu lassen, ohne Umstände direkt und wahrscheinlich voreilig zum Thema zu kommen.

„Bedeutet das, ich bekomme meinen alten Job zurück, dass ich meinen Fall wieder aufnehmen darf?"

Der Vorgesetzte lächelte ihn bei dieser Frage kurz überrascht, dann fast mitleidsvoll an: „Sie verstehen sicherlich, dass das alles nicht so einfach ist, ich kann Ihnen nicht einfach Ihren alten Job anbieten. Wie stellen Sie sich das vor? Außerdem sind Sie dafür zu befangen und zu tief und unklar in die Sache verwickelt. Nein, bei mir ermittelt niemand an seinem eigenen Fall, dieses Präsidium ist kein Ort für Vendettas. Nein, Sie müssen Sie sich erst bewähren, bevor Sie auf derart schwerwiegende und politisch weitreichende Fälle angesetzt werden. Davon abgesehen ist Ihre Stelle zwischenzeitlich anderweitig vergeben."

Der Kommissar blickte Herrn Ricke prüfend an. War das ein Test? Wollte der Präsident nur seine Reaktion testen? Er schaute dem Präsidenten in die Augen, um an der Mimik einen Hinweis ausmachen zu können, aber die Worte waren offensichtlich ernst gemeint, sehr ernst sogar.

„Sie hatten doch nicht wirklich geglaubt, dass wir Ihre Stelle für Sie freihalten? Zum einen haben Sie jeden Anspruch darauf verspielt, zum anderen dreht sich das Rad weiter, und wir können uns auf einer so wichtigen Stelle keinen Stillstand erlauben“, redete er eindringlich auf den Kommissar ein, um an dessen Gesichtsausdruck direkt seinen nächsten Gedankengang und die damit aufgeworfene Frage zu erahnen: „Wir stehen im Kampf, man muss fast sagen im Krieg, mit der organisierten Kriminalität und deshalb dürfen wir uns keine Schwäche erlauben. Wir haben Sie durch die beste Person ersetzt, die dem Revier zur Verfügung steht, ihre ehemalige Kollegin Sophia Haag hat nun den Job. Wie Sie wissen, hat auch sie vorzügliche Referenzen. Es gab keine zwei Meinungen, dass Sie der Aufgabe mehr als gewachsen ist, die Entscheidung im Gremium war einstimmig.“

Der Kommissar lehnte sich in seinem Stuhl zurück und ließ die Neuigkeiten sacken. Zugegeben, da musste er dem Präsidenten zustimmen, gab es mit Sicherheit keine fähigere und vor allem keine Person, die es mehr verdient gehabt hätte seinen Job zu bekommen als Sophia. Andererseits hatte er sich für seine Mission, für sein Revier geopfert, und dass ihm das jetzt so einfach weggenommen wurde, war schwer zu verdauen.

„Wozu brauchen Sie mich dann?“, fuhr es ihm ernüchtert durch die Lippen.

Der Vorgesetzte drehte seine Brille zwischen den Fingern und fuhr betont ruhig fort: „Ich sehe Ihnen Ihre Enttäuschung an, Sie haben sich sicherlich mehr erhofft, andererseits, und da sind wir uns wohl einig, ist das mehr als Sie hätten erwarten können. Außerdem ist der Zufall ein launisches Wesen, nicht nur, dass wir im Moment durch Corona deutlich mehr Personal zur Aufrechterhaltung der öffentlichen Ordnung benötigen, nein, uns fehlen auch Ermittler in der Mordkommission.“

„Soll das heißen, es gibt Corona-Fälle innerhalb der Truppe?“

Herrn Ricke überkam ein kurzer Anflug von Verwunderung bei dieser Frage. Man merkte ihm an, dass er von der Frage, aber noch viel mehr davon überrascht war, dass er mit dieser eigentlich offensichtlichen Frage nicht gerechnet hatte: „Nein, innerhalb der Einheit gibt es bislang keine Fälle. Wir haben mit viel alltäglicheren Problemen zu kämpfen. Frau Haag hat sich das Bein verletzt. Möglicherweise ein komplizierter Bruch. Es ist ungewiss, ob sie die nächsten Wochen zum Dienst erscheint. Uns fehlen Ermittler auf den Straßen."

„Das heißt ich arbeite mit Sophia zusammen an dem Fall?", drängte Blocksberg.

„Nicht doch, bitte lösen Sie sich gedanklich endlich von diesem Fall, der ist Geschichte für Sie. An dieser Stelle gibt es nichts mehr für Sie zu tun. Bei ihrem alten Fall geht es jetzt vorrangig darum Akten zu wälzen, was die Kollegin im Zweifel von zu Hause aus machen kann. Und sollte doch ein Einsatz nötig sein, übernehmen das im Zweifel eben doch die Kollegen von der Streife. Nein, wir haben gleich mehrere Baustellen. Ein Team beschäftigt sich mit dem Pyromanen, der seit Monaten sein Unwesen rund um Pforzheim treibt und Autos, Gartenhäuschen und Strohballen in Brand setzt. Dann haben wir seit neuestem eine Serie von Banküberfällen, die aufgeklärt werden will. Für Sie habe ich aber nochmal was ganz anderes, ein Fall, wo tatsächlich Ermittlungsarbeit vor Ort gefordert ist und das scheint Ihrem Naturell ja ohnehin besser zu entsprechen. Außerdem, das ist mir durchaus bewusst, haben Sie Kontakte und Informationen die kein anderer hat. Ich bin mir sicher, Sie sind der richtige Mann für diesen Job", dabei senkte Herr Ricke seinen Blick in die Personalakte, um kurz darauf wieder bedeutungsschwer davon aufzublicken: „Wir haben bisher alles unter Verschluss gehalten, bisher ist nichts an die Öffentlichkeit gedrungen, alleine das beweist mir, dass wir ein gutes, intaktes Team haben. In besagtem Fall geht um die sehr einflussreiche und bedeutende Familie Brüller, deshalb ist Diplomatie und äußerste Diskretion geboten."

Unweigerlich hatte der Kommissar den Radioslogan der Firma im Ohr. „Brüller? Sie meinen die Brüller mit der Radiowerbung?", vergewisserte er sich.

„Exakt! Eben diese" bestätigte der Präsident.

„Und um was geht es genau?", fragte der Kommissar mit steigender Neugierde.

„Offen gestanden, ist das etwas verworren und wir wissen noch nicht genau womit wir es zu tun haben. Der Sohn der Familie, Justus Brüller, ist seit Tagen spurlos verschwunden, leider hat uns die Familie viel zu spät informiert und ist relativ unkooperativ."

„Sie wissen es nicht genau?", hakte Blocksberg nach.

„Ja, er wurde entführt. Die Familie hat sich aber erst vorgestern gemeldet, tatsächlich ist er aber länger verschollen. Seit heute vor einer Woche ist er wie vom Erdboden verschwunden. Niemand hat ihn seitdem gesehen."

„Vermutlich haut er irgendwo das Geld seiner Eltern auf den Kopf und macht sich ein paar schöne Tage an der Côte d'Azur", spekulierte Blocksberg.

„Könnte man annehmen, aber zum einen haben wir im Moment Reisebeschränkung", erwiderte Herr Ricke ernst, „zum anderen ging wohl schon ein Anruf der Erpresser bei der Familie ein und hat Lösegeld gefordert. Ihnen wurde gesagt, sie sollten das Geld besorgen und weitere Details werden folgen, laut der Familie herrscht jetzt aber seit mehreren Tagen Funkstille und die Erpresser melden sich nicht mehr."

„Dann heißt das, nicht nur das Opfer wird vermisst, sondern auch die Entführer? Vielleicht ist etwas schief gelaufen?", überlegte der Kommissar.

„Sozusagen. Alles ist möglich", stimmte Herr Ricke zu.

„Und da ist die Familie nervös geworden und hat uns doch um Hilfe gebeten?", wollte Blocksberg weiter wissen.

„Ja genau, außerdem hat wohl die Presse Wind davon bekommen und unangenehme Fragen gestellt. Das heißt der Druck wächst, und das heißt auch, das Vorsicht geboten ist. Der Fall ist wie gesagt dubios und das Verschwinden jetzt umso rätselhafter und für die Familie verständlicherweise besorgniserregend."

„Mag sein, aber ehrlich gesagt hab ich keine große Lust, irgendeinem verzogenen Zögling hinterherzulaufen. Schon gar nicht wenn es um diese Familie geht. Ich bin schließlich Ermittler der Mordkommission und nicht der Babysitter für Halbwüchsige", antwortete er mit betont gleichgültiger Stimme.

Der Präsident schaute ihn ernst an: „Ich verstehe Ihre Vorbehalte durchaus, aber denken Sie daran, es geht hier nicht um Ihre Empfindlichkeiten und persönliche Vorlieben. Nein, es geht um das Wohl der Bürger und da machen wir keine Unterschiede. Genau diese Einstellung hat Ihnen das letzte Mal das Genick gebrochen. Dabei können Sie sowas aufgrund Ihrer Position überhaupt nicht beurteilen!" Mit steigender Empörung setzte er fort: „Ich will Ihnen hier eine Brücke bauen, verstehen Sie? Wir haben klare Vorgaben und gesetzliche Schranken, innerhalb derer wir uns bewegen, aber Sie meinen alles besser zu wissen, fühlen sich moralisch überlegen, und handeln doch gegen das Wohl der Allgemeinheit." Der Polizeipräsident warf die Personalakte zurück auf den Tisch und schaute dem Kommissar tief in die Augen. Die beiden Männer starrten sich für eine halbe Minute stumm an.

„Und jetzt?", fragte der Kommissar.

„Jetzt will ich wissen, ob Sie sich in Zukunft beherrschen können? Falls ja, nehmen wir Sie gerne wieder bei uns auf, falls nicht, auch gut..."

Der Kommissar ging nochmal für einen Moment in sich, schaute verlegen nach unten und spielte mit seinen Fingern an der eingefassten Tischkante. Er hatte verstanden, dass ihm noch eine letzte Chance gegeben wurde. Entweder er nahm sie an, oder er würde für alle Ewigkeit als Dorfpolizist enden. Zumindest spielte Herr Ricke mit offenen Karten und machte einen fairen Eindruck. Außerdem schien er zur Abwechslung einen mental stabilen Vorgesetzten zu haben.

„Einverstanden!", besiegelte der Kommissar den Deal. „Ich würde sehr gerne wieder zurück ins Team kommen."

Die Spannung zwischen den beiden Männern löste sich schlagartig auf und wie bestellt flutete die Sonne genau in diesem Moment den Raum durch die blau-weißen Markisen.

„Sehr gut", antwortete der Präsident jetzt deutlich freundlicher, „dann kann ich Ihnen jetzt auch die anderen Neuigkeiten mitteilen."

„So, und welche?", fragte der Kommissar interessiert.

„Ganz einfach, Sie werden den Fall nicht alleine bearbeiten."

„Nicht alleine?"

„Genau."

„Wie ist das zu verstehen? Wir ermitteln im Zweierteam? Wird Sophia zwei Fälle bearbeiten?"

„Wohl kaum, das können wir Ihr wirklich nicht zumuten. Frau Haag hat mit Ihrem eigenen Fall mehr als genug zu tun. Nein, die Familie des Opfers macht mächtig Druck und ist bestens vernetzt, außerdem sitzt uns noch Ihre letzte Eskapade im Nacken. Deswegen haben wir beschlossen Ihnen zusätzlich einen Experten an die Seite zu stellen, besser gesagt eine Expertin."

Daraufhin stand er auf, ging die paar Schritte zu seinem Schreibtisch zurück, nahm den Hörer ab, wählte drei Ziffern für eine direkte Durchwahl innerhalb des Reviers, und hielt den Hörer ans Ohr. „Guten Tag Frau Büning, hätten Sie ein paar Minuten Zeit für uns?", woraufhin er kurz der Antwort lauschte und bestätigte: „Ja genau, jetzt gleich, vielen Dank", und auflegte. Der Präsident kam zurück an den Tisch und setze sich mit vielsagender Miene.

„Seit wann stehen uns denn solche Möglichkeiten zur Verfügung?", fragte der Kommissar verwundert.

„Die öffentlichen Kassen sind voll, zumindest waren sie das vor der Krise, als die Entscheidung gefallen ist, und die Landesregierung investiert seit der Krawallnacht in Stuttgarter mehr denn je in die Innere Sicherheit, das zeigt Wirkung. Allerdings täuschen Sie sich, es handelt sich nicht um eine weitere Kommissarin, die Ermittler sind wie gesagt knapp. Pforzheim erfüllt mit seiner Größe und sozialen Parametern inzwischen allerdings die Kriterien für eine eigene Polizeipsychologin. Zwar sind entsprechende Kollegen rar gesät und stark nachgefragt, aber wir konnten eine vielversprechende Absolventin von der Polizeiakademie für uns gewinnen."

Just in diesem Moment klopfte es und eine junge Frau trat strahlend in die Tür. Die beiden Herren erhoben sich zur Begrüßung, um sogleich festzustellen, dass Händeschütteln immer noch tabu war.

„Vielen Dank, dass Sie kurz die Zeit für uns haben", überspielte Herr Ricke die unklare Situation, „bitte setzen Sie sich doch", woraufhin er der jungen Kollegin mit einer Handbewegung einen Platz anbot.

„Darf ich vorstellen“, wandte er sich an den Kommissar, „Frau Büning, sie hat erst kürzlich Ihren Masterabschluss in Psychologie an unserer Landesuniversität in Stuttgart abgelegt.“ Dann stellte der Präsident den Kommissar mit dessen vollem Namen vor, was Blocksberg zutiefst peinlich war: „Freunde nennen mich Ben, betonte er gegenüber der hübschen Johanna, die sich ihr innerliches Lachen gekonnt verkniff.

Der Präsident setzte fort: „Wenn ich es richtig verstanden habe, haben Sie sich auf kriminelle Zwangshandlungen spezialisiert?“, sagte er an die junge Dame gerichtet, um fortzufahren: „Also genau das richtige für uns. Ich bin mir sicher, dass Sie eine gute Verstärkung für unsere Truppe sind und uns mit Sicherheit den ein oder anderen neuen Blickwinkel vermitteln können. Vielleicht sagen Sie am besten selbst noch etwas zu sich“, übergab er das Wort an die junge Frau.

„Vielen Dank Herr Ricke“, übernahm die Psychologin das Gespräch, um sich in kurzen Zügen selbst vorzustellen. „Johanna Büning mein Name, fünfundzwanzig Jahre alt und wie eben bereits beschrieben, habe ich vor kurzem meinen Abschluss im Fachbereich Neopsychoanalytik mit Schwerpunkt phänomenologische Psychiatrie gemacht. Ich habe bereits während meiner Masterarbeit bei der Polizei gearbeitet und bin begeistert von den vielfältigen Einsatzmöglichkeiten und Herausforderungen. Ich freue mich auf meine neuen Aufgaben hier und auf die Zusammenarbeit mit Ihnen“, wobei sie den beiden Männern freundlich zunickte.

„Vielen Dank“, bedankte sich der Präsident und setzte fort, „jetzt würde ich vorschlagen Sie beide machen sich umgehend an den neuen Fall. Frau Büning hat sich bereits in den Fall eingearbeitet und kann Sie, Herr Blocksberg, auf den neuesten Stand bringen. Sie bekommen ihr altes Büro zurück. Normalerweise hätten Sie beide es sich teilen müssen, da momentan aber fast alle Kollegen im Homeoffice sind, haben wir jede Menge vakante Büros, sodass Sie sich in der ersten Etage nach Herzenslust ausbreiten können. Die IT wird sich darum kümmern, dass sie in den nächsten Tagen mit Telefon und Notebooks ausgestattet werden.“ Daraufhin wandte er sich direkt an den Kommissar: „Ich erwarte von Ihnen, dass Sie die junge Dame an die Hand nehmen und mit unseren Abläufen und Ansprechpartnern vertraut machen. Bitte weihen Sie sie in alles ein und teilen Sie während der Ermittlung alle Informationen, Fakten und Ermittlungsergebnisse mit Ihr. Nur so können wir das Bestmögliche aus unserem Team herausholen und Erfolge erzielen. So, jetzt lasse ich Sie aber alleine, damit Sie ein bisschen Zeit haben, um sich kennenzulernen. Ich denke sie beide werden gut miteinander klarkommen. Außerdem muss ich mich jetzt zu allem Überfluss noch um irgendwelche Chaoten kümmern, die heute Nacht den Hauptfriedhof geschändet haben. Was denken sich die Leute nur? Reicht das Virus nicht? Muss man da aus Langeweile noch Gräber schänden?"

Der Kommissar lief augenblicklich rot an, hatte er doch nicht damit gerechnet, dass sein Ausflug auf den Friedhof so schnell Wellen schlagen würde. Er versuchte mit einem betroffenen Blick auf den Boden möglichst unschuldig zu wirken und meinte nur: „Unfassbar!" Aus den Augenwinkeln beobachtete er, ob den anderen seine Verlegenheit auffiel, aber scheinbar nahm niemand Notiz davon- Stattdessen begann man sich höflich zu verabschieden. Der Kommissar bedankte sich nochmals förmlich für seine Wiederaufnahme ins Team und verließ daraufhin zusammen mit Johanna die Chefetage.

„Komm, wir laufen", schlug der Kommissar vor, als sie an Treppe und Fahrstuhl ankamen. „Es ist doch in Ordnung wenn ich „Du" sage, oder?", versuchte er das erste Eis zu brechen und die Stimmung zu lockern. Im Moment wusste er noch nicht genau, was er von der neuen Konstellation halten sollte, sollte er sich über die Unterstützung freuen, oder würde sie ihn mehr aufhalten als voranbringen? Er war jetzt zehn Jahre im Polizeidienst und damit trotz seines jungen Alters ein alter Hase.

„Ja klar, nur keine Umstände", antwortete die junge Frau erfreut, war es in den Reihen der konservativen Polizei doch nicht unbedingt üblich, von ranghöheren Kollegen das „Du" angeboten zu bekommen.

Unten angekommen geleitete der Kommissar seine neue Kollegin den Flur im Erdgeschoss entlang, vorbei an der kleinen Kaffeeküche und der Personalabteilung. Blocksberg begrüßte kurz die alten Kolleginnen und Kollegen, die ihm über den Weg liefen und gerade nicht im Homeoffice waren. Dann kamen sie in seinem ehemaligen Büro an. Ohne Rechner, Telefon und den obligatorischen Papierstapeln auf dem Schreibtisch, machte das leere und verwaiste Büro einen recht tristen Eindruck. Offensichtlich war das Büro seit seiner Suspendierung nicht benutzt worden, selbst die Zimmerpflanzen standen noch an den gleichen Stellen, wie er sie verlassen hatte. Der Kommissar nahm kurz in seinem alten Bürostuhl Platz und schaukelte darin.

„Und, was machen wir jetzt?", fragte die Psychologin voller Tatendrang.

Entzückt vom Eifer der jungen Kollegin, konnte er sich eine Spitze nicht verkneifen und freute sich dabei schon auf die vielen Psychologie-Anspielungen, mit denen er das Mädchen die nächsten Wochen würde aufziehen können.

„Der Tag ist noch jung, ich würde sagen wir fahren zur Familie des Vermissten und zeigen den Familienangehörigen Rorschach-Bilder, bis du aufgeschlüsselt hast, was hinter der Sache steckt", forderte er die junge Kollegin heraus. Auch wenn sie noch nicht einschätzen konnte, wie sie ihren neuen Kollegen zu nehmen hatte, und wie ernst es ihm war, mit dem was er sagte, lächelte sie gespielt brüskiert zurück. Zumindest verstand sie Spaß.

KAPITEL 3

- No pain...no gain -

Wie gewonnen so zerronnen

Sie war in der schlechtesten Gegend der Goldstadt. Auf ihr Klingeln hatte niemand reagiert, also öffnete sie kurzerhand die alte Tür mit den Buntglasscheiben. Sie überschritt die steinerne Schwelle und tastete mit ihren Händen in die gähnende Leere. Es war wieder ein warmer Tag in der Goldstadt gewesen, jetzt hatte es abgekühlt und mit ihr drang der erfrischende Luftzug der sternklaren Nacht in das Gebäude. Der muffige Geruch hölzerner Dielen schlug ihr als grober Kontrast entgegen. Sie merkte das leichte, fast schmerzhafte Ziehen ihrer Pupillen, die einen Augenblick benötigten, um sich an die Dunkelheit anzupassen. Nach einigen Schritten war sie im Hauseingang, wo sie sich dem drohenden Rachen eines steilen Treppenhauses entgegen sah. Als sie die weiten Staffeln hinaufblickte, stellte sich ein Gefühl von Schwindel und Orientierungslosigkeit ein, das Treppenhaus schien immer höher zu werden, sie im Vergleich immer unbedeutender. Mit ihren Händen fuhr sie, auf der Suche nach Halt, über den bröckelnden Putz der Wand, raschelnd rieselte Staub zu Boden. Nach einiger Suche, ertastete sie hoffnungsvoll den Lichtschalter, den sie mit einem leisen Klicken betätigte, doch nichts, nur der grelle Vollmond am Himmel warf sein fahles, weißes Licht durch die offene Tür und die schief hängenden Vorhänge, eines einzigen kleinen Fensters. Vorsichtig tastete sie sich die dunklen Stufen hinauf, ihren Rücken fest an die Wand gedrückt, die hölzernen Planken knarrten unter jedem Schritt, durchschnitten die beklemmende Stille. Bei jedem Quietschen zog sich ihre Brust, von der Kehle bis zum Magen krampfhaft zusammen, jedes Geräusch drang ihr durch Mark und Bein. Die langen Schatten zeichneten jedes Detail des Treppengeländers scharf an den langen kahlen Wänden ab. Mit jedem Schritt den sie sich weiter nach oben vorarbeitete, fühlte sie, wie ihre Knie und Handgelenke weicher wurden. Ihr Geist war dagegen bis in die Haarspitzen gespannt, sie nahm jede Unebenheit im Boden ganz sensibel wahr, ihre Arme reagierten auf jeden Luftzug mit Gänsehaut, sie war absolut im Moment, absolut fokussiert.

Als sie die letzte Stufe erreicht hatte, lehnte sie sich vorsichtig vornüber und spähte behutsam um die Ecke. Sie erblickte die Wohnungstür mit dem Türknopf aus Messing. Die Tür schien einen Spalt breit offen zu stehen. Sie näherte sich langsam. Sie klopfte nicht, auf ihr Klingeln hatte schließlich niemand geantwortet. Sie linste durch den Türspalt, ging mit ihrem Auge noch näher heran um ihr Blickfeld zu erweitern, konnte im Innern des Raumes aber nichts als schemenhaftes Mobiliar in einem schwachen Lichtglanz erkennen. Sie hielt einen Moment inne und lauschte in die Wohnung hinein. Ihr eigener, schwerer Atem schien ihr ohrenbetäubend, in der Wohnung herrschte dafür absolute Stille, keine Bewegung, kein Geräusch drang nach außen. Mühsam beruhigte sie ihren Atem, ihre rechte Hand legte sie vorsorglich an das kalte Metall ihrer Waffe, mit der linken umfasste sie fest den Messingbeschlag. Sie nahm ihren ganzen Mut zusammen und stieß die Tür ein Stück weiter auf. Knarrend schwenkte das Türblatt zur Seite und öffnete ihr den Weg in das Innere der Schattenwelt. Langsam tastete sie sich voran. Der modrige Geruch feuchter Luft stieg ihr abermals in die Nase. Sie fand sich in einem düsteren Flur wieder, links und rechts gingen, von Finsternis erfüllte, Türen ab. Nur aus dem hintersten Winkel der Wohnung drang ein schwacher Lichtschein, der an den Kanten der Möbel schimmerte und sich in den Fasen eines Spiegels brach.

Die Tapete hing in schmalen Fetzen von der Wand und erzeugte auf der unebenen Wand schauderhafte Schattenbilder, die sie wie eine Märchenfigur, scheinbar immer tiefer in ein verwunschenes Land locken wollten. Sie ging den Flur entlang. Ihre Phantasie verschmolz die langen Schatten an den Wänden zu schauerlichen Gestalten und zerrissenen Fratzen, die einem das Blut in den Adern gefrieren ließen. Nur in wenige Räume fiel der schwache Lichtschein des tiefstehenden Mondes und die verbarrikadierten Fensterläden schotteten das Innere der Wohnung hermetisch gegen die Außenwelt ab. Mit jedem Schritt nahm ihre eigene Beklemmung und Befangenheit zu. Ihre Kehle schnürte sich ebenfalls immer weiter zu. Aber sie konnte nicht widerstehen, mit einer Mischung aus Neugier und Skrupel gab sie ihrem Nervenkitzel nach und schlich sich langsam weiter voran, vorbei an der Garderobe, in deren Spiegel sich auf unheimliche Weise die gähnende Schwärze der gegenüberliegenden Tür reflektierte. Vorbei an immer weiteren, sie verschlingen wollender schwarzen Pforten. Sie fühlte, wie sie langsam in eine andere Sphäre gezogen wurde, einen Ort, wo Raum und Zeit miteinander verschmolz, ein jenseitiger Ort, wo die Ewigkeit herrschte und es kein Entrinnen gab.

Die Räume, in die etwas Licht fiel, gaben den Blick auf chaotische Verhältnisse frei. Die Räume standen voll mit Kartons und Unrat und ab und zu huschte eine Kakerlake raschelnd über den, mit Plastikfolie ausgelegten, Boden. Je weiter sie in das Innere der Wohnung vordrang, umso verwahrloster der Zustand, umso strenger der Geruch. Ab und an knarrte der Boden unter ihren Tritten, schließlich gelangte sie in die Wohnküche. Hier stapelte sich das Geschirr. Ihre Schritte hallten vom Fliesenboden in die ganze Wohnung, es war der erste Raum, indem sie froh war, das Elend nicht in vollem Umfang sehen zu müssen, nicht sehen zu müssen was hier kreuchte und fleuchte. Der Wasserhahn tropfte in ruhiger Monotonie vor sich hin, wobei die Zeit zwischen den Tropfen und dem dumpfen Geräusch, das sie beim Aufprall im Metallbecken machten, endlos erschien - die Zeit schien stillzustehenden.

Sie durchschritt die Küche und ging auf den Raum zu, aus dem sich der kegelförmige Lichtschein seinen Weg in den Schatten bahnte. Sie presste sich an die Wand und näherte sich seitlich dem Türrahmen. Ihr Atem hatte sich inzwischen beruhigt, obgleich sie das Gefühl hatte, als lägen die Blicke von tausend Augenpaaren auf ihr. Mit einer schnellen kurzen Bewegung spähte sie um die Ecke, was sie sah brannte sich wie eine Momentaufnahme in ihre Netzhaut. Das Chaos was schwer zu erfassen. Der Raum schien verlassen, die einzige Lichtquelle war eine kleine Leselampe mit orangenem Schirm, daneben ein ihr abgewandter Ohrensessel. Sie umfasste ihre Waffe noch fester und schob, mit der Waffe im Anschlag, ihren Kopf wieder langsam in den Türrahmen, dieses Mal für mehrere Sekunden, um die Situation vollständig beurteilen zu können. Der Schirm einer umgeworfenen Stehlampe hing lose an der zugehörigen Stange. Ein umgeworfenes Bücherregal lag daneben, beides versperrte den Weg zu einer Tür weiter hinten im Raum. Ein Bild hing schräg an der Wand, die silbernen Splitter eines zerbrochenen Spiegels bedeckten mosaikartig den Dielenboden. Der Teppichboden war beiseitegeschoben. Über den zersplitterten Flachbildschirm an der Wand zuckte in unregelmäßigen Abständen das verzerrte Bild einer Nachrichtensendung. Ton gab es keinen.

Nur ein Glas Bier, das auf einem Beistelltisch neben dem Sessel thronte, schien den ganzen Tumult unbeschadet überstanden zu haben und die anderen, zu Boden gegangenen Einrichtungsgegenstände zu verhöhnen. Neben dem Glas, ein Revolver.

Vorsichtig machte sie zwei kleine Schritte hin zur Raummitte, ihre Waffe noch enger umschließend. Sie näherte sich behutsam von hinten dem Sessel, die hohe abgewandte Lehne reichte ihr fast bis zu den Schultern. Sie musste sich bis auf wenige Zentimeter an die samtene Oberfläche annähern, dann konnte sie in den Sessel blicken.

Ein Fauchen und große grüne, weit aufgerissene Augen starrten sie entsetzt an. Ein archaischer Instinkt ließ sie zusammenzucken und einen Satz nach hinten machen, ehe ihr Verstand das getigerte Wesen auf dem Sitzmöbel als das ausmachte, was es war, eine Katze, die sie mit ihren schlitzförmigen Augen argwöhnisch beäugte und drohend Schwanz und Kamm aufstellte. Sie war kurz davor gewesen abzudrücken, ehe nach einem kurzen Schockmoment die Spannung von ihr abfiel. Zu ihrer Beruhigung schien sie, abgesehen von der Katze, auch in diesem Raum allein zu sein.

Sie orientierte sich inmitten des Wirrwarrs von neuem. Eine Schneise der Verwüstung lag vor ihr, offensichtlich hatte es in diesem Zimmer einen Kampf gegeben. Zwar war die Wohnung insgesamt in keinem guten Zustand, aber dieses Durcheinander war eindeutig von Kampfspuren geprägt. Während sie die Katze beruhigend streichelte, fiel ihr Blick wieder auf die weiß lackierte Holztür an der hinteren Wand des Raumes. Durch die umgestoßenen und diagonal verschränkten Möbel, die davor lagen, hatte sie den leichten Lichtschein durch den Türschlitz zunächst nicht ausmachen können, aber aus diesem Blickwinkel war es deutlich erkennbar, aus dem Zimmer dahinter drang Licht. Für eine Sekunde gab sie sich der bedrückenden Situation hin, und musste sich zwingen bei Sinnen zu bleiben, um nicht von den näherkommenden Wänden und dem sich drehenden Mobiliar verschlungenen zu werden. Aus der Küche hallte nach wie vor das regelmäßige Tropfen des Wasserhahns, der als unerbittlicher Taktgeber neue Taten verlangte. Sie raffte sich aus der Hocke empor und verschaffte sich ihren Weg durch das Chaos.

Vorsichtig schritt sie über die unter ihr knirschenden Scherben, kletterte über das Regal und stellte die Stehlampe wieder behutsam an ihren Platz. Inzwischen ruhiger und mit dem beinahe sicheren Gefühl, dass sie alleine in der Wohnung war, griff sie nach der Klinke und öffnete mit einem Ruck die Tür. Das grelle Licht blendete sie, dann starrten sie die weit aufgerissenen Augen zornig an.

Intuitiv wich sie zurück, stolperte dabei über ein am Boden liegendes Buch, strauchelte rücklinks, bis ihr Fall durch das umgeworfene Regal jäh, und mit einem brennenden Stechen in Fußgelenk und Arm, gestoppt wurde. Der Schmerz vernebelte ihr die Sinne...

Die hervortretenden Augäpfel fixierten sie, der Blick war so stechend, dass sie die Augen direkt wie in einem Spiegel vor sich sah, so nah, dass sie jedes geplatzte Äderchen darin erkennen konnte. Durch den Fall orientierungslos, dauerte es einen Moment, bevor sie nach ihrer Waffe greifen und sie auf die andere Person im Zimmer gegenüber richten konnte. Halb liegend, die Waffe auf Bauchhöhe, peilte sie mit zittrigen Händen ihren Kontrahenten an. Der stiere Blick ihres Gegners haftete währenddessen unerschütterlich auf ihr. Sie visierte über Kimme und Korn so zielsicher wie möglich das Herz an. Ihr Widersacher blieb eiskalt. Erst nachdem sie sich eine halbe Ewigkeit angestarrt hatten und nichts passiert war, traute sie sich langsam wieder zu atmen und konnte sich mental aus ihrem Tunnelblick lösen.

Sie nahm langsam wieder die Umgebung war, etwas stimmte nicht, etwas stimmte nicht mit diesem Mann. Sie löste sich für eine Sekunde von seinen Augen, nach wie vor bereit jederzeit abzudrücken. Sie musterte ihn das erste Mal genauer. Erst jetzt erkannte sie den Schaum, der ihm als grüne Masse aus dem Mund quoll und sich über das karierte Hemd und den dicken Bauch ergoss. Sie realisierte: Ihr gegenüber saß ein Toter und wie auf Kommando stieg ihr der sanfte, morbide Todesgeruch in die Nase.

Sie rappelte sich mühsam auf und tastete sich mit angelegtem Arm und leicht vornübergebeugt wieder in den Türrahmen, gegen den sie sich abstützte. Sie stand auf einem Bein und versuchte vorsichtig den lädierten Fuß zu belasten, aber beim ersten Kontakt der Zehen mit dem Boden, noch bevor sie tatsächlich Gewicht aufbrachte, wusste sie, das es ernst war und die schnell und heftig einsetzende Schwellung am Knöchel ließ nichts Gutes vermuten. Sie überlegte, ob sie direkt die Kollegen rufen sollten, bildete sich dann aber ein, dass sie zumindest noch kurz den Tatort erfassen müsste. Vielleicht war auch alles nicht so schlimm und sie konnte anschließend selbst ins Krankenhaus fahren. Den Arm hatte es offenbar nicht ganz so schlimm erwischt. Vorsichtig zog sie das Hosenbein hoch um sich die Blessuren genauer anzuschauen, die Ausbeulung an der Wade, sah gar nicht gut aus.

Sie humpelte auf einem Bein durch den Raum ins Badezimmer. Das kleine Zimmer war schnell erfasst. Links neben der Tür befand sich die Dusche, rechts eine Badewanne, weiter rechts an der Stirnseite die Toilette. Die in die Jahre gekommenen Keramiken wiesen die ein oder andere vergilbte oder vom Wasser rostig gefärbte Spur auf. Das Opfer saß an der ihr gegenüberliegenden Wand am Boden, halb an den Heizkörper und halb an den Siphon des Waschbeckens gelehnt. Darüber befand sich ein Milchglasfenster. Der ganze Raum war bis unter die Decke gefliest und vermittelte eine fremde Form der Zurückweisung. Auf dem ebenfalls gefliesten Boden lag eine Badematte, und darauf, nicht weit von der Leiche entfernt, ein Trichter und achtlos weggeworfene Plastikflaschen. Nachdem sie jetzt sicher war, allein zu sein, steckte sie ihre Waffe weg, um mit dem unversehrten Arm besser Halt zu finden. Sie näherte sich dem leblosen Körper und umschritt ihn in einem Halbkreis, dabei wich sie der Pfütze aus, die sich bereits unter dem Opfer gebildet hatte. Der Geruch war nicht so schlimm wie die Szene es hätte erwarten lassen, es war nicht der typische Verwesungsgeruch, vielmehr eine süßlich-stechende Note. Jetzt aus der Nähe erkannte sie zu ihrem Schrecken weitere Details. Das beleibte Opfer war mit zwei Gürteln mit den Handgelenken an Heizung und Siphon gefesselt, das aufgedunsene Gesicht zeigte etliche Prell- und Kratzwunden.

Es hätte noch viele Details zu erkunden gegeben, allerdings merkte sie, wie ihr Kreislauf zusammensackte und es doch besser war, Hilfe zu holen. Alleine würde sie hier sowieso nicht weiterkommen. Sie griff in ihre Weste und rief mit ihrem Handy die Kollegen in der Zentrale zu Hilfe. Etwa eine halbe Stunde später wimmelte es in der Wohnung vor Kriminaltechnikern in weißen Overalls, die akribisch jede Spur, jedes noch so kleine Detail sicherten. Nach Stunden der Spurensicherung wurde der Leichnam des

Opfers schließlich in einen Leichensack verpackt, auf eine Bare gehievt, und mit einem Krankenwagen zur Autopsie in das Kellergeschoss des Polizeipräsidiums gebracht.

KAPITEL 4

- This is killing business -

Zwei Mann ein Schwein

Nachdem die beiden jungen Ermittler die vorhandenen Unterlagen zum Fall überflogen hatten, hatten sie beschlossen, zu allererst den vermeintlichen Tatort zu besuchen. Den Ort, an dem das Opfer zuletzt vor seinem Verschwinden gesehen worden ist, in der Fabrik der Unternehmerfamilie.

Sie kamen schnell durch die Stadt, selten war der Verkehr in der Stadt so gering gewesen wie aktuell, fast wie zu Ferienzeiten. Sie folgten den Gleisen der Bahnlinie und fanden sich keine fünfzehn Minuten später vor einem großen, schlichten Industriekomplex wieder. Der Kommissar kannte die Adresse und wusste um welche Firma es sich handelte. Die Fabrikhalle war mit Metalllamellen verschalt und der mit Stacheldraht gespickte Maschendrahtzaun erzeugte einen gut fünf Meter breiten Sicherheitsstreifen zwischen Gebäude und Straße. Insgesamt war das Areal überraschend gut gesichert. An den Kanten des Gebäudes waren in regelmäßigen Abständen Sicherheitskameras und Scheinwerfer angebracht. Die Gebäude waren insgesamt sehr nüchtern gehalten, kein Firmenlogo, oder sonst etwas, das auf das Unternehmen hingewiesen hätte. Die Natur wurde gänzlich in ihre Schranken verwiesen, jeder Quadratmillimeter des Areals war geteert oder gepflastert. Sie blickten auf die breite Zufahrt, die auch großen LKWs genügend Platz bot, und beobachteten, wie an einer Pforte mit Schleuse jeder Besucher einer akribischen Personen- und Ladungskontrolle unterzogen wurde. Das Wärterhäuschen mit Lautsprechern und Signallampen auf dem Dach, schien wie von einer Grenzanlage hierher versetzt worden zu sein. Die beklemmende und anonyme Stimmung, die der Gebäudekomplex ausstrahlte, erinnerte die Ermittler unweigerlich an die Abschiebeanstalt in der Oststadt, oder das Militärdepot in Huchenfeld.

Allerdings schienen die Schutzmaßnahmen nichts geholfen zu haben, denn als der Kommissar und Johanna den Besucherparkplatz vor dem Haupteingang überquerten, konnten sie beobachten, wie ein Gebäudereiniger gerade dabei war einen Schriftzug von der Fassade zu entfernen. Mit entsprechenden Lösemitteln besprüht, lief die tiefrote Farbe bereits in Schlieren an der Verkleidung herab. Dennoch war der eigentliche Schriftzug „Respect Existance or Expect Resistance“ noch an der Wand zu lesen. Der Kommissar und Johanna schauten sich aufmerksam an und setzten ihren Weg fort. Sie hatten davon abgesehen ihren Besuch im Vorhinein anzukündigen, um sich einen möglichst unvoreingenommenen Eindruck von der Lage verschaffen zu können. Immer wieder hatte er festgestellt, dass man auf diese Weise doch die eine oder andere Information bekam, ein kleines Detail, das sonst im Verborgenen geblieben wäre, und war es nur ein Graffiti an der Wand.

Andererseits, das war klar, musste man bei dieser Variante auch mit Ablehnung und Widerstand rechnen. So in diesem Fall, denn der Wachmann am Eingang wollte das Ermittlerduo partout nicht auf das Firmengelände lassen.

„Nur autorisiertes Personal“, wiederholte der Wachmann gebetsmühlenartig in gebrochenem Deutsch.

„Wir sind autorisiertes Personal“, bekräftigte der Kommissar und drückte seinen Polizeiausweis genervt gegen die Glasscheibe, die sie vom Pförtner trennte. Der Wachmann blieb unbeeindruckt.

„Wir ermitteln im Fall ihres verschwundenen Juniorchefs und sind auf ausdrücklichen Wunsch seiner Familie hier“, flunkerte Johanna den Wachmann an.

„Das kann jeder sagen, ohne Genehmigung von meinem Vorgesetzten kommt hier niemand rein. Sehen Sie hier...“, der Wachmann deutete auf seinen Bildschirm, „...wenn Sie nicht in dieser Liste stehen, ist ihr Besuch nicht genehmigt, und Ihr Name steht nun mal nicht drauf.“

Nachdem sich die Diskussion mehrmals im Kreis gedreht hatte, ergriff Johanna abermals das Wort: „Junger Mann“, eine leichte Untertreibung, war ihr Gegenüber doch mindestens Mitte dreißig, „wenn Sie selbst nicht im Stande sind, hier Entscheidungen zu treffen, wäre es jetzt vielleicht an der Zeit Ihren Vorgesetzten anzurufen.“ Aber auch gutes Zureden half nichts, der Büffel hinter der Glasscheibe blieb stur.

„Siehst du...“, sagte die Psychologin vorwurfsvoll an den Kommissar gerichtet „...ich hatte dir gleich gesagt, dass wir vorher hätten anrufen sollen." Der Kommissar schaute seine Begleitung ungläubig an. Seine neue Kollegin lernte offensichtlich schnell. Er verstand den Wink und lenkte in das Spiel ein.

Er antwortete: „Das hat doch alles keinen Sinn hier mit diesem Sturkopf", und stütze dabei latent drohend seine Hand auf die Waffe in seinem Holster.

Johanna schüttelte den Kopf: „Nicht doch Ben, wir wollen doch keinen Ärger, und der junge Herr bestimmt auch nicht." Dabei schaute sie dem Wachmann verständnisvoll in die Augen. „Ich denke, wir sollten den offiziellen Weg gehen und einen Antrag stellen. Natürlich müssen wir dann einen Dienstbericht schreiben, der geht dann natürlich automatisch als Pressemeldung raus – das lässt sich dann leider nicht vermeiden. Wie sehen Sie das? Ist das in Ihrem Interesse?", lockte sie den Wachmann aus der Reserve.

In Anbetracht des wirren Geplappers seiner Gegenüber verlor dieser zusehends den Überblick und merklich an Souveränität. Sie konnten förmlich beobachten, wie sich ein Zwiespalt in ihm auftat. Man sah, wie es in ihm zu arbeiten begann und er innerlich zwischen seinen Anweisungen und seiner Vernunft rang. Er schien hin und her gerissen. Sein Blick wechselte zwischen dem grimmigen Kommissar und der aufmunternd dreinschauenden Psychologin.

„Vielleicht ist es doch besser, wenn ich meinen Chef anrufe. Soll er sich doch drum kümmern", kam es ihm mühsam über die Lippen. Entnervt griff er nach seinem Telefon und wählte eine Nummer. Während der Wachmann mit seinem Chef sprach, stupste Johanna den Kommissar herausfordernd an.

„Siehst du, gar nicht so schlecht eine Psychologin dabei zu haben, was?"

„Guter Cop – böser Cop, gar nicht schlecht, kann ich das schon mal von der Liste streichen,...", zwinkerte er ihr zu, „...ich glaube der „junge Mann" hat noch gar realisiert, was du gerade mit ihm angestellt hast."

Es verstrichen einige Minuten, ehe sich die Pforte öffnete und ein hemdsärmeliger Kerl schwankenden Schritts auf sie zukam. Stress stand ihm ins Gesicht geschrieben und auch sonst schien er in keinem guten Zustand zu sein. Die Hose in Übergröße, die nur von zwei gestreiften Hosenträgern an Ort und Stelle gehalten wurde, hing mehr schlecht als recht an ihm herab und die schiere Fülle seines eigentlich kleinen Körpers forderte ihren Tribut. Kurzatmig stieß er Luft durch seine fülligen Backen und versuchte seine in Schwung gekommene Masse so kontrolliert wie möglich vor den Gästen abzubremsen. Seine Füße zeigten dabei unnatürlich nach außen und schienen unter der eigenen Last erdrückt zu werden. Die Ermittler konnten nur erahnen unter welchen alltäglichen Qualen der geschundene Körper ihres Gegenübers leiden musste und auch mental schien er in keinem guten Zustand zu sein.

Ehe sie Gelegenheit gehabt hätten, sich vorzustellen, fragte der Mann schroff, aber mit weicher Stimme: „Wer sind Sie und was wollen Sie hier?“

Die Ermittler stellten sich vor und erklärten in kurzen Zügen ihr Anliegen: „Wir würden gerne mit den Eigentümern sprechen, sind Sie der Vater des verschwundenen Sohnes? Hätten Sie Zeit für eine kurze Befragung?“

Die Miene des Mannes entspannte sich für einen Moment, dann kam die Skepsis zurück. „Da muss ich Sie enttäuschen, ich bin nur der Werksleiter, die Familie selbst ist im Moment nicht hier, aber sie hat mich vorgewarnt, dass die Polizei hier unter Umständen auftauchen würde. Nichts für ungut, aber Sie haben doch mit Sicherheit nichts dagegen, mir Ihre Ausweise zu zeigen? Wir haben in letzter Zeit zu viele schlechte Erfahrungen gemacht.“

Johanna machte den Anfang und präsentierte nicht ohne Stolz ihren brandneuen Polizeiausweis mit makelloser Folierung, auch wenn der Kommissar aus den Augenwinkeln sah, dass auch sie nicht um ein unvorteilhaftes Foto herumgekommen war. Als er das raue Papier seines Ausweises zwischen den Fingern spürte, erinnerte er sich an seine ersten Tage im Dienst, und daran was seitdem alles passiert war, die nervenaufreibenden Einsätze, aber auch an die vielen schönen Momente die er mit den Kollegen gehabt hatte. Sein Bild war eine noch viel größere Katastrophe als das von Johanna und die Ecken und Kanten seines Ausweises waren grau und abgewetzt. Wie schnell doch die Zeit verging und um wie vieles er jetzt reifer war als damals, klangen ihm die Gedanken nach.

Der Werkleiter hatte unterdessen die Ausweise geprüft und gab sie nickend an die beiden Polizisten zurück.

„Mein Name ist Daniel Burkhardt", stellte er sich daraufhin unumwunden und mit einer Prägnanz vor, die erkennen ließ, dass sein schroffer Ton der ersten Begrüßung offensichtlich nicht geschauspielert war.

„Sehr erfreut", erwiderten die Kommissare übertrieben positiv, um die ruppige Art ihres Gegenübers bewusst zu entkräften und die Stimmung weiter zu entspannen.

„Also, wie kann ich Ihnen helfen?", fragte der Produktionsleiter fordernd, und deutete damit an, dass er eigentlich wenig Zeit hatte und noch jede Menge Punkte auf seiner Aufgabenliste standen. Die Amtsträger kamen ihm jetzt eigentlich ungelegen.

„Wir haben den Fall um ihren verschwundenen Junior-Chef übertragen bekommen und soweit uns bekannt ist, ist das hier der Ort, an dem er das letzte Mal gesehen wurde. Ich bin mir nicht ganz sicher, inwiefern Sie von der Familie in die Einzelheiten eingeweiht wurden, aber wir bräuchten Ihre Unterstützung und volle Kooperation."

„Wie gesagt, natürlich bin ich informiert, meine Chefs vertrauen mir, aber Sie sehen bestimmt ein, dass wir gerade sehr viel zu tun haben. Die Nachfrage nach unseren Produkten ist in den letzten Wochen seit Beginn der Krise extrem gestiegen und wir kommen mit den Aufträgen nicht hinterher. Ich muss Sie also um Verständnis bitten, ich habe wirklich nicht viel Zeit für Sie."

Das ließ sich der Kommissar nicht zweimal sagen und nutze die Gelegenheit, Dynamik in die Sache zu bringen und gezielte Forderungen zu stellen: „Zum einen bräuchten wir von Ihnen einen Überblick über das Unternehmen an sich, sowie über das Areal, auf dem wir uns hier befinden. Gibt es weitere Standorte? Was machen Sie hier genau und was für eine Position hat der junge Herr Brüller hier gehabt? Wie sah sein Tagesablauf aus und wann haben Sie ihn das letzte Mal gesehen?"

Angesichts der konkreten Fragen, die die Ordnungshüter stellten, schien Herrn Burkhardt langsam die Ernsthaftigkeit und Tragweite der Ermittlungen klar zu werden, blieb aber dennoch skeptisch. Abwägend blickte er in die Runde.

„Das sind aber viele Fragen. Ich denke es ist keine gute Idee die Sache hier am Eingang zu besprechen, zu leicht hören die falschen Leute die falschen

Sachen. Bitte kommen Sie doch herein und folgen Sie mir in mein Büro", forderte er die Ermittler auf, während er seine ID-Karte an einen Scanner hielt, worauf surrend die schwere Schutztüre zur Seite schwenkte. „Dürfte ich Sie bitten, sich die Hände zu desinfizieren?", forderte Herr Burkhardt die Besucher mit Blick auf einen Spender in der Nische auf. Johanna machte den Anfang, während Blocksberg den Werksleiter nachfragend anblickte, dessen Blick ihm aber klar signalisierte, dass er das Thema durchaus ernst meinte und auch der Kommissar nicht darum herum kommen würde.

Ihr Ansprechpartner wechselte nervös von einem Bein auf das anderen, vielleicht aber auch einfach nur um sein enormes Gewicht zu verlagern, ehe er watschelnd den Vortritt übernahm. Sie folgten dem Mann, der mehr denn je den Eindruck eines paranoid Getriebenen machte, in das Innere des Komplexes. Sie folgten ihm durch einen langestreckten Gang, der genau wie der Rest des Gebäudes einen modernen Eindruck machte und in einer kühlen Mischung aus Edelstahl, hellgrauem Estrich und weißen Wänden gehalten war. Die ersten Meter fiel durch die bodentiefen Fenster an den Seiten noch Tageslicht in das Innere, je weiter sie eindrangen, desto beklemmender wurde die Atmosphäre. Typisch metallene Fließbandgeräusche begleiteten ihren Weg. Bewusst oder unbewusst bekam man in dem langen klinischen Flur, wo jeder Schritt laut von den kühlen Wänden widerhallte, ein ungutes Gefühl. Sie drangen tiefer in den Gebäudekomplex ein, bis sie zu einem Fahrstuhl kamen. Ihr Begleiter autorisierte sich abermals mit seiner Chipkarte, worauf sich die Tür öffnete. Alle Drei betraten den Lift, der zügig die Türen schloss und sich in Bewegung setzte. Etagen waren nicht anwählbar, offensichtlich ging es nur in eine Richtung. Kurz darauf öffnete sich die Türe wieder und sie fanden sich vor einer Kreuzung wieder, wo sich die Gänge in drei Richtungen verzweigten. Mit einem „Hier lang, bitte", bog ihr Führer in den Gang zu ihrer Rechten ein, wo sich in regelmäßigen Abständen an den Wänden, dieses Mal auf halber Höhe, längliche Querfenster auftaten. Sie traten näher an die Öffnungen heran, und erhofften sich insgeheim von dem hell durchscheinenden Licht eine Auflockerung der strengen Atmosphäre, doch ihre Erwartung wurde jäh enttäuscht.

Der Kommissar, der den Betrieb kannte und wusste was sie erwartete, war dabei weniger schockiert, als seine Begleiterin, die völlig unvorbereitet mit der harten Realität konfrontiert wurde. Als der neugierige Blick der Psychologin durch die Scheibe fiel, folgte direkt der urzeitliche Instinkt der Abscheu. Aber auch der Kommissar, der für sein relativ junges Alter, berufsbedingt schon viele Grausamkeiten gesehen hatte, musste sich bemühen seine Contenance zu wahren. Anstelle des entspannenden Blicks nach draußen, den sie erwartet hatten, fiel ihr Blick auf totes Fleisch, unsägliche Mengen toten roten Fleisches.

„Alles OK?“ fragte Ben seine Begleiterin mitfühlend. „Diese Reaktion ist bei Frauen normal, die meisten reagieren so, wenn sie das erste Mal bei uns sind“, erklärte der Werksleiter, „deswegen arbeiten hier auch nicht viele.“.

„Ja, geht schon, ich hatte nur nicht damit gerechnet.“ Leicht verstört drehte sie sich wieder zu den beiden Männern zurück. Aus den Augenwinkeln betrachtete sie nach wie vor angewidert das monotone Fortschreiten des Förderbandes. Rinderhälfte um Rinderhälfte glitt erbarmungslos an ihnen vorüber. Sie gingen einige Schritte weiter zum nächsten Fenster, das ihnen einen Blick auf eine nicht minder barbarische Szenerie eröffnete. War der vorige Raum noch menschenleer gewesen, tummelten sich hinter dem zweiten Schaufenster einige Arbeiter, die mit von der Decke hängenden Sägen überdimensionalen Ausmaßes, die zuvor gesehenen Rinderhälften fabrizierten. Jeder Handgriff schien getaktet und jeder Schnitt durch Mark und Bein der Tiere, wurde auf schon fast schicksalshafte Weise vom kreischenden Weinen der Säge vergolten. Nicht umsonst trugen die Arbeiter Schutzbrillen gegen Knochensplitter und das rote Blut hob sich im grellen Kunstlicht der Fabrik in starkem Kontrast von den grünen schnittfesten Schürzen der Schlachter ab. So schritten sie an einigen weiteren Fenstern vorüber, die alle ein ähnliches Bild boten. Mal filetierten die Arbeiter behänd Rinderhälften, mal mit gleichförmigen Bewegungsabläufen Schweinenacken. Der Kommissar fasste sich dabei mit einem mulmigen Gefühl prüfend an seinen eigenen Hals. Ihr Führer erklärte ihnen nebenbei das Unternehmen.

„Wir sind auf dem neusten Stand der Technik. Bei Vollauslastung wie jetzt, schaffen wir in drei Schichten gut 1500 Tiere am Tag bzw. eine halbe Million im Jahr nur an diesem Standort. Dabei liefern wir vorwiegend an

Supermarktketten und Großgastronomie. Die Kundenwünsche sind dabei unser Maßstab und sie werden immer ausgefallener. Inzwischen schlachten wir von Alpaka bis Ziege alles was die Kunden wünschen. Die Logistik dahinter ist nicht zu unterschätzen und selbstverständlich haben wir eines der größten Kühllager der Region, vollautomatisch und computergesteuert." Dabei konnte man einen gewissen Stolz in den Worten ihres Begleiters nicht überhören.

Er setzte seine Werksführung fort: „Kommen Sie, ich zeige Ihnen unser Kühlhaus hier vor Ort. Die Energiekosten dafür sind beträchtlich und einer unserer Hauptausgabenblöcke, aber zum unserem Glück verbrauchen wir so viel Energie, dass wir vom Staat Steuerrückerstattungen bekommen."

Sie bogen um die nächste Ecke und kamen an einen übergroßen weißen Block, der frei in der Halle stand. Sie sahen, wie auch hier Reinigungspersonal eifrig dabei war mit Hochdruckreinigern eine Schrift von der Wand zu entfernen. Dieses Mal stand mit roter Farbe, oder war es Blut, in großen Lettern der Schlachtruf: „Dein Fleisch ist gegessen, dein Geist ist vergessen!" an der Wand.

Man sah Daniel an, dass ihm dieses Vorkommnis äußerst unangenehm war.

„Das sind diese elenden Umweltaktivisten, sie müssen es mal wieder geschafft haben hier reinzukommen", schnaubte er.

„Kommt das öfter vor?", fragte Johanna.

„Ja leider, ab und an, diese kleinen Biester sind ja so einfallsreich."

„Sind das die Kids von Fridays for Future?", fragte sie weiter.

„Was? Nein, das sind Kinder die Plakate malen, mit denen haben wir kein Problem. Das hier waren mit Sicherheit wieder Extinction Rebellion, eine angeblich friedliche Splittergruppe. Die sind viel radikaler, fast schon Öko-Terroristen. Das sind auch keine Kinder, das sind meistens Studenten. Gibt in dieser Stadt leider viel zu viel davon."

„Haben Sie die schon mal erwischt?", hakte Blocksberg nach.

„Selten, aber manchmal", bejahte der Werksleiter.

„Und dann?"

Der Werksleiter zögerte für den Bruchteil einer Sekunde und Genugtuung huschte über seine Mundwinkel, ehe er betont sachlich fortfuhr: „Dann erstatten wir Anzeige."

„Das heißt, sie haben die Namen einiger Teenager? Können Sie uns die geben?", fragte Blocksberg. Haben die außer Graffitis noch etwas angestellt?"

„Das Schlimmste konnten wir meistens noch verhindern, nicht zuletzt wegen unseres ausgeklügelten Sicherheitssystems. Die Namen kann ich Ihnen gerne zukommen lassen. Davon abgesehen, weiß ich beim besten Willen nicht, was die für ein Problem haben. Wir erfüllen alle Hygienestandards und werden mehrmals im Jahr von externen Prüfern kontrolliert. Außerdem achten wir natürlich auf Arbeitssicherheit und Ergonomie – alle Arbeitsplätze sind hell ausgeleuchtet und die gesamte Fabrik ist in weiß und mintgrün gehalten."

„Wie in einem OP?", fragte Johanna.

„Ja, genau, wie in einem Operationssaal, das Grün soll als Gegenfarbe zu Rot am verträglichsten für die Augen sein."

„Einen wirklich glücklichen Eindruck machen Ihre Mitarbeiter aber trotzdem nicht", warf Johanna ein.

„Ich versteh schon, die Vorwürfe kommen ja immer. Gut, der Job ist mit Sicherheit nicht der attraktivste der Welt, aber einer muss ihn ja machen, und wir zahlen selbstverständlich den gesetzlichen Mindestlohn", bestätigte der Werksleiter. „Außerdem beschäftigen wir vorwiegend Menschen, die sonst kaum eine Chance auf dem Arbeitsmarkt hätten und für die dieses Einkommen kein schlechtes Geld ist."

„Und in der aktuellen Hamsterphase laufen die Geschäfte vermutlich sehr gut für Sie?", fragte der Kommissar.

„Genau genommen profitieren wir sogar doppelt von der Krise. Zum einen ist der Bedarf insgesamt gestiegen, was soll man in der aktuellen Situation außer Grillen auch anderes machen, zum anderen haben im Moment viele kleine Metzgereien geschlossen. Wobei das ohnehin kaum noch ins Gewicht fällt, weil zu unserem Glück immer weniger Metzger selbst schlachten und stattdessen ihre Ware bei uns kaufen. Wenn die Kunden, um ihr Gewissen zu beruhigen, gerne mehr Geld bei ihrem lokalen Fleischfachgeschäft ihres

Vertrauens ausgeben möchten, soll uns das recht sein, solange am Ende unsere Steaks über die Ladentheke gehen."

„Das heißt die Bilanz stimmt unterm Strich?"

„Naja, der Preisdruck ist enorm, andererseits haben immer mehr Länder immer strengere Auflagen, sodass wir in Deutschland schon einen gewissen Wettbewerbsvorteil besitzen und unsere Exportquote jedes Jahr steigt. Sowohl innerhalb der EU, als auch nach Afrika und Asien, besonders China wird ein immer wichtigerer Absatzmarkt."

Nach der Tour durch die Produktion wechselten sie ein weiteres Mal die Ebene und gelangten in einen separat gesicherten Teil, in dem Büros untergebracht waren. Nach einigen Abzweigungen fanden sie sich im Büro von Herrn Burkhardt wieder. Er stand hinter seinem Schreibtisch und zeigte auf die Glasfront.

„Sehen Sie", ergriff dieser das Wort, „von hier oben haben wir, also die Unternehmensleitung, den Überblick über die gesamte Fertigung."

Und tatsächlich konnte man von hier aus die ganze Produktion aus der Vogelperspektive betrachten. Sie befanden sich in der ersten Etage des Gebäudes, die Produktionsstraße zu ihren Füßen erstreckte sich über das deckenlose Kellergeschoss und das Parterre, über die erste, bis hinauf in die zweite Etage. Kadaver für Kadaver glitt an großen Edelstahlhaken auf Augenhöhe an ihnen vorbei.

„Hier befinden wir uns in meinem Büro, in den beiden Räumen nebenan, befinden sich die Büros des Junior- und Seniorchefs."

„Könnten Sie uns die Büros bitte zeigen?", fragten die Ermittler.

„Normalerweise natürlich nicht, aber in Ihrem Fall ist das selbstverständlich kein Problem", gab er sich inzwischen fast handzahm und ergänzte: „Bitte folgen Sie mir."

Sie wechselten die Räume.

„Hier, das ist das Büro des alten Brüllers, wie man sieht ist er nicht mehr sehr oft hier."

Sie betraten das Büro und verschafften sich einen ersten Eindruck. Der Raum schien eine anachronistische Zeitkapsel zu sein. Der moderne Stil des

Gebäudes und des Büros wollte so gar nicht zu dessen Mobiliar passen. Man merkte, dass der Seniorchef einfach die, ihm ans Herz gewachsenen, Möbel seines alten Büros, in das neue übernommen hatte. Ungeachtet dessen, dass die Stile sich so gar nicht vertragen wollten. Hauptblickfang waren die Jagdtrophäen in Form von ausgestopften Hirschen und Fischen an der Wand.

„Wie lange arbeiten Sie schon in dieser Firma", fragten die Ermittler, während sie das Büro durchstöberten und hin und wieder einen Blick auf die herumliegenden Papiere warfen.

„Inzwischen schon gut zwanzig Jahre, ich bin auch gelernter Fleischer und habe, nachdem wir unseren Familienbetrieb damals aufgeben mussten, hier angeheuert."

„Und, jemals bereut?", fragte Johanna direkt aber einfühlsam.

Der Mann ging kurz in sich und schien einen Moment über diese eher unerwartete Frage nachdenken zu müssen, antwortete dann aber resümierend: „Alles in allem nicht. Keine Frage, unser Geschäft ist hart, das war es immer, auch wenn wir jetzt vor ganz anderen Herausforderungen stehen als damals. Von der aktuellen Situation abgesehen, geht der Trend weg vom Fleisch und unser Ruf ist schlecht. Fleischessen ist das neue Rauchen, unverantwortlich und lebensgefährlich", dabei verdrehte er die Augen und setzte fort: „Das heißt für uns, dass wir immer einfallsreicher werden müssen. Aber die Familie war immer fair zu mir, und ich konnte mich im Laufe der Zeit zu meiner aktuellen Position hocharbeiten, auch wenn mir das eigentliche Handwerk fehlt."

„Wie meinen Sie das?", fragte Johanna nach.

„Na das Arbeiten mit meinen Händen, weswegen ich den Beruf ergriffen habe. Ich hatte immer eine Schwäche fürs Essen", dabei schaute er an seiner Leibesfülle herab, „Würste haben mich immer fasziniert, wissen Sie! Man könnte schon fast sagen, dass es sogar etwas Mythologisches hat: Ein Tier zu töten und anschließend steckt man das Fleisch in dessen eigenen Darm. Ist es nicht diese Macht, die uns erst zu Menschen macht, diese kleinen Freuden, die wir Menschen in unserem Leben haben…?"

Die zwei Ermittler hörten den Ausführungen des Werksleiters mit gemischten Gefühlen zu und dachten sich ihren Teil, wollten der plötzlichen Mitteilungsfreude ihres Gegenübers aber erstmal freien Lauf lassen.

„Das heißt, Sie fühlen sich dem Unternehmen stark verbunden?“, wechselte Johanna schnell das Thema.

„So könnte man es wohl ausdrücken“, antwortete er seinen Ausführungen nachschwelgend.

Die beiden Ermittler erkundeten weiter den Raum und entdeckten immer weitere Aktenstapel. „Scheint als ob der Senior noch einen Faible für Papier hatte?“, merkte Blocksberg an.

„Ja, Computer sind nicht so seins, dennoch hat er die Zeichen der Zeit erkannt und uns schon vor Jahren auf den neusten Stand gebracht, inzwischen sind wir völlig digital. Das war eines der ersten großen Projekte, das Justus, der Junior, übernommen hatte.“

„Ich vermute das hat seine Gründe? Der Sicherheitsaufwand, den Sie betreiben ist immens und kommt bestimmt nicht von ungefähr?“, hakte Blocksberg ein.

„Sie haben absolut Recht, mit Unternehmen wie dem unseren, sind gewisse Risiken verbunden. Wir sind fast schon permanent Angriffen von Umweltaktivisten und Journalisten ausgesetzt. Es ist mehr als einmal vorgekommen, dass Fremde eingedrungen sind, oder Reinigungskräfte bestochen wurden, um den Inhalt ganzer Aktenschränke zu kopieren und fotografieren. Je weniger Papier, desto größer die Sicherheit ist unser Motto.“

„Außerdem lassen sich die Daten auf Knopfdruck eliminieren“, ergänzte der Kommissar süffisant und näherte sich dabei einer der eindrucksvollen Jagdtrophäe an der Wand.

„Der Senior liebt die Jagd?“, fragte er.

„Ja, er ist passionierter Jäger, früher hatte er kaum Zeit dafür, jetzt im Ruhestand, geht er seiner Leidenschaft in jeder freien Minute nach, außer er spielt gerade Golf. Erst kürzlich ist er von einem Trip aus Weißrussland zurückgekehrt.“

„War der Vater hier in der Fabrik, als der Sohn verschwunden ist?“

„Nein, anhand unseres Computersystems, lässt sich genau nachvollziehen, wer wann hier vor Ort war. Das ist ja mit das Merkwürdige am Verschwinden des Sohnes. Er hat den Betrieb zwar durch den Personaleingang betreten, aber anschließend durch keinen der regulären Ausgänge wieder verlassen. Theoretisch müsste er noch hier sein."

„Kann es nicht sein, dass er das Gebäude zusammen mit einem Kollegen verlassen hat?", fragte Johanna.

„Möglich ist natürlich vieles, aber unsere Videoaufzeichnungen zeigen nichts dergleichen."

„Ist die gesamte Fabrik videoüberwacht?"

„Fast komplett, wir haben nur wenige blinde Flecken", antwortete der dicke Burkhardt und forderte die Beamten auf, „kommen Sie mit, ich zeige es Ihnen im Büro des Juniors."

Durch eine Verbindungstür betraten sie das Nachbarbüro. Das Büro des Juniors war völlig anders als das des Vaters eingerichtet. War das Büro des Vaters von kühlem Stahl und Glas dominiert, stand das Büro von Justus voller Pflanzen und warmer Holzmöbel im skandinavischen Stil. Im Halbschatten hinter dem Schreibtisch hing die abstrahierte Zeichnung einer nackten tanzenden Frau in einem goldenen Bilderrahmen. Papier war hier überhaupt nicht zu finden. Tageslicht gab es allerdings auch hier nicht, und durch die zu gezogenen Vorhänge in Richtung Produktionshalle fiel kaum Licht.

„Hier ist der Schreibtisch", erklärte Daniel Burkhardt einfältig. „Darin haben wir das Handy und die Uhr von Justus gefunden."

„Legt er die öfter hier ab?", wollte Johanna wissen.

„Eher nicht", antwortete der Werksleiter simpel.

„Dann können wir ihn darüber schon mal nicht finden", hielt Blocksberg fest. „Würden Sie uns die Geräte bitte übergeben?", forderte er Herrn Burkhardt auf.

„Bitteschön", sagte dieser und überreichte das neuste IPhone samt Smart Watch. Der Kommissar übernahm es vorsichtig mit einem Tuch, das er von Johanna bekommen hatte, und schaute es sich an. Durch das Tuch konnte er den Touchscreen leider nicht bedienen, das Gerät war aber ohnehin Passwort geschützt.

„Kommen Sie, ich zeige Ihnen den Rest des Büros. Ich mache kurz die Vorhänge auf, man sieht ja gar nichts“, sagte Daniel Burkhardt eifrig. Die zwei Polizisten, die froh waren für einen Moment kein totes Fleisch zu sehen, schauten sich blass an.

„Das ist wirklich nicht nötig! Außerdem sollte alles unverändert bleiben, um mögliche Spuren nicht zu verfälschen“, warf Johanna hastig ein. „Wieso sind die Vorhänge denn überhaupt zugezogen?“, versuchte sie den Mann von seinem Vorhaben abzubringen.

„Nun ja, mit dem Junior haben wir so unsere Probleme, zwar ganz andere als mit dem Vater, der mit Sicherheit auch kein einfacher Mensch ist, aber zumindest hat er sich um das Wohl der Firma gekümmert.“

„Und was für Probleme wären das?“, fragten die Ermittler.

„Wie man am Vorhang sieht, hat er sich einfach nicht mehr mit dem Unternehmen identifiziert. Und das, obwohl er von seinem Vater von klein auf in das Unternehmen eingeführt wurde. Ich habe ihn hier aufwachsen sehen. Tatsache ist aber, dass es nur wenige in der Belegschaft gibt, die ihm nachtrauern.“

„Das hört sich aber schon sehr endgültig an!“, sagte Blocksberg überrascht.

„Was soll ich sagen, er pflegte Kontakt zu den falschen Leuten und traf immer öfter Entscheidungen, die nicht nachvollziehbar waren. Er ließ sich immer weniger von mir oder seinem Vater sagen und traf Entscheidungen, bei denen angezweifelt werden darf, ob sie im Interesse des Unternehmens standen.“

„Was meinen Sie mit falschen Leuten? Wer sind diese falschen Leute?“, fragte der Kommissar interessiert.

„Ach wissen Sie, unser Seniorchef hat diese Spinner von Extinction Rebellion und PETA auf Gutsherrenart ignoriert und Stärke gezeigt. Der Sohn verfolgte eine andere Strategie. Er redete immer davon, den Dialog suchen zu wollen. Erst kürzlich hatte er einige dieser Spinner hier zu sich eingeladen und wie Sie an den Schmierereien sehen, folgt die Quittung auf dem Fuß.

Ausgekundschaftet haben sie uns. Als ob man diesen Menschen trauen könnte, die sind doch zu allem fähig."

„Und wie war das Verhältnis von Vater und Sohn? Hört sich an als sei es belastet gewesen?", fragte die Psychologin.

„Früher war der Sohn der ganze Stolz des Vaters gewesen, mit der Zeit verloren die beiden aber immer mehr den Draht zueinander. Das Verhältnis war angespannt, das kann man nicht anders sagen. In letzter Zeit redeten sie kaum noch miteinander, erst seit der Vater sich rarmachte, schien es wieder besser zu laufen." Er machte eine Pause.

„Und die Aktivisten?", sprangen die Ermittler sein.

„Was die angeht, kam es wie es kommen musste. Sie waren wenig einsichtig, Idealisten eben, Träumer, die uns seitdem das Leben schwer machen. Es gab Sitzblockaden und die jüngsten Anschläge auf unsere Fassade haben Sie bei ihrer Ankunft sicherlich bemerkt. Als könnte man mit diesen Leuten vernünftig reden", erzählte er zunehmend aufgebracht.

„Liegt dann nicht die Vermutung nahe, dass die Aktivisten auf Ihr Firmengelände eingedrungen sind und den Juniorchef entführt haben?", fragte Johanna.

„Möglicherweise. Ausgeschlossen ist das nicht, deswegen wollte ich Ihnen auch das hier zeigen, hier sehen Sie."

Er ging an den übergroßen Flachbildschirm an der Wand und aktivierte mit der Fernbedienung das Gerät, das daraufhin in Splitscreens diverse Bilder von Überwachungskameras präsentierte.

„ Wie man sieht, ist das komplette Areal kameraüberwacht."

„Das heißt, Sie haben Aufnahmen vom Abend seines Verschwindens?"

„Ja und nein."

„Was soll das heißen? Wird auch das Innere der Fabrik überwacht?"

„Es wird fast alles überwacht, nicht lückenlos, aber beinahe."

„Können Sie dann nicht anhand des Kameramaterials nachvollziehen, wann und wo der junge Herr verschwunden ist?"

„Leider nein, denn genau an diesem Abend gab es einen Serverabsturz, der alle Kameras lahmlegte, die den Innenraum überwachen. Wir haben natürlich versucht anhand von Login-Daten seine Bewegungen nachzuvollziehen, aber die letzte Stelle an der er zu sehen war, sind unsere kleinen Kühlhäuser, danach ist er wie vom Erdboden verschluckt. Wir haben das Material sämtlicher Ein- und Ausgänge gesichtet, fest steht, dadurch hat er das Gebäude nicht verlassen."

„Das heißt er ist in einem der Kühlhäuser verschollen?"

„Nicht doch, hat man diese Sicherheitsbarriere überschritten, kann man sich in weiten Teilen der Produktion frei bewegen, er könnte überall hingegangen sein."

„Gibt es andere Möglichkeiten das Gebäude zu betreten oder zu verlassen?"

„Im Prinzip keine", antwortete der Befragte.

„Wie sieht es damit aus?", fragte der Kommissar und tippte mit seinem Zeigefinger auf eine der Aufnahmen am Bildschirm.

„Natürlich haben wir unsere Laderampen, aber jeder LKW wird bei der Ankunft in einer separaten Schleuse kontrolliert, bevor er auf das Gelände gelassen wird. Falls es sich um eine Entführung handelt, sind die Entführer mit Sicherheit nicht darüber eingedrungen. Aber auch das haben wir kontrolliert. Im relevanten Zeitraum kamen natürlich dutzende LKW auf das Gelände, es war schließlich schon dunkel. Wir bemühen uns, müssen Sie wissen, insbesondere unsere Anlieferungen nachts stattfinden zu lassen. Wir versuchen die, für die meisten Leute unangenehmen Tiertransporte, tagsüber von den Straßen fernzuhalten – Öffentlichkeitsarbeit wenn man so will. Warten Sie einen Augenblick, ich zeige es Ihnen."

Ihr Ansprechpartner tippte kurz an seinem Notebook und arbeitete sich durch verschiedene Ordnerverzeichnisse. Wenig später flackerte das Video einer Überwachungskamera auf dem Schirm. Da es sich um eine Nachtaufnahme handelte, waren die Lichtverhältnisse relativ bescheiden und die Auflösung der Kamera dürftig. Als erstes erschienen die Scheinwerfer, dann das Fahrerhaus und der Auflieger im Bild. Man sah wie der LKW wendete, um an die Ladeschleuse docken zu können. Der Pförtner kam, in eine Neonweste gehüllt, ins Bild und bahnte sich mit seiner Taschenlampe seinen Weg durch den Anhänger. Mit seiner Taschenlampe leuchtete er jeden Winkel im Inneren des Trucks ab. Anschließend verließ der Wachmann im Video die Heckklappen des Aufliegers und erteilte die Freigabe zum Laden.

„Unheimlich, nicht?“ sagte der Werksleiter an ihrer Seite.

„Was genau meinen Sie?“, fragten die Beamten verwirrt.

„Haben Sie es nicht gesehen? Moment, ich spule nochmal zurück. Da, sehen Sie, das Muster auf der Rückseite des LKW.“

Die Psychologin und der Kommissar beugten sich ein Stück Richtung Bildschirm, um besser sehen zu können. Dann schauten sie sich ungläubig an. Sie hatten verstanden was Daniel Burkhardt meinte. Bei genauer Betrachtung und mit etwas Phantasie, ergab der graue Schmutz der in Schlieren an den beiden Heckklappen des LKW herablief, das symmetrische Muster eines Totenschädels. Die beiden Ermittler verstanden sich ohne ein Wort zu wechseln. Vielleicht war Rorschach doch noch nicht so veraltet wie sie gedacht hatten.

Alle drei hingen gebannt vor dem Bildschirm um weitere Hinweise zu erkennen. Ihr Gedankenspiel wurde erst unterbrochen, als ein junger Mann die Tür zum Büro öffnete und hastig hereinkam.

„Wir suchen Sie bereits, sagte dieser an den Betriebsleiter gerichtet. Die Videokonferenz läuft bereits.“

Der dicke Burkhardt mühte sich, seinen schwerfälligen Arm und seinen überbreiten Kopf zueinander zu bringen und schaute betroffen auf seine Uhr.

„Ach, schon wieder so spät“, bemerkte er ernüchtert, „ich schalte mich gleich zu“, sagte er an den jungen Mann gewandt, der damit zufrieden schien und den Raum sogleich wieder verließ.

„Sie sehen, ich habe weitere Termine. Würde es Ihnen etwas ausmachen, wenn wir den Termin zu einem späteren Zeitpunkt fortsetzen?“, fragte er an die beiden Ermittler gewandt.

„Natürlich hätten wir noch eine ganze Reihe von Routinefragen die wir abarbeiten müssten, aber wir verstehen natürlich, dass Sie sich nicht den ganzen Tag für uns freinehmen können. Wir danken Ihnen erstmal für Ihre Zeit, ich glaube wir haben einen ganz guten ersten Eindruck gewonnen.“

„Sehr gerne, wie ist dann jetzt das weitere Vorgehen?“, wollte der Betriebsleiter wissen.

„Wir werden Ihnen in Kürze unsere Kollegen von der Streife vorbeischicken, die das Büro ihres Juniorchefs nochmal genauer durchgehen werden und gegebenenfalls Beweismittel sichern. Bitte stellen Sie den Kollegen von der IT-Forensik auch sämtliches Videomaterial zur Verfügung. Wir werden das auf dem Revier nochmal genau sichten."

„Kein Problem, werden wir selbstverständlich tun", antwortete ihr Gesprächspartner, während er im Hintergrund bereits die Videokonferenz gestartet hatte und zunehmend abgelenkt war.

„Jetzt aber noch eine Frage zum Abschluss, wie und wo treffen wir die Eltern des Opfers an?", fragte Blocksberg.

„Wie gesagt, hier ist der Chef kaum noch. Ich denke die besten Chancen haben Sie bei ihm Zuhause oder auf dem Golfplatz. Ich gebe Ihnen die Adresse und seine private Handynummer." Daraufhin nahm er, bereits mehr oder weniger beiläufig, einen Stift vom Schreibtisch und notierte die Informationen auf einen Notizzettel, um sie anschließend an die Ermittler weiterzugeben. Seine Aufmerksamkeit galt dabei bereits dem Geschehen auf seinem Bildschirm, wo die Teilnehmer gerade dabei waren sich zu finden.

Kurz darauf wurden sie von dem Wachmann, der ihnen eingangs den Zugang zur Firma verwehrt hatte, wieder zurück zur Pforte geführt. Wenig später saßen sie wieder im Dienstwagen.

„Und, was ist dein erster Eindruck?", fragte der Kommissar seine Kollegin.

„Keine Ahnung, im Moment gibt es für mich noch relativ viele Fragezeichen. Klar ist, dass es einige Spannungen zwischen den Herren gibt. So richtig gut kommt unser Werksleiter nicht mit dem Junior aus, aber anscheinend war er damit nicht allein. Außerdem macht er jetzt nicht den Eindruck, als ob er etwas verbergen würde. Andererseits schien er auch sehr abgespannt zu sein."

„Er gibt sich arbeitsam. Vielleicht um sich von was anderem abzulenken?", sagte Blocksberg.

„Ich glaube er gibt sich naiver als er ist. Wie man allein an seiner Sprache merkt, ist er nicht der Tölpel für den er gehalten werden will“, analysierte Johanna.

„Ein leichtes Entführungsopfer ist Justus nicht. Über 1,80cm und sportlich“, stellte Johanna fest.

Blocksberg entgegnete: „Richtig, normalerweise entführt man Frauen. Sind klein, essen wenig, riechen gut.“

Johanna ignorierte diesen überflüssigen Kommentar und machte ernst weiter: „Scheint sehr in seinem Job zu stecken und die Umstände werden ihr Übriges tun. Immerhin scheint er zur Eigentümerfamilie sehr loyal zu sein. Dabei hat er offensichtlich einiges zu verarbeiten.“

„Wie meinst du das?“

„Naja, seine Fokussierung aufs Essen, vor allem auf Wurst und Fleisch, deuten auf ungelöste Konflikte hin. Der typische Angstbeißer, wie es viele Männer sind.“

„Angstbeißer?“, fragte der Kommissar skeptisch. „Was soll das sein?“

„Angstbeißer eben, Menschen die etwas brauchen an dem sie ihre aufgestauten Aggressionen und ihren Frust ablassen können. Und was bietet sich da besser an, als ein Stück Fleisch? Es ist wehrlos und trotzdem leistet es dem Kiefer Widerstand. Eine Spiegelung des eigenen Passiv-Aggressivität Verhaltens. Man muss tief in das Fleisch eindringen, bevor es dem Druck nachgibt und voller Befriedung durchbissen werden kann. Das ist die Quintessenz der verführerischen Fleischkonsistenz. Nichts anderes kann bei diesen Menschen diese Befriedigung ersetzen, deswegen essen sie immer weiter“, schloss die Psychologin ihre Ausführungen ab.

Der Kommissar war beeindruckt.

„Stellt sich nur die Frage was mit dem jungen Mann passiert ist. Das ganze Gelände und die Zugänge sind ja tatsächlich hermetisch abgesichert. Wohin ist der Junior nur verschwunden?“, überlegte Blocksberg.

„So sicher dann auch wieder nicht, wenn Teenager es schaffen sich Zugang zu verschaffen.“

„Richtig, aber es gibt auch noch eine andere Möglichkeit“, warf der Kommissar vielsagend ein.

„Du meinst doch nicht...?“, schaute ihn die Psychologin bestürzt an und brach mitten im Satz ab.

„Doch genau das meine ich. Was wenn der Sohn die Fabrik gar nicht verlassen hat...?“, nickte der Kommissar mit ernstem Gesicht.

KAPITEL 5

- Eggs Woodhouse -

Geschmack hat einen Namen

Noch am gleichen Morgen, hatten sie das Firmengelände der Brüllers mit Spürhunden absuchen lassen. Aber wie zu erwarten war, schlugen die Hunde fast an jeder Ecke an, war der Sohn schließlich in der Firma aufgewachsen. Sie fanden ein paar aktuellere Spuren, aber auch die führten im Kreis, es ergab sich kein Hinweis über den Verbleib des Sohnes.

Nach ihrem Termin am Vormittag saßen Johanna und der Kommissar wieder im Auto, dieses Mal auf dem Weg zum Golfplatz. Sie hatten es über die Nummer versucht, die ihnen Burkhardt gegeben hatte, aber keinen Erfolg gehabt. Ihre Kollegin vom Innendienst, Linda Weiß, hatte dann im Hintergrund die Strippen gezogen und sich über mehrere Telefonate bis zur Chefsekretärin der Brüllers hocharbeiten können. Von der hatte sie erfahren, dass Brüller Senior den Tag beim Golfen verbrachte.

Ihr Ziel bildete dabei nicht der eigentliche Pforzheimer-Golf Club bei Neulingen, sondern der deutlich elitärere Golf-Club Solitude auf der direkt gegenüberliegenden Seite von Pforzheim bei Mönsheim. Sie fuhren gerade durch Wurmberg, dem Ort mit der schlechtesten Tankstelle im ganzen Enzkreis, als im Radio der allseits bekannte und eingängige Werbejingle von Brüller-Fleisch ertönte: „Brüller-Fleisch zum Knüller-Preis“ schallte es immer wieder aus den Lautsprecherboxen.

„Jetzt nimmt man das ganz anders war“, meinte Johanna nachdenklich und schaute aus dem fahrenden Auto. Ben nickte zustimmend.

„Wie kommt es eigentlich, dass du dich für die Polizei entschieden hast?“, betrieb er Smalltalk, um die neue Kollegin besser kennenzulernen. „In der Wirtschaft verdient man doch bestimmt mehr mit deinem Abschluss?“

„Ich wollte schon immer zur Polizei, also habe ich mich beworben. Außerdem habe ich was in der Nähe gesucht. Ich hab mich auch in der freien Wirtschaft beworben. Zum Beispiel bei so einem kleinen Mittelständler, der Elektroisolierstoffe oder sowas herstellt. Aber die Polizei hat schneller geantwortet, also bin ich hier gelandet. Wie das Schicksal eben manchmal so spielt“, berichtete sie.

Als sie auf dem kiesigen Parkplatz des Golf-Clubs vorfuhren, zogen sie eine lange Staubfahne hinter sich her. An den Kennzeichen der Fahrzeuge erkannten sie schnell, mit welch auserlesenem Publikum sie es hier zu tun hatten. War man in normalen Golf-Clubs mit einer moderaten dreistelligen Summe als Mitgliedsbeitrag mit von der Partie, so kostete eine Mitgliedschaft in diesem erlauchten Kreis einen hohen vierstelligen Jahresbeitrag. Eine Reihe Stuttgarter und Karlsruher SUV säumten die Parkbuchten und natürlich durfte auch das obligatorische EY-Kennzeichen hier nicht fehlen. Einheimische Kennzeichen aus der näheren Umgebung waren eher spärlich vertreten und wie man an der Fahrzeugklasse sehen konnte, auch eher auf das Personal beschränkt.

Er lenkte das Fahrzeug in eine der freien Parkbuchten nahe am Club-Haus und brachte es neben einem Oldtimer zu stehen. Er stieg aus dem Auto und erlaubte sich, zu einem Schabernack aufgelegt, einen kleinen Spaß mit Johanna, die noch dabei war ihre Sachen zu ordnen. Er umrundete das Fahrzeug schnellen Schrittes, und ehe Johanna sich versah, öffnete er ihr zuvorkommend, und mit einem spitzbübischen Lachen auf den Lippen, die Beifahrertüre. Einen kurzen Moment sah man Verwunderung, gefolgt von Schmeichelei über ihr Gesicht huschen, bis sie anhand des Lachens des Kommissars erkannte, dass sie gerade gefoppt wurde, was sie wiederum mit einer schelmischen Grimasse konterte. Sie spielte das Spiel zum Spaß mit und ließ sich von ihm aus dem Wagen helfen. Zumindest hatten sie jetzt, nachdem eher deprimierenden Termin am Vormittag, wieder gute Laune und die Sonne schien noch dazu.

„Und, kannst du Golfen?", fragte Johanna den Kommissar herausfordernd.

„Über ein paar Abschläge bin ich bisher nicht hinausgekommen", antwortete er und ergänzte mit einem Grinsen „ Minigolf schon eher."

Sie gingen Richtung Club-Haus. Mit seiner Freundin war er schon einmal hier gewesen, zwar nicht zum Golfen, aber zum Essen. Das Essen war erstklassig und nicht so teuer wie man erwarten würde. Der Service war obendrein vorzüglich, und neben dem Essen konnte man den anderen Gästen beim Spielen zusehen, oder noch viel interessanter, die Leute selbst beobachten, und wenn man sich vor den Querschlägern in Acht nahm, konnte man sogar einen sehr schönen Spaziergang rund um das Areal machen. Sie überquerten den Vorplatz mit der zurechtgestutzten Buchsbaum-Skulptur im Zentrum und sahen dahinterliegend den Schuppen, in denen die Golf-Carts untergebracht waren. Er entsann sich einem nicht allzu alten PZ-News Artikel, in dem es um den Golfclub Pforzheim ging. Dort war vor kurzem ein eben solcher Schuppen samt aller darin untergebrachter Golf-Carts abgebrannt und hatte den Club fast um seine wirtschaftliche Existenz gebracht. „Ob dahinter auch der Pyromane steckt, den Herr Ricke erwähnt hatte?“, ging es ihm dabei durch den Kopf, ehe Johanna ihn aus seinen Gedanken holte.

„Was genau erwarten wir von diesem Gespräch?“, erkundigte sie sich.

„Nun ja, im Moment ist das noch schwer zu sagen. Wir haben ja noch nicht viele Hinweise. Eine zentrale Frage ist natürlich, warum uns die Familie erst so spät eingeschaltet hat. Das heißt wir stochern noch im Nebel, fischen im Trüben. In solchen Fällen ist es besonders wichtig, so viele Mosaikteilchen wie möglich zu sammeln und zu hoffen, dass sie sich irgendwann zu einem Gesamtbild formen.“

„Und tun sie das für gewöhnlich?“, fragte Johanna.

„Für gewöhnlich ja, aber jeder Fall ist natürlich anders. Manche Teile ergeben schnell eine Linie, einen Zusammenhang, andere bleiben für immer ein Rätsel. Wichtig ist, dass wir die entscheidenden Schlüsselteilchen finden, der Rest sortiert sich dann meistens von ganz alleine um diese zentralen Punkte.“

„Wie wir heute Morgen im Schlachthaus erfahren haben, war der Sohn offensichtlich in einem emotional schwierigen Zustand, hat mit alten Banden gebrochen und sein Leben neu orientiert, zumindest hat es so den Anschein gemacht. Die Beziehung mit seinem bisherigen Umfeld und seinen Eltern schien nicht das Beste zu sein.“

„Ja, da sehe ich auch auf jeden Fall Anknüpfungspunkte. Außerdem ist es nun mal so, dass egal bei welcher Art des Verbrechens, die Familie oft zum Täterkreis gehört, deshalb müssen wir so viel wie möglich über das Umfeld des Jungen in Erfahrung bringen“, erklärte der Kommissar.

„Ist ja auch irgendwo klar, man kann nur mit jemandem ein Problem haben, mit dem man viel zu tun hat, da gehört die Familie normalerweise dazu.“

„Genau, das heißt wir müssen einfach so viel wie möglich über die Beziehungen zwischen den einzelnen Personen herausfinden. Eine Entführung ist schließlich eine sehr emotionale und intensive Tat und der Täter findet sich meistens im Umfeld des Opfers. Meistens sind es Väter die ihre Kinder entführen."

Sie stülpten sich ihre Gesichtsmasken über und betraten das Lokal, wo sie sogleich von einem Kellner taxiert wurden. Er war gerade im Begriff Getränke an einen Tisch zu servieren, und gab ihnen mit einem unauffälligen Blick zu verstehen, dass er sie wahrgenommen hatte und sofort zur Verfügung stehen würde. Das Ambiente des Club-Hauses war unverkennbar seinen amerikanischen Vorbildern nachempfunden und versprühte einen texanischen Country-Club Scharm. Die Inneneinrichtung erinnerte dabei an ein Steakhouse und war elegant-lässig gestaltet, in Richtung des Golfplatzes waren große Glasfronten angebracht, sodass man auch bei schlechtem Wetter das Treiben auf dem Court mitverfolgen konnte. An einem sonnigen Nachmittag wie diesem dagegen, galt es sich rechtzeitig einen Platz auf der Veranda zu sichern.

Der Kellner kam auf sie zu und begrüßte sie freundlich: „Wie kann ich behilflich sein? Haben Sie reserviert?"

Da er statt einer Maske ein Face-Shield trug, konnte man ihn, im Vergleich zu anderen Kellnern, zur Abwechslung sogar erfreulich gut verstehen.

Der Kommissar stellte sich vor und schilderte in kurzen Zügen ihr Anliegen: „ Wir sind mit Herrn Brüller verabredet, seine Sekretärin sagte wir könnten ihn hier antreffen, es spielt wohl eine Doppelrunde Golf?"

„Das kann ich bestätigen, der werte Herr ist bereits seit dem Frühstück bei uns und nach dem Mittag zu seiner zweiten Runde aufgebrochen. Er müsste schätzungsweise in der nächsten halben Stunde zurück sein. Kann ich Ihnen solange etwas anbieten, um die Wartezeit zu verkürzen?"

Der Kommissar blickte kurz zu Hanna, die ihm zu verstehen gab, dass sie einer Erfrischung nicht abgeneigt war. Der Kellner hatte das ebenfalls vernommen und fragte zuvorkommend: „Welchen Platz darf ich Ihnen anbieten?"

„Ein Platz auf der Terrasse wäre toll", meinten die Ermittler.

„Sehr gut", erwiderte der Ober „bitte folgen Sie mir", und führte sie ins Freie, „dieser Tisch ist noch frei, von hier hat man einen hervorragenden Blick über die Anlage. Ich muss Sie allerdings bitten, diesen Zettel auszufüllen", dabei gab er Ihnen den obligatorischen Corona-Zettel, in den man Name, Adresse und Telefonnummer eintragen musste.

Der Kommissar blieb in seiner Rolle des Charmeurs und rückte seiner Begleitung den Stuhl zurecht, um anschließend auf der gegenüberliegenden Seite Platz zu nehmen. Nachdem das junge Duo platzgenommen hatte, stand der Kellner, mit der Serviette über seinen angewinkelten linken Arm, stramm und bereit die Bestellung entgegenzunehmen. Die Dame machte den Anfang und bestellte ein Glas Wasser und verneinte die Rückfragen des Kellners nach Eis und Zitrone. „Still bitte", fügte sie nachträglich hinzu.

Die Wahl des Kommissars fiel auf ein alkoholfreies Bier. „Sehr wohl, möchten Sie auch die Karte?", fragte der Ober.

„Ja bitte", antworteten die Ermittler, hatten sie doch das Mittagessen übersprungen und waren beide am Verhungern.

Der Ober nahm die Bestellung auf und verließ den Tisch in Richtung Bar. Die Gäste orientierten sich derweil in ihrem neuen Umfeld. Der Kommissar begann mit den Gegenständen auf dem Tisch zu spielen.

„Und?", fragte er als er den Zettel in den Fingern hatte. „Sollen wir unsere echten Namen eintragen?"

„Wir können ja zum Spaß Herr und Frau Kommissar schreiben und die Nummer vom Gefängnis eintragen", schlug Johanna vor.

„Oder Inspector Barnaby und Miss Marple", überlegte Blocksberg.

„Seh ich etwa aus wie Miss Marple?", bekam er vorwurfsvoll zurück.

„Sollte ein Kompliment sein...", schob er schnell nach.

Der kleine Vierertisch aus Holz, im Prinzip waren es höherwertige Gartenmöbel, war sauber und machte, wie die gesamte Anlage, einen ordentlichen und gut gepflegten Eindruck. Auffällig war, dass die Tische und Stühle in übertriebenem Abstand zueinander standen, um die Abstandsregeln einzuhalten. Auf dem Tisch stand in der Mitte eine kleine Glasvase, in deren Mitte eine frische blassrosane Rose drapiert war. Der

Tisch war bereits eingedeckt und neben dem üblichen Servicebesteck auch mit Weingläsern ausgestattet.

Johanna studierte derweil in ihrer Verzweiflung die Eiskarte die neben der Vase stand. „Und was Gutes dabei?", fragte der Kommissar.

„Eigentlich ist mir nicht nach Süßem, aber im Moment könnte ich einfach alles essen, hoffentlich finden wir den alten Brüller schnell", seufzte sie.

Wenige Minuten später kam der Kellner mit ihren Getränken zurück und überreichte ihnen im gleichen Zug die reguläre Speisekarte. „Vielen Dank, wir werden mit dem Essen aber noch auf unseren Gesprächspartner warten", gaben sie ihm widerwillig zu verstehen.

Sie studierten in Ruhe die Karte und schauten dabei dem munteren Treiben um sie herum zu. Sie hatten den idealen Platz um die Eigenheiten der feinen Gesellschaft zu beobachten. Vom rüstigen Rentner, der seinen Lebensabend auf dem Golfplatz verbrachte, bis hin zu Porsche-Yuppies, die in ihrer neureichen Manier meinten, den Golfplatz mit ihren halbgaren Floskeln und aufbrausenden Sprüchen unterhalten zu müssen.

Bei schönem Wetter wie heute, es hatte in der Sonne bestimmt schon 30°C, war das bestimmt ein schönes Hobby, dennoch merkte man den meisten Spielern im fortgeschrittenen Alter die Erschöpfung an, und so zog es immer mehr der Golfer vom Grün in den kühlen Schatten der Terrasse zurück, wo sie sich bei einem erfrischenden Drink von den Anstrengungen erholten.

„Hier müsste es doch jede Menge für dich zu analysieren geben", sagte der Kommissar zu Johanna.

„Meinst du? Ich glaube das ist nicht so spannend wie man denkt. Eine Reihe von Eitelkeiten vielleicht und der ein oder andere Hang zum Narzissmus. Unter den aktuellen Umständen kommt vielleicht noch ein Hauch Paranoia dazu, aber nichts wirklich Pathologisches – also langweilig", winkte sie ab. „Entgegen der landläufigen Meinung zeigen wohlhabende Menschen weniger psychische Auffälligkeiten als andere, oder wenigstens nicht mehr", ergänzte sie. „Gutes Elternhaus gleich stabiler Psyche, nicht umsonst stammen die meisten Psychopathen aus zerrütteten Familien und hatten eine außergewöhnlich harte Kindheit. Ansonsten haben die feinen Herrschaften die gleichen Sorgen, Ängste und Nöte wie wir alle, es geht um die primären Grundbedürfnisse und darüber hinaus wissen die meisten nichts mit sich anzufangen."

„Apropos Paranoia", hakte der Kommissar ein. „Sieh mal wer da von seiner Golfrunde zurückkommt." Johanna folgte seinen Blick und erkannte den Vater des Vermissten Sohnes in Golf-Montur und umgeben von einer Entourage Herren in ihre Richtung kommen. Die Laune der kleinen Truppe schien gut und ausgelassen und man sah förmlich wie die Altherrenwitze sprühten.

Der Kommissar stand auf und sagte dabei vornübergebeugt, halb auf seinen Stuhl gestützt zu Johanna: „Jetzt zeige ich dir angewandte Polizeipsychologie, ich nenne es „Führen bei gleichzeitiger Diskretion". Wichtig ist dabei von vornherein die Initiative zu ergreifen und ein Gespräch auf Augenhöhe herzustellen. Man muss die Leute da abholen, wo man sie am besten packen kann, dabei aber ihr Gesicht wahren lassen. Und diesen Herrn hole ich auf dem Golfplatz ab."

Gesagt getan, eilte er die kleine Staffel von der Veranda auf das Grün hinab und steuerte geradewegs auf die Gruppe von Männern zu. Johanna verfolgte das Geschehen aus der Ferne und konnte dabei, außer Hörweite, nur erkennen, dass die Gruppe zunächst brüskiert auf den Affront reagierte, dann aber von den Worten ihres Kollegen zunehmend gebannt wurden. Zu guter Letzt, sah sie, wie ihr Kollege ihrer Zielperson etwas erklärte und von der Gruppe separierte. Nach einem kurzen Wortwechsel, entschuldigte sich der Golfer von seinen Kumpels und steuerte zusammen mit dem Kommissar auf sie zu.

„Darf ich vorstellen", sagte der Kommissar am Tisch angekommen, „Frau Büning, die jüngste Verstärkung unseres Teams."

Der ältere Herr begrüßte die junge Dame mit einem flachen Kompliment, das er aber so gentlemanlike rüberbrachte, dass sich die junge Dame ungewollt geschmeichelt fühlen musste. Der ältere, gut situierte Herr nahm an der Stirnseite des Tisches Platz.

„Ich muss Sie loben, einen guten Platz haben Sie ausgewählt, hier kann uns niemand hören und vielen Dank, dass Sie eben so taktvoll waren. Die Leute hier sind wie die Geier müssen Sie wissen. Sie stürzen sich auf jede noch so unbedeutende Kleinigkeit und sie wissen ja, wie schnell sich Gerüchte verbreiten."

„Sie nennen sie Entführung Ihres Sohnes also eine Kleinigkeit?", fragte Johanna verdutzt.

„Sie kommen direkt zu Sache? Gefällt mir!", erwiderte der Unternehmer. „Es ist natürlich keine Kleinigkeit, aber noch ist es ein Gerücht und wir wollen, dass es so bleibt", sagte er bedeutungsvoll. „Sehen Sie junge Dame, wir sind ein international agierendes Unternehmen, ich muss Ihnen wohl nicht erklären, dass wir da eine gewisse Verantwortung gegenüber bestimmter Interessensgruppen haben. Wir können nicht einfach Gerüchte streuen, überlegen Sie, welche Werte dabei zerstört würden. Nein, wir stehen für Verlässlichkeit."

„Für tödliche Verlässlichkeit", schoss es dem Kommissar durch den Kopf, aber er bemühte sich neutral zu bleiben.

„Haben Sie schon etwas zu essen bestellt?", lenkte der Firmenchef das Gespräch auf ein anderes Thema. „Ich persönlich bin nämlich am Verhungern, die Bewegung an der frischen Luft macht mich immer sehr hungrig", gestand er.

„Gute Idee", pflichtete der Kommissar bei, dessen Bauch inzwischen vor Hunger grummelte, und nach einem prüfenden Blick zu Hanna, schien es ihr nicht besser zu gehen. Deshalb einigte man sich einvernehmlich darauf, dass man sich vor dem formellen Teil des Gespräches zunächst auf das Wesentliche, das Essen, konzentrierte. Der Kommissar reichte ihrem neuen Tischnachbarn seine Karte und binnen kürzester Zeit, konnte der rasch herbeigerufene Kellner die Bestellung aufnehmen.

„Für mich bitte den großen gemischten Salat", orderte Johanna.

„Und für mich bitte die Eggs Woodhouse", ergänzte der Kommissar, der sich freute, dieses außergewöhnliche Gericht hier auf der Karte zu finden, insbesondere da die anderen vegetarischen Optionen überschaubar waren.

„Soso, die Polizei weiß also auch was gut ist", frotzelte der Firmenchef an den Kommissar gewandt. „Fast so gut wie Spaghetti mit Tomatensauce", gab er als Antwort zurück. „Außerdem gefällt mir der Zusatz auf der Karte „Geschmack hat einen Namen" steht hier geschrieben", und er deutete gutgelaunt auf die Zeile in der Speisekarte.

„Für mich bitte das Black Angus Steak und ein Glas Wein, den Üblichen", rundete der Firmenchef die Bestellung ab. „Ihr habt jeweils nur eine Vorspeise genommen, wollt ihr nicht noch einen Hauptgang bestellen?", fragte er die Polizisten. „Geht auch auf mich", bot er an.

„Nein, danke, nach heute Vormittag halte ich mich lieber an die leichten Alternativen", erwiderte Johanna, was der Kommissar völlig nachvollziehen konnte.

Nicht wenige der Kollegen waren inzwischen vom Fleisch abgekommen, ganz einfach deshalb, weil sie zu oft mit verwestem Fleisch zu tun hatten. Dabei ging es nicht mal um Leichen, sondern wie oft kamen sie in verlassene Wohnungen, wo seit Wochen Fleisch oder Wurst im Kühlschrank oder noch schlimmer, auf dem Herd, verschimmelte und verweste. Wer diesen Geruch einmal in der Nase hatte, wusste was er meinte und wie schwer er loszubekommen war. Dieser Phantom-Geruch, der verhinderte, dass man auch nur an Fleisch denken mochte. Fast jeder der Kollegen hatte eine entsprechende Story parat. Bei ihm war es damals ein Autowrack gewesen, das er während der Ausbildung auf dem Asservatenparkplatz des Präsidiums umparken musste. Die Fahrzeuge standen hier teilweise jahrelang und warteten auf ihr Schicksal. Erst wenn die Prozesse abgeschlossen waren, wurden die Fahrzeuge an die Besitzer zurückgegeben, zur Verschrottung freigegeben, oder, falls noch in gutem Zustand, versteigert. Im Nachhinein war ihm klar gewesen, warum die älteren Kollegen ihn vorgeschickt hatten. Zwar stand das Auto seit Jahren unberührt auf eben diesem Parkplatz, was ihm aber verschwiegen wurde, war, dass das Auto davor, nachdem es samt Fahrer von der Straße abgekommen war, für ein halbes Jahr unbemerkt in einem Maisfeld stand. Dementsprechend hatten sich die Geruchspartikel festgesetzt und obwohl der Innenraum fein säuberlich gereinigt wurde, schoss ihm beim fatalen Betätigen der Klimaanlage der bestialisch, ätzende Gestank fauligen Fleisches entgegen. Er hatte sich an Ort und Stelle übergeben müssen und seitdem bis heute kein Stück Fleisch mehr angerührt.

Der Firmenchef sah die Sache dagegen pragmatisch: „Sie waren bei uns in der Fabrik, richtig? Das ist leider die normale Reaktion nach einem Besuch bei uns, aber keine Sorge, die meisten erholen sich schnell davon, warten

Sie ab, morgen wird es Ihnen schon wieder schmecken", sagte er in beruhigender Manier.

„Sie essen nicht Ihr eigenes Produkt?", warf der Kommissar ein und kam auf die Bestellung Herr Brüllers zurück.

„Tatsächlich ist es unser Produkt, Sie glauben doch nicht hier würde etwas anderes serviert? Dieses Produkt läuft über unsere ausgegliederte Gourmet-Handelskette parallel zum Kerngeschäft. Wissen Sie, das Geld wird auch hier inzwischen mit dem Handel verdient, im Transport liegt der Gewinn. Nur wer die Spot-Preise, die sich aus tagesaktuellen Marktverwerfungen ergeben, effizient nutzt, kann am Markt bestehen."

„Schätze Ihr Image ist nicht das Beste?", fragte Johanna.

Der Firmenchef begann fast reflexartig sich zu verteidigen: „Image ist das, was mit der Realität nichts zu tun hat. Die Menschen haben ein Recht auf Essen, außerdem habe ich unser Rechts- und Wirtschaftssystem nicht erfunden. Wir leben in einer Welt von Angebot und Nachfrage und versuchen die Kundenwünsche nach bestmöglichen Gesichtspunkten zu decken. Ich kann daran nichts Verwerfliches finden, im Gegenteil, es ist das natürlichste der Welt. Wir bewegen uns grundsätzlich innerhalb der gesetzlichen Schranken. Wenn der Gesetzgeber sinnlose Gesetze erlässt, die dafür sorgen, dass Tiere erst hunderte Kilometer transportiert werden müssen, um den Gewinn zu maximieren, dann haben wir uns, als profitorientiertes Unternehmen, danach zu richten."

Den Ermittlern wurde bewusst, dass sie es bei dem älteren Herrn vordergründig zwar mit einem charmanten Mann zu tun hatten, sich hinter dieser Fassade aber ein eiskalt kalkulierender Geschäftsmann verbarg. Entgegen der ersten Annahme, er hätte sich aus dem Geschäft zurückgezogen, merkte man, dass er nach wie vor für seine Firma brannte und mit jeder Faser das Geschäft lebte.

Nachdem das Essen serviert wurde und man sich gegenseitig guten Appetit gewünscht hatte, kam das Thema auf den eigentlichen Punkt, das Verschwinden des Sohnes, zu sprechen.

„Sehen Sie", sagte er zwischen zwei Bissen, „ich bin der Meinung, dass jeder für sein eigenes Handeln verantwortlich ist und Justus ist alt genug. Wenn er sich mit den falschen Leuten einlässt, muss er die Konsequenzen tragen. "

„Auch wenn es auf Kosten des Geschäfts geht?", wollte Blocksberg wissen.

„Was soll ich sagen. Jeder muss seine eigenen Erfahrungen machen. Ich war damals im gleichen Alter, als ich nach dem Tod meines Vaters die Firmenleitung übernommen habe. Justus führt das Geschäft jetzt in vierter Generation müssen Sie wissen, mein Großvater, ein einfacher Metzgergeselle hat es damals 1867 unter primitivsten Verhältnissen gegründet. Und auch ich musste meine Lektionen lernen. Wissen Sie, die einen lernen durch zuhören, beobachten und fragen, den richtig Schlauen reicht das Nachdenken, aber der Großteil von uns muss letztlich doch auf die Schnauze fallen und seine eigenen schmerzhaften Erfahrungen machen."

„Wer war denn dieser falsche Einfluss, mit dem er sich eingelassen hatte?", fragte Blocksberg nach. „Heute Morgen haben wir schon etwas Ähnliches gehört."

„Ach, wo soll ich anfangen. Mit dem ganzen Gesocks von Umweltaktivisten, bis hin zu Bio-Terroristen. Als würde die Welt besser werden, wenn jeder eine Plastiktüte spart. Wissen Sie, es ist nicht einfach, ein Unternehmen wie das unsere zu führen. Nicht nur, dass es unendlich viele gesetzliche Auflagen gibt, von Mindestlohn bis Tierschutz, nein, eine Randgruppe, linke Pseudo-Aktivisten, wollen einem das hart erkämpfte auch noch zu Nichte machen. Dabei bewegen wir uns immer innerhalb des gesetzlichen Rahmens und haben uns nie etwas zu Schulden kommen lassen. Nur weil ein paar Spinner meinen, sie müssten ihren Standpunkt auf aggressive Weise vertreten, wird man in der Gesellschaft diffamiert und diskreditiert, aber ich habe Konfrontationen nie gemieden und werde auch diesen Kampf annehmen und gewinnen."

„Und Ihr Sohn war da anderer Meinung?", hakte Johanna nach.

„Kann man wohl sagen, gerade zu dem Zeitpunkt, an dem ich ihm die Führung der Firma übertragen habe, hat er aufgehört auf mich zu hören. Er weigerte sich die Firma in meinem, und unserer Väter Sinne weiterzuführen, so wie es ursprünglich gedacht und auch besprochen war."

„Und, wie sind Sie damit klargekommen?“, fragte sie weiter und stocherte in ihrem Salat.

„Wie man eben damit klar kommt, wenn man vom einzigen Sohn enttäuscht wird. Man muss sich damit abfinden. Und sehen Sie, es war auch nicht alles negativ, die Zahlen gaben ihm recht, die neuen „pflanzlichen“ Produktgruppen, die er ins Leben gerufen hatte, waren ein voller Erfolg, gute Margen und Wachstumsraten, sehr profitabel. Er hatte hier mit Sicherheit den richtigen Riecher, auch wenn das überhaupt nicht mein Ding ist. Aber der kluge Mann sucht alles zu deinem Vorteil anzuwenden. Wenigstens hat er das wirtschaftliche Geschick von mir geerbt. Früher hat man ein gutes Stück Fleisch noch zu schätzen gewusst, jetzt wollen alle nur noch Bio und Vegan. Dabei haben die doch alle keine Ahnung von den Zusammenhängen. Je weniger Fleisch gekauft wird, desto günstiger muss das Fleisch angeboten werden, müssen Sie wissen. Die vorhandenen Kapazitäten in Tierzucht und Fleischindustrie wollen schließlich ausgelastet werden. Je tiefer die Preise fallen, umso schlechter für das Tierwohl. Aber das sieht natürlich wieder niemand.“

„Von Ihrem Vorarbeiter haben wir gehört, er hätte die Umweltaktivisten sogar zu sich in die Firma eingeladen? Was hielten Sie davon?“

„Er hat sich auf einen Tanz mit dem Teufel eingelassen und unsere Warnungen ausgeschlagen. Was soll man davon halten? Solche Gespräche haben ungefähr so viel Wert, wie wenn sich Peter Altmaier Fridays for Future stellt.“

Im Laufe des Essens tangierten Sie allerhand weitere Themen und man merkte, wie langsam die Wirkung des Weins bei ihrem Gegenüber einsetzte und er zusehends redselig wurde.

„Kommen wir auf den Anruf der Erpresser“, nutzte Blocksberg die Gelegenheit. „Wie war das genau?“

Brüller Senior ließ sein Messer durch die blutigen Fasern seines Steaks gleiten und schnitt sich ein Stück ab. Dann steckte er es sich in den Mund. Halb kauend sagte er: „Ausgesprochen merkwürdig. Sehen Sie, Justus war seit etwa drei Tagen verschollen, was trotz aller Konflikte nicht seine Art ist. Selbst in angespannten Situationen legt er hohen Arbeitsethos an den Tag.

Wir haben überall nach ihm gesucht, aber nichts. Dann, am dritten Tag wie gesagt, kam der Anruf. Eine verzerrte Stimme hatte sich gemeldet: Wir haben Ihren Sohn, 2,5 Million Euro und er kommt frei. Besorgen Sie das Geld, wir melden uns zur Übergabe. Aber seitdem ist nichts mehr passiert. Das liegt jetzt auch schon wieder eine Tage zurück."

„Und zahlen Sie?", fragte Ben nüchtern.

„Haben wir eine Wahl? Natürlich zahlen wir. Die Summe sind Peanuts in Anbetracht des Imageschadens der im Raum steht. Als Fleischbetrieb bleibt man besser unter dem Radar, außerhalb der Schlagzeilen. Bei uns heißt der Leitspruch nicht „Es gibt KEINE schlechte Publicity", sondern, „Es gibt NUR schlechte Publicity!". Zu allem Überfluss schnüffelt jetzt noch so ein vorwitziger Journalist rum, der irgendwie mitbekommen hat, das was im Busch ist. Bisher konnten wir ihn noch abwimmeln, aber wie lange geht das noch gut?

Wir dachten wir könnten das alleine regeln, aber es scheint fast, als sei bei den Entführern etwas schiefgelaufen. Nicht mal das bekommen diese Umweltspinner auf die Reihe, einfach für alles zu unfähig. Aber wartet nur bis ich euch in die Finger bekomme", wetterte er.

„Sie gehen also fest davon aus, dass die Täter aus diesem Umfeld kommen? Für Sie stecken also linke Autonome hinter der Entführung?", fasste Blocksberg zusammen.

„Eindeutig, wie zu Baader-Meinhof Zeiten! Wer sonst? Sie haben mit Sicherheit die Gelegenheit genutzt, um unser Sicherheitssystem auszuspähen und zu sabotieren. Wie können Sie sich sonst den Ausfall des Kamerasystems erklären?"

„Ja, ist das nicht verwunderlich, dass die oder der Täter es trotzdem geschafft haben sollen ihren Sohn zu entführen? Trauen Sie das ein paar Teenagern zu? Immerhin ist er jung und fit", schaltete sich Johanna ein. „Ihn ungesehen aus der Fabrik zu bekommen ist bestimmt kein Kinderspiel."

„Und doch haben sie es geschafft!"

„Können Sie uns Namen nennen? Haben Sie einen konkreten Verdacht wer dahintersteckt? Von Herrn Burkhardt bekommen wir schon eine Liste der Graffiti-Sprayer."

„Namen? Namen sind Schall und Rauch, bei denen ist einer wie der andere."

Der Kommissar ließ das auf sich wirken und widmete sich seinem Essen. Der Koch, oder wer immer die Karte erstellt hatte, hatte nicht übertrieben. Er genoss jeden Bissen seines exquisiten Essens. Brüller Senior hatte sich wieder beruhigt.

„Ich muss sagen, dafür, dass Ihr Sohn verschwunden ist, sehen Sie die Angelegenheit sehr nüchtern."

„Was soll ich machen? Den ganzen Tag Trübsal blasen?"

„Und Ihre Frau sieht das genauso?", fragte Johanna.

„Sie kennen meine Frau nicht. Sie ist als seine Mutter natürlich sehr bestürzt und bangt um Justus, aber sie ist meiner Meinung", bestätigte Herr Brüller.

„Was halten Sie eigentlich von der Idee, dass Ihr Sohn des Ganzen überdrüssig wurde und sich einfach abgesetzt hat. Wie Sie selbst sagen, hat er sich ja nicht mehr mit dem Familienbetrieb identifiziert", fragte Blocksberg in eine andere Richtung.

„Wohl kaum, weit kommt er nicht, sehen Sie, er ist bei uns nur angestellter Geschäftsführer, er hält keine Anteile an der Firma. Die übergehen erst nach und nach an ihn, oder nach unserem Ableben natürlich. Sie sehen, auch wenn meine Frau und ich nicht mehr aktiv im Unternehmen arbeiten, so halten wir als Hauptaktionäre mit 51% der Stimmanteile die Mehrheit. So haben wir, zumindest bei den großen Themen, nach wie vor die volle Kontrolle. Deswegen ist es auch so wichtig, dass diese Angelegenheit äußerst diskret behandelt und nicht öffentlich breitgetreten wird."

„Haben Sie Angst Kunden zu verlieren?", vermuteten die Ermittler.

„Auch, aber das ist es nicht. Wir stehen kurz vor einer Expansion, ein großes Geschäft, das wir gerade abwickeln", erklärte er.

„Und das wollen Sie nicht gefährden", schlussfolgerte Johanna.

„Ganz genau. Wenn bekannt wird, dass der Hauptgeschäftsführer, der gleichzeitig unser Sohn ist, entführt wurde, würden unsere neuen chinesischen Großaktionäre, mit denen wir ein vielversprechendes Joint-Venture in Aussicht haben, nervös werden. Sie wissen ja, wie das in China ist, dort stehen die Kinder wohlhabender Leute rund um die Uhr unter

Bewachung, weil nicht nur ein Unternehmen an so einer Erpressung zugrunde gegangen ist, die sind da sehr sensibel."

„Das heißt Justus könnte sich keine schöne Zeit auf den Malediven machen?", hakte Blocksberg nochmal nach.

„Zumindest nicht länger als andere auch. Er hat ordentlich verdient, aber ich glaube nicht, dass er viel gespart hat und er ist nicht unbedingt der Typ, der sich alleine durchschlägt."

„Wie kommen Sie darauf?", erkundigte sich Johanna.

„Nun ja, er war anfällig für allerhand pseudo-soziale Projekte und hat gerne sein ganzes Gehalt dafür hergegeben."

„Und das hat Ihnen nicht gefallen?", fragte sie weiter.

„Es ist sein Geld und er kann damit machen was er will. So ist das eben in dieser Generation, sie ist im Wohlstand aufgewachsen und musste sich wenig erkämpfen, da fehlt die Wertschätzung. Aber sehen Sie, auch meine Frau und ich sind keine Unmenschen, meine Frau organisiert viele Wohltätigkeitsveranstaltungen und wir versorgen viele soziale Projekte im In- und Ausland mit günstiger Nahrung. Unsere Hilfe kommt da an, wo sie wirklich gebraucht wird. Bei den Leuten vor Ort."

„Trotzdem waren Sie mit dem Werdegang Ihres Sohnes nicht einverstanden?", übernahm wieder der Kommissar.

„Er ist Einzelkind und das merkt man, wir haben ihn viel zu sehr verwöhnt, immer das Beste für ihn gewollt, ihm die beste Schulbildung ermöglich. Er ging auf ein Internat müssen Sie wissen. Im Nachhinein war das vielleicht ein Fehler, dort hat er diese ganzen alternativen Ideen aufschnappt und sich immer mehr von uns distanziert. Ich hätte ihn früher unter meine Fittiche nehmen sollen, so wie ich es in seiner Kindheit getan habe, als er noch Feuer und Flamme für das Familiengeschäft war. Ich hätte ihn als Lehrling anstellen sollen, damit er lernt was harte Arbeit ist, sodass er sein Wohlstand mehr wertschätzt. Er hat sich immer mehr zum Schöngeist entwickelt. Er konnte stundenlang dasitzen und ein Kunstwerk bewundern, oder den Himmel mit vorbeiziehenden Wolken anstarren. Manchmal saß er stundenlang in seinem Büro und hat nur die Wand angestarrt."

„Das heißt Sie sehen sich eher in der Arbeiterklasse?", fragte Blocksberg neugierig nach und kratzte die letzten Reste seines Essens zusammen. Davon wollte er nicht vergeuden.

„Selbstverständlich. Meine Frau und ich haben aus einem überschuldeten Handwerksbetrieb ein Weltkonzern gemacht. Uns wurde nichts geschenkt, ich habe eine einfache Metzgerlehre und meine Frau ist Buchhalterin, und sehen Sie wo wir heute sind. Dieses ganze Uni-Getue, wofür soll das gut sein? Da lernt man doch nicht die wirklich wichtigen Werte, alles nur Hirngespinste."

„Bitte erzählen Sie uns mehr vom Freundeskreis Ihres Sohnes, wer waren seine Freunde, mit wem traf er sich in letzter Zeit häufiger? Gab es Konflikte von denen Sie wissen? Wir müssen absolut jeder Spur nachgehen", schwenkten die Ermittler das Thema.

„Da bin ich wahrscheinlich der falsche Ansprechpartner, ich habe vom Privatleben meines Sohnes wenig mitbekommen. Nur so viel, dass er sich die letzten Monate noch mehr zurückgezogen hatte. Früher kam er ab und zu zum Essen vorbei, aber da ist das letzte Mal auch schon Wochen her. Vielleicht fragen Sie dazu besser seine Mutter, wobei auch die wahrscheinlich nicht viel mehr weiß."

„War er viel unter Leuten?", wollte die Psychologin wissen.

„Sie meinen auf Partys? Eher nicht, dabei liegt es in der Familie über die Stränge zu schlagen", sagte Herr Brüller nicht ohne Stolz in der Stimme. „Nein, er war eher der ruhige Typ. Kunstausstellungen und so. Er suchte da offensichtlich den studentischen Anschluss und Lebensstil, den er während des Studiums gekostet hatte und sich hier bewahren wollte."

An dieser Stelle schaltete sich Johanna wieder in das Gespräch ein: „Sie sind eben nicht näher darauf eingegangen, aber war ihr Sohn liiert?"

„Wie ich schon sagte, fehlte mir der Einblick in diesen Bereich seines Lebens und es hat mich auch nicht interessiert. Eigentlich habe ich ihn nie mit Mädchen gesehen. Vorgestellt hat er uns zumindest nie eines, er interessierte sich seit je her weniger für Frauen und vielmehr für intellektuelle Dinge."

„Hatten Sie dabei Angst um das Prestige der Firma?", nahmen sie ihn ins Kreuzverhör.

„Sie meinen, weil er seine Herkunft verleugnet hat? All das, was ihn, was uns zu dem gemacht hat, was wir sind?“, vergewisserte sich der Vater.

„Vielleicht wollte er das gar nicht sein, vielleicht lag ihm ein anderes Leben viel mehr?“, hinterfragte Johanna.

„Für solche Sentimentalitäten ist bei uns kein Platz, wir haben wichtige Entscheidungen zu treffen, wir ernähren Millionen von Menschen mit guter Ware zu fairen Preisen, da müssen persönliche Vorlieben und Belange eben oft zurückstehen“, betonte ihr Gegenüber mit harter Stimme.

„Sie sind es gewohnt Dinge selbst zu regeln und sich durchzubeißen, bloß nicht so anstellen, richtig?“, schlussfolgerte Johanna.

„Sehen Sie, wir halten nicht viel von alternativen Ansätzen, wir regeln die Dinge gerne selbst, so wie wir es für richtig halten und wenn uns einer ans Bein pinkeln will, muss er damit rechnen gebissen zu werden.“

„Und was würden Sie nach dieser Philosophie dann machen, wenn ihm Schlimmeres widerfahren ist? Sie sagten selbst, etwas könnten schief gelaufen sein und der letzte Ort an dem er gesehen wurde, war Ihr Schlachthof – ich denke, ich muss nicht ausführen, welche Szenarien uns dabei durch den Kopf gegangen sind“, gab Blocksberg zu überlegen.

„Ich halte es da mit der Bibel, Auge um Auge, Zahn um Zahn, das ist die einzige Sprache die diese Irren verstehen, fühlen sich ständig moralisch überlegen, brechen aber permanent das Gesetz. Wir hatten ihm gleich gesagt, er solle es lassen. Den Dialog mit diesen Tieren suchen, macht doch keinen Sinn. Die einzig vernünftige Strategie, um mit diesen Verbrechern fertig zu werden, ist eine harte Hand, was anderes verstehen sie nicht. Man muss Ihnen den Spaß an ihrer frivolen Gutmensch-Tuerei nehmen!“

„Ich hatte bisher nicht das Gefühl, dass die Aktivisten zu Entführung und Mord neigen“, antwortete der Kommissar.

„Der Zweck heiligt die Mittel, ist es nicht so? Diese kleinen Radikalen wollen einen Umsturz und es kann ihnen nicht schnell genug gehen, aber ich sage Ihnen, wer nicht hören will, muss fühlen. Diese kleinen Biester fühlen sich in die Ecke gedrängt und schlagen jetzt zurück.“

Der Kommissar wurde hellhörig. „Was heißt in diesem Zusammenhang in die Ecke gedrängt?“

„Kein Kommentar", kam es einsilbig zurück, „aber wenn die Polizei schon nichts Konkretes unternimmt, müssen wir im Zweifel unser Recht selbst in die Hand nehmen und mit eigenen Mitteln durchsetzen. Hypothetische gesprochen, versteht sich", schob er hinterher.

„Damit begeben Sie sich auf sehr dünnem Eis", warnte der Kommissar, „davon abgesehen, machen Sie sich damit nicht nur von einer Seite angreifbar, sondern können leicht ins Kreuzfeuer mehrerer Partien geraten."

„Davor haben wir noch nie zurückgeschreckt!", gab er sich kampfeslustig.

„Hört sich so an, als hätten Sie sich damit nicht nur Freunde gemacht. Fallen Ihnen nicht vielleicht doch noch andere Verdächtige ein?", hakte Blocksberg nach.

„Es gibt natürlich ein paar alte Feindseligkeiten. Konkurrenten und so, sie wissen schon. Aber wie soll man sagen, man hat sich arrangiert", sagte er zweideutig.

„Das heißt Sie haben sich den Markt aufgeteilt?", tippte der Kommissar.

„Ich gehe nicht umsonst Golfen", sagte er vielsagend. „Früher war das ein schmutziges Geschäft mit Primitivlingen. Jetzt klären das Geschäftsleute ganz zivilisiert auf dem Golfplatz."

„Wie Sie sich sicher vorstellen können, würden wir die Themen auch mit Ihrer Frau besprechen. Wäre das möglich?", erkundigte sich der Kommissar.

„Selbstverständlich. Sie erwartet bereits Ihren Besuch", bot der Firmenchef an.

„Wann und wo wäre Ihre Frau denn erreichbar? Vielleicht kann Sie uns noch den ein oder anderen Hinweis geben."

„Sie hat viele Termine, mehr noch als ich. Aber ich denke Sie wird sich gerne die Zeit für Sie nehmen", antwortete Brüller Senior.

„Dann wären Sie einverstanden, wenn wir Sie morgen nochmal bei Ihnen zuhause besuchen würden? Wir wissen, dass die Situation im Moment nicht einfach für Sie ist", fragte Johanna verständnisvoll.

„Habe ich eine Wahl?", fragte der alte Mann scherzhaft.

„Sagen wir so, wir hätten noch eine ganze Reihe Fragen an Sie. Vielleicht sollten wir das Gespräch morgen gemeinsam mit Ihrer Frau fortsetzen.

Vieles, um nicht zu sagen alles, betrifft Sie ja beide gleichermaßen. Wir werden natürlich direkt ihren Hinweisen nachgehen. Vielleicht haben wir bis morgen schon erste Erkenntnisse und können konkreter ermitteln", erläuterte Blocksberg.

„Ich bin gespannt. Morgen Vormittag sollte passen, ich bespreche das mit meiner Frau. Unsere Sekretärin wird sich bei Ihnen melden, um den Termin zu bestätigen", fasste Herr Brüller zusammen. „Wären wir dann für heute fertig?", fragte er abschließend.

„Ich würde sagen vorläufig ja. Besten Dank für Ihre Zeit", bestätigte Blocksberg. „Wir freuen uns auf morgen."

Sie bestellen den Kellner zu sich an den Tisch und bezahlten ihre Rechnungen. Herr Brüller wollte sie einladen, aber der Kommissar bestand darauf, dass die Ermittler selbst bezahlten. Es war besser unabhängig zu bleiben und niemandem einen Gefallen schuldig zu sein. Als Blocksberg allerdings den Betrag von Johanna übernehmen wollte, bestand diese, als selbstbewusste junge Frau, ebenfalls darauf selbst zu bezahlen.

Nachdem Herr Brüller sich einige Schritte in Richtung Umkleide entfernt hatte, besprachen die beiden nochmal kurz, was sie eben erlebt hatten.

„Und was meinst du zum Vater, könnte der dahinterstecken? Scheint fast so, als wäre er nicht sonderlich scharf darauf, seinen Sohn wiederzubekommen", fragte Ben seine Kollegin. „Dem Schicksal seines Sohnes schien er fast gleichgültig gegenüberzustehen, zumindest brachte er kein großes Mitgefühl auf."

„Glaube ich kaum, zwar interessiert ihn das Wohlbefinden des Sohnes weniger als die persönliche Kränkung, die ihm durch diese Geschichte widerfährt, aber er ist ein Egomane wie er im Buche steht. Er sieht seinen Sohn als einen Teil von sich selbst, als seinen Besitz und jetzt ist ihm dieser abhandengekommen. Jemand anderes bestimmt darüber und das kann er nicht ab. Er sieht rot und will nur eins, Vergeltung, die totale Zerstörung des Gegners."

„Ja, er macht einen ziemlich reaktionären Eindruck", überlegte Blocksberg laut.

„Er merkt, dass er sich in der gegenwärtigen Welt nicht mehr wohl fühlt, dass er den Anschluss an den Zeitgeist verloren hat. Vielleicht muss er sich auch eingestehen, dass viele seiner Grundsätze nach denen er gelebt und gewirtschaftet hat, zumindest fragwürdig sind. Damit ist er nicht alleine, viele, vor allem ältere Menschen tun sich schwer, sich in ihrem Lebensabend Fehler und Schwächen einzugestehen. Sie sind ohnehin angeschlagen und da will man sich nicht auch noch emotional verwundbar machen, man will und kann sich nicht eingestehen, dass man gegebenenfalls ein ganzes Leben unter falschen Prämissen gelegt hat."

„Du meinst er hält an einer alten Welt fest, die längst überholt ist? Wie die Briten, die ihrem Empire nachtrauern?", verglich Blocksberg.

„Ja genau. Das Problem ist, dass alles miteinander verknüpft ist, und das ganze Weltbild einzustürzen droht. Das kann auf keinen Fall zugelassen werden und das Gehirn riegelt reflexartig ab und schaltet in den Sicherheitsmodus. Deswegen ignoriert man neu aufkommende Ideen und hält am scheinbar Bewährten fest", erklärte Johanna.

„Und damit verliert man immer weiter den Anschluss. Bis einem ab einem bestimmten Punkt nichts anderes mehr übrig bleibt, als mit Spott zu reagieren. Damit fällt man dann endgültig aus der Zeit und endet letztendlich im Wutbürgertum", schloss Ben den Gedanken ab.

„Aber sollten wir nicht trotzdem in erster Linie den Umweltschützern nachgehen? Die haben zumindest ein handfestes Motiv und haben die Firma schon mehrmals attackiert", fragte die Psychologin. Der Kommissar nickte zustimmend: „Da werden wir ansetzen."

KAPITEL 6

- Born to die -

Im Supermarkt

Es war einer dieser ganz gewöhnlichen Vormittage, an denen die rüstigen Rentner ihre Besorgungen im Supermarkt erledigten. Sie fühlte sich quietschfidel und war frohen Mutes, noch dazu lachte die Sonne vom Himmel. Ihre Kinder würden sie am Wochenende besuchen, also war es an der Zeit noch einige Besorgungen für das große Familienessen zu machen. Das ließ sie sich nicht nehmen. Verglich sie sich mit ihrer Altersgruppe, war sie noch sehr umtriebig. Sie machte regelmäßig ihre Sportübungen und Spaziergänge mit ihren Wanderfreundinnen. Soziale Kontakte hatte sie noch mehr als genug, sei es im Kirchenchor oder beim Bingo, in ihrem Leben war immer was geboten. Sie hatte eine große Familie mit inzwischen acht Enkeln und es bahnte sich sogar das erste Urenkelchen an. Die Familie und die engen Bande waren ihr ein und alles, ihr Sinn des Lebens.

Das Einkaufen war mit den neuen Coronabestimmungen mühsamer geworden. Es galt Maskenpflicht und an den Türen hielten Türsteher Wache, was ein sehr beunruhigendes und endzeitliches Gefühl verbreitete. Zu allem Überdruss hatte man beschlossen die Öffnungszeiten der Läden zu verkürzen, sodass sich, die jetzt ohnehin höhere Kundenzahl erst recht über den Weg lief, eine Maßnahme die ihr beim besten Willen nicht einleuchten wollte, vor allem jetzt in dieser noch kalten Jahreszeit nicht. Vielleicht sollte die Supermarkt-Kette ihren Slogan in „Wir lieben Viren" umbenennen.

So stand sie mit ihrem schwarzen Mäntelchen und dem Kopftuch, das sie zum Schutz der Ohren über dem Kopf zusammengebunden hatte, in der kalten Warteschlange. Die reichte, wegen der Einkaufswagenpflicht, bis weit auf den Parkplatz und brachte dort den Verkehr fast vollständig zum Erliegen. So war zwar der Mindestabstand zu den anderen Passanten in der Schlange gewahrt, dafür aber nicht mehr zu den aufgebrachten Autofahrern auf dem Parkplatz. Die drohten einen dafür jetzt zu überfahren.

So hob sich vor den Supermärkten dieses Landes der Vorhang für ein Drama, das von einer Kultur berichtet, ein Schauspiel sondergleichen.

Vorne ordneten überkorrekte Türsteher in radebrechendem Deutsch und mit militärischem Drill die Warteschlangen wie vor einer Diskothek. Eine Kombination, die sowohl der antiautoritären, als auch der konservativen Fraktion der Käufer zuwiderlief. Es fielen reihenweise Widerworte und aufgrund der Sprachbarriere schaukelten sich selbst Lappalien sehr schnell zu ausgewachsenen Handgemengen auf. Dass es dabei für die Pfandrückgabe eine zweite Schlange gab, die nach Meinung der anderen Reihe bevorzugt behandelt wurde, tat ihr Übriges dazu. Nicht zu vergessen die Autofahrer die hinten unentwegt mit lautem Hupen auf sich aufmerksam machten.

Einerseits genoss sie die Unterhaltung und das Schauspiel, sie fühlte sich angenehm lebendig dabei, andererseits war sie für derartige Scharmützel zu alt und wollte einfach nur ihren Seelenfrieden.

Sie lebte seit mehreren Jahrzehnten im Haidach und freute sich, dass es inzwischen so gute Einkaufsmöglichkeiten gleich um die Ecke gab. Ärzte und Apotheken waren im gleichen futuristisch anmutenden Komplex wie die Supermärkte untergebracht und das moderne Wohngebiet das hinter der Einkaufspassage entstanden war, wertete die einstige Trabantenstadt mit ihren Plattenbauten auf. Die Wohnungen waren jetzt beliebter denn je. Viele, die wie ihr Sohn hier aufgewachsen waren, zog es jetzt, mit Mitte dreißig und Familie, in dieses einstige Brennpunktviertel zurück. Trotz aller kritischen Sozialfaktoren der damaligen Zeit, verband diese Generation, die hier ihre Kindheit und Jungend verlebt hatte, ein positives Lebensgefühl mit diesem Block. Sie waren die Außenseiter gewesen, die von allen aufgegeben wurden und haben es doch zu etwas gebracht. Dieses „wir gegen die anderen Gefühl" hatte sie zusammengeschweißt und auf der Suche nach diesem Lebensgefühl kamen sie zurück in ihr angestammtes Viertel.

Sie freute sich. Nicht zuletzt war sie immer eine gute Mutter gewesen und freute sich am allermeisten, dass ihre Familie jetzt in ihre Gegend zurückzog.

Ihr Blick fiel auf die Arztpraxis ihres Hausarztes in dem kleinen Büroturm am Ende des ovalen Parkplatzes. Sie erinnerte sich an das Gespräch, das sie letzte Woche bei ihrem Arztbesuch geführt hatten. „Sie gehöre durchaus zur Risikogruppe", hatte er gesagt, hatte sie doch Diabetes Typ2, eine

Personengruppe die ohne Zweifel über die Maßen anfällig für das Virus war. Deswegen hatte ihr Arzt sie auch ausdrücklich gewarnt unter die Leute zu gehen und sich in Selbstisolation zu begeben. Sie sollte Supermärkte meiden und ihre Kinder und Enkel einkaufen schicken. Aber zum einen wollte sie die nicht damit behelligen und ihnen zur Last fallen, zum anderen brachten die ja dann doch nicht das Richtige mit. „Was wissen die schon von traditioneller russischer Küche."

Auch das war ihrem Hausarzt ein Dorn im Auge gewesen, ihre Ernährung. Er hatte ihr eindringlich einen Ernährungswechsel samt Kur nahegelegt, aber was sollte sie machen, ihr schmeckte es halt und in ihrem Alter wusste man nie wie lange man noch hatte, also genoss sie ihr Leben. „Außerdem seien ein paar Pfund mehr im Alter auch kein Fehler", beteuerte ihre Freundin immer wieder. Und Bewegung schadet auch nicht, deswegen war sie hier.

Sie war mehr als froh, als sie es nach langer Wartezeit und frierend, in das Innere des Marktes gelassen wurde. Hier war es im Kontrast angenehm ruhig und behaglich. Die seichte Supermarktmusik tüttelte beruhigend vor sich hin und erzeugte eine Heile-Welt-Stimmung.

An der Bäckerei am Eingang ordnete sie sich, wie die anderen Kunden, in die frisch am Boden aufgeklebten Abstandsmarkierungen ein, wobei merkwürdigerweise jeder zwischen, statt auf den Markierungen stand. Sie kaufte ein Schwarzbrot und mehrere Stück Kuchen. Hatte ihr Arzt nicht gesagt, Kuchen wäre unter Umständen besser als Obst mit der kritischen Fructose? – Zumindest hatte sie das so verstanden. Sie bezahlte und versuchte dabei, anders als der Mann vor ihr, nicht die Hand gegen die neue, fast unsichtbare Plexiglasscheibe zu rammen. Behutsam und darauf bedacht, die Bäckereifachverkäuferin auf keinen Fall bei der Geldübergabe zu berühren, bezahlte sie ihre Teilchen.

Sie ging in den eigentlichen Markt und dort die Regalreihen ab. Erstaunlich viele Filialmitarbeiter waren damit beschäftigt, das Sortiment zu inventarisieren. Mal standen sie auf Trittleitern, mal knieten sie am Boden. Offensichtlich hatte man angesichts des Ansturms in den letzten Tagen die Kontrolle verloren und wollte sich jetzt wieder einen klaren Überblick über die Versorgungssituation verschaffen. Durch die begrenzte Kundenzahl kam es zu der kuriosen Begebenheit, dass sich unglaublicher Weise mehr Personal als Kunden im Laden aufhielten, und das an einem Montagnachmittag.

Normalerweise zog sie nur ihre kleine Rolltasche hinter sich her, jetzt musste sie mit dem schweren unhandlichen Einkaufswagen hantieren, was sie einige Kraft kostete. Sie war etwas besorgt, hieß es doch, dass die Leute hamsterten und viele Produkte vergriffen wären. Und tatsächlich, sie wollte ihren Augen nicht trauen, die Regale mit Grundnahrungsmitteln wie Linsen, Mehl, Zucker und Nudeln waren wie leergefegt. Bei den Hygieneartikeln sah es nicht besser aus, mit der Krönung, dass Toilettenpapier, der günstigste Artikel des ganzen Ladens, restlos ausverkauft war. Noch hatte sie eine kleine Reserve, aber in diesen Zeiten war man froh, wenn man, im wahrsten Sinne des Wortes, noch eine Rolle hintendran hatte.

„Musste man sich eben wieder mit zerschnittenem Zeitungspapier behelfen, wie in ihrer Kindheit", dachte sie sich, „das hat's damals auch getan."

Nachdem die üblichen Produkte zu denen sie greifen würde oft ausverkauft waren, wich sie notgedrungen auf Alternativen aus. Bei den Nudeln versperrte ihr ein voluminöser Zeitgenosse, der gerade mit seiner Freundin verzweifelt Nudeln suchte, den Weg.

„Nehmen wir eben die hier", sagte seine Freundin und hielt ihm zwei Packungen vegetarische Bio-Tortellini hin.

„Lieber verhungere ich", tönte der korpulente junge Mann entnervt und fast schon schmerzlich zurück. Und hätte man es nicht besser gewusst, hätte man meinen können, dass eine Träne in seinen Augenwinkeln sichtbar wurde.

Tatsächlich gab es nur noch Maccharoni oder Vollkornnudeln, nahm sie eben die. Bei der Tomatensauce gab es nur die teuren Bio-Produkte, die durchaus ein Loch in ihre bescheidene Haushaltskasse rissen. Auf Dauer würde das mit ihrer bescheidenen Rente nicht möglich sein.

Nachdem sie einige Standardartikel, natürlich keine Lebensmittel, tatsächlich bekommen hatte, steuerte sie die Tiefkühlfächer im hinteren Teil des Ladens an. Sie verzichtete seit einiger Zeit darauf, Fleisch und Wurst an der Frischetheke zu kaufen, war sie sich doch sicher, dort mehrmals zweifelhafte Qualität bekommen zu haben. Seitdem schwor sie auf die verschweißten Artikel in der Kühltruhe. Sie verschaffte sich einen kurzen Überblick, freute sich über das Sparangebot mit dem bekannten Slogan „Brüller-Fleisch zum Knüller-Preis" und griff entsprechend zielsicher zu ihren Lieblingsprodukten. Von denen wusste sie, dass sie ihren Jungs daheim schmecken würden.

Sie ging ihren Einkaufszettel nochmal durch, ob sie auch nichts vergessen hatte, und reihte sich dann mit ihrem Wagen und gebotenem Abstand an der Kasse ein. Die besonderen Umstände setzten sich auch hier fort, mussten die Kassiererinnen doch etlichen Kunden klarmachen, dass unter den aktuellen Umständen, von bestimmten Artikeln wie Küchentüchern, nur ein Packung pro Einkauf gekauft werden durfte. Die zwei Handwerker hinter ihr in der Schlange kommentierten den Vorfall denn auch entsprechend humorig.

„Kevin, sieh dir an, was die Leute jetzt alles in ihre Toiletten werfen. Das gibt doch eine riesen Verstopfung!", sagte der eine.

„Soll uns recht sein, umso mehr zu tun!", freute sich der andere.

Offenbar standen in der Krise nicht nur Sanitäter, sondern auch Sanitärinstallateure hoch im Kurs.

Während eine extra abgestellte Mitarbeiterin, die an den Kassen beschlagnahmten Luxusgüter, wie Nudeln oder die Küchentücher einsammelte, um sie wieder in die Regale zu räumen, war jetzt sie an der Reihe. Die junge Kassiererin zog lustlos ihre Einkäufe über den Scanner, bis sie plötzlich einen Artikel, den sie eigentlich schon weitergeschoben hatte, gerade noch mit den Fingerspitzen nachgriff und abfing. 1,99€ hatte die Kasse angezeigt. Ihre langen falschen Fingernägel klapperten über die Plastikverpackung, sie drehte und begutachtete das Fleisch neugierig in ihren Händen. Dann sah man wie sich die überschminkten Augen weiteten und der Mund zu einem Schrei aufging, den sie gerade noch zu unterdrücken vermochte. Ungläubig schaute sie die Verpackung an, schüttelte sie, und schaute nochmal genauer hin. Man sah, wie das Blut aus ihrem Gesicht schwand und sie ganz blass wurde. Ihr roter Lippenstift hob sich plötzlich in starkem Kontrast ab.

„Haben Sie das gesehen?“, fragte sie die alte Frau tuschelnd unter vorgehaltener Hand.

Die alte Frau, sich nicht ganz im Klaren, was vor sich ging, meinte unbekümmert: „Nein, was denn?“

„Sehen Sie hier“, sagte die Verkäuferin und hielt der Frau die Verpackung hin. Mit der anderen Hand machte sie dabei eine Abschirmbewegung, damit die anderen Kunden keine Notiz davon nahmen.

„Was ist das?“, fragte die alte Frau.

„Ich bin mir nicht ganz sicher, aber ich rufe lieber mal meine Chefin, glaube ich“, antwortete die Kassiererin.

Es folgte eine der berüchtigten Supermarkt-Durchsagen und kurz darauf stand die ausgerufene Frau Köster an der Kasse.

„Was gibt es diesmal? Es gilt immer noch – nur eine Packung Nudeln pro Kunde!“, sagte sie mantrenhaft und leicht angespannt. Sie erwartete ein weiteres, überaus mühsames Beschwerdegespräch, wie sie es heute schon dutzende Male hatte führen müssen.

„Nein, nein“, sagte die Verkäuferin, der man sofort den Respekt vor der Chefin anmerkte, „sehen Sie hier!“

Die Chefin begutachtete die Verpackung und schaute die beiden Damen ungläubig an, konnte es wirklich sein?

Wenig später fand man sich im Hinterzimmer ein, wo die Entscheidung fiel, die Polizei zu rufen. Der Anruf, der daraufhin bei der Polizei einging, war alles andere als alltäglich. So hielt es die Dame an der Telefonzentrale zunächst auch für einen Jux, ehe sie sich mehrmals glaubhaft versichern ließ, dass tatsächlich in der Fleischverpackung eines Supermarktes ein menschlicher Finger gefunden worden sei. Streng genommen, hätte so ein Alarm den Einsatz von Kriminalpolizei und Spurensicherung verlangt. Die Telefondame entschied aber, nach wie vor nicht ganz sicher, ob sie nicht doch einem Scherz aufsaß, erstmal eine Streife vorbeizuschicken. Bevor sie sich blamierte, sollten die sich die Sache mal anschauen.

Nicht viel später, die Polizeistation die für das Haidach zuständig ist, befindet sich direkt anliegend auf der Rückseite des Einkaufskomplexes, trafen die Beamten ein. In der allgemeinen Aufregung war es den beiden jungen Männern nur schwer möglich, sich einen Überblick zu verschaffen, redeten doch inzwischen fünf verschiedene Damen halb kreischend auf sie ein. Die Beamten, die aus der Einsatzmeldung nicht schlau geworden waren, waren in der Annahme gekommen, ein Maskenverweigerer hätte sich bei einer Handgreiflichkeit den Finger gebrochen und wolle jetzt Anzeige erstatten. Nachdem sich die Lage etwas beruhigt hatte und ihnen das Beweisstück gezeigt worden war, machten sie den Verkäuferinnen klar, dass der Fall zwar außergewöhnlich, aber so gravierend dann auch wieder nicht war. Sie sahen davon ab, die Spurensicherung zu rufen, wie es eigentlich bei menschlichen Überresten Vorschrift gewesen wäre, und ließen sich stattdessen von der alten Dame an die Stelle des Tiefkühlregals führen, von der sie das Fleisch genommen hatte. Gemeinsam mit den Supermarktmitarbeiterinnen, die immer wieder affektierten Pseudo-Ekel spielten, gingen sie alle Produkte und insbesondere die Verpackungen des gleichen Herstellers durch. Sie fanden jedoch kein weiteres auffälliges Produkt. Die Ware des aussortierten Regals brachten sie vorsorglich in eine Kühlzelle im Lagerbereich des Marktes. Die Kunden beobachteten skeptisch, wie die Ware aus den Regalen geräumt wurde.

Bevor die Beamten gingen, trichterten sie den Damen ein, dass sie weiterhin die Augen offen halten und auf jeden Fall den Hersteller für eine Rückrufaktion informieren müssten. Bei weiteren Auffälligkeiten sollten sie sich umgehend melden. Sie bräuchten sich aber keine Sorgen machen, die Polizei würde den Fall eingehend untersuchen und wahrscheinlich würde sich herausstellen, dass es sich sowieso nur um einen Spaß gehandelt hatte. Vermutlich war der Finger gar nicht echt.

Gerade als sie im Begriff waren zu gehen, erhielten sie den nächsten Einsatzbefehl. Dieses Mal ging es um einen Fall von häuslicher Gewalt, was in Zeiten von Homeschooling und Lockdown leider verstärkt vorkam. Sie sprangen in ihr Fahrzeug und fuhren unter Blaulicht zum nächsten Einsatz. Sie würden bis Schichtende nicht die Zeit finden, einen Bericht über den Finger in der Fleischverpackung zu verfassen.

KAPITEL 7

- I sense a soul in search for answers -

In den Katakomben

Es hatte bis zum nächsten Morgen gedauert, bis der Kommissar durch Zufall von der Sache mit dem abgetrennten Finger erfuhr. Nicky Huck von der PR-Abteilung lieferte den entscheidenden Hinweis.

Wie immer, wenn sie an einem aktiven Fall arbeiteten, war er früh in der Zentrale, Johanna war zu seiner Überraschung aber noch vor ihm da. Sie standen gerade gemeinsam in der Kaffeeküche um den Tag einzuläuten. Er ließ sich einen Kaffee aus dem Automaten und sie kochte sich einen Tee, als Nicky, ihre Kollegin von der „Abteilung für Außendarstellung", wie es im sperrigen Beamtenjargon hieß, hinzustieß. Sie arbeiteten schon lange zusammen im Präsidium und hatten sich am Vortag schon kurz begrüßt. Da hatte er ihr auch Johanna vorgestellt. Die zwei Mädels, etwa im gleichen Alter, verstanden sich auf Anhieb gut und so fühlte es sich am zweiten Tag schon an, als hätten sie hier zusammen ihre Ausbildung gemacht.

„Und, was gibt es Neues?", fragten sie ihre Kollegin.

„Ach, alle drehen am Rad wegen Corona, müssen jetzt jede Menge Beiträge auf Social Media schalten, was im Moment die Regeln sind und wie man sich am besten daran hält. Ganz abgesehen von den ganzen Informationen die wir intern zum Thema Hygiene und Verhaltensmaßnahmen aushängen müssen. Voll ätzend."

„Also wird euch nicht langweilig", motivierte Blocksberg.

„Kann mal wohl so sagen. Aber was treibt ihr? Seid ihr gerade wieder an einem spannenden Fall?"

„Geht so, es geht um eine verschwundene Person", antwortete Johanna.

„Ja, es geht um einen Fall, wo nicht nur der Entführte, sondern auch die Entführer verschwunden sind", ergänzte der Kommissar geheimnistuerisch.

„Echt jetzt? Ist ja merkwürdig."

„Absolut!", stimmten die Ermittler zu.

„Um wen geht es denn?", wollte Nicky neugierig wissen.

„Das dürfen wir nicht verraten, streng geheim, weißt du doch", sagte Blocksberg und stimmte dabei den unverkennbaren Werbejingle an.

Sie verstand den Hinweis sofort. „Verrückt! Das passt ja zu der Geschichte von gestern", bemerkte sie.

„Welcher Geschichte von gestern?", fragten jetzt die Ermittler neugierig.

„Fehlt eurem Opfer zufällig ein Finger?"

„Ein Finger? Wieso?"

„Na weil zwei unserer Jungs gestern einen Finger im Supermarkt gefunden haben und das auch echt schräg ist. Glaubt ihr das? Ein echter menschlicher Finger, wie eklig ist das denn bitte! Stellt euch vor ihr habt Hunger, macht was auf, wollt kochen und euch kommt irgend so ein Finger, von wer weiß wem entgegen", dabei deutete sie mit dem Zeigefinger im Mund symbolisches Übergeben an.

Johanna und der Kommissar dagegen, schauten sich kurz an und wussten was der andere dachte. Es war nicht viel, aber es war ein Ansatz, der viel zitierte Strohhalm mit dem man starten konnte.

„Wer hat den Finger gefunden und wo ist er jetzt?"

„Na hoffentlich nicht hier im Kühlschrank! Spaß – die Jungs haben ihn runter in die Gerichtsmedizin gebracht, da wird er in irgendeinem Tiefkühlfach verstauben."

„Dann schau ich mir das gleich mal an", sagte der Kommissar und fragte Johanna: „Kommst du mit?"

„Eigentlich schon, aber ich muss mir von gestern noch jede Mengen Notizen zusammenfassen und mein Soziogramm erstellen. Geh du mal alleine, du kannst mich ja dann nachher auf den neusten Stand bringen."

„Alles klar mach ich. Sebastian, den Kollegen von der Gerichtsmedizin kannst du auch später noch kennenlernen, der isst normalerweise auch in der Kantine zu Mittag."

Er bedankte sich bei Nicky: „Du hast uns schon mal sehr weitergeholfen. Mal schauen, was daraus wird. Wir halten dich auf dem Laufenden."

„Man tut was man kann", antwortete sie mit einer „da-nicht-für"-Geste und ging schwingenden Schrittes zurück in ihr gegenüberliegendes Büro.

Der Kommissar nahm die Treppe nach unten in das Kellergeschoss des Präsidiums, wo die Gerichtsmediziner in den Katakomben ihrer makabren Tätigkeit nachgingen. Obwohl er ein gestandener Ermittler war, gruselte es ihn immer ein wenig, wenn er hier durch die Flure mit dem typischen Kellergeruch und den flackernden Neonröhren ging. Allein dass er wusste, dass in den Räumen die zur Seite abgingen, die toten Körper lagen, bereitete ihm Unbehagen.

Garys Überreste, beziehungsweise das was der Zug eben noch übriggelassen hatte, mussten hier auch noch irgendwo sein, tiefgefroren, bis der Fall endgültig abgeschlossen sein würde.

Einen Flur weiter, noch bevor er die Tür öffnete, hörte er bereits das unheilvoll schrille Geräusch der Knochensäge, die die Kollegen bei der Obduktion verwenden. Unweigerlich musste er an ihren gestrigen Besuch im Schlachthof denken, wo nach dem gleichen Prinzip, nur in Übergröße, gearbeitet wurde.

Als er den Raum betrat, erblickte er Sebastian Landsteiner. Doktor Sebastian Landsteiner um genau zu sein, wobei er auf seinen Titel keinen Wert legte. Blocksberg unterhielt sich gern mit dem schmächtigen, kahlköpfigen Gerichtsmediziner. Er war um die vierzig und immer gut drauf, manchmal vielleicht etwas schräg. Gerade jetzt stand er über den Obduktionstisch gebeugt und sezierte eine aufgedunsene Leiche. Dabei trug er seinen obligatorischen weißen Laborkittel, Handschuhe, Nasenklammer und ein Face-Shield gegen die Knochensplitter, wie es gerade en vogue war.

Sebastian, der wegen seines Gehörschutzes gegen die Säge, nichts hörte, merkte erst anhand des Luftzugs, dass der Kommissar plötzlich neben ihm stand. Er stellte die Säge ab und ohne aufzublicken sagte er mit mystischer Stimme: „Ich spüre eine Seele auf der Suche nach Antworten." Dann begrüßte er freudig seinen Kollegen.

Die Mitarbeiter hier unten waren über jeden sozialen Kontakt froh. Das war nicht verwunderlich, mieden die meisten Besucher den Ort allein schon wegen des Geruchs. Auch Blocksberg hielt sich gegen den fauligen Geruch die Nase zu und deutete an, dass sie doch ein paar Schritte zur Seite gehen mögen, um sich in angenehmerem Ambiente unterhalten zu können.

„Wie komme ich zu der Ehre?", fragte der Gerichtsmediziner.

„Ich hab gehört, dass ihr hier unten vielleicht etwas habt, was für einen meiner Fälle interessant sein könnte. Das würde ich mir gerne mal anschauen. Außerdem wollte ich schon lange mal wieder vorbeischauen. Wie geht's euch hier unten?"

„Davon abgesehen, dass uns demnächst die Desinfektionsmittel und Handschuhe ausgehen und wir deswegen nicht mehr arbeiten können ganz gut. Die Patienten in den Krankenhäusern haben offensichtlich Vorrang vor unseren, dabei sind unsere viel pflegeleichter." Er machte eine kurze Pause. „Aber keine Sorge, wir sind ja chemisch bewandert, im Notfall mischen wir uns das Zeug aus Alkohol einfach selbst. Zu allem Überfluss müssen wir jetzt auch noch die Corona-Opfer obduzieren, das sind zwar nur ein bis zwei Fälle pro Woche, aber auch die wollen erledigt werden. Und der Papierkram erst. Immerhin werde ich dafür jetzt zweimal die Woche getestet."

„Ja, verrückte Zeiten. Was hältst du als Naturwissenschaftler von der ganzen Corona-Geschichte?", fragte Blocksberg den Gerichtsmediziner. Der nahm einige Reagenzgläser und ging zur Laborspüle.

„Ich würde sagen, es kam wie es kommen musste. Es gibt einfach zu viele von uns. Allein wegen unserer schieren Anzahl bieten wir eine große Angriffsfläche. Von den engen Verhältnissen und der weltweiten Vernetzung abgesehen. Alte, Arme und Schwache bilden den idealen Nährboden für derartige Erreger und mit der hohen Lebenserwartung in den Industriestaaten und der Armut in den Schwellenländern, war er nur eine Frage der Zeit, bis die Evolution diese Nische gnadenlos ausnutzt. Es war nicht die Frage, ob sich so ein Virus bildet, sondern wann – es hätte schon vor zehn Jahren passieren können, oder erst in zwanzig, dreißig Jahren. Mit unseren globalen Lebensverhältnissen musste es aber früher oder später dazu kommen, und ich fürchte es wird nicht allein bleiben, von Mutationen ganz abgesehen", erklärte er, während er eine Metallschüssel spülte, die ihm der Kommissar gereicht hatte.

Landsteiner sprach weiter: „Ich fürchte es kommt noch schlimmer. Die letzten hundert Jahre seit der Bevölkerungsexplosion konnten wir uns noch mit Antibiotika wehren. Durch den überzogenen Einsatz, sind die Erreger im Moment aber im Begriff, auch diese Bastion zu nehmen."

„Ich dachte es geht bei Corona um Viren", staunte Blocksberg.

„Ja klar, das war ja nur ein Vergleich. Hier wie dort passt sich die Natur an. Der Wandel überholt die älteren Generationen nicht nur technisch, sondern auch biologisch. So hart es klingen mag, um als Population zu überleben, muss das Leben vergänglich sein“, philosophierte der Gerichtsmediziner, während er sein Mikroskop reinigte.

„Das ist aber ein düsteres Bild, das du da zeichnest.“

„Eigentlich nicht, die Natur stellt nur einen Ausgleich her, bringt die Verhältnisse in Einklang. Dabei nimmt sie, gnadenlos wie sie ist, keine Rücksicht auf Einzelschicksale, auch wenn die bestimmt tragisch sind. Wir sind eben ein Teil der Natur und brauchen sie zum Leben, die Natur braucht uns nicht, sie passt sich einfach an, egal ob an Menschheit oder Klimawandel. Es ist fast wie ein Naturgesetz. Auf jeden Wunsch, folgt eine Konsequenz. Und die Menschen wählen leider nicht sehr weise aus.“

„Und die Moral von der Geschichte?“, fragte der Kommissar und erkundete dabei weiter das Labor.

„Wir sind gierig und das ist es, was uns vernichtet“, zuckte Landsteiner die Achseln.

„Aber wir haben doch bald einen Impfstoff, dann wird alles gut“, munterte Blocksberg auf.

„Naja, es zeigt sich ja schon, dass sich die Immunität schnell abbaut. Also kann man sich schnell wieder anstecken. Davon abgesehen, würde selbst ich als Impffreund, mich nicht mit einer Dosis impfen lassen, die im Schnellverfahren entwickelt wurde. So was dauert normalerweise Jahre bis Jahrzehnte. Außerdem reden wir hier ja nicht von einem Killer-Virus, das Reihenweise die Leute dahinrafft.“

„Also ist eine Impfung unverhältnismäßig?“

„Schwer zu sagen. Killer-Viren gibt es einfach nicht, kann es in freier Natur gar nicht geben.“

Der Kommissar verstand: „Weil es bei einer hohen Sterblichkeit den Wirt dahinrafft, bevor er es weiterübertragen kann?“

„Ja genau. Bei einem milderen Verlauf hat die Wirtspopulation die Chance sich kurzfristig mittels Medizin zu wehren. Langfristig findet dann sowieso eine immunologische Anpassung statt. Wir dürfen nicht vergessen, was unsere Vorfahren schon alles überstanden haben, Pest und Cholera. Unser Körper kommt schon damit klar."

Es entstand eine nachdenkliche Pause.

„Aber genug davon - wie kommt es, dass du hier bist, bist du nicht suspendiert?"

„Nein, seit gestern bin ich wieder vollständig rehabilitiert und in Amt und Würden, der neue Präsident hat beide Augen zugedrückt und mir nochmal eine Chance gegeben."

„Wie nett! Hier hat er sich noch nicht blicken lassen, ich sehe ihn zwar manchmal beim Mittagessen, aber ich glaube er weiß nicht mal, dass es uns hier unten gibt."

„Naja, das man euch nicht so gerne besucht, könnte natürlich auch daran liegen", sagte der Kommissar und deutete auf den aufgeblähten Körper auf dem Seziertisch, „Was haben wir denn da?"

„Meine Leiche!", dröhnte eine Stimme von der Tür, durch die gerade die rothaarige Sophia auf Krücken hereingehumpelt kam. Sie war seine ehemalige Mitarbeiterin und jetzt Ermittler-Kollegin. Sophia war etwas älter als er und hatte sich vom mittleren, in den gehobenen Dienst hochgearbeitet. Ein Karriereschritt, der nur den wenigsten gelingt.

„Meine Güte, was ist denn mit dir passiert?", fragten die Männer unisono. „Solltest du nicht krankgeschrieben im HomeOffice liegen?"

„Nicht der Rede wert, hab mich gesundschreiben lassen", blockte sie ab, überdrüssig ihre Geschichte zum hundertsten Mal zum Besten geben zu müssen. „Aber die Frage kann ich ja nur zurückgeben, was machst du hier?"

„Ich bin auf der Suche nach einem Finger", antwortete der Kommissar schelmisch.

„Ein Finger?", fragte sie erstaunt.

„Ja wieso, fehlt deiner Leiche einer?"

Beide Ermittler schauten sich kurz verdutzt an, schauten dann zur Leiche und dann fragend zu Landsteiner.

„Nein, nein", löste dieser den obskuren Moment auf, „alle Finger sind da wo sie hingehören! Es fehlt übrigens auch bei keiner anderen Leichen ein Finger", ergänzte er vorsorglich.

„Schluss jetzt mit dem Unfug", ging Sophia dazwischen, „ konzentrieren wir uns auf das Wesentliche! Haben Sie schon etwas herausfinden können?", fragte die auf Förmlichkeit bedachte Sophia den Gerichtsmediziner.

„Allerdings so einiges", antwortete er nicht ohne Stolz. „Allerdings handelt es sich dabei nicht um eine Wasserleiche", dabei schaute er den Kommissar kritisch an, „auch wenn nach dem starken Regen die letzten Tage dafür jetzt der richtige Luftdruck herrschen würde, aber ich schweife ab..."

Er drehte sich zum Kommissar: „Willst du dir das ganze eigentlich mit anhören, oder später wieder kommen?", fragte er an den Kommissar gewandt

„Ich höre mir das gerne an, hier lernt man immer eine Menge, das ist besser als jede Vorlesung an der Akademie. Wenn ich darf, bleibe ich gerne."

„Also dann weiter. Kurz zusammengefasst: Männlich, Mitte Vierzig, 1,65cm groß, 143kg schwer, Identität noch unbekannt. Diverse Hämatome am ganzen Körper, Würgemale am Hals, Strangulationsmarken an den Handgelenken, wo er an Waschbecken und Heizkörper angebunden war, Todesursache dürfte aber der Badreiniger gewesen sein."

„Badreiniger?", wunderte sich Blocksberg.

„Ja, die schaumige Flüssigkeit, die da aus seinem Mund kommt ist der Badreiniger einer bekannten Marke, man könnte auch sagen er hat einen Frosch im Hals. Vielleicht ist das doch nicht so biologisch freundlich, wie es auf der Verpackung steht", witzelte Landsteiner, bis er bemerkte, dass niemand mitlachte.

„Das heißt dafür wurde er ans Waschbecken gefesselt - um ihn zu foltern?", wollte Sophia wissen.

„Davon ist auszugehen, beim Liebesspiel wird er wohl nicht umgekommen sein, zumindest hoffe ich das für ihn, wobei ... gab es da nicht mal einen Fall mit ner Kettensäge? Aber ich schweife schon wieder ab..."

„Wie eine Folter kommt mir das aber nicht vor", schaltete sich der Kommissar ein, „mehr wie eine Hinrichtung. Wieviel Badreiniger kann man denn vertragen?"

„Ja und nein, die Mengen die er verabreicht bekommen hat, sind mit Sicherheit tödlich und der Point of no Return war bestimmt früh erreicht. Andererseits dürfte der Prozess langsam genug gewesen sein, um ihm bei Bewusstsein die Speiseröhre und den Rachenraum zu verätzen. Dass er darüber hinaus lange bei Bewusstsein war, wage ich zu bezweifeln, zu groß sind die Schmerzen."

„Und, wie sieht es mit dem Todeszeitpunkt aus?", fragte Sophia.

„Da der arme Kerl da schon eine Weile gelegen haben dürfte und lange ausgekühlt war, scheidet die Bestimmung mittels Temperatur aus. Zur Freude unseres Entomologen kreuchte und fleuchte es in der Wohnung aber nur so vor Käferlein. Nimmt man deren Larvenstadium als Indikator, kann man davon ausgehen, dass er vor etwa zehn Tagen das Zeitliche gesegnet hat."

„Und die Identität?", fragte Sophia weiter.

„Ich habe ihn bereits geröntgt, keine Metallteile, die Zähne sind durch die Säure im Mundraum leider auch sehr stark in Mitleidenschaft gezogen worden und fast aufgelöst, ein dentaler Befund wird also schwierig, zumindest bis wir keine Referenz haben. Tattoos, von denen er einige hat, jagen wir im Moment genauso wie die Fingerabdrücke durch die Datenbanken. Ein erster Abgleich mit der Vermisstendatenbank hat keine Treffer gebracht."

„Das heißt was ist Ihr Fazit?", fragte Sophia den Kollegen nach seiner Einschätzung.

„Wenn man alle Faktoren mit einbezieht, die Umstände in denen er gehaust hat, die Adipositas, seine Raucherlunge und der insgesamt eher verwahrloste Zustand unseres Freundes hier, dann würde ich sagen, dass er eher zu den sozial Schwachen gehört hat. Dem Körperbau und der Gesichtsform nach vermutlich süd-ost Europäer, das DNA Screening läuft aber noch."

„Vielleicht aus dem Drogenmilieu oder Spielschulden? Das Setting könnte doch passen, vielleicht konnte er seine Gläubiger nicht bedienen und sie haben ein Exempel an ihm statuiert."

„Drogen konnte ich tatsächlich keine nachweisen, außer einen gewissen Alkoholgehalt vom Bier natürlich. Ich denke er sollte leiden, aber ich glaube nicht, dass sie ihn gefoltert haben, um eine Information aus ihm herauszubekommen. Dafür gibt es bessere Mittel und Wege. Du könntest also richtig liegen."

„Andererseits zahlen Tote keine Schulden zurück", beteiligte sich Blocksberg an den Überlegungen. .

„Und sie lügen nicht", ergänzte Landsteiner.

„Wie sieht es mit dem Revolver aus?", wollte Sophia wissen.

„Ein 38er Smith&Wesson, nichts Besonderes, ziemlicher Standard. Bekommt man relativ einfach, wenn man es darauf anlegt", antwortete Landsteiner.

„Irgendwelche Auffälligkeiten?", fragte sie weiter.

„Die Fingerabdrücke unseres Opfers sind drauf, sonst keine. Das Magazin ist voll und die Waffe wurde lange nicht abgefeuert. Die Ballistik ermittelt gerade die Kennwerte, um auch die mit der Datenbank abzugleichen", antwortete der Gerichtsmediziner.

„Haben die Täter sonst irgendwelche Spuren am Tatort hinterlassen?", setzte Sophia fort.

Landsteiner seufzte: „Gibt es vielleicht, dem Chaos nach, sehr wahrscheinlich sogar. Allerdings war es nicht seine Wohnung, dazu passt das Fingerabdruckschema an den Möbeln nicht. Dafür sind Spuren von zig anderen Personen in der Wohnung, die wir erstmal zuordnen müssen. Von all den anderen Spuren ganz zu schweigen. Bis wir dazu was Abschließendes sagen können, werden Wochen vergehen, fürchte ich."

„Und wie sieht es mit etwas Vorläufigem aus? Kann ich damit im heutigen Bericht rechnen? Für mich sieht das nicht nach einem Gelegenheitsmord aus, dafür ist der Aufwand zu groß, auch nicht nach einer Familientat, so etwas würde man seinen Engsten nicht antun, es sieht für mich relativ stark nach organisierter Kriminalität aus."

„Das sollte machbar sein, ich maile Ihnen den Bericht nachher zu. Wenn Sie sonst Fragen haben, können sie mich jederzeit anrufen. Sonst melden wir uns, wenn wir etwas Interessantes finden."

„Alles klar, das reicht mir erstmal, besten Dank", bedankte sich Sophia bei Landsteiner und ergänzte an den Kommissar gerichtet: „Und dir viel Erfolg bei deinem Neustart. Wir können im Moment wirklich jede Unterstützung gebrauchen!"

„Vielen Dank, kann ich gebrauchen, freue mich wieder Teil des Teams zu sein", bestätigte er die Glückwünsche.

„Wir sehen uns", sagte sie und verließ hinkend die Laborräume Richtung Fahrstuhl. Die beiden Männer schauten ihr nach.

„Ich muss hier nur kurz das Gröbste aufräumen, dann bin ich für dich da", sagte Landsteiner zum Kommissar. Dann verstaute er einige Tüten, in die er zuvor die Organe des Opfers abgewogen hatte. Nachdem er die Leiche mit einem Totentuch abgedeckt hatte, schob er sie in eines der Tiefkühlfächer. Aufgrund der Beleibtheit des Toten, passte der Leichnam geradeso in das Einschubfach der Gefrierbatterie.

„So, wie kann ich dir helfen? Jetzt bin ich ganz für dich da", kam er auf den Kommissar zurück.

„Ihr müsstet in der Spätschicht einen Finger von Streifenbeamten übergeben bekommen haben. Habt ihr den schon untersucht und asserviert?"

„Untersucht nein, asserviert ja. Ich glaube die Kollegen haben das gestern Abend noch gemacht, ich hab mir das gute Stück noch gar nicht angesehen, komm wir schauen gleich mal."

Sebastian ging zielstrebig auf einen der kleineren Gefrierschränke an der Seite des Labors zu, öffnete ihn und holte die Packung mit den Koteletts raus.

„Fertig zum Verzehr!", rief er, als er sie in seinen Händen hatte.

Der Kommissar nahm die Packung an sich und begutachtete zunächst das Etikett. Er erkannte auf Anhieb das ihm inzwischen vertraute Logo. Darauf stand das Übliche: so und so viel Fett, besonders günstig, besonders viel

Eiweiß, glutenfrei. Also im Prinzip, wenn man dem Label Glauben schenken wollte, gut für die Gesundheit. Besonders interessierte ihn das Verfallsdatum. Demnach war die Ware noch gut drei Tage haltbar.

Ihm drangen die Worte des Firmenchefs von gestern ans Ohr: „Mit dem Transport wird das Geld verdient.“ Stellte sich die Frage, aus welchen Schlachthof dieses Produkt wohl gekommen sein mag. Er zückte das Handy und fotografierte das Etikett samt Chargennummer ab. Eine Aufgabe und ein weiterer Grund nochmal den dicken Burkhardt zu befragen. Der würde ihnen das bestimmt sagen können.

Blocksberg drehte die Packung auf die Seite und schüttelte sie, genauso wie es die Kassiererin getan hatte.

„Sieht wirklich aus wie ein menschlicher Finger“, wunderte er sich.

„Ist wahrscheinlich einer“, zuckte Landsteiner die Achseln, „Fleisch ist Fleisch, abgepackt macht das auch keinen Unterschied.“

„Mag sein, aber das passt einfach zu gut zu einem Fall an dem wir gerade arbeiten. Deshalb wäre es interessant, wenn wir den Finger doch kurz untersuchen könnten. Kannst du den kurz in deinen Zeitplan einschieben, damit wir ein paar schnelle Infos bekommen? Vielleicht ist alles auch nur falscher Alarm, vielleicht ist es doch nur ein Plastikfinger aus dem Scherzartikelladen.“

„Sieht aber schon echt aus“, urteilte der Gerichtsmediziner nach einem prüfenden Blick.

Landsteiner nahm die Verpackung und ging damit zu seinem Labortisch, wo ein Radio alte französische Chansons trällerte. Er legte die Plastikschale unter eine Schreibtischlampe, die das Corpus Delicti in der schummrigen Umgebung in den Mittelpunkt rückte.

„Was machen wir jetzt als Erstes?“, fragte Blocksberg.

„Wenn wir den Finger untersuchen wollen, müssen wir ran“, dabei nahm er ein Skalpell aus seinem Stifthalter. Er machte einen präzisen Schnitt in die Verpackung, der groß genug, aber nicht zu groß war. Der typische Geruch von vakuumiertem Fleisch und geronnenem Blut stieg ihnen in die Nase. Sofort hatten sie die fleischige Konsistenz vor Augen.

Der Mediziner, der sich inzwischen neue Handschuhe übergestreift hatte, nahm die beiden Koteletts behutsam aus der Verpackung und legte sie auf seine Laborwaage. Beweismittel genau zu vermessen und zu protokollieren, steckte ihm inzwischen in jeder Faser seines Körpers, so dass er auch hier sein Routineprogramm abspulte. Er verglich seinen Wert mit der Gewichtsangabe auf der Verpackung und stellte fest: „Sieh her, der Finger wurde beim Abpacken mit eingewogen, wir haben eine Differenz von knapp 30g", und tatsächlich zeigte die Waage, als er mit einer Pinzette zur Gegenprobe den Finger auflegte, 29g an. „Siehst du, schon haben wir ein Puzzleteilchen gefunden."

„Dann wurde also nicht die Verpackung manipuliert, sondern der Finger schon in der Fabrik abgepackt", hielt der Kommissar den Gedanken fest.

Er legte die Koteletts in eine der Nierenschalen aus Edelstahl, in denen er normalerweise die Projektile sammelte, die er bei der Obduktion aus Leichen schnitt. Dann widmete er sich dem Finger.

Er fixierte ihn mit der Pinzette auf dem Tisch und kratzte mit dem Skalpell in der anderen Hand vorsichtig die Marinade ab. Langsam kamen die Rillen des Fingerabdrucks zum Vorschein.

„Es handelt sich um das erste und zweite Fingerglied, also nicht den gesamten Finger. Ich würde sagen, es könnte ein Mittelfinger sein. Ist das vielleicht schon eine Botschaft? Der Nagel ist mehr oder minder gepflegt, unlackiert und kurz geschnitten. Trotzdem könnte man unter dem Nagel Partikel finden, die uns weiterhelfen, dafür bräuchte ich aber etwas Zeit. Außerdem sieht man schon an der Stärke und den Haaren, dass es sich wahrscheinlich um den Finger eines Mannes handelt, oder einer sehr haarigen Frau..."

„Kannst du abschätzen wie alt?"

„Das ist noch schwer zu sagen, aber ich vermute eher jünger, circa dreißig, plus minus zehn Jahre."

Dann setzte er mit dem Skalpell einen gezielten Längsschnitt und spreizte das Gewebe vorsichtig mit der Pinzette auseinander.

„Kein Blut beim Schneiden, dafür ganz klar der Aufbau mit Knochen und Sehnen, es handelte sich also definitiv um einen echten Finger und keine Attrappe. Außerdem machen das Gewebe und gestockte Blut noch einen relativ frischen Eindruck, keine Totenflecken, der Finger wurde sehr wahrscheinlich pre mortem abgetrennt."

„Heißt das, er hat noch gelebt als der Finger abgeschnitten wurde?"

„Oder lebt immer noch. Scheint relativ frisch zu sein, hängt aber stark davon ab, wie die Kühlkette eingehalten wurde, aber länger als wenige Wochen dürfte er nicht alt sein. Wenn du wissen willst, ob er zu deinem Fall gehört, können wir einen DNA-Test machen und die Blutgruppe bestimmen. Ich bräuchte dafür nur Proben der vermissten Person."

„Die besorg ich dir, keine Sorge. Was kannst du sonst noch herausfinden?"

„Ich werde den Fingerabdruck nehmen und durch das System jagen, auf der Packung schaue ich auch nach welchen. Außen wird es wahrscheinlich schwierig werden, weil weder die Damen im Supermarkt, noch die Jungs von der Streife besonders behutsam damit umgegangen sind. Vermutlich finden wir dutzende, verwischte, Fingerabdrücke. Ganz zu schweigen von denen, die durch Leute drauf gekommen sind, die sich die Packung im Supermarkt einfach nur angeschaut haben. Deswegen nehme ich auf jeden Fall auch welche von der Innenseite der Verpackung. Zum einen könnte der oder die Täter nachlässig gewesen sein, und vergessen haben, dass sie Innen welche hinterlassen haben. Zum anderen, wird die Qualität mit Sicherheit besser sein, weil es keine Kontaktfläche ist wo jeder hingreift. Wenn das alles nicht hilft, kann ich versuchen den Nagel nach Rückständen von Drogen und die Haut nach Schmauchspuren zu untersuchen."

„Das hört sich ja vielversprechend an!", sagte der Kommissar erfreut.

„War das denn der einzige Finger den ihr gefunden habt?"

„Anscheinend ja, aber ich war auch nicht dabei."

„Liegt ja nahe, dass noch andere Teile in anderen Konserven auftauchen, oder?"

„Die Schachteln vor Ort wurden geprüft und die ganze Charge wird zurückgerufen. Das wird spaßig, die einzeln von Hand zu kontrollieren. Die Kollegen vom Gesundheitsamt schalte ich auch ein, ich denke in so einem Fall sollten die sich da auch mal umschauen. Ansonsten mal abwarten, ob sich die nächsten Tage noch andere Kunden melden."

„Wenn der Kollege den Betrieb auf Herz und Nieren prüft, sag ihm, er soll auch ein paar Proben für mich nehmen. Dann prüfe ich die anderen Gebinde auf menschliche DNA, das ist schnell gemacht."

„Du vermutest es also auch...?", ließ der Kommissar den restlichen Satz unausgesprochen.

„Wäre doch zumindest, denkbar. Wir haben eine Person die verschwunden ist und eine Fabrik die darauf spezialisiert ist, totes Fleisch zu verarbeiten. Kann es näher liegen? Außerdem habe ich erst kürzlich in „Forensik Heute" gelesen, dass entsprechende Stichproben gezeigt haben, dass immer wieder menschliches Gewebe in der Wurst ist."

„Ganz nach dem Motto, darf's ein bisschen mehr sein?", lachte der Kommissar.

„Ja genau, natürlich sind die meisten Fälle darauf zurückzuführen, dass beim Fleisch-Zerteilen auch mal ein Fleischer seinen Finger verliert. Andererseits gibt es eigentlich nur zwei gute Wege eine Leiche loszuwerden. Entweder man löst sie in Säure auf, oder man verarbeitet sie zu Wurstkonserven. Wenn man die Geräte hat, ist das schnell gemacht und innerhalb relativ kurzer Zeit ist das Opfer restlos vertilgt und spurlos verschwunden. Und das Beste, die Reinigungskräfte machen auch noch den Tatort für einen sauber. Allemal besser als vergraben, verbrennen oder im See versenken. Das macht alles so viel Arbeit - mit Leichen hat man immer Arbeit", schloss er klagend ab.

„Aber wäre die Gefahr nicht zu groß, dass es auffliegt? Und ganze Finger? Wenn dann doch Hackfleisch, wo sowieso alles drin verarbeitet wird."

„Gebe ich dir recht, vielleicht ist denen das einfach durchgerutscht, oder sie waren in Zeitnot, kann viele Gründe haben", zuckte er die Schultern.

„Ich besorge dir auf jeden Fall die Proben, ich bin gespannt", versprach Blocksberg. Er schaute prüfend auf die Funkuhr über dem Seziertisch. Es war jetzt halb neun, wie so oft während Ermittlungen verflog die Zeit.

„Noch eine letzte Frage, dann muss ich auch schon wieder los. Kannst du sagen mit was der Finger abgetrennt wurde?"

Landsteiner schaute sich die Schnittkante unter dem Mikroskop genauer an. „Knochen, Fleisch, Haut, alles ausgefranst, der Knochen zersplittert. Das bedeutet es war etwas Grobes, etwas wie ein Gartenhäcksler. Der Finger hat nicht die scharfe Schnittkante, wie es zum Beispiel bei einer Gartenschere der Fall gewesen wäre."

„Super, dass hilft mir schon sehr, ich muss jetzt aber leider wirklich los, die Kollegin wartet und wir haben heute noch einiges zu tun."

„Versteh ich. Ich melde mich auf jeden Fall, wenn bei uns hier unten nochmal was in der Richtung ankommt, aber du bist natürlich auch jederzeit bei uns willkommen. Wir bekommen ja nicht so oft Besuch."

„Perfekt, wir bleiben in Kontakt und ich mach mich mal wieder auf den Weg. Nach dieser Wendung, erwartet mich nachher bestimmt ein interessantes Gespräch bei den Eltern des Vermissten. Ich bin gespannt, was die dazu zu sagen haben..."

„Lass mich wissen, wie sich der Fall entwickelt. Jetzt will ich natürlich auch wissen wo der Finger hingehört", verabschiedete sich der Gerichtsmediziner.

KAPITEL 8

- Big five -

In der Villa

Der Kommissar hatte Johanna die neuen Fakten aus der Gerichtsmedizin geschildert und jetzt war sie so gespannt wie er, was die Herrschaften dazu im anstehenden Gespräch zu sagen hatten.

Gemeinsam fuhren sie vom Präsidium das kurze Stück an der Bahnlinie entlang, über die Abkürzung rechts am Kreisverkehr vorbei, hinauf Richtung Wilferdinger Höhe. Direkt nach der Shell-Tankstelle bogen sie rechts auf das Gut ab. Das Tor zum Gelände stand offen und sie fuhren geradewegs auf den Vorplatz des Anwesens. Sie umrundeten einmal das Rondell, das in der Mitte von einem Springbrunnen gekrönt wurde und steuerten den ausgewiesenen Besucherparkplatz an. Die Fahnenmasten waren nicht beflaggt. Ein Vorteil in einer kleinen Großstadt wie Pforzheim war es, dass man quasi jeden Punkt innerhalb einer Viertelstunde erreichen konnte.

Es war kurz nach neun, als Johanna und der Kommissar bei der Villa der Brüllers vorfuhren, eine Uhrzeit zu der man ruhigen Gewissens Leute behelligen konnte.

Die Villa Kuppenheim, wie das stattliche Anwesen hieß, befand sich, wie die meisten alt-ehrwürdigen Gebäude der Stadt, am ursprünglichen Stadtrand. In dem schmalen Gürtel, der vom Bombenhagel und der dann wütenden Feuersbrunst der letzten Kriegstage, verschont geblieben war. Zwar waren auch hier viele Gebäude bis auf die Grundmauern niedergebrannt worden, aber entweder hatten die Besitzer die finanziellen Mittel die Gebäude wieder aufzubauen, oder die Ruinen gingen in die öffentliche Hand über. Dann wurde geprüft, ob es sich lohnte sie zu sanieren und wieder aufzubauen. Jetzt nach siebzig Jahren Stadtentwicklung lag die Villa auf halber Höhe zur Wilferdinger Höhe fast mitten in der Stadt.

Nachdem sie den Wagen auf dem großen weißen Vorplatz abgestellt hatten, bewunderten sie das bemerkenswerte Bauwerk. Die unterste Ebene war ein Halbgeschoss, um den Höhenunterschied des Hanges auszugleichen. Es bestand wie die großzügigen Treppen, die zu beiden

Seiten hinaufführten, aus rotem Buntsandstein. Der Vorbau auf dem die halb geschwungenen Treppen endeten, wurde von Säulen getragen, die oben einen Balkon bildeten und darüber zu Rundbögen zusammenliefen.

„Neorenaissance, würde ich sagen", meinte der Kommissar.

„Aha, hast du jetzt Architektur studiert?", meinte Johanna verwundert.

„Nur geraten", zuckte der Kommissar unschuldig die Achseln.

Die beiden einzigen Etagen, das Erdgeschoss und die erste Etage, waren im Kontrast zum Fundament in hellem Sandstein gehalten und unter dem Dach hatte man großzügige Fenster als Oberlichter angebracht. An den Ecken des Daches waren Überwachungskameras angebracht. Die Kombination aus italienischem Flair und modernem Bauhaus harmonierte hervorragend.

Sie liefen die Treppe hinauf, deren Stufen eine sehr angenehme Höhe hatten, nicht zu hoch und nicht zu nieder. Dann standen sie vor einem imposanten halbgläsernen Foyer.

„Eindrucksvoll, aber kein Grund sich davon beeindrucken zu lassen", dachte sich der Kommissar. Johanna hatte seine Gedanken gelesen. „Solange man die psychologische Wirkung bestimmter Zusammenhänge erkennt, kann man sie überwinden", schien ihn Johannas Blick zu bestätigen. Bei diesem Gedankenspiel musste er sich unweigerlich eingestehen, ob er wollte oder nicht, dass sie ein gutes Team waren.

Sie standen zwischen den Säulen unter dem Vordach und drückten auf die Klingel. Ein tiefer edler Klingelton drang ihnen entgegen. Zumindest war die Familie nicht so abgehoben, dass sie einen Pförtner hatte, dennoch, immerhin war kurz darauf eine Hausdame hinter der Glasscheibe zu sehen. Sie öffnete ihnen die Tür.

„Sie müssen die Polizisten sein", begrüßte sie die Dame freundlich. Mit Sicherheit waren sie schon über eine der diversen Sicherheitskameras aus dem Innenraum abgecheckt worden.

„So ist es", antwortet der Kommissar, woraufhin die Dame sie in das Atrium führte. Das Innere des Hauses war nicht weniger beachtlich als die Fassade. Auch hier zogen sich moderne Elemente, vorwiegend aus Glas, durch die klassizistische Grundsubstanz und man fühlte sich an die Museumsinseln in Berlin erinnert. Der Boden war großflächig gefliest ohne ausgetreten zu sein, war also im Zuge der letzten Renovierung neu gemacht worden. Links erhob sich eine weitere geschwungene Treppe mit steinernem Geländer in die erste Etage. Das Zentrum des Raumes bildete ein schwerer Kronleuchter, der das klare Morgenlicht in alle Facetten brach. Die Wände waren ursprünglich mit extravaganten Holzschnitzereien vertäfelt gewesen, deren Schwere und überbordende Präsenz man durch einen weißen Anstrich aufgelöst hatte. Der moderne Touch wurde dadurch noch unterstrichen.

Während sie auf ihre Gastgeber warteten, schritt der Kommissar mit gelangweiltem Interesse die Räumlichkeiten ab und ließ seinen Finger prüfend über den Hals antiker Vasen streifen. „Kein Körnchen Staub weit und breit“, stellte er andächtig fest. „Wie viele Architekten für dieses Ensemble wohl notwendig waren?“, fragte er an Johanna gewandt.

„Kann ich nicht sagen, aber ich hätte Herrn Brüller diesen Geschmack nicht zugetraut, ich hätte ihn als Biedermann eingeschätzt, eher Kleinkariert, das hier dagegen zeigt Größe im Geist.“

„Also viele!“, schmunzelte der Kommissar. „Was es wohl kostet das alles in Schuss zu halten?“

„Meine Eltern haben ein Maler- und Stuckateurgeschäft, ich kann nur erahnen, welche Unsummen dieses Anwesen verschlingt“, wog Johanna ab.

„So teuer ist das gar nicht“, sagte eine Stimme aus der Höhe und der Herr des Hauses kam mit guter Laune die Treppe herab. Er deutete an, ihnen die Hand geben zu wollen, um sie dann kurz davor im Spaß wegzuziehen. Die Ermittler erkannten am veränderten Verhalten des Mannes, dem übertrieben kumpelhaften Auftreten, sofort, dass er sich auf ihren Besuch vorbereitet hatte. Vermutlich hatte er sich sogar bestimmte Momente, wie den Pseudohandschlag zurechtgelegt, um sich mit ihnen gut zu stellen.

„Bitte folgen Sie mir doch in mein Privatzimmer“, forderte er die Ermittler auf. Sie gingen durch einen Flur, vorbei an mehreren schweren Türen und weiteren Kunstschätzen, in den rückwärtigen Teil der Villa. Hinten angekommen, öffnete der Gastgeber eine Tür, die in eine Art Salon führte. Als sie den Raum betraten, trauten sie ihren Augen kaum. „Das Herrenzimmer“, verkündete er stolz als er sie in einen Raum führte, der wieder, wie im Firmenbüro, herrschaftlich gehalten war. Hier waren die Wände auch tatsächlich mit dunklem Holz vertäfelt. Je mehr man sich umsah, umso mehr erkannte man, dass der Raum vor ausgestopften Raubkatzen und Rotwild nur so überquoll. Sie fanden sich in einem Gruselkabinett wieder, dessen Wände von Jagdtrophäen aller Art gesäumt waren.

Blocksberg fing an umherzustreifen und die Einrichtung zu bewundern. Seit er dabei an einem der Elchköpfe vorbeigegangen war, hatte er das ungute Gefühl, als würden ihn dessen Augen unablässig verfolgen. Er fing an sich beobachtet zu fühlen und der Moment wurde unwirklich. Langsam wurde er wirklich paranoid. Vielleicht sollte er darüber mal mit Johanna sprechen? Immer öfter sah er Geister.

Blocksberg war sich nicht sicher, ob Senior Brüller einfach nur stolz auf seine Trophäen war, oder ob dieser Raum eine kalkulierte Einschüchterung seiner Geschäftspartner bewirken sollte. „Oder der Polizei", überlegte sich Blocksberg. Wahrscheinlich war es eine Mischung aus beiden. Das Gruseligste war wohl ein Elefantenfuß, der den Sockel eines Tisches bildete. Wenn man sich als Normalsterblicher immer fragte, wer zur Großwildjagd nach Afrika geht, hier hatten sie offenbar ein leibhaftiges Exemplar vor sich. Man musste sich eingestehen, dass es Staatschefs und Unternehmer gab, die bereits alles auf der Welt besaßen und nur noch einen Reiz in der verbotenen Jagd fanden. Durch Fenster mit dünnen Stegen, sah man hinter das Haus. Die kleine, aber gepflegte Parkanlage war schlicht traumhaft. Ein Kleinod, das im krassen Kontrast zum Herrenzimmer stand, indem Geweihe und ausgestopfte Tiere an der Wand hingen.

Den ersten zentralen Punkt des Raumes bildete die schwere Ledergarnitur mit Salonsesseln, die um den Kamin und einen massiven Couchtisch gruppiert waren. Neben dem Tageslicht, das durch die großen Fenster fiel, erhellten mehrere Bibliothekslampen mit grünem Schirm den Raum, dazu lag der Geruch schwerer Zigarren in der Luft.

Der Blick des Kommissars schweifte weiter und fiel auf das Gemälde einer pazifischen Schönheit. „Sie sammeln Kunst?", fragte er.

„Gott bewahre, nicht ich, meine Frau", antwortete der Firmenmagnat. „Ehrlich gesagt habe ich davon keine Ahnung, meine Welt war das nie. Von ihr muss auch Justus das Interesse haben."

Den zweiten zentralen Punkt des Raumes bildete ein fast götzenhaft verehrter Waffenschrank, in dem der Kennerblick des Kommissars schweres Gerät entdeckte. Antike Vorderlader bis zu professionellen Jagdgewehren, bildeten ein ganzes Waffenarsenal. Das Highlight war mit Sicherheit ein M16 des amerikanischen Militärs, das auch auf einigen Bildern mit seinem posenden Besitzer bei der Großwildjagd abgelichtet war. Neben ihm auf den Bildern, sah man eine Reihe gesitteter Herrschaften in Begleitung zwielichtiger Schergen. „Eine schräge Mischung", dachte sich Blocksberg.

„Das ist meine Welt", sagte der Gastgeber und kam einen Schritt näher um die Bilder zu erklären. Man sah förmlich wie sich die Begeisterung in seinen Augen breit machte. „Jagen Sie auch?", fragte er den Kommissar.

„Nur Verbrecher, schmecken nicht so gut, dafür darf ich auf sie schießen", gab der Kommissar seine Standardantwort auf diese Frage zurück, traf dabei aber sichtlich den Humor des Herrn.

„Ich jage für mein Leben gern", fuhr er fort und man merkte, dass er am liebsten Stunden damit verbringen würde, Jagdgeschichten zu erzählen.

„Sind die ganzen Trophäen hier von Ihnen?", fragte Johanna.

„Die meisten, manche sind aber auch von meiner Frau oder Justus. Früher waren wir oft gemeinsam auf Jagd, irgendwann hat er dann leider das Interesse verloren", Wehmut klang mit.

„Sehen Sie dort den kapitalen Hirsch an der Wand, den hat er erlegt, als er gerademal zwölf Jahre alt war, das war die Zeit vor dem Internat."

„Ist Großwildjagd nicht verboten?"

„In den meisten Ländern schon, aber kennt man die richtigen Beziehungen und hat man das nötige Kleingeld, gibt es Möglichkeiten", deutete er unverfroren an, „Hauptsache man hat die Papiere und überall seinen Stempel drauf, dann ist alles legal. Außerdem wissen die wenigsten, dass über die Jäger viele Parks erst finanziert werden, nur von den Safaritouristen könnten die sich gar nicht tragen", äußerte er abwertend,

„deswegen fahren die meisten Parks zweigleisig und bieten nebenbei ein Schattenprogramm für besonderes Klientel an."

„Ungewöhnliches Hobby", überwindete sich Johanna, bedacht nichts Falsches zu sagen.

„Gefällt Ihnen der Raum nicht?", fragte der Großwildjäger provokativ.

„Ich kann mir zumindest schönere Einrichtungsgegenstände vorstellen, als tote Tiere an der Wand", sagte sie und der Kommissar musste ihr im Stillen Recht geben. Obwohl der Raum an sich eine urige Gemütlichkeit hätte haben können, blickten einen, egal in welche Ecke man sah, immer die leeren seelenlosen Augen präparierter Tiere an. Es herrschte die kalte Atmosphäre des Todes in einem warmen Kaminzimmer.

„Schon seltsam mit euch Stadtneurotikern, tagtäglich esst ihr Fleisch von Tieren, die nicht minder intelligent und gefühlvoll sind, wie die Tiere auf diesen Bildern, trotzdem seit ihr brüskiert, wenn man Tiere jagt, die in freier Wildbahn und ihrem natürlichen Habitat ein schönes Leben führen. Ich finde es verwerflicher, wenn man täglich Zuchtvieh für einen kurzen Moment des Genusses verspeist, als glückliche Tiere zu jagen", er sah die beiden Ermittler durchdringend an.

„Wann kommt denn ihre Frau? Wegen ihr sind wir ja hier", lenkte der Kommissar das Gespräch kurzerhand auf den Anlass ihres Besuches, um den unangenehmen Moment zu überspielen.

„Sie müsste jeden Moment da sein, sie hat noch ein wichtiges Gespräch mit einem Großkunden, die Nachfrage ist gerade enorm, die Leute hamstern wie die Wilden. Einfach großartig. Bitte nehmen Sie solange doch schon mal Platz", dabei bot er ihnen zwei Sessel an.

Bevor sie sich setzen konnten, kam die Herrin des Hauses mit Schwung in den Raum. Sie war kräftig gebaut und man sah ihr an, dass sie auf sich achtete. Vielleicht auch etwas zu viel auf sich achtete, wenn man die etwas zu straffe Haut an den Augen und Wangen und das überbräunte Gesicht sah. Ihr Outfit, mit Sicherheit kein Schnäppchen, bestand aus einem Dirndl und man hätte meinen können, sie wäre direkt aus einem Festzelt gesprungen. Sie trug das Kleid aber so selbstverständlich, dass man davon ausgehen musste, dass es der letzte Schrei auf der aktuellen Pariser

Modewoche gewesen war. Vermutlich blieb nur ihnen als Laien, die wahre Eleganz des Outfits verborgen, die für den Kenner offensichtlich war. Der Kommissar kam beim Auftritt der Dame unweigerlich ins Nachdenken, irgendwo her war ihm ihre Art geläufig, er kam aber nicht darauf woher. Während die Gastwirtin das Kommando übernahm, begann sein Unterbewusstsein über Freunde, Stars und Sternchen zu grübeln.

„Aber was ist das denn Thomas?", rügte sie ihren Gatten. „Die Gäste sitzen ja auf dem Trockenen, das geht doch nicht. Biete ihnen doch einen Gin an." Der Gatte tat wie ihm geheißen, und machte sich bereits am, als Globus getarnten, Spirituosenschrank zu schaffen.

„Kein Alkohol im Dienst", intervenierte der Kommissar, hatte er doch vor allem keine Lust auf Gin, dessen Hype er sowieso nicht ganz nachvollziehen konnte.

Der Kommissar war von ihrem stark geschminkten Mund kurz gebannt, bis sein Blick auf die streng gezogenen Augenbrauen fiel. Sie machte den Eindruck voll im Leben zu stehen, zu wissen was sie wollte und mit den nötigen Mitteln durchzusetzen. Dieser Eindruck wurde durch ihr lautes Organ mit der kräftigen Stimme noch unterstrichen. Sie war auf keinen Fall ein Mäuschen, das das bloße Beiwerk ihres Mannes war, vielmehr hatte man sofort den Eindruck, dass sie in der Familiendynastie eine gewichtige Rolle spielte. Umso wichtiger war es, sie für ein offenes Gespräch zu gewinnen und sich ihrer Achtung zu verdienen.

„Wir haben schon ihre Bilder bewundert", startete der Kommissar mit Smalltalk.

„Gefallen sie Ihnen? Welches Bild gefällt Ihnen am besten?", wollte sie wissen.

„Gefallen? Wenn ich es nicht besser wüsste, würde ich sagen es handelt sich um Originale. Der Gauguin da hinten hat es mir angetan", und Blocksberg zeigte an die Wand neben den Elch.

„Sie täuschen sich nicht, sind Sie Künstler?", fragte die Frau.

„Ich hab schon das ein oder andere Bild gemalt", sagte er gelassen.

„Dann werden Sie mit der Verschmelzung von westlichen und fernöstlichen Einflüssen auf dem Bild sicher nichts anfangen können", spielte sie ihr Fachwissen in den Vordergrund.

„Bens Spezialität ist mehr die klassische Moderne", sprang Johanna dem Kommissar helfend zur Seite, in der Annahme er hätte geblufft. Der aber setzte an: „Nun, Synkretismus, ja, aber ich denke es ist mehr als das", er machte eine betonte Pause. „Ich würde sagen Gauguins tahitische Pferde sind Paraphrasen, vielleicht besser gesagt Übersetzungen, da eine imaginative Transposition stattgefunden hat, der Pferde-vom-Pantheon-Fries."

Frau Brüller schluckte. „Das ist wirklich interessant", räusperte sich die adrette Dame aus der Contenance gebracht und legte nachdenklich die Hand ans Kinn, „so hab ich's nie gesehen, aber es ist offensichtlich, jaja, es ist brillant. Wissen Sie…", gab sie kleinlaut zu, „…für mich sind das eher Anlageobjekte. Mir geht es mehr darum sie zu besitzen. Deswegen sage ich ihm auch immer, er soll hier nicht rauchen", dabei blickte sie ermahnend zu ihrem Mann. Der verdrehte nur die Augen.

„Der Ausdruck brillant ist hier durchaus passend", pflichtete der Kommissar bei und zwinkert Johanna zu. Die trat einen kleinen Schritt an ihn ran, beugte sich zu ihm, drehte den Kopf vom Ehepaar in den Sesseln weg und flüsterte ihm zu: „Lass mich raten, Dezernat für Kunstraub?"

„Zwei Jahre", flüsterte Ben zurück. Sie verdrehte die Augen.

Nach einigen weiteren einleitenden Fragen, die sie alle ruhig und mit besonnener Gelassenheit beantwortete, kamen sie auf den eigentlich ernsten Grund des Besuches zu sprechen.

„Leiten Sie das Unternehmen gemeinsam", fragte der Kommissar.

„Das kann man wohl so sagen", antwortete sie, „zwar haben wir das Unternehmen vom Vater meines Gatten übernommen, aber erst wir beide haben es zu dem gemacht, was es heute ist. Davor war es ein solides mittelständisches Unternehmen müssen Sie wissen, aber wir haben es zu einem Konzern geformt."

„Und inzwischen an die nächste Generation weitergegeben", übernahm der Kommissar die Initiative.

„In der Führung ja, von den Anteilen halten wir einen signifikanten Anteil, der Rest ist in Streubesitz. Ohne die Kapitalerhöhung damals, wäre uns die starke Expansion der letzten Jahre, die Konsolidierung mit Wettbewerbern und die Erschließung des Überseegeschäftes nicht möglich gewesen. Es war der nächste, logische Schritt."

„Wir haben gehört, dass es zwischen Ihnen und Ihrem Sohn, gelinde gesagt, zu der ein oder anderen Meinungsverschiedenheit bezüglich der Ausrichtung des Unternehmens gekommen ist", hakte Johanna nach.

Frau Brüller, die mit dieser Frage so früh im Gespräch offensichtlich nicht gerechnet hatte, sammelte sich für einen Moment, bevor sie auf die Frage einging: „Wissen Sie, Justus ist noch in seiner Sturm- und Drangzeit, ist was geschäftliche Entscheidungen angeht teilweise noch etwas naiv, oder sagen wir besser idealistisch. Er muss seine Erfahrungen machen, muss sich im knallharten Alltag seine Sporen verdienen."

„Wie hart trifft Sie das Verschwinden Ihres Justus'?", fragte Johanna weiter.

„Justus Johann Kaspar!", betonte sie den vollen Namen ihres Sohnes aristokratisch. „Was soll ich sagen? Als Eltern empfinden wir den Verlust natürlich als tragisch, es ist ein Schlag und er fehlt uns, das eigentlich Zermürbende ist aber die Ungewissheit, und dass man nicht weiß wer dahintersteckt."

„Fehlt er Ihnen im Betrieb? Müssen Sie jetzt wieder die Geschäfte übernehmen?", fragte Blocksberg.

„Ja natürlich tangiert es das Geschäft, nichts anderes beabsichtigen die Verbrecher damit. Aber wir haben das Geschäft ja lange genug selbst geleitet, wir kennen die Abläufe, jetzt heißt es die Ärmel wieder hochzukrempeln und die Geschäfte souverän abzuwickeln. Mit Daniel Burkhardt haben wir ja einen erfahrenen Werksleiter in der Hinterhand. Wer sich Sensibilitäten hingibt, wird schwach und verwundbar, im Zweifel müssen harte Entscheidungen getroffen werden, zum Wohle der Firma, zum Wohle der Belegschaft."

„Wie steht der zu ihrem Sohn? Wir hatten nämlich den Eindruck, dass es durchaus Leute gibt, die mit der neuen Linie Ihres Sohnes nicht einverstanden sind und, sagen wir es so, nicht ganz unglücklich über seine

Abwesenheit sind. Wie sehen Sie die Loyalität Ihrer Mitarbeiter?", fragte Blocksberg, während er wieder im Raum auf und ab ging.

„Sagen wir so, mit seiner intellektuellen Art kam er nicht bei allen gut an, auch im Betrieb nicht, es gab immer wieder Disput, aber das gehört auch dazu", relativierte sie die Sache.

„Könnte es sein, dass ihm dort jemand eins auswischen wollte?"

„Möglich ist alles, aber sehen Sie, das Ergebnis passte, deshalb war er über jeden Zweifel erhaben. Sie können ja gerne unseren Betriebsleiter Herrn Burkhardt dazu fragen. Er ist sehr versiert im Umgang mit Leuten und bekommt auch den Alltag in der Fabrik mit, er wäre mit Sicherheit der richtige Ansprechpartner in dieser Hinsicht."

„Wir hatten gestern bereits mit ihm gesprochen, ein sehr hilfsbereiter Kerl. Wir werden ihn aber mit Sicherheit nochmals befragen."

„Wollen Sie damit andeuten einer unserer Leute hätte was damit zu tun?", fragte die Chefin skeptisch und nahm einen Schluck aus ihrem Sektglas.

„Absolut undenkbar", intervenierte der Seniorchef und beantwortete damit die rhetorische Frage seiner Frau. „Für unsere Leute lege ich meine Hand ins Feuer. Außerdem hätte keiner von denen einen Vorteil davon, noch den Schneid so etwas durchzuziehen. Wie ich bereits sagte, kann es nur ein Umfeld geben, aus dem diese hinterhältige Attacke stammt."

„Mag sein, aber solange es keinen konkreten Verdacht gibt, müssen wir in alle Richtungen ermitteln, das verstehen Sie doch sicher?", bemühte sich der Kommissar die Stimmung ruhig zu halten.

„Zum Beispiel?", fragte die Gattin.

„Zum Beispiel hatten wir Ihren Mann gestern gefragt, ob Ihr Sohn eine Partnerin hat? Leider konnte Ihr Gatte uns da nicht weiterhelfen", übernahm Johanna wieder.

„Nichts Genaues weiß man nicht. Aber ich sag mal so, mit diesem einen Gör, Musikerin oder was sie sein will, hat er in letzter Zeit viel Zeit verbracht."

„Ein schlechter Umgang?", fragte Blocksberg ketzerisch und ahmte damit die Phrase nach, die er die letzten Tage öfter gehört hatte.

„In der Tat", funkelte ihn die Chefin an. „Die hat ihm auch nur Flausen in den Kopf gesetzt, kein Fünkchen Realitätssinn. Mit ihr hat das ganze Drama begonnen. Mitunter hatte ich den Eindruck, sie hätte mehr Einfluss auf ihn als seine eigene Mutter!"

Ein Moment der Stille entstand. Blocksberg dachte beiläufig über das nach, was die Frau eben gesagt hatte. Da fiel es ihm endlich ein, die Frau ihm gegenüber erinnerte ihn an Carmen Geiss. Er hatte doch gewusst, dass ihm ihre Gestik und Mimik bekannt vorkamen. Treffender hätte der Vergleich nicht sein können.

„Hätten Sie uns vielleicht einen Namen und die Anschrift? Das würde uns sehr weiterhelfen", fragte Johanna weiter.

„Leider nein. Wie gesagt, er hat sich von uns abgekapselt, ich bin nicht mehr zu ihm vorgedrungen und ob diese Person einen festen Wohnsitz hat, wage ich zu bezweifeln. Aber Sie hatten vorhin von unangenehmen Fragen und Wahrheiten gesprochen. Was haben Sie damit gemeint?", fragte sie jetzt die Ermittler.

Die Ermittler schauten sich mit Bestürzung in die Augen. Es half nicht drumherum zu reden. Blocksberg machte es kurz und schmerzlos und eröffnete dem Ehepaar die schlechte Nachricht: „Unter anderem die, dass wir gestern einen Finger gefunden haben."

„Einen Finger", fragte das Ehepaar gemeinsam und man sah wie es in Ihnen arbeitete.

„Ja, einen Finger, und zwar haben wir den nicht irgendwo gefunden, sondern in einer Konserve aus Ihrem Haus. Der Supermarkt und die Kollegen vom Gesundheitsamt dürften schon mit Ihrem Vertrieb in Kontakt stehen."

„Aber das ist ja furchtbar, denken Sie nur an den Schaden!", entglitt es der Mutter.

„Wir denken vor allem an Ihren Sohn", sagte Johanna.

„Meinen Sie der Finger ist wirklich von ihm?", erkundigte sich der Vater.

„Glauben Sie nicht? Zumindest wäre es sonst ein relativ großer Zufall, oder nicht?", gab Blocksberg zu bedenken. „Ihr Sohn wird entführt und eine Woche später tauchen in Ihren Lebensmitteln Körperteile von Menschen auf."

„Das ist nicht witzig!", ermahnte ihn die Chefin.

„Nein, ist es nicht, deswegen werden wir und das Gesundheitsamt Ihren Betrieb in Kürze auch untersuchen müssen."

„Das Gesundheitsamt? Warum das denn? Die sind doch sowieso ständig da, bei uns läuft alles nach den gesetzlichen Regeln und Vorschriften."

„Sicher tun sie das, aber wenn Leichenteile gefunden werden, gelten andere Regeln", versuchte der Kommissar Verständnis für die Maßnahmen zu schaffen.

„Ist es denn jetzt der Finger von Justus, oder nicht?"

„Das wissen wir im Moment noch nicht, aber der Verdacht liegt nahe, die groben Parameter passen. Er stammt von einem Mann der etwa sein Alter haben könnte", erklärte er die Details.

„Sowas muss man doch genau wissen! Warum werden wir dann behelligt? Wie wäre es, wenn sie zur Abwechslung mal diese Umweltaktivisten ins Visier nehmen? Es ist doch wohl offensichtlich, was für ein Spiel hier getrieben wird! Diese Spinner von Extinction Rebellion haben uns das Leben mehr als einmal schwer gemacht. Aber alle die wir bisher erwischt haben, sind mit ein paar Sozialstunden davongekommen. Wie soll das abschrecken. Lächerlich, nicht mal Unterlassungsklage kann man gegen die Gören einreichen. Uns drangsaliert man mit Auflagen, obwohl wir auf der richtigen Seite des Rechts stehen und gegen diese Bengel kann man nichts ausrichten. Jetzt sieht man wohin dieser Kuschelkurs führt!", schnaubte sie die Ermittler an. Wie so oft, entlud sich an den Beamten, als Repräsentanten des Staates, die Wut. Mit funkelnden Augen schaute sie die beiden an, ihr Kampfgeist war geweckt. „Wie wäre es, wenn Sie zur Abwechslung mal Ihre Arbeit machen würden, anstatt ehrbaren Leuten die Zeit zu stehlen", stimmte ihr Mann scharf ein. „Welche Ergebnisse habe Sie denn bisher vorzuweisen, keine, wir hatten uns vertrauensvoll an Ihre Vorgesetzten gewandt, und uns wurde versprochen, dass man sich mit den besten Leuten der Sache annimmt. Und was bekommen wir? Zwei Anfänger die uns drohen, statt unsere Interessen wahrzunehmen. Ich denke das Gespräch ist beendet!"

Die verbal unter Schuss geratenen Ermittler wollten gerade zum Konter ausholen, da klingelte das Telefon. Sie schauten sich gegenseitig an. Dann nahm Herr Brüller den Hörer ab und wollte direkt weiterwettern, verfiel aber sogleich in Schockstarre. Der Kommissar, einer Eingebung folgend, hechtete zum Apparat und drückte den Lautsprecherknopf. Jetzt konnten alle sie hören - die metallene Stimme einer Tonbandansage.

>>Wir haben Ihren Sohn, als Lösegeld fordern wir jetzt fünf Millionen Euro, Sie zahlen, er kommt frei. Geldübergabe morgen 18:00Uhr am Eisinger Loch.<<

Mit einem abschließenden Piepsen brach die Verbindung ab. Die vier Personen schauten sich wieder ungläubig an, ein kurzer Augenblick der Eintracht entstand, zu surreal war dieser Moment gewesen.

„Was war das denn?“, fragte die Hausherrin.

„Ich denke Ihre Entführer haben sich soeben mit den fehlenden Details gemeldet“, antwortete der Kommissar.

„Und gleich noch die Summe verdoppelt“, ergänzte Herr Brüller immer noch ganz blass.

„Werden Ihre Gespräche bereits von unseren Leuten aufgezeichnet?“, fragte Blocksberg.

„Nein, wir hatten uns dagegen ausgesprochen“, sagte Frau Brüller fast mit einem leichten Bedauern.

„Das heiß, es gibt keine Möglichkeit das Gespräch zurückzuverfolgen?“

„Das auch wieder nicht. Alle Gespräche laufen bei uns über den Sicherheitsserver der Firma. Der Sicherheitsdienst hat dieses Gebäude pauschal mitverdrahtet.“

„Das heißt es gibt eine Aufzeichnung?“, wollte es Blocksberg genau wissen.

„Wenn man will jederzeit abrufbar“, bestätigten die Herrschaften.

„Unsere Leute werden sich das anschauen, bitte geben Sie ihnen den Zugang. Vielleicht finden wir einen Hinweis, oder können das Gespräch über eine IP-Adresse zurückverfolgen.“

„Es hat sich angehört, als sei eine SMS vorgelesen worden“, gab Johanna zu bedenken, „bestimmt ein Prepaid-Handy.“

„Versuchen müssen wir es. Werden Sie auch diese Summe bezahlen?“, fragten sie die Brüllers.

„Haben wir eine Wahl? Was bleibt uns denn anderes übrig“, sagte Frau Brüller mit düsterer Miene.

„Haben Sie denn das Geld?“, fragte Johanna.

„Daran soll es nicht scheitern, aber mit welcher Unverfrorenheit sie die Summe erhöht haben. Fünf Millionen, was für eine perverse Summe! Was für eine Dreistigkeit, eine Dreistigkeit sondergleichen! Gibt es denn keine ehrlichen Menschen mehr, was ist nur mit der Menschheit passiert?“, wütete der Alte, während er sich am Globus zu schaffen machte.

„Ich werde die Übergabe für Sie übernehmen“, bot der Kommissar an.

„Kommt nicht in Frage, Sie haben schon genug angerichtet, uns das Gesundheitsamt ins Haus zu holen. Sie haben uns gerade noch gefehlt. Nein, nein, wir regeln das schön selbst, wie wir es von vornherein hätten tun sollen.“

„Aber wer soll das Geld übergeben? Es ist doch völliger Irrsinn, dass sie sich der Gefahr aussetzen. Die Erpresser haben keine Angabe zur Person gemacht, lassen sie jemand von uns das machen.“

„Nichts da, sie hatten ihre Chance, oder ist das etwa ihr Geld und ihr Sohn um den es hier geht? Ich denke nicht! Unser Geld, unsere Bedingungen.“

Zähneknirschend musste der Kommissar eingestehen, dass er über die bürokratischen Wege der Polizei, Staatsanwaltschat und L-Bank unmöglich diese Summe in der Kürze der Zeit freischalten konnte.

„Lassen Sie uns die Übergabe zumindest überwachen und großräumig absperren“, schlug er stattdessen vor.

„Nein, ausgeschlossen, bleiben Sie uns aus den Augen!“, beharrte das Ehepaar auf ihrem Standpunkt.

Das Gespräch war beendet, missmutig schaute der Kommissar zu Johanna, die seine Enttäuschung zu teilen schien. Er fühlte sich schlecht. Er wollte der jungen Kollegin sein Können zeigen, und jetzt diese Katastrophe, ach was, dieses Desaster.

Sie wurden gerade hinauskomplementiert, als im Foyer das Hausmädchen auf die Herrschaften zukam: „Kann ich behilflich sein?“, fragte sie zuvorkommend.

„Nein Felicitas, die Polizei ist im Begriff zu gehen“, fauchte die Chefin, woraufhin die Dame einen Schritt vor dem tobenden Wirbelsturm zurückwich.

Blocksberg wagte gar nicht daran zu denken, was passieren würde, wenn er gleich Herrn Ricke Bericht erstatten müsste. Er war auf bestem Wege, das in ihn gesetzte Vertrauen zu verspielen und seinen Job direkt wieder zu verlieren. „Sie irren sich!“, widersprach der Kommissar mit neuer Courage der Hausherrin, so schnell würde er nicht aufgeben. „Wir benötigen noch ein DNA-Muster Ihres Sohnes zum Abgleich mit dem Finger“, zog er das letzte Register.

„Und wenn wir uns weigern?“, fragte sie kühl.

„Ich denke hier liegt ein grundsätzliches Missverständnis vor“, sagte er mit neuem Selbstbewusstsein. „Es liegt konkreter Tatverdacht vor, das heißt wir ermitteln in diesem Fall jetzt im Auftrag der Staatsanwaltschaft in öffentlichem Interesse. Also entweder wir holen die Probe jetzt, oder wir kommen morgen mit einem Durchsuchungsbefehl wieder, und ich glaube nicht, dass das in ihrem Interesse ist.“

Die beiden Herrschaften schauten sich kurz an: „Na gut, aber schnell, unsere Geduld ist am Ende!“

„Folgen Sie Felicitas“, sagte der Hausherr, „oben in den alten Räumen unseres Sohnes, werden sie mit Sicherheit was finden.“

Nachdem sie die große schwere Treppe hinaufgegangen waren und sich umgesehen hatten, befanden sie sich im Raum über dem Eingang, dem ehemaligen Jugendzimmer des Opfers und jetzigen Gästezimmer. Während die privaten Räume der Gastgeber nach hinten lagen, waren sie hier im vorderen Teil des Gebäudes. Aus der Schusslinie der Brüllers, atmeten sie erstmal kurz durch. Stöbernd durchstreiften die beiden Ermittler den Raum.

„Der Raum ist blitzeblank, wird schwer werden, hier etwas zu finden“, sagte Johanna bewundern zur Hausdame, die sichtlich geschmeichelt war.

„Justus hat im Bad einige Hygiene Artikel deponiert, da finden Sie bestimmt was“, schlug die Haushälterin vor. Und tatsächlich fand sich neben einer Zahnbürste, in einem gepackten Reisekoffer auch ein Kulturbeutel mit Necessaire.

„Ist der Sohn denn immer bereit zum Abflug?“, erkundigte sich der Kommissar.

„Die Herrschaften müssen oft kurzfristig verreisen, deswegen sitzen sie auf gepackten Koffern.

„Das ist ja ein toller Blick!“, meldete sich Johanna von der Fensterfront zum Balkon. „Darf ich?“, fragte sie und zeigte auf den Griff der Balkontür.

„Nur zu“, bejahte die Haushälterin.

Der Kommissar lief weiter durch den Raum und packte einige vielversprechende Gegenstände in einen Zipperbeutel. Die gehörten seit Jahren zu seiner Grundausrüstung und er hatte immer welche in der Tasche. Dann gesellte er sich zu den beiden Frauen auf den Balkon. Sie genossen den Blick über die City und in die drei noch leicht nebelverhangenen Täler der Stadt. Sie standen im Schatten des Vordachs und genossen, nach dem schwierigen Gespräch das hinter ihnen lag, für einen Moment die morgendliche Sonne und die Ruhe.

„Grandios!“, sagte Johanna.

„Absolut!“, stimmte Blocksberg bei.

So standen sie einige Zeit da und versuchte den Moment in die Länge zu ziehen. Nur ungern wollten sie wieder nach unten zu den Brüllers. Dann sahen sie sie. Eine junge, auffällig große Frau kam über die Einfahrt und steuerte auf das Haus zu. Kurz darauf vernahmen sie das Geläut der Türklingel. Die Haushälterin neben ihnen sprang sofort auf und rannte los, konnte aber unmöglich schnell genug sein. Frau Brüller, die noch unten im Atrium gewesen sein musst, war vor ihr an der Tür und öffnete sie. Vom darüber liegenden Balkon konnten Johanna und Blocksberg einige Wortfetzen des Gespräches mithören.

„Was wollen Sie denn hier?“, fuhr die Mutter die junge Frau an.

„Ich komme wegen Justus“, sagte diese bittend.

„Sie haben mir gerade noch gefehlt, erst der Anruf und jetzt Sie.“

„Er hat angerufen? Wo ist er?", flehte die junge Frau.

„Nicht er, es waren die... Ach vergessen Sie das Ganze und hauen Sie ab, sie Miststück haben hier gar nichts verloren!", wurde das Mädchen vom Hof gefegt. Aufgelöst lief sie davon.

„Wissen sie wer das war?", fragten die Ermittler das Dienstmädchen das wieder neben ihnen stand.

„Ja, und das heißt ich bekomme Ärger. Ich hätte an der Tür sein müssen", schluchzte sie schon nahe an den Tränen.

„Aber wie hätten Sie das Schaffen sollen, Sie waren doch hier oben?", tröstete Johanna.

„Das spielt keine Rolle, ich habe meine Aufgabe nicht erfüllt."

„Beruhigen Sie sich erstmal. Wer war denn die Frau?", fragte der Kommissar zielstrebig weiter.

„Das war eine Freundin des jungen Herrn. Ihm liegt viel an ihr."

„Sind sie ein Paar?"

„Ich weiß es nicht, ich glaube schon, seit er vor einiger Zeit hier ausgezogen ist, habe ich nichts mehr mitbekommen. Sie war auch noch nie hier, ich glaube bisher hatte sie sich nicht getraut. Die Herrschaften können manchmal sehr grob sein. Das Mädchen kenne sie nur von einem Bild und wie er über sie gesprochen hat. Das Bild muss hier irgendwo sein, ich gebe es Ihnen wenn Sie möchten", bot sie an.

„Ja bitte, auf jeden Fall, aber vielleicht erwischen wir sie noch", sagte der Kommissar und rannte aus dem Zimmer, die Treppe hinab, vorbei am verdutzt dreinblickenden Ehepaar Brüller. Er rannte raus auf den Hof und sprintete in die Richtung wohin die Unbekannte weggerannt war – aber nichts, er war zu spät, sie war verschwunden.

Zurück im Haus stieß er noch kurz zu Johanna, die gerade dabei war den Aufruhr zu erklären. Nach ein paar klärenden Worten verabschiedete man sich endgültig auf distanzierte und kühle Art. Es war klar, der Termin im Schlachthof würde unausweichlich stattfinden.

KAPITEL 9

- Lady Lawless -

Auf die Straßen!

Sie hatten den ganzen Vormittag in der Villa der Brüllers verbracht. Zurück im Polizeipräsidium hatten sie keine andere Wahl, als Polizeipräsidenten Ricke über die neusten Entwicklungen des Falles zu informieren.

Johanna hatte den Termin bei Brüllers kurz und prägnant zusammengefasst. Wut entspringt aus Angst hatte sie gesagt. Wütend waren die Brüllers, da gab es keinen Zweifel. Jetzt hatten sie also Angst vor ihnen. Aber weswegen? Nur weil sie den Betrieb unter die Lupe nehmen würden? Hatten sie Angst, Justus könnte tatsächlich dort verschwunden sein? Oder ging es Ihnen um etwas ganz anderes?

Auf der positiven Seite konnten sie zumindest verbuchen, dass der Fall an Dynamik gewann und sie sich langsam aber sicher in das Sozialleben des verschwundenen Sohnes vorarbeiteten. Auf der Schattenseite stand, dass sie sich mit den Eltern des Opfers überworfen hatten. Dementsprechend schwer fiel den beiden der Gang in das Chefbüro. Der Kommissar hatte vorgeschlagen, dass er den eher unangenehmen und heiklen Termin alleine wahrnehmen könnte. Nicht zuletzt, weil er sich dafür verantwortlich fühlte, wie die Sache gelaufen war und dass sie schief gelaufen war. Er hätte als erfahrener Beamter mehr die Ruhe bewahren müssen und mit einem kühlen Kopf die Eigenheiten der Brüllers berücksichtigen und ausgleichen sollen.

Leichter gesagt als getan. Zwar war ihm klar, dass er als Beamter Neutralität wahren musste, andererseits waren ihm die Brüllers nun so gar nicht sympathisch und es sträubte sich einfach jede Faser in seinem Geist, sich mit diesen kompromisslosen Menschen auf Kompromisse einzulassen oder Mittelwege zu verhandeln. Er war es schon nach zwei Tagen Leid sich auf ihre Sensibilitäten oder Nicht-Sensibilitäten einstellen und Rücksicht nehmen zu müssen. Normalerweise waren die Menschen froh wenn die Polizei ihnen in der Not half, hier war er in einen Kampf gegen Windmühlen geraten und langsam stellte er sich die Frage, ob in diesem Fall die Entführer seine Gegner waren, oder nicht viel mehr das Ehepaar Brüller.

Nur um den Sohn tat es ihm leid, der, soweit man das beurteilen konnte einen ganz vernünftigen Eindruck machte. Er schien nicht der verzogene Bengel zu sein, mit dem er gerechnet hatte. Vielmehr stand er unter der Fuchtel seiner Eltern und war gerade dabei sich zu emanzipieren und es wäre wirklich schade für ihn, wie für jeden Menschen, wenn er aus dem Leben gerissen würde, bevor er am Ende seiner Reise angekommen wäre.

Unter normalen Umständen und in seinem früheren Leben hätte er diesen Balanceakt vermutlich auch gemeistert, aber die Erfahrungen der letzten Monate hatten ihn unumstößlich zu einem anderen Mensch werden lassen. Er war im Moment nicht der ausgeglichene Charakter der er einst war, die unklare Zukunft und die düstere Vergangenheit, die ihn einzuholen drohten, hatten seine Seele im Griff und zerrten an ihr. Er merkte zwar, wie langsam alles wieder ins Gleichgewicht kam und vor allem die Ruhe und das Verständnis seiner Freundin ihm dabei halfen. Ausgeglichen war er aber noch lange nicht, würde er vielleicht nie wieder werden. Es müsste damit existieren lernen. Andere fristen in diesem Zustand schließlich ihr ganzes Leben und kämen auch irgendwie mit sich und der Welt klar. Der Knackpunkt war nur, dass er absolut nicht mehr bereit war Kompromisse einzugehen, vielleicht hätte er doch einfach suspendiert bleiben und das Angebot ablehnen sollen.

Trotz seines Vorschlags, hatte Johanna darauf bestanden, den Termin mit ihm durchzuziehen, schließlich wollte sie jede Facette der Polizeiarbeit kennenlernen und Erfahrung sammeln, und außerdem meinte sie: „...sind wir jetzt ein Team, das auch in solchen Situationen zusammenhalten muss."

Und auch Präsident Ricke hatte das so gesehen, als er ihn telefonisch um einen spontanen Termin für eine Lagebesprechung gebeten hatte. Auch hier hatte Blocksberg angedeutet, dass er, und implizit gemeint war damit „nur er" Rede und Antwort stehen würde. Doch der Präsident wollte ausdrücklich sie beide sprechen.

So betraten sie, nachdem sie sich kurz bei der Vorzimmerdame angemeldet hatten, das Büro des Vorgesetzten und steuerten schon fast so routiniert wie früher den Besprechungstisch an. Dass Herr Ricke ihrem Fall so kurzfristig die nötige Priorität einräumte, erzeugte bei ihnen trotz aller Widrigkeiten ein Grundgefühl der Wertschätzung.

„Frau Büning, Herr Blocksberg“, begrüßte er sie von hinter seinem Schreibtisch und kam auf sie zu, „bitte setzen Sie sich. Sie wollten mich sprechen?“ Man sah dem Präsident an, dass er gestresst war.

„Alles in Ordnung?“, fragte Blocksberg, um die Stimmung ihres Chefs auszuloten.

„Schwierig, alles schwierig. Der Pyromane hat schon wieder zugeschlagen und mehrere Fahrzeuge in Brand gesteckt. Die Probleme reißen einfach nicht ab. Fehlt nur noch, dass dieser Schwarzwaldrambo irgendwas mit Pforzheim zu tun hat“, erklärte er und atmete tief aus. Dann konzentrierte er sich auf seine Besucher.

Nachdem man sich sortiert hatte, ergriffen die Beamten das Wort: „Wie schon am Telefon angedeutet, kommt Schwung in den Fall. Es gab eine neue Lösegeldforderung und einen konkreten Übergabetermin. Morgen Abend 18:00 Uhr, Eisinger Loch.“

Der Polizeipräsident schaute in seiner typischen Geste abwägend über den oberen Rand seiner Brille: „Wie seriös ist diese Meldung? Ist das authentisch?“

„Schwer zu sagen“, antwortete Johanna, „aber es ist das einzige was wir haben. Und von der Gesamtsituation könnte es passen.“

„Könnte es passen ist zu wenig. Wir müssen uns absolut sicher sein, woran wir sind. Ich will vermeiden, dass sich die Ereignisse der Vergangenheit wiederholen. Wir müssen ausschließen, dass wir es mit Trittbrettfahrern zu tun haben, oder jemand ein doppeltes Spiel spielt.“

„Mit Verlaub, aber wie sollen wir das ausschließen können?“, entgegnete Blocksberg und hob fragend die Hände. „Wir stehen ganz am Anfang unserer Ermittlungen, es ist ausgeschlossen, dass wir jetzt schon eine fundierte Einschätzung abgeben können.“

„Denken Sie daran, Sie sind Profis, Sie haben noch vierundzwanzig Stunden Zeit, machen Sie was draus! Wir müssen hier exakt vorgehen und mit hoher Präzision zuschlagen", betonte der Vorgesetzte.

„Da gibt es nur ein Problem“, Blocksberg wollte gar nicht weiterreden, „wir sind raus, die Familie will uns nicht dabei haben.“

„Wie, was soll das heißen? Wieso das denn nicht?", forderte der Vorgesetzte eine Erklärung.

„Aufgrund der Vorkommnisse haben wir Indizien, dass das Opfer nicht mehr wohlbehalten ist und dass die Möglichkeit besteht, dass die Tat oder ein Teil davon in der Fabrik stattgefunden hat. Dementsprechend leiten wir Untersuchungen ein und haben Brüllers davon in Kenntnis gesetzt, was, verständlicherweise auf Ablehnung gestoßen ist", führte der Kommissar aus.

„Ablehnung?" fragte der Präsident kritisch.

„Große Ablehnung", betonte Johanna vergewissernd.

„Das darf doch nicht wahr sein", sagte der Präsident und man merkte ihm an, dass eigentlich „wollen Sie mich verarschen" damit gemeint war. „Sie hatten genau eine Aufgabe, mit den Eltern gut Wetter machen und ruhig und sachlich den Fall lösen. Stattdessen machen Sie neue Baustellen auf, das kann nicht ihr Ernst sein."

„Sie kennen die Brüllers nicht", verteidigte sich Blockberg und Johanna schoss hinterher, „sie sind wirklich nicht einfach."

„Was meinen Sie eigentlich mit wem das Ehepaar vor zwei Tagen gesprochen haben, als sie sich bei uns wegen des Verschwindens des Sohnes gemeldet haben – mit mir natürlich, ich kenne die Herrschaften also sehr wohl. Sie mögen sein wie sie sind, aber mit ein bisschen gutem Willen sollte das machbar sein, aber man sieht Ihnen die Abneigung gegen die Herrschaften ja geradezu an."

Blocksberg merkte wie sein Herz vor Anspannung schneller schlug und nach einem Blick zu Johanna, sah er, dass auch sie sich, bei dieser direkten Ansprache, sichtlich unwohl fühlte. Sie fühlten sich zu Unrecht kritisiert, unrecht behandelt.

„Was hätten wir anderes tun sollen?", fragten sie kleinlaut.

„Vor zwei Tagen hatten wir uns darüber unterhalten, wenn ich mich nicht täusche! Sich zurücknehmen und nicht meinen alles besser zu wissen. Ich hab sowas schon befürchtet, aber gehofft Sie hätten sich im Griff! Ich hatte Ihnen mehr zugetraut..." Eine Pause entstand.

„Hilft ja alles nichts, wie machen wir jetzt weiter?", trotze der Kommissar.

„Irgendeine Spur, irgendeinen Hinweis muss es doch geben?"

„Die einzigen streng Tatverdächtigen ist eine lokale Gruppe von Umweltaktivisten, aber das meiste sind Jugendliche, wir gehen nicht davon aus, dass die tatsächlich für die Tat in Frage kommen."

„Und warum nicht? Wenn das die einzige Spur ist die wir haben, gehen wir der nach und da die Zeit drängt, mit allem was wir haben. Ich kümmere mich darum, dass wir für morgen Unterstützung bekommen. Sie können solange uneingeschränkt auf den Streifendienst zurückgreifen."

„Sie meinen für die Geldübergabe? Aber da sind wir doch raus."

„Seh ich so aus, als ob mich interessiert, ob die Herrschaften uns dabei haben wollen oder nicht? Eine Person wurde entführt, also holen wir sie unbeschadet zurück, das ist unser Job. Was da irgendjemand anderes meint wollen zu müssen, interessiert mich herzlich wenig, Eltern hin, Eltern her."

„Aber wir werden unmöglich das Geld auftreiben können", gab Johanna zu bedenken und auch der Vorgesetzte wurde etwas kleinlauter, als er die Höhe der Summe genannt bekam.

„Dann müssen wir improvisieren, wo eine Wille da ein Weg, ich spreche mit Staatsanwalt Klaasen, ich lasse mir was einfallen, lassen Sie das Thema meine Sorge sein. Außerdem fordere ich vorsorglich einen Trupp des SEK an, mit denen machen wir am besten heute noch eine Lagebesprechung, je früher die über die Umstände und Gegebenheiten Bescheid wissen, umso besser. Die werden uns dann morgen unterstützen und den Zugriff durchführen. Wir lassen uns doch nicht an der Nase herumführen."

„Das heißt wir machen ernst und fahren alles auf was wir haben?", fragte der Kommissar.

„So viel wir kriegen können, und ob wir das tun!", gab sich Herr Ricke selbstsicher und spielte dabei wieder mit seiner Brille. Wenn die Entführer sich morgen blicken lassen, dann werden wir sie uns holen!" Er machte wieder eine Pause, dann schaute er die beiden Ermittler an: „Und was Sie beide angeht, raus auf die Straße! Von Besprechungen ist noch kein Täter gefasst worden."

Wie dem so ist, wurden die hehren Ziele des Polizeipräsidenten schnell konterkariert. Blocksberg hatte für die anstehenden Befragungen am Nachmittag, es würden bestimmt zwei Dutzend sein, Unterstützung angefordert. Allerdings bekam er vom zuständigen Schichtleiter schnell den freundlichen Hinweis, dass man ohnehin unterbesetzt sei. Die restlichen Kollegen waren bereits auf Achse, um die Corona-Regeln zu überwachen. Er hätte sich jetzt mit dem Kollegen, der den gleichen Dienstrang wie er hatte, anlegen können, die Rückendeckung von oben hätte er ja gehabt, aber was hätte es genutzt? Er hätte einen Kollegen verärgert, von dem er früher oder später bestimmt nochmal einen Gefallen brauchte und das nötige Personal trotzdem nicht kurzfristig und rechtzeitig zur Verfügung gestellt bekommen. Deswegen entschloss er sich, auf sein altes Team zurückzugreifen und die Kolleginnen vom Innendienst zu aktivieren. Die ließen sich nicht zweimal bitten und waren froh zur Abwechslung einen Außeneinsatz wahrnehmen zu dürfen. An den zuverlässigen Nicole Pallasch und Claudia Knall wusste er was er hatte, und die neue Kollegin Nähmer, die für Frau Ritter neu ins Team gestoßen war, machte sofort einen motivierten Eindruck. Außerdem wusste er, dass die Kolleginnen durch ihre herzliche Art am besten dazu geeignet waren, die nötige Offenheit bei den Befragten zu erzeugen. Viel besser, als das die uniformierten Kollegen hätten tun können.

Nach kurzen Instruktionen, verteilten sie die Namens- und Adresslisten, die sie mittlerweile vom Werksleiter Burkhardt zugemailt bekommen haben. Sie sortierten die Kontakte kurz nach Postleitzahl, und schweiften anschließend aus. Sie klapperten ganz Pforzheim und seine Vororte nach ungezogenen Jugendlichen ab, in der Hoffnung, dass sie irgendeinen Hinweis, irgendeine Auffälligkeit in Erfahrung bringen konnten.

Das Spektrum der potenziell Verdächtigen war dabei breit und überraschend unterschiedlich. Die Gruppe der Aktivisten bestand aus einer bunten Mischung der Gesellschaft und hätte kaum inhomogener sein können. Mal trafen sie an der Tür den wohlerzogenen Sprössling einer oberen Mittelklassefamilie an, mal die Tochter einer alleinerziehenden Mutter, mal hatten sie es mit einem Punk zu tun. Oft waren es Schüler, teilweise Studenten. Auffallend war, dass die Geschlechter ausgeglichen vertreten waren und alle den gleichen Feuereifer in sich trugen. Sie wurden trotz aller Unterschiede durch einen gemeinsamen Spirit geeint. Einige

Personen auf ihren Zetteln trafen sie natürlich nicht an, entweder weil die Familien nicht zuhause waren, sie schlicht keine Adresse hatten, oder, wie sie den Akten entnehmen konnten, die Zielpersonen auf der Straße lebten und keinen festen Wohnsitz hatten.

Die Familien, die meistens erst besorgt und dann aber hilfsbereit waren, ließen sie oft ins Haus, manche Gespräche führten sie an der Tür. In den Jungendzimmern wurden sie nicht selten von Antifa-Slogans und der netten Begrüßung „ACAB" empfangen.

Nach Stunden der Befragung, es war schon lange dunkel, sammelten sie sich wieder in der Zentrale um ihre Ergebnisse auszutauschen, wobei in der Kürze der Zeit keine bahnbrechenden Ergebnisse zu erwarten waren. Frau Nähmer und Pallasch waren noch unterwegs, Blocksberg und die anderen Kolleginnen saßen bereits in einem der hell erleuchteten Besprechungszimmer.

„Und?", fragte er in die Runde.

„Nicht viel", kam zurück.

„Ja, bei mir lief es ähnlich", gab er zu.

„Die machen alle einen sehr harmlosen Eindruck und eher keinen kriminellen Eindruck. Die meisten kommen mir vor wie meine eigenen Kids", meinte Claudia.

„Das einzige was mir aufgefallen ist, ist das hohe Maß an Koordination bei ihren Aktionen", fiel Johanna auf.

„Ja, überraschend hoch, fast zu hoch", pflichteten die anderen bei. „Was diese Kids nur motiviert?"

„Das Gleiche wie uns alle", meinte Johanna, „die Suche nach einer höheren Bestimmung. Etwas wofür man ein Teil von sich opfern und sich einem großen Ganzen unterordnen muss. Einer Idee, der man bedingungslos folgen kann, das ist die Anziehungskraft des Radikalen. Es gibt nur zwei Dinge, die diese Sehnsucht des Menschen erfüllen: der Krieg und die Liebe. Dafür sind die Menschen bereit alles zu geben, alles zu opfern, und so sehen sich auch diese Jugendlichen."

„Im Krieg? Krieg gegen das System?", hinterfragte Blocksberg.

„Gewissermaßen ja, und der Krieg heiligt die Mittel", antwortete Johanna.

„Dazu passt, dass einige davon berichten haben, dass sie von dubiosen Gestalten eingeschüchtert wurden und zufälligerweise immer kurz nachdem sie mit Brüller-Fleisch aneinandergeraten waren“, ergänzte Frau Knall. „Eine meinte, man hätte ihr Gewalt angedroht, ein Mädchenarm sei schnell gebrochen, hätte es geheißen. Das ist doch barbarisch!“

„Und wenn man sie danach gefragt hat, wer die Aktionen angestoßen hat, kam als Antwort meistens: das war die Gruppe gemeinsam,...“

„...aber wenn man sich die Chatverläufe angeschaut hat, stach immer wieder ein User besonders ins Auge. Wisst ihr wen ich meine?“, fragte Blocksberg.

„Ich hab nur einen Chatverlauf gesehen“, antwortete Johanna.

„Lady Lawless!“, schrie Claudia und klatschte vor Begeisterung in die Hände, mit einem breiten Grinsen im Gesicht, überglücklich zumindest eine Gemeinsamkeit entdeckt zu haben.

„Ja, genau sie. Wir gehen mal davon aus, dass es bei diesem Usernamen eine „Sie“ ist. Sie scheint sowas wie die Rädelsführerin zu sein, die immer die Ideen bringt und die anderen motiviert und anstiftet.“

„Und dabei scheint sie niemand zu kennen, oder, wenn man danach fragt, bekommt man keine oder nur sehr ausweichende Antworten.“

„Exakt! Also wenn diese Gruppierung irgendetwas mit der Sache zu tun hat, dann ist sie es, an die wir ran müssen. Entweder steckt sie selbst dahinter, oder sie weiß mit Sicherheit wer damit zu tun hat. An ihr scheint kein Weg vorbeizuführen.“

„Und wie stellen wir das an? Wie sollen wir das herausfinden?“, fragte Claudia.

„Uns läuft die Zeit davon, Johanna und ich werden morgen den ganzen Tag mit der Lösegeldsache beschäftigt sein, aber ihr müsst unbedingt weitermachen, sagt auch den anderen Bescheid, im Zweifel nochmal die gleichen Leute befragen wie heute, aber diesmal gezielter. Außerdem habe ich eine Idee, vielleicht kann ich über einen anderen Kontakt noch was herausfinden...“

Damit schloss er das Gespräch ab. Die Aktion über die Nacht auszudehnen machte wenig Sinn. Jetzt würde ihnen niemand mehr sie Türe öffnen, oder sich Zeit für sie nehmen. Außerdem brauchten auch sie selbst eine Pause.

Für jetzt, den späten Abend war eigentlich die Einsatzbesprechung mit dem SEK angesetzt gewesen, der Termin war dann aber abgesagt worden, weil die Kollegen vom Sondereinsatzkommando doch erst ab dem Morgen des nächsten Tages zur Verfügung stehen würden.

Das eine Team hatte einen planmäßigen Gefangenentransport eines Clanchefs durchzuführen, bei dem der Gefangene direkt mit dem Hubschrauber hinter den Gefängnismauern abgesetzt wurde. Für eine normale Überführung auf der Straße oder Autobahn, befürchtete man einen Anschlag einer verfeindeten Gruppierung. Um das Leben des Kronzeugen und der Vollzugsbeamten zu schützen, hatte man sich deshalb für diese aufwändige, aber sehr sichere Variante entschieden.

Das andere Team, das von der Qualifikation in Frage gekommen wäre, war parallel dazu in einem Einsatz, wo sie mit Hochdruck damit beschäftigt waren, einen Suizidenten mit viel Geduld und gutem Zureden, unbeschadet von einem Kran zu bekommen.

Vor morgen früh würde sich also nichts mehr tun. Da der kommende Tag absolute Konzentration und Aufmerksamkeit verlangen würde, und er als Schachspieler wusste, welchen Einfluss Schlaf auf diese Fähigkeiten hatte, beschloss er, lieber eine Stunde mehr zu schlafen, als Aktionismus zu betreiben. Außerdem hatte er noch ein wichtiges Thema mit seiner Freundin zu besprechen, die er jetzt noch guten Gewissens wecken konnte.

KAPITEL 10

- What's for tea? –

Applaus

Sophia war den Hinweisen Landsteiners gefolgt und hatte die sozialen Brennpunkte von Pforzheim und Umgebung abgeklappert. Tatsächlich gab es davon, entgegen der landläufigen Meinung, gar nicht mehr so viele, zumindest nicht, wenn man es mit der Zeit verglich, als sie klein war oder noch ein paar Jahrzehnte früher. Auch die Kriminalität war entgegen der öffentlichen Wahrnehmung auf einem guten, man konnte sagen kontrollierten Niveau. Allerdings verzerrten, die sich häufenden Fälle von Messerstechereien, das Bild. Besonders in der Innenstadt kam es immer wieder zu Zusammenstößen von verfeindeten Clans, was kürzlich in einer Reizgasattacke auf ein Friseurladen in der Zerrennerstraße gegipfelt war. War man aber nicht in diesem Milieu unterwegs, was die besorgte Hausfrau selten ist, konnte man sich sicher fühlen.

Sicher, die Sozialparameter der Stadt waren nicht die besten und es gab ohne Zweifel eine abgehängte Gruppe, andererseits entstanden in Pforzheim, mit einer Kombination aus noch erschwinglichen Gewerbeflächen und einer geografisch idealen Lage auch gut bezahlte neue Jobs. Vor allem das ein oder andere IT-Unternehmen hatte sich hier angesiedelt, und das waren doppelt wertvolle Jobs. Sie waren nicht nur gut bezahlt, sondern auch krisensicher, wie man in der aktuellen Pandemie erkannte. Gleichzeitig, oder auch deswegen, schossen auch hier, inzwischen die Preise für Wohnimmobilien in die Höhe. Wo es zwischen Karlsruhe und Stuttgart vor ein paar Jahren noch erschwinglich war, musste man inzwischen auch tief in die Tasche greifen.

Da das Gesicht ihres Opfers stark entstellt war, hatte die Forensik ihr eine digitale Rekonstruktion des Mannes erstellt. Sicher, das waren höchstens Näherungswerte, aber zumindest zeigte das Bild, das sie auf dem Handy hatte, eine Person die es so gegeben haben könnte. Und das direkt in einer 3D-Animation, die die Person aus allen Perspektiven und Zoom-Funktionen anschaulich machte.

Zusätzlich hatte Johanna sie unterstützt. Sie war von Blocksberg über die ungewöhnliche Todesursache informiert wurde. Darauf hatte sie einfach einen Blick werfen müssen. Der Psychologin war die Todesursache durchaus geläufig. Da man dem Opfer dabei sehr nahe kommt, sprach grundsätzlich vieles für eine Beziehungstat, hatte sie erklärt, gleichzeitig war es ein starkes Signal an andere. Damit war es genau das Gegenteil von einem kaltblütigen Auftragsmord. Der oder die Täter wollten mit dem Mord nicht unentdeckt bleiben, sie wollten auffallen und dass davon erzählt und gewarnt wird. „Eine typische Methode, wie die Mafia Verräter büßen lässt", fasste Johanna zusammen. Es musste sich um Hochverrat innerhalb einer Clique oder Bande gehandelt haben, der mit der Verätzung des verräterischen Mund- und Rachenraums gesühnt wurde. Der Badreiniger war dabei vermutlich nicht, wie zunächst angenommen, ein zufälliges Mordwerkzeug, sondern dem Opfer sollte im wahrsten Sinne des Wortes, der Mund mit Seife ausgewaschen werden.

Zunächst hatte sie mehrere Flüchtlingsheime besucht, war aber, wie zu erwarten nicht erfolgreich gewesen, war das Opfer doch vermutlich zu alt, als dass es in der jüngeren Vergangenheit die Strapazen einer Flucht auf sich genommen hätte. Von der körperlichen Konstitution abgesehen, die mit einem Wohlstandsbauch darauf schließen ließ, dass das Opfer schon seit mehreren Jahren, vielleicht das ganze Leben in Deutschland verbrachte. Als Frau hatte sie befürchtet keine Auskunft zu bekommen, tatsächlich hatten aber die wenigsten begriffen, dass sie von der Polizei war und sie für eine Sozialarbeiterin gehalten. Die Befragten hatten so hilfsbereit, wie es trotz Sprachbarriere möglich war, geholfen.

Anschließend hatte sie die einschlägigen Kaschemmen und Kneipen für Glücksspiel besucht. Davon gab es inzwischen mehr als genug in der Goldstadt und die Liste war fast nicht zu bewältigen. Es kam einem nicht nur so vor, es war inzwischen tatsächlich jeder dritte Laden ein Spielcasino. Hinzu kamen die extrem anstrengenden Öffnungszeiten dieser Etablissements, die dazu führten, dass sie mehr nachts als Tags arbeitete und sich ihr Biorhythmus immer weiter verschob, dabei war sie jemand der ihren Schlaf schätzte und brauchte.

Die Antworten, die sie bei ihren Befragungen erhielt, waren unterschiedlich. Manche meinten zwar sich an den Mann zu erinnern, Zählbares oder eine Spur die sie weitergebracht hätte, kamen aber trotzdem nicht dabei heraus.

Als sie gerade wieder morgens um 06:00 Uhr von ihrer Nachtschicht heimkam und sich nach einer strapaziösen Nacht noch schnell eine Pizza in den Ofen schieben wollte, flackerte ein Beitrag des Morgen-Magazins über den Fernseher. Schon im Dämmerzustand und mit geschlossenen Augen verfolgte sie die seichten Beiträge, bis ein bestimmter Beitrag sie aufhorchen ließ. In dem Bericht ging es um den Mangel an Erntehelfern und dass aufgrund der Beschränkungen nur noch ein bestimmtes Kontingent an Helfern einreisen durfte. Diese sollte teilweise mit Flugzeugen ins Land geholt werden, so groß war die Verzweiflung in der Landwirtschaft. Das eigentlich interessante war aber der Widerspruch zu den prekären Wohnverhältnissen, in denen die Erntehelfer untergebracht waren. Nicht nur bei ihr, sondern auch bei der Nachrichtensprecherin warf das die Frage auf, wie darin eigentlich die Corona-Bestimmungen eingehalten werden sollten.

Der springende Punkt für sie war aber, dass sie mit dem Beitrag auf eine soziale Gruppe aufmerksam gemacht wurde, an die sie bisher nicht gedacht hatte, die aber gut in das Spektrum passte, das sie suchte. Eine Gruppe, die sozial Schwächsten, an die bisher überhaupt niemand gedacht hatte. Die von der Gesellschaft bisher weitestgehend ignoriert wurde und keine Lobby hatte. Jetzt aber hieß es so schön, seien sie, wie viele andere grundlegenden Berufsgruppen, systemrelevant. Im Zweifel hatte man eben doch lieber eine Krankenschwester als einen Banker an seiner Seite.

Das gleißende Sonnenlicht schien unerbittlich in ihr Gesicht. Nachdem sie gerade noch die halbe Pizza gegessen hatte, war sie sofort eingeschlafen, kein Gedanke daran, die Rollläden zu schließen. Die Strafe folgte auf dem Fuß, als mit dem Sonnenaufgang die Sonne in ihr Schlafzimmer brannte und ihre Frühjahrsstärke demonstrierte. Sie führte nicht nur ein Leben wie Nosferatu, jetzt fühlte sie sich auch noch wie er.

Sie erinnerte sich an die Nacht, oder besser gesagt den Morgen zurück und die Eingebung die sie gehabt hatte. Sie dachte nochmal darüber nach: „es könnte passen“, dachte sie sich. Aber wie kam man an eine Gruppe ran, von der man bisher nichts wusste? Wie den Kontakt herstellen?

Sie konnte direkt auf die Landwirte zugehen, aber je mehr sie darüber nachdachte, umso weniger gefiel ihr die Idee. Jeder Landwirt engagierte ja nur eine Handvoll Leute, die alle nur einen Bruchteil wussten, das war ihr zu mühselig. Als sie bei einem spärlichen Frühstück vor sich hin sinnierte, kam ihr die rettende Idee, wenn sich jemand in diesem Umfeld auskannte, dann die Kollegen von der Zollfahndung. Die ermittelten regelmäßig gegen Schwarzarbeit und trieben die Sozialbeiträge ein. Wenn jemand die Kontakte hatte, dann diese Kollegen und zufällig kannte sie einen davon recht gut.

Ein Telefonat später hatte sie eine Adresse und Anlaufstelle. Sie zögerte nicht lange, warf sich ihre Jacke über und machte sich auf den Weg die Enz entlang nach Birkenfeld, wo es eine dieser misslichen Wohnsiedlungen für Arbeitssklaven geben sollte.

Also sie losfuhr, hatte das Wetter umgeschlagen. Typisches Aprilwetter. Ihr Fuß schmerzte immer noch heftig, aber mit dem kleinen SUV ihres Freundes, der im Gegensatz zu ihrem Fiat Punto eine Automatikschaltung hatte, war sie in der Lage selbst Auto zu fahren. Vor Ort angekommen, konnte sie gewisse Parallelen zu ihrem Tatort nicht verkennen, die Behausungen waren in einem ähnlich maroden Zustand und die Mischung aus Containerunterkünften und baufälligen Gebäuden die sie umgaben, erzeugten zusammen mit den umherliegenden Autowracks, Einkaufswagen und Fahrrädern, die vor sich hin rosteten, eine dystopische Stimmung wie bei Mad Max.

Vorsichtig schlängelte sie sich durch das windschiefe Eingangstor, um auf den Innenhof des einstigen Bauernhofes zu kommen. Sie sah niemand, das Gelände schien aber bewohnt, was man an relativ frischen Zigarettenkippen, Bierflaschen und Plastikverpackungen vom letzten Grillabend erkannte. Eine halb verschmolzene Verpackung „Brüller-Fleisch zum Knüller-Preis“ lag noch in der Asche der Grillstelle. Jemand schien hier zu leben.

Sie lief den Vorplatz einmal im Halbkreis ab und schaute in die schwarzen Öffnungen der Fenster und Türen. Gehandicapt durch ihr Bein, bereitete ihr das überall überwuchernde Unkraut Mühe. Viele Fensterscheiben waren eingeworfen und zerbrochen, oder notdürftig mit Brettern und Folien abgedichtet, die Türen wiegten kaputt im Wind. Im Inneren der Behausungen musste es nachts Minusgrade haben. Die auf dem Hinterhof aufgestellten Container sahen nicht viel besser aus, und rosteten, genauso wie der Rest der umherstehenden Landmaschinen, zerbeult vor sich hin.

Vorsichtig spähte sie durch die Fenster, an halb heruntergerissenen Vorhängen vorbei, in das Innere der Unterkunft. Dort widerholte sich das Bild, sie fragte sich wie man nur in solchen Umständen leben konnte.

Sie ging ein paar Schritte weiter. Dann klirrte es nicht weit von ihr in einer der Baracken. Sie drehte sich hellwach und blitzschnell um, um gerade noch rechtzeitig den Schatten am Fenster verschwinden zu sehen. Ihr Besuch hatte also doch Aufmerksamkeit erregt, ganz alleine war sie nicht. Vermutlich hatten die Bewohner einen Wachmann zurückgelassen. Vorsichtig ging sie über den unebenen Boden auf das Fenster zu und spähte auch da hinein.

„Polizei!“, rief sie mehr schlecht als recht. Dadurch würden sich wahrscheinlich keine Türen öffnen, aber immerhin würde hoffentlich auch niemand auf sie schießen. Sie ging ein paar Schritte zu Seite und betrat das Gebäude durch die nächste Tür. Sie hatte sich nicht getäuscht, der Wind blies durch die Ritzen und es war unangenehm kalt. In Gedanken spielte sie durch, wie sie schnell nach ihrer P2000 griff und am Abzug den initialen Wiederstand der Sicherung überdrückte. Sie war eine der besten Schützinnen, was sie bei ihrer jährlichen Schießprobe auf dem Schießstand immer wieder unter Beweis stellte. Jetzt ließ sie die Waffe mit Absicht stecken, konnte sie doch davon ausgehen, dass sie unter Beobachtung stand, und sie so einen deutlich harmloseren Eindruck machte. „Besser als die Waffe zu beherrschen, ist es die Situation zu beherrschen“, hatte ihr Ausbilder immer gesagt, und dazu gehörte es auch Situationen zu entschärfen, oder gar nicht erst scharf werden zu lassen. Im Moment bot sie ihrem Widersacher zumindest ganz offen die Möglichkeit zur Flucht, eine Option die allemal besser war, als sich mit der Polizei anzulegen, zumal es hier nichts gab, was es zu verteidigen lohnte.

Sie drang tiefer in den Gebäudekomplex ein und kam an etwas vorbei, was wohl die sanitären Anlagen darstellen sollte. Der deckenhoch geflieste Raum, erinnerte sie an Umkleidekabinen wie es sie früher noch gegeben hatte, nur noch viel schlimmer. Es stank nach Urin und die Fugen zwischen den Fliesen waren vor Schimmel und Algen grau-grün, statt ursprünglich weiß. Hier war man froh, dass nicht alles luftdicht isoliert war. An den umherstehenden Hygieneartikeln, erkannte man, dass sich mehrere Personen, offensichtlich Männer, diesen Sanitärraum teilten. Allein beim Wort „Hygiene" in Kombination mit diesem Anblick, bekam sie einen Würgereiz und konnte nicht anders, als die Armbeuge vor den Mund zu nehmen und zügig in den nächsten Raum zu gehen.

Hier stand sie mitten im Matratzenlager der Unterkunft, die Wände feucht und ebenfalls schwarz vor Schimmelpilzen. In dem mittelgroßen Raum war jeder Quadratmeter ausgenutzt, und die Matratzen und Feldbetten bedeckten fast den gesamten Boden, dazwischen sah man die schmutzigen Pfade der Fußabdrücke. Das Bettzeug lag wild in der Gegend rum, und wenn normale Männer das Bett schon selten bezogen, war hier vermutlich gar nicht daran zu denken.

Die Unterkunft konnte bei voller Belegung insgesamt bestimmt mehrere Dutzend Arbeiter beherbergen, und das war nur ein Teil des Areals. Jetzt waren die Gäste offenbar ausgeflogen, vielleicht zur Arbeit, oder sie fehlten bereits wegen der Grenzschließungen und waren in ihrer Heimat.

Als sie sich dem nächsten Raum näherte, hörte sie ein dumpfes Rattern, erst ganz leise, dann mit jedem Schritt lauter. Sie schaute vorsichtig an der abgewetzten Türzarge vorbei in die Tiefe des Raumes. Das halb zugezimmerte Fenster ließ nur wenig Licht herein und legte das Zimmer in ein trübes Zwielicht.

Sie erkannte die Küche und lokalisierte das brummende Geräusch, der Ofen war an und der Lüfter rotierte, das Lämpchen leuchtete gelb durch die offene Backofentür. Und da saß er, in aller Friedlichkeit saß ein Mann vor dem Backofen, mit einer schwarzen Decke umhüllt, die blanken Hände der wärmenden Lichtquelle entgegen haltend. Bemitleidenswert schaute der Mann sie aus dunklen tiefen Augenhöhlen an. Sie umrundete vorsichtig den rustikalen Küchentisch, einen Tisch wie ihn früher ihre Großmutter gehabt hatte, und näherte sich dem Mann vorsichtig an. Der nervös-fragende Blick ihres Gegenübers haftete auf ihr, wie der Blick eines Rehes das man im Wald überraschte und das nicht wusste wie ihm geschah, ob es weglaufen oder in Schockstarre verharren sollte.

Das Häufchen Elend vor ihr hatte sich offenbar für die Schockstarre entschieden, sie sah, wie seine ausgemergelten Hände zitterten und ihn eine Welle von Schüttelfrost überkam. Sein ganzer Körper bebte unter der Decke und er hatte Mühe sich auf dem Stuhl zu halten, Schweißperlen liefen ihm über das fahle Gesicht in den unrasierten Bart. Er war eine dieser stillen Helden, die die Stadt am Laufen hielten.

„Alles in Ordnung?“, fragte sie besorgt.

Keine Reaktion. Der Mann war mit sich selbst beschäftigt und auch nachdem er seinen Anfall überstanden hatte, nahezu regungslos. Nachdem sie sich sicher war, dass von der armen Seele keine Gefahr ausging, entspannte sie sich etwas, was auch den Mann sichtlich entspannte.

„Kann ich ihnen helfen?“, fragte sie und bot ihre Hilfe an.

Immer noch keine Reaktion. Sie schaute sich in der Küche um. Viel war nicht da, das Nötigste war aber vorhanden. Sie nahm einen Topf aus einem Regal über dem Herd und drehte den Wasserhahn auf. Rostiges Wasser strömte ihr entgegen. Sie ließ den Hahn eine Weile laufen, bis das Wasser nur noch einen leichten Rotstich hatte und füllte ihren Kessel. Nachdem sie den Topf auf den Schmiedeeisernen Herd gestellt hatte, machte sie sich mit seinen Armaturen vertraut und schaffte es das Gas zu entzünden, woraufhin sich rings um den inneren Ring ein Ballett aus kleinen tanzenden Flämmchen aufstellte. Sie regelte die Flamme runter bis sie satt-blau leuchtete und ein tiefes Fauchen von sich gab. Der Mann beobachtete ausdruckslos, aber interessiert ihr Treiben. Schnell bildeten sich die ersten Luftblasen am Boden des Topfes, von denen ihr bis heute niemand sagen konnte, woher sie herkamen. Die Blasen wurden immer größer und kurz darauf sprudelte das Wasser kochend vor sich hin.

Dann öffnete sie der Reihe nach Schränke auf der Suche nach einer Teekanne und Teebeuteln, fand allerdings nur ersteres, von Tee keine Spur, dafür umso mehr Bier. Sie überlegte, ob sie vielleicht Tee im Auto hatte, war sich aber fast sicher, dass nicht. Sie schaute den Mann an, aber der schaute nur ratlos zurück. Ratlos tastete sie an sich herab, bis ihr eine Idee kam. Sie fasste in ihre Jackentasche und zog eine Dose Pfefferminzbonbons heraus, beherzt goss sie den gesamten Rest der kleinen Dragees in das kochende Wasser der Teekanne.

Mit dem Rest des kochenden Wasser spülte sie zwei Tassen aus, setzte sich damit zu dem Mann an den Tisch und schob ihm eine der dampfenden Tassen hin.

„Sprechen Sie deutsch?", fragte sie ohne sich viel Hoffnung zu machen.

Man sah ihm seine Dankbarkeit in den Augen an und auch, dass er zu schwach war, sich in seiner aktuellen Notlage selbst zu versorgen. Der Mann griff nach der Tasse, legte seine Hände wärmend darum und hielt seine Nase über das dampfende Wasser. Über den Tassenrand schaute er sie weiter verstört an.

Sie bekam ihn nicht zum Reden, so kam sie nicht weiter. Nachdem sie sich eine Weile stumm angeschaut hatten, zückte sie ihr Handy und öffnete eine Weltkarte.

„Woher kommst du?", fragte sie und zoomte auf Europa und hielt dem Mann die Karte hin.

Der Mann schaute auf das Handy und nahm es misstrauisch entgegen. Er wischte mit seinen Fingern über den Touchscreen und gab es ihr ermutigt zurück. Er hatte an sein Heimatland herangezoomt. Damit kamen sie weiter. Sie wählte die Nationalität im Online-Übersetzer aus und begann zu tippen.

Kurz darauf waren sie in der Lage zumindest notdürftig zu kommunizieren, was nichts daran änderte, dass der Mann skeptisch und wortkarg blieb. Zumindest schien ihm der originell zusammengebraute Tee zu schmecken. Sie hatte nur so viel erfahren, dass er und seine Kollegen die hier untergebracht waren, Leiharbeiter und Tagelöhner waren, die in ihrer Heimat angeworben wurden, um hier für einige Wochen oder Monate zu arbeiten. Die Einsatzmöglichkeiten waren dabei vielfältig und variierten oft. Mal war man für ein paar Tage auf dem Bau, mal Erntehelfer, mal Bettler in der Innenstadt, manchmal sogar Altenpfleger.

Er war hier von seinen Kameraden zurückgelassen worden, weil er krank war, die anderen waren alle zur Arbeit ausgerückt, auch wenn sie im Moment, das hatte er bestätigt, weniger waren als normalerweise.

„Chovid?", fragte sie ihn. Er zuckte nur müde lächelnd die Schultern und beschrieb damit, dass es für ihn sowieso gleichgültig war.

Sie öffnete auf ihrem Handy das Bild des Toten und reichte ihm nochmal das Smartphone. Gespannt nahm er es entgegen, schaute auf das Display und bekam beim Anblick der Animation weite Augen. Etwas zu hastig gab er es zurück.

„Kennst du den Mann?", fragte sie, aber ihr Gegenüber war wieder in seine stoische Zurückhaltung verfallen und wurde verschwiegener als zuvor. Sie war sich sicher, dass er den Mann erkannt hatte, vielleicht sogar persönlich kannte, und man sah im zweifelsfrei an, dass er Angst hatte. Sie versuchte es noch ein paar Mal mit anders formulierten Fragen: „Wer ist das?" „Warum hast du Angst?" „Woher kennst du ihn?" „Wer sind die Hintermänner?" „Wer steckt dahinter?", aber der Mann wäre, so wie es aussah, lieber gestorben, als sein Wissen preiszugeben. Er wurde offensichtlich unter Druck gesetzt oder stand in einer Abhängigkeit, die es ihm unmöglich machte zu kooperieren.

Die Zeit verging, aber sie kam nicht weiter. Sie musste langsam aufbrechen, ungern wäre sie auf die zurückkommenden Arbeiter gestoßen, zum einen weil man nicht wusste, wer da alles dabei war und zum anderen war sie sich sicher, sich jetzt schon angesteckt zu haben, dieses Risiko musste man nicht noch potenzieren.

Sie räumte ihre Tasse weg und goss ihm nochmal nach.

„Du musst dringend zum Arzt", sagte sie und schaute ihn gefühlvoll an. „Arzt" hatte er offenbar verstanden, aber sie hatte auch seine Zwickmühle erkannt. Er war vermutlich illegal hier, noch dazu von seinen Schleppern desinformiert, er ahnte sehr wahrscheinlich nicht, dass es in Deutschland auch für seine Situation eine Lösungen gab. „Zumindest gibt es bessere Optionen als hier jämmerlich zu krepieren", überlegte sie auf der Suche nach einem Ausweg. Sie würde sich was einfallen lassen. Eine kurzfristige Idee hatte sie bereits. Sie verließ die Küche, verließ das Gebäude und ging an ihr Auto. Darin suchte sie alles zusammen, was dem armen Kerl nützen konnte. Die Ausbeute war gar nicht so schlecht, und der Mann staunte nicht schlecht, als sie mit beiden Armen voller Krimskrams zurückkam und vor ihm auf dem Küchentisch ausbreitete.

So konnte sie mit einer halb aufgegessenen Butterbrezel, Kleingeld vom Einkaufswagen und Handschuhen, die ihm vielleicht sogar passen konnten, dienen. Von der Weitergabe ihres rosanen Schals sah sie ab. Außerdem hatte sie eine Handvoll Aspirin gefunden, die sie bei ihren nächtlichen Exkursionen zurzeit selbst häufig brauchte, ihm aber mit dem Zusatz: „Du kannst die bestimmt dringender gebrauchen als ich“, überließ. Zu guter Letzt vermachte sie ihm eine angefangene Schachtel Zigaretten samt Feuerzeug, mit der Anmerkung: „Aber nicht rauchen!“, und hoffte, dass er in der Lage sein würde, sie gegebenenfalls gegen etwas einzutauschen.

Bevor sie sich verabschiedete, schrieb sie ihm noch ihre Handynummer auf, sodass er sie im Zweifel erreichen konnte, sie sah dabei bewusst davon ab ihm ihre Visitenkarte zu geben, weil eine Visitenkarte der Polizei ihn unter Umständen in eine missliche Lage hätte bringen können.

Als sie gerade aufstand um endgültig zu gehen, schaute er sie gerührt an und sagte ein letztes Wort: „Kim!“

Dann senkte er seine Augen, sich seines Verrats schämend.

Sie verharrte kurz in ihrer Position und sortierte, ob sie das Wort auch richtig verstanden hatte, oder ob es ein Wort in seiner Muttersprache war. Aber sie war sich sicher, es richtig verstanden zu haben. Sie schaute ihn dankend an, sich bewusst, dass das alles war, was er preisgeben würde. Mehr würde seine Situation nicht zulassen, vielleicht wusste er aber auch einfach nicht mehr.

Eines stand fest, sie würde wiederkommen, aber jetzt galt es erstmal den neuen Hinweis richtig einzuordnen. „Was hatte dieser Begriff zu bedeuten?“, überlegte sie, „War es ein Name? War es vielleicht eine Abkürzung?“, sie würde weitersuchen müssen, aber wenigstens schien sie einen kleinen Schritt weitergekommen zu sein.

KAPITEL 11

- Hermes -

Der Götterbote

Er war vorsichtig geworden. Seit Garys Tod wusste man nicht mehr wem man trauen konnte. Früher hatten klare Verhältnisse geherrscht, jetzt sah jeder zu wo er blieb, war nur noch darauf bedacht seine eigene Haut zu retten. Die Polizei, nein dieser eine Kommissar, hatte der Unterwelt einen massiven Schlag versetzt und sie aus der Balance gebracht. Jetzt herrschten Sodom und Gomorrha, ein Hauen und Stechen.

Eigentlich war er zu alt für die Spielchen, auf die er sich gerade einließ. Aber das Angebot war einfach zu verlockend gewesen, noch ein letzter großer Coup, das eine große Ding, von dem alle träumten, und er hätte ausgesorgt gehabt, könnte dieses armselige Leben hinter sich lassen und seinen wohlverdienten Lebensabend am Strand genießen. Er hatte genug davon in ständiger Angst leben zu müssen, verraten, erpresst oder genötigt zu werden, was für ein Unsinn das alles doch war. Wenn das klappte, würde er, und das schwor er bei seinem Leben, ein ehrbarer Mensch werden, sich von dem ganzen Moloch lossagen und kein krummes Ding mehr drehen.

Jetzt stand er aber erstmal hier, im Untergeschoss des Wolfsberg-Palais Rohbaus, in dem Teil der einst die Tiefgarage werden sollte. „Wie hatte das Motto der Sparkasse für dieses Bauprojekt noch gleich geheißen? „Oben angekommen!“, fiel es ihm ein, ja, das würde er bald sein. Jetzt stand er noch ganz unten im Dunkeln, aber bald, bald würde er...“, schwelgte er.

Er hatte darauf geachtet, dass er nicht verfolgt wurde, im Moment war jeder sich selbst der Nächste. Er hatte extra ein paar Haken durch die Stadt geschlagen, außerdem war er mindestens eine Stunde früher vor Ort gewesen, um den Treffpunkt auszukundschaften. Was er als letztes wollte, war in einen Hinterhalt zu laufen. Aber alles schien sicher. Davon abgesehen war seine Kontaktperson bisher noch vorsichtiger als er gewesen und hatte alle Eventualitäten ausgeräumt.

Die Sonne war gerade untergegangen und hatte die Stadt in ihr goldenes Licht gelegt, die Betonwände des Rohbaus hatten sich in scharfen Konturen aufeinander abgezeichnet und streng geometrische Figuren an die Wände projiziert. Jetzt, kurz darauf, war es stockfinster, eine Neumondnacht wenn er sich nicht täuschte.

Er hatte genau die Stelle aufgesucht, die ihm beschrieben worden war, Parkplatz 17, Deck 1. Gespannt horchte er in die Stille. Jedes kleinste Geräusch machte ihn nervös. Der Wind der durch das Gebäude pfiff, die Ketten der Sicherungsstifte, die gegen die Alu-Gerüste klopften.

„War er doch in einen Hinterhalt geraten? Eine Baustelle, das konnte kein gutes Zeichen sein. Hatte ihr Leitspruch früher nicht „Sedieren, Zementieren, Sedimentieren“ geheißen? Nur ungern würde er dieses Schicksal teilen“, überlegte er gedankenversunken. Plötzlich zischte die Stichflamme eines Streichholzes auf, keine drei Meter von ihm entfernt. Das kurze Aufflackern hatte eine goldene Aura um die schwarze Person in ihrem Mittelpunkt gelegt. Da war sie, das Mädchen, das alle nur Nyx nannten, die Göttin der Nacht. Die Unnahbare, Ungreifbare, Unbegreifbare.

Der kurze Lichtschein sorgte dafür, dass die Dunkelheit jetzt noch intensiver war als davor. Suchend blickte er in die Tiefe des Schwarz, mit den Händen instinktiv um sich tastend, obwohl er wusste, das im Radius von drei Metern um ihn herum nichts war, was man ertasten konnte.

„Nyx?“, rief er bang in die Leere.

„Hier!“, antwortet die raue Stimme direkt an seinem Ohr und blies ihm warmen Rauch ins kalte Gesicht. Ein kalter Schauer überkam ihn. Da war sie, die nachgeborenen Göttin der Verdammnis, direkt neben ihm. Er wusste was man sich von ihr erzählte, nicht nur ihr Schatten war schwarz.

„Schönes Ambiente hast du dir hier rausgesucht, eigentlich hält man solche Treffen als meinesgleichen gerne in der Öffentlichkeit ab, damit keiner den anderen umlegt. Aber hier gefällt's mir auch, mal was anderes, bisschen Klischeehaft vielleicht, aber mir gefällt's“, testete er seine Grenzen aus.

„Was hast du mir mitgebracht, Hermes?“, fragte die junge Frau geradlinig.

Es fröstelte ihn. Sie kannte seinen Namen, wie sie alles kannte. Seinen Namen, dem er immer gerecht geworden war. Er hatte Kontakte hergestellt, hatte Personen und Dinge geschmuggelt. Kein anderer Name wäre passender gewesen, jeder kannte ihn unter diesem Namen.

„Gute Neuigkeiten! Alles funktioniert wie du dir das vorgestellt hast“, berichtete er zuversichtlich, „sie haben angebissen und werden das Ding durchziehen.“

„Natürlich haben sie das, es sind kleine Jungs, die gerne mit Waffen spielen, und sich wie weiß wie groß vorkommen, wenn sie ein bisschen vergammeltes Fleisch unter die Leute bringen. Weitblick und Vorstellungskraft haben die noch nie besessen“, sagte die Stimme aus dem Off, „es sind Ratten, die über den Rand ihrer Kanalisation nicht hinaussehen.“

„Ich hab auch kein Plan, was wir da eigentlich treiben“, gab der Helfer unumwunden zu.

„Tut auch nichts zur Sache solange du meine Anweisungen genau befolgst. Lass den Rest mal meine Sorge sein. Je weniger du weißt, umso besser für dich“, sagte die Stimme, um kurz darauf in der Glut eines Zigarettenzuges an einer ganz anderen Stelle in der Dunkelheit zu erscheinen. Der Zigarettenschein legte die scharfen Gesichtszüge des Mädchens unter der Kapuze des Jumpsuits in eine dramatische Stimmung.

„Heißt das, du hast den Kontakt hergestellt?“, fragte sie.

„Ja, die Parteien reden miteinander und scheinen sich handelseinig zu werden“, versicherte der Handlanger.

„Und das andere läuft auch?“, fragte die Stimme.

„Zwei Coups haben die Jungs schon durchgezogen, hat alles reibungslos geklappt, wie du es vorhergesagt hast. Die anderen beiden folgen in Kürze. Dass man jetzt überall eine Maske tragen muss, spielt uns natürlich in die Hände.“

„Ja, ich habe es in den Nachrichten gesehen. Richte der Jungs aus, dass sie einen guten Job machen. Schnell rein, schnell raus, keine Fragen.“

„Woher weißt du nur immer, wo gerade so viel zu holen ist?“, fragte Hermes forschend.

„Du stellst zu viele Fragen!“, wurde er zurechtgewiesen. „Haben sie Verdacht geschöpft?“, fragte sie weiter.

„Ich glaube nicht, sie waren zu sehr damit beschäftigt, das Geld unter sich aufzuteilen. Geld, das sie noch gar nicht haben“, äußerte er.

„Ich sage ja, wie kleine Kinder, lass mich raten, Autos und Waffen?“, ihr Gesprächspartner nickte, „war ja klar“, sagte sie, „ich sag ja, keine Phantasie, nicht der geringste Blick über den Tellerrand. Aber lass die nur mit ihren Waffen spielen...“

„Und du meinst wirklich, dass wir damit so viel Geld machen können?“, fragte er immer noch ungläubig.

„Keine Sorge Hermes, für deinen Anteil wird es reichen“, beschwichtigte sie ihn.

„Ich mein nur, ich hab das mal hochgerechnet, wenn wir wie bisher weitermachen, dann müssten wir noch dutzende, ach was hunderte Dinger drehen, vor allem weil du den Jungs mehr Geld versprochen hast, als sie dir bringen, das ist die seltsamste Art zu rechnen, die mir bisher untergekommen ist. Sie bringen dir ein paar tausend Euro und du verdoppelst es ihnen. Das ergibt alles keinen Sinn, ich seh meine Felle schon davonschwimmen, das kann nicht klappen.“

„Es wird, vertraue mir, das ist eben höhere Mathematik. Du hast mir die Treue geschworen und es wird dein Schaden nicht sein“, versicherte sie. „Wir brauchen Cash, je mehr desto besser, leider hat die Staatsanwaltschaft meinen Zugriff auf alle anderen Quellen eingefroren, also müssen wir eben improvisieren und auf den Klassiker zurückgreifen, ganz altmodisch. Ich darf mir diese Chance nicht entgehen lassen, zu viel Vorbereitung und Arbeit steckt schon darin und jetzt haben sich die Dinge so gewandt, dass die Früchte reif sind, wir müssen nur noch ernten.“

„Ich bin nur vorsichtig, weil wenn du die Jungs hintergehst, dann wird die Luft schnell dünn für mich. Wenn halten die dann für den Verräter? Mich natürlich! Und wessen Leben steht dann auf dem Spiel? Meins natürlich! Deshalb bin ich vorsichtig...“

„Das ist deine Rolle in diesem Stück, nimm sie ein und fülle sie aus. Du bist der Mittelsmann und als der trägt man immer ein gewisses Restrisiko, dafür wirst du fürstlich entlohnt. Mach einfach weiter was ich dir sage.“

„Und was wäre das? Was sind die nächsten Schritte?“, fragte er nach wie vor skeptisch.

„Erstmal tust du gut daran, die Füße stillzuhalten. Die Geldübergaben mit dem toten Briefkasten klappen ja vorzüglich, dafür brauchen wir dich nicht mehr. Und den anderen Coup, sagst du, hast du ja eingefädelt. Haben sie wirklich keinen Verdacht geschöpft?“

„Aber wenn ich es doch sage, sie waren mit sich selbst beschäftigt, dich haben die gar nicht mehr auf der Rechnung.“

„Ich kann es mir nicht ganz vorstellen, so naiv sind sie auch wieder nicht, aber wenn es läuft, soll es mir recht sein. Du tauchst dann erstmal für ein paar Wochen unter, bis Gras über die Sache gewachsen ist. Am besten du verlässt das Haus nicht. Ich kontaktieren dich dann.“

„Naja, die sind froh, dass ihnen die Sache so zugeflogen ist. Ihnen ist aber auch klar, dass sie noch einige Probleme vor sich haben. Erstmal müssen sie die lösen, solange schöpfen sie keinen Verdacht. Die sind froh über jeden, der keinen Anteil will und wenn ich verschwinde, sind sie erst recht froh.“

„Ja, so muss es sein, wir müssen sie beschäftigt halten, Timing ist bei dieser Sache von elementarer Bedeutung. Wenige Stunden können bei unserem Vorhaben einen dramatischen Unterschied ausmachen, Sekt oder Selters.“

„Ein Bier würde mir schon reichen“, sagte er zufrieden.

„Haben sie sich nicht gewundert, dass du bei der Sache nicht mit von der Partie sein willst?“

„Im Gegenteil, sie haben mich ausgebootet und mich mit meinem Alter auf die billigen Plätze verweisen, eigentlich dreist, war ich in dieser Angelegenheit doch der Drahtzieher. Ich hab den Deal eingefädelt und auch sonst all die Jahre treu ergeben der Organisation gedient.“

„Sei nicht so wehmütig, es ist jetzt sowieso an der Zeit, dass wir unserer Wege gehen. Wir sind schon viel zu lang hier“, sagte sie, zog noch ein letztes Mal an ihrer Zigarette und verschwand im Nichts.

Er tat es ihr nach und tastete sich durch die Baustelle ins Freie, an Baumaschinen und Erdhügeln vorbei, zu seinem Wagen. Auch wenn er es nicht wahrhaben wollte, hatte er gewusst, dass dieser Moment unausweichlich kommen würde. Die Karten wurden neu gemischt und es wurde geschaut, wer zu wem hält, wem man vertrauen kann, auf wen man sich verlassen kann. Wäre er noch einmal zwanzig Jahre jünger, hätte er unter Umständen eigene Ansprüche geltend gemacht, damals stand er in der Blüte seines Lebens und war geachtet und gefürchtet. Niemand hatte ihn damals für dumm verkauft, zumindest niemand, der es nicht bereuen wollte. Jetzt mit Ende fünfzig war sein Zenit überschritten und er wollte eigentlich nur noch seine Ruhe und sich aus dem gröbsten raushalten, er hatte seine Schlachten geschlagen. Vielleicht gab es auch für Verbrecher wie ihn ein Rentenalter. Er hatte mit seinem verkorksten und, man musste es sich eingestehen, gescheiterten Leben seinen Frieden gemacht und abgefunden. Durch das ein oder andere krumme Geschäft hier und da, hatte er sich ein bisschen was beiseitegelegt und er war nicht anspruchsvoll. Solange er einen trockenen Platz zum Schlafen, ein Dach über dem Kopf und den ein oder anderen Euro für ein Bier hatte, war er zufrieden. Deswegen wusste er auch nicht ob das Angebot, das er bekommen hatte, Segen oder Fluch war. Am liebsten hätte er die Finger davon gelassen, andererseits packte ihn auch nochmal der Ehrgeiz, sich mit dieser letzten Nummer den Lebensabend zu versüßen. Und eine Entscheidung, eine Wahl, musste ohnehin getroffen werden, hielt er zu der geheimnisvollen Schönheit, oder zu diesem jungen Proleten?

Als er die Tür seines Wagens öffnen wollte, fiel sein Blick über das Autodach auf die Stadt. Von hier aus konnte man von der Oststadt bis zum Kirchturm der Innenstadt alles überblicken. Vielleicht würde er sich mit einem neuen Reichtum eines dieser exquisiten Apartments gönnen.

KAPITEL 12

- Keep calm and fly high -

Ulbrichts Witwe

Er ließ die Wohnungstür sanft ins Schloss fallen, schlüpfte aus seinen Schuhen, warf den Mantel über einen der Barstühle an ihrer kleinen Theke in der Küche und legte seinen viel zu überfrachteten Schlüsselbund, den Geldbeutel und das Handy vorsichtig auf der Theke ab. Er war später als erwartet heimgekommen, seine Freundin schlief längst, aber es half nichts, er musste sie wecken.

Er ließ sich ein Glas Wasser aus der Leitung und trank es zu dreiviertel aus, den Rest ließ er im Glas. Das war seine neueste Marotte. Vielleicht sollte er auch darüber mal mit Johanna sprechen. Danach machte er sich auf den Weg die Treppe hinauf zu seiner Freundin. Es half nichts, er musste sie wecken, er würde das Haus am nächsten Morgen weit vor ihr verlassen, sie würden keine andere Möglichkeit haben sich zu sprechen und ihm lief die Zeit davon. Er brauchte ihre Hilfe. Wenn ihm jetzt jemand helfen konnte, dann seine großartige Freundin mit ihrer Fähigkeit Kontakte zu knüpfen.

Nachdem er sie sanft wachgerüttelt hatte und sie mit einem Grunzen signalisierte, dass sie ansprechbar war, dimmte er vorsichtig das Licht auf.

„Hey Schatz“, sprach er sie behutsam an.

„Was? Ja?“, kam es mürrisch zurück und sie zog sich die Decke über den Kopf.

„Können wir kurz sprechen?“, fragte er.

„Wie spät ist es?“, murmelte es unter der Decke.

„Spät, aber ich brauche deine Hilfe.“

„Jetzt?“, fragte sie klagend, mit einem vorwurfsvollen Ton in der Stimme.

„Ja, es ist dringend, ich habe nicht viel Zeit.“

„Musst du nochmal los?“, brüskierte sie sich und schlug die Decke wieder auf die Seite um ihn anschauen zu können.

„Nein, jetzt nicht mehr, aber gleich morgen früh, wir arbeiten an einem Fall und brauchen einen schnellen Erfolg.“

„Und was hat das mit mir zu tun, musst du mich dafür mitten in der Nacht wecken?“

„Leider ja, wenn mir jemand helfen kann, dann du“, bekräftigte er sie.

„Ausgerechnet ich?“

„Ja, sieh, der junge Brüller wurde entführt.“

„Wer? Kenn ich nicht“, winkte sie ab.

„Doch natürlich, der Fleisch-Typ!“, dabei stimmte er wieder den Jingle an.

„Ach so der. Gut so! Geschieht ihm recht.“

„Ja und nein, auf jeden Fall muss ich ihn wiederfinden und brauche dafür deine Hilfe. Hilfst du mir?“

„Ich wüsste nicht wie, aber schieß los.“

Ben fasste in groben Zügen ihren bisherigen Ermittlungsverlauf zusammen und erklärte seiner Freundin seine knifflige Situation mit den Eltern des Opfers und dass er dadurch bei Herrn Ricke stark in den Fokus geraten und angezählt war.

„Aber ich will wirklich nicht, dass er zurückkommt“, beharrte sie trotzdem auf ihrem Standpunkt, „er ist ein Monster und hat es nicht besser verdient, soll er ruhig leiden.“

„Du weißt, wie sehr ich den Job brauche und daran hänge, die letzten zwei Tage fühle ich mich so gut und lebendig, wie die letzten sechs Monate nicht. Ich darf das nicht vermasseln“, versuchte er sie zu überreden.

„Deswegen verstehe ich auch nicht, wie du da so schnell schon wieder Ärger bekommen konntest. Kannst du nicht, wie die anderen, einfach Dienst nach Vorschrift machen und den Ball flach halten? Ihr seid doch Beamte.“

„Du weißt, dass das bei uns nicht so ist. Bei uns ist der Druck am größten, außerdem hattest du darum gebeten mehr involviert zu sein, jetzt wäre die Chance mir wirklich zu helfen“, zog er seine beste Karte. Und sie zeigte Wirkung. Sie überlegte kurz und wog ihre Überzeugungen gegeneinander ab. Dann sagte sie: „Natürlich helf ich dir.“

„Gut, du musst deine Kontakte spielen lassen“, begann er zu erläutern, „wir suchen eine Person, vermutlich eine Frau, die sich Lady Lawless nennt. Sie ist in deiner Szene aktiv, ich bin mir sicher du kennst jemanden der jemanden kennt. So groß ist die Gruppierung, vor allem hier, ja auch wieder nicht."

„Und wie stellst du dir das vor?", fragte die Freundin leicht überrumpelt. „Man darf sich ja nirgends treffen."

„Rede einfach mit ein paar deiner Kollegen, stell Fragen, ruf ein paar Leute an und hör dich um - würdest du das für mich machen?", bezirzte er sie mit seinem besten Hundeblick.

„Ich kann mein Glück versuchen, aber versprechen will ich nichts, wie hoch stehen die Chancen?"

„Du bist ein Schatz!", küsste er sie. „Ich muss morgen früh raus und die Vorbesprechung mit dem SEK halten. Danach bin ich den ganzen Tag mit den Vorbereitungen beschäftigt. Je nachdem wie die Sache läuft, kann es sehr spät werden, also warte nicht auf mich."

Er hatte das ungute Gefühl seine Freundin schon wieder zu vernachlässigen. Er war schon wieder viel zu nah an alten Verhaltensmustern.

„Wenn das alles rum ist, gehen wir zusammen ins Autokino, versprochen. Gibt es ja jetzt hier", versuchte er ein Angebot zu machen.

„Das ist nett! Aber bitte pass auf dich auf! Mach keinen Blödsinn und melde dich zwischendurch ab und zu, damit ich weiß, dass es dir gut geht", beschwor sie ihn.

„Keine Sorge, ich werde morgen nicht aktiv eingreifen müssen, dafür haben wir ja die Profis. Aber zwischendurch schreiben wird schwierig werden, du weißt doch wie das ist, da muss man voll da sein, und ständig will jemand etwas von einem, da hat man kein ruhige Minute, da ist man voll fokussiert."

„Trotzdem!", ermahnte sie ihn.

„Wenn alles nach Plan läuft, wird keiner Fliege ein Haar gekrümmt, also mach dir um mich keine Sorgen, da hatten wir schon andere Situationen", beruhigte er sie.

„Toll!"; sagte sie. „Und wir wissen, wie die geendet haben. Na dann komm jetzt ins Bett", motivierte sie ihn, „du brauchst deinen Schlaf."

Sein Wecker klingelte um 05:00 Uhr, was bedeutete, dass er vier Stunden geschlafen hatte, das war mehr als genug. Seine Wohlfühl-Schlafdauer waren zwar sechs Stunden, aber der Erfahrung nach, konnte er mit vier Stunden mehrere Tage über die Runden kommen. Wenn es darauf ankam, war er damit funktionsfähig. Schon bei den großen Familienfeiern früher, war er von den Kindern immer am längsten wach geblieben, meistens bis zum Ende der Party, und auch als Jugendlicher kannte er selten eine Grenze.

Er konnte auch das Gerede Gleichaltriger nicht verstehen, die jetzt schon meinten, früher wären sie mit weniger Schlaf ausgekommen. „Alles eine Frage der Selbstkontrolle", grummelte er vor sich hin, außerdem vertraute er seinem Körper, wenn man ihn einigermaßen gut behandelte, sagte er einem sehr genau was man wann brauchte. „Wie kann man nur sein halbes Leben verschlafen?", schloss er seinen Gedanken ab.

Wie immer, wenn er wenig schlief, hatte er dafür umso mehr Hunger. Sein Problem war einfach, dass er nicht die geringsten Reserven hatte. Ein Selbstversuch hatte mal ergeben, dass er erst ab 3000 Kalorien am Tag langsam zunahm, und auch wenn ihm Essen schmeckte und er gerne gutes Essen aß, war er so ein Feinschmecker dann auch wieder nicht. Nicht selten war Essen für ihn ein notwendiges Übel, das man notgedrungen auch noch in den Tag integrieren musste und einen von den eigentlich interessanten Dingen abhielt. Er konnte sich stundenlang und pausenlos mit mentalen Herausforderungen beschäftigen, egal ob Schachrätsel, wissenschaftliche Artikel oder das Paarungsverhalten der Südafrikanischen Wanderheuschrecke, fast alles hatte Priorität über das Essen, sodass seine Freundin ihn schon als süchtig bezeichnete. Und ganz Unrecht hatte sie nicht. Im Bullet-Schach hatte er sich gerade jetzt in Lockdown-Zeiten unter Weltspitze gespielt und nicht selten einen Großmeistern zur Verzweiflung gebracht.

Im stressigen Alltag seines Jobs, war an eine geregelte Nahrungsaufnahme auch nicht zu denken, immerhin verzichtete er in Gegensatz zu vieler seiner Kollegen auf Junk-Food und auf zu viele Snacks zwischendurch.

Als er unter der Dusche stand, fuhr er sich über seine Schusswunde von letztem Jahr. Um ein Haar war er damals davongekommen. Er schaute während des Duschens über die Lichter der Stadt.

Nachdem er kurz geduscht hatte, und sich auf dem Weg nach draußen eine Banane geschnappt hatte, saß er in seinem Wagen auf dem Weg ins Präsidium. Zehn Minuten später saß er schon im großen Besprechungszimmer im zweiten Obergeschoss, mit dem übergroßen, ovalen, an den Stirnseiten abgeschrägten Tisch. Er hatte am Vorabend nach der Besprechung mit den Kolleginne vom Innendienst noch bestimmt zwei Stunden damit verbracht, die für das Sonderkommando relevanten Eckpunkte zusammenzufassen und in einer kleinen Präsentation aufzubereiten. Inzwischen hatte die IT-Forensik sich auch Zugang zu Justus Brüllers Mobiltelefon verschafft, dabei aber keine Auffälligkeiten festgestellt. Sie waren kurz die letzten Mails und Nachrichten durchgegangen, aber das einzig Interessante war, dass Justus sehr wenige Kontakte außerhalb seines Jobs hatte. Seine Bewegungsdaten hatte er soweit möglich deaktiviert, das was sie von seinem Mobilfunkanbieter bekommen hatten, deckte sich mit den Orten, an denen man ihn vermutet hätte. Die meiste Zeit verbrachte er in der Fabrik. Die Zeit die er bei seinen Eltern verbrachte, hatte sich die letzten Monate dagegen stark reduziert. Dafür schien er mehr Zeit zu Hause in seinem Apartment zu verbringen, oder zumindest war sein SmartPhone dort.

Blocksberg verband sich mit dem kabellosen Videosystem und aktivierte die Großbildschirme. Kurz darauf kam Johanna mit Tee und Kaffee in der Hand durch eine der beiden Türen und begrüßte ihn: „Und schon fit?"

„Jetzt schon", antwortete er und nahm dankbar den Kaffee entgegen.

Johanna, die in dieser Besprechung wahrscheinlich nicht viel beitragen konnte, sollte trotzdem dabei sein, um über alle Vorgänge weiterhin lückenlos informiert zu sein.

Dann kam Herr Ricke in Begleitung dreier SEKler zur Tür herein, die auch jetzt schon am frühen Morgen in ihrer beigen Kampfmontur gerüstet waren. Die Herren, alle etwa in seinem eigenen Alter, stellten sich vor. Zwei davon die Einsatzleiter, der dritte der Hubschrauberpilot. Sie wollten für alle Eventualitäten gewappnet sein. So wie sie da standen, mit ihren rasierten Kurzhaarfrisuren, hätten es auch die drei adretten Außendienstler eines mittelständischen Unternehmens sein können.

Nach einer kurzen Begrüßung kamen sie dann auch direkt auf den Fall zu sprechen und Blocksberg klickte die ersten Seiten der Präsentation durch. Grundsätzlich interessierten die Spezialkräfte die Hintergründe nur wenig, sie waren es gewohnt, kurzfristig und oft mehrmals am Tag mit außergewöhnlichen Notlagen konfrontiert zu werden. Sie konnten sich immer schnell auf die gegebenen Umstände einstellen. So waren für die Jungs weniger Beziehungsdetails, das Soziogram von Johanna kam doch kurz zum Einsatz, als vielmehr einsatztaktische Elemente relevant.

Sie verschafften sich mit topografischen Karten einen Überblick über das Gelände und würden es am Vormittag auch noch in zivil besichtigen, was nicht ohne Risiko war, war doch davon auszugehen, dass die Verbrecher den Übergabeort so kurz vor dem Showdown permanent überwachten.

Der Übergabeort war außergewöhnlich gewählt, konnte man den Höhenzug am Eisinger Loch doch von weither einsehen. Das machte es für die Entführer fast unmöglich, unbemerkt und ohne Verfolger das Weite zu suchen. Auf der anderen Seite hatten sie den Vorteil, dass die Sicherheitskräfte auch auf Distanz bleiben mussten. So entschieden sie denn auch, den Fokus auf Scharfschützen zu legen und fanden den ein oder anderen Jägerstand, der dafür in Frage kam. Zwei Scharfschützen würden sie auf jeden Fall postieren, allein um sich gewisse Optionen offen zu halten. Dabei postierten sie die Kollegen so, dass sie möglichst nicht in Richtung einer Wohnsiedlung zielten, sondern Richtung Wald, wo sich die Kugel im Fall der Fälle verfangen sollte. Auch mit Spaziergängern war zu rechnen, auch wenn zivile Beamte versuchen würden die Gegend abzuschirmen, ganz auszuschließen war es bei dieser offenen Fläche nicht. Unter Umständen ein Faktor, den die Verbrecher mit einkalkuliert hatten.

Außerdem würden sie im Vorfeld einen Trupp im Hubschrauber belassen, um gegebenenfalls die Verfolgung und den Zugriff aus der Luft einleiten zu können. Den Hubschrauber würden sie in der Talsenke auf dem Fußballplatz von Eisingen bei laufendem Rotor stationieren, sodass sie den Zugriff innerhalb von unter einer Minute durchführen könnten, ohne sich durch die Geräusche zu verraten. Soweit würde der Schall nicht getragen. Die Kollegen waren darin geübt aus schwebendem Hubschrauber abgeseilt zu werden, oder direkt mit einem schweren Maschinengewehr aus der

Seitentür des Helikopters Ziele am Boden zu neutralisieren. Eine neue Technik, die sie sich die letzten Jahre angeeignet hatten, um in vorwiegend urbanen Gebieten terroristische Ziele am Boden zu bekämpfen. Zwar litt die Präzision, was durch das feuerstarke Maschinengewehr aber mehr als ausgeglichen wurde. Der Hauptvorteil war aber, dass man einen sehr guten Winkel auf das „Target“ bekam und man es von diagonal oben bekämpfen konnte, sodass die Fehlschüsse direkt im Boden landeten und nicht kilometerweit als Querschläger durch die Gegend flogen.

Weitere Einsatzkräfte würden in stark motorisierten Fahrzeugen rund um das Gelände warten und zuschlagen, falls die Einsatzleitung ein entsprechendes Signal gäbe. Davon abgesehen würden dutzende Streifenbeamte in den Nachbarorten platziert werden und die Verkehrspolizei, die Straßen und Autobahnzufahrten kontrollieren, sodass man den Entführern im Zweifel den Weg abschneiden konnte. Auch hier verhielt es sich wie so oft bei ihren Einsätzen und Ermittlungen. Die Täter hatten den Vorteil der Initiative und des Moments, bestimmten die Spielregeln. Aber solche Fälle waren kein Sprint, sondern oft ein Marathon und sie hatten den Vorteil auf deutlich größere Ressourcen zugreifen zu können. Das Geld zu erbeuten war das eine, aber sie mussten es auch noch in Sicherheit bringen, waschen und sich dauerhaft und unauffällig absetzen.

Es war nicht davon auszugehen, dass das Geld direkt gegen die Geisel getauscht wurde, mit Sicherheit würde am benannten Ort nur die Geldübergabe stattfinden. Sie alle hofften, dass der junge Thronfolger dann im Anschluss freigelassen und irgendwo anders auftauchen würde. Das Problem an der Sache war, dass man zwar den Höhenzug an sich gut einsah, den direkten Ort der Übergabe rund um das neue und alter Eisinger Loch aber nicht. Die zwei Höhlen, die dicht beieinanderlagen, waren jeweils von Baumgruppen umgeben, einem kleinen Forst. Das hieß man konnte aus der Ferne nur sehen wer sich in den Bereich begab und wer wieder herauskam, was aber direkt bei der Übergabe stattfinden würde, würde im Verborgenen bleiben. Je nachdem was die Entführer vorhatten und sich einfallen ließen, war der Übergabeort womöglich sogar hervorragend gewählt.

Ben kannte das Areal selbst sehr gut, nicht selten waren er und seine Freundin an dem kleinen Naturschauspiel spazieren. Er hatte eine Schwäche für Steinbrüche und geologische Verwerfungen und selten sah man besser als hier. Man sah die einzelnen Gesteinsschichten der Erdzeitalter, und welche Kräfte über Jahrmillion gewirkt haben mussten, um die Sedimente zu verdichten, falten und zu verformen. Die Löcher hatten jeweils einige Meter im Durchmesser und während es beim neuen Eisinger Loch mehrere Meter scharf senkrecht in den Abgrund ging, weswegen es auch ringsum mit einem Zaun abgesperrt war, konnte man in das alte Eisinger Loch relativ mühelos hinabklettern und sich bis zum Höhleneingang vorarbeiten.

Er erinnerte sich, dass sich einige Legenden um die Einsturzdolinen rankten. So soll mal ein Bauer beim Pflügen samt Kuh und Pflug in eines der Löcher gefallen sein. Andere besagen, dass Geheimgänge von der Höhle abgingen. Einer natürlich, wohin auch sonst, in ein Wirtshaus in Göbrichen. Ein anderer soll alten Sagen nach direkt zur Hölle führen und nicht wenige hätten dort einen Pakt mit dem Teufel geschlossen. Und tatsächlich hielt der Ort seinen Reiz in dieser Hinsicht bis heute, hatten die Kollegen doch immer mal wieder einen Einsatz, um an besonderen Mondnächten gegen Mitternacht okkultische Versammlungen aufzulösen. Wobei viel weniger deren Rituale, als vielmehr der unbedachte Umgang mit Feuer das Problem war. Andere Überlieferungen sagten wiederum, dass in den Tiefen der Gänge Schätze verborgen seien, die geborgen werden wollten, und in ihrem Fall traf das sogar in gewisser Weise zu. Zumindest die Gangster wollten hier heute einen Schatz heben und keinen ganz kleinen. Vielleicht wussten sie etwas, was den Beamten unbekannt war? Vielleicht war nicht alles Mythos und es gab tatsächlich einen Gang, durch den man entkommen konnte, ganz ungesehen und im Erdreich verborgen? Von außen würden sie nicht mal die Vertiefung einsehen können, geschweige denn die Höhle samt Verzweigungen.

Anders als bei akuten Geiselnahmen, bei denen man mit den Geiselnehmern verhandeln konnte, hatten sie hier keine Wahl, als den Vorgaben zu folgen und das Beste zu hoffen. Normalerweise würden sie nicht auf blindes Vertrauen Geld übergeben, ohne dafür eine Gegenleistung der Verbrecher zu erwirken, und sei es nur ein Informationsschnipsel, der sie den Verbrechern näher brachte. In diesem Fall spielte das Geld aber eine untergeordnete Rolle, sodass es die oberste Priorität war, dass niemand zu Schaden kam. Man würde bezahlen und unter Umständen den Totalverlust in Kauf nehmen. Wichtiger war, dass Justus nichts zustieß. Natürlich stand zu befürchten, dass sich die Verbrecher das Geld unter den Nagel rissen und Justus nicht freiließen und stattdessen weitere Forderungen erhoben, aber spätestens beim zweiten Mal hätten sie ihre Glaubwürdigkeit verspielt und müssten mit kompromissloserer Gegenwehr rechnen. Außerdem würden sie, wenn sie clever wären, das Geld nehmen und sich schnell aus dem Staub machen, ein Ding durchziehen mag noch klappen, aber zweimal fehlerfrei arbeiten bekamen die Wenigsten hin.

Das Problem an der Sache war, das sie einige Kompromisse eingehen mussten. Auch Herr Ricke hatte einsehen müssen, dass er das Geld nicht so schnell genehmigt bekommen hatte, zu viele bürokratische Hürden waren zu nehmen.

Deswegen hatte er sich notgedrungen auf einen Pakt mit dem Teufel eingelassen und mit Brüllers ein für beide Seiten akzeptables Abkommen ausgehandelt. Sie würden das Geld stellen und würden, aus sicherer Entfernung beim Leitstand der Aktion beiwohnen dürfen. Die Geldübergabe selbst, darauf legten sie wert, wollten die Brüllers aber selbst durchführen, oder besser gesagt durchführen lassen. Und zwar von niemand geringerem, als ihrem treuen Diener Daniel Burkhardt, der als Prügelknabe für alle Drangsale der Familie herhalten musste. Es bestand, da war er sich mit Johanna einig, eine nicht nachvollziehbare Abhängigkeit zwischen den Brüllers und ihrem Leibeigenen, die mit Sicherheit weniger monetärer, als vielmehr emotionaler Natur war. Wie dem auch sei, der arme Teufel war auserkoren worden die Übergabe durchzuführen, und schien darüber relativ nervös zu sein. Sie würden auch ihm noch minutiöse Anweisungen geben und klare Verhaltensregeln an die Hand geben, damit zumindest sein Leben in Sicherheit war. Sie hatten auch überlegt ihn zu verkabeln, um per Ton und Bild live dabei zu sein, sahen im Moment aber davon ab, um ihn nicht größerer Gefahr als nötig auszusetzen, falls er durchsucht werden würde. Grundsätzlich hielten sie sich aber auch diese Option offen und es konnte gut sein, dass sie sich später noch umentschieden. Dafür würden sie den Koffer mit einem Peilsender versehen, um permanent per GPS den Standort des Lösegeldes nachvollziehen zu können. Die Sender waren mittlerweile so klein, dass sie auf eine Checkkarte passten und sich mühelos unsichtbar integrieren ließen.

Nachdem der Einsatzplan stand, machte sich das SEK-Team an seine Vorbereitungen für den Tag, schließlich musste die ganze Mannschaft noch instruiert und mit den anderen Einsatzkräften koordiniert werden. Blocksberg hatte währenddessen von Linda die Nachricht bekommen, dass Spezialisten es mit Hilfe der Fahrstuhlfirma geschafft hatten, sich Zugang zum Penthouse des Opfers zu verschaffen. Nach kurzer Rücksprache mit Herrn Ricke, entschieden sie, dass sie auch dieser Spur nachgehen mussten und nichts unversucht lassen durften. Vielleicht hatten sie Glück und fanden in der Wohnung des jungen Brüllers Hinweise auf sein Verschwinden. Oder wenigstens Personen, mit denen er zu tun hatte und die mit seinem Verschwinden in Zusammenhang standen.

Die Besprechung am frühen Morgen hatte lange gedauert, jetzt war der Morgen schon wieder fortgeschritten und es war 09:13 Uhr als sie vor dem Wohnblock im Rodgebiet vorfuhren, in dem Justus Brüller wohnte. Er rief den Einsatzleiter der Spurensicherung an und erfuhr, dass sie den Fahrstuhl jetzt einfach benutzen konnten, alle Sicherheitsmechanismen waren von den Spezialisten deaktiviert worden. So wurden sie nach kurzem Klingeln von den Kollegen, die bereits oben in der Wohnung waren, zur Hauseingangstür hereingelassen und nahmen den Fahrstuhl in das Apartment der fünften Etage. Tatsächlich konnte man im Fahrstuhl sowohl die Ebenen 5 als auch 5 ½ anwählen und die Wohnung, die sich über zwei halb versetzte Etagen erstreckte, über die Vorder- und Rückseite des Fahrstuhls betreten.

Oben angekommen, öffneten sich die Türen, und vor ihnen tat sich das Wohnzimmer des Penthouse auf. Das Stäbchenparkett am Boden erzeugte gleich eine wohnliche Atmosphäre und ihr Blick wanderte über die Sofalandschaft hinaus auf die Terrasse und den grandiosen Blick über die Stadt. Zu ihrer Linken war die Küche direkt an den Wohnbereit angeschlossen und sie beobachteten wie ihrer Kollegen gerade fasziniert dabei war, die höhenverstellbare Kücheninsel hoch und runter zu fahren. Das Team der Spurensicherung bestand aus drei Personen, zwei jungen Damen und einem jungen Mann. Von den aufgestickten Emblemen auf ihren Polo-Shirts konnte er ihre Namen ablesen – die Damen Nolleck und Kemeth, sowie Herr Goch, wobei sie sich, er hatte die Kollegen schon bei anderen Einsätzen und Tatorten getroffen, ohnehin mit Vornamen ansprachen. Wie es bei der Spurensicherung verlangt wird, machten sie einen äußerst akribischen Job und waren gerade dabei die ganze Wohnung mit Bilder zu dokumentieren. Dazu verteilten sie überall im Raum die kleinen gelb-schwarzen Musterkärtchen mit Messskala und Farbschema zum Farbabgleich der Bilder am PC.

„Und, was suchen wir“, fragte Johanna unbedarft.

„Alles was uns weiterbringt“, antwortete Blocksberg, Briefe, Bilder, Smartphones, PCs, Dokumente aller Art.

„Das Notebook und Tablet hat die IT-Forensik bereits abgeholt und wird gerade ausgelesen, macht bislang aber keinen spannenden Eindruck“, sagte einer der Spurensicherer.

Die beiden Ermittler schauten sich in der ganzen Wohnung um, die mit Sicherheit über hundert Quadratmeter hatte. Es gab neben dem Schlafzimmer, das Bett war gemacht, ein Gästezimmer, das gleichzeitig als Büro diente und einen weiteren kleinen Raum, in dem einige Fitnessgeräte standen. Sowohl das Hauptbad, als auch das Gästebad waren großzügig geschnitten und in den Ecken und Fluren, wo kein direktes Licht durch die Fenster fiel, waren Oberlichter angebracht, die auch diese Nischen mit Tageslicht fluteten.

Die Unterkunft des Erben war in makellosem Zustand und mit Sicherheit ein Neubau in Erstbezug. An der spartanischen Einrichtung merkte man, dass der junge Mann in seinem noch jungen Leben noch nicht viel Kram anhäufen konnte und die meisten Schränke frei von Dekoartikeln und Inhalt waren. Nur in dem kleinen Büro fanden sich einige Ordner mit den üblichen Unterlagen zur Bank, Steuer, Lohnabrechnungen. Die Kolleginnen vom Innendienst würden das alles bis ins Detail prüfen, sie erwarteten aber nicht, aus diesen sachlichen Dokumenten Hinweise zu erhalten, die ihnen kurzfristig und vor allem heute noch weiterhelfen würden.

Je mehr sie die Wohnung erkundeten, desto mehr hatten sie das Gefühl, als hätte der junge Mann hier gar nicht gewohnt. Sie fanden fast keine persönlichen Habseligkeiten und auch die Küche war nicht über einen Studentenbude hinaus ausgestattet. Der Kühlschrank war bis auf eine vertrocknete Kartoffel und ein paar Konserven leer und frei von frischen Lebensmitteln. Das einzige, was der Wohnung eine halbwegs persönliche

Note verlieh, waren die Bilder, oder besser gesagt Kunstwerke an der Wand. Auch hier, wenn er sich nicht täuschte, Originale. Nicht die ganz große Liga, aber mit Sicherheit auch keine Schnäppchen, wenn er es mit der ART in Karlsruhe verglich. Er schaute sich die abstrakten Gemälde hinter den Passepartouts an.

„Und, was sagt der Kennerblick?“, zog ihn Johanna auf.

„Alles modern, da kennt sich kein Mensch mehr aus“, antwortete er unverblümt.

„Vielleicht geht es den Entführern gar nicht um das Geld, sondern um die Bilder?“, wunderte sich Johanna.

„Eher nicht, fünftausend Euro aufwärts, würde ich schätzen, aber ich kann mich täuschen. Zumindest hat der Junge einen guten Geschmack.“

„Mir gefällt's auf jeden Fall“, stimmte Johanna ihrem Kollegen zu, „aber auch fünftausend Euro würde mein Budget nicht hergeben“, seufzte sie.

„Außerdem haben die Kidnapper ja um Lösegeld gebeten und nicht um die Bilder, und hatten auch sonst keine anderen Forderungen, aber wir behalten das trotzdem mal im Hinterkopf, wir müssen weiter für alles offenbleiben.“

„Habt ihr schon die Nachbarn gesprochen?“, fragte Blocksberg die Kollegen.

„Das macht ja eigentlich ihr“, kam eine verschmitzte Anspielung auf die, zwischen den Ressorts ausgetragenen Zuständigkeitsstreitereien zurück, „ein Nachbar hat vorhin seinen Müll runtergebracht und ist uns zufällig über den Weg gelaufen, als wir uns unten am Lift zu schaffen gemacht haben. Sonst haben wir mit noch niemandem gesprochen.“

„Und, was meinte der?“, fragte der Kommissar.

„Überraschend wenig. Er meinte er würde den Jungen nur vom Sehen kennen, wobei man sich selten über den Weg gelaufen sei, was laut dem Herrn aber auch nicht verwunderlich wäre, weil die meisten hier im Neubau erst eingezogen wären.“

„Das heißt die Parteien kennen sich nicht?“, fragte Johanna.

„Offensichtlich nicht, man lebt bisher anonym an sich vorbei, so wie sich das für eine Großstadt gehört“, lachte der Forensiker, der stolzerweise in einem Drei-Seelen-Dorf wohnte.

„Keine Hinweise, keine Auffälligkeiten?“, fragte Ben Blocksberg.

„Das einzige was dem Mann in Erinnerung geblieben ist, war das Fahrzeug des Opfers, ein i8 Roadster, mit dem er ihn ab und zu in der Tiefgarage gesehen und gegrüßt hatte und um den er ihn wohl beneidet“, sagte der Forensiker.

„Wissen wir, wo das Fahrzeug jetzt ist?“, wollte der Kommissar wissen.

„Ja klar, unten in der Tiefgarage. Hier sind die Schlüssel“, dabei hielt er einen Schlüsselbund in die Höhe. „Der Mann meinte, früher wäre er nur damit gefahren, jetzt würde das Auto schon seit Wochen unbewegt unten stehen und unser Opfer wohl nur noch sein Fahrrad nehmen. Der Nachbar konnte das nicht ganz verstehen…“

„Alles klar, dann schauen wir uns das gute Stück doch mal an“, schlug der Kommissar vor, „hier oben gibt es ja leider nicht viel zu entdecken, nicht mal eine Kamera oder eine Fotowand und wir müssen weiterkommen.“ Er hob die Hand und bekam auf dieses Signal hin den Fahrzeugschlüssel zugeworfen.

Nachdem sie den Fahrstuhl in die Tiefgarage zu Ebene „-2“ genommen hatten, fanden sie mit einem Druck auf den Schlüssel und dem bestätigenden Klacken des Fahrzeuges und dessen rot leuchtenden Lichtern in der Dunkelheit schnell den Stellplatz. Sie gingen näher heran und sahen, dass das Fahrzeug noch an der Ladestation hing, obwohl es längst geladen war. Sie öffneten die Scherentüren und nahmen auf den Ledersitzen Platz, das Licht der vorderen Scheinwerfer reflektierte grell von der Betonwand der Tiefgarage zurück. Das futuristische Ambiente mit den beleuchteten Zierleisten und Head-Up-Display war ansprechend, auch wenn man am Board-Computer merkte, dass das Modell nicht mehr das aktuellste war. Der Innenraum war sauber und außer einer Packung Taschentücher und einer Sonnenbrille lag nichts darin, also konzentrierte sie sich auf das Navigationssystem und Adressbuch. Sie durchstöberten die Kontakte und zuletzt gewählten Nummern, ebenso wie die letzten Ziele ihres Opfers. Sie fanden Ziele rund um Pforzheim, Stuttgart, Frankfurt und München, ab und zu war ein Abstecher nach Straßburg oder in die Schweiz dabei.

„Man müsste wissen was sich hinter den Zielen verbirgt“, meinte Johanna.

„Ja absolut", pflichtete ihr Blocksberg bei, „die Spurensicherung soll die Daten sichern und Linda und Revenka sollen die Daten auswerten, die sind für alles zuständig, was mit Fahrzeugen zu tun hat, die kennen sich damit am besten aus. Die obersten, also letzten Kontakte fotografiere ich gleich mal ab und schicke ich ihnen durch."

Sie schauten noch an den üblichen Verstecken im Innenraum eines Autos, aber der Zweisitzer war schnell abgesucht. Hinter der Sonnenblende fanden sie noch den Fahrzeugschein, außerdem ging aus weiteren Papieren hervor, dass das Auto geleast war. Sie stiegen wieder aus und umrundeten das Fahrzeug, um noch einen Blick in den Kofferraum zu werfen. Normalerweise war ein Kofferraum ein Platz mit vielen Versteckmöglichkeiten, aber in diesem Fall, hatte er nur die Größe zweier Sprudelkästen. Das Fach war schnell mit einem Blick erfasst. Sie müssten abwarten, was die Kolleginnen vom Innendienst rausfänden. Allerdings stand das Auto zulange hier unten unbewegt herum, als dass es eine heiße Spur bieten konnte.

Sie sagten noch kurz den Kollegen von der Spurensicherung Bescheid, verabschiedeten sich und zogen, mehr oder weniger unverrichteter Dinge wieder ab. Viel Neues hatten sie nicht erfahren.

Sie machten nochmal einen kurzen Abstecher zur Zentrale, um sich von den Kolleginnen und Kollegen, sowohl wegen der Befragungen, als vor allem auch wegen der Vorbereitungen für die Geldübergabe, auf den neuesten Stand bringen zu lassen. Die Vorbereitungen liefen auf Hochtouren. Der Landstrich rund ums Eisinger Loch war bereits jetzt, Stunden vor der Übergabe, weiträumig gesichert und unter voller Beobachtung. Jede Bewegung die stattfand, jede Person die sich näherte, wurde dokumentiert und im Anschluss unauffällig nachverfolgt, bis man wenigstens eine Adresse oder Kennzeichen der Person hatte. Das war umso aufwändiger, als das sich heute, nach einer durchwachsenen Woche, das Wetter in blendender Laune präsentierte. Bisher war es oft schön, aber auch stürmisch und kalt gewesen. Heute war der erste windstille Tag bei strahlendem Sonnenschein. Es war ein Wetter zum Götter zeugen. Noch dazu war es Samstag, und damit einer der ersten richtig warmen Samstage im Jahr, was die Leute in

Scharen aus den Häusern trieb. Mangels Alternativen wollten im Lockdown alle die Sonne genießen.

Johanna und der Kommissar hatten genaue Anweisungen vom Leiter des Sonderkommandos bekommen, wie sie sich dem Leitstand zu nähern hatten, ohne die Aufmerksamkeit der Entführer auf sich zu ziehen, von denen man annehmen musste, dass sie den Übergabeort mindestens genauso akribisch beobachteten.

Als Johanna und der Kommissar eintrafen, mussten sie zugeben, dass der Kommandoposten sehr gut gewählt war. Da das Naturdenkmal, das den Übergabeort darstellte, selbst sehr hoch lag, war es nicht einfach, einen höhergelegenen Standpunkt zu finden, von dem aus man alles überblicken konnte. Sie hatten dazu das Dach eines Fabrikgebäudes am Ortsrand von Göbrichen auserkoren, was mit den vorhandenen Waschbetonplatten einen idealen, ebenen und festen Untergrund bot. Noch dazu konnten sie sich hinter der hohen Balustrade sogar im Stehen verstecken, was die Wartezeit doch deutlich angenehmer machte. Wie oft hatten die Einsatzkräfte oder er selbst bei Observationen stundenlang in engsten Verstecken gekauert, bis einem die Beine eingeschlafen waren, oder, und das war das Schlimmste, man auf Toilette musste und nicht konnte.

Hier war alles ideal, die Entfernung zum Zielort betrug einige hundert Meter und mit dem Fernglas konnte man immer noch einen relativ großen Ausschnitt klar sehen. Gleichzeitig hatten sie in ihrer mobilen Kommandozentrale Bildschirme aufgebaut, die ihnen auch die Bilder von der anderen Seite lieferten, wo ebenfalls Kollegen postiert waren. Ebenfalls auf dem gleichen Dach lag ganz rechts von ihnen einer von zwei Scharfschützen, dem hier ebenfalls ein perfektes Schussbild geboten wurde, mit Bäumen zwischen ihm und dem Zielpunkt, sodass sein Spotter sogar in der Lage war, die Windrichtung auf halber Strecke zum Ziel zu erkennen und anhand dessen Feinjustierungen am Zielfernrohr vorzunehmen.

Wie alle anderen wurden sie mit einem Headset ausgestattet, über das sie permanent den Funkverkehr zwischen den Kollegen mitverfolgen konnten. Immer wieder wurden Funksprüche ausgetauscht und entschieden, ob eine sich nähernde Person verdächtig oder eher unauffällig war. Von hier oben, mit all den technischen Helfern, schien man die Lage wirklich voll unter Kontrolle zu haben.

„Wo sind denn die Brüllers“, fragte der Kommissar den Einsatzleiter, „müssten die nicht längst hier sein?“

„Die haben es sich wohl doch anders überlegt. Die haben vorhin angerufen und wollen doch nicht dabei sein, wichtige Termine“, antwortete der Kollege professionell und sah Blocksberg das Erstaunen an. „Sie sitzen mit einem unserer Kollegen daheim und werden über ihn auf dem Laufenden gehalten. Ist mir ehrlich gesagt auch lieber so. Ist nicht gut, wenn emotional involvierte Personen vor Ort sind. Das ist einfach zu unberechenbar. Dafür ist ihr Bote Daniel Burkhardt unten und wird gerade von den Kollegen instruiert und psychologisch auf seinen Einsatz vorbereitet. Er hat auch das Geld mitgebracht, wir haben es kontrolliert, es sind vorwiegend Bündel aus 100 Euro Scheinen, es ist echt und vollzählig, kein Cent fehlt. Er ist wirklich sehr nervös, deshalb haben wir davon abgesehen ihn zu verkabeln. Wir haben uns entschlossen, ihn mit dem Auto bis kurz vor das Ziel fahren zu lassen, da er aufgrund seiner Konstitution“, dabei deutete er den Bauch des Werksleiters an, „kaum im Stande wäre, die Strecke von der Hauptstraße, wo man normalerweise parkt, bis zur Höhle zu laufen.“

„Die Erpresser haben dazu ja nichts gesagt“, hielt Johanna fest.

„Eben, deshalb machen wir das einfach, überhaupt haben sie wenige Vorgaben gemacht, sie scheinen sich ihrer Sache sehr sicher zu sein, dabei müssen sie davon ausgehen, dass wir eingeschaltet sind und alles überwachen.“

„Haben wir auch Kollegen unten in zivil?“, fragte Ben.

„Ja klar, mehrere sind als Spaziergänger verkleidet und ziehen sich immer wieder um und wechseln sich ab. Wir scheuen keinen Aufwand. Und das verliebte Paar, das dort hinten picknickt sind auch zwei Beamte von uns“, sagte er nicht ohne Stolz über seine Tarnung und zeigte auf einen Birnbaum auf der Wiese. „Im Picknickkorb haben die beiden ihre MPs – nur für den Fall der Fälle“, zwinkerte er.

„Dann nehm ich mal an, dass das auch kein Schoßhund ist, den sie da dabei haben?“, vermutete Ben.

„Sagen wir so, das ist wahrscheinlich der besterzogenste und bravste Hund der Stadt, bis du sein Codewort sagst, dann wird er zur Killermaschine und du willst ihm nicht begegnen." Der Kommissar musste unweigerlich wieder an seinen Hals fassen.

Der Nachmittag war schnell vergangen und die Sonne senkte sich schon gegen den Horizont. Sie hatten ihr ausgeklügeltes Observationsprozedere stundenlang durchgezogen, aber außer viel Aufwand stand nichts zu Buche. Die Hoffnung vielleicht im Vorfeld einen Treffer zu setzen, war geschwunden, und so konzentrierte man sich jetzt auf die Routine zur Geldübergabe.

Daniel Burkhardt hatte das Geld übergeben bekommen und war von seinen Beschützern und Bewachern zum Auto geleitet worden. Sein kurzer Weg über die Hauptstraße wurde mit Argusaugen überwacht, ehe er auf den Feldweg einbog und ihn einige hundert Meter entlangfuhr. Bei der letzten Abzweigung kurz vor dem Eisinger Loch hielt er an, ließ den Wagen leicht neben den Weg Rollen und stieg aus. Er nahm den Aktenkoffer samt Geld und watschelte den leichten Anstieg hinauf. Er hatte Mühe mit dem unebenen, grasigen Untergrund und war schon nach fünfundzwanzig Metern, was etwa die halbe Strecke markierte, außer Atem. Nachdem zunächst die Obstbäume der umliegenden Streuobstwiesen seinen Weg gesäumt hatten, stand er nun auf der Fläche zwischen den beiden Höhlen, umgeben von dem kleinen Wald um das neue Eisinger Loch links und einem Wäldchen um das alte Eisinger Loch zu seiner Rechten. Er schaute sich um und wartete, neben ihm eine verlassene Feuerstelle von Jugendlichen und auf dem Gras um ihn herum blühten die ersten Krokusse. Was würde jetzt wohl kommen? Er war von der eigentlich kleinen, für ihn aber großen Anstrengung erschöpft und suchte verzweifelt nach einer Sitzgelegenheit, fand aber keine, von der er alleine wieder hoch gekommen wäre. Trotzdem half ihm die Pause um kurz durchzuatmen.

Dann hörte er es, erst ganz leise, dann immer lauter, ein Summen wir ein Bienenschwarm, erst hatte er gedacht ein Motorrad wäre lautstark an der nahegelegenen Hauptstraße vorbeigebrettert, dann sah er es aus der Sonne auftauchen, er traute seinen Augen nicht.

Eine Drohne kam im Tiefflug über ihn hinweggeflogen, schwebte kurz über der kleinen Baumgruppe, um sich dann abzusenken und darin zu verschwinden. Das konnte kein Zufall sein, das waren die Entführer. Die Drohne würde ihm mit Sicherheit den nächsten Hinweis geben. Und was für eine Drohne das war, kein Modell für den Hobbyfotografen von Nebenan, nein, das Gerät hatte stattliche Ausmaße, mindestens einen Meter im Durchmesser, und dem Geräusch nach auch ordentlich Power.

Er ging ein paar Meter in das kleine Wäldchen, ging durch einen kleinen Tunnel aus Ästen und Unterholz, die ihn wie in einem Irrgarten zu umschließen drohten, und tauchte wie Alice in eine andere Welt ab. Er folgte dem Geräusch, das mit jedem Schritt wieder lauter wurde, bis er Oberhalb am Geländer mit der Schautafel stand. Von hier konnte er in das Loch der geologischen Verwerfung hinabschauen. Das Bild, das sich ihm bot war unwirklich. Der Ort an sich hatte schon etwas Mystisches. Mit der Vertiefung mitten auf der Wiese, mit den Gesteinsschichten, die zu Tage traten und einen unbedeutend erscheinen ließen, mit der dünnen fruchtbaren Humus-Schicht auf dem meterdicken Kalkstein und den über die Lochkante hinausragenden, frei an den Felswänden herabhängenden Wurzeln.

Jetzt war die Szene aber noch unwirklicher, schwebte doch vor ihm, mitten in der Vertiefung und vor dem Höhleneingang die summende Drohne. Man konnte an den umgebenden Pflanzen sehen, was für einen Luftstrom der Flugkörper verursachte und welche Turbulenzen er in der Senke erzeugte, die er selbst permanent wieder aussteuern musste. Aufgrund der Größe und der sich ständig leicht justierenden Rotoren, stand das Flugobjekt millimetergenau und stabil in der Luft.

Unterhalb der Drohne hing ein Seil, daran war eine kleine Plastikbox befestigt. Für Daniel war klar, was er zu tun hatte. Aufgeregt stieg er die kleinen unebenen Treppenstufen in das Loch hinab, und dann weiter den Hang hinab. Jetzt war er gänzlich in eine andere Welt abgetaucht, es umgab ihn sofort ein anderes Klima, als er es noch vor ein paar Minuten ein paar Meter höher gefühlt hatte. Es war sofort ein paar Grad kühler geworden und es schien hier unten immer feucht zu sein. Zumindest umgab ihn eine Flora, die direkt aus Jurassic Park entsprungen zu sein schien, halb zugewuchert mit Farnen und Moosen. Nur unter dem Felsvorsprung der den Höhleneingang bildete, war alles trocken. Dafür lag dort umso mehr Geröll, das nach und nach von den freiliegenden Felswänden herabbröckelte und sich dort wie in einem Trichter sammelte. Durch den Wassermangel an dieser Stelle, wurde es hier nicht, wie im Rest der Vertiefung, überwuchert, sondern lag blank da.

Daniel fühlte sich zunehmend beunruhigt. Zwar schien von der Drohne keine direkte Bedrohung auszugehen, sie war unbewaffnet, aber trotzdem war er hier unten allein mit ihr, völlig aus dem Sichtfeld der anderen, ganz auf sich allein gestellt. Er spürte wie dieses mechanische Insekt seine hochauflösende Kamera auf ihn richtete und er war sich beim Anblick der mechanischen Iris sicher, dass die Entführer gerade ganz nah an sein schweißnasses Gesicht heranzoomten und die Angst in seinen geweiteten Augen sahen. Dieses anonyme Wesen strahlte etwas zutiefst Unheilvolles aus und ein Gedankenblitz brachte ihm die Bilder aus China in den Sinn, wo die Menschen per Drohne zur Einhaltung der Lockdown-Regeln und Ausgangssperre ermahnt wurden. Er konnte sich vorstellen, wie machtlos sich diese Menschen gegenüber dem omnipräsenten Machtapparat fühlen mussten.

Johanna und der Kommissar hatten sich das Schauspiel zusammen mit dem Einsatzleiter vom Dach aus angeschaut, bis ein reger Sprechfunk einsetzte.

„Was machen wir jetzt?“, fragte einer der Kollegen im Feld die anderen über das Head-Set.

„Ruhe bewahren“, antwortete der Einsatzleiter, „der Plan der Verbrecher ist klar, sie holen das Geld mit der Drohne.“ Dann wandte er sich an den Hubschrauberpilot: „Bereit machen zum Einsatz, die Entführer holen das Geld per Drohne, unter Umständen müsst ihr die Verfolgung in der Luft aufnehmen.“

„Roger“, kam es zurück.

„Wir geben euch dann die Flugrichtung durch, gekommen ist die Drohne aus Westen, vermutlich fliegt sie wieder in diese Richtung ab“, ergänzte der Kommandant.

„Wenn sie wieder auftaucht, kann ich sie abschießen“, meldete sich der Scharfschütze zu ihrer Rechten und machte ein OK-Zeichen mit seiner Hand, als sie zu ihm rüberschauten. „Ein relativ kleines, bewegliches Ziel“, dachte sich der Kommissar, andererseits wusste er aus seiner Akademiezeit, dass die Scharfschützen der Polizei darauf trainiert waren, das faustgroße Kleinhirn eines Menschen aus fünfhundert Metern Entfernung präzise zu treffen und den potentiellen Geiselnehmer sofort motorisch auszuschalten. In dem Fall konnte kein Knopf mehr gedrückt, kein Abzug mehr betätigt werden. Hier war die Entfernung ähnlich und das Ziel größer, dafür auch mobiler und Witterungseinflüsse gab es auch noch. Der Einsatzleiter sah das wohl ähnlich: „Nein, nicht schießen, die Chance, dass wir treffen ist zu gering, außerdem bringen wir damit das Opfer in Gefahr. Lieber sollen die Entführer das Geld mitnehmen und wir haben die Chance, dass unsere Zielperson freikommt. Seine Sicherheit geht absolut vor.“

Dabei merkte man dem Präzisionsschützen seine Enttäuschung an, war er sich doch sicher, das Ziel treffen zu können und das wollte er auch gerne unter Beweis stellen. Aber die Auswahl für diese Spezialeinheit war hart und ein Faktor für den Umgang mit derartigen Waffen war, dass eben diese Kollegen besonders besonnen waren und ihre Impulse absolut unter Kontrolle hatten.

„Wir warten ab was passiert, solange wir nicht eingreifen scheint erstmal niemand in Gefahr zu sein. Der Hubschrauber und die mobilen Einsatzteams sollen sich zur Verfolgung bereithalten“, schloss der Einsatzleiter seine Anweisungen ab.

Alles in allem hatte er vielleicht fünf Minuten gebraucht um zur Drohne hinabzusteigen, solange war sie regungslos an Ort und Stelle geblieben. Als er ganz nah an sie herantrat, um das Plastikgefäß abzunehmen, bliesen ihm die Rotoren die feuchten Haare ins Gesicht und der Luftzug auf den klammen Kleidern ließ in frösteln.

Er nahm das Gefäß vom Haken, begutachtete es kurz und öffnete es. Wenn er seinem Gefühl als Fleischer vertrauen konnte, dann wog es nicht mehr als hundert Gramm. Er entfaltete es und fand in der Mitte einer dicht gepackten Tasche ein Zettel. Darin stand: „Geld in beigelegte Tasche packen und an Drohne hängen“

Die Anweisung war einfach wie klar. Er legte den Koffer auf eine kleine Erhöhung und packte das Geld aus der Schatulle in die Tasche. Er war erstaunt, wieviel Geld man in wie kurzer Zeit umschichten konnte. Nach höchstens weiteren fünf Minuten, war die Transaktion vollständig und er nahm die Tasche vom Boden hoch, streckte die Hand nach der Drohne und hängte den robusten Geldsack in den Karabiner der Drohne ein. Eins stand fest, die Verbrecher hatten an alles gedacht, sie hatten einen Weg gefunden an das Lösegeld zu kommen, ohne selbst persönlich in Erscheinung treten zu müssen. Erleichtert hörte er, wie sich die Drehzahl der Propeller erhöhte und sie die Drohne in die Höhe schnellen ließ, erst ein paar Meter senkrecht, danach mit maximaler Geschwindigkeit über die Baumkronen hinweg.

Blocksbergs Blick harrte auf der kleinen Baumgruppe, dann sah er sie, die Drohne, die wie aus dem Nichts aufstieg und in einem Affenzahn davon flog, „keine Chance so ein Ziel zu treffen“, dachte er sich, aber er hatte sich getäuscht. Ein Schuss! Ein Schrei! Und er sah wie Johanna neben ihm zusammenzuckte.

„Bamm!“, hatte es gemacht, und ein ohrenbetäubender Schlag durchschnitt die idyllische Ruhe. Das Geräusch war so laut gewesen, dass er für einen Moment meinte taub zu sein, vielleicht hörte er aber auch nichts, weil alle für einen Augenblick unter Schock standen und erst nach Luft ringen mussten. Johanna war es wie ihm gegangen, der Ton hatte sich tief in ihren Brustkorb gegraben und sich angefühlt, als hätte er einen Herzschlag übersprungen. Ben schaute nach ihr, sie schien sich von dem Schock aber zu erholen und war dabei sich zu sammeln.

Die Einsatzkräfte waren dagegen in Aufruhr.

„Wer hat geschossen?“, drang es wütend durch den Funk.

„Kein Feuer“, gab der erste Scharfschütze zurück.

„Kein Feuer“, gab der zweite Scharfschütze zurück.

„Woher kam dann der Schuss", fragte der Kommandant verwirrt, aber niemand konnte ihm die Frage beantworten. Die Drohne hatten unterdessen alle aus den Augen verloren und das Weite gesucht, der Einsatzleiter versuchte noch zu retten was zu retten war: „Hubschrauber los! Drohne Richtung nord-nord-west unterwegs. Mobiles Team eins auch Verfolgung aufnehmen."

„Sind unterwegs", kam es einvernehmlich zurück.

„Wo ist dieser Schütze?", schrie der Befehlshaber in sein Mikrophon „alle in Deckung bleiben, die Täter sind hier und bewaffnet, das könnte alles nur ein Ablenkungsmanöver gewesen sein!"

„Ich glaube ich hab ihn", sagte einer der Scharfschützen.

„Wo, wo ist er?", fragte der Kommandeur.

Der Scharfschütze beschrieb seine Sichtachse. „Dort hinten beim Strommast auf der anderen Seite von uns packt ein Mann sein Gewehr ein. Ich hab ihn. Bereit zu neutralisieren. Abschuss?"

„Nein, wiederhole nein", und alle schauten gespannt durch ihre Ferngläser und sie konnten ihren Augen nicht trauen, der Schütze war niemand anderes als Brüller Senior.

„Bringt mir diesen Mann", schallte es durch das Funkgerät und eine Abfolge von Koordinaten folgte. Dann donnerte der Hubschrauber in seinem Verfolgungsflug über ihre Köpfe hinweg.

Eine halbe Stunde später saßen sie in einem großen Mannschaftszelt und besprachen die Ereignisse. Die Drohne war entkommen, sie hatte einen zu großen Vorsprung, war zu klein und wendig, und flog zu flach, als dass man sie hätte nachverfolgen können. Außerdem schien sie eine vorher festgelegte Route zu fliegen, die bestimmt nicht zufällig diverse Hindernisse für den Helikopter, wie Strommasten beinhaltete.

„Wie groß ist die Reichweite von so einem Ding?", fragte Johanna.

Ein Kollege vom SEK antwortet: „Das war ein sehr großes Exemplar, die schafft mit Sicherheit über 100km/h und kann über eine Stunde in der Luft bleiben, mit Gewicht vielleicht etwas kürzer. Je nachdem wann sie gestartet ist, müssen wir einen Umkreis von bis zu 50km absuchen. Die Kollegen sind die nächsten Stunden noch im Einsatz und machen Personenkontrollen in nord-westlicher Richtung, vielleicht gehen uns die Entführer doch noch ins Netz. Außerdem kostet so ein Ding mindestens zwanzigtauend Euro und so viele werden davon nicht verkauft. Anhand der Beschreibung von Daniel Burkhardt und unseren Videoaufzeichnungen werden wir mit Sicherheit das Modell und damit den Hersteller samt Lieferkette herausfinden."

Daniel Burkhardt, der anwesend war, hatte seinen Teil der Geschichte bereits erzählt, hatte die Drohne in allen Details beschrieben und den Zettel mit den Anweisungen samt leerem Aktenkoffer mitgebracht, konnte darüber hinaus aber keine weiteren Hinweise beisteuern.

Dann wurde Brüller Senior in Gewahrsam zweier vermummter Beamter angeliefert. Seine Laune war schlecht, die des Einsatzleiters noch schlechter: „Sind Sie komplett wahnsinnig?", fragte er ihn.

„Sie machen ja nichts!", antwortete er. „Was soll ich tun, zusehen, wie diese Verbrecher mit meinem Geld davonfliegen? Das kann ich nicht zulassen!"

„Was hätten Sie gemacht, wenn die Entführer aufgetaucht wären, sie erschossen? Bei all meinen Leuten drumherum? Dafür werden Sie sich vor verantworten müssen."

„Ja, vielleicht hätte ich sie abgeknallt, dann hätte das ein Ende gehabt."

„Und wenn Sie getroffen hätten, was dann? Sie riskieren damit doch das Leben Ihres Sohnes", sagte der Befehlshaber völlig aus der Fassung.

„Dann hätten sie gewusst, dass sie die nächsten sind und ich sie bis ans Ende ihrer Tage jagen werde, bis ich sie erwischt und erledigt habe!"

„Sie sind völlig wahnsinnig – schafft ihn mir aus den Augen!", waren die abschließenden Worte des Einsatzleiters, woraufhin der Firmenchef abgeführt wurde.

Der Rest der Besprechung drehte sich um die Freilassung des Sohnes. Wenn die Verbrecher Wort hielten, würde Justus hoffentlich bald wieder das Licht der Welt erblicken, sofern, das hofften alle mit bangem Gesicht, er noch am Leben war. Sie warteten jeden Moment darauf eine Nachricht zu bekommen, dass der Sohn sich auf einer Dienststelle, bei seinen Eltern oder einfach per Telefon melden würde. Aber die Stunden vergingen und es passierte nichts. Hatten die Entführer doch Geschmack an ihrem Spiel gefunden und wollten mehr? Oder war alles von vornherein hoffnungslos gewesen, weil sie nie eine reelle Chance hatten, Justus zu retten? Vielleicht waren die Kidnapper aber auch noch in der Gegend und wollten mit der Freilassung solange warten, bis sie selbst in Sicherheit waren und das Geld gesichtet hatten.

Gegen 23:00 Uhr beschlossen Johanna und Ben auch ihre Zelte abzubrechen, es gab nichts mehr, was sie im Moment noch tun konnten, und morgen war auch noch ein Tag, wo es galt mit ordentlicher Polizeiarbeit die Hinweise zusammenzutragen und allen möglichen Spuren nachzugehen. Vielleicht hatten ja die Kolleginnen vom Innendienst etwas Interessantes herausgefunden. Sie selbst würden zusammen mit dem Gesundheitsamt nochmal in der Fleischerei vorbeischauen und nach Spuren suchen.

Das SEK würde noch den Rest der Nacht samt Helikopter Wache schieben, genauso wie die Streifenwagen, die die ganze Nacht in doppelter Besetzung patrouillieren würden. Würde man einen der Verbrecher zu fassen bekommen, hätte man vermutlich Zugriff auf die ganze Truppe. Grundsätzlich war es aber immer noch möglich und denkbar, dass eine einzelne Person als Einzeltäter in Frage kam.

Nachdem er Johanna verabschiedet hatte, schaute er auf sein Handy. Er hatte einige Nachrichten bekommen, vor allem von seiner Freundin. Die letzte war etwa eine Stunde alt, die anderen im Laufe des Tages geschrieben worden. „Du hast dich wieder nicht gemeldet!“, war der Grundton der Mitteilungen und tatsächlich hatte er das Handy seit Stunden nicht angerührt, zu viel war währenddessen passiert.

Die letzten Nachrichten waren allerdings vollkommen anders: „24:00 Uhr beim Alten Schlachthof“, hieß die eine, und „Seersucker“, die andere. Er wusste vor allem nicht, was er von der letzteren halten sollte. Sah aus wie ein Tippfehler oder ein Zufallsgebilde der Auto-Korrektur. Vielleicht hatte sie das Handy in ihre Tasche gesteckt und es war aus Versehen noch an? War das ihr neues Codewort und er wusste nichts davon? Eigentlich hörte es sich an wie eine Beleidigung.

Die andere Nachricht war dagegen klar: „Auf seine Freundin war eben Verlass“, überlegte er. „Oder doch nicht? War damit etwa 24:00 Uhr heute Nacht gemeint, jetzt in einer Stunde?“

„F***!“, dachte er sich, als er realisierte, dass es sich nur um diese Nacht handeln konnte. Nach den vier Stunden der letzten Nacht, hatte er sich heute mehr Schlaf erhofft, aber es sollte anders kommen.

KAPITEL 13

- The body snatchers -

Die Körperfresser kommen

Ein Knall, ein Klirren wie wenn Porzellan zerschellt, gefolgt von einem Gedankenblitz, katapultierten ihn aus der Dunkelheit in das gleißende Hier und Jetzt. Der stechend-aggressive Geruch von Desinfektionsmittel stieg ihm in die Nase und er fühlte, wie er mit seinen ersten kurzen Atemzügen das Gas in sich aufsog, das zwangsläufig in jedes feinste Gefäß seiner Lunge einkroch und seinen Brustkorb in Flammen aufgehen ließ. Die Folge war ein heftiges asthmatisches Keuchen, ehe sich sein Organismus nach einigen tiefen Zügen an die neue Atemluft gewöhnt hatte.

Er wusste nicht wie er hierhergekommen war, auch fehlte ihm jegliches Zeitgefühl. Es konnte früh morgens oder mitten in der Nacht sein. Das Erste was er in seinem Blickfeld wahrnahm, waren seine eigenen Hände, der Rand seines Sichtfeldes dabei immer noch leicht eingetrübt. Erstaunt musterte er seine Hände, die so gar nicht zu ihm gehören wollten, und drehte sie vor sich hin und her, betrachtete abwechselnd seine Handinnenfläche mit den Lebenslinien, dann wieder seinen Handrücken mit der markanten Verzweigung seiner Venen. Vorsichtig übte er das Zugreifen und sah zu, wie sich seine Fingerglieder unter dem Zug der Sehnen krümmten, gleichzeitig fehlte ihm noch das zugehörige Feingefühl. Es fehlte die Rückmeldung seiner Fingerspitzen, wenn sie sich berührten, alles fühlte sich seltsam taub und wie in Watte gepackt an, als wäre ihm der ganze Arm eingeschlafen.

Vorsichtig unternahm er die ersten vorsichtigen Schritte, erst ganz bedacht, dann, nachdem er merkte, wie er langsam die Kontrolle über seinen Körper zurückerlangte, mit zunehmendem Selbstvertrauen immer forscher. Er erkannte den grauen Industrieboden und die weißen Fliesen an der Wand und beim Anblick der Edelstahlbottiche spielten sich die, jetzt merkwürdigerweise fehlenden, Industriegeräusche in sein Bewusstsein und an sein Ohr. Seine Schritte hallten in den weitläufigen Hallen wieder, in denen, im Gegensatz zu sonst, die Bänder stillstanden. Das unendliche Töten hatte aus unerfindlichen Gründen tatsächlich ein Ende gefunden. Dieser Frieden verschaffte seiner Seele ein Wohlbehagen, das unbeschreiblich war – warum konnte dieser Zustand nicht immer währen? War dies die dunkelste Stunde vor dem Sonnenaufgang? Warum musste der Mensch nur mit Gewalt in dich eindringen, ohne zu verstehen, dass er damit gegen sich geht?

Langsam dämmerte ihm warum er hier war, wie konnte er es nur vergessen haben, er musste neben sich gestanden haben. Sie waren den Plan doch dutzende, ach was hunderte Male durchgegangen, im Geiste wahrscheinlich tausende Male. Wenn er sich nur vorstellte, wie oft er in seinem Büro umhergetigert war, nur um immer und immer wieder alle Eventualitäten in seinem Kopf, vor seinem inneren Auge durchzugehen. Hatten sie wirklich an alles gedacht? Jetzt als es soweit war, beschlich ihn ein ungutes Gefühl. Wo waren nur die letzten Stunden geblieben und wie war er überhaupt hierhergekommen? Hatte er sich im Tag geirrt? Kurz hatte er das flaue Gefühl, das er in seinem immer wiederkehrenden Traum hatte, in dem er völlig unvorbereitet in das Mathe-Abitur musste. Genauso fühlte er sich jetzt, wie vor einer Prüfung mit einem totalen Blackout. Verzweifelt suchte er an seinem Handgelenk nach seiner Armbanduhr, um sich Orientierung in Zeit und Raum zu verschaffen, aber da wo normalerweise seine Smart Watch war, erblickte er nur seine verblasste Haut. Was war nur los? Er ermahnte sich zur Ruhe - war da nicht eine Uhr hoch oben an der Wand gewesen, wo die Fliesen in den Beton übergingen? Suchend blickte er sich in der Halle um, ja, da war sie! Und sie zeigte verlässlich Datum und Uhrzeit an – alles schien in Ordnung zu sein.

Viel Zeit hatte er nicht mehr, er musste sich sputen. Als er durch die Gänge streifte blickte er sich immer wieder prüfend über die Schulter, dann wieder nach vorne. Der hell erleuchtete Tunnel schien kein Ende zu nehmen, da hörte er es, erst leise, dann immer lauter. Schritte. Er blickte sich abermals um, und dieses Mal meinte er ganz am Ende eine Bewegung ausgemacht zu haben. Kamen da Schritte von hinten? Oder war es nur sein Echo? Unfreiwillig beschleunigten seine Beine, aus raschem Gehen wurde Laufen, aus Laufen Rennen, bis er schwer atmend im Vollsprint war. Der Flur nahm trotzdem kein Ende, im Gegenteil, er schien sich zusammenzuziehen, sich zu verkrümmen und ihn zu verschlucken. An seiner Rechten zogen die Fenster an ihm vorbei, Metallhaken nach Metallhaken schwebte vorüber, die nähere Umgebung dabei zunehmend unscharf und verschwommen, während er das Tunnelende völlig klar vor sich sah, diesem nur nicht näher kam.

Endlich kam eine Tür in Sicht. Ohne sich nochmals umzuschauen warf er sich mit voller Wucht gegen die schwere Edelstahltür und drückte sie auf. Mit dem Raum wechselte der Boden und aus dem hellen Estrich wurden beige Kacheln. Mit dem Lichtschein der Tür fand er sich in einem Tunnel aus Kartonagentürmen wieder, die ihre langen Schatten in die Leere der Halle warfen. Sein Blick streifte über die Kartons, auf jeder Seite der Verpackung thronte das exakt zentrierte Emblem seiner Firma, blau auf weißem Grund. Er hatte den Reinraumbereich verlassen und sämtliche Ware die hier ankam, war bereits vakuumiert oder tiefgefroren und fertig zum Versand. Mit der langsam zufallenden Tür wanderte der scharfe Lichtschein über den Boden, bis die Tür mit einem finalen Schlag zufiel und er sich plötzlich im Dunkeln wiederfand. Erst nach und nach gewöhnten sich seine Augen an die Dunkelheit. Es war düster und alles lag im Halbschatten, er sah jetzt nur noch Grautöne und sein Blick wanderte zu den Oberlichtern weit oben in der Hallendecke. Die sollten für Licht sorgen, ließen aber nichts weiter als Dunkelheit herein. Den einzigen Farbtupfer bildete der Getränkeautomat mit der farbig leuchtenden Reklame in der Nische an der Wand, der zusammen mit der Klimaanlage in Eintracht vor sich hin brummte. Er ging weiter, bis sich vor ihm die Weiten der Versandhalle erstreckten. Das einzige Licht drang von der Außenbeleuchtung durch die kleinen ovalen Fensterchen der Rolltore an den Laderampen. Zehn dieser Rampen waren am einen Ende der Halle diagonal nebeneinander angeordnet. Er erkannte in der Ecke das verglaste Versandbüro, bei dem sich die Fahrer meldeten, um die Lieferscheine entgegenzunehmen. Entgegen der Hektik die hier sonst herrschte, war es jetzt wie ausgestorben, eine beklemmende Stille, wie wenn man nachts durch ein verlassenes Kaufhaus läuft, machte sich breit.

Er ging kurz in sich. Er müsste es noch rechtzeitig geschafft haben, aber ganz sicher war er sich nicht. Jetzt musste er nur noch auf das vereinbarte Signal warten. Er setzte sich auf eine der Holzkisten, die am Einstretchautomaten stand. Er begutachtete kurz das überklebte Label. Er wusste alles über die Firma. Er war hier aufgewachsen, er konnte es nicht leugnen, er kannte den Fleischpreis der letzten zehn Jahre auf die Nachkommastelle genau. Da es sich um Holzkisten handelte, mussten sie für den Versand nach Fernost vorbereitet gewesen sein, konnten aufgrund der aktuellen Importbeschränkungen aber nicht dorthin geliefert werden. Jetzt hatten sie keine Wahl und das überflüssige Schweinefleisch und die Hühnerbeine mussten zu einem Spottpreis an die hiesigen Tiermehlfabriken geliefert werden. „Was für ein Irrsinn", ging es ihm durch den Kopf.

Die Minuten vergingen, es kam ihm wie eine Ewigkeit vor, dann hörte er das Quietschen von Rolltoren und das Brummen eines LKW. Er stellte sich an das kleine Fenster der Laderampe und spähte hinaus. Er sah die breiten Scheinwerfer des LKW und dann das kurze Aufleuchten des Fernlichts, das vereinbarte Signal. Er sah wie die Zugmaschine mit dem langen Auflieger zu einem Wendemanöver ausholte, um rückwärts an die Rampe zu fahren. Just in dem Moment an dem er aufstand und sich bereit machte, das Rolltor zu öffnen, knallte die Tür auf durch die er selbst in die Halle gekommen war. Der gleißende Lichtschein durchschnitt die Dunkelheit in zwei Hälften. Reflexartig duckte er sich weg und kauerte sich hinter die nächstbeste Kiste. „Etwas läuft schief", schoss es ihm durch den Kopf. „Er hatte sich vorhin offenbar nicht getäuscht, als er den Schatten auf sich gespürt hatte, er war verfolgt worden." Er hörte die klackenden Schritte über den Fliesenboden wandern, bis sich ihr Schall von den Wänden zurückwarf, in der Halle fing und von allen Seiten auf ihn zukam. Kurz darauf sah er, wie sich ein langer Schatten mit den überlangen Beinen über den Fußboden erstreckte. Er hatte keine Zeit zu verlieren. Auf allen Vieren und so leise wie möglich wechselte er zwischen den Kartonreihen, bis er eine Kiste fand, deren Deckel sich anheben ließ. Der auf dem Hof rückwärtsfahrende LKW machte inzwischen einen erheblichen Lärm und er wartete unruhig den Moment ab, an dem der Auflieger auf Kontakt an die Rampe gefahren würde. Als er das erwartete Donnern hörte, nutze er seine Chance und schlüpfte flink in die Kiste und ließ den Deckel sanft über sich in Position gleiten. Glücklicherweise hatte sie die perfekte Größe für ihn. Sein Verfolger konnte sein Manöver unmöglich mitbekommen haben, da war er sich sicher, außerdem musste sein Widersacher vom Lärm auf dem Hof abgelenkt sein. Blieb nur zu hoffen, dass der Fahrer seinen Anweisungen folgte, dann könnte ihr Plan mit ein bisschen Glück trotz Allem noch aufgehen. Abbrechen war keine Option mehr, nicht mehr zu diesem Zeitpunkt. In der

Kiste war es eng und der Deckel war so passgenau gezimmert, dass sie nahezu schalldicht war. Er verlor schnell das Zeitgefühl, konnte sich nur an den vagen Außengeräuschen orientieren. Der Geruch des frischen Holzes drang ihm in die Nase. Er bildete sich sogar ein, die Pestizide des behandelten Holzes riechen zu können und fragte sich unweigerlich, ob er davon Schaden nehmen könnte. „Was für merkwürdige Gedanken einem in den unpassendsten Momenten kamen", dachte er sich, „als ob das jetzt eine Rolle spielen würde."

Er hörte abermals die klackenden Schritte, jetzt ganz nah an seinem Versteck. In der engen Kiste war es binnen Sekunden abartig heiß geworden, er schwitzte von Kopf bis Fuß, es war so unerträglich, dass er sich fast wünschte entdeckt zu werden.

Er hörte wie das Rolltor aufgefahren wurde und kurz darauf vernahm er das Gemurmel von Männern. Der Fahrer musste sich angemeldet haben und wurde jetzt wahrscheinlich zur Rede gestellt. Sie hatten die Papiere alle fein säuberlich vorbereitet, eigentlich durfte es an dieser Stelle keine Probleme geben, und tatsächlich machte sein Herz einen kleinen euphorischen Sprung, als er den kleinen Handstapler aus dem LKW, im typischen Holpern, über die Fliesen fahren hörte. Alles schien gut gegangen zu sein, die Tarnung hielt.

In der Zwischenzeit setzte ein gewisser Rhythmus ein und der Fahrer lud in emsiger Regelmäßigkeit eine Palette nach der anderen in den Auflieger. Es konnte nicht mehr lange dauern, dann wäre er dran. Allerdings verebbte der Lärm nach einiger Zeit. Fast schien es, als würde der Fahrer unvollendeter Dinge abziehen wollen, als er hörte, wie die Männer direkt neben ihm zu diskutieren anfingen. Er zuckte zusammen, als einer der Männer plötzlich, direkt an der Stelle wo sich sein Ohr befand, auf seine Kiste klopfte. Die Stimmen redeten weiter, bis endlich, mit einem Ruckeln, der Stapler unter ihn gefahren wurde. Dann spürte er im Bauch das kurze Gefühl des freien Falls, als die Kiste angehoben wurde. Während seines Beladevorgangs wurde er kräftig durchgeschüttelt, was in einem kräftigen Stoß gipfelte, als er mit einem letzten Ruck über die Schwelle zum LKW gezogen wurde. Erst stieß er sich dabei seinen Kopf am Deckel der Kiste, um dann, bei der Abwärtsbewegung auf schmerzhafteste Weise auf seinen

Steiß zu prallen. Er windete sich vor Schmerzen und unterdrückte den Schrei. Fürs Erste war er damit bedient. Er musste nicht mehr lange durchhalten, dann würde der Plan trotz unerwarteter Komplikationen funktioniert haben. Dieser Gedanke war sein Hoffnungsschimmer, an ihn klammerte er sich, bald würde er mit seiner Liebsten vereint sein, nur noch ein paar Wochen, ach was, wenn es gut lief Tage, galt es zu überstehen.

Nachdem er abgesetzt worden war, spürte er, wie das Kühlaggregat des LKW ihn samt Kiste in sanfte Vibrationen versetzte und kurz darauf vernahm er das monotone Summen der Hydraulik, mit der die Ladeluke des LKW zugefahren wurde. „Jetzt dürfte er in Sicherheit sein", dachte er sich, als der Dieselmotor der Zugmaschine ansprang und er spürte, wie sie sich langsam in Bewegung setzten. Die Spannung fiel von ihm ab und er atmete tief durch. Nach mehreren kurzen Stopp-und-Go Phasen und relativ scharfen Kurven wurde die Fahrt immer länger und ruhiger und sie setzten ihren Weg offenbar auf einer Hauptstraße fort. Zu Beginn der Fahrt versuchte er noch ihren Verlauf anhand von rechts und links Abbiegungen zu kontrollieren, ihm wurde aber schnell bewusst, dass er sich spätestens nach der dritten Kreuzung selbst etwas vormachte und er unmöglich noch nachvollziehen konnte, wo sie sich momentan befanden.

Er bemerkte, wie er immer kurzatmiger und müder wurde, zunächst gab er sich der bleierner Schwere hin, bis sich sein inneres Notsystem meldete und ihm im letzten Moment klar machte, dass langsam aber sicher der Sauerstoff in seinem Versteck zu Neige ging und er im Begriff war zu ersticken. Erschrocken und panisch rang er nach Luft. Zwar sollte die Fahrt nicht lange sein, aber sehr viel länger würde er es hier auch auf keinen Fall aushalten können, es musste etwas geschehen.

Er drehte sich von der Seite auf den Rücken, stemmte sich gegen den Boden ab und hob mit Armen und Beinen den Deckel relativ leicht ab. Erleichtert zog er die kühle Luft in sich auf und gab sich der Frische hin. Nachdem er wie Dracula aus seiner Kiste emporgestiegen war, und er die umliegenden Ladung ertastete, wurde im schlagartig klar, wie leichtfertig er eigentlich gewesen war. Wäre er nicht durch bloßen Zufall als eine der letzten Kommissionen eingeladen worden, und andere Ladung auf ihn gestapelt worden, wie es rings um ihn der Fall war, wäre das sein Ende gewesen. In diesem Moment würde er seine letzten Atemzüge machen und das Zeitliche segnen. Bilder von Flüchtlingscontainern schossen ihm durch den Kopf.

Dafür fand er sich jetzt in einem übergroßen Kühlschrank wieder. Er hatte die Wahl zwischen Pest und Cholera, oder hieß es jetzt Corona und Cholera? Entweder warm in der Kiste ohne Luft, oder tiefgekühlt wie eine der gut abgehangenen Rinderhälften die ihn umgaben. Zunächst war er froh wieder Luft zu bekommen und war deshalb auch nicht wählerisch, dass die Luft dabei den blutig-eisernen Geschmack toten Tieres trug. Es war der Geruch, der seine Kindheit geprägt hatte.

Er tastete sich durch die Dunkelheit, in der Hoffnung irgendwo einen Spalt nach draußen finden zu können, bekam aber bei der nächstbesten Kurve von der Fliehkraft den Boden unter den Füßen entzogen. Er kam ins Straucheln und geriet unweigerlich zwischen die, im vorderen Teil des Laderaumes hängenden, Rinderhälften, die ihn wie Hindernisse eines Geschicklichkeitsparcours malträtierten und zwischen sich hin und her schleuderten. Fast auf Knien umfasste er haltsuchend einen der Kadaver und musste dabei seine Fingernägel tief in das Fett krallen, um sich langsam mit rutschigen Händen an dem Fleisch hochzuziehen. Sicherheitshalber blieb er erstmal in einer stabilen Position.

Den vielen Kurven und wieder häufigeren Stopps zur Folge mussten sie jetzt in der Innenstadt sein. Jetzt sollte es eigentlich nicht mehr lange dauern - aber er sollte sich täuschen. Denn nicht wenige Minuten später wurde die Fahrt wieder ruhiger und er spürte, dass sie nicht mehr richtig sein konnten. Was auch immer gerade passierte, irgendetwas stimmte nicht. Sollte er doch den falschen LKW erwischt haben? Er bekam langsam ein mulmiges Gefühl, die Sache lief völlig anders als geplant und war auf dem besten Wege schief zu laufen. Die Touren konnten mitunter hunderte, ach was, tausende Kilometer gehen. Solange würde er es bei dieser Kälte auf keinen Fall aushalten. Er startete einen neuen Versuch und kam dieses Mal besser voran und war am ganz vorderen Teil des Laderaumes angelangt. Verzweifelt begann er auf die Frontwand des Aufliegers einzuhämmern, in der Hoffnung den dahinter sitzenden Fahrer auf sich aufmerksam zu machen. Aber nichts, die Minuten vergingen, die Kilometer verstrichen und er fand sich bibbernd mit seinem drohenden Kältetod ab. „Wenigstens sollte der ja eine der besten Arten des Dahinscheidens sein."

Aber dann, nach einer ersten sanften, dann scharfen Linkskurve verringerte der LKW sein Tempo und rollte kurz darauf aus und kam unverhofft zum Stillstand. Er hörte die Fahrertür, gefolgt vom Summen der Hydraulikzylinder, die die Laderampe wieder herabschwingen ließ. Der Fahrer musste ihn offenbar doch gehört haben und wollte jetzt die Sache überprüfen. Er hangelte sich durch die freihängenden Tierleichen, vorbei an den Kartons und Kisten nach hinten. Als er auf die Laderampe stieg, war er erleichtert den Fahrer im Rot der Rückscheinwerfer erleuchtet vor ihm sehen. Es war nicht der Fahrer, den er erwartet hatte. Das war kein gutes Zeichen. Ihm war klar, dass es auch für den Fahrer ein Schock sein musste. Einen blinden Passagier in seiner Ladung zu finden war mit Sicherheit unerwartet, deswegen lächelte er ihn mit seinem gewinnendsten Lachen an. Sein finster dreinblickendes Gegenüber zeigte sich jedoch unbeeindruckt. Vielleicht konnte er aber auch einfach kein Deutsch, zumindest ging der offensichtlich osteuropäische Fahrer wieder an das Bedienpult und ließ seinen unverhofften Reisegast von der Pritsche. Während des Herablassens musterte er die Umgebung. Die Scheinwerfer des LKW hüllten den näheren Umkreis in eine Schattenlandschaft und schienen unheilvoll in den Wald hinein. Sonst gab es außer dem diffusen Licht, das die Wolken reflektierten, keine weitere Lichtquelle. Sie hatten sich für ihre Aktion nicht umsonst extra eine Nacht mit Neumond ausgesucht gehabt.

Gegen den Nachthimmel zeichneten sich die Baumkronen des Waldes ab. Auf der anderen Seite sah er eine eingezäunte Einfahrt, die von einer maroden Schranke versperrt wurde. Wo auch immer sie waren, es war nicht der abgemachte Treffpunkt, sie waren auf einem Rastplatz irgendwo im Wald. Unten angekommen sprach er den Fahrer darauf an: „Wo sind wir, und wo sind die anderen?"

Der Fahrer blieb reglos, ignorierte ihn gar.

„Sprechen Sie deutsch?", versuchte er es verzweifelt. Doch bevor eine Antwort folgen konnte, bog ein Auto zu ihnen auf den Parkplatz und kam so zu stehen, dass sie von den Scheinwerfern frontal geblendet wurden. Sein

Fahrer tat es ihm nach und hob zum Schutz seine Hand vors Gesicht. Hatte sein Schatz mitbekommen, dass der Plan schief gelaufen war und kam ihn jetzt holen? Er war sich unsicher, er sah nicht viel, aber das Auto kam ihm unbekannt vor. Die Türen gingen auf und zwei Gestalten traten in das Licht, ihre Silhouetten zeichneten sich vor den Scheinwerfern ab. Sein Fahrer begrüßte sie auf eine Sprache die er als polnisch einordnete. Dieser Punkt war es, wo er blitzschnell schaltete und auf Nummer sicher ging, ob Freund, ob Feind das ließ sich später herausfinden, aber jetzt hieß es ab ins Dickicht. Er zögerte keine Sekunde und rannte los, direkt in die entgegengesetzte Richtung der Neuankömmlinge, in den Schatten des Transporters. Wenige Augenblicke später fand er sich im Unterholz wieder. Er hörte wie die Männer kurz in Aufruhr gerieten, nach ihm ausschwärmten und die Verfolgung aufnahmen. „Also doch eher Feind", dachte er sich. „Aber was tun?" Er war auf sich allein gestellt, unklar wo genau er sich befand. Er traute sich keinen Schritt zu machen, könnte doch jeder kleine Ast, jedes Laub ihn verraten. Er hörte in den Wald hinein. Außer den Stimmen und Schritten der Männer hörte er nur ein entferntes Rauschen, fast wie Meeresrauschen, tatsächlich war es aber die Autobahn. Er war also nicht weit von der Autobahn entfernt, Autobahn hieß Zivilisation, Zivilisation hieß Menschen, Menschen hießen jetzt Rettung. Er hörte seine Verfolger mal näher mal weiter entfernt, über kurz oder lang würden sie ihn hier, zusammengekauert am Fuße eines Baumes, aber finden. Vor allem weil sie sich jetzt mit den Taschenlampen ihrer Handys auf die Suche nach ihm machten. Er hatte keine Wahl er musste die Flucht nach vorn wagen und versuchen Richtung Autobahn zu kommen. Geduckt schlich er um seine Widersacher, immer bedacht Bäume und Sträucher zwischen ihm und den finsteren Gestalten zu halten. Todesangst hatte inzwischen Besitz von ihm ergriffen. „So fühlen sich also die Tiere in einer Treibjagd", dachte er bei dem Kloß in seinem Hals. Immer wieder musste er umkehren, weil das Unterholz zu dicht war, es ging zwei Schritte vor, einen zurück, zwischendurch machte er immer wieder eine kurze Pause um inne zu halten, aber langsam kam er voran und hatte inzwischen gut zwei Drittel geschafft. Nur noch ein Stück und er würde sich von den Gangstern weg, frei Richtung Autobahn bewegen können. Nachdem er wieder ein gutes Stück geschafft hatte, knackte es neben ihm, gefolgt vom unheilvollen

Klacken einer entsicherten Waffe. Wissend was ihn erwartet, drehte er den Kopf und schaute direkt in den gezogenen Lauf einer Pistole. Er konnte das kalte Metall förmlich riechen. Einer der Gangster musste ihm den Weg abgeschnitten und ihm ohne Taschenlampe aufgelauert haben.

„Wohin des Wegs?“, fragte eine Stimme.

So sollte es also enden? Zumindest hätte sein Martyrium damit ein Ende, aber er hätte sich noch so gerne von seiner Liebsten verabschiedet, überhaupt nahm sie jetzt allen Platz in seinen Gedanken ein. Voll Panik schob er sich nach hinten um einen letzten Fluchtversuch zu unternehmen, doch zu spät, es krachte und er spürte nur noch wie sein Jochbein unter dem Aufprall nachgab, die Lichter ausgingen und alles schwarz wurde, vollkommene Stille einkehrte.

Wenige Sekunden später, die ihm wie Stunden vorgekommen waren, schüttelte es ihn kalt durch und er schreckte schweißgebadet aus dem Schlaf auf.

„Guten Morgen!“, drang es an sein Ohr.

Er öffnete langsam die Augen und erkannte Helligkeit. „Gott sei Dank!“, murmelte er erleichtert vor sich hin. „Alles war nur ein Traum gewesen. Und was für ein Alptraum das gewesen war, warum musste er in seinen Träumen nur immer sterben...?“

KAPITEL 14

- Township Rebellion -

Im Unterholz

Es war halb zwölf, als er von der Eutingerstraße kurz vor dem Kaufland und SWP-Kraftwerk am Enzauenpark, auf die Zeppelinstraße in der Oststadt abbog. Er erinnerte sich, dass er an dieser Kreuzung beinahe mal überfahren worden wäre, fuhr weiter am Postzentrum vorbei und durch die Unterführung der Gleise auf die Kleiststraße zum Alten Schlachthof.

Er wusste nicht, seit wann das Fabrikgebäude stillgelegt war. Er hatte nur mitbekommen, dass ein Verein oder eine Genossenschaft das brach liegende Areal übernommen hatte und eine Künstlerkommune etablieren wollte. Künstler sollten die Möglichkeit bekommen, unter einem Dach zu wohnen und in den integrierten Ateliers Kunst zu schaffen. Die Vorstellung, dass an einem ehemaligen Ort der Unterdrückung wie diesem, der Geist der Freiheit wehen sollte, hatte fast etwas Poetisches.

Er parkte vorsichtshalber vor dem Gelände und wartete ein paar Minuten im Wagen um die Lage zu peilen. Das Gelände war leer und verlassen, keine Menschenseele rührte sich. „Vielleicht ist er doch am falschen Abend hier?", fragte er sich. Dann verließ er den Wagen, holte von der Rückbank noch kurz seine Jacke, überlegte, ob er seine Waffe aus dem Handschuhfach mitnehmen sollte, entschied sich dann aber dagegen. Er ließ das Gelände des Abfallverwerters rechts liegen und ging auf den Zaun zu und durch das offene Tor. Er ging zum Haupteingang und versuchte einen Blick in den Innenraum zu erhaschen, aber alles war verbarrikadiert. Dafür hörte er lautes Donnern und spürte wie es immer wieder vibrierte. Er umrundete das Gebäude weiter bis zu einem der heruntergelassen Rolltore auf der Südseite, wo er sein Ohr anlegte und durch das dünne Metall ganz klar den treibenden Sound von Techno-Musik vernahm. Auf der Suche nach einem Zugang ging er weiter um das marode Gebäude und war inzwischen ganz auf der Rückseite angekommen. Dort musste er sich in Acht nehmen, um nicht in den Fängen der auswuchernden armenischen Brombeere zu landen, die hier die ganze Fläche für sich beanspruchte. Ab und zu blieb er mit seinen Klamotten hängen, konnte den wildesten Auswüchsen der Pflanze aber ausweichen.

Als er gerade um die vierte Ecke bog, tat sich ein Lichtschein auf, dann hörte er Stimmen und Schreie eines Streits und dann flog auch schon ein junger Mann durch die offene Tür auf den Hinterhof. Ihm hinterher kam ein großer junger Kerl, der in den Lichtschein vor die Tür trat und dem Rausgeschmissenen sein Handy krachend zwischen die Beine auf den Asphalt warf, sodass es in tausend Teile zersplitterte.

Ben wartete ab, wie sich die Situation weiter entwickelte und sah wie der junge Mann sich langsam berappelte, um dann unter dem Einfluss von zu viel Alkohol wieder das Gleichgewicht zu verlieren. Die Tür war mittlerweile wieder verriegelt. Er sprang dem jungen Mann zur Seite und fing ihn auf.

„Was haben sie denn mit dir angestellt?“, fragte er ihn, aber leider bekam er nicht mehr als unzusammenhängendes Gebrabbel als Antwort. Er lehnte den guten Kerl neben der Tür an die Außenfassade des Gebäudes und legte seine Jacke über die Knie des kauernden Burschen. Er hoffte, dass er gleich in das Gebäude kommen würde und es dort wärmer war. Dann widmete er sich der Tür. Es war eine große Stahltür, wie sie zu diesem Ort passte, auf Augenhöhe war mit einem Brennschneider ein unsauberer Schlitz in das Metall gebrannt und dafür mit einer Klappe von Ihnen versiegelt worden. Ihm war klar, dass er als ungeladener Gast nicht ohne weiteres reinkommen würde, andererseits war er schon auf ganz andere Partys gekommen, wenn gar nichts half, würde er an der Dachrinne hochklettern und über das Dach einsteigen. Er erinnerte sich an seine wohl spektakulärste Clubnacht in einem Underground Club in London, zu dem nur Insider finden konnten, die eine Reihe von Prüfungen zu bestehen hatten. Zum Höhepunkt wurde man am Ende in eine öffentliche Toilette gelotst und sich dort selbst überlassen. Er wollte gar nicht wissen, wie viele hier so kurz vor dem Ziel aufgegeben hatten. Man hatte sich den zersprungenen Spiegel schon ganz genau ansehen müssen, um festzustellen, dass es mit ihm etwas auf sich hatte. Und so war des Rätsels Lösung dann auch, dass man den Spiegel über einen Mechanismus, wie bei einer Geheimtür, zur Seite schwenken konnte. Erst dahinter verbarg sich der freie Zugang zu einem der angesagtesten Clubs überhaupt.

Hier würden die Vorsichtsmaßnahmen nicht geringer sein, waren Versammlungen über zwei Haushalte hinaus derzeit doch strengstens verboten. Und den Geräuschen nach, die nach außen drangen, waren das mit Sicherheit mehr Leute auf einem Haufen, er hatte tatsächlich eine Corona-Party aufgestöbert. Er hätte gerne seinen Trinkkumpanen am Boden gefragt wie man hineinkommt, nur leider hatte der sich inzwischen in das Land der Träume verabschiedet.

Es half nicht, er musste klopfen und hoffte, dass er dabei nicht schon den ersten Fehler machte. Aber noch schien er sich im Protokoll zu bewegen, wurde doch als direkte Reaktion der Schlitz beiseite geklappt und ein Augenpaar kam dahinter zum Vorschein.

„Wort mit vier Buchstaben und einem sechsstelligen Einkommen?“, fragte eine junge Frau hinter der Tür die Zugangsparole ab.

„Toll“, dachte sich der Kommissar, „das kann alles sein.“ Hilfesuchend schaute er sich um, um möglicherweise irgendwo einen Hinweis zu finden. „Dass ihm sein, auf dem Boden kauernder Freund, aber auch nicht helfen konnte! Vier Buchstaben, das konnte alles sein. Spontan dachte er an COVID oder Corona, aber nichts was ihm einfiel wollte passen.“ Er überlegte und dachte scharf nach, das Mädchen auf der anderen Seite wurde langsam ungeduldig: „Was ist jetzt?“, und war im Begriff ihm die Luke vor der Nase zuzuschlagen.

„Denk nach“, feuerte er sich an und erinnerte sich dabei an die Nachricht seiner Freundin: „War das ominöse Wort, das sie ihm geschickt hatte das Passwort, die Losung? Aber es hatte viel mehr Buchstaben und ergab überhaupt keinen Sinn. Hatte sie sich vertippt und es nicht gemerkt? Ausgerechnet jetzt, ausgerechnet beim Passwort das er brauchte. Er hätte nochmal nachfragen sollen, aber jetzt schlief sie längst, das Handy offline. Selbst schuld“, dachte er sich. „Er hätte sich zwischendurch mal bei ihr melden sollen, wie sie es vereinbart hatten, dann hätte er das Problem nicht. Es half nichts, er musste es riskieren sich zu blamieren.“

„Seersucker“, kam es ihm schwer und zögerlich über die Lippen.

„Was?“, fragte die junge Frau hinter der Tür und wiederholte ihre Frage.

„Seersucker!“, wiederholte er ein zweites Mal seinen Tipp, dieses Mal voller Selbstbewusstsein und auf das Vertrauen seiner akribischen Freundin und dass ihr niemals Tippfehler unterliefen.

Die Klappe vor seinen Augen wurde zugeschlagen und der laute Knall ließ ihn einen Schritt zurückweichen, vorsichtshalber nahm er Körperspannung an, um auf das gefasst zu sein, was gegebenenfalls aus der Tür auf ihn gehetzt würde. Die Tür schwang auf und das helle Licht eines aufgestellten Baustrahlers empfing ihn. Er drehte seinen Kopf leicht zur Seite weg und blinzelte, die Fäuste immer noch geballt. Aber die Türsteherin, deren Schatten durch den Baustrahler deutlich imposanter gewirkt hatte, meinte nur freundlich zu ihm: „Komm doch rein.“

Er entspannte sich und ging auf die junge Frau, vermutlich eine Studentin, zu. Er kam in einen kleinen Vorraum, der die Eingangskontrolle bildete, und fand sich am Eingang eines Korridors wieder. Der war bis zu seiner Brusthöhe mit kleinkarierten weißen Kacheln gefliest. In schwarzer verschmierter Schrift, wie sie ihm bekannt vorkam, stand darauf zu seiner rechten „Schlachthof“ und darunter als Untertitel „Count to six and die“ wie er es aus einem Song kannte. Seine Vermutung und die Kontakte seiner besseren Hälfte hatten ihn nicht enttäuscht, hier war er unzweifelhaft am richtigen Ort, am Epizentrum der Extinction Rebellion Bewegung.

Er wollte gerade den Flur entlanggehen, als die Studentin ihn aufhielt und scharf: „Handy!“, rief. Nach der Aktion seines Freundes draußen vor der Tür, waren Handys hier anscheinend strengstens verboten, man wollte sicher gehen, dass die Party nicht binnen weniger Minuten auf diversen Social Media Plattformen live und viral ging. Es führte also kein Weg daran vorbei, wenn er rein wollte, musste auch er sein Smartphone abgeben. Er ging den langen Flur entlang, an dessen Wänden in ihrer Nüchternheit nicht viel mehr als ein Hinweisschild zum WC angebracht war und als Verhöhnung ein altes Hinweisschild für Arbeitssicherheit. Je weiter er ging umso heftiger wurde die Musik und er fühlte wie der Bass seine Brust massierte. In kurzer Entfernung, an der Stelle, wo sich der Korridor in eine Kreuzung mit vier Richtungen auflöste, sah er mehrere in schwarz gekleidete Jugendliche umherlaufen. Je weiter er ging, umso dunkler wurde es. Im grellen Licht des Stroboskops sah er die stakkatoartigen Bewegungen tanzender Silhouetten.

Die Partygäste rissen den Dancefloor förmlich ab und die Party war in vollem Gange. Alle Festivals für dieses Jahr waren abgesagt, und so trafen sich die Leute vom Unterholz eben hier.

Er mischte sich in das Treiben und verschaffte sich langsam einen Überblick über die Räume und Gegebenheiten. Vom Alter, war er klar der Älteste, waren die anderen doch ältere Teenager und Studenten. Dennoch, er hatte sich seiner Meinung nach für sein Alter gut gehalten. Er ging durchaus noch als Student durch und fiel damit überhaupt nicht auf. Vom Aussehen her, war er hier auf keinen Fall der Älteste.

Zur weiteren Tarnung und da er ziemlich ausgelaugt war, entschloss er sich erstmal was zu Trinken zu holen. An einem kleinen improvisierten Kiosk, bekam er gegen eine kleine Spende einen Becher Eistee. Hier befand er sich in der einstigen LKW-Einfahrt der Fabrik. Auf dem Becher stand „Future Smart" und er war wohl Bestandteil oder Ergebnis einer Recyclingaktion. Dann gönnte er sich den Inhalt des Bechers, den er als frische Abkühlung gut vertragen konnte.

In diesem Bereich waren die deckenhohen Fliesen hellblau und darüber öffnete sich eine umlaufende Empore, die ihn an amerikanische Gefängniswärter erinnerte, die in den Gefängnisfilmen immer genau auf solchen Galerien schwer bewaffnet Wache schoben. Darüber öffnete sich ein simples, aber in seiner Einfachheit filigranes Oberlicht, das sich über die ganzen zehn Meter der LKW-Schleuse erstreckte. Hier im abgedunkelten Innenraum, sah man die sternklare Nacht über sich funkeln und Zufall oder nicht, legte der DJ gerade einen Track auf, der „Stars" hieß, es war einer dieser übersinnlichen Momente, wo einen die Musik im richtigen Ambiente alles vergessen und im Augenblick aufgehen lassen konnte.

Nachdem er die Nebenräume abgeklappert hatte, machte er sich jetzt auf zur Tanzfläche im Hauptraum. Dort wurde richtig ausgelassen gefeiert. Der Boden, der bestimmt auch mal gefliest gewesen war, war größtenteils bis auf den nackten Betonuntergrund herausgerissen und die Wände waren mit Pressluft- und Vorschlaghämmern malträtiert worden. Überall schauten Kabel aus den Wänden, oder hingen unzusammenhängende Rohre von den Decken und Wänden. In einigen Ecken lag der Bauschutt aus zerschlagenen Backsteinen, Putz, Fliesen und Beton. So viele Fliesen wie er die letzten Tage gesehen hatte, kam ihm der Verdacht, dass Orte mit Fliesen keine guten Orte und Fliesen ein schlechtes Omen waren, er hing dem Gedanken aber nicht weiter nach.

Der DJ auf der kleinen improvisierten Bühne drehte auf und der Bass flutete in Wellen die Halle, eine gekoppelte Seifenblasen- und Nebelmaschine unter der Decke sorgte passend zum Beat für das nötige Ambiente. Ben beobachtete, wie die mit Nebel gefüllten Seifenblasen durch die Halle schwebten, das Licht in sich brachen, wenn sie vom Laser getroffen wurden, um dann ihrem Ende entgegenzufliegen und an der nächstbesten Ecke mit einer kleinen Eruption zu zerplatzen und den Nebel freizugeben.

So euphorisch die Stimmung auf dem Dance Floor auch war und so schön es war, endlich mal wieder junge Menschen in einer Disco auf engem Raum, eng aneinandergeschmiegt und ohne Masken tanzen und flirten zu sehen, so wenig Kraft hatte er, sich in das Getümmel zu schmeißen. Außerdem konnte man sich bei der Lautstärke des Raves sowieso nicht unterhalten und das war es was er suchte, Leute die ihm weiterhelfen konnten, die ihm sagen konnten, wer Lady Lawless war, oder zumindest einen Tipp geben konnten. Deswegen schob er sich aus der Masse und bewegte sich hinter den quadratischen Säulen, die das Hallendach abstützen, und einen ruhigen Seitengang bildeten zurück Richtung Vorraum. Dort folgte er den Drinks und Papierstrohhalmen, die ihn zur Bar führten, die im zweiten, großen, fast spiegelsymmetrischen Raum eingerichtet war.

Durch die Löcher in der Wand, wo einst Rohre waren, hörte man zwar auch hier die Musik von der anderen Halle rüberdonnern, aber doch zumindest so gedämpft, dass man sich angenehm unterhalten konnte. Er setze sich an die Bar und bestellte sich, einer ersten Intuition widerstrebend, kein normales Bier, sondern ein Alkoholfreies. Er wusste auch nicht, woher sein intuitives Verlangen nach Bier kam, aber er war wohl so sozialisiert worden, kannte es nicht anders aus Familie und Verwandtschaft, dass Männer auf Feiern Bier tranken.

Wie er da saß, schaute er sich um und hielt Ausschau nach potentiellen Gesprächspartner. Nebenbei belauschte er das Gespräch der zwei Jungs neben ihm an der Bar, die sich offensichtlich uneinig waren, wie sie den weiteren Abend gestalten sollten. Er hörte nur: „Nein Mann, ich will noch nicht gehen, lass uns noch ein bisschen tanzen! Komm schon Alter, ist doch noch nicht so spät, lass uns noch ein bisschen tanzen!“

Es war klar, dass diese feiernde Menge hier eine Mischung aus einer eingeschworenen Kerngruppe war, und zugehörigen Freunden und Geschwistern, denen man soweit traute, als dass sie die Feier nicht auffliegen lassen würden. Nach einiger Beobachtung sah man klar die Unterschiede zwischen den etablierten Mitgliedern und den Gästen. Ab und zu versuchte er mit Leuten die an die Bar kamen und neben ihm Halt machten ins Gespräch zu kommen, über Smalltalk hinaus kam er aber nie. Davon abgesehen brauchte er, wollte er die richtigen Informationen finden, jemanden aus dem innersten Kern dieser Organisation.

Er wurde immer müder, und nachdem sich bestimmt eine Dreiviertelstunde, inzwischen war es nach eins, immer noch nichts ergeben hatte, war er drauf und dran den Heimweg anzutreten und hier am nächsten Tag nochmal vorbeizuschauen. Mit etwas Glück würde er auch dann jemanden antreffen, der ihm weiterhelfen konnte.

Just in dem Moment, wo der Beat der Musik wechselte, bildeten die Nebelschwaden den scheinbaren Kopf einer Raubkatze. Dann tauchten die großen grünen Augen aus dem Nebel auf und kamen unaufhaltsam auf ihn zu. Den eleganten und selbstsicheren Gang der Leopardin mit der wallenden blonden Mähne würde er jederzeit wiedererkennen. Die Hände in der Taille, ihren scharfen, funkelnden Blick auf ihm und ein sündiges Lächeln auf den Lippen, stand sie mit grazil erhobenem Kinn vor ihm. Ben verdrehte innerlich die Augen.

Es handelte sich um niemand anderen als Joe, die Femme fatale, die er erst vor ein paar Tagen auf dem Friedhof getroffen hatte. „Was macht die denn hier?“, fragte er sich, um die Frage nach kurzem Nachdenken mit: „Wo sollte sie an einem Abend wie heute auch sonst sein“, zu beantworten. Ihn wunderte nichts mehr. Unweigerlich fühlte er sich an die Aktion seines letzten Falles zurückerinnert, nein, zurückversetzt, wo er der Femme Fatal ebenfalls auf einer Feier in der verlassenen Papierfabrik in Dillweißenstein begegnet war, oder besser gesagt nicht begegnet war. Dafür erinnerte er sich spürbar an die Prügelei, die zerbrochene Flasche Whiskey über seinem

Kopf und die Schlagen am Boden. Bis heute hatte er bei Wetterumschwüngen noch Phantomschmerzen an der Stelle, wo ihn die Flasche getroffen hatte, und dem Ziehen nach, das seitdem von seiner Schädeldecke ausging, war er sich sicher, dass er damals einen Knacks bekommen hatte, auch wenn ihm die Ärzte versichert hatten, dass alles in Ordnung sei. Zudem hatte er jetzt in Verbindung mit dem Schmerz immer den Geruch von Whiskey in der Nase. Überhaupt endeten die Aufeinandertreffen mit ihr meistens schmerzhaft für ihn, er hoffte inständig, dass das heute anders sein würde.

Sie hatte die gleichen durchdringenden Augen, wenn auch nicht ganz so stechend, wie ihr Onkel Gary, den der er im Frühjahr wortwörtlich bis aufs Blut gejagt hatte. Er wusste, dass sie immer noch ihren Einfluss, ihre Kontakte bis in die beste Pforzheimer Gesellschaft pflegte, als auch bis hinunter in die tiefsten Abgründe. Ihr Auftreten konnte nur ein böses Omen sein. Das Unbehagen des Kommissars wuchs, als Joe hinter seinem Rücken vorbeilief und sich auf den Barhocker links neben ihm setzte. Immer wieder, und gegen seinen Willen, fiel sein Blick auf die junge Schönheit, seine einstige Widersacherin und Retterin in einer Person.

„Stört es dich wenn ich rauche?“, fragte sie zur Begrüßung.

„Nein, nicht wirklich“, antwortete Blocksberg.

„Willst du auch eine?“, bot sie dem Kommissar an.

„Nein danke, ich hab nie wirklich damit angefangen“, gab er zurück.

Sie öffnete die kleine getigerte Handtasche mit dem goldenen Reißverschluss und kramte darin nach ihren Zigaretten. Aus den Augenwinkeln erblickte er das Kate Spade Emblem der Tasche auf dem das Faux-Leather-Label prangte. Sein Blick folgte ihrer schönen schlanken Hand, die in der Tasche wühlte, und schweifte dabei unwillkürlich auf die Beine in dem viel zu kurzen Kleid ab. Um sich selbst abzulenken, drehte er den Kopf zur anderen Seite und suchte die Theke nach Streichhölzern ab. Er erspähte die rettende Schachtel in der Nähe des nächsten Aschenbechers und streckte sich danach. Er fuhr mit dem Streichholz über die Seite des Schächtelchens und beugte sich, mit der Hand die Flamme schützend, zu Joe hinüber, als diese sich ihre Zigarette gerade zwischen die roten Lippen klemmte. Sie erwiderte die zuvorkommende Geste mit einem dankbar lächelnden Blick, gefolgt von einem souveränen „Merci!"

„Willst du was trinken?", fragte der Kommissar und deutete auf sein eigenes leeres Glas.

„Ja, liebend gerne", kam es zurück, woraufhin der Kommissar den Barkeeper zu sich beorderte, sodass Joe ihren Wunsch direkt dem Barkeeper übermitteln konnte.

„Frucade oder Eierlikör?", fragte der Barmann.

„Nein danke", lehnte Joe ab, „eine Flasche P.B.R. bitteschön", übertrug sie dem Barkeeper. Der Kommissar hing den Worten der Schönheit noch einen Augenblick nach, bis er realisierte, was sie soeben bestellt hatte. Er kannte die Marke und führte sich das kleine Vermögen vor Augen, zu dem er Joe soeben eingeladen hatte.

Der Barkeeper antwortete vornehm „Sehr wohl Madame", sagte dann aber mit gespielt höflicher Stimme: „Eine Flasche Pierre Beauvais Rouge für die Dame von Welt, eine hervorragende Wahl. Nur leider führen wir sowas hier nicht." Blocksberg atmete erleichtert durch, auf die Umweltaktivisten war Verlass.

„Dann nehm ich halt das Bier", stellte sie klar. Der Barmann ging zum Eisschrank und holte die Getränke.

„Erlesener Geschmack, das muss man dir lassen", sagte Blocksberg mit einem süffisanten Lächeln zu Joe, die dieses ebenso schadenfroh erwiderte. So viel war klar, sie hatte damit offiziell die zweite Runde ihres Spiels eingeläutet und als ehrgeiziger Sportsmann der er nun mal war, nahm er die Herausforderung selbstverständlich gerne an und diesen kleinen Streich Joes sportlich. Der Barmann überreichte Joe ein Bierglas und füllte es etwa bis zur Hälfte auf. Der Kommissar, der mit dieser Marke nicht viel anzufangen wusste, lehnte dagegen mit einer waagerechten Handbewegung die fragende Geste des Barkeepers dankend, aber wortlos ab. Zu Zynismus aufgelegt, bestellte er sich ein Corona Export.

Der angenehme Schwefelgeruch des im Aschenbecher klimmenden Streichholes mischte sich zwischenzeitlich mit dem wohltuend aromatischen Zigarettengeruch von Joes Zigarette.

„Und was führst du zur Zeit im Schilde?“, fragte der Kommissar ketzerisch. „Heute schon ein Leben ruiniert?“

„Ach, was du immer von mir denkst“, gab sie entspannt zurück und tippte dabei mit ihren langen, makellosen und perfekt manikürten Fingern die Asche von der Spitze ihrer Zigarette in den Aschenbecher. „Nein, du weißt doch, mit solchen Kleinigkeiten wie mein Onkel früher gebe ich mich nicht ab. Außerdem habe ich mich von den ganzen zwielichtigen und dunklen Geschäften meines Onkels losgesagt und führe jetzt ein ebenso ehrenwertes Leben wie du.“

„Soll das heißen du ergreifst jetzt einen ganz profanen Bürojob?“, fragte Ben spielerisch.

„Ach Unsinn, das wäre auf Dauer dann doch ein bisschen zu eintönig. Nein, nein, ich peile andere Herausforderungen an“, erwiderte sie geheimnisvoll.

„Du weißt, ich bin wieder im Dienst und ich hatte dir versprochen, dass ich dich ebenso, wie deinen Onkel jagen und zur Strecke bringen werde. Wenn du auch nur einen falschen Schritt, ein krummes Ding machst, werde ich mein Versprechen einlösen und da sein, um dich mit aller gebotenen Härte zur Strecke zu bringen.“

„Ach sei nicht töricht, wir wissen beide, dass du nicht an deinem eigenen Fall arbeiten darfst“, antwortete sie und legte damit den Finger in die Wunde, ahnte der Kommissar doch, dass sie durch ihre Beziehungen genau über seine Lage Bescheid wusste.

„Soll das eine Drohung sein?“

„Nicht doch, aber wenn ich dir doch versichere, dass du von mir nichts zu befürchten hast, dann kannst du es doch auch mal gut sein lassen und mit mir auf unsere Freundschaft anstoßen“, dabei nahm sie das Glas und streckte es dem Kommissar entgegen. Sie taxierte dabei ganz genau seine Augen, um die kleinste Regung seiner Mimik aufzunehmen. Der Kommissar nahm widerwillig sein Bier und stieß mit ihr an.

Er beobachtete, wie sie, nachdem sie die ersten Tropfen von ihrem Glas genippt hatte, ihre Lippen mit Lip-Gloss nachzog, der ihr dabei aus scheinbarer Unachtsamkeit aus der Hand glitt und zu Boden fiel. Es dauerte etwa den Bruchteil einer Sekunde, ehe einer der jungen Herren um sie rum herbeisprang, um ihr behilflich zu sein. Der Kavalier suchte das kleine

Döschen unter der Theke hervor, um es Joe noch in kniender und ehrerbietender Haltung, aber über beide Ohren strahlend, stolz überreichen zu dürfen. „Vielen Dank“, sagte sie mit ihrer leicht rauen Stimme und schenkte ihm einen absolut perfekten Wimpernaufschlag.

„Den hast du ja leicht um den Finger gewickelt“, vermerkte der Kommissar. Sie schenkte ihm ein verführerisches Lächeln und machte mit ihrer Hand eine Geste, die so viel heißen sollte wie: „Kleinigkeit, nicht der Rede wert.“

„Was soll ich sagen, ich kann nichts dafür, die Menschen sind einfach gerne zuvorkommend und nett zu mir“, gab sie lächelnd zurück, während sie mit der Fingerspitze langsam über die Kante ihres Bierglases streifte. Dann hob sie das Glas an ihre Lippen und leerte das letzte Drittel des Inhaltes mit einem Schluck.

„Aber ich habe gehört, du hast eine neue Kollegin. Und, hat sie was drauf?“, fragte Joe gespielt neugierig.

„Wieso, hast du Angst, sie könnte dir das Wasser reichen, fürchtest du Konkurrenz?“, forderte Blocksberg sie heraus.

„Muss ich? Psychologen machen mir tatsächlich immer Angst, geht es dir nicht so?“, fragte sie.

„Mir machen normale Menschen Angst, aber das ist wahrscheinlich ein Fall für den Psychologen“, antwortete Blocksberg scharfsinnig und ergänzte: „Sie ist verdammt schlau und sie kann gut mit Menschen, sie hat tatsächlich was von dir, wenn ich darüber nachdenke“, beantwortete er ihre erste Frage.

Joe begann wieder etwas in ihrer Handtasche zu suchen, um dieses Mal einen Stift daraus hervorzuzaubern. Damit begann sie in sauberer Genauigkeit Zahlenkolonnen auf die Serviette unter ihrem Drink zu schreiben.

Blocksberg, der eine Schwäche für Zahlen hatte, konnte kaum widerstehen. Egal ob es beim Kartenspielen oder an der Supermarktkasse war, ob er wollte oder nicht, er zählte und addierte immer alles automatisch und ohne Mühe mit. Nicht selten hatte er eine Supermarktkassiererin damit zur Verzweiflung gebracht. Bei Schusswechseln ging es ihm nicht anders, egal wie heiß die Situation war, er wusste immer, wer wie viele Kugeln übrig hatte.

„Du weißt, ich muss dich warnen, ich bin darauf geschult, dass mir die kleinsten Kleinigkeiten auffallen und ich werde dich genau im Auge behalten."

„Soso, dir fallen also die kleinsten Kleinigkeiten auf? Davon konnte bei unserem zu letzten Treffen aber keine Rede gewesen sein, oder täusche ich mich da?", erwiderte sie spöttisch. „Wenn du mich fragst, hast du damals ganz schön lange gebraucht, um den Fall einigermaßen zu überblicken, davon abgesehen, dass du wahrscheinlich bis heute nicht alle Puzzleteile zusammengesetzt hast. Ich glaube eher, dass du zur typisch männlichen Selbstüberschätzung neigst", lockte sie den Kommissar aus der Reserve.

Ein leicht ungutes Gefühl durchdrang ihn, wurde ihm doch immer bewusster mit was für einer Gegnerin er es hier zu tun hatte. Dieses außergewöhnliche Talent, nein, Talent konnte man es nicht mehr nennen, diese Perfektion von tiefem Einfühlungsvermögen, die es ihr ermöglichte in den Kopf ihrer Opfer einzudringen und Besitz von ihnen zu ergreifen. Gepaart war diese ausgezeichnete Menschenkenntnis mit einem eiskalten und absolut präzise arbeitenden Verstand, der einem das Blut in den Adern gefrieren lassen konnte. Er kannte die junge Frau nur von kurzen persönlichen Aufeinandertreffen, aber es stand außer Zweifel, dass er es mit einer Schaffenskraft zu tun hatte, die ihresgleichen suchte. Einer fast schon transzendenten Kraft, die die Grenzen zwischen den Welten aus Geist und Materie beliebig außer Kraft setzen und durchwandeln konnte. Die Frage die sich stellte, war, ob sie bereits Besitz von ihm ergriffen hatte. Er hatte während seines letzten Falles nicht selten das Gefühl gehabt, sich selbst nicht mehr trauen zu können, seine eigenen Entscheidungen hinterfragen zu müssen. Sein unerschütterlicher Glaube an sich selbst und seine Fähigkeiten, seine stabile Psyche waren bislang immer der Grundstein seines Erfolges gewesen. Aber dieses Grundverständnis begann zu bröckeln. Er fühlte wie sich ihr schwarzes Gift seinen Weg durch jeden Dendriten hinein in sein Gehirn bahnte, wo es eine mentale Verteidigungslinie nach der anderen infiltrierte, infizierte und außer Kraft setzte. Es war wie ein Splitter, der sich in seinem Kopf festsetzte. Noch traute er sich selbst, stille Wasser sind bekanntlich tief. Nicht zuletzt bestand sein größter Schatz in einem Repertoire unumstößlicher Grundsätze, die tief in seinem Geist vergraben lagen, die er sich über die Jahre durch Nachdenken und meist schmerzhafte Erfahrung angeeignet hatte, und anhand derer er sich die Welt zurechtlegte, interpretierte und in Gut und Böse einteilte. Es war die einzige Möglichkeit um nicht der Sinnlosigkeit des Lebens zu verfallen. Gleichzeitig schienen diese Grundgedanken so miteinander verflochten zu sein, dass sie quasi inert jedem Angriff von außen trotzten. Sie hatten ihn schon die eine oder andere Lebenskrise meistern lassen. Aber eine leise Vorahnung sagte ihm, dass diese Grundsätze schutzlos und in einem völlig ungeahnten Maß unter Beschuss und in Versuchung geführt werden würden. Von einer Kraft, die auf der Suche nach ihresgleichen, ohne Rücksicht auf Verluste, mit einer jenseitigen Gewalt begehrlich einfiel. Sie konnten sich bis in alle Ewigkeit bekriegen, aber der wahre Kampf zwischen ihnen war keiner der Macht, sondern des Willens. Wenn sein Selbstverständnis brach, würde er es auch.

Joe, die jede Regung seines Gemüts begierig registriert hatte, lächelte ihn indes freundlich, man konnte schon fast sagen vertraut, an.

„Ich hab dir doch gesagt, wir sind ein gutes Team, wenn du dich nur nicht immer so anstellen würdest. Lass dich doch einfach mal auf meine Ideen und Vorschläge ein, du wirst es nicht bereuen, was kann schon schief gehen. Ich hatte es schon bei meinem Besuch auf dem Polizeirevier gesagt, zusammen könnten wir diese Stadt im Sturm erobern, die Welt würde uns zu Füßen liegen, und wir könnten die Dinge in unserem Sinne gestalten.“

Er spielte mit dem Glas in seinen Fingern und musste bei ihren Worten abwesend schmunzeln: „Dein Angebot schmeichelt mir nach wie vor, allerdings lehne ich nach wie vor dankend ab. Ich kann nicht leugnen, dass es verlockend klingt, allerdings sagt mir meine Vernunft, dass es vermutlich doch keine gute Idee sein würde – und ich höre normalerweise auf meine Vernunft. Am Ende würde das Ganze ja doch nur in einem Rosenkrieg/Pyrrhussieg enden und der Schaden wäre danach größer als zuvor. Wir haben im Moment beide unser Päckchen zu tragen und brauchen keinen weiteren Scherbenhaufen. Ich muss meine Karriere wieder auf die Reihe bekommen, und habe alle Hände voll zu tun, allen Anforderungen und Wünschen gerecht zu werden und gleichzeitig nicht den Kopf für die wirklich wichtigen Dinge zu verlieren. Von deiner Situation möchte ich gar nicht erst anfangen, wissen wir doch beide, in welche Bredouille du steckst.

Wäre es für dich nicht cleverer das Weite zu suchen?", fragte der Kommissar.

„Nein wieso? Ich hab die Sache immer noch im Griff. Die anderen glauben zwar wie immer mir einen Schritt voraus zu sein, hinken stattdessen aber mindestens drei Schritte hinterher. Ständig meinen sie, sie könnten mir ein Schnippchen schlagen, tatsächlich wird jede ihrer Handlung durch ihre eigenen Pläne und Absichten hinfällig und letztendlich gehen sie dabei doch immer gegen sich selbst." Der Kommissar wackelt mit dem Kopf hin und her und signalisierte mit einem Blick und einem verschmitzten Lächeln zu Joe, dass er jedes ihrer Worte widerspruchslos glaubte. Er konnte sich nur zu gut vorstellen, wie sie eine ganze Heerschar an Verbrechern an der Nasenspitze herumführte und sie von ihrer eigenen Gier gelenkt, so beeinflusste, dass sie am Ende, so war es auch das letzte Mal gewesen, doch nur das vorantrieben, was am Ende in ihrem Sinne war.

Ben schaute nachdenklich an die Wand oberhalb der Bar, wo sich lange grüne Schlieren über die Fliesen ergossen. Offenbar hatte das Dach an dieser Stelle ein Leck und es regnete regelmäßig herein. Es war Zeit den Spieß umzudrehen und Joe spüren zu lassen, dass er keineswegs eines ihrer sonstigen naiven Opfer sein würde. Sie wollte sich mit ihm messen, er würde ihr die Stirn bieten und ihr den gewünschten Kampf bieten: „Du machst jetzt auf tapfere Frau, die nichts fürchtet, aber wir wissen beide, dass dein Schicksal noch viel ungewisser ist, als meins. Keine Sorge, ich verstehe schon warum du auf der Suche nach Verbündeten bist. Gut, vielleicht hast du noch eine Kleinigkeit gut bei mir, und du weißt, dass ich zu meinem Wort stehen werde, und dir wenn es hart auf hart kommt, aus der Patsche helfe, was nicht bedeutet, dass du vor dem Gesetz verschont bleibst. Ich kann dir nur raten, deinen Vorsatz in die Tat umzusetzen und dich auf keine krummen Dinger mehr einzulassen. Wir haben auf dem Friedhof beide gesehen, wer sich anmaßt, den freigewordenen Platz deines Onkels an der Spitze einzunehmen. Außerdem wissen wir beide, dass du bei der Sache mit Gary die Schuld auf mich geladen hast, alle halten mich für den Killer, während du deine Hände in Unschuld wäschst. Das hast du geschickt gemacht, die Rachepläne deiner Feinde sind auf mich übergegangen."

„Stell dich nicht so an, dafür hast du auch die ganze Anerkennung erhalten. Du durftest in meiner kleinen Posse immerhin den Helden spielen, vergiss das nicht!“, warf Joe gelassen ein.

„Sehr schön, Dir habe ich es jetzt zu verdanken, dass ich heute Abend hier sitzen darf, oder vielmehr muss. Mich jagen die Schatten der Vergangenheit, nicht nur im Milieu, sondern auch unter den eigenen Kollegen. Ich wurde entlassen und zum Unverständnis der Kollegen, und wie viele finden, zu Unrecht, wieder eingestellt. Aus deren Sicht bin ich ein Verräter, der alles im Alleingang regeln wollte.“

„Hör auf zu jammern, von den Gegnern lernen, heißt siegen lernen. Wer großes will, muss eben auch mit großer Verantwortung leben können. Es ist ja nicht so, dass wir nicht jederzeit aussteigen könnten, wir haben die freie Wahl, wir haben das Schicksal in unserer Hand, tun uns das Spiel aber ein ums andere Mal aufs Neue an, weil wir, Kinder der Nacht, insgeheim eben doch Spieler sind, die das Leben bei jeder Gelegenheit herausfordern müssen, um uns selbst lebendig zu fühlen. Sicher, wir könnten uns absetzen und gelangweilt unseren Lebensabend entgegen träumen, aber wir haben beide Visionen, die wir umsetzen und verwirklichen wollen, wir wollen die treibende Kraft, der Wandel in dieser Stadt sein,“ sie zog an ihrer Zigarette und blies den Rauch kräftig in Richtung Bar.

Dann fuhr sie fort: „Aber genug von mir, wie sieht es bei dir aus? An was für einem Fall arbeitest du gerade, womit beschäftigst du dich? Außerdem habe ich gehört, dass du Unterstützung bekommen hast?“

„Ja genau, als ob ich ausgerechnet dir davon erzählen würde, als hätte ich nicht schon genug Probleme.“

„Naja, du wirst hier vermutlich nicht grundlos nachts um zwei auf einer Studentenparty rumhängen?“, lockte sie ihn und tippte nebenher auf ihrem Handy rum. Joe durfte hier also ein Handy tragen, wie immer hatte sie alle Privilegien. Dabei begann sie Sachen vom Display ihres Handys abzuschreiben und ebenfalls auf die Serviette vor sich zu übertragen, nachdenklich schaute sie sich den Fetzen Papier an.

„Was tippst du da eigentlich die ganze Zeit?“, wollte er wissen.

„Neugierig? Gib mir ein Handy und ich hebe die Welt aus den Angeln“, sagte sie geheimnisvoll und ließ die Frage unbeantwortet.

Vielleicht konnte Joe ihm hier tatsächlich eine Hilfe sein, zumindest kannte sie jeden, und eine bessere Chance sah er im Moment nicht.

„Ich suche jemanden“, sagte er kurz angebunden.

„Und schon eine heiße Spur?“

„Nicht wirklich, aber die gute Dame soll sich hier aufhalten. Lady Lawless, kennst du sie?“

„Interessanter Name, wer weiß, vielleicht kenne ich sie, ich kenne viele Leute, vielleicht bin aber auch ich Lady Lawless!“, imitierte sie mit düsterer Miene eine andere Person.

„Kann nicht sein, die Lady hat ein Gewissen“, warf der Kommissar Joe trocken an den Kopf. Das brachte selbst die kühle Gangsterbraut kurz aus der Fassung, aber auch sie hatte Sportsgeist.

„Hast du ein Bild?“, fragte sie beim Kommissar nach. Verdrossen dachte er an das Bild auf seinem Handy, das Johanna in der Villa vom Hausmädchen bekommen und ihm weitergeschickt hatte.

„Auf meinem Handy“, musste er kleinlaut eingestehen.

„Und das durfte der Kommissar nicht mir rein nehmen?“, sagte sie sarkastisch.

„Ich wollte nicht schon wieder ein blaues Auge und Rippenbrüche bekommen, jedes Mal wenn wir uns begegnen, muss ich danach wochenlang leiden.“

„Die Flasche die du über den Kopf bekommen hast nicht zu vergessen“, ergänzte Joe gehässig. „Es war ja nicht so, dass wir dich nicht gewarnt hatten, du bist ja freiwillig immer in die Höhle des Löwen gegangen und hast dich ganz einfach mit den falschen Leuten angelegt. Dann hast du eben das ein oder andere Mal einen über den Schädel gezogen bekommen. Aber du hast es ja immer überstanden, bist ja ein tapferer Kerl.“ Der Kommissar verdrehte bei dieser Bemerkung verächtlich die Augen.

„Ach lass gut sein“, sagte er, „was ist jetzt eigentlich, kannst du mir helfen, oder nicht?“, schob er nach. Joe tippte abermals auf ihr Handy, um, wie er meinte, auf dem aufblickenden Display die Uhrzeit abzulesen: „Ach weißt du, es ist doch schon recht spät geworden, ich glaube ich gehe“, drohte sie latent, um dann tatsächlich hastig aber gut gelaunt ihre Sachen zusammenzusammeln.

„Das kann jetzt nicht dein Ernst sein", beschwerte er sich. Dann dachte er einen Moment nach: „Irgendetwas stimmt hier schon wieder nicht." Erst beschlich ihn eine leise Vorahnung, die sich schnell zu einem ausgewachsen Schock manifestierte. Ungläubig schaute er sie an: „Du hast doch nicht etwa...?", brach er den Satz in der Mitte ab.

„Was soll ich haben?", fragte sie höhnisch.

„Du hast mich hier doch nicht etwa in ein Gespräch verwickelt und hingehalten, bis ich die Verdächtige verpasse oder sie geflüchtet ist?"

„Wer weiß...", antwortet die Femme Fatal, um direkt aufzustehen und davonzuschweben.

„War er wieder auf sie hereingefallen? Hing sie doch mal wieder mit drin und hatte ihn hingehalten? Hatte sich Joe inzwischen zu seinem ganz persönlichen Moriarty entwickelt?"

Im letzten Moment, bevor der Nebel sie verschlang, drehte sie sich nochmal unverhofft zu ihm um und sagte: „Ich würd's mal auf der Bühne versuchen."

Ungläubig schaute er ihr nach. „Auf der Bühne?", fragte er sich. Aber wenn Joe ihm diesen Tipp gab, sollte er ihm nachgehen, soviel stand fest. Auch er packte seine Sachen zusammen, bezahlte die bittere Rechnung und war im Begriff seinen neuen Stammplatz zu verlassen, als sein letzter prüfender Blick über die Schulter auf die Serviette auf Joe's Platz fiel, sie hatte das Stück Papier vergessen, „oder für ihn hinterlassen", schoss es ihm durch den Kopf. „Wie dem auch sei", dachte er sich, „je mehr Hinweise ich über diese außergewöhnliche Frau sammeln kann, umso besser, umso eher die Chance, dass ich sie doch irgendwann durchschaue." Er nahm den Zettel in die Hand und schaute ihn an. Scheinbar wahllos angeordnete Zahlenreihen samt Nachkommastellen standen darauf. Endlich konnte er seiner Neigung freien Lauf lassen. „Interessante Zahl", dachte er sich, als er das Ergebnis auf einen Blick errechnet hatte. Heute, zu so später Stunde, würde er nicht mehr schlau daraus werden, diesem Rätsel würde er sich morgen widmen. Er steckte den Zettel ein und machte sich auf zur Bühne vor der Tanzfläche.

Als er seinen Blick auf die DJane richtete, die mit einem Kopfhörer über dem Ohr gerade am Mischpult richtig aufdrehte und die Meute vor sich zum Ausrasten brachte, traute er seinen Augen nicht. Er hatte das Mädchen zwar nur einmal kurz gesehen, und die Lichtverhältnisse hier waren auch nicht die besten, aber allein anhand der Körpergröße gab es keine Zweifel: „Lady Lawless war niemand anderes als das „Miststück", das ihnen in der Villa über den Weg gelaufen war, die platonische oder auch echte Freundin ihres Entführungsopfers."

Er wartete das aktuelle Set ab, um die Frau danach hinter der Bühne abzufangen. Sie kam gerade von den Paletten herab, die die notdürftige Plattform bildeten und legte sich erschöpft vom Feiern die Kopfhörer um den Hals.

„Ich glaube wir sollten reden!", sprach er sie unmissverständlich von der Seite an.

KAPITEL 15

- Escape Room -

Bengalische Tiger

Lady Lawless, oder Dharma Finkelstein wie sie mit richtigem Namen hieß, war von seiner Aufforderung nicht im Mindesten überrascht gewesen. Es schien fast so, als hätte sie mit seinem, oder doch zumindest mit einem Besuch gerechnet. Sie zogen sich in dem verwinkelten Gebäudekomplex in ein Hinterzimmer zurück, wo sie meinte: „Hier können wir uns ungestört unterhalten. Das ist einer unserer Escape Rooms, hier hab nur ich den Schlüssel, hier kommt so schnell keiner rein."

„Sehr gut", sagte der Kommissar, „am besten stelle ich mich aber erst vor. Du kennst mich nämlich nicht, aber ich habe dich schon gesehen", eröffnete Blocksberg das Gespräch.

„Keine Sorgen, ich hab dich auch gesehen", konterte sie mit einer Überbetonung der Anrede.

„Bist du von der Polizei?", fragte ihn die junge Frau mit den wilden blonden Locken. Der Kommissar ging kurz in sich und Schritt den Raum ab. Das Zimmer war wie eine afrikanische Lehmhütte gestaltet, an einer Wand ein Poster das den Eindruck von Ackerflächen vermittelte, auf der anderen Seite der Blick auf eine entfernte Metropole. Er ging zu einem Papierstapel und nahm das oberste Kärtchen und las was darauf stand: *„Deine Frau ist schwanger, ihr erwartet das dritte Kind, eure Ernteerträge halbieren sich dieses Jahr, weil ihr nicht alle Flächen bewirtschaften könnt."* Der Kommissar schaute Dharma fragend an.

„Das ist das Spiel dieses Raumes, für viele andere ist es leider bittere Realität und das Spiel des Lebens. Man wird in die Lage einer dritten Welt Familie versetzt und mit deren Problemen konfrontiert", erklärte sie.

„Was ist das Ziel des Spiels?", fragte Blocksberg.

„Überleben!", antwortete Dharma trocken.

Der Kommissar wechselte das Thema: „Um auf deine Frage zurückzukommen, ja, ich bin von der Polizei, aber keine Sorge, ich bin nicht wegen eurer kleinen Privat-Party hier. Obwohl mich schon interessieren würde, warum hier kein Wachdienst nach dem Rechten sieht?"

„Sagen wir so, man kennt jemand der jemanden kennt, und für einen kleinen Gefallen schaut man auch gern mal weg."

„Du wirkst sehr gefasst, du scheinst nicht überrascht zu sein, Besuch von der Polizei zu bekommen", bemerkte er und las dabei das nächste Kärtchen: *„Eure Ernte ist unerwartet gut ausgefallen, allerdings ist der Weltmarktpreis für eure Produkte stark gefallen und der heimische Markt wird mit billigen Importen überschwemmt. Ein Drittel eurer Ernte verrottet."* Missmutig legte der Kommissar die Karte zurück auf den Stapel.

„Liegt das nicht in der Natur der Sache? Wir sind es gewohnt von der Polizei drangsaliert zu werden. Ihr seid immer auf der Seite der Starken, des Kapitalismus, der Zerstörung, ihr ermittelt nach rassistischen Statistiken, was ist von euch schon zu erwarten? Zu oft hat das Tränengas in meinen Augen gebrannt", zeigte sie sich angriffslustig.

Blocksberg kannte die Vorwürfe, musste dabei aber trotzdem schicksalhaft an einen seiner Einsätze in der Grundausbildung zurückdenken. Es war mitten in der Nacht und er war mit den Kollegen von der Streife unterwegs. Sie waren zu einem Unfall gerufen worden, ein Auto war bei Heimsheim aus der Kurve geflogen und hatte sich mehrmals überschlagen. Sie waren vor allen anderen Rettungskräften am Unfallort eingetroffen und versuchten mit Passanten die sie gerufen hatten, in einem tiefen Acker das junge Mädchen hinter dem Steuer zu bergen. Das Auto lag auf der Seite und das Mädchen war bewusstlos darin eingeklemmt. Mit vereinten Kräften hatten sie es geschafft es aus ihrer Klemme zu befreien. Im Radio dröhnten noch die Parolen von Akne Kid Joe. Dann, als sie das Mädchen umdrehten, sahen sie es, das ACAB T-Shirt, blutverschmiert vom Aufprall ihrer Lippe auf dem Lenkrad. Er und seine Kollegen hatten sich damals nur angeschaut, sich dann an ihren Amtseid und ihre Professionalität ermahnt und dem jungen Mädchen, fast war sie noch ein Kind, zugesprochen, dass sie es eben nicht besser wusste. Noch auf dem Feld hatten sie es geschafft sie wiederzubeleben, in so einer Situation war die Polizei dann doch gern gesehen.

Die Aktivistin ihm gegenüber war nicht weniger streitbar, deshalb, und weil es schon spät war, versuchte er sie erstmal von ihrer aufgebrachten Haltung runterzuholen.

„Du meinst ich bin wegen eurer kleinen Organisation hier? Darum geht es mir nicht. Keine Sorge, was ein paar Teenager machen interessiert mich nicht“, versuchte er sie zu beruhigen. Dabei zeigte er ihr, wie er die nächste Karte des Spiels nahm: *„Nestle hat die Wasserrechte in eurer Region gekauft, ihr müsst ab sofort für euer Wasser Geld bezahlen. Außerdem hat Monsanto das Monopol für Saatgut erlangt, ab sofort müsst ihr auch dafür Geld bezahlen.“*

„Du weißt genau warum ich hier bin, sonst wärst du nicht bei Brüllers in der Villa gewesen“, sagte der Kommissar, „du vermisst deinen Freund, richtig?“

„Habt ihr ihn gefunden?“, fragte sie übertrieben gelassen.

„Du bist heute viel gefasster als vorgestern, da hast du ganz zerbrechlich gewirkt, was ist seitdem passiert? Vor der Villa warst du den Tränen nahe, jetzt spielst du die Starke“, ließ er sie zappeln und nahm die nächste unheilvolle Karte: *„Ihr habt euch durch eine schwere Zeit gekämpft, leider reißt ein Starkregen eure Hütte davon. Alle Ersparnisse sind dahin und ihr müsst Schulden machen.“*

„Das Spiel erinnert mich irgendwie an diese Unglückskekse“, sagte er.

Sie ignorierte den Kommentar: „Ich wollte wissen, ob die Brüllers wissen wo ihr Sohn ist, aber die wissen nie etwas. Denen ist es wahrscheinlich sogar recht, dass er weg ist. Ich wollte sie dazu bringen die Polizei zu informieren.“

„Und schon sind wir da“, sagte er spaßend, aber das kam nicht gut an. Deswegen machte er gleiche weiter: „Der junge Mann scheint dir ja sehr am Herz zu liegen, liege ich richtig dass ihr ein Paar seid? Er war doch mehr als nur ein Freund, oder?“, fragte er unverhohlen.

„Bist du jetzt auch noch Paartherapeut? Nein, du liegst falsch mit deiner Annahme, wir waren nur Freunde, wie könnten ich so jemanden je lieben?“

„Du meinst wegen seines Jobs und seiner Familie?“

„Ja genau, sie sind sozusagen unsere Erzfeinde, der Inbegriff des Bösen. Lieber würde ich den Teufel heiraten, als mich mit so einem einzulassen.“

„Und trotzdem hängst du so an ihm?“, fragte Blocksberg und las: *„Deine Regierung hat einem Förderprojekt der EU zugestimmt, damit sie die kostenlosen Medikamente erhält, musste sich deine Regierung verpflichten,* *sämtliche Fleischabfälle abzunehmen. Leider konnte die Kühlkette bis nach Afrika nicht eingehalten werden und dein Kind ist daran schwer erkrankt. Außerdem ist der lokale Markt für Hühnchen komplett zusammengebrochen, deine Nachbarn und Kunden werden arbeitslos."*

„Darf ich das etwa nicht? Aber meine Interessen sind eher wirtschaftlicher Natur, er wollte mich dabei unterstützen, mein eigenes Label für pflanzliche Produkte zu gründen."

„Das ist ja interessant", meinte Blocksberg. Sie erzählte ihm etwas mehr von ihren Plänen, bis er zwischenfragte: „Aber warum sollte er das tun, warum sich Konkurrenz aufbauen?", fragte Blocksberg.

„Na, vielleicht hat er realisiert, dass wir, also ich, deutlich freier, ungebundener und effektiver Handeln und schneller mehr erreichen können. Ihm lag die Sache eben am Herzen."

„Ein Fleischer mit Herz?", fragte er sarkastisch und versuchte es mit einer fortgeschrittenen Karte: *„Aufgrund der hohen Arbeitslosigkeit in deinem Land, kommt es zu einem Bürgerkrieg. Dein ältester Sohn wird zum Militär eingezogen."* Der Kommissar drehte nachdenklich das Kinn zur Seite.

„im Gegensatz zu seinen Eltern allemal."

„Ja, kommen wir zu seinen Eltern, was weißt du über sie?"

„Sie sind die herzlosesten Menschen, die mir je untergekommen sind, sie sind der Abschaum der Gesellschaft." Ben dämmerte es, dass der eben diesen gleichen Vorwurf auch schon von der Gegenseite gehört hatte, die Gräben waren offenbar tief.

„Kennst du die Geschichte vom Internat?", fragte sie.

„Nein, was war da?", gab er sich ahnungslos.

„Na als er vierzehn war und von seinen Eltern ins Internat gesteckt wurde, ist er am Weihnachtsmorgen davongelaufen, weil er Weihnachten mit seiner Familie verbringen wollte. Er wurde von der Polizei aufgegabelt und musste auf der Polizeiwache abgeholt werde. Aber seine Eltern hatten offenbar was Besseres zu tun und kamen erst einen Tag später. Nicht mal dieser Hilfeschrei hatte noch etwas genutzt. Ist das nicht traurig?", fragte sie bitter. „Wie kann man sein Kind nur auf ein Internat mit Kim Jong-un schicken?"

„Sehr traurig, aber was hat das mit unserer aktuellen Situation zu tun?"

„Na dass den Eltern alles zuzutrauen ist."

„Wart ihr das, die die letzten Tage die Graffitis gesprüht habt? Wenn ich mich hier so umschaue, kommt mir der Stil bekannt vor."

Dharma hielt einen Moment inne und überlegte: „Sicher waren wir das, sollen wir unberührt zuschauen?"

„Wobei zuschauen?", hakte er nach.

„Na wie unser Planet, wie alles den Bach runtergeht", Verzweiflung mischte sich in ihre Stimme.

„So wie in diesem Spiel?", fragte er und nahm die nächste Karte: *„Ein Großkonzern will eine Pipeline über dein Land bauen, du wirst zwangsenteignet und musst in die Stadt ziehen und als Tagelöhner arbeiten. Leider machen dich die Zustände in der Stadt krank."*

„Ja, bist du etwa blind? Der Klimawandel, das Artensterben, die Massentierhaltung, alles Dinge die wir in Gang gesetzt haben und die außer Kontrolle geraten sind. Ich kann nicht tatenlos zusehen, wie Vater Staat Mutter Natur ständig schlägt und vergewaltigt. Und in fünfzig Jahren heißt es dann wieder „Wir haben ja von nichts gewusst", wegschauen ist natürlich auch eine Taktik. Aber nicht für mich, ich bin eine Kämpferin! Ich kann bei diesen Missständen nicht einfach nichts tun, nein, so könnte ich nicht mit mir selbst leben, mir im Spiegel nicht mehr in die Augen schauen", brannte sie für ihre Sache.

„Weißt du, ich war früher auch mal wie du", versuchte er eine Brücke zu bauen.

„Und dann? Den Idealismus verloren? Die großen Träume verbrannt? Jaja, ich weiß schon, wer mit zwanzig nicht links ist, hat kein Herz, wer es mit dreißig immer noch ist, hat kein Verstand. Ist es so bei dir?", klagte sie ihn an. Der Kommissar musste zugeben, dass er älter wurde, und dass das nicht spurlos an ihm vorüberging.

„Ich habe meine Wahl getroffen, oder wer von uns beiden jagt hier die Verbrecher?"

„Ja, aber für wen ist die Frage. Unser Staat hat sich verkauft und zwar Ratten an Banken. Dieses System verteidigst du? Immer nach dem Motto: Mehr für mich, weniger für die?“

„Also nur noch kurz die Welt retten?“, fragte er nüchtern.

„Wem viel gegeben wird, von dem wird viel verlangt. Alle unsere Wünsche kosten Seelen, deshalb sollte man vorsichtig sein, mit dem was man sich wünscht. Fast jeder Wunsch hat eine Kehrseite. Nicht alles was wir haben wollen, sollte sich erfüllen. Sonst schaut am anderen Ende der Welt noch jemand dafür in den Lauf. Aber die Masse reflektiert leider nie!“, sagte sie aufgebracht und schleuderte ihren Kopfhörer in die Ecke.

„Die Frage ist, bist du nur eine Kämpferin, die Jugendliche anwirbt und anstiftet, oder bist du auch eine eiskalte Entführerin und womöglich Killerin“, holte er aus um die junge Frau auf den Boden der Tatsachen zurückzuholen.

„Ist ihm was passiert?“, fragte sie betroffen. „Wisst ihr inzwischen wo er ist?“

„Wir hatten gehofft du kannst uns das sagen?“, forderte er sie auf.

„Ausgerechnet ich?“

„Wer sonst“, sagte er und fügte, „Lady Lawless“, hinzu.

„Ah, das habt ihr also rausbekommen? Und jetzt greift ihr nach diesem Strohhalm? Ihr müsst wirklich sehr verzweifelt sein, wenn ihr mit keinen besseren Verdächtigen um die Ecke kommt.“

„In der Tat deutet im Moment vieles auf euch hin! Ihr habt ein Motiv, ihr wisst wie man auf das Gelänge kommt, also habt ihr die Möglichkeit.“

„Wir sind die friedliebendsten Menschen auf Erden, wir würden nie jemandem ein Härchen krümmen.“

An der Tür klopfte es und er erkannte die Stimme des jungen Mannes, der vorhin den Rauswerfer gegeben hatte.

„Dharma Schatz, wir suchen dich überall, du bist gleich wieder an der Reihe“, rief er durch die Tür, „belästigt dich dieser Mann etwa? Macht er Ärger?“, fragte er besorgt.

„Nein, nein, beschwichtigte sie ihn. Kannst du bitte mein nächstes Set übernehmen? Ich bin hier beschäftigt und fühl mich gerade nicht so gut", wimmelte sie den Kollegen ab.

„Womit verdienst du dein Geld?", wechselte der Kommissar das Thema.

„Sind wir hier beim Verhör?", wurde sie wieder patziger.

„Ehrlich gesagt – Ja!", bekräftigte Ben.

„ich unterrichte Krav Maga und betreue hier im Alten Schlachthof die Escape Adventures, beides macht mir wirklich Spaß!", sagte das sportliche Mädchen.

„Aber viel verdienen wird man dabei sicher nicht, auf jeden Fall nicht genug, um eine eigenes Bio-Label zu gründen. Was liegt da näher, als auf die Kosten der Feinde etwas nachzubessern?"

„Wir würden niemals jemandem etwas zu Leide tun, wir sind Pazifisten", betonte sie, „wir machen vielleicht Protestaktionen, aber nie welche die gegen Menschen gerichtet sind."

„Indirekt schon. Wie stand Justus dazu?", hakte Blocksberg nach.

„Er war ein großer Unterstützer, er hat auch regelmäßig an unseren „Eine Welt Dinner" teilgenommen", sagte sie.

„ihr organisiert Charity-Veranstaltungen?", fragte er skeptisch.

„Nicht doch, das funktioniert anders. Jeder zahlt am Anfang zwanzig Euro und bevor es losgeht, wird dann ausgelost, in erste und dritte Welt. Die wenigen, die das Glück hatten, in dem Topf der ersten Welt zu landen, bekommen dann Fleisch und Champagner so viel sie essen und trinken können", sie machte eine kurze Pause.

„Und die anderen?", fragte der Kommissar neugierig nach.

„...die anderen 90% müssen sich mit Reis, Bohnen und Wasser begnügen, so wie es in der Welt nun mal ist, eine Erfahrung, die ich jedem nur empfehlen kann!"

„Und das hat ihm Spaß gemacht?", fragte er und ging im Zimmer auf und ab.

„Nicht nur das, er hat unsere Projekte sogar gefördert. Er hat zum Beispiel unser Schulprojekt in Nicaragua unterstützt, von seiner Spende konnten wir endlich Toiletten bauen. Außerdem hat er uns diesen Escape-Room gestiftet, indem wir gerade stehen." Der Kommissar nahm das letzte Kärtchen des Spiels, las es und legte es direkt wieder weg.

„Sag mal, kann man das Spiel überhaupt gewinnen?", fragte er frustriert.

„Es geht nicht immer ums Gewinnen, manchmal geht es ums Begreifen! Aber zwei Notlösungen gibt es immer, Gewalt oder Flucht!", sagte sie vielsagend. Blocksberg ging für einen Moment in sich und dachte nach, dann nickte er zustimmend.

„Wie habt ihr euch kennengelernt?", wechselte der Kommissar das Thema.

„Genau genommen war es hier", sagte sie fröhlich aber mit Wehmut in den Augen, „damals wusste ich nicht wer er war, wir haben hier eine Vernissage für die lokalen Pforzheimer Künstler gegeben und als Kunstliebhaber hat er sich das gerne angeschaut."

„Und da seid ihr ins Gespräch gekommen?"

„Ja genau, wir haben uns auf Anhieb verstanden, bis ich es herausfand", sie schauderte vor Ekel.

„Wer er ist und was er macht?"

„Ja genau, wie kann ein Mensch so etwas nur tun? Du sollst nicht töten!"

„Hoch moralphilosophische Themen hier mitten in der Nacht", warf er ein, während er sich den Abstellraum näher anschaute."

„Wann sonst", konterte sie.

„Und dann? Irgendwie habt ihr euch ja dann doch gefunden?", fragte Blocksberg.

„Ich hab ihn zur Rede gestellt, hab ihn verflucht und wochenlang nicht mit ihm gesprochen, so wie er es verdient hatte."

„Ja aber dann?"

„Er hat nicht locker gelassen, er war mehrmals hier, ich habe ihn immer abgewimmelt, bis er mich irgendwann abgefangen hat. Er meinte er hätte seine ganzes Leben umgestellt und das er so nicht mehr leben will", sagte sie und setzte sich seufzend auf eine Plastikkiste.

„Und damit hast du dich zufriedengegeben?"

„Natürlich nicht, ich war erst sehr skeptisch, aber er schien es ernst zu meinen. Er hat mich gebeten ihm dabei zu helfen eine neue vegetarische

Produktlinie zu entwickeln, die dann nach und nach sein klassisches Geschäft ablösen sollte."

„Und hast du?", fragte Ben.

„Es war ein voller Erfolg", gab sie mit Stolz geprellter Brust zurück, „wir haben das durchgezogen, haben uns nicht abbringen lassen und alle Wiederstände überwunden. Das war auch der Punkt, an dem ich gemerkt habe, dass es ihm ernst ist, als er sich endlich von seinen Eltern losgesagt hat und sein eigenes Leben in die Hand genommen hat. Er hat gekämpft wie ein Löwe um die Produkte durchzusetzen, ich bin so stolz auf ihn. Er ist nämlich ein herzensguter Mensch musst du wissen."

„Umso deprimierender muss es für dich gewesen sein, dass die Brüllers das Geld nahmen und in ihr klassisches Geschäft und ihre Expansionspläne nach Fernost investierten", konfrontierte er sie.

„Das war es wohl, wie kann man nur so wenig Weitblick haben, so verbohrt sein..."

„So dumm?", ergänzte Blocksberg.

„Ja und nein, die Brüllers sind ein ungehobeltes Pack und sie sind vieles, aber dumm sind sie nicht. Sie besitzen eine Bauernschläue, wie sie gefährlich ist. Sie halten sich für intelligent und der Erfolg gibt ihnen Recht, dabei sind sie einfältig genug sich nicht selbst zu hinterfragen."

„Und was liegt da näher als Ihnen eins auszuwischen und dich zu sanieren?", stichelte er.

„Justus, niemals würde ich ihm etwas antun!", wehrte sie sich.

„Vielleicht hast du gemerkt, dass er dich hintergangen und nur benutzt hat und er immer noch die Marionette seiner Eltern war? Vielleicht hast du das rausgefunden und als du das realisiert hast, war dir alles egal!", provozierte er weiter.

„Und dann, was soll ich dann getan haben?"

„Ihn geschnappt und verschleppt, immerhin bist du...", dabei musterte der Kommissar die junge Frau in ihrem schwarzen Techno-Outfit kurz, „...bestimmt 1,80cm und durchtrainiert."

Den Blick des Kommissars strafend griff sie ihn an: „Gut geschätzt, aber was kann ich dafür? Wenn man kein Fleisch isst, wird man halt nicht fett."

„Bleib locker, mich brauchst du nicht überzeugen, aber dass du unschuldig bist, heißt das auch nicht!“

„Niemals!“, wiederholte sie ihre Abwehr.

„Hört sich alles so an, als hätte er sich mächtig ins Zeug gelegt um dich zu beeindrucken. Wollte er vielleicht mehr von dir als nur Freundschaft und als du ihn abgewiesen hast, wollte er euer kleines Projekt beenden, und was wäre dann übrig geblieben? Du wärst die Handlangerin eines Schlachthofes gewesen – das konntest du nicht auf dir sitzen lassen, so hättest du, wie du vorhin gesagt hast, nicht mit dir leben können. Deswegen hast du Fakten geschaffen, hast dich an diesem elenden Kerl gerächt!“, spekulierte er weiter.

„Hör auf damit, bitte hör auf“, schrie sie ihn verzweifelt an und brach in Tränen aus, „so ist das auf keinen Fall! Ich bin doch extra zu Brüllers gegangen um ihnen zu sagen, dass sie nach ihm suchen lassen müssen.“

„Guter Punkt. Warum bist du nicht zu uns gekommen, warum nicht früher? Ein guter Freund von dir verschwindet und du wartest ab?“

„Ich habe nicht abgewartet“, beteuerte sie, „aber diese Geier von Eltern wollten nicht mit mir sprechen!“, sagte sie wütend.

„Apropos, wo warst du eigentlich in der Nacht wo er verschwunden ist?“

„Mein Alibi, echt jetzt?“

„Ganz echt! Dir ist das vielleicht nicht bewusst, aber wir ermitteln hier in einer Entführung, vielleicht einem Mord, die Sache ist ernst!“, bei Mord war sie kurz zusammengezuckt.

„Wie soll man in dieser Zeit ein Alibi haben? Man darf sich ja mit niemand treffen!“, fragte sie höhnisch.

„Also?“, ließ er nicht nach.

„Also war ich allein daheim“, sagte sie offensiv.

„Ein Motiv, aber kein Alibi, das nötige Wissen und die Konstitution um so etwas zu planen, noch dazu dein militanter Hintergrund, dir ist schon klar, dass nicht gerade vieles für dich spricht, oder?“, übte er Druck aus.

„Und das heißt?“, fragte sie resigniert.

„Das heißt, dass ich mir sicher bin, dass du in der Sache drinhängst und mehr weißt als du sagst. Ich hab nicht genug um dich direkt mitzunehmen, aber ich werde dir morgen meine Kollegen vorbeischicken, denen kannst du nochmal ganz genau erzählen was du alles weißt. Und ich bin mir sicher du weißt etwas, wenn du uns alles sagst, kannst du uns weiterhelfen. Und das ist es doch was wir beide wollen, dass Justus wieder unbeschadet zurückkommt, oder?"

„Sicher ist es das und wenn ich helfen könnte, würde ich es tun, aber ich habe selbst schon überall nach ihm gesucht, wenn ich wüsste wo er ist, würde ich es sagen!", bekräftigte sie.

„Wie sollte er mit ihr weitermachen?", überlegte er. Dringenden Tatverdacht gab es nicht, nicht genug um sie zu verhaften. Andererseits sprach vieles für die große Amazone als Täterin, oder wenn nicht Täterin, so wenigstens als Strippenzieherin im Hintergrund, wie sie es bei ihren Protestaktionen war. Er müsste sie laufen lassen, und hoffen, dass sie nicht fliehen würde. Andererseits, wenn sie mit drin hängen würde, wäre sie heute Abend bestimmt nicht hier. Aber Joe war es auch gewesen, das konnte doch kein Zufall sein, oder? Steckten die beiden Frauen unter einer Decke? Er hatte es mit immer mehr starken Frauen zu tun, die seine Nerven strapazierten, Frau Brüller, Joe, jetzt Dharma, „und seine Freundin nicht zu vergessen", schoss es ihm mit einem inneren Lachen durch den Kopf.

Er fasste einen Entschluss, er würde sie laufen lassen, aber um auf Nummer sicher zu gehen, würde er sie 24h rund um die Uhr beschatten lassen. Er traute ihr zwar, aber zu viele Indizien sprachen gegen sie. Wenn sie etwas damit zu tun hatte, dann würde sie früher oder später einen Fehler machen, und dann würden sie zuschlagen.

„Ich brauche von dir Adresse und Handynummer, damit die Kollegen dich morgen finden, wir zwei werden uns außerdem mit Sicherheit auch nochmal auf dem Revier sprechen. Ich denke ich muss nicht erwähnen, dass du die Stadt nicht verlassen darfst. Wenn wir dich morgen nicht auf Anhieb finden, hast du jeglichen Kredit bei mir verspielt. Haben wir uns verstanden?", fragte er barsch.

Sie hatte scheinbar verstanden. Sie schrieb ihm wortlos ihre Kontaktdaten auf die Rückseite von Joes Serviette, ein anderes Papier war weit und breit nicht zu finden und das Handy lag ja draußen. Wäre es nicht so spät gewesen, hätte er sich vielleicht zugetraut die Zahlen zu merken, aber jetzt ging er lieber auf Nummer sicher.

Nachdem sie sich mit einem ernsten, aber auf irgendeiner Ebene auch verbindenden Blick, verabschiedet hatten, ging er durch die inzwischen merklich leereren Hallen zum Ausgang. Anstandslos wurde ihm sein Handy zurückgegeben und er trat ins Freie. Natürlich war sein Freund von Vorhin verschwunden, mit ihm seine Jacke. Heute blieb ihm wirklich nichts erspart, das einzig gute war, dass er für diese Nacht keinen Bericht schreiben müsste. Vor Kälte fröstelnd ging er schnell zum Wagen zurück, zu rennen traute er sich mit seinen kalten Gliedmaßen nicht.

Es war früh am Morgen, als er daheim ankam. Er war jetzt über 24h ununterbrochen auf den Beinen und davor hatte er auch wenig geschlafen. Die Nacht war inzwischen sein halber Tag. Er ging in die dunkle Wohnung und steuerte direkt das Wohnzimmer mit der rettenden Coach an. Über die großen Fenster zum Balkon blickte er auf das Nachbarhaus über ihnen am Hang. Die Nachbarn standen jeden Morgen vor 5 Uhr auf und er hatte bis heute nicht herausgefunden warum. Schichtarbeiter waren sie mit Sicherheit nicht, schließlich wohnten sie in einer kleinen Stadtvilla.

Die letzten Stufen bis ins Schlafzimmer ihrer Maisonette-Wohnung erschienen ihm nach den vorherigen fünf Etagen unüberwindbar. Er setzte sich auf das Sofa, wo ihn sofort bleierne Müdigkeit überkam, trotz allem brauchte er bestimmt noch eine weitere halbe Stunde bis er endgültig eingeschlafen war. Das verdammte Badezimmerlicht der Nachbarn schien direkt auf sein Gesicht wie bei einer Lichtfolter in einem Verhör. Wie konnte man zum Nasenhaare-Entfernen nur solche Flutlichter aufstellen?

KAPITEL 16

- Twelve monkeys -

Keiner ist immun

„Musst du nicht zur Arbeit?", weckte ihn seine Freundin.

„Was?", fragte er verschlafen mit zugekniffenen Augen, „wie viel Uhr ist es?"

„Halb acht", antwortete sie, „du hast schon wieder auf dem Sofa geschlafen."

„Halb acht? Das wird knapp! Ich hab doch um Acht den Termin in der Fabrik, ich muss los", sagte er und sprang vom Sofa. Zum Duschen war keine Zeit, seine Klamotten ließ er auch gleich an, der kurze Blick in den Spiegel war so enttäuschend wie erwartet. Verstrubbelt und mit Bart wie er war, hing er seinen Kopf unter den Wasserhahn um auf die Schnelle etwas zu trinken, das letzte Mal Zähneputzen war jetzt auch schon über einen Tag her. Er steckte Schlüsselbund und Handy ein, dann nahm er sein Mobiltelefon und schaute auf das Display. Neue Nachrichten. Mit dem Rest an Akku den er noch hatte, checkte er die Nachrichten, sie waren von Johanna: „Termin findet jetzt um halb acht statt", stand in der ersten, gefolgt von einer zweiten, die er gerade jetzt bekommen hatte, mit nur einem „?", das wohl heißen sollte, „Wo bleibst du?"

„Toll", dachte er sich, „auf jeden Fall zu spät." Dabei hatte er trotzdem nur zwei Stunden geschlafen, wenn er schon verschlief, hätte es sich ja wenigstens lohnen können.

Er packte die obligatorische Banane und war auf dem Sprung die Wohnung zu verlassen, als seine Freundin ihm nachrief: „Wann sehn wir uns eigentlich mal wieder? Hat das gestern geklappt?"

Er konnte nur noch im Gehen rufen: „ Schatz, ich kann jetzt wirklich nicht, ich hab keine Zeit, wir reden heute Abend wenn ich zurück bin", und wusste, dass das ein Nachspiel für ihn haben würde.

Im Auto schloss er erstmal sein Handy an das Ladekabel an, dann fuhr er los. Als er auf dem Firmengelände der Brüllers eintraf, war es überraschend ruhig, nur der Besucherparkplatz war besser belegt als letztes Mal. Er sah das A3 Cabrio mit dem Johanna da war, zwei offizielle Dienstfahrzeuge des Gesundheitsamtes und zwei teure Autos, die vermutlich dem Ehepaar Brüller gehörten. Ein schnittiger Porsche für Sie und, einem Großwildjäger angemessen, ein Land Rover für Ihn.

Er ging wieder an die Pforte und stand vor dem gleichen Wachmann wie das letzte Mal. Dieses Mal brauchte er ihn nur anlächeln um durchgelassen zu werden. Als er zu den anderen stieß, waren diese bereits mitten im Schlachtbetrieb. Der Leiter des Audits war mit einem Klemmbrett bewaffnet und interviewte im Moment mit zwei seiner Kollegen vom Gesundheitsamt Daniel Burkhardt. Der Werksleiter hatte die Führung der Inspektion übernommen und ging pinguinartig voraus. Die maskierte Gruppe um ihn herum lauschte gebannt seinen Worten, bis der Kommissar hinzutrat. Zum Glück hatte er eine Maske im Auto gehabt, sonst hätte er auch die vergessen.

Die gesamte Gruppe, über die Kollegen vom Gesundheitsamt, Daniel Burkhardt, bis zu Johanna schauten ihn skeptisch an, wie er derangiert, zu spät und mit den Klamotten von gestern vor ihnen stand.

„Guten Morgen“, begrüßte er die Runde, ohne sich die Unannehmlichkeit anmerken zu lassen.

„Guten Morgen“, grüßte ihn Herr Wischnewski, der Leiter des Gesundheitsamtes mit tiefer Stimme zurück. Auch ihn kannte er vage, etwa einmal im Jahr hatte er im Zusammenhang mit Fällen mit ihm zu tun.

Burkhardt schaute ihn direkt kritisch an und verdeutlichte ihm mit einer Geste, dass er sich die Hände waschen sollte. Jetzt, wo das Gesundheitsamt da war, nahm er es damit wohl noch genauer als sonst. Nachdem er einige Minuten den Ausführungen gelauscht hatte, gingen sie weiter und Johanna nutze die Gelegenheit um ihn beiseite zu nehmen.

„Du siehst aber gar nicht gut aus. Was ist denn mit dir los?“, fragte sie ihn, konnte es ihr aber nicht verdenken, sah er doch wie ein Alkoholiker aus und roch wahrscheinlich auch wie einer.

„So wie man halt nach zwei Stunden Schlaf aussieht“, antwortete er.

„Was hast du gemacht?“, bist du gestern nicht nach Hause als wir vom Tatort los sind.

Er beugte sich verschwörerisch zu ihr rüber: „Du glaubst gar nicht, was ich heute Nacht noch alles erlebt habe", aber als er gerade zum Erzählen ansetzen wollte, fiel der strenge und Ruhe gebietende Blick Herrn Wischnewskis auf ihn, „erzähl ich dir nachher", schloss er seinen Satz ab.

Die Inspektion dauerte inzwischen einige Stunden, aber für die beiden Ermittler hatte sich wenig Neues ergeben. Sie waren die gesamte Produktionslinie der Koteletts abgelaufen, in denen sie den Finger gefunden hatten. Durch den 2D-Barcode, ließ sich jede Maschine, jeder Produktionsschritt eindeutig nachvollziehen. Welche Arbeiter die Schritte durchgeführt hatte, ließ sich dagegen nicht mehr eindeutig herausfinden, weil die Mitarbeiter, die oft Leiharbeiter auf Basis mehrerer verschachtelter Werksverträge waren, sich nicht mit einer persönlichen ID anmeldeten, sondern mit einer Batch-ID, die alle nutzen. Keiner wagte es auszusprechen und die Vorwürfe offen zu erheben, aber Ben und Johanna war ebenso wie Herrn Wischnewski klar, dass dadurch am leichtesten Pausenzeiten, Überstunden und Identitäten auf Kosten der Leiharbeiter ausgenutzt werden konnten. Offiziell steckten natürlich system- und kostentechnische Gründe dahinter.

Weitere Leichenteile fanden sie nicht, obwohl sie mehr als genug Gerät besichtigt hatten, mit dem man Leichen zerstückeln und verarbeiten konnte. Aber für so töricht hätte er die Brüllers auch nicht gehalten, als dass sie, selbst wenn es weitere Fälle gegeben hätte, diese gemeldet und nicht stattdessen entsorgt hätten. Zumindest zeigten sie mit ihrer Anwesenheit, dass sie der Sache durchaus eine gewisse Ernsthaftigkeit zuschrieben.

Als es dem Mittag entgegenging, führte er einige Telefonate. Er hatte am frühen Morgen bereits Linda vom Innendienst die Daten Dharmas durchgegeben, jetzt wollte er nachfragen, ob sie wie verabredet auf dem Revier erschienen war, und sie war. Linda bestätigte, dass sie gerade bei Frau Knall und Frau Nähmer ihre Variante der Geschichte zum Besten gab. Außerdem erfuhr er von Linda, dass das Opfer nach wie vor nicht aufgetaucht war, bisher hatten die Entführer ihr Wort nicht gehalten. Das Sonderkommando hatte noch die ganze Nacht patrouilliert und jetzt wie die nächsten Tage, würden die Einsatzkräfte auf den Straßen verstärkt werden, was wieder weitere Überstunden, für die ohnehin überbelasteten Kollegen bedeuten würde.

Zu guter Letzt, bekam er einen Anruf, wie er an der Nummer direkt erkannte vom Revier. Landsteiner war am anderen Ende, es hätte gedauert, aber er hätte wichtige Neuigkeiten.

„Ich wollte es dir direkt sagen, weil ich doch weiß, dass ihr heute in der Fabrik seid", sagte der Gerichtsmediziner.

„Was wolltest du uns direkt sagen?", fragte Blocksberg nach.

„Euer Finger", fing er an.

„Ja?", fragte der Kommissar dazwischen.

„Er ist nicht von eurem Opfer! Genetisch absolut ausgeschlossen", teilte er seine Untersuchungsergebnisse mit.

„Nicht?", und er war sich so sicher gewesen hier eine Spur zu haben. Nach ein paar weiteren Floskeln verabschiedeten sie sich und beendeten das Telefonat. „Was bedeutete das jetzt?", fragte er sich. Für den Fall aber auch für ihre Aktion hier und jetzt vor Ort. Gut, für den Finger konnte es viele Erklärungen geben, aber alles wäre so schlüssig gewesen, wenn er zu seinem Fall, zu seinem Opfer gehört hätte, wenn er hier den Tatort seines Verbrechens vor sich hätte. Jetzt stand er dagegen mit leeren Händen da, wie das den Brüllers und Präsident Ricke erklären?

Deprimiert kam er aus der Ecke in der er telefoniert hatte zurück an den Tisch in der Kantine, wo die ganze Inspektions-Gruppe zu Mittag aß. Wie auf dem Revier war der Abstand zwischen den Tischreihen verdoppelt worden. Außerdem saß man sich nicht mehr direkt, sondern diagonal versetzt gegenüber, immer mit den Plätzen links und rechts von sich frei. In Anbetracht des fülligen Angebotes, hatte sich auch Johanna zu der ein oder anderen Fleischspezialität hinreißen lassen. Das Martyrium des Kommissars, dem das Schicksal erst den Schlaf geraubt hatte, entzog ihm jetzt auch noch das Essen. Denn vegetarische Produkte wurden von Brüllers inzwischen zwar vertrieben, aber nicht in der eigenen Kantine angeboten. So zog er sich in seiner Verzweiflung eine Packung M&Ms aus einem Snackautomat. Er setzte sich neben den Leiter des Gesundheitsamtes und wurde von ihm, wider seiner Müdigkeit, in ein Gespräch verwickelt. Aber ihm fielen auch ein paar Fragen ein: „Wie kommt es eigentlich“, fragte er Herrn Wischnewski, „dass ich euch nie sehe?“, fragte er.

„Aber wir sind doch hier“, kam die trocken norddeutsche Antwort.

„Schon, aber ich meine, ich sehe euch nie bei der Arbeit. Verstehen Sie, ich esse, jeder Mensch isst, den ganzen Tag, also nimmt das Essen doch einen hohen Stellenwert ein, würde ich mal sagen.“

„Worauf wollen Sie hinaus?“, fragte der Inspekteur.

„Nun ja, ich verbringe schätzungsweise doppelt so viel Zeit mit essen wie im Auto und geblitzt werde ich ständig, und nicht nur ich, sondern jeder, müsste ich dann im Umkehrschluss euch nicht mindestens doppelt so oft über den Weg laufen, wie ich Strafzettel bekomme?“, schlussfolgerte der Kommissar.

„Ich glaube ich verstehe woraus sie hinauswollen. Aber sehen Sie, wie viele Beamte haben Sie in der Verkehrspolizei? Alleine hier in Pforzheim Dutzende. Wie viele sind wir vom Gesundheitsamt? Keine Handvoll. Wir können also unmöglich genauso oft kontrollieren“, erklärte er.

„Und sehen Sie, da liegt für mich der Fehler, wenn die Leute mehr Zeit mit dem Essen verbringen, und das Essen ein Faktor ist, der direkt über Wohl und Wehe entscheidet, dann wäre es doch logisch, wenn diesem Bereich mehr Bedeutung zugemessen würde, als dem Verkehr…“

„…der zugegebenermaßen auch entscheidend für da Wohlbefinden sein kann, denken Sie an die Unfälle“, führte Wischnewski den Satz fort. „Aber ich sehe das ganz ähnlich wie sie, auch wenn ich da wahrscheinlich etwas voreingenommen bin. Ich würde vorschlagen, sie unterbreiten den Gedanken mal meinen Chefs, ich wäre der letzte, der sich dagegen sträuben würde. Andererseits können die meisten Gulasch nicht von Hundefutter unterscheiden und man fragt sich, wozu man sich die Mühe macht“, schloss er ab, ehe sein Telefon klingelte. „Moment, da muss ich kurz ran“, sagte er und verschwand vom Tisch.

Zur Mittagspause tauchte auch Brüller-Senior auf, Daniel Burkhardt hatte sie ja sowieso die ganze Zeit begleitet.

„Ach sehen Sie", waren die ersten Worte des Firmenchefs an Johanna gerichtet als er auf ihren Teller sah, „ich wusste doch, dass es ihnen schmecken würde", lachte er dabei schadenfroh.

„Und, wie weit sind die Ermittlungen?", fragte er nach und setzte fort: „So gern wir Sie nämlich unterstützen, irgendwann hat alles ein Ende und auch Ihre Untersuchung muss ein Ende finden, wir müssen Stückzahl produzieren!"

Nachdem Wischnewski vorerst verschollen war, war der Kommissar der Ranghöchste Kollege im Untersuchungsteam und damit automatisch Rädelsführer. Damit kam ihm mehr denn je die unangenehme Aufgabe zuteil, den Brüllers mitzuteilen, dass der Finger nicht von ihrem Sohn stammte, was einerseits erfreulich war, andererseits den hier vorgetragenen Aufwand etwas übertrieben wirken ließ. Gleichzeitig ging ihm das Selbstverständnis, mit dem Brüller Senior den Abbruch der Ermittlungen zugunsten der Produktionsaufnahme forderte so gegen den Strich, dass er nicht anders konnte als ihm Paroli zu bieten. Vielleicht lag es auch an seinem Hunger und der Übermüdung, aber er war diesen unbelehrbaren Mann, vor allem nach seiner waghalsigen Aktion gestern einfach nur satt.

„Wir ermitteln hier solange wie es uns passt", antwortete er vorlaut und der Raum füllte sich sofort bis zum Knistern mit Spannung. Einige der Arbeiter an den anderen Tischen drehten sich neugierig um, die wenigsten dabei den Wortlaut verstehend, dafür dadurch interessiert, dass jemand dem Seniorchef Wiederworte gab. Das war eine Seltenheit und kam nicht oft vor, und das Schauspiel wollten sie sich nicht entgehen lassen. Der Blick des Chefs fokussierte den Kommissar wie der eines Adlers, der Beute erspäht hat. „Jetzt ist er fällig", dachten beide Männer während sie sich tief in die Augen schauten. Zwei Jäger, aber nur einer von ihnen würde diesen Kampf dauerhaft überstehen können.

„Die Untersuchung ist hiermit beendet und ich verweise sie hiermit unseres Grund und Bodens", sagte der Firmenchef süffisant und mit ruhiger Genugtuung. Darauf hatte er schon den ganzen Tag gewartet und man konnte ihm die Befriedung dieses Verlangens geradezu ansehen. Mit sich und der Welt über diese Machtdemonstration im Einklang, schob er Bauch und Brust raus.

Früher wäre der Kommissar in so einer Situation vielleicht nervös geworden, aber inzwischen war er cool, er wusste wie und nach welchen Regeln die Spielchen liefen. Oberstes Gebot war es, sich nicht einschüchtern zu lassen, der Rest ergab sich dann von selbst, er hatte wieder die Rückendeckung des Polizeiapparates.

„Wenn Sie noch ein Wort sagen“, schmetterte er zurück, „dann mache ich Ihren Laden für die nächsten drei Tage dicht und stelle ihn komplett auf den Kopf. Was glauben Sie, wie einfach ich bei der Sachlage einen entsprechenden Beschluss bekomme?“, bluffte er, die Sache mit dem Finger verheimlichend.

„Ja meinen Sie? Wir werden ja sehen, wo Sie morgen sind, wenn ich gleich mit Präsident Ricke und Staatsanwalt Klaasen gesprochen habe, was glauben Sie denn wer Sie sind und was für einen Einfluss Sie haben? Gar keinen haben Sie!“, sagte er und lachte dabei höhnisch. Dann legte er noch einen nach: „An der Kreuzung stehen Sie morgen und regeln den Verkehr!“

Natürlich war es ein Spiel mit dem Feuer was er hier machte und eine Provokation sondergleichen, und der Einfluss seines Kontrahenten war nicht von der Hand zu weisen, er war wieder einmal dabei, sich einflussreiche Feinde zu machen.

„Als ob ich mir von Ihnen was sagen lasse“, wurde es langsam persönlich.

„Raus hier! Sofort!“, tobte der Firmenmagnat und Blocksberg wollte gerade zum nächsten verbalen Gegenschlag anstimmen, als Wischnewski, der die letzten Sätze mitbekommen hatte, sich aus dem Hintergrund zu Wort meldete und mit seiner tiefen Stimme das Kommando übernahm: „Das glaube ich nicht!“

„Was wollen Sie denn jetzt“, keifte ihn der Chef an, aber Wischnewski fuhr ganz ruhig und gelassen fort: „Dieser Betrieb geht in den Shutdown!“ Dem Kommissar fiel bei dieser unerwarteten Unterstützung ein Stein vom Herz, stand er doch nicht mehr alleine in der Feuerlinie.

„Was, warum, was soll das? Haben Sie vollkommen den Verstand verloren? Haben alle hier den Verstand verloren?“, tobte der entsetzte Senior.

„Noch mehr Finger", fragte der Kommissar interessiert.

Der Inspekteur antwortet: „Nein, COVID-19. Ich habe eben mit dem Labor besprochen, die die Schnelltests auswerten, ein Großteil der Proben, die wir heute Morgen hier genommen haben, sind positiv, ein Großteil der Belegschaft ist infiziert. Alle hier anwesenden stehen ab sofort und ausnahmslos unter Quarantäne!" Alle anwesenden schauten sich an. Der Kommissar Johanna, die Inspektoren einander, die Arbeiter an den anderen Tischen, die erahnten um was es ging, standen teilweise auf und wollten instinktiv flüchten. Herr Brüller stand aus allen Wolken gefallen in der Mitte.

Es hatte einige Zeit gedauert, bis sich die Lage beruhigt hatte. Wischnewski hatte sogleich Verstärkung angefordert und der Kommissar zusätzliche Beamte von der Polizei, damit sie eine geordnete Werksschließung durchführen konnten. Die Kollegen vom Gesundheitsamt hatten alle Hände voll zu tun, mussten sie doch von allen Infizierten die Familien und Kontaktpersonen ermitteln, genau die Arbeit, die der Kommissar in seinen Fällen immer hasste.

„Wie geht es jetzt weiter?", fragte der Kommissar in doppelter Hinsicht, der des Falls und seiner eigenen Quarantäne.

„Wir schließen alles für mehrere Tage, dann bekommen die Brüllers die Chance alles zu desinfizieren und ihr Hygienekonzept zu überarbeiten, danach sieht man weiter."

„Haben die Brüllers mit persönlichen Sanktionen zu rechnen?", fragte Blocksberg.

„Wohl kaum, Sie sind ja die Eigentümer, nicht die Betreiber, es gilt das Verursacherprinzip, das heißt sie sind außen vor. Wenn wir Mutwilligkeit oder Fahrlässigkeit voraussetzen oder ermitteln, dann könnten wir vielleicht ihren Gehilfen Burkhardt zur Rechenschaft ziehen, im äußersten Fall noch Brüller Junior, aber der ist ja in weiser Voraussicht von der Bildfläche verschwunden."

„So kann man es auch ausdrücken", sagte der Kommissar, „das heißt die Kleinen hängt man und die großen lässt man laufen? Wie immer?"

„Was soll ich sagen, ich fürchte so ist unser Rechtssystem aufgebaut, dafür gibt es ja die Posten der Werksleiter und Geschäftsführer", pflichtete Wischnewski bei.

Kurze Zeit später hatten gefühlte Hundertschaften die Kontrolle über das Werksgelände übernommen. Die Personalien aller Arbeiter wurden aufgenommen und die zweifelhaften Fälle direkt ans Zollamt zur Kontrolle der Lohnsteuerkarte und Schwarzarbeit übergeben.

Sophia, die gerade auf dem Revier war, als der Shutdown der Fleischfabrik die Runde machte, zögerte keinen Augenblick und informierte sich. Der arme Kerl in der Baracke war ihr nicht aus dem Kopf gegangen, jetzt hatte sie Unterstützung. Sie schloss sich den ausrückenden Beamten an und lotste einen kleinen Trupp davon, samt Zollamt und Gesundheitsamt, zu den Unterkünften der Arbeiter, von denen einige auch im Schlachthof arbeiteten. Sie musste diesen Menschen helfen, sie musste diesem Mann helfen.

Dieses Mal trafen sie vor Ort deutlich mehr Personen an. „Vielleicht waren das die Neuankömmlinge mit den Flugzeugen", überlegte sie, „vielleicht hatten heute wegen der Krise aber viele auch einfach keinen Job."

Die Beamten übernahmen auch hier das Kommando, hinderten noch den einen oder anderen daran, das Weite zu suchen und nahmen die Personalien auf. Sophia, die zum Schutz eine echte Gasmaske mit Filter von den Kollegen bekommen hatte, suchte nach ihrem Patienten. Und da lag er, röchelnd auf den Matratzen im Schlafsaal. Er sah noch schlechter aus als letztes Mal. Sie kniete sich neben ihn und zog die Decke etwas beiseite. Als sie ihre Hand auf seine Stirn legte um die Temperatur zu messen öffnete er kurz die Augen und man sah am leeren Blick, dass er im Fieber-Delirium war. Trotzdem bildete sie sich ein, dass er sie für den Bruchteil einer Sekunde erkannt hatte und ein Lächeln über seine Mundwinkel gehuscht war.

„Schnell ein Arzt!", forderte sie die Kollegen auf und kurz darauf lag der Patient in einem Krankenwagen.

„Wie geht es ihm?", fragte sie den Arzt, der ihn gerade zum Abtransport vorbereitete.

„Es war Rettung im letzten Moment, wenn du mich fragst“, antwortete der Arzt und setzte die Infusion, „noch ein, maximal zwei Tage und er wäre Dehydriert gestorben.“

„Wo bringt ihr ihn jetzt hin?“, fragte sie.

„Wir bringen alle ins Hohenwart-Forum, die haben im Moment sowieso keine Gäste und man kann die Gruppen aufgrund der wabenförmigen Anordnung der Gebäude gut voneinander isolieren. Unseren Intensivpatienten hier, liefern wir direkt ins Krankenhaus ein. Wenn da alles belegt ist, dann kommt er ins Krisennotzentrum auf dem Militärdepot in Huchenfeld. Dort sind für den Enzkreis alle Vorräte und medizinischen Notreserven vorbereitet und untergebracht.“

Erleichtert, dass es ihrem Patienten besser ging und er in guter Obhut war, trat sie den Heimweg an.

In der Fleischfabrik wälzten sie unterdessen die Akten der Leiharbeiter. Dazu hatten sie sich in den Büroräumlichkeiten des Verwaltungsbereiches breit gemacht und gleich mehrere Zimmer in Beschlag genommen. Die Brüllers hatten sich zurückgezogen und waren in telefonischer Beratung mit ihren Anwälten. Die Kooperation war auf ein Mindestmaß zurückgefahren und war nahe am Straftatbestand der Justizbehinderung.

Blocksberg, dem Papierkram nicht so lag, brauchte nach gut einer Stunde Aktenwälzen eine Auszeit. Immer wieder waren ihm vor Müdigkeit die Augen zugefallen. Er stand auf und ging in den Flur, in der Hoffnung in der Mitte dieses Monstrums, irgendwo ein Außenfester zu finden, durch das er frische Luft bekommen könnte. Als er durch die Flure streifte und oft vor verschlossenen, mit Chip-Karte gesicherten Türen stand, kam er auch an einer Reihe von verwaisten und wie in einem Katastrophenfilm fluchtartig verlassenen Büros vorbei. In seiner unorthodoxen Manier begann er die Büros zu inspizieren, zunächst auf der Suche nach frischer Luft und einem Apfel, je tiefer er jedoch eintauchte, umso genauer nahm er die Schreibtische und Rollcontainer unter die Lupe. Es war ihm bewusst, dass das was er machte absolut nicht erlaubt war, andererseits, wer sollte ihn erwischen, war ja keiner da außer ihm. Wenn man in einem Fall vorwärtskommen wollte, dann durfte man nicht immer so kleinlich sein, und auch mal Fünfe grade sein lassen. Man musste sich auf das Niveau der Gegner begeben und dreckig spielen, auch wenn das bedeutete, dass man den Bereich des Lichts, den Raum von Recht und Ordnung verließ und in das Zwielicht eintauchte, auf der schmalen Grauzone balancierte, die einen vom Abgrund trennte, aber eine doch hineinschauen ließ.

So hatte er neben etwas Essbarem noch einen weiteren wertvollen Fund gemacht. Er hatte gerade die Schubladen eines Sideboards durchsucht, als ihm die kleine Kreditkarte in der Plastikhülle und dem Halsband in die Hände fiel, nur war es keine Kreditkarte, sondern bei genauer Betrachtung eine der Key-Karten der Mitarbeiter. Mit einem verstohlenen Blick nahm er sie an sich und steckte sie samt Bändel in die Tasche.

Begierig darauf, sein neues Spielzeug auszuprobieren, verließ er das Büro und ging auf den Flur. Der Reihe nach ging er die Räume ab, die ihm vorhin verwehrt geblieben waren. Anscheinend hatte er die Karte einer Person erwischt, die relativ umfangreiche Berechtigungen besaß, denn in die meisten Räume kam er rein. Selbst für den Kopierraum brauchte man die Zugangskarte, in den Serverraum kam er dagegen trotz ID-Karte nicht, das Sicherheitssystem hatte also mehrere Levels. Zu seiner Enttäuschung waren die Räume hinter den Türen meistens langweilig. Entweder er fand Archive, weitere Büros, oder sogar einen Putzraum, offensichtlich mussten auch hier die Sicherheitsmaßnahmen verschärft werden, um den Klopapier- und Desinfektionsmittelschwund einzudämmen. Er fand heraus, dass er auch Treppenhaus und Fahrstuhl betreten konnte und dehnte seinen Streifzug immer weiter aus, wurde dabei aber auch immer unvorsichtiger. Auch wenn er versuchte, sich markante Punkte zu merken, war er sich nicht mehr sicher, ob er in diesem klinischen Umfeld wieder den Weg zurück finden würde. Deshalb ging er einfach immer weiter nach vorne, „irgendwann“, dachte er sich, „wird er schon wieder an einen Punkt kommen, von wo aus er den Rückweg findet.“

Als er gerade um die nächste Ecke bog, hörte er wie eine Tür zufiel. Er war hier also nicht allein. Unweigerlich kamen ihm die Bilder eines Zombiefilms in den Sinn: er war der letzte Überlebende und musste sich hier möglichst lautlos durch ein Zombielabyrinth kämpfen. Wenigstens hatte er diese Mal seine Waffe dabei. Auf leisen Sohlen und an die Wand gedrückt ging er weiter den Flur entlang. Er hörte weitere Geräusche und die Geräusche die er hörte, wurden lauter. Erst nur Stühlerücken, dann auch Stimmen, Stimmen, die er kannte.

„Bist du dir auch sicher, dass uns hier niemand stören kann?“, fragte die weibliche Stimme, in einem urtypischen Pforzheimer Dialekt, dieser ganz eigenen Sprachfärbung aus Badisch mit einer Nuance Schwäbisch in Aussprache und Tonfall.

„Ganz sicher, nur Level 2 Mitarbeiter haben hier Zugang, und die haben wir vorhin alle nach Hause geschickt. Hier hört uns niemand“, versicherte die männliche Stimme, die er sofort als die Daniel Burkhardts ausmachte.

„Ich weiß ja nicht, deine Urteilskraft war in letzter Zeit nicht die Beste“, warf ihm die andere Stimme vor.

„Nicht die Beste? Wer schmeißt denn den Laden hier? Ihr Sohn ganz bestimmt nicht!“, widersprach der Diener seiner Herrin. Nachdem er das gehört hatte, machte es Klick, jetzt wo er es wusste um was es ging, war die weibliche Stimme klar als die von Frau Brüller erkennbar. Von Brüller Senior war dagegen weit und breit keine Spur.

„Du solltest ihn zurückholen, du sagtest du kennst die entsprechenden Leute in den entsprechenden Kreisen, Leute die die Drecksarbeit machen und dieses Problem ganz diskret und ohne Polizei lösen. Und jetzt schau dich um! Der Betrieb ist dicht und hier wimmelt es nur so vor Beamten. Geschweige denn die Presse, die uns im Moment auf der Suche nach eine Schlagzeile die Bude einrennt und draußen ihre Zelte aufschlägt. Hast du mal da rausgeschaut, gesehen was hier los ist?“, schleuderte sie ihm zornig entgegen.

„Keine Sorge, meine Partner haben eine Spur, die stöbern die Verbrecher auf und dann geht es ihnen an den Kragen.“

„Besser wär‘s für dich!“, drohte sie ihrem Mitarbeiter. „Es ist eine Schande was du ablieferst, du und deine dubiosen Kontakte.“

„Ach ja?“, stieg es in Daniel Burkhardt hoch. „Eine Schande?“, wurde er laut, „ich sag dir was eine Schande ist, dass ich mir seit zwanzig Jahren für euch den Arsch aufreiße, und wurde es mir je gedankt? All die unbezahlten Überstunden, der Wochenendschichten, was ist damit? Und ohne meine Kontakte wären wir nicht da, wo wir jetzt sind. Dein Sohn, dieser verzogene

Bengel, der hätte uns mit seiner Idee von fairen Löhnen in kürzester Zeit ruiniert gehabt, aber wer hatte immer ein Auge auf den Kosten, hat immer Lösungen gefunden, wo es eigentlich keine Lösungen gibt? Ich! Nur so konnten wir den ruinösen Wettbewerb überstehen, aber habt ihr mich dafür in der Firma hochkommen lassen? Stattdessen habt ihr mir diesen Träumer vor die Nase gesetzt!", entlud sich der gesamte Frust Burkhardts an seiner Herrin.

„Dich nicht hochkommen lassen? Wir haben dich zum Werksleiter gemacht, oder etwa nicht? Und das war schon zu viel! Ich glaube dir ist das ein bisschen zu Kopf gestiegen. Ich habe dich hier als einfachen Gesellen ohne Perspektive aufgenommen, den Kopf bis zum Hals in Spielschulden, habe dir Arbeit gegeben, dich wie einen Sohn behandelt und so dankst du es mir? Ich glaube es wird Zeit, dass du wieder spürst wo du herkommst und wo du hingehorst!", spiele sie ihre ganze Dominanz über ihren Lakaien aus. Aber der hatte genug davon, sich unterkriegen zu lassen, was sich jahrelang an ungelösten Konflikten aufgestaut hatte, bahnte sich jetzt, in einer Szene, wie ein Vulkanausbruch unaufhaltsam und kraftvoll seinen Weg.

Der sonst leise und bedachte Burkhardt wurde laut: „Wie einen Sohn behandelt? Wenn ich mir euren missratenden Sprössling so anschaue, bin ich froh, dass ich nicht euer Sohn bin. Kein Wunder, dass er weg ist, kein normaler Mensch hält es mit euch aus. Ich bin gespannt, wie ihr das alles ohne mich regeln wollt, ich bin derjenige, der hier alle Fäden in der Hand hält, der den Laden zusammenhält, ohne mich ist diese Firma nichts!". Das hatte gesessen, obwohl Blocksberg die Dame nicht sah, merkte man, dass sie schwer getroffen war. So wie ihr Mann heute Mittag einen herben Schlag hinnehmen musste, so hat es in diesem Moment sie erwischt. Sie sah ihre Felle davonschwimmen, so hatte noch niemand mit ihr geredet, schon gar nicht ihr ergebenster Diener und Vertrauter. Allein daran, dass die sonst so schlagfertige Dame jetzt völlig still war und zum Schweigen gebracht wurde, zeigte wie vernichtend die Treffer waren. Es lief momentan nicht gut für das Ehepaar.

Als Blocksberg die stampfenden Schritte, des aus dem Büro hetzenden Burkhardts hörte, stahl er sich schnell in eine kleine Teeküche und versteckte sich hinter der Tür, aber die Schritte verhallten zu seiner Erleichterung in die andere Richtung des Korridors.

Der Kommissar hatte noch ein paar Minuten gewartet, ob von Frau Brüller noch ein verräterischer Hinweis kam, die saß aber alleine und desillusioniert in besagtem Büro und überlegte verzweifelt wie es so weit hatte kommen können – ein einziger Alptraum!

Mit der Ausbeute seiner kleinen Exkursion mehr als zufrieden und nicht daran interessiert, sein Glück noch weiter herauszufordern, trat er vorsichtigen Schrittes den Rückweg an. Von der einen oder anderen kleinen Ausnahme abgesehen, fand er den Rückweg zu seiner eigenen Verwunderung überraschend gut und zehn Minuten später traf er wieder bei den Kollegen ein.

Inzwischen waren noch mehr Kollegen vor Ort und man versuchte händeringend eine Ordnung zu finden, um zu vermeiden, dass sich zu viele Kollegen über den Weg liefen und gegebenenfalls untereinander ansteckten. Der Trupp von heute Morgen, also Johanna, der Kommissar und die Kollegen vom Gesundheitsamt waren in einem eigenen Teil abgeschirmt und isoliert. Sie wurden auf das Virus getestet und weitere Kontrolltests würden die nächsten Tage stattfinden. Bis ein klares Ergebnis vorlag, sollten sie sich von anderen Personen streng getrennt halten. Eine vorläufige Entwarnung würden sie bei einem negativen Test vermutlich noch am selben Abend bekommen, da ihre Proben bevorzugt bearbeitet wurden.

Der Produktionsbereich der Fabrik, wo der Infektionsschwerpunkt war, war inzwischen komplett versiegelt und wurde nur von Mitarbeitern des Gesundheitsamtes betreten, die in Raumanzügen wie nach einem Giftgasanschlag ausgestattet waren. Ihrer Einschätzung nach, würde es einige Tage dauern, bis alles gelüftet und desinfiziert sein würde, solange war das Werk strikte Sperrzone.

Als er zurück bei Johanna war, die die ganze Zeit mit angepackt hatte und selbstlos und fleißig die Kollegen der anderen Ressorts unterstützt hatte, warf sie ihm einen zutiefst vorwurfvollen und enttäuschten Blick zu. Nicht nur, dass er ihr immer noch nicht erzählt hatte, was letzte Nacht passiert war, nein, jetzt hatte er sich auch noch für geraume Zeit abgesetzt und sie alleine in diesem Schlamassel zurückgelassen.

KAPITEL 17

- You're fired! -

Beim Präsidenten

Es war Abend, als Johanna und Blocksberg zurück im Revier waren. Da sie in getrennten Fahrzeugen gefahren waren, hatte Blocksberg auch diese Gelegenheit nicht nutzen können, um Johanna auf den neusten Stand zu bringen. Als sie gemeinsam vom Parkplatz hochliefen, war die Stimmung dann auch nach wie vor angespannt und keiner sagte etwas. Sie wollten eigentlich nur kurz ihre Notebooks holen, um im Falle einer Infektion, oder zumindest bist sie das Testergebnis hatten, den nächsten Tag von zu Hause aus arbeiten zu können. Allerdings wurden sie direkt am Personaleingang von einem postierten Kollegen abgefangen, der extra dafür abgestellt war, die Kollegen die von dem Infektions-Hot-Spot Fleischfabrik kamen, nach Hause zu schicken.

Sie hätten durchaus noch einigen Papierkram zu erledigen gehabt, auf den sie nach den Aktenbergen in der Fabrik aber auch nicht sonderlich scharf waren. Deswegen verzichteten sie gerne darauf mit dem wachhabenden Kollegen eine Diskussion anzufangen, wie wichtig es jetzt wäre reinzukommen, und fügten sich willfährig in ihr Schicksal. Dann war es eben so, dann würden sie diesen Abend eben ausnahmsweise zu einer humanen Uhrzeit Feierabend machen. Erst jetzt realisierten sie, dass sie davon gar nichts hatten, durften sie wegen der Quarantäne ja gar nicht zu ihren besseren Hälften nach Hause gehen. Für Johanna, die eine eigene Wohnung hatte, war das weniger ein Problem, für den Kommissar dagegen schon eher. Er schrieb gleich seiner Freundin, um sie vorzuwarnen.

Als er die Nachricht gerade abgeschickt hatte, klingelte das Telefon, die Büro-Nummer von Herrn Ricke leuchtete auf, er war also auch noch hier, bestimmt wollte er einen Bericht, was heute alles in der Fabrik vorgefallen war. Er nahm das Gespräch an und meldete sich mit seinem Namen. Der Präsident wollte ein Treffen mit ihm, heute Abend noch, Johanna sollte auch dabei sein.

„Aber wir sind möglicherweise infiziert", erklärte Blocksberg, „wir können uns nicht im Präsidium treffen." Johanna, die nur die Gesprächsseite des

Kommissars mitbekam, hörte als Antwort die dumpfe aber bestimmte Stimme von Herrn Ricke aus dem Mobiltelefon dringen, bis der Kommissar mit: „Alles klar, dann sehen wir uns gleich“, das Telefonat beendete.

„Und was ist?“, wollte sie natürlich wissen.

„Der Präsident will uns jetzt noch treffen, er kommt gleich runter, dann suchen wir uns ein Plätzchen wo wir ungestört reden können“, erklärte er. „Er will wissen was los war, du musst auch dabei sein, darauf legte er wert.“

Kurz darauf kam der Präsident aus dem Personaleingang, der Haupteingang, den er normalerweise benutzte, war um diese Uhrzeit bereits abgeschlossen, und kam mit seiner schweren Aktentasche über dem edlen schwarzen Wollmantel in leicht schiefer Haltung schweren Schrittes auf sie zu. Er war wie immer makellos rasiert und musterte sie mit besorgt-kritischem Blick, so wie man Kinder anschaute, die eine schlechte Note nach Hause gebracht hatten.

Er trat an sie heran, stoppte, den Abstandsregeln entsprechend, dann aber unnatürlich weit von ihnen entfernt. Nach einer kurzen Begrüßung beratschlagten sie sich, wo man sich am besten mit gebührendem Abstand unterhalten konnte. Alle Bars und Restaurant befanden sich im Voll-Shutdown, was bedeutete, dass sie nur lieferten, aber keine Gäste empfingen. Damit waren die Optionen stark eingeschränkt und nach einigen Minuten der ratlosen Suche entschied man sich für das Gegenüberliegende Bahnhofsgebäude. Dort waren um diese Uhrzeit kaum noch Menschen, in der aktuellen Situation sowieso noch weniger, es war geräumig und trotz der kühlen Außentemperaturen einigermaßen warm. Sie nahmen nicht die Unterführung, sondern die Ampel nach dem Ozon. Im Inneren suchten sie sich ein abgelegenes Plätzchen bei einer der Sitzreihen aus weißem Metall, wo sich der Kommissar nach sechs Stunden Schlaf in drei Tagen KO niederließ. Wie er da so im Bahnhofsgebäude, alle Viere von sich gestreckt, unrasiert und mit zerknitterten Klamotten halb auf der Bank lag, hätte man ihn durchaus für einen Obdachlosen halten können, eine Tatsache, die auch dem Polizeipräsidenten nicht entging.

„Jetzt nehmen Sie erstmal Haltung an, sie repräsentieren hier schließlich etwas“, forderte der vor ihm stehende Herr Ricke ihn auf. Abgekämpft versuchte er widerwillig eine geradere Sitzhaltung einzunehmen, was ihm aber nicht so recht gelingen wollte, zu erschöpft waren seine Muskeln und egal wie er sich drehte und wendete, seine durch den Schlafmangel hypersensible Haut war mit keiner Position zufrieden.

„Wir haben ein Problem“, fing der Präsident an. Die beiden Ermittler schauten ihn fragend an.

„Sie haben ein Problem“, wurde er konkreter.

„Was ist los?“, fragte Blocksberg, der nach dieser Anrede ahnte, dass Ärger auf ihn zukam. Aber auch den würde er stoisch über sich ergehen lassen. Wie ein zu Tode erschöpfter Stier in der Arena würde er den finalen Stoß ohne Gegenwehr resigniert entgegennehmen. Er hatte gelernt, wann die Zeit zu reden und wann die Zeit zu schweigen war.

„Ich weiß ja nicht, was sie heute wieder angestellt haben, aber die Anwälte der Brüllers sind bei mir und Staatsanwalt Klaasen heute Amok gelaufen! Wir waren den ganzen Tag mit nichts anderem beschäftigt, als uns von diesen windigen Gesetzesverdrehern die Hölle heiß machen zu lassen. Wissen Sie eigentlich wie viel Spaß das macht?“, fragte er ironisch.

„Keinen?“, gab der Kommissar lapidar zurück.

„Richtig! Dazu kommt, dass Sie das Ehepaar davor schon provoziert haben. Ich brauche Ihnen wohl nicht sagen, welchen Einfluss diese Leute haben? Die werden direkt zum Staatsbankett geladen, dorthin, wo über unserer Zukunft entschieden wird“, sagte er schwermütig.

„Das Problem ist, dass das Ehepaar völlig unkooperativ und uneinsichtig ist, das wissen Sie selbst. Wie soll man mit solchen Klienten einen Fall lösen? Denken Sie nur mal an die Aktion des Chefs gestern bei der Geldübergabe“, versuchte sich Blocksberg zu erklären.

„Ich will nicht von Problemen wissen! Ich will Lösungen und dafür habe ich normalerweise fähige Leute, die nicht am laufenden Band Ärger heraufbeschwören. Und was die Geldübergabe angeht, das war ja wohl auch das reinste Desaster. Das Geld ist weg und von Opfer und Täter keine Spur! Und dann noch die Aktion mit Brüller Senior. Was meinen Sie wie ich jetzt dastehe, vor den Leuten vom SEK, vor dem Innenministerium? Sowas bleibt nicht unbemerkt“, wetterte sein Chef.

„Das hat ja wohl das SEK vermasselt“, sagte Blocksberg kleinlaut.

„Wollen Sie sagen, das SEK macht seinen Job nicht richtig? Sind Sie für den Fall verantwortlich, oder nicht? Mein Job steht hier auf dem Spiel, das ist unsere Bewährungsprobe. Ich sollte hier für Ruhe und Ordnung Sorgen, und das werde ich auch tun, egal was dazu nötig ist", sagte er unheilvoll. Der Kommissar schaute betrübt auf die andere Seite der Bahnhofshalle, wo die Fotoboxen standen. Er erinnerte sich, wie er hier, am Morgen vor seinem Dienstantritt in Pforzheim noch in aller Eile ein Passfoto für seinen neuen Dienstausweis gemacht hatte: „War das der Ort an dem alles begann und an dem alles enden sollte? Der Bahnhof schien ihm kein Glück zu bringen, letztes Jahr hatte er hier auf den Gleisen den Showdown mit Gary erlebt, seitdem ging es für ihn bergab, bis er jetzt hier saß und jeden Moment seine erneute Suspendierung mitgeteilt bekommen würde."

„Und jetzt?", forderte der Kommissar sein Schicksal heraus.

„Was soll ich sagen, schauen Sie sich an, meinen Sie wirklich so eine Unterstützung für uns zu sein?", sagte Herr Ricke sachlich. Der Kommissar schaute geknickt auf den gefliesten Fußboden vor sich – Fliesen waren ein schlechtes Omen.

„Gehen Sie mir aus den Augen", holte ihn der Präsident aus seinen Gedanken, „ich will Sie nicht mehr sehen!"

Entkräftet mühte sich Blocksberg von der Bank auf, bis er vor Präsident Ricke stand, sie blickten sich eindringlich in die Augen. Wortlos ging er an ihm vorbei, um nach ein paar Schritten zu fragen: „Bin ich suspendiert?"

Johanna, die das ganze Gespräch betroffen aber machtlos mitverfolgt hatte, und die Anweisung Herrn Rickes „zu verschwinden" auch auf sich bezogen hatte, war gerade im Begriff dem Kommissar in einigem Abstand hinterherzulaufen, als der Präsident ein letztes Mal das Wort ergriff: „Herr Klaasen und ich beraten das heute Nacht, Sie erfahren morgen früh, ob sie noch in Amt und Würden sind", sagte er lautstark, sodass auch der inzwischen etwas weiter entfernte Blocksberg, sowie alle anderen Anwesenden im Bahnhof, es hören konnten. „Und was Sie angeht", sagte er an Johanna gerichtet und fing sie damit ab, „auf ein Wort", und machte ihr mit einer Geste klar, dass er mit ihr noch Gesprächsbedarf unter vier Augen hatte.

„Toll!“, dachte sich der Kommissar, als er die Bahnhofstüren nach draußen aufstieß. Ausgerechnet Johanna würde über sein Schicksal entscheiden und dass, wo sie gerade eh schlecht auf mich zu sprechen war. Würde Präsident Ricke ihr gleich seinen Job anbieten? War davon seine Zukunft abhängig? Ob sie ja oder nein sagte? Je mehr er nachdachte, beschlich ihn ein anderer, schauerlicher Verdacht, hatte Herr Ricke ihm Johanna nur zur Seite gestellt um ihn zu überwachen? Sprachen sie hinter seinem Rücken öfter über ihn, war es das, was sie den ganzen Tag notierter und protokollierte und in Berichten für Herrn Ricke zusammenfasste? War der Fall für sie nur zweitrangig und sie sollte ihn begutachten und psychoanalysieren? Feststellen, ob er wieder im Gleichgewicht war, ob er seine Aggressionen wieder unter Kontrolle hatte? War sie am Ende auf seinen Job aus? Je mehr er darüber nachdachte, umso paranoider wurde er, er begann langsam an sich selbst zu zweifeln.

„Nur Lösungen interessieren“, gingen ihm die Worte des Präsidenten durch den Kopf. „Sollten Sie es eben ohne ihn versuchen, sie wussten nicht, was er in der Fabrik belauscht hatte, nicht was er letzte Nacht herausgefunden hatte. Sollten Sie sehen wo sie bleiben“, ging es ihm durch den Kopf, um erschreckt festzustellen, wie ähnlich seine Reaktion der von Daniel Burkhardt heute Mittag war.

Aber er hatte sich nichts vorzuwerfen, im Gegenteil, er ging die bekannte extra Meile, zeigte vollen Einsatz, nur das Glück war nicht auf seiner Seite. „So ist das eben“, überlegte er während er die Bahnhofstraße zum Revier kreuzte, „wenn es gut für einen läuft, wird es positiv gesehen, wenn man abgefuckt aussieht, weil man sich die letzten beiden Nächte für den Job um die Ohren geschlagen hat. Aber wenn man sowieso angezählt ist, wird behauptete man hätte sich nicht im Griff, hätte die Kontrolle verloren und wäre nicht mehr tragbar.“

Enttäuscht und wütend riss er die Tür seines Wagens auf und fuhr mit viel zu hoher Geschwindigkeit durch die leere Innenstadt, die Georgensteige hinauf und ab durch den Hagenschieß, wo ihm die 30er-Zone am Seehaus herzlich egal. Seine Fahrt führte ihn zu seinen Eltern, in deren Haus er in einer leerstehenden Wohnung unter dem Dach sein provisorisches Quarantänelager beziehen konnte, so hatte er es mit seiner Freundin abgestimmt, mit der er seit heute Morgen wieder kein reales Wort gewechselt hatte. Wie weit war es mit ihm gekommen, mit fast dreißig wieder daheim bei den Eltern, ohne Freundin, ohne Job.

Der nächste Morgen startete besser als erwartet. Der Geruch des Kaffees, der durchs Treppenhaus strömte, weckte ihn. Dann, kurz vor acht, erhielt er die Nachricht von Herrn Wischnewski, dass das Ergebnis seines Corona Tests vorlag, und zu seiner Beruhigung negativ ausgefallen war. Und der Tag wurde noch besser. Jetzt wo er wieder unter Menschen durfte, hatte ihm seine Mutter Frühstückseier gemacht. Er genoss es mit seinen Eltern zu frühstücken, leider hatten sie viel zu selten die Gelegenheit dafür.

Aber damit nicht genug. Gerade als er zu Ende gegessen hatte, erhielt er den alles entscheidenden Anruf Von Herrn Ricke, wie es um seine Zukunft bei der Polizei bestellt war. Unheilvoll waren die weißen Punkte, die einen Anruf signalisierten, über das Display gewandert. Mit Unbehagen und Spannung drückte er nervös auf den grünen Knopf, um das Gespräch anzunehmen. Er ging aus der Wohnküche seiner Eltern in das eigentliche Wohnzimmer, um dort das schwierige Gespräch ungestört entgegennehmen zu können.

„Guten Morgen", meldete er sich neutral, bewusst oder unbewusst nicht dazu aufgelegt den Präsidenten mit Titel oder Namen zu begrüßen. Verständlicherweise bekam er eine ähnlich reservierte Begrüßung zurück. Beide nicht zu Smalltalk aufgelegt kamen sie direkt zur Sache, half es doch nichts, die Entscheidung, das Urteil, lange vor sich herzuschieben, „lieber ein kurzes und schmerzloses Ende", dachte sich Blocksberg.

„Und? Bin ich noch im Dienst?", fragte Blocksberg direkt.

„Sie sind", kam die kurze unerwartete Antwort, und der Kommissar wusste gar nicht so recht, wie er mit dieser Entscheidung, die seiner Intuition zum Glück nicht entsprach, umgehen sollte. Innerlich, hatte er sich schon auf eine weitere Phase der Suspendierung eingestellt gehabt und war im Kopf durchgegangen, wir er die kommende Freizeit möglichst sinnvoll gestalten würde und was all das für ihn und die dunklen Schatten seine Vergangenheit bedeutete. Vermutlich wäre es das Beste, wenn er für ein paar Wochen das Weite suchen würde und untertauchte, hätte er nicht das gleiche Problem, wie der Junge Erbe, dass alle Grenzen dicht waren, und totale Reisebeschränkung galt. Inzwischen nicht nur über die Landesgrenzen hinweg, sondern auch zwischen den Bundesländern und sogar einzelnen Landkreisen. Das alles war jetzt erst mal hinfällig, er bekam eine Schonfrist.

„Wie ist das möglich?“, wollte er wissen.

„Ganz einfach, sie haben wahrscheinlich die beste Kollegin und Partnerin, die man sich vorstellen kann. Sie hat mir einige Sachen erklärt und ein gutes Wort für Sie eingelegt. Außerdem hat sie ihr eigenes Schicksal an ihres geknüpft, und gesagt, wenn sie nicht mit ihnen im Team weiter ermitteln darf, hätte sie kein weiteres Interesse, den Fall mit einem anderen Kollegen zu bearbeiten. Sie meinte, sie schätzt die Arbeit mit Ihnen außerordentlich, und dass sie in den wenigen Tagen, die sie jetzt zusammen gearbeitet haben, schon jede Menge gelernt hat, und dass sie mit ihr immer offen über alles gesprochen haben, kein Wissen gehortet und sie voll involviert haben. Sie betonte wie interessant die Zusammenarbeit mit Ihnen ist und wie sehr sie sie schätzte.“ Außerdem, ergänzte er, würde eben diese Kollegin gerade jetzt hier im Revier auf ihn warten, um gemeinsam in die neuen Abenteuer aufzubrechen, die nächsten Rätsel und Geheimnisse dieses Falles zu lüften. Er solle sie doch nicht länger warten lassen, das hätte sie wirklich nicht verdient.

Und das hatte sie auch nicht. Blocksberg konnte sein Glück kaum fassen, Johanna hatte ihn überrascht, auf sie war Verlass, obwohl er sie die letzten Tage etwas im Regen hat stehen lassen, und sie zurecht sauer auf ihn gewesen war. Sie war über ihren Schatten gesprungen, und das konnte er ihr nicht hoch genug anrechnen, vor allem, wenn er an den letzten Abend zurück dachte, wo er, wenn auch übernächtigt, schwere Vorwürfe und Anschuldigungen gegen Sie erhoben hatte. Er hatte sich fundamental getäuscht und war tatsächlich paranoid gewesen.

„Ich komme sofort“, rief der Kommissar verzückt und überglücklich in das Telefon. Er duschte noch an Ort und Stelle, rasierte sich, und ausgeschlafen und wiederhergestellt, sah die Welt, mit diesen positiven Ereignissen, diese unerwarteten Wendungen, schon deutlich besser aus.

Nachdem er wegen seines Tests grünes Licht und Entwarnung hatte, macht er noch einen kurzen Abstecher bei sich daheim, um nach Tagen des aneinander Vorbeilebens, endlich mal wieder seine Freundin in den Arm zu nehmen. Sie stand gerade in der Küche und zauberte ein Essen, als er zur Tür hereinkam, alles von sich warf, sie umarmte und ihren Kopf küsste. Verdutzt aber überglücklich umschloss sie mit ihren Armen seinen Körper und drückt ihn fest an sich.

„Ich hab mir solche Sorgen gemacht“, sagte sie abgespannt und den Tränen nahe.

„Alles gut“, beruhigt er sie, „ich bin kerngesund und zur Abwechslung auch mal wieder fit, die letzten Tage waren die Hölle und ich bin froh, dass jetzt hoffentlich wieder eine bessere Phase kommt, wo wir uns auch mehr sehen, und wieder mehr voneinander haben.“

„Das wäre wirklich schön“, sagte sie erleichtert und drückte ihn noch stärker an sich ran.

Nachdem er sich mit neuen Klamotten eingedeckt hatte, fuhr er das kurze Stück durch die Stadt zum Revier, wo Johanna auf ihn wartete. Er fühlte sich nach all diesen guten Nachrichten, dem negativen Test, der Nicht-Suspendierung, und seinem Privatleben, das wieder ein Stück mehr in Einklang gekommen war, wie neugeboren, wie ein neuer Mensch.

Auf dem Revier konnte er Johanna gar nicht genug danken. Die maß dem Ganzen aber gar keine so große Bedeutung bei und wollte davon, edelmütig wie sie war, nichts wissen.

„Was machen wir heute? Wie machen wir weiter?“, war das einzige was sie wissen wollte, und worauf sie sich einlassen wollte.

„Zu allererst erzähle ich dir alles, was ich die letzten Tage erlebt habe, damit du auf dem neuesten Stand bist. Bei manchen Sachen würde ich gerne deine Einschätzung hören. Ich hab nämlich nicht nur unsere Unbekannte gefunden, die wir bei Brüllers gesehen hatten, sondern gestern auch einen interessanten Streit zwischen Daniel Burkhardt und Frau Brüller belauscht. Sowohl Dharma, so heißt das Mädchen, als auch die Brüllers, wissen mehr als sie sagen und hängen tiefer in der Sache drin als es den Anschein macht. Die Brüllers haben ihren Werksleiter beauftragt, sich um die Zurückholung von Sohn und Lösegeld zu kümmern, bis es gestern zum Eklat gekommen ist, wo er sich von den Brüllers losgesagt hat. Ich bin mir nicht sicher, ob er danach noch weiter für sie arbeitet oder ob er einen endgültigen Schlussstrich gezogen hat, der Streit war heftig", fasste er zusammen. „Und auch Dharma ist, und war, viel näher an den Brüllers und vor allem Justus dran, als es uns zunächst dargestellt wurde. Im Moment durchschaue ich das Ganze noch nicht, aber mehrere Personen scheinen hier ein doppeltes, ein falsches Spiel zu spielen und wir müssen weiter unseren Verstand für alle Möglichkeiten offen halten." Nachdem er Johanna noch alle weiteren Detail erklärt hatte, fragte er sie: „Und, wie siehst du das Ganze?"

„Zu Dharma kann ich nichts sagen, dazu müsste ich sie erst mal persönlich kennen lernen. Was die anderen angeht, so war es ja von Anfang an offensichtlich, dass Burkhard und die Brüllers in einem gestörten, man kann sagen krankhaften, Verhältnis zueinander stehen. Besonders Daniel und Frau Brüller führen ja fast schon eine gestört erotische Beziehung und bei Daniel liegt mit Sicherheit ein verkappter Ödipus-Komplex vor. Er überträgt seine Wut, vermutlich gegen den eigenen Vater, anstatt auf Brüller Senior, der eine zu große Autoritätsperson für ihn darstellt, auf den Sohn, auf Justus. Dass er kein gesteigertes Interesse am Wiederauftauchen des Sohnes hat, dürfte offensichtlich sein, inwieweit er dazu beiträgt oder beigetragen hat, ihn verschwinden zu lassen, ist natürlich ein anderes Thema. Trotz allem, kann ich mir nicht vorstellen, dass er sich von der Familie und der Firma lossagt, Zu sehr, zu tief emotional ist er vor allem mit seiner Chefin verbunden. Es ist für Personen wie Ihnen wie sie in seinem Zustand sind, nahezu unmöglich, solche Bande und Abhängigkeiten zu überwinden", führte die Psychologin aus.

„Du meinst also, er ist befindet sich in einem Dilemma zwischen Pflichterfüllung und Gehorsam auf der einen Seite und Hass und Abneigung gegenüber dem Sohn, den Nebenbuhler, für den er ihn empfunden hat, auf der anderen Seite?"

„Ja, so könnte man es ausdrücken, die Frage ist nur, wie machen wir jetzt weiter? Wo Daniel ist wissen wir nicht und die Brüllers werden einen Teufel tun und mit uns beiden reden. Aus ihrer Sicht sind wir an ihrer Krise mit verantwortlich, wir haben ja die Untersuchung eingeleitet, die jetzt zu ihrem Unglück führte."

„Ja", stimmte der Kommissar zu, „dort werden wir mit Sicherheit vor verschlossenen Türen stehen und uns die Zähne ausbeißen. Trotzdem müssen wir mit unseren Ressourcen haushalten und deswegen macht es im Moment wenig Sinn uns auf die Brüllers zu konzentrieren, wir müssen uns immer das Eisen vornehmen, immer die Spur verfolgen, die gerade warm ist. Dort sind unsere Chancen am besten."

„Was heißt das konkret?", fragte Johanna.

„Das heißt, dass wir jetzt die zweite heiße Spur, die von Dharma verfolgen. Dafür starten wir ihr direkt mal einen Besuch ab. Ich möchte dir sowieso den alten Schlachthof mit seinem Ambiente und seiner Ausstrahlung zeigen, außerdem macht es wenig Sinn, die junge Dame in einen unserer engen Verhörräume einzuladen, wo wir kaum lüften können und es mit dem Abstand auch nicht weit her ist. Außerdem hat ein kleiner Ausflug noch nie geschadet und tut der Seele gut und das was man dort an Details und Kleinigkeiten mitbekommt und aufschnappen kann, ist durch nichts zu ersetzen und bekommt man erst recht nicht in einem Besprechungsraum mit."

Frau Knall und Frau Nähmer hatten inzwischen das Leben von Dharma durchleuchtete und Blocksberg und Johanna eine Zusammenfassung gegeben. Dharma war wie Johanna fünfundzwanzig Jahre alt. Sie kam aus einem gut behüteten Elternhaus. Sehr gut bürgerlich konnte man schon sagen, war ihr Vater doch nichts anderes als Richter und die Mutter Gynäkologin. Bis zum Abitur war sie eine Musterschülerin gewesen und alle Tore hatten ihr offengestanden. Die Eltern hatten Jura oder Medizin im Auge. Sie entschied sich aber anders und wählte einen unsteten Lebenswandel und hatte dabei viel und doch wenig studiert. Mindestens drei Studiengänge hatte sie angefangen und wieder abgebrochen. Sie hatte es mit Philosophie, Geoinformatik und Kunstgeschichte versucht, aber herausgefunden, dass das alles nichts für sie ist. Jetzt hielt sie sich mit Gelegenheitsjobs über Wasser und wartete auf die Zusage der FH Pforzheim.

Sie hatten sich gar nicht erst bei der jungen Dame angekündigt, hatte sie ihren Kolleginnen vom Innendienst beim gestrigen Verhör doch versichert, erreichbar zu sein. Sie hatte versprochen das Areal rund um den alten Schlachthof nicht zu verlassen. Sie machten sich am Haupteingang bemerkbar und nach ein paar Rufen und Klopfen und einer kurzen Wartezeit, kam ihnen Dharma entgegen und öffnete die Tür um sie hereinzulassen. Sie hatte ein Kopftuch um ihre langen lockigen blonden Haare gebunden, ein kurzärmliges weißes T-Shirt und knöchelfreie Jeans in Sneakers an. Sie war anscheinend gerade beim Saubermachen. Mit vordergründig guter Laune bat sie die Gäste herein und erklärte ihnen, dass sie gerade einen der Escape Rooms, und zwar genau den, den Justus gespendet hatte, reinigte und für einen kommenden Einsatz vorzubereiten. „Wir hoffen, dass wir bald wieder aufmachen dürfen", sagte sie und spielte damit auf den Lockdown an, der auch sie traf. Sie gingen gemeinsam mit ihr durch die hohen Räume des alten Gebäudes, und Johanna war von der Mischung aus Zerfall und stringenter Architektur genauso angetan, wie Blocksberg in der vorletzten Nacht. Jetzt bei Tag wirkte mit dem Licht, das durch die Oberlichter flutete, alles deutlich heller und gleichzeitig trotzdem immer noch bedrückend.

Sie folgten ihr in den kleinen Nebenraum, den sie gerade aufräumte. Auch in diesem Raum hingen Rohre und Kabel aus halb abgebrochenen Mauern. „Kommt", forderte sie ihre Gäste auf, „ihr könnt mir helfen die Spielkarten und Hinweise für das nächste Spiel zu verstecken", und so schnappten sich die Ermittler einige Utensilien und verteilten sie nach Dharmas Vorgaben im Raum. Nach einem ersten Geplänkel belangloser Themen, nahm das Gespräch Fahrt auf.

„Und heute schon arglose Fahrradfahrer kontrolliert?", fragte Dharma die Polizisten gehässig und spielte auf einen Fernsehbeitrag der Pforzheimer Verkehrspolizei an. „Das ist natürlich schon wichtig, dass nicht zu viele Leute Fahrrad fahren, wo kämen wir denn da hin? Ich mein, stattdessen mal ein Tiertransport kontrollieren wäre natürlich auch eine Idee, aber das kann man wohl nicht verlangen", provozierte sie.

„Woher die ganze Wut?", fragte Johanna kühl.

„Woher die Wut? Schon mal was vom 6,-€ Schwein gehört? Armes Schwein, fetter Gewinn. Es kann doch nicht sein, dass Fleisch im Supermarkt günstiger ist als Salat", beklagte das Mädchen, das sich schon wieder in Rage redete.

„Vielleicht geht es dir bei der ganzen Angelegenheit viel mehr um dich selbst, als um die Sache", forschte die Psychologin.

„Was soll das heißen?", funkelte es zurück.

„Naja, vielleicht bist du viel mehr auf der Suche nach dir selbst. Vielleicht versuchst du gerade die Grenzen auszutesten, die du als Kind und Jugendliche nie hattest. Warum sonst diese Selbstgeißelung?"

„Soll ich erwachsen werden und mich mit der Realität abfinden wie alle anderen auch? Wer seine Gefühle leugnet, kann doch nicht glücklich sein!"

„Die Scham ist die Achillesferse der mentalen Stabilität. Vielleicht schämst du dich für deine Herkunft, fühlst dich schuldig, für das Glück das du hattest. Den größten Fehler den man machen kann, ist der zu glauben, man wüsste wer man sei", analysierte die Psychologin ihre Kontrahentin.

„Du hältst mich für ein pubertäres Gör?", brachte es Dharma auf den Punkt.

„Ich glaube du suchst Zuflucht im Geist, um einer psychischen Fraktur aus dem Weg zu gehen. Du legst dir selbst Bürden auf, quälst dich, in der Hoffnung über dich hinauszuwachsen", forderte die Psychologin die junge Aktivistin ein weiteres Mal heraus.

„Sind wir jetzt bei Nietzsche? Ist der Mensch nicht ein nach Vollkommenheit strebendes Wesen? Ist es nicht das, was uns vom Tier unterscheidet, dass wir eine Wahl haben? Es liegt in der Natur des Löwen zu töten, aber liegt es nicht gerade in unserer Natur, diese Triebe zu überwinden, es besser zu wissen? Ist es nicht das, was uns zum Menschen macht", konterte Dharma.

„Mag sein, aber wir leben in einer Wohlstandsgesellschaft. Die Menschen sind bereit zum Wandel, wenn sie bereit dazu sind – nicht früher. Da wird eine Gruppe junger Aktivisten nichts ändern."

„Soll das heißen, ich soll im ewigen Kampf zwischen Angepasstheit und Individualität aufgeben, mich fügen? Niemals! Viel zu lange ging das so. Das muss ein Ende haben. Jeder sollte sich in die Lage einer Minderheit bringen, um am eigenen Leib zu erfahren, was das bedeutet!", sagte Dharma und lehnte sich dominant über die Lehne eines Stuhls.

„In jeder Schwäche liegt eine Stärke? Der Mensch ist eben nie zufrieden. Ständig unterliegt er dem Reiz des Unbekannten, des Neuen. Da bist auch du keine Ausnahme. Und wenn man alles hat, weiß man nicht was man noch will und mit sich anfangen soll. Wichtig ist nicht, zu wissen was man will, sondern zu wissen, was man nicht will! Wir leben in der Welt, die wir uns einbilden", sagte Johanna und stellte sich direkt vor ihre Kontrahentin.

Blocksberg stand unbeteiligt zwischen den Fronten. Er wusste nicht was es war, aber die beiden Frauen hatten direkt einen schlechten Start miteinander gehabt und verstanden sich nicht besonders gut. Vielleicht waren sie sich zu ähnlich, beide groß, sportlich und mit blonden Locken, wobei Dharma nochmal gut einen halben Kopf größer als die schon große Johanna war. Vielleicht kam ihre Abneigung aber auch daher, dass die jeweils andere das hatte, was sie sich wünschten: Dharma die Anerkennung, die Johanna mit ihrem Beruf zuteilwurde, Johanna umgekehrt die Freiheit Dharmas und das unkonventionelle Leben.

„Du kannst die Wahrheit doch gar nicht ertragen, Püppchen", provozierte sie die Psychologin. „Vielleicht ist es eher eine Frage zwischen Moralität und Brutalität. Aber langsam beginnen die Menschen aufzuwachen, sich für ihre Ideale zu erheben und mit geballter Faust die verkrusteten kapitalistischen Strukturen, die unsere armseligen Politiker in Beton gegossen haben, zu zerschlagen. Die Wahrheit lässt sich nicht dauerhaft vertuschen, die neuen Medien erzeugen nicht nur Fake News, sondern zeigen schonungslos die kranke Verflechtung zwischen Politik und Wirtschaft. Brüstet sich Pforzheim und sein Gemeinderat nicht, die grünste Stadt des Landes zu sein? Wenn einem das passt, nimmt man das gerne her und zeigt es vor, aber wenn es darum geht einen Wald für ein neues Industriegebiet zu roden, ist die Entscheidung schnell gefallen. Natur- und Klimaschutz sind dann nur noch ein lästiges Übel. Es ist eben schwer bis zu seinen eigenen Ideale aufzuleben, aber daran wird man gemessen!", sagte sie und richtete den Stiel ihres Besens drohend auf Johanna.

„Bitte, jetzt beruhige dich wieder", versuchte Blocksberg die Aktivistin wieder einzufangen, die fing jetzt aber erst so richtig an in Fahrt zu kommen und verfiel in ihren linksautonomen Duktus: „Die Eliten nehmen es in Kauf, den Planeten zu Grunde zu richten und ihre Wähler, die ahnungslosen

Kälber, ein ums andere Mal aufs Schafott zu führen. Hauptsache die Wähler zahlen weiter fleißig brav ihre Steuergelder, aber ich bin hier um Alarm zu schlagen wie ein Feuermelder. Aber langsam wachen die Lemminge auf, mit jedem Jahrgang, der das zeitliche segnet, steigen unsere Chancen, steigt das Verständnis für die Zusammenhänge zwischen uns und unserer Umwelt und das der Raubbau ein Ende haben muss. Dem einzelnen kann man dabei kaum einen Vorwurf machen, es ist das System das krank ist, es braucht einen Systemwandel, einen radikalen Umbruch, weg von der Mär des ewigen Wachstums, hin zu einem ganzheitlichen Verständnis. Was wir brauchen ist echte Nachhaltigkeit und eine Reduktion von Konsum und Bevölkerung. Jetzt in der Krise geht es doch auch, es ist doch völliger Wahnsinn, das jeder glaubt, er müsse zweimal im Jahr in Urlaub fliegen. Ich wurde so erzogen, dass man einen Ort verlässt, wie man ihn vorgefunden hat, aber scheinbar gilt das nicht für unseren Planeten, einfach asozial", sagte sie und warf wütend den Besen in die Ecke.

„Also doch eine konservative Erziehung?", versuchte es der Kommissar dieses Mal mit Ironie. „Dann kommt euch das Virus ja gerade recht."

„Die Pandemie deckt viele Wahrheiten auf, manches bleibt trotzdem unbegreiflich. Zum Beispiel, dass die meisten Eltern einsehen, dass Rauchen ihr Kind schädigt, aber die gleichen Eltern trotzdem Fleisch essen als gäbe es kein Morgen, völlig gleichgültig, dass sie damit die Zukunft und das Leben ihrer Kinder und Kindeskinder ruinieren. Genauso wenig, wie man einem Kind Rauch ins Gesicht bläst, sollte man über seine Verhältnisse leben und da ist mehr als einmal die Woche Fleisch essen und nur ein Urlaub alle drei Jahre halt einfach nicht drin! Jetzt in der Pandemie betreiben wir einen riesen Aufwand um eine Randgruppe zu schützen, die es sowieso dahinrafft, den gleichen Aufwand für das reale Wohl der gesamten Bevölkerung und vor allem der Jungen zu betreiben, sehen wir nicht ein – völlig grotesk! Der Mensch muss einfach immer direkt bestraft werden, sonst begreift er es nicht."

„So ein düsteres Bild wurde mir erst vor kurzem gezeichnet", sagte der Kommissar und dachte dabei an sein Gespräch mit Landsteiner in der Gerichtsmedizin.

„So düster auch wieder nicht, es gibt Hoffnung! Inzwischen sind immer mehr vor allem junge Leute besser informiert und wehren sich“, antwortete die Aktivistin optimistisch.

„Und trotzdem steht der konservative Block in Pforzheim gut da“, warf der Kommissar ein.

„Das sind die ewig Gestrigen. Aber deren Zenit ist bereits überschritten. Letztendlich geht es denen in vielen Punkten wie uns, sie wollen nicht mehr bevormundet werden, und ihrem Protest eine Stimme verleihen. Und man sieht ja an den aktuellen Ergebnissen, dass die großen etablierten Volksparteien Erosionen unterliegen, die diese nicht für möglich gehalten hätten. Ihnen sterben die Anhänger wie die Fliegen weg. Wer weiß vielleicht wird eines Tages doch alles gut, wäre das nicht schön?“ beendete Dharma ihre Ausführungen und setzte sich mit einem sehnsüchtigen Blick auf eine Holzkiste.

„Und wie wollt ihr diesen Umbruch durchsetzen?“, fragte der Kommissar weiter, „mit Antifa, 187er und Hammer und Sichel Graffitis und wird es wohl nicht getan sein?“

„Wie soll ich diese Frage verstehen?“, entgegnete Dharma misstrauisch.

„Es ist ja nun mal so, dass ihr nicht nur Ampeln mit dem Schattenriss von Hanfblättern beklebt, sondern auch gerne mal einen Burger-King in Brand setzt, um nur einige Ereignisse zu erwähnen. Euren Höhepunkt habt ihr aber letzte Woche erreicht, als ihr in die Fabrik der Brüllers eingedrungen seid, um dort die Förderbänder und Schlachtautomaten zu sabotieren, nicht zu vergessen, die Befreiung der Tiere.“

„Wir haben alleine an diesem Tag hunderten Tieren das Leben gerettet und einen ganzen Tiertransport befreit“, gab sie ohne Umschweife und mit stolzer Stimme ganz unverblümt zu. „Davon abgesehen ist es uns zu verdanken, dass der McDonald’s zumindest aus dem Stadtbild der Innenstadt verschwunden ist und dass der Burger King abgebrannt ist, ist natürlich ein unwahrscheinlich glücklicher Zufall, mit dem wir aber selbstverständlich rein gar nichts zu tun haben. Aber nur zu, schiebt uns auch das in die Schuhe.“

„Wie finanziert sich eure Gruppe eigentlich?“, wechselte Johanna das Thema.

„Unsere Gruppierung lebt vom Idealismus seiner Mitglieder, die das Ganze nicht nur als eine Bewegung, sondern als eine Familie sieht. Gold kann man nicht essen und Diamantenketten nicht trinken. Alles was wir brauchen, liefert uns die Natur kostenlos. Also investieren wir jeden Euro, jede freie Minute in unsere Mission.“

„Heißt das ihr habt die Kommunen aus den Sechzigern wieder aktiviert?“

„Eben genau nicht, auch wenn das für Außenstehende so aussehen mag. Bei uns wird angepackt und umgesetzt. Wir verfolgen Pläne. Bei uns wird nicht der Tag verlebt! Wir sind völlig anders strukturiert und in einem Maße vernetzt wie es früher undenkbar gewesen wäre. So können wir kurzfristig auf aktuelle Ereignisse reagieren, uns mobilisieren und zuschlagen. Im übertragenen Sinn natürlich“, schob sie schnell nach. „Wir starten Meet-Ups für Blogger und Instagramer, organisieren vegane Brunches und diverse Aktionen wie „Lieber nackt als mit Pelz“ oder das „Eine Welt Dinner“. Außerdem agieren einige radikalere Gruppierungen in einer gewissen Grauzone und machen Sitzblockaden vor Schlachthöfen oder Zirkussen, wieder andere organisieren Demos gegen Rechts. Bei so viel Ungerechtigkeit, sind die Möglichkeiten vielfältig. Jetzt müssen wir die Nazis auch noch von den Querdenken-Demos fernhalten“, wütend sprang sie wieder von ihrer Kiste auf.

„Immerhin darfst du hier protestieren und deine Meinung sagen.“

„Und das ist trotzdem nicht gut genug! Es gibt so viel Diskriminierung und bevor ich mich in die Angelegenheit anderer einmische, versuche ich da was zu verändern, wo ich bin und wo ich es kann. Irgendjemand muss den Anfang machen, irgendjemand muss das Vorbild sein!“, sie raufte sich die Haare, sich ihrer Ohnmacht bewusst.

Johanna übernahm: „Dir ist klar, dass du dich damit an den exakten Gegenpol zur Familie Brüller setzt und die Entführung perfekt in das Eskalationsschema eurer Taten passt, immer einen Schritt weiter, immer noch eins oben drauf, die Grenzen austesten.“

„Werft ihr mir das jetzt wieder vor? Ich hab doch jetzt schon mehrmals gesagt, dass ich nichts mit Justus verschwinden zu tun habe“, entgegnete Dharma genervt aber kämpferisch.

„Der Vorwurf wiegt schwer und deshalb solltest du deine Antwort mit Bedacht wählen. Es handelt sich dieses Mal nicht um ein Kavaliersdelikt, nicht um zivilen Ungehorsam, für den wir glaube ich alle Verständnis haben, sondern um ein Kapitalverbrechen“, betonte Blocksberg um Dharma nochmal den Ernst der Lage klarzumachen.

„Jetzt übertreibt ihr aber, tut nicht so theatralisch, oder empfehlt ihr mir auch gleich noch, dass ich mir einen Anwalt nehmen soll?“, reagierte sie bissig.

„Das Recht auf einen Anwalt steht dir natürlich jederzeit zu, ich würde sagen wir versuchen es erstmal ohne, aber die Sache ist heikel, vielleicht heikler als du es dir in deiner Naivität vorstellen kannst. Deshalb empfehlen wir dir, mit der gebotenen Ernsthaftigkeit fortzufahren, dein Sarkasmus in allen Ehren, aber die Sachlage ist ernst, äußerst ernst. Wir fragen dich deshalb noch einmal, wo warst du in der Nacht von Justus Verschwinden?“ Dabei stellten sich die beiden Ermittler vor Dharma, und unterstrichen damit auch körperlich, dass es eng für sie wurde.

Dharma, die über ihren Idealismus etwas ins Plaudern gekommen war, gab sich zunächst reserviert, ehe sie zu ihrer unverhohlen zynischen Ader zurückkehrte: „Was kann ich dafür, wenn einer der Brüllers in seinen eigenen Schlachtautomaten fällt und zu Leberwurst verarbeitet wird?“

„Außergewöhnliche Vermutung, hört sich so an als wüsstest du mehr, nur zu, raus mit der Sprache“, forderte sie der Kommissar auf und fixierte sie mit festem Blick.

„Ach kommt schon, als hätten wir nicht alle diesen Gedanken. Und warum ich, und nicht vielleicht einer der anderen, oder vielleicht einer der Geschäftspartner der Brüllers, die sie in den vergangenen Jahren mit unlauteren Mitteln aus dem Markt gedrängt haben? Oder einer der betrogenen Mitarbeiter, die unter widrigsten Umständen rund um die Uhr schuften müssen, von den Kunden ganz zu schweigen. Warum müssen es immer die Umweltschützer sein? Vielleicht war es auch einer der kleinen mittelständischen Metzger, der über dem ganzen Blut den Verstand verloren und sich im Blutrausch seines übermächtigen Widersachers entledigt hat? Wie wäre es damit? So viele Verdächtige, aber nein, warum sich mit der Realität auseinandersetzen, wenn man sein Urteil schon gefällt hat?", schleuderte sie den Ermittlern gehässig entgegen.

„Das heißt du gehst davon aus, dass Justus ermordet wurde? Wie kommst du zu dieser Vermutung?", gingen sie der Sache nach.

„Liegt das nicht auf der Hand, diese Familie hat sich über Jahrzehnte, ja fast schon über Generationen Feinde gemacht. Es wäre nur gerecht, wenn die Familie ihrer gerechten Strafe zugeführt werden würde. Und was mein Lebensunterhalt angeht, freue ich mich, dass ich einer Tätigkeit nachgehen kann, die keinem schadet, den Leuten Freude bringt, mir Freude bringt. Sobald es wieder erlaubt ist, seid ihr herzlich eingeladen, mich für eine Trainingsstunde zu besuchen. Das geht dann natürlich aufs Haus. Wie ihr seht, sind wir überhaupt nicht darauf aus, mit euch auf Kriegsfuß zu stehen, sondern im Gegenteil würden uns freuen, wenn das Verhältnis zwischen euch und uns sich wieder etwas entspannen würde. Wie ihr seht, sind wir nicht grundsätzlich auf Krawall gebürstet, sondern greifen nur zu diesen Mitteln, wenn es gar nicht anders geht, wenn wir gar keine andere Möglichkeit sehen oder Zugang finden. Unsere Aktionen sind friedlich und beschäftigen sich mit der behutsamen Öffentlichkeitsarbeit, um die Leute aus ihrem Alltagstrott, in dem ihnen angemessenen Tempo, zur Wirklichkeit zu führen. Keiner der durch uns bisher die Augen geöffnet bekommen hat, hat das je bereut."

„Das ist gruppendynamisch äußerst interessant", schaltete sich Johanna wieder ein, „das hat schon fast etwas von den esoterischen Strukturen einer Sekte", lockte sie Dharma bewusst aus der Reserve.

„Nichts für ungut, aber es steht dir wohl kaum zu so ein Urteil zu fällen. Was weißt du denn schon? Du hast doch keine Ahnung. Beruht nicht unser gesamtes Wertesystem auf Glaubensgrundsätzen, die wir eingetrichtert bekommen haben, ohne es zu wissen oder gewollt zu haben? Würden wir zu einer anderen Zeit oder in einer anderen Kultur leben, würden wir völlig andere Grundsätze als selbstverständlich ansehen, und die Welt in der wir leben, für ihre Brutalität gegen Mensch und Natur verachten. Hier träumen die Mädchen von einem Traumprinzen, den sie abenteuerlich kennenlernen und der Ihnen den Himmel auf Erden bietet. Und wie jeder Hollywood-Film, muss die ganze Geschichte am Ende mit einer Hochzeit enden. Sobald sich

Medien und konservative Gedankenbilder einig sind, schaffen sie ein märchenhaftes Wunschbild und dann wird es gefährlich. Haben nicht selbst die größten Feministinnen das Verlangen, diesen künstlich erschaffenen Wunsch mit spätestens dreißig erfüllt zu bekommen? Anders ist ein erfülltes Leben überhaupt nicht vorstellbar. Als wäre eine Frau nicht schon an sich vollkommen! Wie konnten die Uhrzeitmenschen nur überleben, so völlig ohne diese Werte? Aber das übersteigt vermutlich dein Vorstellungsvermögen."

Blocksberg wusste nicht recht, ob er bei diesem Angriff, der ganz klar unter die Gürtellinie ging, einschreiten sollte. Sollte er Johanna verteidigen, oder sollte sie sich selbst behaupten? Aber so weit kam es gar nicht, denn ehe der Kommissar sich versah, verteidigte sich Johanna, die wusste was sie draufhatte und überhaupt nicht willens war, sich bei der erstbesten Gelegenheit klein machen zu lassen.

„Hör mal gut zu Püppchen", wandte sie sich direkt an Dharma, „ich habe ein fünfjähriges Psychologiestudium mit Bestnoten durchgezogen. Während du hier deinen Yoga Firlefanz gemacht hast, habe mit den größten Psychopathen gesprochen, die in unseren Anstalten einsitzen. Erzähl du mir nichts von Vorstellungskraft, ich habe Dinge gehört, in Abgründe geblickt, die jedem Vergleich spotten. In deinen schlimmsten Albträumen könntest du dir nicht ausmalen, was mir diese Menschen, oder besser gesagt Bestien, an Fantasien und Taten geschildert haben. Und da kommst du mir mit Märchenhochzeit, willst mich in eine Schublade mit den kleinen mit Barbies spielenden Mädchen stecken? Du weißt wohl nicht mit wem du es hier zu tun hast, aber bilde dir ja nicht ein, dass dir keiner das Wasser reichen kann. Ich habe mich mit schizophrenen Genies unterhalten, als du noch nackt den Frühling herbeigetanzt und dir eingebildet hast die Welt wäre gerettet, wenn du deine Heizkosten um zehn Prozent senken würdest."

Sowohl Dharma als auch Blocksberg blieb für einen Moment der Mund offen stehen und sie schauten sich ungläubig an. Das hatte gesessen, man sah die Überraschung über Dharmas Gesicht laufen, sie realisierte, dass sie ihre Kontrahentin unterschätzt hatte. Nicht nur was Johanna gesagt hatte, sondern mit welcher Selbstsicherheit sie den Frontalangriff Dharmas mit äußerster Härte gekontert hatte, war beeindruckend gewesen. Auch in den

Augen des Kommissars, hatte sich das Bild von Johanna innerhalb dieser wenigen Sekunden gewandelt. Sie war ernst zu nehmen und nicht einfach ein Mädchen, das sich ein typisch weibliches Larifari-Studium ausgesucht hatte, um darin ihre eigenen Probleme und Minderwertigkeitskomplexe zu lösen. Er würde sie ab sofort noch mehr auf Augenhöhe, als gleich berechtigte Partnerin, akzeptieren. Mit ihr war nicht zu spaßen und wenn es darauf ankam, würde sie ihm, oder wem auch immer, Paroli, aber auch Rückendeckung bieten. Er fragte sich, ob er in ihrem Alter, soweit lagen sie ja tatsächlich nicht auseinander, auch schon so reif gewesen war, und war sich offen gestanden nicht ganz sicher.

Die Befragung hatte damit ihren Höhepunkt erreicht und plätscherte im weiteren Verlauf dahin. Die zwei jungen Damen hüteten sich, sich gegenseitig weiter zu provozieren.

KAPITEL 18

- Too much -

Eine kleine Mitternachtsparabel

Er hatte der Nyx alle Informationen zugetragen, nach denen sie verlangt hatte. Daraufhin hielt er es für das Beste, sich erst einmal zurückzuziehen. Als Rückzugsort wählte er eines der verlassen Häuser, in denen sie von Zeit zu Zeit ihre illegalen Arbeiter unterbrachten, dort hatte er es sich mehr schlecht als recht eingerichtet. Nachdem er die ersten Tage unter Panikattacken gelitten hatte, und er selbst der Kassiererin im Supermarkt nicht über den Weg traute und hinter jedem Schatten ein Verfolger vermutete, hatte sich sein Verfolgungswahn nach ein paar ereignislosen Tagen gelegt. Zwar lief er nach wie vor mehrmals die Stunde die Fenster der kleinen Wohnung ab und spechtete über die anliegenden Straßenzüge um vermeintliche Verfolger frühzeitig ausmachen zu können, letztlich war es aber naiv, denn würde der Fall der Fälle eintreten, könnte ihm nichts mehr helfen. Er hatte sich extra in der ersten Etage des Gebäudes einquartiert, um wenigstens noch das Treppenhaus als Verteidigungszone zu haben, aber auch das würde nichts helfen.

Er hatte sich sein Leben lang vor der Polizei versteckt, jetzt, klangen die abendlichen Sirenen, die in der Stadt ertönten, seltsamerweise wie lobpreisende Lieder, befreiende Klänge, da er wusste, solange die Polizei in seinem Viertel war, würde er sicher sein.

Er hatte Kim verraten, und nachdem dieser sich als neuer Oberboss profilieren und in Szene setzen wollte, war mit einer Machtdemonstration zu rechnen. Vielleicht hätte er Glück und die Machenschaften Joes' hielten den Gangsterboss auf Trapp, dann käme er vielleicht mit einem blauen Auge davon. Wenn ihr Plan aufginge und der ominöse Coup gelänge, stände er auf der Seite der Sieger und würde unter Umständen ungeschoren davonkommen. Aber sonst, sonst gab es keine Hoffnung. Dass sein Verrat, sein Hochverrat unbemerkt und ungesühnt bleiben würde, davon wagte er nicht einmal in seinen kühnsten Träumen zu träumen. Es half nichts, er musste es so nehmen wie es kam. Er hatte sich in seinem Lager häuslich eingerichtet und für sich und seinen kleinen getigerten Mitbewohner einen Konserven- und Biervorrat für mehrere Wochen angelegt, so dass er die Wohnung, wenn überhaupt, nur einmal die Woche zum Zigarettenholen verlassen musste. Wahrscheinlich würden die irgendwann sein Tod sein. Je weniger er in Erscheinung trat, umso besser. Vielleicht konnte er sich tatsächlich solange verstecken, bis Gras über die Sache gewachsen war. Er freute sich, es diesen Sommer vielleicht sogar zu schaffen, alle 64 Spiele der EM schauen zu können, wobei er sich nicht ganz sicher war, ob das ein Grund zur Freude oder Trauer war. Wenigstens hatte er den Vorteil, dass er sich in seiner Selbstisolation nicht mit COVID anstecken würde, bei seiner Leibesfülle, war er definitiv ein Risikopatient.

Die Rollläden, hatte er bis auf einen kleinen Spalt heruntergelassen, einmal um sich Sichtschutz zu geben, andererseits um bei den unerträglichen Temperaturen die Wohnung kühl zu halten. Wenn er schon an die Wohnung gefesselt war, sollte er wenigstens dafür sorgen, dass es darin einigermaßen erträglich war. Den einzigen Luxus den er sich leistete, war ein Stehventilator, den er sich aus dem Nebenzimmer geborgt hatte, wo eine ganze Reihe Kartons und Hausrat stand, vermutlich aussortiertes und für wertlos erachtetes Diebesgut, aus einem Einbruch. Vielleicht hatten die Diebe die Sachen aber auch einfach nicht abgeholt, weil sie inzwischen auf der Flucht waren, oder einsaßen. Gary, der Gangsterboss, hatte dieses Versteck für alle möglichen krummen Dinger genutzt. Immer wenn es Leute, Waffen oder Drogen zu verstecken galt, hatten sie auf so einen Unterschlupf zurückgegriffen.

Er stellte den Ventilator mit dazugehörige Fernbedienung, ein sehr edles Gerät aus gebürstetem Stahl oder Aluminium, in einer der Ecken, und stellte den Luftzug so ein, dass er seinen treuen Kumpanen, seinen einzigen Mitbewohner, die kleine getigerte Katze, die ihm grundsätzlich den besten Fernsehplatz auf dem Ohrensessel streitig machte, nicht störte. So saß er Tag ein Tag aus vor dem Fernseher, kraulte seinen kleinen Freund, der in einer Mischung aus schnurren und Kampfeslaune mit seiner Hand spielte. Abends dimmte er das Licht, um nicht zu sehr auf sich aufmerksam zu machen.

Alles in allem war die Nachbarschaft sehr ruhig und niemand hegte ein gesteigertes Interesse für den jeweils anderen, eine angenehme Anonymität, wie er sie liebte und in der er untertauchen konnte.

Unter dem monotonen Tropfen des undichten Wasserhahn und des Schnurren seines Katers, war er seelenruhig in seinem Ohrensessel eingeschlummert. Ab und zu nahm er im Halbschlaf das trapsen der Kakerlaken war, die zu fortgeschrittener Stunde aus ihren Ritzen kamen, und sich über die Küche her machten. Er spülte immer gerade so viel, wie er für den Tag brauchte. Der Rest stand gut und gerne mal eine Woche im Waschbecken, oder sammelt sich ungespült in der Spülmaschine. Nachdem er noch ein Bier getrunken hatte, verfiel er endgültig in einen tiefen, schnarchenden Schlaf.

So hörte er die Schritte nicht, die sich bedrückend über die knarrenden Holzzargen der Treppe hocharbeiteten und die Wohnungstür behutsam öffneten. Die zwei schwarzen Gestalten standen bereits neben ihm, als seine Katze das Weite suchte und dem sich anbahnenden, nicht mehr vermeidbaren Unheil entfloh. Er merkte noch, wie die Katze von seinem dicken Bauch sprang und mit dem typischen doppelten, dumpfen Aufprall der Vorder- und Hinterfüße auf den Boden aufkam. Als er durch seine Augenschlitze linste, wurde er bereits von den zwei schwarz gekleideten Gestalten am Schlafittchen gepackt und mit so einem Ruck aus dem Sessel gezogen, dass er trotz seiner Leibesfülle den Boden unter den Füßen verlor und gegen das nächste Regal geschleudert wurde.

Seine Pantoffeln blieben von dieser ruckartigen Aktion teilnahmslos und unberührt vor dem Sessel liegen, obwohl er seine Füße darin gehabt hatte, als wären sie am Boden festgetackert gewesen. Als der Schmerz durch seinen Leib fuhr, wusste er, dass seine Stunde geschlagen hatte, er hoffte nur noch, dass es schnell und schmerzlos vorbei sein würde.

An Gegenwehr war gar nicht zu denken, die durchtrainierten Gegner mit ihren Stiernacken waren eine andere Liga. Sie prügelten ihn durch die Wohnung, bis er halb bewusstlos war, dann packten sie ihn wie einen nassen Sack am Kragen und zogen ihn über die Fliesen ins Bad. In seiner

Benommenheit erwartete er hier den Gnadenstoß, den kurzen und schmerzlosen Tod durch eine Kugel zwischen seinen Augen.

Als er merkte, wie die Verbrecher seine Arme packten und mit Kabelbindern an Heizkörper und Abflussrohr festbanden, konnte er sich in seinem benebelten Zustand nicht ausmalen, wofür das gut sein sollte, oder was für eine Marter folgen würde. Das einzige was er noch zu Stande brachte war die Frage „Was macht ihr da?“, die sich tatsächlich aber nur noch wie ein Gemurmel anhörte. Es folgte direkt eine Ohrfeige.

Das Hämmern in seinem Schädel wurde zu einem noch stärkeren Pochen, das ihn wellenartig überkam und mit jeder Brandung näher an die Bewusstseinsgrenze spülte. Leben oder Sterben, das war in diesem Moment vollkommen egal, solange nur diese Schmerzen aufhörten. Sollten sie es doch endlich tun, hinter sich bringen, ihn für seine Sünden büßen lassen und von seinem armseligen Dasein erlösen.

Gefesselt hing er an der Wand, die Augen so geschwollen, dass er nur aus den Augenwinkeln erkannte, wie einer der Peiniger mit einem roten Plastikstrichter und Badreiniger auf ihn zukam, während der andere ihn zusätzlich fixierte. Da sich für ihn inzwischen alles in Zeitlupe abspielte, konnte er sich keinen Reim darauf machen, bis der Gangster Auge in Auge vor ihm kniete. Er erkannte sein eigenes Spiegelbild in den Augen des Tyrannen, der erkannte seines in den schmalen Augen seines Opfers. Er war gegen sein eigenes Fleisch gegangen. Sie waren zwei einer Art, Brüder im Geist, aber einer würde nicht überleben. Als er den Trichter an seinen Lippen spürte, realisierte er schlagartig, welche Strafe man für ihn auserkoren hatte – die Strafe für Verräter!

Blankes Entsetzen spiegelte sich in seinen Augen und er begann mit letzter Kraft wild um sich zu schlagen, was für seine Peiniger wie das wilde Strampeln eines störrischen Kleinkindes wirken musste. Mit letzter Willenskraft versuchte er den Kopf vom Trichter wegzudrehen, was dazu führte, dass die scharfe Kante des Trichters seine Lippen zerschnitt, bis man schließlich seinen Kopf festhielt und den Trichter Stück für Stück durch seine zusammengekniffenen Zähne bohrte.

Nach wenigen Minuten stellte sich ein Gefühl wie beim Zahnarzt ein, wenn die Kiefermuskulatur ermüdet, und nach weiteren Sekunden brach sein

Widerstand völlig zusammen und der Trichter wanderte bis zum Anschlag in seinen Rachen.

Es folgte der scharfe Geruch von Badreiniger, dessen beißende Dämpfe seine Lunge in Sekundenschnelle zuschnürten und unaussprechliche Qualen verursachten. Die Flüssigkeit fraß sich ihren Weg durch seine Speiseröhre bis tief in das Innere seines Leibes, bis er von innen heraus verbrannte und tausend Tode starb. Erst dann verlor er zu seinem Segen endgültig das Bewusstsein. Sein bewusstloser Körper versuchte es noch mit einem Erbrechen als Abwehrreaktion, aber zu diesem Zeitpunkt war es bereits um ihn geschehen. Jede Hilfe wäre zu spät gekommen.

Die Täter überließen ihn seinem Ende und standen auf. Der eine sprach: „Er konnte seinen Hals nicht voll genug bekommen, soll er an seiner Gier ersticken."

Sophia hatte inzwischen einige Fortschritte gemacht. Mit weiteren Hinweisen von Landsteiner und dem Hinweis ihres Patienten, wie sie den Erntehelfer mittlerweile nannte, war sie vorangekommen.

Der wohl größte Durchbruch war aber wohl, dass sie die Identität ihres Opfers herausgefunden hatte. Sein Name war Josef Fenz, wobei ihn alle nur Hermes nannten. Unter diesem Spitznamen war er bekannt. Tatsächlich stammte er ursprünglich aus Österreich und hatte früher tatsächlich als Paketbote gearbeitet. Nach und nach übernahm er allerdings auch andere Botendienste für die einschlägigen Kreise. So wie er sich dabei sein Netzwerk aufgebaut und zum angesehenen Kleinganoven hochgearbeitet hatte, so hatte auch seine Leibesfülle unaufhaltsam zugenommen.

Nachdem das ganze Arbeitslager geschlossen in Quarantäne und Vollüberwachung gebracht worden war, hatte sie mehr als genug Zeit gehabt, jeden einzelnen der Reihe nach zu befragen. Nach anfänglicher Verschlossenheit hatte sich herumgesprochen, dass sie einem der ihrigen das Leben gerettet hatte, woraufhin sie Vertrauen zu ihr fassten und redselig wurde. Es hatte sich herausgestellt, dass alle ihn kannte, war er doch einer der Drahtzieher, der Hintermänner, die sich darauf spezialisiert hatten, günstige und oft illegale Arbeitskräfte im Ausland anzuwerben und auf deutsche Baustellen, Pflegeheime und in Reinigungsfirmen zu schleusen.

Er beschaffte ihnen die nötigen Papiere, ließ sie untertauchen, wenn sie Probleme mit Polizei oder Zoll bekamen und stellte den Kundenkontakt her. Manchmal völlig unbürokratisch, manchmal, wie im Fall der Fleischfabriken über ein verschachteltes Netz von Scheinfirmen und Subauftraggebern. Dabei betonten die Arbeiter die sie befragte, dass er unter den vielen schwarzen Schafen der Schieberbanden einer der zuverlässigsten war. Er hielt sein Wort und setzte sich, soweit es in seiner Macht stand für sie ein, zumindest hatten sie den Eindruck.

Die Fingerabdruckanalyse von Landsteiner hatte ebenfalls erstaunliches zu Tage gefördert, es hatte am Tatort nicht nur vor dutzenden Fingerabdrücken gewimmelt, nein, wie ein Abgleich mit der Datenbank gezeigt hatte, war auch ein Großteil davon polizeilich erfasst. Es schien fast so, als wäre das Gebäude eine Drehscheibe für das Who-is-Who der Kleinganoven gewesen. Hatte sie zunächst keine Spuren gehabt, hatte sie jetzt plötzlich dutzende die es zu verfolgen galt. Dabei stellte sich heraus, dass das Gebäude über Jahre hinweg als toter Briefkasten und Umschlagplatz für Hehlerware gedient haben musste. Das organisierte Verbrechen musste hier im großen Stil aktiv gewesen sein, die Spürhunde hatten auf Waffen und Rauschgift angeschlagen, auch wenn beides nicht mehr gefunden wurde. Das Problem vor dem sie stand, war, dass viele der Verdächtigen inzwischen hinter Schloss und Riegel waren, andere waren seit Jahren untergetaucht, und wieder andere hatten das Zeitliche gesegnet. Wie sollte man in diesem Wust den roten Faden finden?

Sie wäre chancenlos gewesen, hätte ihr Patient ihr nicht diesen einen kleinen Hinweis gegeben, dieser Hinweis, mit dem sie hausieren gehen konnte. Sie hatte alle Kleinganoven eingeladen und verhört, derer sie habhaft werden konnte. Hatte sie aufs Revier vorgeladen und befragt, und sie hatte immer die gleiche Abschlussfrage gestellt: „Wer ist Kim?"

Die Antworten die sie erhielt, fielen gemischt aus. Mal waren die Befragten ahnungslos, mal wichen sie der Frage aus oder schwiegen, einige waren aber auch redselig, vermutlich deswegen, weil ihr Kontakt mit Kim schon viele Jahre zurücklag oder es sich um entfernte Bekanntschaften oder

Gerüchte handelte. Obwohl alle diese Aussagen für sich genommen wertlos gewesen wären, ergaben sie gemeinsam doch ein Gesamtbild. Kein so scharfes, dass sie klar gesehen hätte, aber zumindest bekam das Phantom Umrisse und man konnte sich auf die Jagd machen.

Die Hinweise verdichteten sich, dass Kim, der ein Vasall und mehr oder minder entfernter Verwandter des verstorbenen Gangsterbosses Gary war, sich als dessen Nachfolger sah und seinen Platz anstrebte. Er wollte an die Fleischtöpfe der Macht. Deswegen gab es Gerüchte, dass er seine Zelte in Frankfurt abgebrochen hatte und in seine Heimat zurückgekehrt war. Kim war dabei nicht sein echter Name, sondern ein Deckname, seine wahre Identität war, wie es für Garys Organisation üblich gewesen war, unbekannt.

Kim war nicht unbedingt ein Kleinganove, aber auch nicht die ganz große Nummer. Ihre Recherchen hatten ergeben, dass er mit Gary, der Unterweltlegende der Goldstadt, in Zusammenhang stand. Kim war in Garys' Gunst bis zum Statthalter anderer Städte aufgestiegen, bis dieser vor einigen Monaten das Zeitliche gesegnet hatte. Der Respekt, der ihm entgegen gebracht wurde, war dementsprechend. Es war ein offenes Geheimnis, dass er sich als rechtmäßiger Nachfolger Garys' verstand, und dabei war dessen hinterlassenes Machtvakuum auszufüllen. Er war kein unbeschriebenes Blatt, die Akte über ihn war lang und doch kurz. Er hatte sich bisher erfolgreich im Hintergrund gehalten und andere die Drecksarbeit machen lassen.

Es konnte kein Zufall sein, dass ihr Patient ihr Opfer mit Kim in Verbindung brachte und der Mord gerade in der Zeit passiert war, als er Gerüchten zufolge zurückgekehrt war. Egal wie und ob er am Mord selbst beteiligt war, der nächste Ermittlungsschritt führte mit Sicherheit über ihn. Aber wie an ihn herankommen? Sein Aussehen war den Akten aus Frankfurt zufolge unbekannt, oder besser gesagt unklar, mehrere Personen kamen für seine Identität in Frage. Und selbst wenn jemand etwas genaues wüsste, nach dem Exempel, das er an ihrem Opfer statuiert hatte, würden niemand, der etwas weiß, den Mund aufmachen.

KAPITEL 19

- The Green Butchers -

Dänische Delikatessen

Nach langer Zeit hatte er sich mal wieder auf eine lange geruhsame Nacht mit seiner Freundin im eigenen Bett gefreut. Die Freude hielt nicht lange an. Es war 04:11 Uhr am Morgen, oder sollte man sagen in der Nacht, als sie von seinem Handy geweckt wurden. Stöhnend befreite er sich von seiner Decke und kämpfte sich aus dem Bett. Es zeigte die Nummer der Zentrale an. Halb frustriert, weil das nie ein gutes Zeichen war, und halb neugierig, weil es bedeuten konnte, dass es in seinem Fall weiterging, nahm er ab. Die Kollegin am anderen Ende, die den Telefondienst für diese Nacht betreute, fasste in groben Zügen den Sachverhalt zusammen.

„Was?", schrie er fast ins Telefon. „Das kann nicht sein!", sagte er ungläubig. „Ich komme sofort, informieren Sie Landsteiner und Johanna, ich brauche sie."

Fünfzehn Minuten später stand er vor der Fleischfabrik, wo ein verlassener Streifenwagen neben einem Golf, mit dem Werbeslogan „Ruck-Zuck-Aufsperrdienst", vor der Pforte parkte. Einer der Beamten kam ihm entgegen und begrüßte ihn: „Guten Morgen Kommissar."

„Guten Morgen. Ist es wirklich so, wie die Kollegin gesagt hat?", erkundigte er sich.

„Ich fürchte es ist noch schlimmer. Das müssen Sie sich ansehen", antwortete der Streifenbeamte unheilvoll und verdrehte ernst die Augen.

Da kamen auch schon Landsteiner und Johanna vorgefahren. Landsteiner in seinem großen weißen VW Bus, in dem er sein ganzes Equipment untergebracht hatte, Johanna in ihrem geschlossenen Cabrio. Nachdem sich alle begrüßt hatten, folgten sie gemeinsam dem Beamten in die Fabrik.

„Wer hat euch alarmiert?", fragten sie den Beamten.

„Der externe Wachdienst, die ganzen Mitarbeiter die normalerweise hier sind, sind in Quarantäne, deswegen hat man kurzfristig einen Wachdienst beauftragt, der hier alle paar Stunden nach dem Rechten schaut, der Golf vor der Tür gehört den zwei Jungs, die da hinten bei meinem Kollegen stehen und gerade alles nochmal zu Protokoll geben."

„Seit wann sind sie hier?“, fragte Johanna.

„Sie sind hier vor gut einer Stunde vorbeigefahren. Dann ist ihnen wohl aufgefallen das im Innern Licht brennt, sehen Sie, da hinten in der Halle, von dort scheint Licht nach Draußen. Sie haben dann ihre Taschenlampen geschnappt, sich mit ihren Schlüssel-Karten Zugang verschafft und die Lage gecheckt.“ Der Beamte ging voraus und hob das gelb-schwarze Absperrband des Gesundheitsamtes, mit dem der Bereich abgesperrt war. Dann erzählte er weiter: „Sie hatten sich gewundert, weil hier ja Sperrzone ist und niemand hier sein darf. Sie hatten befürchtet, dass Jugendliche die Chance nutzen könnten, um sich Zugang zu verschaffen und zu randalieren. Dann haben sie das entdeckt...“, sagte er und führte sie um die nächste Ecke an das Kühlhaus, mit dem sie vor wenigen Tagen noch zusammen mit Daniel Burkhardt gestanden hatten. Die Reinigungskräfte hatten am Ende wohl doch Erfolg gehabt, und den tiefroten Schriftzug aus Blut von der Wand entfernt bekommen. Anscheinend war der Erfolg aber nur von kurzer Dauer gewesen, lief ihnen jetzt doch ein Rinnsal aus Blut aus den offenstehenden Türen des Kühlhauses entgegen. Sie mussten aufpassen um nicht direkt in die Lache am Boden zu treten. Schauerlich gespannt, wie vor dem nächsten Schocker eines Horrorfilms, gingen sie langsam um den blutüberströmten Boden, an den Schwenktüren des Kühlhauses vorbei, bis ihr Blick die Tragödie in vollem Ausmaß erfasste.

„Du kannst mir nicht sagen, dass das ein Unfall war“, sagte Blocksberg zu Landsteiner, „ihm fehlt ein Bein!“

„Und Suizid würde ich auch ausschließen“, antwortete Landsteiner, mit Blick auf den toten Körper, der an einem Fleischerhaken von der Decke hing. Der Tote baumelte direkt unter einem der Lichter des Kühlhauses, sodass er in seinem eigenen kurzen Schatten hing, der sein Gesicht mit jedem Luftzug in ein anderes Mienenspiel warf. In einem Moment sah er aus wie ein böser Clown, im nächsten Moment schien er verzückt bis über beide Ohren zu strahlen. Der Edelstahlhaken, der das Hemd des Toten in der Höhe der Lunge durchstach, und dessen Spitze vorne wieder zum Körper herausschaute, war von einem großen roten Fleck gesäumt, der nach unten hin auslief. Das Blut lief dem Toten am ganzen Körper herab und tropfte stetig von der Bauchspitze und dem einen Schuh. Er hing gerade so hoch über dem Boden, dass seine Schuhspitze die Blutlache berührte und darin Kreise zogen. Die Ränder der Pfütze am Boden waren bereits dunkelrot geronnen, aus der Mitte strömte immer noch frisches, hellrotes Blut nach. Es roch wie in einem Schlachthaus.

Landsteiner machte sich sogleich an die Arbeit und suchte einen Weg in das Innere des Kühlhauses, ohne dabei durch das Blut waten zu müssen. Johanna hatte sich entsetzt abgewandt, das war zu viel am frühen Morgen und auf nüchternen Magen. Man sah ihr an, dass ihr flau war und das Blut aus ihren Wangen wich. Sie setzte sich auf den Boden, mit Blick Richtung Halle, damit sie das Blutbad nicht weiter sehen musste.

„Wir haben doch erst noch von ihm gesprochen, vorgestern hat er doch noch gelebt, wie kann er jetzt tot sein?", fragte sie entsetzt und ungläubig. Der Kommissar, dem es auch nicht besonders gut ging, stand neben ihr und schaute sich das Massaker an, schaute zu, wie Landsteiner versuchte sich der Leiche des dicken Burkhardts zu nähern.

„Ich glaube ich hab das Bein gefunden", schrie er entzückt aus einem hinteren Winkel des übergroßen Gefrierschrankes.

„Toll", murmelte Blocksberg und Johanna seufzte bloß bei dieser Information. Während Landsteiner um die Leiche kletterte, gingen ihm allerhand Gedanken durch den Kopf. Jetzt wo er darüber nachdachte, hatte der dicke Burkhardt jede Menge Feinde gehabt. Am aktuellsten war wohl der Streit mit Frau Brüller, „Hatte sie ihn nochmal zur Rede gestellt und es war dabei eskaliert? Oder hatte sie ihren Mann, den Jäger, die Drecksarbeit machen lassen? Zuzutrauen wäre es dem morbiden Ehepaar allemal.

Dann war da Dharma und Extinction Rebellion. Bei ihrem Gespräch gestern hatte man ihre Verbitterung gespürt, gleichzeitig aber auch, dass sie noch jede Menge Tatandrang hatte und großes Schaffen wollte. War das der nächste große Streich der Umweltaktivisten gewesen? Hatten sie die Gelegenheit des verlassenen Gebäudes nutzen wollen und waren von Burkhardt, der Seele der Firma erwischt worden? Wollten sie sich dieses Mal nicht wegducken und einschüchtern lassen und haben ihn wie eines seiner Tiere abgeschlachtet? Oder hatten sie die Tat vorsätzlich geplant und ihn hier wie ein Mahnmal drapiert?

„Was ist deine Meinung?“, fragte er Johanna, auch ein wenig um sie abzulenken.

Sie holte kurz Luft, riskierte nochmal einen kurzen Blick zum Tatort, um sich direkt wieder abzuwenden. „Die Mühe, die sich der Täter gemacht hat, zeigt ganz klar, dass er eine Botschaft schicken möchte, entweder an uns, oder an jemand anderen. Er hätte die Leiche ja auch einfach am Boden liegen lassen können, aber nein, er hat sich die Mühe gemacht ihn publikumswirksam aufzuhängen. Das macht man nicht einfach so, da steckt Wut dahinter“, analysierte sie.

„Nur das wir es wohl kaum mit einem Einzeltäter zu tun haben. Eine normal schwere Person bekommt man schon nicht so aufgespießt, aber unseren armen Kerl hier mit seinen 120kg, dafür braucht es mindestens zwei, vielleicht drei Personen“, ergänzte der Kommissar. „Die alles entscheidende Frage ist, ob diese Tat mit unserer Entführung zu tun hat, oder davon völlig unabhängig ist.

„Wut?“, sagst du. „Das trifft auf die Brüllers ebenso zu, wie auf die Aktivisten. Sind Wut und Mord nicht meistens miteinander gekoppelt?“, fragte er die Psychologin.

„Nicht unbedingt, aber in diesem Fall hast du Recht. Jeder der verdächtig ist, ist auch wütend auf den armen Kerl gewesen.“

Außerdem wussten sie seit gestern, dass er Kontakt zu allen möglichen dubiosen Gestalten gepflegt hat. Vielleicht waren er und seine Kumpanen tatsächlich den Entführern auf die Spur gekommen und die hatten zugeschlagen, bevor sie es taten. Was sie auch nicht ausschließen konnten, war, dass sich seine zwielichtigen Kontakte gegen ihn gewandt hatten, entweder um ihn zu hintergehen, oder aus anderen Gründen die im Moment vielleicht noch im Verborgenen lagen.

Die Kollegen hatten inzwischen weitere Verstärkung angefordert und kurze Zeit später standen mehrere Polizeiwagen mit Blaulicht vor dem Haupteingang, im Schlepptau die Kollegen von Landsteiner von der Spurensicherung. Da die Kollegen sowieso in voller Schutzmontur antraten, die auch Landsteiner inzwischen angelegt hatte, waren das die einzigen Personen, die noch den Tatort besuchen durften. Johanna und der

Kommissar hatten sich inzwischen zurückgezogen. Landsteiner erstattete ihnen einen kurzen Zwischenbericht.

„Der Körpertemperatur und der Blutgerinnung nach, ist unser guter Freund noch nicht lange tot“, erklärte er.

„Das deckt sich auch mit dem Wachdienst, die alle drei Stunden vorbeischauen“, meinte Johanna, „bei ihrer Runde um 01:00 Uhr war nach ihren Aussagen noch alles ruhig gewesen und sie schworen dass da noch kein Licht gebrannt hatte.“

„Das heißt, der Mord ist zwischen 01:00 Uhr und 04:00 Uhr passiert“, vollendete Blocksberg.

„Und das deckt sich wiederum mit unseren Ergebnissen“, ergänzte Landsteiner. „Außerdem direkt hier getötet.“

„Direkt hier in der Fabrik?“, fragte Johanna.

„Direkt hier im Kühlhaus!“, stellte der Gerichtsmediziner dar.

„Und was ist die Todesursache?“, fragte der Kommissar, woraufhin Johanna ihn fragend anschaute.

„Man könnte auf den ersten Blick meinen, der Haken“, dabei schaute er zu Johanna, „aber was man von vorne nicht sieht, ist, dass er im Hinterkopf ein Einschussloch hat.“

„Er wurde erschossen?“, fragte Blocksberg.

„Wenn man es so nennen will, ja, ich vermute er wurde mit einem der Bolzenschussgeräte ermordet. Zumindest gibt es sonst kaum eine Waffe, die zu den Wunden passen würde. Die Knochen am Einschussloch sind zersplittert, wie es nur ein großes Kaliber erzeugen würde, ein so großes Projektil würde aber den Schädel komplett durchschlagen und irgendwo austreten, der Kopf ist aber sonst unversehrt und intakt.“

„Dafür mussten die Täter nah an ihn herangekommen sein. Vielleicht hatten sie sich angeschlichen...“, sagte der Kommissar, „...oder...“, meinten Johanna, „sie kannten sich und haben sich so getraut, dass sie einander sogar den Rücken zugedreht haben.“

„Oder“, stieg Landsteiner mit ein, „er wurde einfach überwältigt und festgehalten und dann, ihr wisst schon... Darauf deutet auch hin, wie akkurat er aufgespießt ist. Wäre er da noch am Leben gewesen, hätten sie ihn niemals so exakt erwischt, das haben sie auf jeden Fall post mortem gemacht, und es waren mindestens zwei Täter, eher mehr. Das ist erstmal alles was ich weiß."

„Wissen wir, wie die Täter reingekommen sind?", fragte Johanna nach, aber Landsteiner schüttelte den Kopf: „Bisher gibt es viele Möglichkeiten, aber ich denke das bekommen wir anhand von Fußspuren und vielleicht mit unserem treuen Spürhund heraus."

Es vergingen weitere 30 Minuten, dann kam es, wie es kommen musste. Die Brüllers erschienen auf der Bildfläche. Sie wollten in ihrer Fabrik nach dem Rechten sehen und hatten bereits alle Absperrungen durchbrochen, als der Kommissar sah, wie Frau Brüller auf das Kühlhaus zulief und vor Schock und Entgeisterung an Ort und Stelle zu Stein erstarrte. Schnell verließ er das kleine Büro des Schichtleiters, in dem sie sich aufgehalten hatten, und rannte in die Fabrikhalle zu Brüllers. Frau Brüller sank auf ihre Knie und Tränen kullerten ihr über die Wangen. Der Kommissar hätte nie gedacht, dass irgendetwas diese eiskalte Geschäftsfrau in die Knie und zu Tränen zwingen könnte, und auch ihr Mann, der einen noch einigermaßen gefassten Eindruck machte hatte seine Frau so offensichtlich noch nie gesehen. Aber das waren selbst für die taffen Brüllers zu viele Schicksalsschläge gewesen.

Blocksberg trat mit Bedacht an das trauernde Ehepaar heran. Egal wie er zu ihnen stand, zunächst galt noch die Unschuldsvermutung und er würde ihnen die gebotene Pietät zuerkennen. Trotzdem musste es sie bitten, die Sperrzone zu verlassen: „Würden Sie bitte mitkommen", sagte er in einem diplomatisch unterstützenden Ton, „Sie wissen doch, Infektionsgefahr! Sie müssen mit mir hinter die Absperrungen."

Der Blick von Frau Brüller blieb starr auf den toten Burkhardt gerichtet, die Augen des Vaters funkelten den Kommissar dagegen angriffslustig an.

„Das ist immer noch unser Grund und Boden. Wir bewegen uns hier so frei, wie es uns passt!", kam die Antwort zurück. „Außerdem haben Sie uns gar nichts zu sagen!"

„Ich fürchte doch", sagte der Kommissar dieses Mal mit etwas mehr Nachdruck.

„Lassen Sie uns doch endlich in Ruhe! Wir wollen nicht mit Ihnen zusammenarbeiten, wir wollen Ihre Hilfe nicht", schrie der Senior Blocksberg an.

„Ja, weil sie alles selbst regeln", ahmte der Kommissar den Wortlaut des Vaters vom Abend auf dem Golfplatz nach, „scheint ja bestens zu klappen. Einer ihrer engsten Mitarbeiter ist deswegen ermordet worden und ihr Sohn bleibt vermisst."

„Alles ist besser als Sie. Mit Ihnen hat das ganze Unglück doch angefangen, mit Ihnen hat das alles seinen Lauf genommen. Hätten wir nur nie die Polizei um Hilfe gebeten, ich wusste gleich dass das nicht gut ist. Was habt ihr je für uns getan?", wetterte er gegen den Kommissar.

„Fast der gleiche Wortlaut, den Dharma verwendet hatte", wunderte sich der Kommissar. „Was hatte sie gesagt? Genau: was ist von euch schon zu erwarten?", hatte sie ihm vorgeworfen. Die Polizei konnte es auch keinem Recht machen.

Der Firmenchef wetterte unterdessen weiter: " Wir stehen hier vor einem Scherbenhaufen, unser Lebenswerk liegt in Scherben. Verstehen Sie wovon ich spreche?", fragte er die Ermittler mit Nachdruck. „Sehen Sie an, was sie meiner Frau angetan haben", und dabei zeigte er auf die Frau neben sich am Boden.

„Ich weiß, wir werden in diesem Leben keine Freunde mehr werden", beschwichtigte Blocksberg, „aber ich muss sie eindringlich bitten, die Sperrzone zu verlassen. Machen Sie doch nicht alles noch schlimmer als es schon ist. Am Ende müssen Sie sonst noch in Quarantäne. Außerdem möchte ich Sie bitten, mir auf das Revier für eine Befragung zu folgen."

„Das kann nicht ihr ernst sein!", tobte der Seniorchef. „Erst schleppen Sie uns das Gesundheitsamt an, dann bringen Sie unseren Sohn nicht zurück, dafür ist aber das Geld weg, und jetzt verdächtigen Sie uns auch noch unseren besten Mitarbeiter umgebracht zu haben? Sie sind doch schizophren! Sehen Sie denn nicht, was hier gespielt wird?"

„Was wird denn gespielt?", fragte der Kommissar nach.

„Irgendjemand spielt hier ein ganz schmutziges Siel mit uns, unsere gesamte Existenz steht auf dem Spiel und irgendjemand verzockt sie. Das müssen doch selbst Sie Armleuchter erkennen!"

„Keine Sorge, wir ermitteln in alle Richtungen, aber im Moment sind Sie dringend tatverdächtig und deswegen muss ich darauf bestehen, dass Sie mitkommen. Sie haben jetzt nur noch die Wahl, ob mit oder ohne Handschellen", sagte er mit Nachdruck. Jetzt erhob sich auch die Mutter und aus Verzweiflung wurde Wut: „Ich glaube Sie haben sie nicht mehr alle. Erst die Entführung, dann der Finger im Fleisch, dann Corona und jetzt auch noch der Mord an Burkhardt? Sollen das alles wir gewesen sein? Wahrscheinlich sind wir auch an der Schweinepest schuld? Es liegt doch auf der Hand wer dahintersteckt, wer genau diese dunklen Interessen vertritt. Können Sie bitte anfangen einmal Ihren Job zu machen?", flehte sie fast verzweifelt, „Das kann doch alles nicht wahr sein, in was für einen bösen Alptraum sind wir da nur hineingeraten? Unsere Geschäftspartner sind alle abgesprungen, die Investoren erst recht. Wie konnte das alles nur passieren? Wir werden einen Teufel tun und mit Ihnen mitkommen."

„Madam", sagte Blocksberg so zuvorkommen wie möglich, „ich habe zufällig ihren Streit mit Burkhardt gestern mitgehört", bei diesen Worten fiel es ihr wie Schuppen von den Augen und man sah, wie es in ihr arbeitete. Sie realisierte sofort, dass jeglicher Wiederstand zwecklos war. Wortlos ging sie an ihrem Mann vorbei und stellte sich den Beamten. Diese würden sie zum Verhör aufs Revier bringen.

KAPITEL 20

- Secret Escape -

Tierische Unterstützung

Sie hatten die Brüllers den ganzen Morgen verhört, dieses Mal mit der vollen Rückendeckung von Präsident Ricke und Staatsanwalt Klaasen. Sie hatten das Ehepaar bereits in der Fabrik getrennt und in zwei separaten Fahrzeugen zum Revier gefahren. Unter besonderem Tatverdacht stand nach dem Streit mit Daniel Burkhardt Frau Brüller, die allerdings einen zutiefst betroffenen Eindruck machte, Herr Brüller dagegen schien verhältnismäßig gefasst zu sein, hatte dafür aber eigentlich kein Motiv den armen Burkhardt umzubringen. Aber als Ehepaar galt mitgehangen, mitgefangen, und man konnte den beiden vorwerfen was man wollte, ihre Ehe schien intakt zu sein. Sie kämpften gemeinsam gegen den Rest der Welt, was natürlich auch bedeuten konnte, dass sie sich gegenseitig anstifteten oder Rückendeckung gaben. Der Verdacht war auf jeden Fall nicht unbegründet und die beiden hatten in der Geschichte von vornherein ein dubioses Bild abgegeben. Erst hatten sie die Ermittler viel zu spät informiert, dann übten sie Selbstjustiz an ihren Erzfeinden, den Umweltaktivisten und dann hatten sie über ihr Faktotum Burkhardt, auch noch dunkle Gestalten damit beauftragt ihren Sohn zurückzuholen und den Gangstern das Lösegeld abzuluchsen. Auch über das Verhältnis zwischen Dharma und ihrem Sohn Justus mussten sie Bescheid gewusst haben, hatten es aber geleugnet. Trotzdem beharrten sie selbst jetzt, nach Stunden des Verhöres darauf, dass sie davon nichts gewusst haben wollten. Dafür, dass ließ sich nach dem belauschten Gespräch nicht mehr leugnen, gaben sie zu, dass sie Burkhardt tatsächlich losgeschickt hatten.

Nachdem sie Justus vermisst hatten, haben sie schon ihn damit beauftragt die Augen nach ihm offenzuhalten. Schließlich arbeiteten sie den ganzen Tag zusammen in der Fabrik, auch wenn ihr Verhältnis nicht das Beste war. Sie hatten gelernt miteinander auszukommen. Außerdem bestätigten die Brüllers in der Befragung, dass der Werksleiter sich mit Abstand am besten mit dem Sicherheitssystem der Firma auskannte, und wenn jemand herausfinden konnte, was Justus zugestoßen war, dann er. Nachdem er sich mit seinen Kontakten ins Milieu der Sache mit den Umweltaktivisten angenommen hatte, fiel ihre Wahl ganz natürlich auf ihren jahrelangen, treu ergebenen Mitarbeiter, der sich durch absolute Loyalität ausgezeichnet hatte.

Nach dem ersten Anruf der Erpresser hatten sie sich dann die Karten gelegt. Auf der einen Seite wollten sie auf keinen Fall eine öffentliche Affäre daraus machen, außerdem hatten sie nie gute Erfahrungen mit Behörden gemacht. Deshalb hatten sie sich entschlossen Daniel Burkhardt die entsprechenden Mittel zur Verfügung zu stellen. Jahrelang hatte er ihre Betriebe in ganz Deutschland mit günstigen Arbeitskräften versorgt, hatte immer Wege gefunden die Kosten erfolgreich noch ein paar Cent zu drücken.

„Und dass darunter viele ohne Arbeitserlaubnis waren und unter dem Mindestlohn gearbeitet haben?“, fragten die Ermittler das Ehepaar. Davon hätte man nichts gewusst, war die lapidare Antwort. Werksverträge mit mehreren Ebenen von Subauftragnehmern seien gang und gäbe in der Branche.

Als sie auf das Alibi zu sprechen kamen, erhielten sie die Antwort, die zu erwarten war. Sie seien zusammen gewesen, hätten die Nacht in ihrem gemeinsamen Haus verbracht, bis sie den Anruf bekommen hatten, dass in der Firma etwas nicht stimmt. Den Anruf hatten sie zeitverzögert bekommen, weil die eigentliche Kontaktperson für den Wachdienst Daniel Burkhardt war, nachdem der Schließservice ihn aber nicht erreichen konnte, hatten sie es bei ihnen als Vertretungskontakt versucht. Den ersten Anruf hatten sie noch ignoriert, dann seien sie rangegangen, weil ihnen einfiel, dass das auch die Entführer sein konnten. Dann seien sie direkt losgefahren, aber natürlich trotzdem nach der Polizei am Tatort gewesen.

In der Nachbesprechung überlegten sie, wie sie die Sache einschätzen sollten. Brüllers ewig festsetzen konnten sie nicht. Es gab zwar Hinweise und Indizien, aber solange sie nicht blutige Kleidung finden würden, keine Beweise. Und obwohl sich das Verhältnis zwischen dem Ehepaar und den Ermittlern durch das schicksalshafte Ereignis etwas entspannt hatte, waren sie nicht bereit, ohne weiteres Beamte ihr Haus durchsuchen zu lassen. Und auch wenn es Blocksberg gerne erwirkt hätte, wusste er doch, dass Staatsanwalt Klaasen ihm niemals die Befugnis gegen die erlauchten

Personen ausstellen würde. Noch war die Sachlage zu dürftig, es gab keinen hinreichenden Tatverdacht. Davon abgesehen, hätte es tausende Möglichkeiten gegeben, wo das Ehepaar Beweismittel hätte entsorgen können. Auf dem Werksgelände vielleicht nicht, da würden sich die nächsten Tage die Spurensicherer rumtreiben, das wäre zu heikel, aber auf dem Weg von der Fabrik zu ihnen nach Hause gab es Möglichkeiten.

Deswegen fasste er als erste Maßnahme den Entschluss, dass die Kollegen die Strecke, die die Brüllers im Fall der Fälle gefahren wären, auf den gängigsten Routen nachfahren und zumindest sämtliche öffentlichen Mülleimer durchsuchen. Es war zwar unwahrscheinlich, aber es wäre auch nicht das erste Mal gewesen, dass sie so einen entscheiden Hinweis finden. Schließlich mussten die Täter auch unter Stress stehen, so eine Tat lässt niemanden kalt und putscht zumindest auf. Und aufgeputscht denkt es sich schlecht, da kommt es gerne mal zu Kurzschlussreaktionen und unüberlegten Entscheidungen.

Als zweite Maßnahme legte er fest, dass die Brüllers ab sofort rund um die Uhr überwacht würden, genauso wie sie es mit Dharma machten. Da das Überwachen von Personen aber immer heikel ist, mussten sie bei Brüllers besondere Vorsicht walten lassen. Wenn sie herausfinden würden, dass er sie überwachen ließe, könnten er, die Polizei und Herr Ricke sich auf ein Inferno einstellen. Deshalb besprach er das Thema vorsorglich mit dem Polizeipräsident, der zuversichtlich war, zumindest die Erlaubnis für diese Überwachung vom Staatsanwalt genehmigt zu bekommen.

Aber das war ja nicht ihre einzige Spur, die sie hatten. Wie man das Blatt auch drehte und wendete, die Umweltschützer standen mehr denn je im Fokus und im Verdacht, nicht nur den Sohn entführt, sondern jetzt auch den Werksleiter ermordet zu haben. Johanna hatte Recht, die Eskalationsstufen passten zusammen. Erst harmlose Protestaktionen, dann Sitzblockaden und mit dem brennenden Burger King, wurde aus zivilem Ungehorsam das erste Mal Straffälligkeit. Und Dharma hatte mit ihrem Ehrgeiz und ihrer Bereitschaft zu gewaltsamen Protest nicht hinter dem Berg gehalten. In ihrer Verbitterung und dem Groll ihrer Organisation steckte viel Aggressivität und ein hohes Gewaltpotential. Noch dazu hatten sie das Wissen rund um die Fabrik, kannten das Opfer und hegten einen persönlichen Hass gegen ihn, ihn, der sie mit seinen Schergen aus dem Zwielicht versucht hat mundtot zu machen und einzuschüchtern. Außerdem bestand die Gruppierung aus vielen jungen, gut durchtrainierten Personen, Dharma machte sogar Kampfsport, sodass sie von Anzahl und Stärke locker in der Lage gewesen wären den armen Burkhardt für seine Taten büßen zu lassen. Wenn er wetten müsste, hätte der Kommissar darauf getippt, dass Dharma und der Muskelprotzt von Türsteher vom Rave dahintersteckten. Waren die beiden vielleicht liiert und führten die Organisation als Paar? Hatten diese beiden jungen, vor Kraft strotzenden Menschen eine neue, morbide Form der Paarbeschäftigung gefunden?

Aber es gab zu ihrem Glück ja eine Möglichkeit, dass herauszufinden. Dharma wurde ja bereits überwacht, also führte sie ihr nächster Weg zu den Kollegen, die in der Nacht die Observation durchgeführt hatten. Deren Schicht war jetzt, mitten am Morgen, seit einigen Stunden vorüber und verständlicherweise lagen die Kollegen daheim im Bett und holten ihren Schlaf nach. Aber es half nichts, sie mussten sie sprechen, also klingelten sie sie aus dem Bett. Und der Anruf war nicht umsonst. Die Kollegen hatten nämlich tatsächlich eine Auffälligkeit beobachtet, die sie auch ordnungsgemäß im Überwachungsprotokoll festgehalten hatten. Sie hatten das Thema mit der Schichtübergabe an die nächsten Kollegen weitergegeben, die sich im Laufe des Vormittages darum kümmern sollten.

Fünf Minuten später waren Johanna und Blocksberg auf dem Weg zum alten Schlachthof, wo Dharma wohnte, lebte und arbeitete. Sie fanden die Kollegen in einem LKW auf dem benachbarten Grundstück des Müllverwerters, von dort hatten sie mehrere gute Stellen, um die Zielperson zu überwachen. Die Kollegen trugen als Tarnung Zivil und der eine war sogar mit Warnweste als LKW-Fahrer verkleidet. Entweder war er besonders motiviert, oder er verkleidete sich einfach gerne.

Sie besprachen kurz die Vorkommnisse der Nacht und bekamen nochmal die Info, dass sich Dharma gegen drei Uhr aus ihrer kleinen Wohnung geschlichen hatte. Die Beamten der Nachtschicht hatten sich aufgeteilt, einer war im Wagen geblieben, der andere ihr nachgelaufen. Sie war die Kleiststraße bis zur zerfallenen Waschstraße vorgelaufen und hatte sich dann links gehalten, um die Unterführung unter den Gleisen zu nehmen.

Danach war sie direkt wieder links abgebogen. Der Kollege hatte sich immer etwa eine Kreuzung hinter ihr gehalten und sich jede Mühe gegeben, nicht den Anschluss zu verlieren. Zu nah konnte er nicht aufschließen, um sich nicht durch Geräusche zu verraten, war es um diese Uhrzeit ohne Verkehr doch extrem still in der Stadt. Andererseits erzeugte der vom Boden verdampfende und aufsteigende Nebel ein Zwielicht, das seine Sicht stark einschränkte. Nur wenn sie vom Schein jeder zweiten Straßenlaterne, die um diese Uhrzeit an waren, erfasst wurde, konnte er sich lokalisieren. Er folgte ihr in gebührendem Abstand die Straße entlang und hielt sich möglichst hinter den parkenden Fahrzeugen. Sie dagegen machte einen zielstrebigen Eindruck und ging mit dem Selbstbewusstsein einer großen, kampfsport-erfahrenen Frau durch die nächtliche Finsternis. Zu seiner Überraschung war der kurze nächtliche Ausflug aber schnell beendet. Schon am Ende dieser langen Geraden verschaffte sich Dharma nämlich Zugang zum alten Kohlebunker, der über das markante Fließband über die Straße hinweg, mit dem Blockheizkraftwerk am Enzauenpark verbunden war.

Er ging noch ein paar Meter auf das Grundstück hinterher, ehe sie im Gebäude verschwand und er ihre Spur verlor. Er traute sich nicht alleine die Verfolgung in einem fremden Gebäude aufzunehmen. Stattdessen wartete er in sicherem Abstand zu der Stelle wo sie in das Gebäude gegangen war und beobachte die Aktion von außen. Immer wieder flackerte das Licht ihrer Taschenlampe durch Spalte in der Fassade oder die kleinen Öffnungen der Fenster. Einmal fuhr lautstark ein Zug an ihnen vorbei. Sie war fast eine Stunde im Gebäude zugange, bevor sie wieder in der Tür erschien, durch die sie sich Zugang verschafft hatte, dieses Mal bepackt mit einem Rucksack auf dem Rücken und einem Rucksack auf dem Bauch, noch dazu zwei Taschen unter ihren Armen. Bepackt wie für eine Polarexpedition ging sie schweren Schrittes das kurze Stück zurück, wieder unter den Schienen durch, an der Waschstraße vorbei und in ihre Wohnung.

„Das heißt sie hat ein Alibi“, hielt Blocksberg fast erleichtert fest, als die Kollegen mit ihrem Bericht am Ende waren. „Sie kann sich unmöglich zwischen drei und vier Uhr hier rumgetrieben haben und etwas mit dem Mord an Burkhardt zu tun haben, zumindest nicht persönlich.“

„Ist sie im Moment bei sich daheim?“, fragte Johanna: Die Kollegen bestätigten das.

„Dann schauen wir uns doch mal an, was sie da heute Nacht gemacht hat“, schlug der Kommissar vor. „Ihr haltet hier die Stellung?“, fragte er die Kollegen rhetorisch. „Falls irgendjemand, egal wer, das Gelände verlässt und in unsere Richtung kommt, ruft uns an! Die Nummer habt ihr ja.“

Johanna und der Kommissar, die eh in einer Seitenstraße geparkt hatten, taten es ihrer Verdächtigen gleich und gingen zu Fuß zum alten Kohlebunker. Das Gebäude, in dem früher hunderte Tonnen Kohle für das Kraftwerk gelagert wurden, stand inzwischen leer, funktionierten die neuen Brenner des modernen Kraftwerkblocks mit Gas als Brennstoff. Das jetzt in die Jahre gekommen Gebäude, machte aber nach wie vor einen imposanten Eindruck, man musste in Pforzheim lange suchen, bis man ein ähnlich stattliches Gebäude fand, die Dimensionen waren schier beeindruckend. Es hatte den Charme eines alten Handelskontors oder eines Speichers wie man ihn normalerweise an Häfen antraf. An dieser Stelle wurde es nicht per Schiff versorgt, sondern über die danebenliegende Eisenbahnstrecke, über die wagonweise die Kohle angeliefert wurde, um die ganze Stadt mit Energie zu versorgen.

Sie liefen die Straße, wie beschrieben, oberhalb des Gebäudes entlang und gingen an mehreren abgestellten LKW vorbei. Rechter Hand war der Kohlebunker hinter einem Maschendrahtzaun, aus ihrer Sicht um eine Etage, was bei diesem Gebäude gut fünf Meter ausmachte, nach unten versetzt. Zwischen ihnen und dem Gebäude war ein kleines Rasenstück, das wie ein Burggraben wirkte, und in die offenen Rundbögen des Kellergeschosses überging. Dort waren übergroße Schilder mit Warnhinweisen angebracht: „Gefahr! Betreten verboten!“ Wie Blocksberg wusste, war das Gebäude baufällig und inzwischen ein echtes Problem für die Stadtverwaltung, die es übernommen hatte. Einerseits stand es unter Denkmalschutz und war ein Wahrzeichen, andererseits konnte man es in diesem Zustand nichts anderes machen, als es dem Verfall preis zu geben, eine Sanierung würde Unsummen verschlingen.

Sie gingen weiter und kamen an die beschriebene Tür, durch die Dharma in das Gebäude eingetreten war. Sie rüttelten daran, aber die Tür war verschlossen.

„Denkst du was ich denke?“, fragte der Kommissar Johanna.

Sie schaltete sofort: „Du meinst unseren ursprünglichen Fall, die Entführung? Meinst du er ist da drin?“, fragte sie aufgeregt.

„Kann doch sein“, sagte er schulterzuckend.

„Oder nicht mehr…“, spielte Johanna auf die Taschen an, mit denen Dharma aus dem Gebäude verschwunden war. Die beiden schauten sich an.

„Eine zerstückelte Leiche?“, fragte Blocksberg abwägend.

„Würde zur Tat von gestern Nacht passen!“, überzeugte die Psychologin.

„Dann sollten wir uns da mal einen Überblick verschaffen!“, sagte der Kommissar und versuchte mit seinem Taschenmesser die Tür aufzubekommen.

„Sollten wir nicht vorsichtiger sein?“, fragte Johanna. „Vielleicht ist noch jemand drin?“

„Du meinst falls unser Opfer noch drin ist und bewacht wird?“, fragte er. „Die Geschichte macht eher den Eindruck, als würde Dharma versuchen, Beweise verschwinden zu lassen. Aber du hast recht man weiß nie. Wir sagen wenigstens kurz unseren beiden Kollegen eine Querstraße weiter Bescheid, damit die im Notfall einschreiten können. Davon abgesehen wird es nicht selten vorkommen, dass junge Abenteurer diesen Lost Place besuchen. Ich denke nicht, dass wir wirklich eine Gefahr eingehen.“

Nachdem er sich einige Zeit vergeblich am Schloss der Tür die Zähne ausgebissen hatte und es ihm langsam peinlich wurde, meinte Johanna: „Lass uns doch einfach da unten reingehen“, und zeigte auf die Rundbögen des Kellergeschosses. „Da hinten führt eine Treppe runter“. Gesagt, getan, kurz darauf drangen sie durch das offene Kellergeschoss, an den Warnhinweisen vorbei, in das Gebäude ein.

Die meisten Bereiche waren leergeräumt, andere dagegen zugemüllt und vollgestellt. Wie für ein altes verlassenes Gebäude üblich, lagen immer wieder verrostete oder beschädigte Gerätschaften des alten Betriebes rum. Mal waren es die Gartenwerkzeuge, mit denen das Gelände früher in

Ordnung gehalten wurde, mal ein Radio voll Spinnweben, das vermutlich noch funktioniert hätte, wenn man es angemacht hätte.

Sie kamen gut voran, hatten aber mit der unendlichen Größe des Gebäudes zu kämpfen. Sie waren bereits mindestens eine halbe Stunde unterwegs und hatten höchstens die Hälfte des Kellergeschosses untersucht, genau genommen weniger, wenn man die Räume und Abteile berücksichtigte, in die sie nicht reinkamen. Ab und an hatten sie das Lager eines Obdachlosen gefunden, die es sich hier mit Styropor, Folien und Schnapsflaschen gemütlich gemacht hatten. Der obligatorische Einkaufswagen lag auch irgendwo im Eck.

„So kommen wir nicht weiter", hielt der Kommissar fest, das kann ewig dauern und wir haben heute noch jede Menge mit dem Mordfall von Burkhardt zu tun. „Wir können hier jetzt nicht stundenlang die Nadel im Heuhaufen suchen, während uns dort kostbare Zeit verrinnt. Wir machen das anders – wir brauchen übermenschliche Unterstützung."

Er tippte auf sein Display und kurz darauf hatte er Kollegin Wella in der Leitung. „Perfekt", hörte Johanna ihn sagen, „dann sehen wir uns in ein paar Minuten", wir freuen uns.

Kurze Zeit später, kam die kleine Petra Wella mit ihrem treuen Spürhund Stella aus dem Amarok Pick-Up gestiegen, in der einen Hand die Leine des Hundes, in der anderen der Klicker und Spielzeug zur Belohnung. Stella war eine Untervariante eines Border Collies, etwas zierlicher und mit glatterem Fell. Das markanteste an ihr waren ihre blauen Augen, die ihrem Blick Tiefe verliehen und sie menschlich erscheinen ließen. Die hellbraune Musterung auf dem weißen Fell umspielte dabei, in einer Laune der Natur, ihr rechtes Auge mit einem Kringel. Ihr Fell war so weich.

Wie von Blocksberg am Telefon durchgegeben, hatte Petra eine Geruchsprobe von Justus Brüller dabei. Nach ein paar Spiel- und Streicheleinheiten mit dem Hund machten sich die Ermittler samt Verstärkung erneut ans Werk.

Schon an der Tür schlug Stella an. Erst kratze sie wie wild an der Tür, dann machte sie brav Platz, ihr Signal für eine Spur. Der Kommissar, mit seiner Geduld für die Tür am Ende, ging ein paar Schritte zurück und warf sich dann mit voller Wucht gegen die Tür. Das Holz um die Scharniere gab leicht nach, zwar nicht so sehr, dass die Tür aus den Angeln fiel, aber doch so stark, dass ein weiterer kräftiger Tritt genügte, um sie aufzubrechen. Die Stadt, beziehungsweise Herr Ricke, konnte es ihm ja vom Gehalt abziehen.

Innen ging es dann ganz schnell. Stella eilte wie eine dressierte Ratte auf der Suche nach Futter durch das Labyrinth, prüfte zwischendurch eine Sackgasse, um dann zielstrebig in den zweiten Stock zu laufen und vor einem alten Büro stehen zu bleiben. Wie wild kratze sie auch an dieser Türe. Der Büroraum hatte nicht nur ein Außenfenster, sondern auch eines, das in das Innere des Speichers zeigte, um von dort aus den Entladevorgang der Bahnwagons überwachen zu können. Sowohl dieses Fenster, als auch das in der oberen Hälfte der Türe, waren mit einer heruntergezogenen Jalousie, wie man sie aus alten Büros kennt, abgedeckt. Nur an den etwas abstehenden Rändern konnte man durch die Lamellen einen Blick in den Innenraum erhaschen. Was sie von da aus sahen, war erstmal unspektakulär. Ein alter Schreibtisch und an der Wand erahnte man ein altes Kontrollboard, mit den typisch orangenen und grünen Kontrollleuchten, über das man verschiedene Funktionen im Gebäude, wie das Fließband oder die Rolltore steuern konnte. Daneben der zugehörige Schaltschrank.

Vorsichtig betätigte Blocksberg die alte kleine Türklinke und stellte mit Erstaunen fest, dass die Tür nicht verschlossen war und sich leicht öffnen ließ. Sie traten von dem, vor Kohlestaub schwarzen, Betonboden der Halle auf das billige, graue Rollvinyl des Büros, auf dem sich der Kohlestaub in schwarzen Pfaden rund um den Schreibtisch fortsetzte.

Was sie sahen war überraschend. Durch das dürftige Licht der Jalousien des Außenfensters, erkannten sie, was auf den ersten Blick wie das Matratzenlager eine Obdachlosen aussah. Allerdings war es zu geordnet und sauber, um tatsächlich der Unterschlupf eines Stadtstreichers zu sein, außerdem fehlten die Spirituosen.

Johanna ging zum Fenster und wollte gerade an der Schnur ziehen, um das Rouleau nach oben und das Licht nach innen zu lassen, ehe Blockberg sie im letzten Moment abfing: „Halt!“, rief er. „Wir lassen am besten alles so wie es ist, vielleicht ist der Platz hier doch unter Beobachtung. Vor allem von außen würde man sonst gleich sehen, dass hier etwas nicht stimmt." Johanna ging wieder einen Schritt zurück.

Was ihnen auch im Halbschatten auffiel, war, dass das Lager mit allerhand Annehmlichkeiten ausgestattet war. Zuallererst einem kleinen Kühlschrank, dessen Kühlaggregat in unregelmäßigen Abständen summte. Im Inneren des Kühlschrankes fanden sie Getränke und allerhand Snacks, „fast wie die Corona-Snacks in seinem Süßigkeitenfach", dachte sich Blocksberg. Daneben fanden sie einen kleinen Gasbrenner, wie man ihn vom Camping kennt. Zum Campingkocher gehörten wiederum die Unmengen Konserven, die sie in den Schränken fanden. Am Boden unter dem Schreibtisch waren außerdem faltbare Matratzen verstaut, genug um einen Großteil des Raumes damit auszulegen. Der Papiermülleimer, der ebenfalls unter dem Schreibtisch stand, war leer. Vom Sohn der Brüllers keine Spur. Stellte sich die Frage was Dharma letzte Nacht aus dem Versteck beseitigt hatte.

„Was haben wir hier denn für ein Lager aufgetan?", hielt der Kommissar fest. „Scheint, als hätte es sich hier jemand gemütlich gemacht."

„Vielleicht ein Pandemie-Notlager, falls es im Supermarkt gar nicht mehr gibt", schlug Johanna vor und hatte dabei gerade einen ganzen Schrank voll Hygieneartikel entdeckt.

„Tatsache ist, unser Opfer war hier, die Reaktion von Stella ist eindeutig. Stellt sich nur die Frage, wann, wieso und in welchem Zustand?", sinnierte er.

„Es kann auf jeden Fall nicht alles ein Zufall sein, Dharma kennt das Versteck, das zufälligerweise in angenehmer Entfernung zu ihrem Domizil liegt, und unser Opfer war auch hier. Sie hängt auf jeden Fall in der Sache drin!", schlussfolgerte die Psychologin. „Außerdem, müssen wir nach diesem Durchbruch davon ausgehen, dass sie zumindest indirekt an der Sache heute Nacht beteiligt ist. Die Aktivisten haben sich anscheinend von Randalierern zu Terroristen radikalisiert."

„Ja, ich denke du hast recht, wir dürfen keine Zeit mehr verlieren, wir müssen Zuschlagen!", fasste Blocksberg zusammen. „Wenn jemand weiß, wo Justus ist, dann Dharma, und zu dem Massaker von heute Nacht kann sie bestimmt auch etwas erzählen!"

Noch an Ort und Stelle hatten sie alles Nötige in die Wege geleitet. Blocksberg führte mehrere Telefonate mit dem Polizeipräsidenten, erklärte ihm die Zusammenhänge und dass sie keine Zeit verlieren durften, sie mussten Zuschlagen, jetzt oder nie! Sie standen kurz vor dem alles entscheidenden Durchbruch. Dafür brauchten sie Verstärkung, war es doch höchst unklar, wie viele Personen sich momentan in der Kommune aufhielten, wie radikal sie waren und ob sie bewaffnet waren. Der Polizeipräsident forderte die Jungs aus Göppingen an. Davon abgesehen, ließ der Präsident alle Streifenwagen ausrücken und das Gebiet um den alten Schlachthof überwachen. Die Beamten bekamen die Anweisung ihre MPs zu tragen. Im Zweifel konnten sie insbesondere die Zufahrten zu den nächstgelegenen Autobahnanschlüssen innerhalb von Sekunden verriegeln. Außerdem wurde wieder der Hubschrauber angefordert, das volle Programm wurde aufgefahren.

Parallel zu diesen Einsatzvorbereitungen, sollten Landsteiner und die Kollegen von der Spurensicherung das entdeckte Versteck auf den Kopf stellen. Sie brauchten neben der Spürnase Stellas einen weiteren wissenschaftlichen Beweis, dass sich Justus hier, wahrscheinlich in Geißelhaft, aufgehalten hatte. Andernfalls würden sie nicht die Freigabe zum Zugriff erhalten und kostbare Zeit verlieren, die Dharma und ihre Truppe zur Flucht nutzen könnten. Den Rucksäcken nach, hatte sie die ersten Vorbereitungen offensichtlich schon getroffen. Es war nicht davon auszugehen, dass die erhöhte Polizeipräsenz vor Ort noch lange unbemerkt bleiben würde.

KAPITEL 21

- Keep Smiling -

Mona Lisa

Es hatte etwas mehr als eine Stunde gedauert, bis alle Vorbereitungen getroffen und alle Einsatzkräfte an Ort und Stelle waren. Nach Rücksprache mit den beiden Kollegen, die dazu eingeteilt waren, das Areal zu überwachen, erfuhren sie, dass es keinerlei auffällige Aktivitäten auf dem Gelände gab. Die Jungs vom SEK, die zu solchen, verhältnismäßig nahen Einsätzen mit ihren Kleinbussen fuhren, anstatt zu fliegen, waren ebenfalls gut gelaunt, hatten sie doch wenige Tage zuvor einen Einsatz am Bodensee gehabt, wo sie durch so heftige Turbulenzen fliegen mussten, dass sich neun von zehn der harten Jungs am Zielort erstmal übergeben mussten. Nicht wenige davon hatten sich danach geschworen nie wieder zu fliegen, was bei ihrem Job natürlich keine Option war. Deswegen, und weil es ein lauwarmer Mittag war, luden sie frohen Mutes ihre Kampfausrüstung aus den Bussen und besprachen die Lage. Sie verschafften sich schnell einen Überblick über das Gelände und entschieden sich anhand der Gegebenheiten, für bestimmte Waffengattungen, unter anderem dazu, wieder zwei Scharfschützen zu positionieren, deren Schussfeld das Gebiet fast lückenlos ausleuchtete. Noch mehr als bei ihrem letzten Einsatz, mussten sie hier im Stadtgebiet besonders behutsam vorgehen, sie konnten sich keine Querschläger erlauben.

Was ihnen Kopfzerbrechen machte, war, dass sich anscheinend auch Kinder und Jugendliche in den Gebäuden aufhalten konnten. Machten sie normalerweise keinen Unterschied zwischen Mann, Frau, oder Alt und Jung, alle wurden mit der gleichen Härte und Kompromisslosigkeit behandelt, so sah das bei Kindern anders aus, da galten grundsätzlich andere Regeln. Sie beschlossen also, die Kinder als Geißeln anzusehen, die es zu retten galt, behielten dabei im Hinterkopf, dass diese sich unter Umständen nicht so verhalten würden.

Das Areal rund um den alten Schlachthof teilte sich in verschiedene Gebäude auf, den eigentlichen Schlachthof, wo der Kommissar sich vor einigen Tagen die Nacht um die Ohren geschlagen hatte, und auf der anderen Seite des Hofes, ehemalige Verwaltungsgebäude, die jetzt als Wohnungen dienten. Dieser Gebäudekomplex war sehr gut überschau- und kontrollierbar und war bereits von Beamten umstellt, wohingegen das Industriegebäude mit seiner Weitläufigkeit und vielen Winkeln sehr unüberschaubar war. Zu viele Überraschungen konnten darin lauern. Deswegen entschieden sie sich, diesen Teil zuerst zu stürmen und zu räumen. Nachdem das unter Kontrolle gebracht worden wäre, würden sie in aller Besonnenheit und nach ihrer ersten Machtdemonstration den Wohnblock räumen.

Bis an die Zähne bewaffnet und voller Anspannung warteten sie auf das „Go!" ihres Einsatzleiters. Der stand zusammen mit Blocksberg und Johanna etwas abseitig, aber mit gutem Blick über die Lage. Nachdem sie eine Aufklärungsdrohne um das Gebäude hatten fliegen lassen, warteten jetzt alle auf das Signal von Landsteiner. Der hatte die Zeit genutzt um mehrere Proben und Abstriche aus dem Versteck zu sammeln und in seinem mobilen Labor im PCR zu vervielfältigen und mit seinen Gegenproben vom Opfer abzugleichen.

Nach weiteren endlosen Minuten, zeigte das Gerät endlich das gewünschte Ergebnis an. Landsteiner informierte den Kommissar und der den Einsatzleiter. Nach einem kurzen Funkspruch in das Headset stürmte das Kommando los. Die beiden Dreierteams rammten die Haupteingangstür ein und gaben sich gegenseitig Deckung. Für den Nahkampf, der sie erwarten konnte, hatten sie sich für handliche Maschinenpistolen entschieden, Schrottflinten, durften sie nur gegen Hunde einsetzen, weswegen sie darauf verzichteten. Zeitgleich schwebte der Hubschrauber heran und zwei weitere Kollegen seilten sich auf das Dach ab und durchbrachen die Oberlichter. Ecke für Ecke, Raum für Raum sicherten sie. Die zwei Kollegen auf den Balustraden dominierten den Innenhof der Fabrik. In der Fabrik sah alles aus, wie es nach der letzten Partynacht stehen- und liegengelassen worden war. Die Bühne aus Paletten erschien bei Tageslicht deutlich weniger cool und auch die Bar war eigentlich nur ein notdürftiger Tresen. Bisher waren sie niemandem begegnet, aber das Gebäude war verwinkelt und bot viele Verstecke. Sie durften jetzt mental nicht nachlässig werden und mussten den Einsatz mit voller Konzentration durchziehen und beenden. Und tatsächlich, als sie sich immer weiter vorarbeiteten und bereits die Haupthalle in der Mitte kontrollierten, hörten sie Schritte das Hallen von flüchtenden Schritten. Egal wer es war, es gab für ihn kein Entrinnen, sie hatten alle Fluchtwege unter Kontrolle, er saß in der Falle. Sie näherten sich ihm immer weiter, bald müsste er in ihrem Sichtfeld erscheinen, es gab nur noch einen Korridor durch den er sich weiter vor ihnen entziehen konnte, und der führte direkt – ins Freie!

Die Tür wurde aufgestoßen und das Einsatzkommando sah nur noch wie die große schwarze Gestalt vom gleißenden Sonnenlicht verschluckt wurde, mit der Hand vor ihren Augen versuchten sie das blendete Licht abzuhalten.

Auf der anderen Seite der Türe sprang ein junger Mann ans Tageslicht, schaute sich ebenfalls geblendet nach links und rechts um, und ging mit dem ersten was er erkennen konnte, auf die Knie und legte die Hände hinter den Kopf. Er hatte sofort gewusst, dass es vorbei war. Vor ihm standen ein halbes Dutzend Polizisten mit ihren Waffen auf ihn gerichtet und schnitten ihm den Fluchtweg ab. Von hinten kam das Sonderkommando angespurtet und stürzte sich noch voll im Jagdfieber auf die leichte Beute. Mit aller Härte, so wie sie es gelernt hatten, ließen sie keine Zweifel aufkommen, wer der Chef im Ring war. Kurz darauf saß der Wachmann von der Party, wie ein Packet verschnürt, vor Johanna, Blocksberg und dem Einsatzleiter. Nummer eins hatten sie also erwischt.

Nachdem inzwischen alle mitbekommen hatten, was vor sich ging und es keinen Überraschungseffekt mehr gab, den sie ausnutzen konnten, forderten sie die Bewohner des Wohnhauses auf, dieses zu verlassen. Nach und nach kamen wie an einer Perlenschnur die Bewohner auf den Vorplatz, wo sie direkt in vorläufigen Gewahrsam genommen wurden. Einer der Künstler reckte seine Faust in die Luft und schrie: „Free Tibet!“, wieder anderen sah man an, dass sie befürchteten einen Joint zu viel geraucht zu haben.

So hatten sie binnen weniger Minuten einen bunten Haufen an überwiegend harmlosen Zeitgenossen vor dem Gebäude versammelt. Nur von Dharma war weit und breit keine Spur.

„Waren wir uns nicht sicher, dass sie drin ist“, fragte Blocksberg die Kollegen von der Überwachung.

„Sie hat das Gebäude seit Stunden nicht verlassen, sie ist auf jeden Fall im Gebäude, sie muss im Gebäude sein!“, betonten die Beamten.

Dem Kommissar schwante Böses, er schaute Johanna an, die seine Gedanken wie immer sofort verstand, dann den Einsatzleiter, der nach einem Augenblick der Besinnung auch realisierte, was die beiden Ermittler befürchteten. Begleitet von zwei weiteren Beamten betraten sie das Gebäude. Nach einem kurzen Blick auf das provisorische Klingelschild, wo jede Partei halb kreativ, halb schludrig seinen Namen auf Klebeband geschrieben hatte, war davon auszugehen, dass Dharma ganz oben wohnte. Eine kurze Frage an die Umstehenden bestätigte das.

Mühsam gingen sie die Treppen hinauf, „Warum wohnen die Verbrecher nur immer oben?“, murmelte Blocksberg vor sich hin. Oben gingen sie einen kurzen Gang entlang, dann standen sie vor Dharmas Tür. Der Kommissar signalisierte den anderen, dass er allein reingehen werde. Der Einsatzleiter sah das kritisch, Blocksberg ließ aber keine andere Meinung zu. Er war sich sicher, er hatte den besten Bezug zu Dharma und es war davon auszugehen, dass sie in einer psychisch labilen Verfassung war. Er würde ihr gut zureden, sie beruhigen und zu einer widerstandslosen Kapitulation überreden können. „Gut reden können, war dabei besser als gut mit der Waffe zu sein“, dachte er sich dabei, „wie oft hatte er das schon erlebt.“ Das sie ihm etwas antun, oder auf ihn schießen würde, hielt er für beinahe ausgeschlossen.

Der Einsatzleiter und die bewaffneten Kollegen drückten sich an die Wand und sicherten die Tür, Johanna war einige Schritte weiter hinten in Sicherheit. Dann öffnete Blocksberg die Türe.

Vorsichtig schaute er durch den aufgehenden Türspalt in die Wohnung. Vor ihm lag das Wohnzimmer mit dem Sofa als zentralem Element in der Mitte, dahinter ein kleiner gemütlicher Holz-Esstisch mit vier Stühlen. Der Blick darüber hinweg fiel auf die offenstehende Tür der Küche, die sich an das Wohnzimmer in Längsrichtung anschloss. Durch das große loftartige Fenster daneben fiel das steile Licht der Mittagssonne und warf die dünnen Stege zwischen den einzelnen Scheiben als Schatten auf den Boden. Die ganze Wohnung war in einer warmen Heimeligkeit eingerichtet, ohne dabei überladen zu sein. Eine Mischung aus Designerstücken, selbst gemalter Kunst und restaurierten Sachen vom Flohmarkt schufen eine urige Gemütlichkeit. Links von ihm deckte ein Mona-Lisa Perlenteppich den Durchgang zu dem dahinterliegenden Bade- und Schlafzimmer ab. Er hörte wie das Wasser plätscherte.

Unheilvoll klackerte der Perlvorhang über ihn hinweg, dann stand er vor der großen weißen Tür hinter der sich den Geräuschen nach, das Badezimmer verbarg. Es half nichts, er musste sich Gewissheit verschaffen. Er griff nach der Klinke und drückte die Tür auf. Das Wasser plätscherte. Mit der schlimmsten Befürchtung schaute er in das Zimmer, da war sie, ihm gegenüber in der Badewanne lag Dharma, der Boden: gefliest.

Die Augen geschlossen mit Kopfhörern auf den Ohren, ein unergründliches Lächeln auf den Lippen. Das heiße Wasser machte den Raum zu einem stickigen Dampfbad und auf der Fensterbank verbreiteten zwei vor sich hin klimmende Räucherstäbchen einen wohltuend, aromatisch-rauchenden Duft.

Voller Sorge trat er an die Wanne heran, „es wäre nicht das erste Mal“, dachte er sich, und schaute bang auf die Handgelenke, die regungslos im Wasser trieben. Das Wasser war klar, kein Schaum, aber zu seiner Erleichterung auch keine Blutschlieren im Wasser, die Handgelenke waren unversehrt.

Als er sie in der Badewanne betrachtete öffneten sich plötzlich ihre Augen, ein kritischer Blick traf ihn. Verlegen wollte er einen Schritt zurücktreten, um ihre Privatsphäre wiederherzustellen, stattdessen sagte er: „Du bist verhaftet!“ Sie nahm sich die Kopfhörer von den Ohren.

„Hast du uns nicht gehört?“, fragte er sie, woraufhin sie seinen Blick auf ein Tablet vor dem Spiegel lenkte, auf dem ein halbes Dutzend Kacheln zu sehen waren, auf jeder dieser Kacheln flackerte das Bild einer Kamera. Sie hatte das ganze Gelände samt Kohlebunker mit Überwachungskameras im Blick, sie hatte seit Stunden gewusst was vor sich ging.

„Ich dachte ich nehm‘ noch ein letztes Bad, wer weiß wann ich das nächste Mal in den Luxus komme“, erklärte sie sich und stand aus der Wanne auf.

Nackt, so wie Gott sie schuf, kam sie im Eva-Kostüm auf ihn zu. Ein Teil in ihm wollte beschämt zur Seite schauen, andererseits, konnte sie ja doch irgendwo eine Waffe haben...

Sie lief provozierend dicht an ihm vorbei und schaute ihm dabei direkt in die Augen. Ein kalter Schauer lief ihm über den Rücken, wie er es immer tat, wenn eine Frau ihm auf Augenhöhe begegnete.

Sie griff sich ein Handtuch und trocknete sich ab, dann nahm sie ein zweites, schleuderte ihre Haare vom Rücken nach vorne und wickelte sie darin. Das Wasser spritze ihm ins Gesicht.

„Dann weißt du, dass es vorbei ist?“, fragte er bedächtig.

„Es ist wohl so“, antwortete sie, „vielleicht ist es zum Besseren.“

„Wir nehmen dich jetzt mit aufs Revier, dort kannst du uns alles von Anfang an erzählen“, sagte er behutsam wie man mit einem Kind spricht.

„Natürlich“, sagte sie kurz angebunden und zog sich weiter an. Der Wille seiner Gegnerin war gebrochen. Normalerweise liebte er dieses erhabene Gefühl, wenn man spürte, dass man in den Kopf des Kontrahenten eingedrungen war, ihn innerlich besiegt hatte, seinen Willen gebrochen hatte. Aber in diesem Fall: Nichts. Im Gegenteil, es tat ihm Leid, sie tat ihm Leid und Justus tat ihm Leid.

„Nicht zu vergessen Burkhardt“, ermahnte er sich, „wobei sie daran nicht beteiligt gewesen sein kann“, begann sein Geist sie zu verteidigen. Er musste sich ins Bewusstsein rufen, dass er es hier möglicherweise mit einer skrupellosen Killerin zu tun hatte, „die Mörderin mit den Engelsaugen“, dachte er.

Trotz allem war das Spiel gespielt und die Würfel gefallen. Sie würde auf keinen Fall mehr Widerstand leisten, er konnte sie im Bad allein lassen und seinen Kollegen Entwarnung geben.

Er ging zurück ins Wohnzimmer und setzte sich, die Augen der Mona-Lisa verfolgten ihn. Kurz darauf kam Dharma durch den Perlvorhang gerauscht.

Gemeinsam fuhren sie zur Wache und kurz darauf saßen sich Dharma, Johanna und der Kommissar in einem der Verhörräume gegenüber. Dharma legte ein umfassendes Geständnis ab und gestand alles.

KAPITEL 22

- Missing Link -

Beichte

Nachdem sie Dharma unter den Augen ihrer Kommune aus dem Gebäude geführt und in einen Streifenwagen verfrachtet hatten, saßen sie sich jetzt im Verhörraum auf dem Präsidium gegenüber. Johanna und der Kommissar führten das Verhör, das sich über Stunden erstrecken sollte.

Dharma wurde jetzt mit der ganzen Härte und Kälte des Gesetzes streng nach Protokoll behandelt.

„Wo soll ich anfangen“, fragte sie immer noch selbstbewusst.

„Wie wär's damit, wo ist Justus?“, antwortete Blocksberg.

„Ich weiß es nicht“, antwortete Dharma.

„Das heißt du bist gestern Nacht ganz zufällig in den Kohlebunker, an den Ort wo er festgehalten wurde? Was war das? Ein Spaziergang?“, wurde der Ton schroffer. Sie schaute ihn durch dünne Augenschlitze an, sie dachte nach. Ihr musste bewusst sein, dass das Spiel vorbei war, sie hatten alles gegen sie in der Hand.

„Es ist nicht so wie ihr denkt“, erklärte sie sich. „Justus war da, aber lange vor seinem Verschwinden.“

„Wie sollen wir das verstehen?“, fragte Johanna dazwischen.

„Dass er das Versteck dort mit mir vorbereitet hat“, antwortete sie reserviert.

„Und wieso das? Habt ihr für schlechte Zeiten vorgesorgt?“

„Gewissermaßen, ja, so zumindest der Plan.“

„Und wie sah dieser grandiose Plan aus?“, fragten die Ermittler weiter.

„Der Plan war eigentlich totsicher“, bei dieser Wortwahl musste sie kurz schlucken und formulierte um: „Es konnte nichts schief gehen. Wir hatten die Entführung inszeniert, um seinen Eltern eins auszuwischen. Wir konnten ja nicht ahnen, dass es so schiefgehen würde.“

„Das heißt es gibt gar keine Entführung?“, runzelte Blocksberg die Stirn und lehnte sich ungläubig zurück. „Aber wo ist dann Justus?“

„Versteht doch, das ist alles ganz anders gelaufen als geplant. Der Plan war simpel, wir wollten seine Entführung vortäuschen uns eine gewisse Summe von seinen Eltern ergaunern und unabhängig machen."

„Die Sache hat nur einen Haken, wieso sollte Justus das tun?", fragte Blocksberg nach.

„Liegt das nicht auf der Hand? Damit wir endlich unser altes Leben hinter uns lassen könnten und unabhängig werden. Niemand sollte zu Schaden kommen und für seine Eltern hätte es keinen Unterschied gemacht."

„Aber er ist doch sowieso in der Firmenleitung und erbt irgendwann alles, wozu diese Scharade?"

„Sicher tut er das, aber wann? In zwanzig, dreißig, vierzig Jahren? Sollten wir warten, bis unser Leben, unsere Möglichkeiten an uns vorbeiziehen? Das kommt nicht in Frage! Wir wollen jetzt selbstständig und unabhängig sein!"

„Also doch nicht so weit her mit dem Kommunismus?", stichelte er. „Und war das nicht Verrat an der eigenen Gruppe von dir? Die Entführung zu deinen Gunsten zu planen und den Verdacht auf die eigenen Leute zu lenken?"

„Was der Sozialismus nie verstanden hat, ist, dass man erst durch finanzielle Freiheit wirklich frei ist. Wenn man sein Leben und seine Gedanken wirklich unabhängig von allen Sachzwängen ausrichten kann, wenn man einfach mal zwölf Monate aus dem Job kann, das ist Freiheit", entgegnete Dharma. „Und was heißt das verraten? Wir spielen ein schmutziges Spiel, nur so kann man diesen Kampf gewinnen. Ich bin mir sicher, dass jeder von ihnen dasselbe getan hätte", versuchte sie sich rauszureden.

„Aber was hättet ihr mit dem Geld gemacht? Euch muss doch klar gewesen sein, dass ihr nicht einfach verschwinden könnt und niemand Fragen stellt?"

„Justus wäre nach der Geldübergabe ja wieder aufgetaucht. Dann hätten wir einige Zeit, vielleicht ein paar Monate, vielleicht ein paar Jahre gewartet und hätten uns abgesetzt, völlig frei von allen Zwängen. Wir hätten endlich die Ideen umsetzen können, die uns am Herzen liegen und er wollte auf keinen Fall weiter den zweifelhaften Betrieb seiner Eltern unterstützen."

„Und warum, konnten wir Justus' Handy in den letzten Wochen nicht bei dir orten? Ihr müsst doch viel Zeit miteinander verbracht haben?", fragte Blocksberg.

„Wir haben uns beide Zweit-Handys zugelegt, über die haben wir kommuniziert. Sein Handy hat er einfach immer zu Hause gelassen. Was das anging, waren wir sehr vorsichtig. Deswegen hatte er sein Handy auch in seinem Büro liegen lassen. Mit dem Kamerasystem war es ähnlich. Er wusste ja wo welche sind und konnte sie nach Belieben manipulieren", erklärte Dharma.

Der Kommissar hob fragend die Augenbrauen und kam auf das andere Thema zurück: „Pflanzliche Wurst? Hatte er das nicht schon in seiner Firma eingeführt? Hätte er mit den Mitteln dort nicht die größeren Möglichkeiten?", fragte er.

„Ja und nein. Niemand hat ihn unterstützt, niemand hat das Potential erkannt, von dem Geld hätten wir uns die Anlagen kaufen können, die wir gebraucht hätten. Wir wären völlig frei und unabhängig gewesen, niemand hätte uns reingeredet. Wir wollten nicht nur ein paar Bioläden auf dem Land beliefern, nein, wir wollten das große Rad drehen, wir wollten die Welt verändern, die Ernährungsgewohnheiten verändern, indem wir vernünftige Alternativen anbieten. Jetzt ist die Chance dazu da, mit einer Jugend die sich erhebt, mit der Krise, mit dem Signal, dass es so nicht weitergehen kann. Jetzt oder nie!"

„Mit veganer Wurst?", fragte Johanna nochmal mitleidig nach, in Anbetracht der vorgetragenen Naivität.

„Ja, warum nicht, wenn es hilft den Planeten ein Stück besser zu machen!", antwortete Dharma ihrer alten Kontrahentin.

„Also gut, so viel dazu", hielt der Kommissar fest, „aber wie sollte das Ganze denn ablaufen, und warum ist Justus nicht bei dir?"

„Wir hatten das Lager eingerichtet, wo er ein paar Tage bis zur Lösegeldübergabe versteckt bleiben sollte."

„Das heißt der Anruf kam von euch?", fragte Johanna zwischen.

„Der erste kam von mir, da war die Sache aber schon schief gelaufen. Die eigentliche Forderung kam nicht von uns."

„Von wem kam sie dann?"

„Keine Ahnung, wenn ich das wüsste!", sagte sie frustriert.

„Was genau ist schief gelaufen?", hakte Blocksberg ein.

„Justus ist zwar untergetaucht, aber er kam nicht wieder. Er war an dem Abend in der Firma seiner Eltern und hatte dort das Kamerasystem manipuliert, um unbemerkt von einem der LKW abgeholt zu werden. Der sollte ihn dann unterwegs absetzen, dann sollte er in das Versteck kommen. Am Anfang dachte ich er taucht bald auf und habe unseren Plan so durchgezogen, wie wir es vereinbart hatten, deswegen habe ich den ersten Anruf noch abgesetzt, danach habe ich die ganze Aktion abgebrochen."

„Und Justus kam nicht?", fragte Johanna.

„Nein, er kam nicht. Er ist tatsächlich spurlos verschwunden. Sein Handy und seine SmartWatch hatte er natürlich im Büro gelassen, damit man ihn nicht über Mobilfunk orten konnte. Genauso haben wir es gemacht, als wir das Lager eingerichtet haben, oder sonst etwas, das mit dem Plan zu tun hatte.

„Was war eigentlich in den Rucksäcken, die du da gestern entwendet hast?", fragte Blocksberg.

„Entwendet? Es sind meine Rucksäcke und meine Sachen. Nachdem inzwischen zwei Wochen vergangen sind, hatte ich die Hoffnung aufgegeben, dass er vielleicht doch noch in das Versteck kommen würde, ich habe jeden Tag darauf gewartet. Deswegen hatte ich beschlossen, das Versteck langsam wieder aufzulösen um die Spuren zu verwischen."

„Warst du deswegen auch an dem einen Tag bei Brüllers?", fragte Johanna wieder.

„Ja, ich wollte wissen, ob Justus vielleicht bei Ihnen war, oder sie sonst was wussten. Konnte ja sein, dass es Probleme gab und er, um mich zu schützen, nicht in das Versteck gekommen, sondern bei seinen Eltern untergetaucht ist. Als ich dort dann von dem Anruf der Erpresser erfahren habe, hatte ich Gewissheit, etwas war schief gelaufen und Justus ist in Gefahr."

„Und zur Polizei zu gehen kam dir nicht in den Sinn? Hast du dir keine Sorgen gemacht?"

„Natürlich habe ich mir Sorgen gemacht, ich habe überall, wirklich überall nach ihm gesucht! Das Verhältnis zwischen mir und der Polizei ist nicht das Beste. Außerdem hatten wir uns geschworen in jedem Fall einige Tage abzuwarten, es konnte schließlich immer etwas Unvorhergesehenes passieren. Ich wollte nur noch das Versteck beseitigen, um aus der Schusslinie zu kommen, dann hätte ich mich gemeldet. Außerdem bin ich ja hier, ihr habt ja gesehen, dass ich auch hätte fliehen können."

„Also verstehen wir dich richtig, dass du uns erzählen willst, dass hinter der ganzen Sache ein ominöser Trittbrettfahrer steckt? Ein unbekannter Mr. X?"

„Es muss so sein, dass ist die einzige Erklärung!", betonte Dharma.

„Da muss ich dich enttäuschen, mir fallen da noch andere Möglichkeiten ein, Geschichten die weitaus plausibler sind. Zum Beispiel die von einer Umweltschützerin, die ihren Erzfeind um den Finger wickelt, um ihn dann in einer hinterhältigen Intrige ans Messer zu liefern."

„Was soll das heißen?"

„Soll heißen, dass du ihn dir emotional gefügig gemacht und ihn dann schamlos ausgenutzt hast. Er war dir mit Haut und Haaren verfallen und du hast es ausgenutzt. Du hast ihm einen Bären aufgebunden und als er darauf reingefallen ist, hast du eiskalt zugeschlagen. Du hast ihn seine eigene Entführung vortäuschen lassen und ihn dann tatsächlich beseitigt. Lebend oder tot hast du ihn in eurem Lager versteckt und ihn dann entsorgt. Sag, lebt er noch?!"

Man sah wie Dharma die Fassung und die Nerven verlor.

„Niemals!", schrie sie und fing an zu schluchzen.

„Ich glaube, dass es genauso war, das es genauso abgelaufen ist", bohrte Blocksberg nach.

„Auf gar keinen Fall!", ächzte sie zurück.

„Und warum nicht?", brüllte Blocksberg sie an.

„Weil wir uns lieben!", kullerten ihr die verliebten Tränen einer Teenagerin aus den großen edlen Augen.

Nachdem alle eine Weile geschwiegen hatten, ergriff der Kommissar wieder das Wort.

„Dir ist klar, dass Liebe selten ein Alibi und nie ein Gegenargument ist, oft sogar der Anfang allen Unglücks. Wenn wir dir glauben sollen, dann brauchen wir mehr!"

„Was denn?", schluchzte die einstige Amazone.

„Da wäre noch die Frage mit dem Finger. Wo kommt der Finger her? Offensichtlich ja nicht von dir, beziehungsweise Justus, wenn ich richtig verstanden habe?"

„Das ist eine ganz eigene Geschichte. Der Finger hat mit dem ganzen Fall gar nichts zu tun!", sagte Dharma wieder etwas gefasster.

„Wie jetzt?", fragten die Ermittler verdutzt, „Du weißt über den Finger Bescheid?"

„Sicher tu ich das, er gehört einem Freund von mir. Als wir die Bühne für unsere kleine Party aufgebaut haben, hat er sich mit einer Handkreissäge den Finger abgeschnitten. Jede Rettung kam zu spät."

„Und dann?", fragte der Kommissar neugierig.

„Dann hat er beschlossen, den Finger einer guten Sache zu widmen. Deswegen sind die Jungs auch in die Firma der Brüllers eingebrochen und haben ihn dort deponiert und in die Ware geschmuggelt. Mein Freund sah das als kleines Kunstprojekt, Performance Kunst wenn man so will, und hat dem Finger damit einen höheren Sinn verliehen."

„Und nebenbei, haben sie noch ein paar Graffitis hinterlassen", rundete Blocksberg die verblüfft Geschichte ab.

„Genau, außerdem hätte ich doch längst verschwinden können, wenn ich Justus entführt hätte, bin ich aber nicht, also werde ich es wohl kaum gewesen sein", rechtfertigte sich Dharma nochmals und legte nach: „Vielleicht waren es am Ende doch die Brüllers."

„Du meinst sie haben ihren eigenen Sohn entführt? Warum sollten sie das tun?"

„Na um ihn loszuwerden, ist doch vollkommen klar."

„Aber den eigenen Sohn entführen um ihn dann was? Umzubringen? Das ist dann vielleicht doch etwas weit hergeholt. Außerdem wozu das Ganze? Sie hätten ihn ja auch einfach rausschmeißen können. Von den persönlichen Schwierigkeiten abgesehen, war seine Leistung ja ausgezeichnet."

„Es gibt noch eine Möglichkeit", übernahm Johanna bedeutungsschwer.

„Und die wäre?", fragte Dharma.

„Vielleicht hast du nicht Justus hinters Licht geführt, aber vielleicht war es ja andersrum?"

„Verstehe ich nicht, bin ich etwa verschwunden?"

„Nein, was wenn er dich hintergangen hat, mit dir ein falsches Spiel gespielt hat? Was wenn er das Ganze inszeniert hat, um eure Organisation zu diskreditieren, um euch endlich loszuwerden, damit er endlich die Firma seiner Eltern und Großeltern in ihrem Sinne weiterführen konnte. Vielleicht stecken tatsächlich die Brüllers dahinter, aber zusammen mit Justus? Ist dir das nie in den Sinn gekommen, so naiv kann man doch gar nicht sein", setzte die Psychologin eiskalt ihr Psycho-Skalpell an.

Für Dharma brach in diesem Moment eine Welt zusammen. Natürlich war ihr dieser Gedanke flüchtig gekommen, aber wer lässt so etwas zu? Sie liebten sich doch!

„Kam es dir nicht merkwürdig vor, dass ein junger Erbe einer Fleischfabrik sich plötzlich für eine Umweltaktivisten interessiert, sein Leben für sie ändert? Was, wenn du für ihn nur ein Spielball seiner perfiden Lust warst, ein Mittel zum Zweck?"

An dieser Stelle mussten sie eine lange Pause einlegen. Johanna hatte Dharma endgültig gebrochen.

KAPITEL 23

- Sledgehammer -

Eine Axt bleibt eine Axt

„Kein Traum!", dröhnte die Stimme in der Stille.

„Ist da jemand?", rief er kleinlaut in die Dunkelheit, die ihn umgab. Nichts. Er hatte jegliches Zeitgefühl verloren, er konnte einige Stunden oder schon mehrere Tage hier sein. Zu seinem Bedauern, vielleicht aber auch zu seinem Glück, nickte er immer wieder weg. Sehr wahrscheinlich hatte man ihm etwas ins Essen getan, was ihn ausknockte. Egal was für eine Droge es war, eine Nebenwirkung war offenbar, dass man das Zeitgefühl verlor und einzelne Passagen seiner Erinnerung ausgelöscht wurden. Er hatte in seinen wenigen wachen und geistig klaren Phasen versucht die letzten Tage zu rekonstruieren, was ihm nur schwerlich gelang, kam er doch immer wieder an Punkte, wo er ganz offensichtlich einen Filmriss hatte. Seine Erinnerungen waren wie durch ein Kaleidoskop in Reminiszenzen fragmentiert. Er erinnerte sich noch an die Gespräche mit den Umweltschützern, an die Gespräche mit Dharma, und endlose Firmenbesprechungen, wo er ein ums andere Mal seine Position und seine Meinung durchsetzen musste. Es war ein Streit, eine der heftigsten Auseinandersetzungen überhaupt mit seinen Eltern gefolgt. Sie hatten kein Verständnis für seine Ansichten, seine Herangehensweise, und sein neuer Weg war ihnen zutiefst zuwider.

Diese Auseinandersetzung hatte das Fass zum Überlaufen gebracht, war der letzte Funke Anstoß, den es gebraucht hatte, um ihn seinen Entschluss in die Tat umsetzen zu lassen. Er hatte mit Dharma oft darüber gesprochen, sie hatten tagelang Pläne geschmiedet und alles von langer Hand vorbereitet. Es war viel weniger die Frage des Ob, sondern viel mehr die Frage des Wann gewesen – Wann sie ihren Plan, nein ihre Berufung, in die Tat umsetzen. Sie waren sich sicher, alle nötigen Vorbereitungen und Vorkehrungen getroffen zu haben, hatten jedes Detail durchdacht, und waren sich sicher, dass ihr Weg der einzig richtige sei.

Sie wollten etwas bewegen, sie wollten die Welt verändern. Aber offensichtlich hatten sie die Rechnung ohne den Wirt gemacht. Zunächst war alles nach Plan gelaufen, erinnerte er sich. Er hatte das Kamerasystem der Firma ausgetrickst und sein Verschwinden bravourös durchgezogen. Es musste für die anderen nach einem spurlosen Verschwinden aussehen. Aber wie es aussah, wurde ihm genau das jetzt zum Verhängnis. Nachdem er abgesetzt worden war, sollte er sich mit Dharma am verabredeten Ort treffen und gemeinsam in ihr Versteck flüchten. Dort wollten sie einige Tage verbringen, bis Gras über die Sache gewachsen war, dann hätten sie sich das Geld geholt und er wäre nach ein paar Tagen wieder wie der Phönix aus der Asche aufgetaucht, keinem wäre etwas passiert.

Er erinnerte sich an das Gefühl, die wenigen glücklichen Tage, die er mit Dharma verbracht hatte, mit Sicherheit die schönsten Momente seines Lebens. Die gemeinsame Mission, das Wir-Gefühl, schweißte sie zusammen und erzeugte ein Gefühl, des ineinander Aufgehens, des absoluten Gleichklangs sämtlicher seelischer und körperlicher Vorgänge. Sie fühlten sich wie Outlaws, verwegen und überlegen, und diese Überheblichkeit hatte sie nachlässig werden lassen, sie ihren gesunden Menschenverstand verlieren lassen. Sie waren zu unvorsichtig gewesen, oder geworden, auf jeden Fall, hatten sie die drohende Gefahr nicht im Ansatz erkannt.

Sie waren die ganze Zeit beobachtet worden, aber nicht von seinen Eltern, wie sie befürchtet hatten. Es konnte nur eine Erklärung geben, es konnte nur eine Person gewesen sein, die ihre Pläne vereitelt und zunichte gemacht hatte. Dieses kleine fiese Wiesel Burkhardt, dem nichts entging und der seine Nase in alles steckte was ihn nichts anging. Nicht genug, dass er ständig seine Ideen in der Firma torpediert hatte, nein, er musste ihm auch privat wie ein Schatten gefolgt sein. Musste mit seinem übernatürlichen Sinn für krumme Dinger gespürt haben, dass da was im Busch war. Jetzt im Nachhinein war er zu unvorsichtig gewesen, er hatte es diesem kleinen Pinguin nicht zugetraut, zu sehr war er darauf fixiert gewesen seine Eltern hinters Licht zu führen. Er hatte ihn bestimmt abgehört, oder verwanzt, jetzt nachdem alles schief gegangen war, traute er ihm alles zu, aber jetzt war es zu spät.

Dieser kleine Ganove, der sich ungefragt in alles einmischt was mit der Firma zu tun hat und seiner Mutter absolut hörig war. Er musste den Plan durchschaut haben und mit seiner vollen Kontrolle über alle Abläufe und

Beziehungen in der Firma, dafür gesorgt haben, dass der Fahrer des LKW getauscht wurde. Die Kiste in die er gesprungen war, war wahrscheinlich für ihn vorbereitet gewesen, dämmerte es ihm langsam. Er hatte seinem Gegner voll in die Karten gespielt, war ins offene Messer gelaufen, einfacher hätte er es ihm gar nicht machen können. Er hatte ihn, wie das Wild in einer Treibjagd, in seine Falle getrieben, genau genommen seine eigene Falle, wenn er recht darüber nachdachte. Dümmer hätte er es gar nicht anstellen können.

Wäre er nicht selbst in die Kiste gesprungen, was dann? Dann hätte er ihn wahrscheinlich mit einem seiner Schergen niedergeschlagen und eingepackt. Burkhardt war der einzige außer ihm, der das Sicherheitssystem überwachen und manipulieren konnte. Hatte er in diesem kleinen Ekel seinen Meister gefunden?

Ihm war klar, dass er ihn schon immer als Nebenbuhler betrachtete, er ihm ein Dorn im Auge war, und er ihn loshaben wollte. Als er zehn Jahre alt war, war der etwa zehn Jahre ältere Burkhardt noch wie ein großer Bruder für ihn gewesen, sie hatten sich gut verstanden und er hatte ihm alles über seine Passion, das Schlachten, beigebracht, während seine Eltern damit beschäftigt waren die Firma statt ihn aufzuziehen. Zumindest hatten sie irgendwann bemerkt, dass der grobschlächtige Burkhardt nicht der richtige Umgang für einen ungefestigten Jugendlichen war. Ihre Entscheidung ihn dafür ins Internat zu stecken war aber auch nicht besser. Wie viele Stunden hatte er dort in einsamer Isolation verbracht? Burkhardt hatte ihn anfangs noch besucht, dann wurde ihm auch das von seinen Eltern untersagt, oder besser gesagt, unmöglich gemacht. Er stieg in der Firma auf, niemand hatte je so für das Schlachten gelebt, er identifizierte sich zu einhundert Prozent mit der Firma, mit der Familie und legte eine beeindruckende Persönlichkeitsentwicklung hin. Vom plumpen Fleischergesellen zum allseits geschätzten Werksleiter, der sich nicht nur in alle, ihm eigentlich fremden, wirtschaftlichen Themen eingefuchst hatte, sondern auch das neue Computer- und Sicherheitssystem so schnell begriff, wie kein anderer. Was für einen akademischen Werdegang dieser Bursche hätte hinlegen können, wenn seine Startvoraussetzungen, seine familiäre Herkunft, sein soziales

Umfeld nicht so bescheiden gewesen wären. Andererseits hatte er vermutlich genau dort seine hohe soziale Kompetenz erworben. Er hatte Strategien entwickelt, die ihn, als nicht den Stärksten, in diesen widrigen Umständen hatten überleben lassen. Er verstand es, sich mit jedem gut zu stellen, sein Licht unter den Scheffel zu stellen und seine Gegner an ihm vorbeitreiben zu lassen. Mit dieser Stärke, des sich klein Machens, des im Hintergrund Agierens setzte er seine Interessen opportunistisch durch. Das emotionale Ungleichgewicht, die Frustration und Aggression, die sich dabei in ihm anstauten, ließ er an den Tieren aus. Nie sagen zu dürfen was man denkt, muss einen zwangsläufig zu dem machen, was Burkhardt war, ein Wolf im Schafspelz.

Er dagegen hatte im Internat eine ganz andere charakterliche Entwicklung genommen. Auf sich selbst gestellt, hatte er seine Zuflucht in Kunst und Philosophie gesucht und fand auf dem Eilte-Internat schnell gleichgesinnte. Während der ältere Burkhardt tötete, sinnierten sie über den Sinn des Lebens. Gegensätzlicher konnten sich zwei Menschen nicht weiterentwickeln, und so wurden die Brüder im Geiste schnell zur gegenseitigen Nemesis. Hatten sie sich bei seinem Start in der Firma noch auf die gemeinsame Arbeit gefreut, wurde beiden schnell klar, dass das kein gutes Ende nehmen würde. Der Werksleiter, der die ganze Mannschaft hinter sich hatte, gegen den Emporkömmling, dem alles in die Wiege gelegt wurde. Der abgehobene Freigeist gegen den hemdsärmeligen Pragmatiker, zu unterschiedlich waren ihre Welten geworden. Als Justus nach kurzer Zeit von seinen Eltern dann als Nachfolger seine Vaters zum Geschäftsführer ernannt wurde, einer Position, die eigentlich Burkhardt zugestanden hätte, war es endgültig vorbei. Seine Eltern hatten die Veränderung nicht bemerkt, er, Justus, allerdings schon. So erfüllte Justus vordergründig die Rolle des Chefs und hatte trotz aller Differenzen die Rückendeckung seiner Eltern, während Burkhardt im Hintergrund die Dinge nach seinem Gutdünken entschied und lenkte. Tatsächlich war die Kombination der beiden dabei gar nicht schlecht gewesen, er, der Visionär, der neue Ideen in das Unternehmen einbrachte, im Hintergrund der arbeitsame Burkhardt, der vor keiner Schandtat zurückschreckte, die Drecksarbeit machte und die Dinge umsetzte – auf die eine, oder andere Art. Gemeinsam hatten sie das Unternehmen zu einem unerwarteten Höhenflug geführt und das bei einem eigentlich rückläufigen Markt. Aber es kam wie es kommen musste, jetzt saß er hier.

„Was wohl aus Dharma geworden ist?“, fragte er sich. Er hoffte innständig, dass es ihr gut ginge. Er würde es niemals ertragen können, wenn sie wegen ihm in etwas hineingezogen worden wäre, wenn ihr, wegen seines Übermutes und Aktionismus, Unheil angetan werden würde.

Hatte Burkhardt auch sie erwischt, oder hatte er sich auf ihn konzentriert? Inzwischen würde er ihm alles zutrauen. Zumindest hatte er ihren Namen in den Wortfetzen, die er bisher von seinen Entführern gehört hatte, nicht vernommen. Was waren das für Gestalten die Burkhardt da auf ihn angesetzt hatte? Es war ein offenes Geheimnis, dass er beste Kontakte in das Milieu, zu Schieberbanden pflegte. Er musste die übelsten Burschen auf ihn angesetzt haben.

Oder hatte er sich doch getäuscht, und Burkhardt steckte gar nicht hinter der Sache, seine Eltern hatten Feinde genug, hatte es davon jemand auf sie abgesehen? Oder noch schlimmer, hatten Dharmas Kollaborateure sie hintergangen? Es war eine Möglichkeit, die er sich nie eingestehen wollte. Sie stand innerhalb ihrer Truppe genauso in der Kritik wegen ihres Kontaktes zu ihm, wie er innerhalb seiner Familie wegen seiner Beziehung zu ihr. Wurde sie von ihren eigenen Leuten hintergangen? Klar, sie war die Meinungsmacherin und Anführerin, aber ohne Widerspruch war sie nicht. Ihre letzten Aktionen wurden sehr skeptisch gesehen, das wusste er. Es gab Tendenzen die Dharmas Zusammenarbeit mit ihm, dem Klassenfeind, unterbinden wollten.

Wie dem auch sei, seine Lage war aussichtlos. Seine Arme und Beine waren fest gefesselt, die Augen hatten sie ihm verbunden. Die einzigen Sinne auf die er sich im Moment stützen konnte, waren sein Gehör und sein Geruchssinn, wobei er seiner Nase im Moment lieber nicht traute, war sie doch voll Blut und wahrscheinlich gebrochen. Trotzdem nahm er einen leicht feucht modrigen Geruch war. Wenn sich die Tür öffnete umwehte ihn tagsüber eine leichte Sommerbrise, die den Duft von Pollen und reiner Natur in sich trug. Dem Geruch der Natur mischte sich ein Geruch von Beton bei, ab und zu flogen Bienen oder andere Insekten zu ihnen in das Verlies.

Seine Fußspitzen berührten den Boden. Immer wieder scharrte er mit ihnen neben den Stuhlbeinen, an die er gefesselt war, um den Boden zu erkunden. Es war ein harter, rauer Boden, vermutlich Beton. Wenn er mit den Schuhsohlen darüberglitt, spürte er kleine Steinchen und Sand auf dem unebenen Boden.

Menschen hörte er nie, dafür, je nachdem wie der Wind drehte das monotone Brummen der Autobahn. Es schien als wäre er in irgendeiner Bauruine oder einem Neubau untergebracht, vielleicht in einer Autobahnbrücke?

Aber vielleicht stammte das Brummen auch einfach nur aus seinem dröhnenden Kopf, den ihm die Verbrecher eingeschlagen hatten. Die Droge unter der sie in gesetzt hatten, tat ihr übriges. Dagegen wirkten alle Töne viel klarer, schriller und spitzer als sonst. War er noch in der Goldstadt oder in ihrer Nähe? Erhörte zumindest kein Wasser und keinen Verkehr, was für die Stadt markant war. Kirchengeläut hörte er auch nicht.

Vielleicht war er in einem der Täler? Dort gab es viele alte, leerstehende und wenig überwachte Scheunen und Gebäude. Für ein Fabrikgebäude sprach auch, dass die Schritte seine Entführer leicht hallten, was den Eindruck von hohen Räumen oder leerstehenden Lagerhallen vermittelte.

In der ersten Zeit hatte er noch versucht um Hilfe gerufen, mit dem Knebel in seinem Mund aber nichts als ein leises gedrungenes Stöhnen aus der Kehle gebracht. Außerdem waren seine ersten Versuche direkt mit einem Faustschlag auf seine Wange beantwortet worden. Überhaupt schien es, als sei immer einer der Entführer als Bewacher bei ihm im Raum. Zumindest fühlte er sich permanent beobachtet, ein Gefühl, das in der aktuellen Situation aber auch täuschen konnte. Fest stand zumindest, dass die Entführer ihn nicht entführt hatten, um ihm Informationen zu entlocken. Bisher hatten sie sich den Umständen entsprechend vernünftig verhalten, keine überbrutale Gewalt angewandt und ihn auch sonst leidlich bis leiblich versorgt. Vielleicht war das der Grund, warum er in seiner schwierigen Lage immer noch einen Hauch von Hoffnung hatte. Alles in allem hatte er seine Nerven ganz gut im Griff, worauf er beinahe ein bisschen stolz war, hatte er in seinem behüteten Leben doch bisher keine annährend extreme Situation erlebt. Vielleicht lag es auch daran, dass ihm die Gefühle für Dharma Kraft gaben, und er auf seiner Reise mit ihr bisher häufig über sich selbst hinausgewachsen war, hinauswachsen musste.

Das wärmende Licht der Sonne oder einen Lichtschein hatte er bisher gar nicht wahrnehmen können, außerdem wurde der Raum tagsüber nicht besonders heiß, was für dicke Mauern sprach.

Das flaue Hungergefühl in seiner Magengegend war trotzdem ein sicheres Indiz dafür, dass es spät abends sein musste und seine letzte Mahlzeit weit zurücklag. Außerdem hatte er das Gefühl, dass die Substanz die ihm verabreicht wurde, sein Hungergefühl noch verstärkte, vielleicht lag es aber auch einfach nur an der extremen mentalen Belastung.

Insgesamt, von seinen Kopfschmerzen abgesehen, machte er körperlich einen ganz brauchbaren Eindruck. Er schlief im Sitzen und versuchte ansonsten seine Extremitäten von der einen auf die andere Seite zu entlasten, soweit das seine Fesseln zuließen. Seinen Kopf versuchte er dabei möglichst an die Wand hinter ihm zu lehnen. Komfortabel war seine Lage mit Sicherheit nicht, andererseits ging es ihm den Umständen entsprechend gut.

Die einzige Situation, bei denen er aus seiner fixierten Lage herauskam, waren die beiden Toilettengänge einmal morgens und einmal abends. Es war eine Wohltat die Gliedmaßen wenigstens diese wenigen Minuten strecken und den Kreislauf in Schwung bringen zu können. Deshalb freute er sich fast, als er die schweren Schritte hörte, die sich ihm zielstrebig näherten. Die neuen Wärter begrüßten den Kollegen, der offenbar die Tagwache übernommen hatte und froh war, abgelöst zu werden.

„Und, irgendwelche besonderen Vorkommnisse?“, fragten die Neuankömmlinge.

„Nein, nicht das geringste Problem, unser Kollege da vorne hat geschlafen wie ein Stein“, und deutete auf Justus. Daraufhin hörte er das inzwischen vertraute Rasseln des Schlüsselbundes, das gewohnte Klicken des Schlosses und das Lösen der Ketten. Jetzt würde er seine tägliche Dosis Bewegung bekommen, und auch wenn es sich komisch anhörte, freute er sich auf das Essen. Kurz überlegte er, ob er schon dem Stockholm Syndrom verfallen war, dass ihn Dankbarkeit statt Abscheu gegenüber seinen Peinigern empfinden ließ.

„Und wie machen wir es, wie sollen wir vorgehen?“, fragte der eine den anderen.

„Ich würde sagen, du führst ihn erstmal zum Klo, wir sind ja keine Unmenschen. Danach schauen wir weiter“, antwortete der andere. Die inzwischen eingespielten Routinen nahmen seinen Lauf und als er vom Toilettengang zurückkam, roch er bereits den salzigen Pökelgeruch des Abendessens.

„Der Boss verspätet sich“, sagte die neue Stimme und ergänzte, „Ich hab einen Bärenhunger, ich würde sagen wir essen erstmal! Was gibt es heute?“, fragte er weiter, woraufhin man ein Rascheln hörte, wie wenn jemand eine Plastikverpackung umdrehte.

„Brüller Fleisch zum Knüller Preis“, las der andere den Slogan von der Packung ab.

„Perfekt, meine Lieblingsmarke!“, freute sich der Gangster.

Justus lief ebenfalls das Wasser im Mund zusammen, als seine Füße schon wieder in Fesseln gelegt wurden.

„Hier, nimm erstmal einen Bissen“, sagte der Neuankömmling zu ihm und schob ihm einen Teller mit Essen hin. Freundlich übernahm er den Teller und fing mit seinen, zur Abwechslung freien Händen, eifrig an zu essen. Zwischendurch rieb er sich immer wieder die Handgelenke, um sie von den Einschnitten der Kabelbinder zu entspannen.

Er war hin- und hergerissen, zwischen das Essen begierig hinunterschlingen, oder sich Zeit lassen. Jede Sekunde in der befreiten Körperhaltung war kostbar. Sie hatten ihm sogar Besteck gegeben, waren sie doch mit Sicherheit stärker bewaffnet.

Offensichtlich hatte er sich dieses Mal etwas zu viel Zeit mit dem Essen gelassen, denn plötzlich kam Bewegung in die Sache und die Gangster nervös. Schnell zogen sie ihm den Teller weg, was er mit einem Murren quittierte. Normalerweise hatten sie es nicht so eilig gehabt und ihn in Ruhe essen lassen.

Dann flog die schwere Tür auf, und seine Bewacher begrüßten den neuen Mann mit: „Hallo Boss!“

„Wen haben wir denn da?“, sagte der Verbrecher, „sieh mal an.“

„Sollen wir zum nächsten Programmpunkt übergehen?“, fragten ihn die Handlanger.

„Ja, wir bringen es hinter uns, auch wenn es mir für unseren kleinen Freund hier Leid tut.“ Justus ergriff die Panik, hatte er richtig verstanden? Wollten ihn die Verbrecher jetzt endgültig umbringen? Hatten sie das Geld bekommen und brauchten ihn nicht mehr? War das eben seine Henkersmahlzeit gewesen, ausgerechnet das?

„Ich habe Geld“, versuchte er seine Chance zu nutzen, endlich sprechen zu können.

„Das wissen wir, aber es kommt nicht bei uns an und das ist dein Problem“, wurde ihm geantwortet. Was hatte das zu bedeutend? Doch nicht etwa was er befürchtet hatte? Seine Eltern gingen bestimmt davon aus, dass die Umweltaktivisten dahintersteckten und zahlten nicht. Er wusste: sein Vater würde sich niemals die Blöße geben, seinen Erzfeinden das Geld in den Rachen zu werfen, vor allem nicht, nachdem er sich die letzten Monate gegen ihn gewandt hatte.

„Meine Eltern haben nicht bezahlt? Die braucht ihr nicht, ich habe Geld!“, bluffte er.

„Deine Eltern haben gezahlt Jungchen, leider gab es ein paar Komplikationen, aber das haben wir geregelt. Deswegen bin ich hier, ich nehme die Sache jetzt selbst in die Hand, damit sowas nicht nochmal passiert. Leider brauchen wir jetzt deine Unterstützung, um der Sache etwas mehr Nachdruck zu verleihen.“

Seine Eltern hatten gezahlt! Sie hatten tatsächlich bezahlt! Sie liebten ihn also doch, nach all den Jahren, nach all den Zerwürfnissen, liebten sie ihn, freute er sich rührselig, den Tränen nahe.

Dann wurde er grob gepackt und wieder geknebelt. Die Verbrecher begannen hinter seinem Rücken aktiv zu werden. Er hörte ein kurzes, scharfes Schlaggeräusch und das Klingen von Metall.

„Macht doch einen guten Eindruck“, sagte einer der Gangster, was der andere zustimmend erwiderte. Dann hörte er die Peiniger um ihn herumgehen und fühlte am Luftzug und den Geräuschen, dass sie vor ihm auf die Knie gingen. Sie mussten jetzt Auge in Auge mit ihm sein. Er vernahm den frischen Duft des Aftershaves des Gangsterbosses und daneben den herben Geruch seines Wächters.

„Was habt ihr vor, was macht ihr?“, stammelte er panisch in seinen Knebel.

„Nana, nur keine Sorge, wir brauchen nur kurz deine linke Hand. Wir müssen uns da nur kurz was anschauen“, antwortete der Gangsterboss beruhigend. Ein ungutes Gefühl überkam ihn, ihm wurde mulmig und er spürte wie er kurz davor war, sein Abendessen wieder zu auszukotzen. Ihm war klar, die Verbrecher führten etwas Übles, etwas grausames im Schilde. Er wollte gerade nochmal etwas sagen, als ihn die Entführer seinen Arm packten und auf einem Brett fixierten.

„Keine Sorge, ist gleich vorbei, zähl bis sechs“, sagte einer davon. Angesichts des unheilvollen Moments, verkrampfte er seinen Arm und versuchte seine Finger zu einer Faust zu ballen. Er zerrte an seinen Fesseln, versuchte sie zu dehnen, zu zerreißen und wehrte sich nach Leibeskräften. Aber es war hoffnungslos. Die Entführer warteten einen Moment bis seine Kräfte nachließen und spreizten dann seine Finger von der Hand ab.

„Ein Finger, Boss?“, fragte einer der Gangster.

„Nein, wir machen ernst“, sagte der Anführer.

Seine Phantasie tat ihr übriges, eine Axt blieb eine Axt, egal wann sie zuschlug.

KAPITEL 24

- Stairs to success -

Treppenwitz

Nachdem Blocksberg und Johanna die Geschichte von Dharma geprüft hatten, mussten sie einräumen, dass es zumindest im Bereich des Möglichen lag, dass sie die Wahrheit sagte. Mit Dharmas Hilfe hatten sie den Freund gefunden, der tatsächlich nur noch neuneinhalb Finger hatte und nicht ohne Stolz vom Unfall und dem Einbruch erzählte, und wie sie den Finger in die Packung Koteletts eingeschweißt hatten. Ein DNA-Test hatte dann endgültige Sicherheit gebracht. Damit hatte Dharma zumindest etwas Glaubwürdigkeit zurückgewonnen.

Unterstützt wurde ihre Version noch von ihren Freunden aus dem Atelier, deren Aussagen als Freunde natürlich mit Vorsicht zu genießen waren, andererseits, hatten sie alle getrennt gefragt und in etwa die gleichen Antworten bekommen. Der junge Brüller war tatsächlich oft im alten Schlachthof und hatte Dharma besucht.

Johanna glaubte die Geschichte Dharmas. Dabei hatte sie zur Überraschung des Kommissars keine logisch stichhaltige Argumentation wie sonst parat, sondern meinte nur: „es ist Liebe“, eine Frau spürt sowas.

Sie hatten außerdem das Versteck von Dharma und Justus auf dessen Blut untersucht und nichts gefunden, was ihre Geschichte wieder ein klein bisschen glaubhafter machte. Dass Justus sich selbst entführt hatte, war einerseits etwas weit hergeholt, andererseits plausibel und passte mit allen Fakten zusammen. Damit, dass sein Handy in seinem Büro war, wie es die Täter geschafft hatten den Alarm und das Kamerasystem zu überlisten und, was vielleicht am schwerwiegendsten war, es erklärte seine extreme Lebensumstellung in den letzten Monaten. Es konnte tatsächlich sein, dass er in Dharma seine Seelenverwandte gefunden hatte und sich für sie geändert hatte.

Mit Brüllers hatten sie diese Geschichte noch nicht besprochen. Zum einen glaubten sie nicht, dass diese viel davon halten würden, zum anderen wollten sie ihnen im Moment auch noch nicht zu viele Informationen zukommen lassen, waren sie doch noch längst nicht aus dem Schneider.

Hinter der Entführung Justus' mochten sie nicht stecken, für den Mord an Burkhardt waren sie aber trotzdem noch dringend tatverdächtig und wenn etwas sicher war, dann dass diese beiden Fälle miteinander verbunden waren.

Gegen Dharma sprach natürlich, dass alle Indizien und Hinweise auf ihr lasteten. So wie die Fakten lagen, war sie die Hauptverdächtige, musste sie die Hauptverdächtige sein. Ihre Geschichte konnte stimmen, aber sie konnte genauso gut erlogen sein. Sie hätte es tun können, sie hätte Justus entführen können. Deswegen hatten sie sie auch erstmal in Untersuchungshaft gehalten, die Vorwürfe wogen einfach zu schwer.

Was sie nicht hatte tun können, war Burkhardt zu ermorden, was sie wieder etwas entlastete. Für diesen Zeitraum hatte sie ein solides Alibi durch die Beamten.

Was keine der Geschichten erklären konnte, war, was mit dem Geld passiert war, wo Justus war und warum er nicht freigelassen wurde. „Und ob er überhaupt noch lebte", vervollständigte sein Gehirn die Gedanken.

Auf jeden Fall waren sie ein großes Stück weiter, sie hatten Dharmas Informationen, sie hatten das Versteck gefunden und sie hatten das Rätsel um den Finger gelöst. Sie hatten jetzt zwei Themen, auf die sie sich konzentrieren mussten. Sie mussten Dharmas Geschichte entweder belegen oder widerlegen, und sie mussten der Sache mit Burkhardts Tod auf den Grund gehen.

Deswegen teilten sie sich so auf, dass die Damen vom Innendienst alles rund um Dharma übernahmen, während der Kommissar und Johanna das Leben des Daniel Burkhardt unter die Lupe nahmen und näher durchleuchteten.

Und sie förderten Erstaunliches zu Tage. Der kleine dicke Burkhardt war ein umtriebiges Kerlchen gewesen. Er lebte für seine Arbeit, sonst hatte er wenig bis keine Hobbys. Mit Frauen tat er sich schwer, mag an seinem Job gelegen haben, der nicht der attraktivste ist, an seinem Erscheinungsbild, oder einfach daran, dass er gefühlt den ganzen Tag in der Fabrik verbracht und weder für Frauen noch für Hobbys Zeit hatte. Er war in schwierigen Verhältnissen aufgewachsen und sein Vater hatte die Familie früh im Stich gelassen. In der Grundschule hatte er noch ausgezeichnete Noten gehabt, je älter er wurde und je weiter die Schullaufbahn fortschritt, desto schlechter wurden sie. Man sah den Bruch, den der Vater hinterließ, als er die Familie verlassen hatte, an den schulischen Leistungen des Sohnes. Letztendlich hatte er dann die Schule im Alter von fünfzehn Jahren ohne Abschluss verlassen und war endgültig abgedriftet und zum Problemfall geworden. Seine Jungendstrafakte wies einige mehr oder minder schwere Delikte auf. Das alles nahm erst ein Ende, als er bei den Brüllers angeheuert und seine Passion gefunden hatte.

Er war immer ein auffälliges Kind gewesen, ein Außenseiter mit exotischen Interessen, unter anderem schien er ein Spleen für Treppen zu haben, zumindest hatte er Bilder aller Pforzheimer Treppen in seiner Wohnung, das Prachtstück darunter war wohl die große Beton-Wendeltreppe bei der Hochschule für Gestaltung, deren Bild nahm einen Ehrenplatz in seiner Wohnung ein.

Davon abgesehen war die kleine, bescheidene Wohnung spartanisch eingerichtet, eine echte Junggesellenbude, obwohl sie dafür penibel sauber war. Den Sauberkeitsfimmel hatte er Johanna zufolge von der Arbeit mitgebracht, dort wurde ihm über Jahrzehnte Keimfreiheit eingetrichtert bis er es offensichtlich zu einer Tugend erhoben hatte. Kein Wunder hatte er immer so viel Wert auf die Handdesinfektion gelegt, dachte sich Blocksberg rückblickend. Überhaupt war er immer wieder erstaunt, was man alles über eine Person erfuhr, wenn man in ihr Leben eintauchte, Dinge die dieser Person vermutlich selbst nicht bewusst waren. Aber von außen betrachtet ließen sich viele kleine Eigenheiten, viele Verhaltensmuster auf ganz bestimmte Ursachen zurückführen. Vermutlich konnte man über ihn, über jeden Menschen, Bücher damit füllen. Johanna war eine Expertin, wenn es darum ging diese Eigenheiten zu entlarven. Gut, bei manchen Sachen fehlte ihr, genau wie ihm, vielleicht noch die Lebenserfahrung, aber sie hatte ein natürliches Gespür dafür.

Je schwächer, desto rachsüchtiger lautete ihre Faustformel. Was auf der Hand lag, war, dass er bestimmte Komplexe durch Essen kompensierte, durch vieles Essen. Sein Kühlschrank war randvoll mit „Brüller-Fleisch zum Knüller-Preis“ Produkten gewesen, und zwar der Produkte, für die er selbst verantwortlich war. Er hatte sich nicht wie der Senior Chef auf Delikatessen verlagert, obwohl er bestimmt auch dazu Zugang hatte, nein, er war bodenständig, er wollte sein Fleisch. Das war es auch, war er anscheinend ausschließlich zu sich nahm, zumindest fanden sie kein Gemüse und auch sonst nicht viele anderen Lebensmittel.

Bisher hatten sie das Problem gehabt, dass es viele Figuren in ihrem Fall gegeben hat und sie dem Fall immer hinterherhechelten. Da waren die Brüllers, Burkhardt, Dharma und ihre Gruppe, angebliche Schattenmänner und natürlich Joe. Sie waren immer in der Defensive, immer am Reagieren statt am Agieren, was eine geordnete Polizeiarbeit erschwert hatte. Jetzt hatte sich das Blatt gewendet, Dharma hatten sie festgesetzt, die Brüllers wurden überwacht, Burkhardt war tot. Damit war klar, dass Burkhardt in der Sache drinhing. Die Klärung seines Mordes, seiner Rolle in diesem Spiel hatte jetzt oberste Priorität, deswegen konnten sie sich endlich mal auf eine Person konkrete konzentrieren und fokussieren. Nur so war der Wust, den man an Informationen zusammentrug, überhaupt zu bewältigen. Es war ihnen unmöglich gewesen, das davor für jeden der Verdächtigen in dieser Tiefe zu machen, zumindest nicht in der Zeit, bei den Ereignissen, die sich überschlugen.

So hatte sich bestätigt, was die Presse bereits geschrieben hatte. Daniel Burkhardt hatte einen Hang zu diversen dubiosen Kreisen, über die er in erster Linie günstige Arbeitskräfte für die Firma beschaffte. Sein Verhältnis zu den Arbeitern war dabei zwiespältig. In der Firma kümmerte er sich rührend um sie und war vor allem darauf bedacht, dass sie gut und viel aßen und gute Arbeitsbedingungen hatten, unter welchen Umständen sie außerhalb davon lebten, interessierte ihn dagegen nicht. Vielleicht war das so, weil er selbst dem Essen eine viel größere Bedeutung als der Unterkunft beimaß, vielleicht war es aber auch kühle Berechnung. Durch diese Aufteilung, war er nämlich der gute Werksleiter der sich um die Leute kümmerte, und auf der anderen Seite standen die Schieber, die für die schlechten Bedingungen zuständig waren. ER rückte sich in ein positives Licht und die Leute nahmen es ihm mit seiner Art ab. Egal wen der Arbeiter sie gefragt hatten, keiner verlor ein einziges schlechtes Wort über Burkhardt.

Den endgültigen Durchbruch schafften sie, als sie mit Hilfe ihrer Cyber-Kollegen die elektronischen Geräte Burkhardts ausgelesen hatten. Chatverläufe und Mails waren größtenteils uninteressant, interessant wurde es, als die Kollegen anonymisierte Browserverläufe rekonstruierten. Wären sie nicht verschleiert gewesen, wären sie wahrscheinlich in der Masse untergegangen, so zogen sie die Neugierde der Ermittler auf sich.

Die Webseiten die er besucht hatte, drehten sich vor allem um Drohnen und Drohnenflug. Das wäre unter normalen Umständen nichts Außergewöhnliches gewesen, im Zusammenhang mit dem Fall, war es aber der entscheidende Hinweis, dass Burkhardt hinter der Entführung gesteckt haben musste. Mittlerweile hatten sie auch das Modell der Drohne ermittelt gehabt, und konnten auch den Hersteller ausfindig machen. Der bestätigte, dass von diesen Drohnen, in der Preisklasse oberhalb zwanzigtausend Euro, in den letzten Monaten nur wenige Stück verkauft wurden. Davon konnten sie inzwischen fast alle bei den Kunden lokalisieren, wobei der Hersteller auch darauf hinwies, dass diese Drohnen gerne mal im Darknet angeboten wurden.

Auf jeden Fall wurden durch diese Entdeckung viele Fragen aufgeworfen. Falls Burkhardt dahintersteckte, warum war er jetzt tot? Hatte er Justus nur entführt oder ermordet? War Justus auf freiem Fuß, oder verhungerte er gerade in irgendeiner Kammer, weil Burkhardt nicht in das Verließ zurückkam? Oder war es gar Justus gewesen, der sich befreit und an Burkhardt gerächt hatte? Oder steckten doch Dharma oder die Brüllers dahinter, die entdeckt hatten das Burkhardt der Entführer war und haben sich an ihm gerächt? Hatten sie ihn vielleicht gefoltert, weil sie aus ihm rauspressen wollten, wo Justus ist? Oder wurde er von seinen zwielichtigen Helfershelfern um die Ecke gebracht?

Johanna hatte inzwischen ein detailliertes Soziogramm über Burkhardt erstellt, Blocksberg ein minutiöses Bewegungsprofil. Ein wichtiger Hinweis, war dafür Dharmas Aussage, mit welchem LKW Justus verschwinden wollte. Wenn man davon ausging, dass Burkhardt die Pläne von Justus und Dharma durchschaut hatte und ausnutzen wollte, lag es nahe, dass er sich diese Geschichte zu Eigen gemacht hatte. Und tatsächlich, gelang es ihnen sämtliche LKW zu ermitteln, die im entsprechenden Zeitfenster Ware angeliefert oder abgeholt hatten. Sie schauten sich sämtliche Routen, Lieferscheine, Warenempfänger und Zollpapiere an. Außerdem befragten sie die Fahrer nach Auffälligkeiten oder besonderen Vorkommnissen. Einer hatte dabei tatsächlich etwas Interessantes zu berichten. Erst wollte er nicht mit der Sprache rausrücken, aber als die Ermittler ihm klarmachten wie ernst die Zusammenhänge waren und sie drohten ihn sonst die nächsten vier Wochen bei jeder Verkehrskontrolle aus dem Verkehr zu ziehen, gab er schnell klein bei. Er berichtete, dass man ihm bei der fraglichen Fahrt Geld geboten hatte, wenn er die Fahrt nicht antrat, die Ware würde trotzdem pünktlich beim Empfänger ankommen und er würde keinen Ärger kriegen. Da er knapp bei Kasse war, nahm er die paar hundert Euro gerne an und freute sich, dass er die lange Fahrt nicht übernehmen musste und stattdessen eine Nacht in der Spielothek verbringen konnte. Am nächsten Morgen war das Geld weg und wieder in den Händen derjenigen, die ihn bestochen hatten.

KAPITEL 25

- Crossover –

Eine Frau und ihr Auto

Sophia war in ihrem Fall gut vorangekommen, bis jetzt. Sie hatte sich sämtliche Akten aus Frankfurt kommen lassen, die mit dem Dunstkreis rund um Kim zusammenhingen und sie hatte tatsächlich so etwas wie einen kleinen Durchbruch. Bei einem Fall, der schon einige Jahre zurücklag, waren ihr ganz besondere Parallelen aufgefallen. Sie hatte sich darüber intensiv mit den Ermittlern ausgetauscht, die damals für den Fall zuständig waren, und sämtliche Ermittlungsprotokolle bis ins Detail gelesen, tagelang Daten, Namen und Telefonnummern dokumentiert und verglichen, bis sich die Arbeit tatsächlich zu lohnen schien.

Während die ganze Stadt sich nur um die Skandale der Fleischfabrik und den Fall der Kollegen interessierte, die Schlagzeilen waren einfach reißerischer und die Geschichte bot mehr Glamour-Faktor, hatte sie in aller Ruhe sysiphosgleich ihre Arbeit erledigt. Aus den internen Querelen auf dem Revier hielt sie sich ohnehin raus.

Die Ähnlichkeiten zwischen beiden Morden, wiesen darauf hin, dass Kim nicht nur damals sondern auch in ihrem Fall dafür verantwortlich war. In den Aktenbergen, die sie durchgearbeitet hatte, kamen bestimmte Spieler immer wieder vor. Teilweise fand sie zu den Verdächtigen Polizeiprofile, teilweise erstellte sie selbst welche und vervollständigte die Daten. Die Datenbank in ihrer Fallakte wuchs und wuchs, sie hatte nur ein Problem, sie wusste nicht wo ansetzen, auf wen und welche Spur konzentrieren. Wer war Kim, oder wer spielte jetzt noch eine Rolle in seinem Umfeld? Das war die alles entscheidende Frage, eine Frage, bei der sie nicht weiterkam. Sie war an einem toten Punkt angekommen, bis sich eines Morgens Frau Blanco vom Empfang bei ihr meldete und Besuch ankündigte – ein Herr mit Blumen.

Als sie mit dem Fahrstuhl, das Bein schmerzte immer noch, am Haupteingang ankam, staunte sie nicht schlecht. Wer stand da? Niemand anderes, als ihr Patient! Mit selbstgepflückten Blumen in der Hand und

Anzug! Er hatte sich offensichtlich richtig für sie in Schale geworfen und sah frisch rasiert und mit Farbe im Gesicht richtig schneidig aus.

Sie bat ihn freundlich herein und sie nahmen in einem kleinen Besprechungszimmer gleich neben dem Haupteingang Platz. Nachdem sie ihm einen Kaffee aus dem kleinen Automat gelassen hatte, startete sie sie die Übersetzungsapp und redeten miteinander. Er brachte seine tiefste Dankbarkeit zum Ausdruck und erklärte ihr, dass ihm die Ärzte gesagt hätten, dass er es ohne ihre Fürsorge sehr wahrscheinlich nicht geschafft hätte. Er hatte ihr sein Leben zu verdanken.

Erfreut, dass es ihm wieder gut ging und er sich besser fühlte, nahm sie den Dank und die Blumen gerne an, wiegelte aber alle übertriebenen Schmeicheleien bescheiden ab. Er erzählte ihr seine Lebensgeschichte und sie nahm sich die Zeit. Zum einen weil sie das Gefühl hatte, das ihr Gegenüber das brauchte, zum anderen weil es sich gehörte und zu guter Letzt, weil sie im Moment sowieso nichts Besseres zu tun hatte. Manchmal war es einfach am besten eine Pause zu machen und abzuschalten. Was er erzählte war beeindruckend, neben ganz profaner Dinge aus seiner Kindheit und von seiner Familie, ließ er beiläufig Einblicke in die Machenschaften der Schleuserbanden und des organisierten Verbrechens zu. Sie hatte sein volles Vertrauen.

Vieles deckte sich mit den Akten und Informationen, die sie selbst gesammelt hatte, einiges war neu, sie würde ihn aber auf jeden Fall mit den Kollegen vom Zollamt in Kontakt bringen, damit die sich der Sache auch nochmal annehmen konnten.

Sie fragte ihren Besucher auch explizit nach Kim, dem Namen, den er ihr gegeben hatte, aber mehr als den Namen und das er hinter den meisten krummen Dingern in der Region steckte, wusste er auch nicht. Also keine Neuigkeiten für sie an dieser Stelle.

Als sie schon fast am Ende ihres Treffens angelangt waren, und sie nochmal auf ihr Opfer und ihren Fall zu sprechen gekommen waren, ließ ihr Patient einige Namen fallen. Er sprach die Namen aufgrund seiner osteuropäischen Herkunft natürlich mit der perfekten Betonung aus, ganz anders, als sie sie las, dennoch, wurde sie das Gefühl nicht los, dass ihr manche Namen bekannt vorkamen. Aber konnte es sein? Davon abgesehen hörten sich die meisten Namen gleich an.

Sie wollte ihn eigentlich schon verabschieden, als ihr eine Stimme sagte, es auf gut Glück zu versuchen. Sie bat ihn einen Moment zu warten und ging schnell an ihren Platz um ihr Notebook zu holen. Kurz darauf ging sie mit ihrem Gast die Personalakten durch. Wie zu erwarten war, sagten ihm die meisten nichts und sie war sich ehrlich gesagt auch nicht ganz sicher, ob er überhaupt lesen konnte, und falls, dann bestimmt nicht Deutsch.

Dennoch, oder genau deswegen, hatte der Mann dafür ein umso besseres bildliches Gedächtnis. Und siehe da, einige Personen auf den Bildern kamen ihm bekannt vor, er meinte sich zu erinnern sie in den letzten Monaten auf einer der Schleusertouren gesehen zu haben. Am Ende ihrer Besprechung stand Sophia mit mindestens zwei Personen da, die ihr Gast dem Umfeld von Kim zuschrieb, oder die womöglich Kim höchstpersönlich waren.

Sie hatte die entsprechenden Anträge von Staatsanwalt Klaasen bewilligen lassen und jetzt alles in der Hand um den nächsten Schritt zu machen. Zusammen mit den Kollegen von der IT-Forensik und dem Autohaus, das den schweren Jungs ihre protzige Limousine verleast hatte, hatten sie alles für eine Totalüberwachung vorbereitet. Zum einen konnten sie jetzt über eine App in den Fahrzeugdaten jederzeit sehen, wo sich das Fahrzeug befand, zum anderen war es ihr jetzt möglich, sich jederzeit auf Mikrofon und Lautsprecher des Fahrzeuges zu schalten und die Gespräche mitzuhören, die im Innenraum geführt wurden. Sie hätten auch versuchen können, die Handys zu überwachen, aber an diese hätten sie dazu erstmal rankommen müssen. So konnten sie das Fahrzeug einfach über eine Fehlermeldung ins Autohaus holen und infiltrieren.

Auf diese Weise hatte sie die letzten Tage schon einiges an Daten gesammelt und war auch jetzt wieder dabei die Verdächtigen abzuhören. Wenn sie die Fetzen, die auf Deutsch gesprochen wurden, richtig deutete, dann war Kim wieder in der Stadt. Nachdem die letzten Tage eher ruhig verlaufen waren, war an diesen Abend eine deutlich gesteigerte Aktivität zu vernehmen. Sämtliche Fahrzeuge, die sie überwachen ließ, waren in Bewegung gewesen und es wurden mehr Telefonate als üblich geführt.

Etwas war im Gange, die Gangster stimmten sich offenbar ab. Da gerade alle personellen Ressourcen auf den brutalen Mord im Schlachthof verwendet wurden, wo der öffentliche Druck besonders groß war, hatte sie leider nicht das Personal zur Verfügung, das sie gebraucht hätte, sie war auf sich allein gestellt. Sie war wieder einmal gezwungen, allein Posten zu beziehen, um die Aktivitäten zu überwachen und Gespräche abzuhören.

Nachdem sie bereits die letzte Nacht durchgemacht hatte, hatte sie jetzt Mühe sich wach zu halten, was auch nur teilweise gelang. Sie schreckte auf, als ihr Abhörequipment ein weiteres Gespräch wiedergab.

„Sollen wir schon anfangen? Sollen wir es machen wie immer? Sedieren, Zementieren, Sedimentieren?“, wurde auf der einen Seite gefragt.

„Nein, am Ende bringt ihr ihn noch um“, wurde geantwortet.

„Wäre das so schlimm?“, wurde nachgefragt.

„Wahrscheinlich nicht, ich glaube nicht, dass wir ihn noch brauchen, aber ich trau keinem mehr von euch Bastarden! Wartet bis ich da bin, Ich kümmere mich selbst darum“, antwortete die Gegenseite.

Was immer sie da gerade auch gehört hatte, die Lage schien ernst, jemand war in Gefahr und die Zeit drängte. So wie es sich anhörte stand ein Menschenleben auf dem Spiel. War das Kim, der wieder einen Widersacher aus dem Weg räumte?

Der Sprechfunk ertönte nochmals: „Manchmal benehmt ihr euch wirklich wie die größten Amateure, als würdet ihr zum ersten mal jemanden entführen.“ Jetzt gab es keinen Zweifel mehr und es hatte sofort Klick gemacht. Es war ja das Thema der Stadt. Kim und niemand anderes, stand hinter dem Verschwinden des jungen Brüllers. So schnell sie konnte ging sie in das Büro von Ben und Johanna, traf aber nur Johanna darin an.

„Wo ist Ben?“, fragte sie.

Johanna stand die mit dem neuen Büro noch etwas auf Kriegsfuß. Jeder der zum Personaleingang hereinkam, schaute direkt auf ihren Platz, oder kam einfach hereingelaufen. Deswegen fühlte sie sich im ersten Moment gestört, bis sie erkannte, dass es Sophia war, die sie von hinten ansprach. Ihr Gesicht sorgenvoll.

„Der ist unterwegs und geht einer Spur nach“, antwortete Johanna ahnungsvoll. Sophias Miene trübte sich weiter.

„Solange können wir nicht warten! Komm mit! Ich erklär dir alles“, forderte sie die verwirrte Johanna auf.

Kurz darauf saßen sie im Auto und Sophia klemmte das Smartphone in die Halterung ihres kleinen SUVs. Nebenbei erzählte sie Johanna, was sie eben mitgehört hatte. Sie wechselte in ein anderes Menü, um die Bewegungsdaten des Zielfahrzeuges zu sehen, kurz darauf hatte sie es geortet, es fuhr mit den vorgeschriebenen fünfzig Kilometer pro Stunde aus der Stadt und beschleunigte dann deutlich auf der geraden Hauptstraße am Ortsausgang. Sie waren gerade auf Höhe der Bibliothek und hatten damit, wenn sie die Ampeln überfuhren, gut zehn Minuten Rückstand.

Johanna informierte währenddessen sicherheitshalber die Zentrale und forderte Verstärkung an, das Problem war, dass sie noch nicht wissen konnte, wohin sie die Kollegen beordern sollte. Ein anderes Problem war, dass heute alle Kräfte auf einer Querdenker-Demo in der Innenstadt vor dem Rathaus gebunden waren. Das hieße, dass selbst wenn die Kollegen schnell auf ihren Hilferuf reagieren würden, sie mindestens eine halbe Stunde bräuchten, bis sie helfen konnten.

Sie sahen auf ihrem Bildschirm, wie das andere Auto an einer Kreuzung stoppte und sich dann wieder weiterbewegte. Wenn Sie die Fahrtrichtung des observierten Fahrzeuges richtig einschätzten, müsste es Richtung Autobahn unterwegs sein.

Sie waren jetzt auf Höhe der Stadtklinik, überquerten kurz davor die Enz und folgten der Straße Richtung Mäuerach. Sie überquerten den Kreisverkehr in gerader Richtung, fuhren am Sportplatz vorbei und den Wald hinauf. Hier fuhren sie nach der links-rechts Kurve in Richtung der nächsten beiden Kreisverkehre. Beim ersten fuhr Sophia geradeaus über die rote Sperrfläche, was die anderen Verkehrsteilnehmer mit einem Hupen eher weniger witzig fanden, beim zweiten konnte sie das Manöver nicht bringen, stand in der Mitte des Rondells doch eine Nachbildung der Ettlinger Linie. Sie verließen den Kreisverkehr Richtung Hagenschießsiedlung. Während der gesamten Fahrt konnten sie über das Mikrofon im Fahrzeug mitverfolgen, was innerhalb des Fahrzeuges gesprochen wurde, was allerdings nicht über alltäglichen Smalltalk hinausging. Dafür hörten sie, wie die Gangster fröhlich einen großen Helene Fischer Hit mitträllerten. Alle lieben Helene.

Blocksberg hatte inzwischen die Route des fraglichen LKW über die Spedition in Erfahrung gebracht, die alle LKW mit einem elektronischen Fahrtenbuch auf den Meter genau überwachen konnte. Wenn man die Route mit dem verglich, was der Routenplaner anzeigte, wenn man Start und Zielort eingab, dann gab es keinerlei Auffälligkeiten. Der LKW hielt die Route, von ein paar Rasthöfen abgesehen, planmäßig ein, und hatte sein Ziel sogar deutlich vor der errechneten Zeit erreicht. Das Ziel selbst war eine Großhandelskette, die zunächst einen unverdächtigen Eindruck machte, natürlich müsste man das noch genauer untersuchen. Zunächst beschränkte er sich aber auf das, was er kurzfristig hier vor Ort abklären konnte.

Er hatte den LKW anfordern lassen und ließ ihn von Spürhund Stella überprüfen. Zu seiner Enttäuschung schlug sie nicht an, Stella war der Meinung, dass Justus nichts mit diesem LKW zu tun hatte.

„Kein Wunder", meinte der Fahrer, „seit Corona werden die LKW täglich von innen desinfiziert und gereinigt und außen fährt man regelmäßig durch die Waschstraße, unmöglich, dass der Hund da noch was riecht." Blocksberg musste ihm zustimmen, so hatten sie keine Chance. Petra Wella, die Hundeführerin wollte das aber nicht auf sich sitzen lassen, sie wusste wozu ihre Hündin fähig war. „Ich habe einen anderen Vorschlag", sagte sie. „Wir fahren die Route ab und schauen, ob Stella da was findet."

„Macht das Sinn?", fragte der Kommissar.

„Wir werden sehen", antwortete Petra.

Blocksberg hatte schon davon gehört, dass Hunde dazu in der Lage seien, jetzt würde sich herausstellen, ob auch Stella eine so feine Spürnase hatte. Der Kommissar nahm seinen Wagen Petra Wella und Stella den Amarok. So fuhren sie in Kolonne die Route des LKW ab und hielten an jeder Kreuzung. Schon an der ersten Ampel schlug Stella an. „Sie kann die Hautpartikel riechen, die durch die Klimaanlage aus dem Fahrzeug gelangen. Auf der Straße, wo die Autos schnell fahren, verteilen sie sich zu schnell und die Dichte ist zu gering, aber an Kreuzungen wie dieser, wo die Fahrzeuge zum

Anhalten gezwungen sind, reichern sich die Duftstoffe an", erklärte die Hundeführerin. Gut, dass Stella hier an der ersten Kreuzung vor der Fabrik anschlug, war nicht verwunderlich, kam der Sohn ja jeden Tag über diese Kreuzung zur Arbeit. Interessanter wurde es im weiteren Verlauf der Strecke. An vielen Kreuzungen hatte sie angeschlagen, an den anderen war der LKW wahrscheinlich ohne Stopp durchgefahren. So folgte das Trio der ganzen Route durch Pforzheim, bis zur Autobahnauffahrt Süd. Hier schlug Stella so stark wie noch nie an. Blocksberg warf einen Blick auf seine Unterlagen, tatsächlich hatte der LKW hier einige Minuten verbracht, nicht an der Ampel, sondern in der tiefen, gut ausgebauten Einbuchtung kurz davor. Hier standen häufiger LKW die Rast machten, oder dort übernachteten, weil die Autohöfe überfüllt waren. Er schaute nochmal auf die Route, der nächste Stopp des LKW war gut hundert Kilometer entfernt. Diese Strecke jetzt noch auf sich zu nehmen, dafür hatte er heute keine Zeit mehr, es gab noch so viel zu tun. Deswegen besprach er das Thema kurz mit der Kollegin, die ihm anbot, die längere Strecke zu übernehmen und die Spur weiter zu verfolgen. Er würde sich dafür hier im angrenzenden Waldstück umschauen, damit trennten sich ihre Wege.

Er hatte ein vorahnungsvolles Gefühl, fast so, als wäre er in einem Traum schon mal hier gewesen. Er hatte immer wieder Déjà-Vus und auch wenn er nicht an Übernatürliches glaubte, so ließen ihn diese Erlebnisse doch immer wieder daran zweifeln, ob es nicht doch eine höhere Bewusstseinsebene gab. Vielleicht berechnete das Gehirn aber auch einfach so viele Situationen und Möglichkeiten im Schlaf, dass davon zwangsläufig hin und wieder eine eintreffen musste. In diesem Fall spielte ihm sein Geist aber vielleicht einfach nur einen Streich, kannte er die Stelle ja tatsächlich. Das in Kombination mit dem unwirklichen Fall, mit dem er sich beschäftigte, konnte sein Verstand durchaus dazu bringen, ihm einfach etwas vorzugaukeln. Noch dazu, wo es gerade anfing zu dämmern.

Er schaute sich auf dem großen Platz um, der von der Wurmberger Straße abging. Früher hatte er sich immer gefragt was das war, und warum hier so viel abgezäunt war. Intuitiv hatte er es für eine Müll- oder Erddeponie gehalten, bis ihm jemand erzählt hatte, dass es sich um einen

Militärstützpunkt der Amerikaner aus dem Kalten Krieg handelte. Inzwischen war der Stützpunkt seit über dreißig Jahren verlassen und dem Verfall preisgegeben. Ein Großteil der Basis wurde abtransportiert oder zurückgebaut. Das einzige was noch stand, waren ein paar alte Betonbefestigungen, die Bunkeranlagen und die Raketensilos, in denen die Atomraketen untergebracht waren. Keine Atomwaffen für einen Erstschlag, sondern Abfang-Flugkörper des Typs N.I.K.E.. Die Station in Pforzheim war dabei eine, von einer ganzen Kette dieser Stationen, die sich durch Deutschland zogen. Die Idee der Amerikaner war, dass wenn eine Atomrakete der Sowjets den eisernen Vorhang überflog, diese von den Feuerleitstellen per Radar geortet worden wären und dann die N.I.K.E. Raketen als Gegenmaßnahme gestartet würden. Die Raketen sollten die Flugbahn der gegnerischen Rakete bestimmen und vor ihr explodieren, sodass diese von der Druckwelle zerstört würde. Da es sich um kleine Atomexplosionen gehandelt hätte, wäre das Abfangpotential relativ groß gewesen. Der radioaktive Fallout der Explosion hätte dennoch ganze Landstriche verseucht, wäre aber das kleinere Übel gegenüber einem echten Atomraketeneinschlag gewesen. Das Feuerleitradar für die Pforzheimer Basis war dabei oberhalb von Wurmberg, beim jetzigen Recyclinghof gewesen, dem höchsten Punkt der Gegend, wo ebenfalls noch die alten Bunker standen. „Gott sei Dank wurde das alles nicht benutzt“, dachte sich Blocksberg in Gedanke versunken.

Ursprünglich wollten die Amerikaner die Raketen mitten in Pforzheim auf dem Wallberg stationieren, was allerdings zu erheblichen Bürgerprotesten geführt hatte. Pforzheim wäre damit im Falle eines Konfliktes ein Primärziel für den Ostblock gewesen und eine erneute totale Zerstörung wie im zweiten Weltkrieg hätte gedroht. Aus strategischen Gründen, oder weil der zuständige Befehlshaber der Amerikaner die Zivilbevölkerung auf seiner Seite haben wollte, wurde die Basis dann hierher in den Wald an die A8 gelegt.

Wenn man früher nachts die Autobahn entlanggefahren ist, konnte man die rund um die Uhr taghell erleuchtete Basis gut sehen. Es war ein Hochsicherheitsgebiet das unter maximaler Bewachung stand. Im Falle eines Alarmes wären innerhalb kürzester Zeit die französischen Verbündeten aus den Tiergarten Kasernen mit einem Panzerbataillon angerückt. Das war auch der Grund, warum diese Zufahrt und die Waldwege so gut ausgebaut waren, sie waren für schweres militärisches Gerät ausgelegt.

Je mehr er sich umschaute und Gedanken machte, desto sicherer wurde sein Gefühl, hier richtig zu sein, dass hier heute etwas Wichtiges passieren würde. Der Ort war einfach perfekt. Er war abseits der Stadt, aber über die Autobahn und Hauptstraße trotzdem schnell zugänglich. Die alten Bunker boten dabei genug Verstecke um eine Person verschwinden zu lassen oder sich zu verstecken. Sicherheitshalber holte er seine Waffe aus dem Handschuhfach, er war schließlich nicht Columbo. Dann machte er sich auf den Weg.

Als er die alte verrostete Schranke passierte, die den Verkehr der Straße von den Waldwegen fernhielt, tat sich der erste Teil des Militärgeländes zu seiner Rechten auf. Das Gelände war mit einem hohen Zaun gegen das Betreten Unbefugter gesichert. Oben auf der Absperrung thronte Stacheldraht, obwohl es hier eigentlich noch nichts zu entdecken gab. Der Zaun war zwar an einigen Stellen rostig, aber größtenteils intakt. Die Fläche wurde der Natur als Schutzgebiet zurückgegeben.

Nein, der interessante Teil lag etwas weiter versteckt im Wald. Bei immer schlechtere Sicht ging er zügig den Waldweg entlang. Die unheilvolle Stimmung hier mitten im Wald, wo immer neue Konturen aus dem Halbdunkel auftauchten, erinnerte ihn unweigerlich an Blair Witch Project.

Er ging einige hundert Meter weiter, bis er plötzlich etwas hörte. Weiter hinter ihm im Wald, hinter sich, von wo er gerade gekommen war, hörte er das Knirschen von Reifen auf Schotter. Das Geräusch wurde immer lauter und näherte sich schnell, dann sah er das erste Licht der Scheinwerfer durch die Bäume blitzen und sich den Waldweg hochschlängeln. Als das Licht näher kam, erkannte er, dass es zwei Fahrzeuge waren, die hintereinander herfuhren. Die Fahrzeuge kamen so schnell auf ihn zu, dass er gar keine andere Wahl hatte, als vorsorglich von der Straße zu springen und sich ins Dickicht zu schlagen, sie hätten ihn sonst mit Sicherheit überrollt.

Die Fahrzeuge hatten nicht nach denen eines Försters ausgesehen, der würde außerdem niemals so durch den Wald brettern. Ein Fahrzeug hier im Wald, noch dazu um diese Uhrzeit, war schon ungewöhnlich, aber gleich zwei, das war sehr außergewöhnlich. Er ahnte, dass er auf der richtigen Spur war. Außerdem hatte er mit seiner Ortskenntnis einen kleinen Vorteil. Er wusste, wenn er jetzt hier den Hang durch den Wald ein kurzes Stück hochsteigen würde, käme er direkt am Waldrand auf der Rückseite der Basis raus. Durch diese Abkürzung würde er damit wahrscheinlich zeitgleich mit den beiden Fahrzeugen oben ankommen. Da er eh schon im Wald stand, packte er den nächsten Ast und zog sich daran den Hang hinauf, gleich wäre er da.

KAPITEL 26

- N.I.K.E. -

Die Siegesgöttin

Er arbeitete sich durch den Wald, kein Mondlicht das ihm helfen konnte. Durch den bewölkten Himmel war es ohnehin noch früher dunkel gewesen. Wenn er sich zu sehr verheddert hatte, benutzte er kurz das Licht seines Handys, um sich zu befreien, aber nur ganz kurz, um auf keinen Fall aufzufallen und Akku zu sparen. Mehr schlecht als Recht arbeitete er sich durch den Wald den Hügel hinauf. Er hätte schwören können, auch diese Passage geträumt zu haben und nochmal zu erleben.

Er tastete in der Dunkelheit nach den Schemen der Bäume und suchte mit den Fingerspitzen nach ihrer moosige Oberfläche, der Geruch des kalten Waldes umgab ihn. Behutsam setzte er ein Bein vor das andere, um in kein Schlagloch zu treten oder sich in einer Astgabel zu verfangen. Das Letzte was er jetzt gebrauchen konnte, war ein Beinbruch. Endlich sah er durch die Bäume den dunkelblauen Himmel des Waldrandes. Nur noch über ein paar Stämme am Boden springen und unter ein paar tiefhängenden Ästen gebückt durch, dann schob er die jungen Triebe der äußeren Buschreihe beiseite und konnte das Militärgelände erblicken. Er befand sich jetzt am ganz unten Ende der Anlage und nur ein Grünstreifen von etwa zehn Metern trennten ihn vom Maschendrahtzaun der Militärbasis. Viel sehen konnte er nicht, andererseits bedeutete das auch, dass er nicht gesehen werden konnte. Wie immer trug er gedeckte Farben und war damit fast perfekt für diese Mission getarnt. Er sprintete in gebückter Haltung über den Grünstreifen an den Zaun und ging in die Hocke. Da hörte er es, das typische Geräusch zugeschlagener Autotüren.

Er schlich den Zaun auf der Suche nach einer Schwachstelle, nach einer Lücke ab. Bei dieser Dunkelheit über den Stacheldraht auf der Spitze zu klettern, war aussichtlos. Er musste ganz nah an den Zaun herangehen um ihn überhaupt sehen zu können, er tastete mehr als er sah. Dann endlich, tat sich eine Fehlstelle auf, vermutlich ein Loch durch das sich jugendliche Abenteurer Zugang verschafft hatten. Er fuhr mit den Fingern die einzelnen Drähte ab und erkannte, dass die Öffnung notdürftig geflickt wurde. Er würde sich ganz schön strecken müssen, um durchzupassen. Um ein bisschen agiler zu sein, zog er sich den Pullover aus und warf ihn übe den Zaun. Dumpf kam er auf der anderen Seite auf. Dann drückte er mit seinen Händen die Drähte auseinander und dehnte die Schwachstelle soweit es ging. Das Ende des abgeschnittenen Drahtens drückte schmerzhaft in seine Handinnenfläche bis es blutete. Erst schob er sein linkes Bein durch den Spalt, dann tief gebückt die Hüfte und den Oberkörper, und dann, als er auf der anderen Seite wieder einen sicheren Stand hatte, das andere Bein. In der Dunkelheit suchte er seinen Pullover. Vorsichtig arbeitete er sich durch die Heidelandschaft, auf der normalerweise Hochlandrinder standen. Er ging über ein Geröllfeld, das den Standort eines alten Gebäudes markierte, bis zu einer auslaufenden Bunkermauer. Dahinter versteckte er sich. Er saß noch keine Minute da, als er hörte, wie eine Handvoll Gestalten über den sandigen Vorplatz des Bunkers marschierte. Vorsichtig schaute er hinter seiner Mauer vor. Sie trugen keine Masken, das mussten die Gangster sein.

„Wir essen gerade“, sagte einer der Männer.

„Seh ich so aus als ob mich das interessiert“, antwortete der Dominante und ging weiter.

Nach ein paar Schritten verschwanden sie im Inneren des Bunkers. Er wäre gern gefolgt, oder hätte sich gerne durch ein Fenster einen Eindruck verschafft was darin vorging, aber auch in einen alten Bunker kam man nur durch einen Eingang, die Tür. Die wurde aber von mindestens zwei der zurückgelassenen Schergen bewacht. So sehr er auch nachdachte, er fand keine Möglichkeit einzudringen, weder über das Dach, noch durch eine Lüftung. Deswegen verharrte er an Ort und Stelle und wartete ab.

Plötzlich vibrierte sein Mobiltelefon in der Hosentasche. Er deckte es mit dem Pullover in seiner Hand ab und schaute verstohlen auf das Display. Sophia rief an, „Ausgerechnet jetzt!“, dachte er sich. „Warum wollen Frauen nur immer in den unpassendsten Momenten reden?“ Er drückte sie weg, dafür schrieb er ihr eine kurze Nachricht. Den Zeitpunkt, wo er ausführlich um Hilfe hätte bitten können, hatte er leider wieder längst verpasst, jetzt musste improvisiert werden.

Am goldenen Klimmen der Zigaretten erkannte Blocksberg die Türsteher in der Nacht. Er belauschte sie.

„Willst du noch eine?“, fragte der eine den anderen.

„Auf dein Nacken“, antwortete der andere.

„Was sie wohl mit dem armen Kerl vorhaben?“, überlegte der erste.

„Was wohl, was gutes kann's nicht sein. Beim Boss ist's am besten, wenn man keine Frage stellt. Will man alles gar nicht wissen“, antwortete der andere.

„Ob sie ihn wohl killen?“, fragte wieder der Erste besorgt.

„Wahrscheinlich. Vom Drauflegen lebt nur der Metzger, wir leben vom Umlegen“, sagte der andere gleichgültig.

Blocksberg hatte es fast befürchtet, es war ernst. Bis jetzt hätte dieser Unterschlupf noch alles sein können. Ein toter Briefkasten, wie ihn Sophia kürzlich ausgehoben hatte, ein Unterschlupf, oder ein Drogenlabor. Vielleicht trafen sich die Jungs, in Zeiten von Corona, auch einfach auf eine Runde Skat und zum Grillen. Aber nein, es musste um Leben oder Tod gehen, und er wieder einmal mittendrin. Sofort fing seine Schusswunde vom letzten Feuergefecht an zu stechen und zu pochen. Die Kugel hatte ihn damals zwischen Oberarm und Brustkorb gestreift, ungern erinnerte er sich daran zurück. Wenigstens hatte er damals eine Schutzweste, jetzt, hier und heute Abend war er blank.

Seine Gegner waren mit Sicherheit schwer bewaffnet: „Mindestens mit Pistolen“, dachte er sich, und wer wusste, was sie noch in ihren Fahrzeugen oder im Bunker hatten? Er dagegen hatte nur seine P99 Standardwaffe mit einem Reservemagazin. „Das sind gerademal 30 Schuss“, zählte er zusammen, „und einer davon wäre gleich schon weg“, bedauerte er.

Er durfte keine Zeit verlieren, wer auch immer in diesem Bunker war, ob es Justus war, oder jemand anderes, er musste ein Ablenkungsmanöver starten. Klar, er hätte auch abwarten können, vielleicht war die Lage auch gar nicht so kritisch, auf von dem was er gehört hatte und wusste, musste er vom schlimmsten ausgehen. Er hatte einen Amtseid geschworen und den musste er jetzt erfüllen, wenn jemand in Not war, musste er im Zweifel sein Leben dafür riskieren. Bis die Verstärkung eintraf, könnte es noch ewig dauern, selbst falls sie seine Nachricht verstanden hätten, müssten sie ihn hier draußen erstmal finden. Er war auf sich alleine gestellt. Ein kleiner strategischer Vorteil war, dass er die Gegner ja nicht ausschalten musste, sondern schon ein kleines Ablenkungsmanöver reichte, einfach nur ein bisschen Tohuwabohu stiften, und die Mordpläne der Gangster vereiteln. Er musste sie nur lange genug hinhalten und beschäftigen, bis die Kavallerie eintraf.

Er tastete am Boden nach einem Stein und suchte solange, bis er einen faustgroßen gefunden hatte. Dann wagte er einen weiteren Blick über die Mauer hinter der er kauerte und peilte die Lage. Er war sich fast sicher, dass in den Fahrzeugen zumindest noch die Fahrer saßen, vor dem Eingang standen zwei Leute wache, im Bunker waren es auch mindestens zwei. Das macht mindestens sechs, vielleicht zehn Gegner, wer wusste ob nicht noch welche auf dem Gelände patrouillierten. Er nahm den Stein, fasste sich ein Herz und schleuderte ihn mit voller Wucht in Richtung der Fahrzeuge. Die Aktion verfehlte ihre Wirkung nicht und war ein voller Erfolg.

Sophia und Johanna waren dem Punkt auf der Karte weiter gefolgt, bis er kurz vor der Autobahnauffahrt abgebogen, und ihrer Karte nach, in das Nichts gefahren war. Zumindest zeigte das Navi an dieser Stelle keine Straßen mehr an. Als sie an die Abbiegung kamen, wussten sie auch warum, der Weg führte direkt in den Wald, davor ein kleiner Platz. Sie bogen ab und fuhren über den Platz, als Johanna: „Da!“, rief, „Bens Auto! Er ist hier!“ Sonst war weit und breit kein anderes Fahrzeug. Sophia hielt an und die zwei Frauen stiegen aus dem Auto. Es dämmerte gerade und die Dunkelheit kam schnell. Sophia holte aus ihrem Handschuhfach eine Taschenlampe, Johanna versuchte es mit ihrem Handy. Sie suchten den ganzen Platz ab und riefen nach Ben, es kam aber keine Antwort. „Kann es sein, dass sie ihn meinten?“, schoss es Sophia durch den Kopf, „war Ben in Gefahr, hatten es die Gangster auf ihn abgesehen? Dann war erst recht Eile geboten.“ Sie nahm ihr Mobiltelefon und tippte auf seine Nummer: „ich rufe ihn kurz an, vielleicht ist er hier in der Nähe.“ Nachdem es ungefähr dreimal geklingelt hatte, wurde sie weggedrückt. „Was hatte das zu bedeuten? Hatten ihm die

Gangster sein Handy abgenommen?“ Ratlos und besorgt schauten sich die beiden Kolleginnen an. Dann setzen sie sich wieder in das Auto.

„Was machen wir jetzt?“, fragte Johanna.

„Wir fahren weiter, wir haben keine andere Wahl“, beschloss Sophia. Dann leuchtete ihr Handy auf, sie hatte eine Nachricht bekommen, von Ben! Er hatte sich kurz gehalten: „Bin in Gefahr, NIKE, jetzt, bringt Verstärkung!“ Alles ohne Smiley, das hieß, dass es ernst war.

„Also, verlieren wir keine Zeit“, forderte Johanna auf und schon fuhr Sophia los. Sie fuhren durch eine offenstehende Schranke und nach ein paar hundert Metern, wurde aus der gut asphaltierten Straße ein gewöhnlicher Waldweg. Endlich lohnte sich der kleine SUV.

„Kennst du dich hier aus?“, fragte Johanna.

„Nicht die Spur“, antwortete Sophia, „aber wir nähern uns dem Ziel“, dabei zeigte sie auf das Display. Die App zeigte eine Entfernung von vielleicht einem Kilometer Luftlinie. „Wir sollten die Scheinwerfer ausmachen“, schlug sie vor. Als sie den Hebel betätigte um die Scheinwerfer auszumachen, wurde es schlagartig stockfinster um sie herum. Sie musste den Wagen kurz stoppen um nicht den nächsten Abhang hinunterzufahren. Das einzige was jetzt noch leuchtete, waren die mintgrünen Lämpchen ihres Cockpits.

Schleichend fuhren sie die geschlungenen Wege des Hügels hinauf, bis sie endlich auf eine Anhöhe kamen. Gegen das letzte bisschen Abendlicht sahen sie eine große baumfreie Fläche vor sich. Vorsichtig ließen sie das Auto auf dem Weg am Waldrand entlang Richtung Zielpunkt weiterrollen, es waren jetzt keine fünfhundert Meter mehr. Nachdem sie schon nichts sahen, beschloss Sophia die vorderen Scheiben herunterzulassen. Für das was dann passierte, hätte es das aber nicht gebraucht. Die laute Sirene eine Alarmanlage schrillte durch die anbrechende Nacht, und dann sahen sie es, in einiger Entfernung vor ihnen, ein Auto mit orange blinkenden Lichtern. Die Lichter blinkten dabei im Rhythmus der schrillen Sirenen.

„Was machen wir?“, fragte Johanna die erfahrenere Kollegin.

„Ich fahre noch ein Stück vor, bis ich in Reichweite meiner MP bin, die Verbrecher scheinen ja im Moment abgelenkt zu sein.“

„Du hast ein Gewehr?“, fragte Johanna ungläubig.

„Ja klar, hast du deine Dienstwaffe dabei?“, fragte Sophia zurück. Johanna schüttelte mit offenem Mund den Kopf. Sophia verdrehte die Augen.

„Ich hatte nicht damit gerechnet, dass ich die wirklich mal brauchen werde“, verteidigte sich die Psychologin.

„Hier, nimm meine“, sagte Sophia und gab ihr ihre Pistole und ein Magazin, „ich nehme an du bist nicht die beste Schützin?“, fragte sie weiter.

„Ich hab das letzte Mal in der Grundausbildung geschossen und dann nochmal vor ein paar Monaten bei der jährlichen Auffrischung.

„Gut, dann behalte lieber ich die MP und du bleibst bei der Pistole, sonst wird das zu gefährlich“, sagte Sophia gerade, als beide Frauen zusammenzuckten. Der laute Knall eines Schusses durchschnitt die Ruhe des Waldes. Ein Geräusch, das Sophia kannte, es war das Geräusch einer Walther P99, der Schuss musste von Ben gekommen sein. Das bedeutete, dass es ihm noch gut ging, aber er war offensichtlich in etwas Größeres verwickelt, er war in großer Gefahr.

„Los raus mit dir!“, schrie sie Johanna fast an, die nur verdattert, „Was?“, meinte. „Ben ist in Gefahr, du musst ihm helfen!“, wiederholte Sophia.

„Kommst du nicht mit?“, fragte sie durcheinander.

„Nein, ich kann nicht, mein Fuß! Ich wäre nur eine Last für euch und könnte euch nicht helfen. Ich bleibe hier und halte euch den Rücken frei, aber du musst raus! Finde einfach nur Ben und bring ihn her, dann verschwinden wir. Schieß bloß nicht wild um dich, das verrät nur deine Position, Ruhe bewahren und auf das besinnen, was sie dir auf der Akademie beigebracht haben. Bleib immer in Deckung und sei vorsichtig, wir bleiben über Handy in Kontakt, stell es um Himmelswillen auf lautlos!“, wisperte sie ihr noch hinterher. Mit diesen mahnenden Worten, schickte sie die junge Kollegin ins Gefecht. Nachdem sie losgespurtet war, stieg sie ebenfalls aus dem Fahrzeug, achtete darauf, dass die Tür nicht aus Versehen zufiel, und humpelte um ihr Auto nach hinten. Sie öffnete den Kofferraum und nahm die Maschinenpistole aus der Halterung. In aller Ruhe und mit äußerster Sachlichkeit überprüfte sie das Magazin. Dann nahm sie den Schalldämpfer aus dem Shadowboard neben der MP, setzte ihn an und schraubte ihn auf den Lauf des kleinen Gewehres. Wenn sie ruhig anlegte, freie Sicht hatte und genau zielen konnte, hatte sie vielleicht eine Reichweite von etwa 150

Metern. Mit dem Schalldämpfer, der den Lauf deutlich verlängerte, konnte sie diesen Wert mit etwas Glück auf etwa 200 Meter erhöhen, darüber hinaus sank die Präzision rapide. Sie nahm das kleine Gewehr und zwei Magazine und richtete sich an ihrem Auto einen kleinen Schießstand ein. Sie legte ruhig auf das blinkende Fahrzeug an und hoffte das Beste. Für sie, für Johanna und vor allem für Ben.

Ben sah sich inzwischen anderen Problemen gegenüber. Mit einem dumpfen Schlag war sein Stein auf der Motorhaube des vorderen Fahrzeuges gelandet. Der Alarm war ohrenbetäubend. Sofort brach Hektik und Verwirrung aus, ein Moment, den Blocksberg nutzte um seinen Standort zu wechseln. Er rannte ein Stück zurück, umrundete den oberirdischen Teil des Bunkers zur Hälfte, nahm seine Waffe, hielt seinen Pullover davor um sich nicht durch das Mündungsfeuer zu verraten und schoss einmal in die Luft. Der Schuss hallte in seinen Ohren, der Schuss schallte durch die Nacht.

Sofort hörte er auf der anderen Seite die Verbrecher zusammenrennen und diskutieren. Damit wusste er, dass er es mit keinen Profis zu tun hatte, sonst wären sie mit militärischer Ordnung auf ihren Posten geblieben und hätten die Stellung gesichert. Mit Sicherheit waren die Jungs auf der anderen Seite durcheinander, sie fragten sich, was gerade vor sich ging, und wie sie darauf reagieren sollten. War es der Angriff einer anderen Bande? War es die Polizei?

Der Kommissar nutzte seinen Überraschungsmoment weiter aus und rannte nochmal ein gutes Stück weiter, um sich hinter einer Hecke zu verstecken. Von dort sah er, im Licht der Warnblinkanlage, wie die Gangster aufrüsteten. Sie gingen geduckt an ihre Kofferräume und holten große starke Taschenlampen daraus hervor, und wer weiß was noch. Kurz darauf bildeten sie Suchtrupps und durchschnitten mit ihren Taschenlampen das Dunkel der Nacht. Aber nicht nur das, auch die roten Laser von Zielfernrohren wanderten über die Felsen, Betonwände und das Gestrüpp hinter dem er sich versteckte. Jetzt hatten sie also auch automatische Waffen. „Idioten", dachte er sich. Er erinnerte sich an seinen letzten Lehrgang zu taktischen Manövern bei Nacht, der etwas unglücklich „Low

Light" geheißen hatte. Trotzdem half er ihm jetzt extrem weiter, es bewährte sich eben doch, dass sie regelmäßig im Training blieben. Sie hatten gelernt, wie man mit oder ohne Licht, je nachdem in welcher Situation man war, sich jeweils einen taktischen Vorteil bei Dunkelheit verschaffen konnte. Und wenn er eine Regel daraus mitgenommen hatte, dann, dass man auf offenem Feld möglichst nicht seine Position verrät und genau das taten die Gangster gerade, sie hatten von der Sache auf dem Friedhof nichts gelernt. Sie dachten mit größeren Waffen würden sie die Sache schon geregelt bekommen, aber jetzt war Scharfsinn gefragt.

Der grobe Plan war klar, er musste irgendwie in den Bunker kommen, auch wenn er sich noch keine Gedanken darüber machen wollte, was ihn darin erwartete. Wenn nicht bald Verstärkung käme, würde es dem armen Kerl darin an den Kragen gehen, das konnte er nicht zulassen. Also musste er die Schurken entweder weg locken, oder ausschalten, beides kein leichtes Unterfangen.

Er hatte sich an diesem Standort schon viel zu lange aufgehalten, eigentlich musste er mal wieder die Position ändern. Plötzlich raschelte es hinter ihm, das Herz rutschte ihm in die Hose, „Hatten sie ihn schon wieder eingekreist? Gab es doch noch mehr Wachen?", er wollte nicht schon wieder in den Lauf einer Waffe schauen, also nahm er seine Beine in die Hand und rannte in die Dunkelheit, schemenhaft erkannte er ein Stück weiter eine Mauerruine hinter der er Deckung suchen konnte. Zu seinem Unglück übersah er die Pfütze, die zwischen ihm und seinem Schutz lag, er trat voll hinein, das laute Platschen war nicht zu überhören. Sofort richteten sich alle Lichter auf ihn, einige sahen noch wie seine Füße im Hechtsprung hinter der Mauer verschwanden. Jetzt war er wirklich eingekreist.

„Es ist nur einer!", hörte er die Verbrecher rufen. Sofort witterten sie leichte Beute und setzten sich in Bewegung. Er hörte das Knirschen des Sandes unter den Schuhen seiner Verfolger. Sie kamen unaufhaltsam näher – von allen Seiten! Er versuchte alle Geräusche zu unterdrücken und durch die Nase zu atmen, aber keine Chance, seine stechende Lunge verlangte nach maximalen Sauerstoff und er atmete flach durch den Mund. Er war einfach nicht fit.

Die Verfolger richteten unerbittlich ihre Lampen auf sein Versteck, an ein Entkommen war nicht zu denken. Das grelle Licht auf der Mauer brachte die aufgespürten Graffitis zum Vorschein, offensichtlich waren Cops auch hier nicht erwünscht.

„Komm raus du Bastard!“, riefen ihm die Männer zu, „Wir haben dich!“

Blocksberg blickte an der Mauer hoch, gegen die er mit seinem Rücken lehnte. Die obere Mauerkante brach diffus das Licht und warf es als Zwielicht auf seine Seite. Die Kante war scharf, er erkannte jede Pore im Beton wie einen Mondkrater, hier gab es nur hell und dunkel, Gut und Böse, nichts dazwischen, keine Grauzone. Er schaute auf das warme Blut, das seine kalte Hand herabtropfte.

Der Lichtschein reichte gerade bis zum Waldrand, der in seiner Blickrichtung lag. Der rettende Wald! Aber es war utopisch es bis dorthin zu schaffen, dazwischen lag außerdem noch der unüberwindliche Zaun. Als gerade noch über die Flucht nachdachte, kamen schon seine Verfolger um die Ecke.

„Denk nicht mal dran“, sagte einer davon und sie richteten seine Taschenlampe frontal auf Blocksberg. Seine Augen waren geblendet, er sah nichts außer einem hellen, coronaförmigen Lichtpunkt. Der rote Laser auf seiner Brust fühlte sich an, als würde er ihn durchdringen und aufspießen. „So wie sie Burkhardt aufgespießt hatten“, ging es ihm durch den Kopf. Sein Magen verkrampfte sich. Er hörte schon das Klicken der Waffe. Ausgerechnet jetzt setzte der Jingle der Brüller-Werbung vor seinem inneren Ohr ein.

Johanna hatte sich durch die Dunkelheit geschlichen. Sie hatte Angst, da gab es keine Zweifel. Sie hatte sich den Job wegen der intellektuellen Herausforderungen herausgesucht und gehofft, dass sie nie in so eine Situation kommen würde. Klar, die Möglichkeit bestand immer, aber gleich in der ersten Woche, im ersten Fall? Vielleicht war das doch nicht das Richtige?

Jetzt ging es erstmal darum zu überleben, um nichts Geringeres als das ging es. Sie musste ihr Leben schützen und das von Ben retten. Aber wie sollte sie das machen? Sie schoss mehr schlecht als recht, auch wenn es ihr auf dem Schießstand immer Spaß gemacht hatte. Sie konnte die Mädchen nicht verstehen, die Hemmungen dabei hatten, eine Waffe abzufeuern. Gut, wenn es darum ginge auf eine Person zu schießen, dann vielleicht, aber eine Blockade auf dem Schießstand?

Sie waren mit dem Auto durch das offene Tor des Geländes gefahren, jetzt schlich sie am äußersten Rand am Zaun entlang und kam gerade an zwei alten Gaskesseln vorbei. Langsam aber sicher näherte sie sich der heißen Szene rund um die Autos und den Bunker. Sie sah, wie die Scheinwerfer der Gangster auf der Suche nach Ben über den kiesigen Untergrund und das Gestrüpp wanderten. Immer wieder duckte sie sich vorsorglich um nicht in einen der Lichtkegel zu geraten. Sie huschte noch ein Stück weiter, bis zu einer Buschgruppe, die gut Deckung bot. Dabei streifte sie einige Äste beiseite. Plötzlich sprang vor ihr etwas aus dem Gestrüpp und lief wie ein aufgeschrecktes Reh davon. Irgendjemanden hatte sie erschreckt. Sie war so verdutzt, dass sie gar nicht dazu kam die Pistole auf das etwas zu richten. Was es auch war, es war weg. „Das muss anders werden", dachte sie sich. So ein Zögern konnte sie sich kein zweites Mal erlauben.

Sie sah die Gestalt im Rhythmus der Warnblickanlage verschwinden, hörte ein paar sanfte schnelle Schritte und dann das markante Geräusch einer Pfütze. Sofort lag das Licht der Verfolger auf der Gestalt, die hinter der Mauer Deckung suchte. Im Halbschatten der Mauer erkannte sie den verzweifelten Mann kauern und immer wieder ratlos an der Wand hochschauen. Sie konnte ihrem Blick kaum trauen, es war Ben! Sie hatte ihn, ihren eigenen Partner, aufgeschreckt, jetzt saß er in der Falle.

Sie sah wie die Gangster sich ihm näherten, einkreisten und schließlich stellten. Das Licht reflektierte von seinem hellen Gesicht und der Hand, mit der er es abschirmen wollte. Gleich würden sie ihn hinrichten. Sie hatte keine Zeit. Sie zielte ganz genau, fasste sich ein Herz, und drückte ab.

Durch das grelle Licht ging ein Ruck, dann kam der Knall und dem Hünen vor ihm wurde das Bein weggerissen. Er hatte Hilfe! Wer es auch immer war, er war ihm dankbar! Er wälzte sich geistesgegenwärtig zur Seite und im Licht der Taschenlampe, die jetzt am Boden lag, sah er den zweiten Gegner. Die Lampe leuchtete nur dessen untere Hälfte bis zur Hüfte an, die Konturen des Oberkörpers konnte er im Zwielicht nur erahnen. Er drückte auf das ab, was er gerade noch sicher ausmachen konnte. Wenn sein Gegenüber Glück hatte, war der Schuss weit genug oben, um den Bauch getroffen zu haben. Um den anderen angeschossenen Gangster endgültig unschädlich zu machen, drückte er ein zweites Mal ab, es folgte ein Stöhnen. Zwei waren damit schon mal erledigt.

„Scheiße, er ist nicht allein!", hörte man die anderen rufen, die sich schnell hinter die Fahrzeuge zurückzogen. Blocksberg wollte gerade in die Richtung rennen, aus der Johanna gefeuert hatte, als ihn eine Salve aus der Maschinenpistole nur um Haaresbreite verfehlt. Bleich duckte er sich hinter die Wand zurück und drückte seinen Rücken wieder fest daran. Er hatte den Luftzug der Kugeln gespürt, diese unbändige Kraft dieser kleinen Projektile. Ihm wurde wieder bewusst wie fragil das Leben war, es konnte jeden Moment vorbei sein, es konnte schon in wenigen Augenblicken vorbei sein. Eine weitere Salve feuerte mit unbändigem Stakkato auf den Beton ein. Er hatte keine Zeit sentimental zu werden. Er spürte wie das Mauerwerk unter den Einschlägen vibrierte. Der Wind trug den entstehenden Betonstaub zu ihm herüber, mit ihm der Geruch von Waffenöl und erhitztem Metall.

Er wäre gerne an die Maschinenpistolen der eliminierten Gegner gekommen, aber sie hatten ihn unter Sperrfeuer gelegt, keine Chance das Versteck zu verlassen. Sie hatten die Waffenhoheit. Er dachte nach. Es half nur ein weiteres Täuschungsmanöver. Er nahm sein Handy, stellte es auf maximale Lautstärke, suchte den passenden Alarm und stellte den Timer auf drei Sekunden. Er nahm es und schleuderte es über sich, die Mauer und die Fahrzeuge hinweg, und hoffte, dass es nicht auf einem Stein zerschellen würde.

Die Männer, die ihn beobachteten, sahen nur, wie etwas Undefinierbares in die Luft geworfen wurde, über sie hinweg flog und hinter ihnen mit einem unnatürlich metallenen Geräusch aufkam.

Blocksberg schrie so laut er konnte: „Granate!", sodass sie nicht mehr sicher sein konnten, ob es einer der ihren oder jemand anderes gerufen hatte.

Er hörte die Panik der Gegner, dann ging der Alarm des Handys los. Er nutzte die kurze Schockstarre der Feinde, richtete sich hinter der Mauer auf und schoss. Während er feuerte stand er auf und schoss dabei immer weiter auf die rechte Seite des Autos. Unablässig drückte er den Abzug. Mit einem dumpfen Geräusch drangen die Kugeln in die Limousine ein, übersäten das Metall mit kleinen Trichtern, von denen der Lack absprang. Nach einem weiteren Schritt war er an dem Körper des niedergeestrecken Rivalen, steckte seine Waffe weg, und nahm dessen MP. Mit dem Visier dicht vor seinem Auge rannte er diagonal seitlich auf das Fahrzeug zu und umrundete es dann vorsichtig. Er richtete seinen Laser auf die Gegner dahinter, doch er brauchte kein weiteres Mal abdrücken.

Im Schein der eigenen Taschenlampen lagen die zwei Widersacher mit verdrehten Augen zusammengesackt am Boden, er hatte sie durch die Fahrzeugtüren hindurch erschossen, das dünne Blech hatte ihnen keinen Schutz geboten. Landsteiner würde morgen einiges zu tun haben. Die Warnblinkanlage des Autos blinkte weiter gleichförmig vor sich hin.

Relativ sicher, dass sie alle Kontrahenten außerhalb des Bunkers erwischt hatten, setzte er sich im orangenen Schein der Blinker in die Hocke und rief verhalten: „Sophia, Johanna, seid ihr hier?“ Dann ging er ein paar Meter weiter, um nicht doch noch von einem unbemerkten Gegner überrascht zu werden. Es dauerte kurz, dann rief Johanna „Hier!“, er erkannte sie an ihrer Stimme. Er rannte zu ihr. Sie hatte ihm das Leben gerettet.

„Geht es dir gut?“, fragte er.

„Den Umständen entsprechend“, gab sie kurzatmig zurück.

„Bist du alleine?“, fragte er weiter.

„Sophia ist hinten beim Fahrzeug, vielleicht zweihundert Meter weg. Sie gibt uns Feuerschutz, wir können uns zurückziehen.“

„Sophia?“, dachte sich der Kommissar, „Das war gut! Ihr fiel immer was ein, sie hatte immer eine Lösung“, mit ihr war er ein eingespieltes Team, sie hatten schon viele Einsätze zusammen absolviert, sie verstanden sich blind, auf ihre Treffsicherheit war verlass, schade dass sie nicht fit genug war, um mit ihm in dieses Gefecht zu ziehen.

„Komm lass uns gehen“, forderte Johanna.

„Geht nicht, Justus ist da drin!“, erklärte Blocksberg.

„Was? Also wirklich? Scheiße! Und jetzt?“, wollte sie wissen.

„Wenn ich das wüsste“, hob er die Schultern.

Die Verstärkung ließ nach wie vor auf sich warten, allerdings war auch noch nicht viel Zeit vergangen, das ganze Scharmützel hatte vielleicht ein paar Minuten gedauert. Eins war sicher, aus dem Bunker würden die Gegner nicht entkommen, ihn zu stürmen wäre aber ein Himmelfahrtskommando. Er konnte Johanna, und auch sich selbst, unmöglich dieser Gefahr aussetzen. Ihre Gegner auf der anderen Seite mussten dagegen damit rechnen, dass sie umstellt waren. Das machte zumindest Hoffnung für Justus, er war ihr einziges Pfand, das einzige Trumpf, dass sie noch hatten, sie konnten nicht so blöd sein, ihn umzubringen. Sie befanden sich in einer Pattsituation.

So wie die Dinge standen, war es tatsächlich am besten zu warten und die Gangster auszuräuchern. Entweder sie gaben direkt auf, oder sie mussten früher oder später einen Ausfall wagen. Er hatte seinen Gedanken noch nicht zu Ende gebracht, da öffnete sich die Tür und zwei der Gauner rannten heraus.

Den ersten erwischte er direkt im Lauf, der zweite kam ein Stück weiter, machte dann aber den fatalen Fehler auf den Kommissar zu schießen. Der Kommissar zielte mit einer kurzen Stafette auf das aufblitzende Mündungsfeuer des Gegners. Der Kugelhagel verfehlte seine Wirkung nicht, und damit war er auch schon außer Gefecht gesetzt. Der Kommissar beugte sich über den ersten um seinen Zustand zu prüfen, er lebte noch, wahrscheinlich hatte er ihn am Bein getroffen. Beim Anblick seines Gesichts, war er sich fast sicher, dass es der Gauner war, der ihn vor ein paar Wochen auf dem Friedhof kaltmachen wollte. Er entwaffnete ihn und fragte: „Wie viele von euch sind noch drin?“, als nichts außer einem mürrischen Raunen als Antwort zurückkam, zielte Blocksberg mit dem Laser direkt in das Gesicht des Verbrechers und fragte nochmal ganz langsam und ernst: „Wie viele?“

„Einer, nur einer!“, kam die wimmernde Antwort. Blocksberg hatte einen Geistesblitz!

„Aufstehn!“, schrie er den Mann an.

„Was?“, fragte der andere verwirrt.

„Aufstehn!“, wiederholte er.

Mühsam rappelte sich der Mann an der Wand des Bunkers hoch, bis er auf einem Bein stand.

„Waffe?“, fragte Blocksberg in brüsk.

„Was, wie?“, stammelte der andere nur noch verwirrter.

„Was für eine Waffe er hat?“, fragte er mit Nachdruck.

„Pistole“, war die kurze Antwort.

„Wie geht’s dem Jungen?“, fragte er ernst. Der mitleidige Blick seines Gefangenen sagte alles. Justus ging es schlecht, sie durften keine Zeit verlieren, sie konnten nicht warten. Blocksberg hielt dem Gangster die MP an den Kopf, bückte sich vor und flüstere ihm etwas ins Ohr.

„Du wartest hier und gibst mir Rückendeckung“, sagte er zu Johanna.

Er packte den Mann am Kragen mit der Waffe im Rücken und stieß ihn durch die Bunkertür. Seine Silhouette hob sich leicht gegen das fahle hereinfallende Licht ab.

„Chef, ich bin’s! Nicht schießen!“, flehte er, als er von Blocksberg im Rücken als menschliches Schutzschild in den Korridor geschoben wurde.

„Was ist da draußen los? Bullen?“, fragte die Stimme. Noch hatte ihn der Bandenboss nicht erkannt. Blocksberg drückte ihm die Waffe tiefer in den Rücken.

„Wir haben sie, die Jungs vertreiben sie gerade. Wir können abhauen“, log der Gauner wie ihm befohlen.

„Ja, machen wir gleich, aber den Burschen hier nehmen wir mit, komm hilf mir ihn loszumachen“, sagte der Boss.

Eigentlich war der Plan Blocksbergs gewesen, den anderen aus dem Bunker zu locken, wenn sie jetzt aber nicht näherkamen, würde er bestimmt misstrauisch. Mit einem weiteren Piekser in den Rücken deutete er seinem Vordermann an, dass er weitergehen sollte. Sie gingen ein paar Meter in den spärlich beleuchteten Tunnel, das einzige Licht das hereinfiel, kam durch die halb offenstehende Tür hinter ihnen. Je tiefer sie eindrangen, desto finsterer wurde es. Dann ein Schuss und sofort brach sein Vordermann zusammen und ging zu Boden, er war getroffen, die Deckung Blockbergs verloren, sein Rivale hatte den Trick durchschaut. Entweder er hatte gesehen, dass sein Handlanger humpelte und etwas nicht stimmte, oder der Kommissar hatte sich nicht gut genug dahinter versteckt. Die Wut stieg in sein Blut, und Blut war es auch was er roch. Justus' Blut.

Er presste sich an die Wand und sprang in die erste Öffnung die seine Hand ertastete. Im Mündungsfeuer des Gegners, hatte er ganz kurz die Kontur des Raumes erkannt, die sich wie ein Negativ in seine Netzhaut gebrannt hatte. Es war ein verwinkeltes Konstrukt. Er versuchte sich in seinem Raum zu orientieren. Langsam gewöhnten sich seine Augen an die Dunkelheit und daran, mit dem spärlichen Licht klarzukommen. Außer Umrissen konnte man nicht erkennen. Relativ schnell bemerkte er, dass er jetzt in der Falle saß, nirgends ein schwarzes Loch, das eine Tür oder ähnliches andeutete. Sein Gegner, der sich hier auskannte wusste das vermutlich. Sein Puls war vor Aufregung an der Schmerzgrenze. Das Adrenalin hatte vollkommen Besitz von ihm ergriffen. Blieb ihm nur noch ein Vorteil, seine stärkere Bewaffnung. Die MP war für diese Verhältnisse ideal. Er hörte in die Stille, aber nichts regte sich. Der Geruch von feuchtem Beton stieg ihm in die Nase. Links gegenüber hatte er vorhin eine andere Öffnung ausgemacht, er musste versuchen dorthin zu gelangen und versuchen sich von dort aus durchzuschlagen.

Er machte einen Satz und noch zwei schnelle Schritte, dann war er hinter der nächsten Ecke. Sofort wurde auf ihn gefeuert. Er bremste ab, machte auf dem Absatz kehrt und ging in dem Türrahmen, den er bei jedem Schuss seines Gegners aufblitzen sah, in die Hocke und feuerte aus kniehoher Haltung zurück. Er hatte auf Dreier-Feuer gestellt und drückte zweimal ab. Die sechs Projektile zischten wütend durch die Luft und zerstäubten die Wand an der Stelle wo sie einschlugen. Das sollte ihm Respekt verschafft haben!

„Ich habe eine Geisel!", kam es aus den Tiefen des Bunkers zurück.

„Seh ich aus wie die Polizei? Ich bin wegen dir hier!", bluffte Blocksberg, dem nichts besseres einfiel. Er musste irgendwie versuchen Justus aus der Schusslinie zu bekommen, wo auch immer er hier drin versteckt gehalten wurde.

Er orientierte sich im neuen Raum, den die Verbrecher anscheinend als provisorische Küche genutzt hatten. Weiter hinten war ein Zugang zu einem weiteren Raum. Vielleicht konnte er seinen Kontrahenten so von hinten überraschen. Er tastete sich weiter durch die Küche von Regal zu Regal. An einer Stelle, wo er sich abstützen wollte, war allerdings nichts und er griff ins Leere, beziehungsweise nicht ganz ins Leere, sondern in eine Pappschachtel, die lautstark zu Boden fiel. „Mist!“, dachte er sich, und hörte kurz um sich, ob er dadurch etwas zu befürchten hätte. Aber nichts regte sich.

Er ging in die Hocke, sammelte die umgestoßenen Cornflakes, die wahrscheinlich das Frühstück des entführten Justus darstellten, auf, und stellte die Verpackung wieder in das Regal. Er ging in den nächsten Raum und war damit, wenn er sich nicht täuschte, dabei seinen Gegner zu umrunden. Jetzt war er in so etwas wie einer alten Waffenkammer, zumindest standen überall alte Munitionskisten rum und es roch nach Waffen. Er kam in einen Korridor, den er kurz mit der Lampe an seiner Waffe ausleuchtete. Da sah er ihn, am Ende des Gangs, im anschließenden Raum, saß Justus gefesselt und geknebelt auf einem Stuhl. Sofort machte er das Licht wieder aus. Er hatte seine Zielperson gefunden, aber Justus hatte gar nicht gut ausgesehen. ER musste ihn befreien – sofort!

Er würde es riskieren, dafür hatte er sich sofort entschieden. Aber sich in einen langen Flur wagen, wo man nirgends in Deckung gehen konnte, das gefiel ihm auch wieder nicht. Eine kleine Vorsichtsmaßnahme würde er ergreifen. Er packte in die Hosentausche und griff nach den Cornflakes, die er eben zwei Räume zuvor aufgesammelt hatte. Dann verteilte er sie im Durchgang wo er gerade stand auf dem Boden. Falls ihn jemand von hinten überraschen wollte, dann müsste er durch diese Engstelle kommen und sich verraten. Mit dieser kleinen Absicherung im Rücken ging er weiter.

Er schob sich den Flur entlang, immer weiter, bis er langsam vor sich den nächsten größeren Raum sah, der Raum, in dem Justus seit Wochen gefangen gehalten wurde. Mit zusammengekniffenen Augen versuchte er verzweifelt etwas zu erkennen. Wenigstens brauchte er sich hier in der Dunkelheit und im Nahkampf keine Gedanken wegen seiner Kurzsichtigkeit machen.

Dann! Das Knacken von Cornflakes. Blocksberg zögerte keinen Moment, nahm die linke stützende Hand vom Magazin und schleuderte seine MP mit dem rechten Arm auf die andere Seite seines Körpers. Ohne zu zielen, ohne überhaupt den Kopf zu drehen, feuerte er an die Stelle, wo sein Rivale in Falle getappt war. Er gab mehrere Schüsse ab, bei jedem Feuerstoß wurde der Korridor in dem er sich befand hell erleuchtet. Sein Kontrahent tat es ihm gleich und eröffnete hemmungslos das Feuer. Die Kugeln flogen ihm um die Ohren, bis, ja bis, seine linke Schulter vom Aufprall nach hinten geworfen und zerfetzt wurde. Die Kugel hatte ihn ins Schlüsselbein, nicht weit von der Halsschlagader erwischt. Sofort klappte seine Schulter unter dem fehlenden Schlüsselbein auf die Brust. Die Schmerzen waren höllisch, er schrie inbrünstig bis zum Himmel. Das war das Signal für seinen Gegner ihm den Rest zu geben. Er kam aus der Deckung und feuerte auf Blocksberg, der feuerte noch zurück, aber in zusammengekauerter Körperhaltung war an zielen nicht mehr zu denken. Seine Schüsse landeten überall, in der Decke, in der Wand, überall, nur nicht im Gegner.

In gebuckter Quasimodo-Manier rettete er sich in den nächsten Raum. Er war jetzt nur noch ein paar Meter von Justus entfernt, von dem jungen Mann, der ihn die letzten drei Wochen beschäftigt hatte. Er hört ihn stöhnen, er roch das Blut. Es hörte sich schwach und verzweifelt an. Wenigstens lebte er noch. Panisch versuchte Justus, nicht wissend, was um ihn rum vor sich geht, sich von seinen Fesseln und Knebel zu befreien. Blocksberg hätte ihm gern geholfen, aber an eine Rettung war in seinem Zustand nicht zu denken, erstmal musste er seine eigene Haut retten. Dann schossen schon die nächsten Schüsse hinter ihm in die Wand. Der Lärm im Bunker, wo jeder Schuss, spitz von den nackten Wänden widerhallte, war unerträglich. Seine Ohren dröhnten und das Pfeifen wurde immer stärker.

Sein Gegner hatte zwischendurch nachgeladen, er selbst hatte nur noch ein paar Schuss. Es würde schwierig werden mit seinem lädierten Arm die Magazine zu tauschen, und der Gegner kam unaufhaltsam auf ihn zu.

Der Bösewicht war kurz davor um die Ecke zu kommen, Blocksberg flüchtete weiter, bald würde er einmal im Kreis gelaufen sein. Wieder fielen Schüsse, die große Gestalt wollte es jetzt wissen, gnadenlos setzte sie ihm nach, erbarmungslos jagte sie ihn durch die Räume, immer vor sich hertreibend.

Blocksberg rannte immer weiter, bis er an einer Wand die Außentüre wahrnahm. Durch die nicht ganz zugefallene Tür blinkte immer noch das Orange der Warnblinker. Das war vielleicht die Rettung, das war vielleicht die letzte Chance. Im Laufen verschoss er den Rest seines Magazins blind nach hinten. Er warf die leere Waffe weg und stürzte mit seiner gesunden Schulter auf die Türe zu. Er warf sich dagegen und rammte sie auf. Als die Tür nachgab, verlor er das Gleichgewicht und fiel mit seiner kaputten Schulter voran in den staubigen Boden vor dem Bunker. Das Blut floss ihm am ganzen Körper herab, der Staub sog es sofort in sich auf. Fast Ohnmächtig vor Schmerzen führte er die einzige Bewegung aus, die er im Schlaf beherrschte, er griff nach seiner P99 und zielte damit auf die Tür.

Da stand der Mann im Türrahmen vor ihm. Von hier unten am Boden, kam er ihm übergroß vor. Er erkannte das orangene Blinken in seinen Augen. Er richtete seine Waffe auf Blocksberg, jetzt war es vorüber.

„Ergib dich!", schrie Blocksberg den Mann selbstbewusst an, „Dein Magazin ist leer!" Für einen kurzen Moment sah man die Verunsicherung über das Gesicht des Gangsterbosses huschen. Dem Gangster war bewusst, dass er viel geschossen hatte, der Kommissar konnte tatsächlich Recht haben. Er zögerte.

Blocksberg dagegen, mit seiner Gabe fürs Zählen, wusste ganz genau, wie viele Kugeln sein Gegner noch hatte – genau eine Patrone hatte er noch in seinem Lauf. Allerdings wusste er auch, wie viele er selbst hatte – nämlich keine! Er hatte vorhin, als er die MP an sich genommen hatte, im Eifer des Gefechts vergessen nachzuladen. Da lag er nun, blutig im Staub und wartete auf sein Ende. Manchmal reicht eben eine schlechte Entscheidung, eine Unachtsamkeit aus, um ein Leben zu ruinieren. Manchmal sind ein paar Gramm Metall der Unterschied zwischen Leben und Tod. Jetzt konnte er nur noch hoffen.

Der Gangster wollte dem falschen Spiel gerade ein Ende bereiten, als Johanna aus ihrer Deckung kam und wie aus dem Lehrbuch rief: „Kein Schritt weiter oder ich schieße!" Man sah wie sie sich bemühte die Waffe still auf den Gegner zu richten.

Sophia hatte sich das ganze Schauspiel aus der Ferne angeschaut. Sie hatte eine gute Position. Der Schalldämpfer würde ihre Schussgeräusche etwas dämpfen, und was in der Dunkelheit noch viel wichtiger war, ihr Mündungsfeuer unterdrücken. Es war drunter und drüber gegangen, viele

Schüsse gefallen, sehr viele Schüsse. Sie konnte nur hoffen, dass ihren beiden Kollegen nichts zugestoßen war. Viel sah sie nicht, nur das orangene Blinken ließ ab und zu schemenhafte Gestalten auftauchen. Sie hatte mitbekommen wie Johanna Blocksberg befreit hatte, zumindest schien sich der Schüsse nach das Blatt gewendet zu haben. Dann sah sie Blocksberg auf den Bunker zu rennen und wie er mit einem der niedergestreckten Männer sprach. Dann packte er ihn und schleifte ihn in den Bunker.

„Nein, was machst du denn! So ein Idiot! Kaum ist eine hübsche Kollegin dabei, musste er auf Rambo machen", regte sie sich auf. Sie hörte weitere dumpfe Schüsse aus dem Inneren der Anlage und hoffte einfach nur, dass ihm nichts passierte. Zwischendurch wurden die Schüsse weniger, was auch unheilvoll war, dann folgte eine wilde Schießerei. Plötzlich fiel ein Körper durch die Tür nach draußen, dann folgte eine zweite, die den anderen vermutlich rausgestoßen hatte. Mehr als vage Schattenbilder konnte sie nicht erkennen. Sie wusste nicht, wer der Gute, wer der Böse war. Erst als Johanna auf der Bildfläche erschien und sie anhand ihrer Körpersprache erkannte auf wen sie zielte, war alles klar. Ben war in Lebensgefahr, Zeit das Spiel zu beenden.

Sie nahm ihr Mobiltelefon und schaute auf die Karte mit dem gehackten Fahrzeug. Sie hatte Zugriff auf alle Funktionen, das Auto stand direkt vor dem Bunker. Es könnte funktionieren. Sie drückte zwei Knöpfe, wusste, dass es einige Sekunden dauern würde, legte das Handy weg und das Gewehr wieder auf die Autotür. Sie zielte so gut wie es ihr möglich war auf die Tür des Bunkers. Dann erstrahle der Bunker plötzlich in gleißendem Licht. Sie justierte minimal nach und drückte ab. Noch bevor der Schuss verhallt war, lag der Körper auf dem Boden. Sophia hatte Kim zur Strecke gebracht. Erst jetzt wurde die zweite Funktion übermittelt und das Auto begann zu hupen.

„Warst du das?", fragte Johanna entgeistert.

„Nein", antwortete Ben, „ich habe keine Kugeln mehr", und betätigte dabei mehrmals seinen Abzug.

Ungläubig schauten sie auf den winselnden Kim, dann wieder in die grellen Scheinwerfer. Plötzlich hupte es auch noch, dann wurde das Auto komplett deaktiviert und um sie herum kehrte wieder Ruhe und Dunkelheit zurück.

Johanna rannte zum niedergestreckten Kim und wollte ihn verarzten, als Blocksberg meinte: „Kümmere dich nicht um ihn, los lauf, hol Justus. Einfach rein und immer geradeaus." Sie verschwand mit einer Taschenlampe in der Tür.

Währenddessen war Sophia bis an Justus herangefahren und half im notdürftig auf und holte ihren Verbandskaten aus dem Fahrzeug. Da hörten sie endlich den Rotor des Hubschraubers herandonnern. Außerdem sahen sie in der Ferne das Blaulicht der sich nähenden Einsatzkräfte. Wäre Blocksberg von der Schießerei nicht fast taub gewesen, hätte er auch ihre Sirenen gehört. Kurz danach befanden sie sich in einer von Blaulicht getränkten Kulisse aus Streifenwagen und Notärzten.

Dann kam Johanna aus dem Bunker zurück, allein.

„Wo ist Justus?", fragte Blocksberg.

Ihr Gesicht war kreideweiß, auf ihrer Jacke glänzte eine Flüssigkeit. Nicht irgendeine Flüssigkeit, nein, es war Blut, und es konnte nur ein Blut sein. Sie kam ein paar Schritte näher, bis sie in die Hocke ging. Dann tauchte hinter ihr endlich ein junger Mann aus der Dunkelheit auf. Seine linke Gesichtshälfte war durch eine Schwellung wie aufgeblasen. Getrocknetes Blut, das ihm über das Gesicht gelaufen war, klebte ihm auf der Wange. Man sah ihm an, dass ihm übel mitgespielt worden war und er sich gerade so auf den Beinen halten konnte. Erst als er näher kam, sah Blocksberg, dass er mit seiner rechten Hand, die schlaff herunterhängende linke Hand festhielt. Das Blut rann ihm zwischen den Fingern hervor. Dann brach er zusammen.

Blocksberg gefror das Blut in den Adern. Konnte das wirklich sein? Es durfte nicht sein. War wirklich alles umsonst gewesen? Nachdem sie diesen Kampf überstanden hatten, hätte ihnen eigentlich alle Last der Welt von den Schultern fallen sollen. Sie hätten sich gegenseitig in den Armen liegen und jubeln sollen, jetzt standen alle unter Schock. Plötzlich lief alles in Zeitlupe vor ihnen ab. Die Rettungskräfte schwärmten aus und sicherten das Gebiet, die Sanitäter versorgten die Verwundeten. Ein Notarzt lief zu Justus und beugte sich über ihn. Man sah ihm an, dass es ernst war. Der Arzt rief nach Sanitätern mit Trage. Verschwommen hörten sie die Stimmen und

Kommandos die gerufen wurden. Dann knieten sich zwei Sanitäter direkt vor Blocksberg und versperrten ihm die weitere Sicht auf Justus. Er sah, wie die beiden Männer auf ihn einredeten, hörte aber nur entfernte dumpfe Stimmen. Er wurde in Thermofolie gewickelt und in einen Krankenwagen verfrachtet. Auf dem kurzen Weg zum Rettungswagen kam er an einer aufgelösten Johanna vorbei, die von Sophia getröstet wurde. Im Hintergrund, sah er das Leichentuch.

KAPITEL 27

- Never catch a falling knife -

Keine Leiche zum Dessert

Blocksberg saß im Krankenhausbett, sie hatten ihn gestern Abend einfach in das nächstgelegenste Krankenhaus von Pforzheim gebracht. Aus seinem Zimmer hatte er einen guten Blick über die Enz hinweg, hoch zur St. Franziskus Kirche. Die Krankenschwester hatte gerade seine Infusion gewechselt und ihm erklärt, dass er die Thrombosespritze wirklich brauchte, trotzdem hatte er sie hinter dem Vorhang versteckt. Seine Freundin saß neben ihm auf dem Bett und kümmerte sich rührend um ihn. Obwohl er die Ereignisse vom Vorabend noch bildlich vor Augen hatte, fühlte sich trotzdem alles so unwirklich an, als wäre alles ein Traum oder eine kitschige Kriminalgeschichte gewesen. Vielleicht lag es aber auch an der Narkose, die er für seine Not-OP bekommen hatte. Sie hatten ihn wieder herstellen können und in ein paar Wochen, wäre er wieder der Alte, hatte der Arzt gemeint.

„Schon wieder Fliesen", hatte er sich bei der Einlieferung in der Nacht gedacht, und tatsächlich wäre es beinahe eng geworden, aber nicht für ihn, sondern für Justus. Die Ärzte hatten gemeint, dass es nur eine Frage von Minuten gewesen wäre, bevor er im Bunker verblutet wäre. Zum Glück hatten sie im Krankenhaus, trotz Corona-Krise, gerade noch genügend Blutkonserven gehabt, um ihn durchzubringen. Am Ende war alles gut gegangen.

Gestorben war nur der Gangster, den Blocksberg als Schutzschild missbraucht hatte, das würde Ermittlungen nach sich ziehen, aber das sollte jetzt nicht sein Problem sein. In der ersten Phase seines Deliriums gestern, hatte er dessen Leiche fälschlicherweise für die von Justus gehalten.

Jetzt freute er sich einfach nur, dass alles vorüber war und er wieder befreit in die Zukunft blicken konnte. Ein paar Wochen Dienstfrei kamen ihm jetzt gerade recht, hatte er bei seiner Freundin doch einiges gutzumachen. Sie würden es sich einfach zu Hause gemütlich machen. Mit seiner Freundin an seiner Seite, hätte er nicht gewusst, was seine Laune jetzt noch hätte trüben können. Er würde nicht länger als nötig im Krankenhaus bleiben und sich spätestens morgen selbst entlassen. Das Frühstück hatte ihm schon gereicht, er hatte unbestellt die vegetarische Option bekommen und war damit automatisch bei Schonkost gelandet. Rohes Gemüse mit einer trockenen Scheibe Brot. Auch Vegetarier wollen Kalorien! Vor allem nach so einer Nacht. Warum man im Krankenhaus, wo man zum Gesundwerden das beste Essen bekommen müsste, das schlechteste bekam, würde ihm wohl für immer ein Rätsel bleiben.

Sie küssten sich gerade, als unerwartet Polizeipräsident Ricke zur Tür hereinkam. Wie immer in Jackett und mit Aktentasche, und jetzt mit einer grünen Krankenhausmaske über dem Gesicht.

„Guten Morgen", begrüßten sie sich und Blocksberg stellte seine Freundin vor.

„Sehr angenehm", erwiderte Herr Ricke, „Stört es sie wenn ich die abnehme?", fragte der Präsident und deutete auf seine Maske.

„Nicht doch", antworteten die beiden.

Zunächst beglückwünschte er Blocksberg für seinen Einsatz und Mut und teilte ihm mit, dass er damit vollständig rehabilitiert sei. Alles Weitere sei Formsache und würde schon geregelt werden, beruhigte er den Kommissar. Am meisten beglückwünschte er ihn aber einfach zum Leben, einem Gut, das man nach so einer Geschichte nicht hoch genug schätzen konnte.

„Wir geben gleich eine Pressekonferenz zu den Ereignissen von gestern Abend und wie die Entführung und der Doppelmord miteinander zusammenhängen. Dazu bräuchte ich noch ihre Einschätzung", sagte er. Mit Frau Haag und Frau Büning, damit meinte er Sophia und Johanna, hätte er schon gesprochen. Seine Freundin ahnte, dass es jetzt um den Fall gehen würde und machte sich deshalb zum Tee-Automat im Flur auf. Die Geschichte musste sie sich nicht nochmal anhören.

„Nein, nein", intervenierte der Präsident, „bitte bleiben sie, freut mich, dass ich Sie kennenlernen darf, außerdem sind sie der Grund, warum mich das Personal fast nicht zu Ihnen durchgelassen hat, nur ein Besucher pro Patient! Zum Glück kenne ich den Chefarzt vom Golfen, der hat dann ein gutes Wort für mich eingelegt. Außerdem hätte ich auch an Sie ein paar Fragen." Blocksberg und seine Freundin runzelten die Stirn.

„Wie kann ich helfen?", fragte Blocksberg.

„Am besten wir fangen ganz vorne an…“, sagte der Präsident und Blocksberg begann zu erzählen.

Er erzählte, wie sie erst über Dharma herausgefunden hatten, dass Justus sich selbst entführt hatte, oder zumindest wollte. Das hatte der omnipräsente Werksleiter Burkhardt mitbekommen, dem das hervorragen die die Karten gespielt hat, wollte er Justus ohnehin loswerden. Alleine konnte er das aber nicht durchziehen, weil er sonst kein Alibi gehabt hätte und der Verdacht zu schnell auf ihn gefallen wäre. Deswegen aktivierte er seine dubiosen Geschäftspartner, mit denen er wegen der Leiharbeiter Kontakt hatte. Diese witterten das große Geschäft und stiegen darauf ein. Burkhardt hatte dabei ein doppeltes Spiel gespielt, eigentlich sogar ein Dreifaches. Er verfolgte seine eigenen Interessen, tat im Auftrag der Brüllers scheinbar so, als würde er sich um die Klärung kümmern, was ihm Zeit gab, und zu guter Letzt hinterging er seine Verbrecher-Freunde. Das war es auch, was ihm zum Verhängnis wurde. Es waren die Geister die er rief und nicht mehr losbekam, es war sein Verderben. Es kam zum Streit, vermutlich hatte er sie beim Lösegeld hintergangen, für dessen Übergabe er sich bei Brüllers überhaupt erst ins Spiel gebracht hatte. Dafür musste er büßen, so was lassen diese Leute nicht mit sich machen. Letztendlich hätten sie seine Mittelsmänner, die Justus in ihrer Gewalt hatten, gefunden und gestern Abend unschädlich gemacht.

„Aber was ist mit dem Mord von Sophia, wie passt der ins Bild, der muss doch auch damit zusammenhängen, dass konnte doch gestern nicht alles ein Zufall sein. Und das Lösegeld, wo ist das Lösegeld?“, erkundigte sich der Polizeipräsident weiter.

„Das Lösegeld ist noch verschollen, wir befragen in Kürze alle Gangster die es geschafft haben. Ich glaube einer ist heute Nacht seinen Verletzungen erlegen, aber der Rest packt es wohl, selbst Kim, der von Sophia niedergestreckt wurde wird wohl überleben. Anscheinend wissen sie aber selbst nicht, wo das Geld ist, sonst hätten sie nicht Burkhardt gefoltert und die nächste Geldforderung vorbereitet. Und was Sophias Fall angeht, das verstehe ich auch nicht, da müssen Sie sie fragen. Ich weiß nur, dass unsere beiden Opfer in den gleichen Kreisen verkehrten, aber ob sie sich wirklich mal über den Weg gelaufen sind, oder ob ihre Morde zusammenhängen, ist im Moment unklar."

„Das ist natürlich noch nicht ganz was ich hören wollte, Sophia geht es da ähnlich, Sie kann sich das auch nicht erklären, es muss doch ein Zusammenhang geben?", forschte er weiter.

„Vielleicht war es einfach nur ein Komplize Burkhardts, der wie er sterben musste. Wir werden es herausfinden. Außerdem können wir jetzt endlich Justus befragen. Er hat bestimmt noch jede Menge Infos für uns, vielleicht kennt er Sophias Opfer, oder kann sonst eine Verbindung herstellen."

Eine Pause entstand, in der der Präsident grübelte.

„Sie haben auch Fragen an mich?", fühlte seine Freundin neugierig vor? Herr Ricke erwachte aus seiner Denkpause.

„Ja, zuallererst gebührt Ihnen vermutlich unser Dank, weil sie unserem Kollegen und Ihren Freund wichtige Informationen und Unterstützung während des Falles geliefert haben. Wer weiß, ob wir ohne Ihre Hilfe rechtzeitig gekommen wären. Am Ende ging es um Sekunden!", lobte er seine Freundin.

„Und sie hätten mich beinahe rausgeschmissen", stichelte Blocksberg in einem versöhnlichen Ton.

„Glauben Sie wirklich?", antwortete der Präsident geheimnisvoll, „Glauben Sie, ich hätte mir die ganze Bürokratie angetan, um sie an diesen Fall zu bekommen, nur damit ich sie dann auf halber Strecke rauswerfe."

„Dann war es kein Zufall, dass ich den Fall bekommen habe?", fragte Blocksberg verwundert nach.

„Sie hätten keinen anderen Fall bekommen!", stellte der Präsident klar. „Ich schaue mir die Personalakten nämlich sehr genau an. Für die anderen Fälle wären sie mir eine zu heikle Wahl gewesen, aber in diesem Fall hatten sie allen anderen einen Vorsprung voraus", dabei schaute er Blockbergs Freundin an. „Ihre Kontakte waren relevant und wichtig, auf die kam es an. Außerdem brauchten wir einen Ermittler, der die Mentalität dieser Leute versteht. Am Ende hatten Sie diese eine Chance und Sie haben sie genutzt!", schloss er ab. Blocksbergs wusste nach dieser Aussage nicht, ob er sich geschmeichelt oder betrogen fühlen sollte. Dem Präsident war alles zuzutrauen.

„Und Johanna?", fragte Blocksberg.

„Was ist mit ihr?", kam die Frage zurück.

„War sie nur dafür da, um mich zu überwachen?", wollte er wissen.

„Vertrauen ist gut, Kontrolle ist besser", schmunzelte er. „Johanna hat einfach nur ihren Job gemacht, und den hat sie gut gemacht. Manchmal reicht es schon wenn man einem Einzelgänger einen Partner zur Seite stellt."

Es entstand wieder eine Pause, in der sich alle fragend anschwiegen. Dann ergriff Präsident Ricke wieder das Wort und kam zum zweiten Thema seines Besuches.

„Es gibt noch etwas, das ich mit Ihnen besprechen muss", holte er aus, „auch ich bin nicht untätig gewesen. Wie Sie wissen, war ich davor beim Dezernat für Wirtschaftskriminalität. Und wissen Sie was, da entwickelt man ein Gespür für so etwas", sagte er nichtssagend.

„Ein Gespür für was?", fragte Blocksberg skeptisch und seine Freundin schaute aus dem Fenster.

„Ein Gespür dafür, wenn etwas nicht stimmt. Und sehen Sie, in diesem Fall stimmte einiges nicht, über manches kann man hinwegsehen, über anderes nicht. Deswegen habe ich meine alten Kollegen aktiviert und ein paar Background-Check machen lassen. Den Brüllers ist einfach zu viel Unglück widerfahren, als das es Zufall hätte sein können", versuchte Herr Ricke zu erklären.

„Ich verstehe immer noch nicht", hab Blocksberg offen zu.

„Die Firma der Brüllers ist ein Aktienunternehmen, also habe ich meine Kontakte zur BaFin spielen lassen und angefragt, ob es irgendwelche Ungereimtheiten in diesem Zusammenhang gab. Und siehe da, es gibt sie. Der Aktienkurs der Brüllers ist durch die ganzen Vorkommnisse ins Bodenlose gefallen, und das entgegen dem positiven Trend der restlichen Lebensmittelindustrie. Während wir es vordergründig mit Kleinganoven zu tun hatten, die uns gut beschäftigt haben, ist im Hintergrund, unbemerkt von allem anderen, der eigentliche Coup gelaufen."

„Und der wäre", wollte Blocksberg jetzt unbedingt wissen.

„Es gab in den letzten Wochen vor den Vorkommnissen nur zwei Privatanleger, nur zwei nichtinstitutionelle Anleger, die mit höheren Summen auf fallende Kurse bei den Brüllers gesetzt haben. Und eine davon befindet sich hier in diesem Raum."

Jetzt war Blocksberg vollkommen verwirrt. Er versuchte seine Gedanken zu ordnen und das was Herr Ricke sagte sinnvoll zusammenzusetzen, nur gelingen wollte es ihm nicht so recht. Er selbst hatte sein Geld bei dem Termin mit dem Finanzberater vor einigen Wochen in Wirecard gesteckt, das würde ihn bestimmt mal reich machen, ein Unternehmen das aus dem Nichts 1,9 Milliarden in Asien generierte, konnte nicht schlecht sein. Und seine Freundin? Er erinnerte sich nicht mehr, er hatte damals nicht richtig zugehört, aber er kannte niemand, der ein besseres finanzielles Gespür hatte.

„Wie erklären Sie sich das?", richtete der Polizeipräsident seine Frage direkt an die Freundin.

„Ist das jetzt ein Verhör?", fragte sie zurück. Der Präsident lächelte: „Ist es das nicht schon die ganze Zeit? Also?"

„Was soll man sagen? Ein Unternehmen, das intransparent, rückwärtsgewandt, unmoralisch und das Gegenteil von nachhaltig ist, dazu braucht es keine Glaskugel um erkennen, dass dessen Tage gezählt sind. Noch dazu der wachsende Widerstand und der fallende Absatz. Da muss man auf fallende Kurse setzen. Das war für mich ein totsicheres Geschäft!", erklärte die Freundin nüchtern.

„Sie meinen es ist reiner Zufall, dass all diese Dinge hier in unserer Goldstadt passieren und ausgerechnet einer der Hauptprofiteure von hier kommt? In die entsprechenden Kreise vernetzt ist und über ihren Freund bestens informiert?", ließ er nicht locker.

„Sieht wohl so aus!", gab sie kühl zurück.

„Dann sagt Ihnen auch Akne Kid Joe nichts?", nehme ich an.

„Nicht direkt", antwortete sie wieder reserviert.

„Und wie sieht es mit diesen Papieren aus?", fragte er weiter und übergab ihr einen Stapel Akten. Sie blätterte sie durch.

„Das sind Aktienkurse“, sagte sie und reichte die Unterlagen an Ben weiter. Der schaute sie sich ebenfalls an. Der Kursverfall in den letzten Wochen war massiv gewesen.

„Nicht irgendwelche Aktienkurse, das sind Ihre Kurse, und ihr Timing war nahezu perfekt. Zu perfekt!“, warf er ihr vor. Als Blocksberg die Zahlenreihen sah, dämmerte es ihm. Noch dazu dieser Name, das konnte wirklich kein Zufall sein, da musste er dem Präsident recht geben. Wie in Trance stieg er im Nachthemd aus seinem Bett und ging an seinen Spind. Herr Ricke und seine Freundin schauten ihn verdutzt an. Er kramte in seiner Hose, bis er seinen Geldbeutele gefunden hatte, dann zog er sie hervor, die Serviette, die Joe ihm auf der Party im alten Schlachthaus hinterlassen hatte. Er ging zurück an seinen Beistelltisch und legte den Papierfetzen neben die Akten. Er verglich die Zahlen. Ziffer für Ziffer stimmte mit dem Börsenwert überein. Die Zahlen gingen exakt bis zu dem Abend wo sie miteinander gesprochen hatten.

„Was ist mit dir?“, fragte ihn seine Freundin, als er bleich um die Nase wurde.

„Wer ist Akne Kid Joe?“, fragte Blocksberg den Präsidenten.

„Ein Name, ein Pseudonym, der Strohmann des anderen auffälligen Spekulanten. Wir versuchen gerade noch die Identität zu klären, was nicht einfach ist, weil das Geschäft über zwielichtige Steueroasen auf der ganzen Welt gesteuert wurde. Inzwischen sind die Gewinne in Bitcoins verschoben und damit faktisch nicht mehr auffindbar.“

Blocksberg hatte eine böse Vorahnung.

Nachdem das Mittagessen im Krankenhaus noch schlechter war als das Frühstück, hatte er sich am zweiten Tag selbst entlassen. Neben dem Essen, war der Hauptgrund für seine vorzeitige Rückkehr aber der, dass seine Freundin jetzt unter verstärkter polizeilicher Beobachtung stand. Es wurde gegen sie ermittelt. Nachdem der Polizeipräsident das Krankenzimmer verlassen hatte, hatten sie die Sache ausführlich besprochen. Sie hatte einfach ein glückliches Händchen bewiesen und er wusste, dass das stimmte. Sie war die Kraft, die immer Gutes wollte und dabei Besseres schafft. Mit ihr zusammen würde er jede Herausforderung meistern, es mit jedem Gegner aufnehmen. Zusammen waren sie eine Naturgewalt im Kampf für das Gute in der Welt. Aber heute Abend würden sie erstmal zusammen ins Autokino gehen, das hatte er ihr schließlich versprochen!

Davor hatte er noch zwei andere wichtige Termine. Zum einen ein kurzes Gespräch mit den Brüllers, und später würde Justus aufs Revier kommen, um Dharma bei ihrer Entlassung aus der Untersuchungshaft zu überraschen.

Zusammen mit Johanna fuhr er nochmal in die Villa der Brüllers. Er selbst war nur inoffiziell dabei, war er doch zum einen krankgeschrieben und zum anderen, wegen der Ermittlungen gegen seine Freundin, vorläufig vom Dienst freigestellt. Sie wurden wieder vom Hausmädchen Felicitas empfangen, die ihnen, nachdem sie ihr ihren geliebten Justus zurückgebracht hatten, unendlich dankbar war. Kurz darauf saßen sie wieder im Safari-Zimmer der Herrschaften. Der Kommissar bildete sich immer noch ein, dass ihm die Augen des Elches folgten.

Senior Brüller war dieses Mal beim Cognac, den Blocksberg mit Hinweis auf seine Schulterverletzung dankend ablehnte. Dieses Mal wurden sie insgesamt deutlich freundlicher empfangen, hatten sie doch den wieder liebgewonnen Sohn zurückgebracht. Dass diese Liebe von Dauer war, wagte der Kommissar allerdings zu bezweifeln, ahnten die Brüllers noch nicht, dass Justus zum Großteil selbst darin verwickelt war und eine Mitschuld trug. Aber er war nicht derjenige, der diese Schlacht schlagen musste.

Wirtschaftlich sah es für die Brüllers schlecht aus, auch wenn es durch die Nachricht, dass Justus zurück war und der ganze Spuck überstanden schien, wieder bergauf ging. Außerdem hatte das Gesundheitsamt ihren Betrieb wieder freigegeben und sie konnten ihre Rückstände aufholen.

Den Verlust von Burkhardt betrauerten sie immer noch, und das obwohl sie wussten in welchem Maß er sie hintergangen hatte. „Wir tragen ja eine Mitschuld“, hatten sie gesagt und ihm eine fürstliche Beerdigung auf dem Zentralfriedhof finanziert. Man erkennt das Grab heute noch an der Stufenpyramide.

Auch das Lohn-Dumping sollte der Vergangenheit angehören und von der Selbstjustiz war man völlig abgerückt. Damit zeigten sie das erste Mal eine Spur von Selbstreflektion und Läuterung. Sie sahen ein, dass sie gleich die

Beamten hätten informieren müssen, damit die Situation erst gar nicht so eskaliert wäre.

Ob Justus je wieder seinen Job antreten wollte oder durfte stand allerdings in den Sternen.

„Und das Geld?", fragte Frau Brüller, „Sie haben so gute Arbeit geleistet uns unseren Justus zurückzubringen, können Sie da nicht auch was machen?"

„Wir tun unser Möglichstes und arbeiten mit Hochdruck daran", versicherte Blocksberg. „Wir haben unsere beste Ermittlerin damit betraut", dabei schaute er zu Johanna.

Am Nachmittag schaute er ebenso inoffiziell auf dem Revier vorbei, offiziell holte er nur ein paar Unterlagen aus seinem Schreibtisch. Von Johanna wusste er, wann Dharma entlassen würde und um sie zu überraschen, hatten sie dazu Justus eingeladen. Unter dem Vorwand einer letzten Befragung hatten die Beamten sie nochmal in den Verhörraum zitiert. Sie konnte von ihrem Glück noch nichts wissen, war sie in der Untersuchungshaft doch komplett von der Außenwelt isoliert.

Sie ließen sie von einem Beamten aus der Verwahrzelle holen, und sahen gleich, dass sie ihren Kampfgeist zurückhatte. Insgesamt machte sie einen gefassten Eindruck.

„Wie geht's dir?", eröffneten sie das Gespräch.

„Den Umständen entsprechend gut, würde ich sagen", antwortete sie. „Soll ich meine Aussage nochmal zu Protokoll geben?", fragte sie schon wieder leicht angriffslustig.

„Später vielleicht. Wir sind hier weil wir große Fortschritte gemacht haben und gerne deine Meinung dazu gehört hätten", schwindelten die Ermittler. Nach all den Täuschungen von Dharma, hatten sie das gut bei ihr.

„Habt ihr den Fall gelöst? Habt ihr Justus gefunden? Sagt, habt ihr Neuigkeiten?", wobei ihre Augen anfingen vor Hoffnung zu funkeln.

„Erstmal die gute Nachricht, würde ich sagen", dabei schauten Johanna und Blocksberg sich an, „du bist ab sofort aus der U-Haft entlassen und wieder auf freiem Fuß!"

„Entlassen? Heißt dass ihr habt eine Spur zu den Entführern? Ist Justus wieder da? Wo ist er? Was sagt er? Kann ich ihn sehen?", fragte sie unablässig. Da wollten sie die Arme nicht weiter auf die Folter spannen und winkten Justus herein.

Es kam ein gutaussehender junger Mann durch die Tür des Besprechungszimmers, einziger Makel war die Bandage um seinen Unterarm. Als Dharma sein Gesicht erkannte, gab es kein Halten mehr, sie brach sofort in Tränen aus, die ihr in großen Tropfen von den Wangen kullerten. Kurz darauf war es auch um Justus geschehen. Die beiden fielen sich in die Arme und drückten sich minutenlang, als auch noch Küsse dazukamen, hatten die Beamten Gewissheit über das, was sie schon lange vermutet hatten, die beiden waren ein Liebespaar.

Gerührt schauten sie auf das Glück der jungen Liebenden, die jetzt wirklich unzertrennlich und Seelenverwandt schienen. Inwiefern sie sich für ihre Taten verantworten mussten, war noch offen. Blocksberg hatte das Thema mit Staatsanwalt Klaasen besprochen, der auch meinte, dass so eine Sachlage relativ ungewöhnlich war und man abwarten müsste, wie die Gerichte das entscheiden. Streng genommen hatte sich der junge Brüller nichts zu Schulden kommen lassen und Dharma höchstens die Justiz behindert, wobei sie sich selbst ja sowieso nicht belasten musste. Und Lügen war nach dem Gesetzt nicht verboten, höchstens unmoralisch, da gab es einen Unterschied. Ganz straffrei würde sie aber nicht ausgehen.

Was den abgebrannten Burger King anging, hatte sich gezeigt, dass dahinter nicht die Umweltaktivisten, sondern der Pyromane gesteckt hatte. Den hatten die Kollegen inzwischen auch dingfest gemacht. Wie sich herausgestellt hatte, war es ein junger Mann, dem Stimmen gesagt hätten, er müsse die Dinge anzünden. Auch er war inzwischen in Gewahrsam und unter der seelischen Betreuung und Obhut von Johanna.

„Was sind jetzt eure Pläne?", fragten die Beamten das junge Paar.

„Erstmal genießen wir die Zeit zu zweit und freuen uns unseres Lebens. Dann wird geheiratet und dann bekommen wir ein Kind!", sagte Dharma und brach wieder in Tränen aus. Justus, der den Wink nicht verstanden hatte, brauchte einen Moment bis er begriff. Dharma hatte eben keine Redewendung, keine Floskel fallen lassen, sondern es ernst gemeint!

„Heißt das wir bekommen ein Kind?“, fragte er ungläubig.

„Ja!“, und sie lagen sich wieder in den Armen.

„Wir sind euch so dankbar!“, sagte Dharma und man spürte, dass sie damit besonders Johanna meinte, mit der sie in diesem Moment ihr Kriegsbeil begrub.

Wie sich herausstellte, hatten die zwei Glücksritter schon vor ihrem Abenteuer beschlossen zu heiraten. Blocksberg lächelte in sich hinein. Hatte er da nicht das Mädchen vor sich sitzen, das vor wenigen Tagen noch behauptet hatte, die Ehe wäre etwas antiquiertes, etwas das nicht der modernen Zeit entspricht? Fragend schaute er Johanna an, die allwissend zurücklächelte. Sie wussten, dass sie das Gleiche dachten. Selbstverständlich wollte sie heiraten, letzten Endes sucht jede Frau ihren Seelenverwandten, mit dem sie den Bund fürs Leben schließen kann. Letztendlich waren sie eben doch alle hoffnungslose Romantikerinnen, die in ihren Träumen vom Prinz mit dem weißen Schimmel entführt werden, und dem Sonnenuntergang entgegen reiten wollten. Aber Entführungen konnten schief gehen...

„Wirst du jetzt wieder für deine Eltern arbeiten?“, fragte Johanna.

„Das glaube ich nicht, ich denke das Kapitel ist endgültig abgeschlossen, das ist nichts für mich“, antwortete Justus. „Wir werden unsere Pläne verfolgen und gemeinsam werden wir alles schaffen, da bin ich mir sicher“, und er schaute Dharma verträumt an.

„Und wie wollt ihr das anstellen, jetzt so völlig ohne Startkapital?“, fragte Blocksberg.

„Ein bisschen was haben wir ja gespart. Fangen wir eben doch klein an. Und solange wir uns haben, wird schon alles gut gehen, da mache ich mir keine Sorgen“, lächelte Dharma den Kommissar vielsagend an.

Mit diesem Lächeln drang ein Gedanke, den er schon die ganze Zeit in seinem Unterbewusstsein gehegt hatte, an die Oberfläche. Ein Gedanke, den er aus Sympathie unterdrücken wollte, weil sein Verstand es nicht wahrhaben wollte. Aber konnte es sein? Hatte er hier Akne und Kid vor sich? Aber was war dann mit Joe? War Joe wieder mal der Schlüssel?

Es war früher Nachmittag als sie den Termin mit Dharma und Justus beendet hatten. Blocksberg war gerade dabei seine Tasse in der kleinen Kaffeeküche auszuwaschen und sich in seine Freizeit zu verabschieden, als Frau Blanco ihn gerade noch abfing.

„Gut, Sie sind noch hier, da ist jemand, der etwas für Sie abgeben will", sagte sie und überbetonte mal wieder das „Sie". Der Kommissar schaute sie fragend an. Er ging mit ihr das kurze Stück zum Eingang und da stand sie. Joe, Nyx, die Göttin der Nacht, der Teufel hatte viele Namen.

Unter ihrem Arm trug sie seine Jacke, die Jacke die er dem armen Kerl vor dem Club überlassen hatte. Er erinnerte sich an den Abend, als er das letzte Mal mit Joe gesprochen hatte. An die Serviette und wie jetzt alles ineinandergriff. Sie hatte sich die Haare hinter dem Kopf zusammengebunden, trug wie fast immer Perlohrringe und war provokant geschminkt. Um den Hals eine schlichte grüne Kordel als Kette und um das Handgelenk ein Armband aus Muscheln, das dieses natürliche Element wieder in sich aufnahm. An den Fingern zwei Ringe. Ein Smaragdring, grün wie ihre Augen, der andere ein großer Siegelring. Zwischen Brust und Oberarm hielt sie eine kleine schwarze Lederhandtasche mit silberner Kette gedrückt. Das schlichte weiße Top war gerade geschnitten und hatte, den sommerlichen Temperaturen entsprechend, dünne Träger. Abgerundet wurde das Kostüm von einem kurzen Leoparden-Stiftrock mit Schößchen und gebundener Schleife am Gürtel. An den Füßen, schwarze Boots mit zwei breiten Schnallen. Damit verkörperte sie einen Noir-Chic, wie man ihn sich aus französischen Gangster-Filmen vorstellte. Gleichzeitig wirkte sie unnahbar und stark.

Als sie sah, wie er sie musterte, sagte sie: „Gute Leoparden kommen in den Himmel, schlechte auf den Rock, ist es nicht so?" Er neigte den Kopf und schaute sie gelassen an. „Ich hab hier was für dich", sagte sie und reichte ihm seine Jacke.

„Danke", antwortete er einsilbig, ahnte er doch, dass es mit ihrem Edelmut mehr auf sich hatte und er nur ein Vorwand war.

„Ich hab hier auch was für dich", sagte der Kommissar und zückte die Serviette aus seinem Portemonnaie.

„Ach, du hast sie noch? Dachte ich mir doch gleich, dass sie dich interessiert. Sind die Zahlen nicht schön?“, fragte sie hintergründig.

„Wenn man auf der richtigen Seite der Geschichte steht, mit Sicherheit“, sagte Blocksberg.

„Und? Tun wir das?“, wollte Joe wissen.

„Überraschenderweise ja, auch wenn es mir ein Rätsel ist, wie du das angestellt hast“, gab er anerkennend zu. Sollte das wirklich alles von langer Hand geplant gewesen sein, oder war alles einfach nur „Zufall?“, fragte er sie.

„Glaubst du an Zufall?“, forderte sie ihn heraus. „Vielleicht ist es Zufall, wenn sich zwei Seelen finden, die füreinander bestimmt sind, vielleicht Schicksal. Vielleicht ist es Zufall, wenn man sich Feinde macht und dafür bestraft wird, vielleicht Schicksal. Vielleicht ist es Zufall, wenn schlechte Verhältnisse zu einer Epidemie führen, vielleicht Schicksal.“

„Und vielleicht hilft eine Schicksalsgöttin an der ein oder anderen Stelle nach“, vollendete Blocksberg ihre Gedanken und schaute ihr dabei forschend in die grünen Augen.

„Manchmal ist es gar nicht so kompliziert, manchmal muss man nur die richtigen Leute zusammenbringen und die Magie passiert von alleine. Gib den Menschen Sehnsucht und die Möglichkeit sie zu erfüllen und sie vollbringen Wunder“, sagte sie und fuhr fort, „man säht seine Früchte an den fruchtbarsten Stellen und wartet ab was passiert. Das Geheimnis liegt darin das Potential zu erkennen. Hin und wieder jätet man ein bisschen Unkraut und gießt und düngt, und so wird aus manchen Samen eine stattliche Pflanze mit den süßesten Früchten.“

Er hatte verstanden, was sie meinte. Es war kein Zufall gewesen, dass Justus und Dharma sich begegnet waren. Joe hatte halb gewusst, halb geahnt, dass Justus unzufrieden war, Sehnsüchte hatte und dass eine Begegnung, eine Liaison, der beiden Sprengkraft entwickeln würde. Sie kannte die Brüllers und ihre Konflikte. Sie wusste um die Untiefen in Burkhardts Geist und wie man sie ausnutzen konnte und sie kannte Kim und wusste, dass er einer solchen Gelegenheit nicht widerstehen konnte. Alle waren sie Marionetten im Spiel ihrer Intrige gewesen, nicht zuletzt er selbst, der wieder einmal zu spät durchschaut hatte, was eigentlich vor sich ging. Sie hatte ihn, wie alle anderen, dazu benutzt, ihren Coup bis in die letzte Finesse gelingen zu lassen. Sie war eine Meisterin der Manipulation und Suggestion und spielte ihr bravouröses Spiel auf der Klaviatur des Bösen.

Dabei hatte sie ihm wieder eine reelle Chance gegeben. Die Serviette! Er hätte darauf kommen können. Es war kein Zufall gewesen, dass sie den Fetzen Papier zurückgelassen hatte. Sie hatte wieder mit ihm gespielt, wieder hatte sie ihre epochale Überlegenheit demonstriert. Mit Sicherheit war auch der Viren-Ausbruch in der Fabrik kein Zufall gewesen. Sie war es, die die Presse eingeschaltet hat. Jetzt wo er darüber nachdachte fügte sich eins ins andere, alles machte plötzlich Sinn. Sie hatte das Virus dort einschleusen lassen, damit die Fabrik stillgelegt wird. Sie hatte immer mehrere Feuer im Eisen und ließ gerade dadurch nichts anbrennen. Die Brüllers hatten keine Chance gegen diesen übermächtigen Gegner, der sie auf allen Ebenen angriff, in dem sogar sie selbst Teil des Giftes waren, das sie zerstörte. Sie hatte Burkhardt, sie hatte Dharma und Justus, sie hatte die Gangster und sie hatten selbst das Virus und die Polizei als Spielball ihrer ruchlosen Kabale benutzt.

Er kam auf sie zurück: „In deinem Fall wohl eher die Früchte der Versuchung und Verdammnis“, warf er ihr an den Kopf. „Wie immer pflastern Leichen deinen Weg!“

„Willst du mir das etwa vorwerfen? Ich habe niemanden zu etwas gezwungen, sie handelten alle aus eigener Überzeugung, kannten die Risiken und wussten worauf sie sich einließen. Und ein Restrisiko bleibt natürlich immer. Außerdem müssen schwarze Schafe eben manchmal geopfert werden.“

Sie hatte Recht, sie würden ihr nichts nachweisen können. Sie hatte zwar überall ihre Finger im Spiel, das aber so geschickt, dass sie wieder einmal ihre Hände in Unschuld wusch.

„Das heißt du bist eigentlich die Gute in diesem Spiel?“, verhöhnte er sie.

„Bin ich nicht? Vielleicht sind unser aller Interessen gar nicht so verschieden. Wer hat am Ende Schaden genommen? Niemand! Wem wurde am Ende geholfen? Vielen!“, konterte sie.

„Du meinst...“, fragte der Kommissar und ließ den Satz unvollendet.

„Standen die Bänder für ein paar Wochen still, oder nicht? So sehr ich euch Romantiker bewundere, aber dieses System kann man nur mit seinen eigenen Waffen schlagen, nicht mit Idealismus“, sagte sie und legte triumphierend ihre manikürten Finger auf ihre Handtasche.

„Bist du jetzt unter die Revoluzzer gegangen?“, fragte er spöttisch.

„vielleicht war ich das schon immer“, deutete sie an.

„Akne Kid Joe und so?“, testete er sie und schaute ihr dabei prüfend in die Augen.

„Ach du kennst sie?“, fragte sie lachend.

„Zumindest Joe, bei den anderen beiden bin ich mir noch nicht ganz sicher, aber ich habe eine Vermutung, eine sehr starke Vermutung“, sagte er und legte seine Augen in Schlitze.

„Ach ja? Vielleicht bist du's und weißt nichts davon. Hauptsache es sind zwei, die es verdient haben“, sagte sie verräterisch, aber sehr zufrieden mit sich selbst.

„Die Königin der Diebe, die den Starken nimmt und den Schwachen gibt?“, fragte er und ergänzte, „Denk daran, auch Robin Hood ist und bleibt nichts anderes als ein Gauner.“

Sie stand auf und antwortete: „Ein Verbrecher ist man erst, wenn man überführt wird, nicht davor. Liegt es nicht in der Natur des Löwen zu jagen?“

Dann reichte sie ihm die Serviette zurück, übergab ihm seine Jacke, warf ihm einen vielsagenden Augenaufschlag zu und sagte: „Au revoir!“ Anschließend schwebte sie zur Pforte des Polizeipräsidiums hinaus. Blocksberg blickte ihr nachdenklich hinterher.

Er war sich sicher, ihr Spiel würde weitergehen. Sie würde ihn weiter herausfordern, er würde sie weiter jagen. Oder war es umgekehrt? Wer gab hier wem einen Vorsprung, wer war der Jäger und wer der Gejagte? Eines stand fest: Das Schlachten ging weiter.

EPILOG

- Intoccabile -

Die Unberührbare

Es waren einige Wochen vergangen, bis Kim der Prozess gemacht werden konnte. Zum einen musste er nach seinen schweren Verletzungen für prozesstauglich empfunden werden, zum anderen hatte es noch einige Zeit in Anspruch genommen, alle Spuren und Zusammenhänge auszuwerten. Es waren bereits einige Verhandlungstage verstrichen, an denen sich die Helden dieser Geschichte über den Weg gelaufen waren. Sie waren alle einzeln in den Zeugenstand gerufen worden, um über den Tathergang zu berichten. Sie mussten ihre Sicht zu der tatsächlichen, oder scheinbaren Entführung von Justus erzählen, außerdem ging es um die Zusammenhänge zwischen den Morden von Daniel Burkhardt und Hermes.

Kim, der sich eine ganze Horde an Anwälten genommen hatte, hatte bisher jede Aussage verweigert, über seine Advokaten aber ausrichten lassen, dass er unschuldig sei. Was die Entführung anginge, sei diese ohnehin sehr dubios und er nur zufällig zur falschen Zeit am falschen Ort gewesen und in eine Schießerei verwickelt worden. Für die Morde an Burkhardt und Hermes hatte er lückenlose Alibis.

Auch an diesem sechsten Verhandlungstag, saßen wieder einmal Johanna und Blocksberg unter den Zeugen. Justus und Dharma, inzwischen mit dicken Bauch, waren auch anwesend. Heute würde Kim zum Kreuzverhör geladen werden. Das mediale Interesse war groß, ging es doch um einen der spektakulärsten Fälle des Jahres, einen Fall, der alles zu bieten hatte. Der Gerichtssaal war bis auf den letzten Platz mit Journalisten und Zeugen belegt. Vorne saßen der Richter und die Schöffen, davor die Anwälte. Alle Anwesenden waren davon ausgegangen, dass sich der Gangsterboss auch an diesem Tag in Schweigen hüllen und die Sache aussitzen würde. Ein umso größeres Raunen ging durch den Saal, als er unerwartet mitteilte, jetzt doch aussagen zu wollen. Die Aufregung im Saal erreichte schließlich ihren Höhepunkt, als der Strafverteidiger Kims' zu Protokoll gab, dass sein Mandant in der folgenden Aussage ein umfängliches Geständnis ablegen möchte, auch wenn er ihm ausdrücklich davon abgeraten hätte.

Die Spannung im Raum war mit den Händen zu greifen, als der in Handschellen gelegte, und durch die Haft etwas verwahrloste Angeklagte, von einem Gerichtsdiener in den Zeugenstand gehoben wurde. Nach Abnahme des Eides durch den Richter, nahm dieser ein gefaltetes Blatt Papier aus seiner Hemdtasche, entfaltete es langsam und gab mit den folgenden Worten sein Geständnis zu Protokoll:

Sehr geehrtes Gericht, sehr geehrte Anwesende,

ich möchte vorwegschicken, dass ich immer nur die wahren Instanzen unseres Staates geachtet habe. Ich bekenne mich, zu den mir zur Last gelegten Vorwürfe und Anklagepunkte, für schuldig. Ich bin dafür verantwortlich, dass Justus Brüller aus der Obhut seiner Freunde gerissen wurde und dass ihm Leid angetan worden ist. Gleiches gilt für Hermes, dessen Mord ich beauftragt habe, und den Tod Daniel Burkhardts, mit dem wir zusammen die Entführung geplant und durchgeführt haben.

Ich übernehme die volle Verantwortung und möchte den Angehörigen und Hinterbliebenen mein tiefstes Mitgefühl und meine Trauer übermitteln. Ich bereue es sehr und sehe ein, dass ich dafür meine gerechte Strafe antreten muss.

Was ich aber nicht verstehe, ist, warum die unantastbare Wahrheit dem Schutz des Staates unterstellt werden soll. Vor wem soll sie geschützt werden? Ich würde mein Leben für Sie geben, ich verdiene Ihren Hass, weil ich ein schlechter Diener war, aber ich kann Ihr Buße tun. Ich bete, dass Sie mir eines Tages verzeiht.

Danke.

Mit diesen Worten setzte er sich und ein breites Raunen ging durch das Auditorium. Manche zeigten sich überrascht von der gezeigten Größe, andere verabscheuten ihn für seine Worte mehr denn je. Manche ließen sich zu dem Glauben hinreißen, er wäre reumütig geworden. Blocksberg schaute zu Johanna, aber sie schaute nur freudig zurück. Dieses Mal konnte sie seine Gedanken nicht lesen. Es schien, als ob nur Blocksberg den wahren Sinn hinter den Worten des Verbrechers verstanden hätte. Das Geständnis war nicht nur ein Brief gewesen, den er verlesen hatte, vielmehr war er, da war Blocksberg sich sicher, eine Botschaft an Joe gewesen. Er versicherte ihr zu schweigen und sich ihr ergeben unterzuordnen und seinen Platz in der Organisation einzunehmen. Dafür nahm er alle Schuld auf sich und machte es damit möglich, dass die Mordfälle ohne weitere größere Ermittlungen abgeschlossen wurden. Er erbat nichts Geringeres als Gnade für sein Leben. Er zahlte den Preis für seine Taten und garantierte dafür sein Schweigen hinter Gittern.

Damit stand endgültig fest, welche Macht, welchen Ruf, welche Autorität Joe tatsächlich besaß. Die Nyx gewährt keine Wünsche, das Schicksal fügt sich ihrem Willen. Der wichtigste Kronzeuge war gekippt, nur leider nicht im Sinne der Gerechtigkeit, oder doch? Elegant eingefädelt wie immer, übernahm Kim persönlich die ganze Schuld des Falles und entlastete damit alle anderen, die ins Kreuzfeuer der Ermittlungen hätten geraten können.

Blocksberg zollte ihr seinen Tribut. Aber vielleicht bildete er sich das auch alles nur ein.

PERSONENREGISTER

Benjamin „Ben" Blocksberg	Kommissar
Bibi Blümchen	Freundin des Kommissars
Sophia Haag	Kommissarin
Johanna Büning	Polizei-Psychologin
Dharma Finkelstein	Umweltaktivistin
Justus Johann Brüller	Geschäftsführer, Sohn der Brüllers
Frau Brüller	Firmenchefin
Thomas Brüller (Senior)	Firmenchef
Daniel Burkhardt	Werksleiter
Felicitas	Dienstmädchen der Brüllers
Herr Ricke	Polizeipräsident
Herr Klaasen	Staatsanwalt
Claudia Knall	Innendienst Polizei
Nicole Pallasch	Innendienst Polizei
Linda Weiß	Innendienst Polizei
Revenka Nähmer	Innendienst Polizei
Herr Wischnewski	Leiter Gesundheitsamt
Sebastian Landsteiner	Gerichtsmediziner
Frau Nolleck, Frau Kemeth, Herr Goch	Spurensicherung
Hund Stella + Petra Wella	Polizeihund + Hundeführerin
Frau Blanco	Empfang Polizei
Nicky Huck	PR-Abteilung Polizei
Kim	Gangsterboss
Gary	Gangsterboss und Endgegner aus Buch 1 (†)
Joe alias „Nyx"	Femme fatale
Josef „Hermes" Fenz	Gangster

Ohne Namen	Erntehelfer, „Patient"
Ohne Namen	Türsteher
Thomas Solmecke	Finanzberater

Printed in Poland
by Amazon Fulfillment
Poland Sp. z o.o., Wrocław

65675963R00206